长街行

王小鹰 著

上海文艺出版社

一个女人
和一条小街
共同成长的故事

目录 Contents

引章 赴约

行走的过程中，女孩子忍不住抬头看了看那钩一路伴着她的月牙。

深巷浅弄斜晖静，闲门繁户梧桐疏。

早春时节的黄昏，暮霭是从弄堂水泥板地的缝罅里，从石库门台阶边的苔藓里，从青砖围墙上隔年蔷薇花的茎蔓里，丝丝缕缕地升起来的，像兑了些水墨的花青石绿。晚风如羊毫，横一抹竖一抹，暮霭便渐次晕染开去，一分一寸地罩没了一幢楼，又罩没了一幢楼。

这一片屋脊很不规则，不像人家里弄房子的划一规整，也不像人家花园别墅的精致典雅。这里却是忽高忽低畸轻畸重，横生枝蔓，错落芜杂。当浓浓的暮霭罩没了这一片不规则的屋脊，它们倒变得沉静幽深起来。

这一片屋脊中的某一处，一扇稍稍突起的老虎窗口，北向的窗户咣地被推开了，急急地探出一张十六七岁光景女孩子的面孔，苍白细巧，腊梅花似的一瓣。她先是将花瓣儿朝向西北，那里半轮金红的夕阳正停在锯齿般的屋脊上，像刚刚摘下枝的鲜橙子，十分诱人。那一片灰脱脱陈年旧瓦被涂上鲜艳的色彩，像刚从高炉里倾泻出的铁水，像熊熊燃烧的火焰，是何等辉煌的景象呐！可这个女孩子却被灼痛似的眯起眼睛，失望地蹙起她远山般的淡眉，咕哝道："怎么太阳还不下山呀！"原来，她是在等待"月上柳梢"的那一刻，这亘古不变的少女情怀哟。她还是心怀侥幸，转动玉笋儿似的颈项，将花瓣儿脸朝向东南，云遮雾漫的目光在天际寻寻觅觅，期望月牙儿能像七仙女那样不守天规，抢先登场。

东南向弄堂底处，有一片扇形的角落尚未被暮霭罩没，最后的几幢房子依然笼罩在黄澄澄的余晖中。女孩子的目光定住了——山墙亮得晃眼，爬山虎残余的枯蔓断藤纤毫毕现，那萧条凄凉的图案就像她记忆中总也抹不去的惨烈的一幕。

从前，到了夏天，那半墙爬山虎会挂满碧玉般的绿叶，密密匝匝、重重叠叠，稍有风动，便撼天动地地簌簌作响。厚厚的叶阵隔断了暑气，房间里总是阴凉，甚至都不用开电风扇。替她家做钟点工的吴阿姨常会挽只竹篮，端把竹凳，跟母亲打声招呼，便将凳子往墙脚一靠，人立上去，刷啦啦刷啦啦，一把一把捋爬山虎的叶子。爬山虎的叶子有一种带苦涩的清香。吴阿姨说，拿它熬汤喝，拔力气，还清热解毒，大伏天不会长痱子。每当吴阿姨站在竹凳上捋山墙上爬山虎叶子的时候，左邻右舍的孩子们都会聚拢来，帮吴阿姨捡散落在地上的爬山虎叶。女孩子们总是乖乖地捧起叶子放进吴阿姨的篮子里，男孩子却趁机恶作剧，抓一把叶子塞进小姑娘的衣领里，引得女孩子喳喳直叫，一边抖动衣襟让叶子落下来，一边红着脸蛋骂："下流坯！"男孩子反倒得意地笑，故意笑得龇牙咧嘴，恶形恶状。不过，一旦有谁试图往她的后颈脖塞叶子，他便会挺身而出保护她。他的个头在同龄人中独高，男孩子们都有点畏惧他，因而她总能幸免遭遇袭击。男孩子们心有不甘，跑得远开点，一起喊："长脚鹭鸶敲洋丁，敲来敲去敲不进……"待他做出要追的姿势，他们便一哄而散。

与那半壁爬山虎呈犄角之势的南墙上，离地一丈余，有弧状优美的半圆形阳台，那锈红铸铁围杆被余晖镀上了一层金箔，皇冠一般。围栏间参差披拂着翠绿墨绿鹅黄绿的兰叶，袅袅娜娜、摇曳生姿，阳台里总是积淀着薄薄的馨香。

女孩子的目光颤抖了一下，她看见一个温婉秀雅的女人，穿着豆青的绸衬衣，外面罩一件湖绿色网眼开司米对襟衫，正往一只只青花瓷盆或紫砂盆里植兰草。松土、剪叶、洒水，在兰叶中穿梭的身影也是一株兰。女孩子半截身子都探到老虎窗外边，她好想一头扑进种兰草女人的怀抱里。可是，那女人却转身推开垂着素花窗帘的落地玻璃门走进去了。

落地玻璃门里面是一间宛若母亲怀抱般温暖的卧室，墙壁里麦黄色的，家什是乳白蜜黄相拼的，钢琴上铺着本白挑花带荷叶边的麻纱罩，落地灯宽大的灯罩也是本白挑花带荷叶边的。笃底并排两张铜架小床，小床的素花被褥里躺着两个花骨朵般鲜嫩的女孩子。那兰草般的女人站在两张铜架小床中间，左看看，右看看，上看看，下看看，便柔柔地弯了腰肢去吻那两个女孩子光滑如玉的额头。然后，她直起腰身，径直从垂着素花窗帘的落地玻璃门走了出去，站在半圆的凝固着馨香的阳台上。她一株兰似的伫立了好一会儿，突然，决绝地踏上青花瓷盆（她并不是存心将盆中的兰草踩倒的），另一只脚便跨过了锈红的铸铁围栏。她就像瓷盆里被她踩倒而折断的一片兰叶，徘徊着盘旋着飘落下去了。

女孩子无声地呻吟了一下，并用双手蒙住了眼睛。其实，这场景并非她亲眼所见，是她怀着伤痛一遍遍地构想出来的。当时，那两张铜架床上的女孩子都睡得很熟，待她们的姨妈把她们叫醒时，她们母亲的尸体已经被人搬走了。她们趴在阳台围栏上往下看，只看见底楼通花园的石阶上有模糊的血印，血印的形状很像几片交错穿插的兰叶。过了几天，两个女孩子中稍年长的那个在阳台的兰叶中踟躅，就在铸铁围栏的一根角枝上捡到了一片窄窄的豆青色的绸布条，它夹在兰叶中间，很难被人发现。稍大的女孩子却一眼认出这是她母亲衬衣的料子，她想一定是母亲飘落的时候被铁栏勾住了衣襟，母亲的衬衣穿了好多年，丝绸料子已洗得发脆，自然经受不住一个人的分量。倘若母亲穿一件料作坚固些的衣服，肯定不会落下去了。这女孩子没有将捡到的那块豆青色如蓑草般的残绸交给她父亲，她将它捋得平展展的，夹在自己最喜欢的《勃朗宁夫人十四行爱情诗集》里。她在这诗集外面包了一层黄牛皮纸，并且在封面上用仿宋体写上“毛主席诗词”的字样。

女孩子缓缓地从手掌中抬起脸来，迷惘地望着余晖残余处——

哪里还有满墙碧玉般的爬山虎绿叶？运动初始，造反派要在山墙上贴大字报，将满墙爬山虎都扯完了。哪里还有兰草葱茏馥郁的半圆形阳台？阳台早被后来入住的人用油毛毡封死，外面凌乱地搭着晾衣竿，悬着长长短短的内衣外裤、女人的胸罩、婴儿的尿布。哪里还有她曾经的乐园、那幢被人称作“恒墅”的小洋楼？年复一年，她们的楼房已经被陆续扩建的各式简易房屋包围吞食淹没了！

就在女孩子的母亲跳楼自杀后不久，她们一家就被迫搬出了恒墅，搬进现在的三层阁里。虽然距恒墅不远，却已经天地两重世界了。三层阁居中处丈余见方，一人多高，四面斜坡，至墙脚处仅能匍匐。家里用熟了的老家具几乎都不能带过来，许多东西被斥为资产阶级生活方式的奢侈品，并由一群手臂上箍着红袖章的革命群众搬了去，掼进一辆卡车，不知运往何处去了。这其中包括女孩子的聂耳牌钢琴、她妹妹的檀香木古筝、母亲的黄花梨木梳妆台，还有父亲常靠着抽雪茄、看报纸的米色羊皮长沙发。留给她们最贵重的物件就是父亲母亲的大衣橱，也是黄花梨木的，沉得像座山。父亲向革命群众恳请了半天，言明女儿都大了，父女同宿一间不方便，需要用这架衣橱做隔断，方才被允许了。这架橱就横亘在阁楼中央屋顶最高处，将房间分割成两个斜顶的小间。左边朝北的小间有一个二尺见方的老虎窗，便比较明亮，成了姐妹俩的绣阁；而后半间终日黑暗且不通风，是父亲的卧室，很难想象曾是锦衣玉食、养尊处优的父亲如何在里面起居？

女孩子略略凹陷的眼窝里已蓄起两汪晶莹的泪，她咬住薄唇，强忍着没让它们滚下来。夕晖笼着的扇形愈来愈窄，只剩下水果刀似的一条了。女孩子慌忙将目光调开，重又投向西北面。就那么一瞥间，夕阳咕咚沉到屋脊下面去了，天边只余下几缕发白了的余晖，像褪了色的旧丝巾软软地耷拉着。弄堂里，花青石绿的暮霭中隐隐显现出人影活动，皮影戏似的，叽叽咕咕的日常絮语就像深潭水面泛起的渣滓。

天才稍稍转暖，仍处于“乍暖还寒”时节，上海人家屋子大都逼仄，便有人早早地在弄堂里做市面了。折叠椅、小方桌往后门口一搭，一家人吃晚饭，老对手摆开棋局，男孩子飞香烟牌子打弹子，女孩子跳橡皮筋造房子。可这个女孩子是从来不参加弄堂里的游戏的，她是个心里爱藏事的女孩子。她忘不了父亲单位里的造反派来抄家时，相邻几条弄堂的小孩子都拥到恒墅里来看西洋镜；她也忘不了那段时间常有人朝她们半圆形的阳台丢石块，有一次还把垂着素花帘子的落地玻璃门都打碎了。这些事情此刻在女孩子心里只是淡淡的痕迹，像冬眠的蛇一般纹丝不动。因为此刻她最焦急的问题是西边的太阳落山了，东边的月亮会升起吗？

女孩子再次把殷殷的目光投向东南，也是在那一瞥间，残余的日晖退尽了，沉沉暮霭笼罩了一切。层层叠叠不规则几何图形的屋脊剪影衬在紫灰的天幕上，是一出曲折离奇悲欢离合的大戏。心细如发的女孩子就在这繁复的图案中发现了一眉恬淡的月牙，嵌在犬牙交错的屋脊线中，仿佛一叶扁舟，是"野渡无人舟自横"的意境；也像是那悲欢离合的戏文差强人意的结局。女孩子双手一合，惊喜地啊了一声。自下午放学回家，她就一直在等这枚月牙儿出现了！

女孩子离开老虎窗口时绊倒了凳子；电灯开关明明在门的右首，她却到左边去摸。为了节省开支，家里的灯泡都是十五支光的。女孩子站在大衣橱穿衣镜跟前，昏黄的光环中，镜子里映出一位体态纤弱的少女，穿着银灰的卡其布两用衫和深灰的裤子，里面蓝白相间朝阳格衬衫领子翻了出来。整个影像是灰蒙蒙的，只有那双凹陷的、双眼皮很深的眼睛漆黑晶亮，是一幅油画的高光处。女孩子见自己的发辫有些毛糙，赶紧拆开了重新梳理，换了根桃红玻璃丝扎辫梢。她的辫子正好齐肩，两点桃红映在粉白的腮边甚是娇艳。她自己的脸颊先烧了起来，赶紧捋去了，重新圈上橡皮筋。另一根辫子还没扎好，忽听到哧浪哧浪脚踏车的链条声响，紧接着便是"丁零零零，丁零零零，丁零零零"不长不短三下铃声，是他！女孩子几乎是撞出门外的，刚下了两级楼梯，又返上来，撞进门，拎起草绿色帆布书包，又撞出门去。

女孩子冲下楼梯，楼梯间便是上上下下靠十家人家合用的灶头间。这个时候，灶头上正是大戏开场之际，洗菜的剁肉的刷锅的淘米的，手中文武不乱，舌间还家长里短，一个个赛过大舞台的名角儿。女孩子站在楼梯边团圈看了一遭，没找到她想托付事体的人，便折转身去了后厢房。

后厢房的门掩着，却从木板的缝隙里渗出丝丝缕缕沉香味。女孩子小心翼翼叩了叩门板，门呀地罅开一条缝，只见正对门的五斗柜上竖着一帧红木镜框绢纱线描的观音像，镜框前有一只黄铜莲花纹方鼎香炉，三炷清香正描出细袅袅的烟柱。五斗柜前，一位体形富态的妇人跪在一只老黄织锦缎的团垫上，两只肉手数着一串漆黑锃亮的佛珠，口中念念有词。女孩子慌得一脚退出，随手带上了门。她的心别别跳，刚巧让她看到了倪师太还在搞迷信活动！运动初始，倪师太是盈虚坊中最早被红卫兵小将揪出来游街批斗的人，就是批斗她烧香拜佛宣传封建迷信呀。

可是这位倪师太却是女孩子除了父亲外最为信任的长者。刚搬进这幢房子的时候，女孩子还不会做饭。原先，寡居的姨妈常住恒墅帮助姐姐、姐夫照顾两个外甥女。自他们搬进这鸽笼般的三层阁，哪里还有姨妈的睡处？父亲又被监督劳动改造，总是回来得很晚。女孩子和妹妹眼巴巴经常对着冷灶空锅发呆，倪师太就会把她们拉进后厢房和自己一起吃饭。倪师太常年吃素，但是倪师太炒的素菜特别好吃。后来，也是倪师太手把手教会了女孩子煮饭，炒几只家常小菜。

女孩子正进退两难，那木板门又呀地罅开一条缝，一只肉墩墩的手伸出来，捉住女孩子细细的胳膊，刷地把她拽进屋。女孩子定睛看，五斗柜上的观音像和铜香炉被一块大红绸子盖住了，地上的织绵团垫也不见了，什么都没发生过似的，除了残留在空气里淡淡的沉香味。

倪师太笑眯眯问道："什么事体啊？看你气急夯夯的。"

这个倪师太，谁也说不准她的年龄。看她银发似雪，总该有七老八十岁了;可看她细皮嫩肉的铜盆脸,顶多也就五十出头的年纪。女孩子听说她是个退休女工,开始喊她“倪阿姨”,她却笑道:“我可以做阿姨的阿姨了。”听上上下下都喊她“倪师太”,女孩子也改口喊她“倪师太”了。

倪师太是肉里眼,一笑眯成两条横括弧。“横括弧”盯着女孩子的脸,女孩子被盯得心慌,一张小脸烧得像刚绽开的红梅花瓣。垂着眼帘,两手缠着衣角,蚊虫叫般细细地道:“倪师太,隔会儿我爸爸回来,你帮我跟他讲一声,我……和同学一起去看电影,芭蕾舞的《红色娘子军》……饭已经焖在钢盅锅里了,菜也洗好切好,放在淘箩里了。”

倪师太不长不短地哦了声,道:“你放心托胆去看电影好了,歇一会我帮你把菜炒好了,你爸爸回家就好吃热菜热饭了。”“横括弧”银针般一闪,又追着关照了一句,“看好电影早点回来,不要让你爸爸着急哦。”

女孩子出气般嗯了声,朝倪师太翘了翘嘴角,算是笑答过了,便慌慌张张扭身跑出去,稚鹿惊蹄一般。

现在这个女孩子已站在晚风贯通的弄堂里,衣角忽地被掀开,便一只手摁住,左右望望,是寻觅那脚踏车留下的痕迹。

暮色迅速聚集着,愈来愈浓,愈来愈重。弄堂里路灯一盏盏点亮,昏黄的光圈像一朵朵将衰未衰的菊花。路灯下,隔壁人家两条长凳一拼,上面横放一块搓衣板,权当桌子,三四只蓝边菜碗正冒着热气,老老小小四五个人围着吃晚饭。再隔壁人家却刚刚生煤炉,当风口,一把破蒲扇窣划窣划拼命摇,浓烟呼噜噜蔓延开来。楼上人家收晾竿上的尿布,天井里就有人喊:“沈家姆妈,你家小毛头的尿布滴沥嗒啦落了一天的雨,明朝绞绞干再晾好吧?”还有什么人站在门口拔直喉咙喊:“阿福——你这只讨债鬼,好死回来吃夜饭了——”

女孩子目不斜视地从人们喳里喳啦叽里咕嘟的闲话声中走过,从人们点点戳戳疑疑惑惑好奇的尖刻的怜悯的目光中走过。刚搬过来时，她最害怕走弄堂，背脊上承载着许多目光和议论，需要花费她很大的气力才能挺直腰杆。现在，她纤细瘦弱的腰肢已经被锤炼得柳枝条般柔韧，她已经无所谓人们在她身后编造如何惊心动魄的传奇了。

女孩子走出狭小的支弄，就看见有几个小姑娘在大弄堂里跳橡皮筋。两个拉橡皮筋的小姑娘踮着脚跟朝上伸直胳膊，把橡皮筋举得高得不能再高。中间跳橡皮筋的小姑娘还用块手帕蒙住眼睛，用手攀住橡皮筋用力一弹，橡皮筋呈弧形弹上去又弹下来，小姑娘趁橡皮筋弹下的那一刻准确地抬起右脚勾住了它，绕一圈，左脚朝后踩住橡皮筋，又松开，让橡皮筋重新弹上去。口中一边念道："小皮球，小小篮，落地开花二十一，二五六，二五七，二八，二九，三十一……"小姑娘穿着件有点褪色的花格子罩衫，一蹦一跳像只花蝴蝶。女孩子认出这个跳橡皮筋的小姑娘正是自己的妹妹，便喊了一声。那小姑娘花蝶陡立般收住脚，扯去脸上的手帕，跟两个伙伴招呼了一声，便蹦蹦跳跳跑过来，叫道："姐。"

妹妹年少，对前几年恒墅里发生的事没有什么印象。小学里又几乎不上课，她就成天混在弄堂里玩耍。女孩子看她满头是汗，外罩扣子都散开了，嗔道："玩疯了，看你的脸，唱戏都不用化妆了，还不回家洗洗去！"

妹妹抬手捋了把脸，愈是花脸一般，撅起嘴道："姐，我饿了。"

女孩子从裤兜里摸一角纸币塞给她，"去烟纸店买只桃酥垫垫饥。倪师太会把菜炒好的，你陪爸爸一道吃饭，不要等我了。"慌忙抽身要走。

妹妹却一把拽住她后衣襟，问："姐，你去哪里？我也要去！"

女孩子便哄她："是我们学校组织的活动，看芭蕾舞《红色娘子军》的电影，你不好做跟屁虫的。"

妹妹麻花般扭着身子道："姐，这个电影你和我一起看过的。"

女孩子用力板住脸，道："革命电影，就应该多看几遍的。"马上又摸出一角纸币塞给妹妹，托住笑脸，"听话，爸爸过会就回来了，你也要早点回家,啊!”

小姑娘得了两毛钱,这才跳跳蹦蹦回到小伙伴那边去了。

女孩子终于摆脱了妹妹的纠缠,吁了口气,额角已急出汗。便加紧步伐,真怕那辆脚踏车等得心急。她揣着心事闷头赶路,差点与对面过来的人撞个满怀。两人抬头,同时咦了一声道:“是你呀!”女孩子心里暗暗叫苦,劈面相遇的也是个女孩子,正是她中学同班级的红卫兵中队长。她生怕中队长会问她到哪里去,急中生智,抢先开口道:“噢,我去酱油店买点盐。”

那中队长个头略比她高,也比她丰腴,眉睫浓浓的、深深的,眼瞳大而黑亮,齐耳的短发,穿一件洗得发白的军绿色外罩,领口翻出鲜艳的水红衬衣领子,愈衬得她的圆面孔鲜杏子一般。不过,班级里同学们大都晓得,中队长翻在罩衫外面的衬衣领子只是个节约领,市面上简称为“假领子”。中队长天天换行头,翻出不同色彩的假领子,都是她妈妈用零头布替她做的。前两天上军训课,活动得热了,许多同学都把外罩脱去,单穿了衬衫。而中队长哪怕外罩背脊处被汗浸湿了一大片,却死也不肯脱外罩。

此刻,中队长乜斜着她道:“我又没有问你去哪里呀!”

女孩子向来最讨厌中队长盯人时的神态,仿佛定要把你的心事戳穿似的不依不饶。女孩子控制不住脸颊蓬地烧起来,结结巴巴道:“我,我随便讲讲的,对,对不起呀。”便闪过身子,绕开中队长跑出弄堂。她仍感觉到背脊上两点热麻麻的灼烧点,一定是中队长的黑瞳投射的部位。她慌慌张张拐了个弯,后背方才渐渐冷却下来。

现在,这个女孩子终于站在马路上了。

这条马路真要算条马路的话,实在狭窄了点,顶多称为“小街”。若有大卡车开过来,其他车辆必须让到人行道上去。街面的柏油路面早已坑洼不平,脚踏车骑过,常常让骑车人吃弹簧屁股。街上的建筑高不过几排水泥预制板起的六层楼工房,大都是摩肩接踵的砖木结构平房和棚户。可是街面却很繁荣,人气十足。沿街面一溜小开间的饮食店、熟食店、酱油店、杂货店。黄昏时分,大马路上的店铺都准备打烊了，这条街上的小店生意却正兴隆。马路菜场更是熙熙攘攘，下班回家的人们顺便带些菜回家做夜饭，喧哗声像撕得纷纷碎的纸屑到处飞扬。脚踏车横七竖八挡在路中央，有辆小三卡被堵在那里，车喇叭呜啦呜啦叫了半天。司机从车窗探出大半截身体，撕破了嗓子喊："脚踏车搬搬开好吧？啥人的脚踏车？撞瘪了不负责任的呀——"可是无人理会他，人们自顾自还价钱，讲斤头。

这个女孩子愈是加快了步子，脚头依然轻捷如行云。她小小的花瓣脸像涂了油彩般光彩逼人，那对常常云遮雾漫的眸子，此刻却晶亮如星。她听不到周围的喧闹，看不见路边的芜杂，仿佛纷繁的尘世与她毫无关系。她脸上的神情和身体的姿态都表现出一种神往的专注的勇敢的决绝的意境，就像嫦娥义无反顾地飞向广寒宫；甚至也像那殉情的祝英台，毫不迟疑地跳进梁山伯的坟墓，只愿与心爱的梁兄化作一对自由自在的蝴蝶。

人攀明月不可得，月行却与人相随。

行走的过程中，女孩子忍不住抬头看了看那钩一路伴着她的月牙，月牙升高了些许，正停在街边梧桐树绿茸点点的枝丫上，淡黄色的，恰似黄鹂深树鸣。

第一章 单根的心思

吴阿姨灰蓝布衫外套了件香烟灰色绒线开衫。

薄薄的月色中，

吴阿姨只是一条灰不落脱的影子，

也只是单根的一个梦。

01

盈虚坊弄堂口传呼电话间里的跷脚单根年前把独生女儿嫁了出去，他便真正地成了孤鸿寡鹄、形影相吊的独杆子人。难得开伙仓，想起来烧它一大锅饭就酱菜萝卜干吃它三天，并且再也不用倒马桶，弄堂对过就有公共厕所嘛。

跷脚单根并不孤单，盈虚坊几百户人家就像他家里的人一样。谁家晚辈不孝顺，谁家夫妻吵相骂，谁家新添缝纫机脚踏车，谁家正办着红喜事白丧事，他都一清二楚。有用得着他出力的，他二话不说，便一脚高一脚低地上阵去。

没有老婆的男人不懂得收拾自己，跷脚单根胡须常常不刮，衣裳难得换洗，敞着的衣领子看得见一圈油黑泥；嘴口黑碴碴的，活像青面兽杨志；加之他坏了左脚，走起路来一高一低像只浪头上的小舢舨。所以跷脚单根外相十分老气，弄堂里小孩子都喊他“老伯伯”；青壮年纪的客气点称他“老单根”；那些家长里短的婆婆妈妈阿姨婶婶们索性直拔直叫他“跷脚单根”；还有更简便的，就叫他“阿跷”。他从来不动气，也不辩白一二，凡有喊他的，喊什么他都应得爽快。晓得底细的老住户拨着指头算过，跷脚单根无论如何也过不了半百年纪。

盈虚坊弄堂口的传呼电话间是跷脚单根的办公室，也是他的家。这是一间砖木结构的平房，一边依着人家的山墙，一边接着盈虚坊牌楼的青砖柱子。房间不足二十平方米，拦腰用三夹板隔成前后两间，前间明，后间暗。前间靠窗处放着一张两抽屉的旧写字桌，桌面上放着两部电话机，还有一块衬绿呢的玻璃板，玻璃板底下横七竖八压着大小不一的纸片，纸片上都是各式各样的电话号码。这里是跷脚单根的岗位。他是个非常尽责的人，看看他乌鼻皂耳的，桌面上的玻璃板却擦得照得出人面孔。女儿未出嫁时，跷脚单根晚上就在写字桌旁搭张行军床睡觉；女儿嫁走了，跷脚单根睡后间，就在前间放了两条长板凳和几张竹矮凳，好让过来打电话的等回电的坐下歇歇。偌大盈虚坊数十条大弄堂小弄堂就这么一个传呼电话间，一天到晚要在盈虚坊里兜上好几圈，所以跷脚单根的工作很繁重。

上午，九点敲过，小小电话间便陆陆续续地坐满了人，几乎清一色是女人，有要打电话的，也有来等回电的。更多的是收拾好房间、端整好上半天家务、偷得一息闲空的家庭妇女，有的带着刚起了针要结的毛线衣，有的拿着纳到一半的布鞋底，有的拎着一篮头要剥的蚕豆、要拣的荠菜，都到电话间凑热闹，有意无意地让庸常的日子过得有些生趣。

女人们聚在一起嘴巴是不肯示弱的，小小电话间里叽里呱啦总像宿了一窝麻雀，时不时迸发出哗啦啦的笑声。一个女人用绒线针点着跷脚单根道："阿跷，你看看，这里成了红色娘子军，你就是我们的党代表洪常青了。"另一马上接口道："老单根比王心刚神气多了！"这句话分明是反话，于是大家都开心地笑起来。

跷脚单根并不笑，仍笔端笔正坐在写字桌前。女人们七嘴八舌，他耳朵听着，眼睛却永远望着窗外，这个位置正好能看清进入弄堂的每个人。没有人交代过他，他是自觉地担当起盈虚坊警卫工作。他自然听得出女人们善意的讽刺，便慢吞吞扬起青茬茬的下巴，道："王心刚太娘娘腔了。"女人们笑得更厉害了。单根愈是一本正经，她们愈是要惹他。又有一个便问道："阿跷，你为啥不跟你女儿一起嫁到北新泾去呀？听讲你女婿家是独幢头的三层楼呢。"

有人代单根回道："阿跷哪里舍得离开盈虚坊？你们没听讲啊？盈虚坊风水好，在《伏羲先天八卦图》里叫做坐天根望月窟的方位。"

单根仍然面朝窗外，声音瓮瓮道："我要走了，谁肯来管这电话间？谁搞得清楚盈虚坊蜘蛛网一样的八卦阵？谁记得住盈虚坊迷魂汤一样的门牌号？”

立即有人真心诚意附和道：“跷脚单根你是不好走的，你是我们盈虚坊的联络员、参谋长、外交官！”

先头发问的没有达到目的，哪肯罢休？索性挑明道：“我看阿跷啊，嘴巴上讲得好听，好像是为了盈虚坊着想，我晓得，其实阿跷是醉翁之意不在酒——”

好几个人一起问：“是啥呀？究竟为了啥呀？”

那人便意味深长道：“阿跷还在等他老婆回来呀！”说罢，她先笑起来，却没有人附和，坐在她旁边的用胳膊肘狠狠戳了她一下。

单根是在1958年受的伤，当时他年方而立，英俊剽悍。政府号召填浜筑路，他拉着老虎榻车运泥沙，一车堆尖的泥沙被他拉得比运输卡车还快，多次夺得了填浜筑路大军中的标兵流动红旗。那一日，他拉了泥车到了河浜边，正欲借势倾倒泥沙，忽见河坡上有个四五岁模样的光腚男孩撅着屁股，挖洞找蚯蚓，这一车泥沙倒下去，一条小命难保。单根大吼一声，用背脊抵住泥车，车实在太沉，惯性使它继续往坡下滑。单根急中生智，用力掀翻了车，泥车像座山似的压在他的左腿上，他清楚地听到自己的腿骨咔嚓一声生生地折断了。

单根真正的伤痛不在腿骨上，腿瘸了，腰杆还能够挺起来；痛就痛在未等他腿伤痊愈，他恩恩爱爱了八年多的老婆突然离家出走，黄鹤一去不复返了，那时单根的女儿刚上小学。以后的日子，单根硬碰硬靠自己劳动挣工资养活女儿。天蒙蒙亮，他就要起来，拖一把竹笤帚一高一低地去扫弄堂。盈虚坊横七竖八的弄堂，要扫到日当头方可歇下来。夜里等女儿睡熟了，他还得一高一低地出去，盈虚坊旮旮旯旯拐弯抹角都要转到，一路摇着铃喊：“门窗关关好——火烛当心啦——”前两年盈虚坊设传呼电话间，大家都讲跷脚单根最合适做了，他人头熟路熟又热心肠，一高一低跑路还是要跑的，总算用不到起早摸黑了。

看看跷脚单根每天快快乐乐跷东跷西地喊人接电话，仔细点就能发现他从来不在人前提他出走的老婆一个字，权当什么也没发生过。背地里人们都讲跷脚单根是痛狠了，痛得讲不出来了。电话间里的女人们都怨方才那人勿入调，无缘无故去揭人家的伤口做啥？都翻她白眼，给她脸色看，一时间倒没人讲话了。剥蚕豆的扑笃掼进篮里一粒豆，扑笃又掼进篮里一粒豆；扎鞋底的将线拉得刺啦刺啦刺啦响。

稍顿，却听见跷脚单根逼出一句来："呸！这种女人真要回来，我当即拉她到区政府打离婚证书！"女人们看不见单根面孔上的表情，只见他的腰板硬僵僵地挺得笔直，像一段绝壁。

这时，窗前正走过一位妇人，右手挽着只沉甸甸的大菜篮，左手拎着几条用细麻绳串起的河鲫鱼，那鱼刚破了膛，鱼尾仍挣扎着叭嗒叭嗒扑打着。妇人脚步爽利，一看便知是劳作惯了的人。她穿着一身蓝不蓝灰不灰的布衣衫，肩膀宽宽的，胸脯圆圆的，很结实却很匀称。她正侧过脸，短发掖在耳后，朝窗口里浅浅一笑道："上班啦，今朝天气蛮好。"她的声音有点毛糙，口气却是温顺的，带了点讨好的意思。她说话的时候脚步并不放慢，所以话音刚落，人已经擦过去了。她的话显然只是客套，并不要求应答的。

电话间的女人马上有了新的话题，一下子都兴奋起来。一个抢先说："阿跷，吴阿姨是在跟你打招呼呀，你怎么木知木觉不搭腔呀？"

另一个便道："人家老早心照不宣了，我们哪里听得懂？"

再一个就更放肆了，道："怪不得连女儿都拉他不动了，吴阿姨现在住着打蜡地板落地玻璃门的大房间，阿跷你索性倒插门算了。"

女人们又一次迸发出开心的笑声。大家开跷脚单根与吴阿姨的玩笑也并不全是无中生有。吴阿姨二十五岁就到盈虚坊来当奶妈，被她奶过的孩子现在都十六七岁了，如今便在盈虚坊一带走人家做娘姨，她也算得上是盈虚坊的老住户了。当初单根拼了一条腿救下的男孩子便是吴阿姨的儿子。事后，吴阿姨对单根愧疚万分，她又无钱赔偿单根，单根也称坚决不要她赔偿。于是，在以后的日子里,特别是单根的老婆出走之后,吴阿姨总是不声不响尽心尽力帮单根做些家务事。早些年,单根起早摸黑扫弄堂摇平安铃,吴阿姨便把单根的女儿领回家,照顾她的起居饮食,单根屋子里粒粒屑屑啰啰嗦嗦的家务事吴阿姨也一手操办了。后来,弄堂里后门口灶头间晒台上就传开了一些风言风语,跷脚单根和吴阿姨如何如何的。据说,吴阿姨的儿女跟吴阿姨哭闹过一次,吴阿姨便很少再进跷脚单根的小屋了。

女人们的笑声并没有撼动跷脚单根峭壁一般的背脊,他仍直挺挺坐着望着窗外,瓮声瓮气道:“你们开玩笑管开玩笑,不许到外面瞎嚼舌头,人家乡下是有男人的!”

女人们的兴致受到了很大打击似的,一下子沉闷下来。但是她们哪里甘心就这么败下阵来?沉闷只是在蓄积,搜罗枯肠寻找突破口。果然,不过几秒钟,马上有一个哼了声道:“还有人讲她男人病死了呢。这二十年从未见她男人到盈虚坊来过,谁知道真有没有这个男人呀!”

女人们仿佛看到了一线曙光,七嘴八舌附和道:“是啊,是啊,恐怕她男人也跑了呢?倒是和阿跷天生一对地成一双呢。”

却有一个人往众人火蓬蓬的兴头上泼了一盆冷水,一撇嘴道:“跷脚单根就找不到比她强的啦?这个女人总有点来历不明。你们说说看,前几年局势多少紧张?多少造反派司令部相中我们盈虚坊里的这两幢洋房?恒墅里的常家就被扫地出门了对吧?偏生会让她一个娘姨搬进守宫,独占守宫里最响亮的大客厅呢?这里面总归有点说不清话不明吧?”

女人们都觉得问题点到了关键的穴位,正想借此话题大大发挥一番,忽听得跷脚单根抬手落下,叭的一声重重地拍了下写字桌,道:“我一个人过日子就过不下去啦?从前人家王宝钏还是宰相之女呢,守寒窑一守就是十八年;还有一个李三娘,三尺磨房推磨一推就是十五年!”单根十二三岁时在家乡的淮戏班子里学过几日武生,后来因为偷了戏班头肩旦角的胭脂盒,被班主赶了出来,终未成正果。好歹学了一串筋斗和几口老淮调，言语时总喜欢夹带一些传统剧目中的情节。

女人们是真心佩服跷脚单根的气度的，便纷纷道："阿跷你放心，王宝钏十八年后还是做了薛平贵的皇妃，李三娘十五年后也盼来了她的咬脐郎，你阿跷也一定会有好结果的。"

时间就在这东一句西一句的闲话声中悄悄地流逝了，这期间跷脚单根出去传了两次电话。当有人发觉将及日中心时，都慌忙立起来收拾手中的生活，要回家烧饭，小囡放学要回家吃中饭的。剥蚕豆的捧了一把豆肉放在写字桌上，道："阿跷，给你晚上做只咸菜炒蚕豆，豆要先焖一会的，再放咸菜。"马上有人接口道："皇帝不急，急煞太监，有人会帮阿跷做的！"便鸟雀觅食般散了。

日里，传呼电话间的生活不会很忙，有电话来往的大都上班去了，弄堂里很清静，只有围墙上的枝叶和晒台上的衣物在絮絮的风流中划答划答地拂动。下半天，那帮家主婆们有的要打中觉，有的去走人家逛马路，所以电话间里也冷清不少。跷脚单根就把放在床头柜上的半导体捧到写字桌上来了。女儿晓得他夜夜要听无线电，总是在播音员叽叽咕咕的讲话声中渐入梦乡的。家里那台收音机是老爷货，日长势久，只能调出一只台，喇叭也沙壳壳的了。女儿就让女婿托人买了只新式半导体送给他。一开始他还用不惯，不会调天线，慢慢也就顺手了，毕竟收到的频道多，声音也清爽，只是那只调外国电台的按钮他从来不碰。前几年弄堂笃底洋房里的常家被造反派搜出可听敌台的收音机，夫妻两人被剪了阴阳头游街，那女的因咽不下这口气，半夜里跳楼自杀了。

跷脚单根将调频钮拨了一通，却觉无趣，老淮戏是长久没有了，唱来唱去不是《红灯记》就是《沙家浜》。这种时候，跷脚单根倒真希望写字桌上的两部电话响起来，让他好到弄堂里去转转。他想电话机不要坏了？就抓起话筒，听听，嗡的拨号声直钻耳洞。正难挨时，忽觉窗口的光线暗了一块，抬起头，竟是吴阿姨立在窗前，阴头里看不清面孔，那宽肩宽胯葫芦似的身影却是熟悉了的。跷脚单根慌里慌张立起来，两只手僵硬地撑在桌面上,道:“你,你,你,要打电话呀?”

吴阿姨并不回答,只从臂弯上的篮子里拿出一只钢盅饭盒,往桌上一放,道:“我裹了一点马兰头豆腐干馅的馄饨,你吃吃看,吃得惯吧。”

跷脚单根蛮灵光的嘴巴,这一刻只会讲“谢谢”两个字。吴阿姨便道:“这点小事也好谢,那我要怎么样谢你呢?”跷脚单根被她这一句点住了穴位似的,半天回不过神来。待他缓回气,吴阿姨已经走开了。跷脚单根这才觉得肚子饿了,揭开钢盅饭盒的盖子,满满一盒热腾腾的大馄饨,他来不及去拿筷子了,两根手指拎起一只就往嘴巴送,一嚼满嘴的清香。

02

近黄昏了,仔细点的人是可以看得见兑了墨的花青色一般的暮霭从弄堂七撬八裂的水泥板的缝罅里,从一扇扇石库门台阶边的苔藓里,从一堵堵青砖围墙上的蔷薇花茎蔓里丝丝缕缕地升起来,又迅速弥漫开了。夕阳的余晖仿佛那些已过了当红年纪却仍不舍得退场的旧角儿,使出浑身的解数,将一抹一抹绚丽的晚霞撒落下来,弄堂里那些残缺不全的水泥板倒被装饰得五彩缤纷,很辉煌似的。

这种时候,弄堂里开始喧闹起来。下班回家的脚踏车穿梭在羊肠般的高低不平的弄堂里,都讲上海弄堂里练出的车技去参加国际杂技比赛稳笃笃拿奖。放了学的小孩子把弄堂当作他们的免费游乐场。一群男孩子比赛拉叉铃,爹娘不肯出钱买响铃的人家,小孩就缠着阿奶、阿婆把用旧了的钢盅锅盖给他们当叉铃,两根筷子绑根细麻绳,叉起来照样呼啦啦地转,还不时来个高飞,比屋顶老虎窗还高,还能不偏不倚地接住,继续叉。

这种时候,也是跷脚单根电话间生活最忙的一刻,等着打回电的人排起不长不短的一条队伍,跷脚单根就不停地跟人打招呼:“请大家互相照顾,讲话尽量简短。”打进来要喊人或者传递口讯的也是一刻不停，跷脚单根要跑开时，总要拜托一个人帮他守电话机。实在找不到空闲人，他就捉一个在弄堂里玩耍的小孩过来当差。当然他要付出报酬，或者把电话间里的板凳借给小孩子玩撑山羊；或者拿一盒自来火出来让小孩子斗洋火棒。

当暮霭一分一寸将整座盈虚坊都吞没的时候，差不多就是寻常人家的晚饭时刻了。这一刻也是寻常人家最重要的时刻，一家人此刻方能凑齐了团团圆圆围着餐桌坐下，虽是粗茶淡饭普通菜肴，你敬我让，亲亲热热，外面受的委屈到这里来发泄，外面不好说的话这里但说无妨。一顿晚饭通常要吃上个把钟头是不稀奇的。而这一刻，跷脚单根的肚子却一点都不饿，因中午吃了吴阿姨裹的馄饨，心里面胀勃勃堵满了许多东西，就想找个人一吐为快。找谁去倾吐呢？当然是倪师太啰。单根爹爹被日本鬼子的炮弹炸死的时候，单根还不足五岁，母子俩没有了生路。当时盈虚坊边上有座香火兴旺的盈虚庵，庵里的静虚师太破例收留了单根，让他在庵里守烛台看供果。稍长些帮着打扫庭院，直到单根嘴唇边冒出软软的须毛，讲话声音变得哑壳壳的了，庵里实在待不下去，方才出来另谋生计。倪师太是静虚师太的高徒，静虚圆寂之后，她便做了庵主。盈虚庵败落之后，庵内尼姑由人民政府统一安排了工作，倪师太到色织厂做工直至退休。她仍是吃素念佛，积善好施，街坊们都敬重她。单根更是逢人便道："没有盈虚庵，哪里有我呢？"

单根在这世上能吐露些心事的，也就只是倪师太了。

此时，有只电话打进来，要传话的人家恰好与倪师太家邻近，单根看见写字桌上堆着的那一捧碧生生的新蚕豆，自己哪有心思弄了吃？不如送给倪师太去，也是一个由头。于是就用一块旧帕子将那蚕豆包了，拎在手中出了门。

倪师太住在底楼的后厢房。单根看见后门开着，便径直走了进去。在灶头间刷碗收拾厨具的婆婆妈妈们都跟单根点头招呼，问道："阿跷夜饭吃过了吧？"或者道："阿跷，要不要拿点下饭小菜去？自己腌的咸白菜。"单根一一应付过，径直走进后厢房。

倪师太正吃晚饭,见了单根,用手中筷子点了点旁边的凳子,道:“一道吃点吧?”单根摇摇头说:“吃过了。”便坐下。看见四方八仙桌上只有两只蓝边菜碗,一碗是清蒸臭豆腐,另一碗是青椒丝炒香干。就这两只菜,单根却闻到一股沁入肺腑的香气。再闻闻再想想,单根知道倪师太一定做过佛事了,也不挑明,只将那帕子包着的蚕豆往桌上一放。倪师太解开那帕子,两根指头捏起一粒豆看看,道:“蛮新鲜,明朝用新咸菜做只咸菜豆瓣汤。”便用银针般的眼睛盯住单根,“是她送给你的?”

单根摇摇头,马上道:“她中午送过来自己裹的馄饨。”

倪师太不搭腔,用那双上粗下细的象牙筷挑起一小块臭豆腐放入嘴中抿着。

单根面孔先就涨红了,像肉铺上挂着的新鲜猪肝,吭吭咳了几声,道:“师太,你打听过没有?吴阿姨一家人究竟怎么会搬进守宫的呢?外面的闲话实在是听不下去,讲她在那里做奶妈的时候跟男主人不清不爽什么的……”

倪师太用筷子点点单根,道:“你呀,样样事体都清爽,独独碰到这桩事体就犯糊涂了。盈虚坊的闲话你好当真的呀?有的人最是熬不得别人得了好处,挖空心思编排人家。”

单根道:“风来竹梢动,雨过地皮湿。总归事出有因吧?老早就听讲,守宫的冯先生原就是王魁陈世美之流的人品。”

倪师太将碗筷往桌上一放,道:“守宫里的事情,我可以说最清爽不过了吧?你不要钻牛角尖钻不出来了。虽说这几年我去守宫走动得少了,但这桩事体明眼人一看就有数有脉。为啥恒墅的常家被扫地出了门,守宫的冯家却能安然如故?如果不是冯家抢先一步让吴阿姨一家搬进底楼,又让出二楼正房给红卫兵组织作了总部,这守宫还能保全到今天?这幢洋房原是冯太太的嫁妆,就是她的立身之本呀。”停停,又道,“你看看人家吴阿姨,闲话再多也只当不听见,对讲闲话的人照旧客客气气打招呼。闲话嘛,由它飞短流长,也只是一时的猖狂,日长势久也就偃旗息鼓了。”

单根寻思倪师太说得句句在理，面孔却更红了，一边嘴角嗦嗦嗦地抽搐起来道："还有种闲话，说是她乡下的男人根本是杜撰出来的……"

倪师太叹了口气，道："我打听过的，她男人是吃官司的，原来判了十年，倒好出来了，不晓得为什么又加判了十年，现在还坐在监牢里。你不要跟那班嚼舌头的女人讲，她瞒着，是为了她的儿子女儿。现在他们填家庭成分，是劳动人民。"

单根点点头，头颈锈了似的格格响。事情是弄清楚了，希望也破灭了。面孔红潮哗地退下去，留下一片白生生灰扑扑。一时间竟呆在那里，庙里的泥塑一般。

倪师太用筷子敲敲他手背，道："巧娣预产期是啥辰光？早点告诉我，我好给她念起来，愿消三障诸烦恼，愿得智慧真明了。"

巧娣是单根的女儿。单根心里晓得师太是借女儿规劝自己，想想自己是有点忒孟浪了，奔五十的人还犯单相思！便讪讪地站起来，跟倪师太道了别。

晚上八点敲过，电话间里那两台电话机的铃声频率渐次稀落了。过了夜九点，一般的日子这电话机是可以歇停下来了，跷脚单根还要用酒精棉花将电话机通体擦拭一遍，他对这两部机子像自己的儿子、孙子一样宝贝。

一切收拾停当，单根才想起晚饭尚未吃过，有中饭的馄饨垫底，倒也不觉饿。吃总归要吃一点的，不好亏待自己的身体。便从揭罩里找出半只冷馒头，就着茶水吞下肚，就算对付过去了。

临睡前，女儿打来只电话，差不多每日这种时候女儿总归会打电话过来的。女儿的公爹是北新泾镇上不大不小的干部，家里有自备电话。女儿是孝顺的，没啥要紧事，只是问候，爸爸你夜饭吃点啥小菜？不要亏待自己，钞票不够问我拿；天气早晚还冷，被头够暖吗？单根哼哼哈哈应答过了，就钻进被头，打开半导体。平常总是东听听西听听就睡过去了，这一晚上脑筋里却像上大戏似的倾倾咣咣停不下来，当年用脊背抵住一榻车泥沙救下吴阿姨儿子的情景演了一遍又演了一遍。他捂住心口对自己讲:“我真不想让你报答我什么,我真的蛮喜欢你这么个人,清清爽爽,勤勤恳恳,和和气气。”

跷脚单根钻冷被头钻了十多年,盖再厚的被头,焐再烫的热水袋,两只脚总是冰块一样热不起来。真想有个实实在在的女人帮他来焐焐脚。

跷脚单根辗转反侧了不晓得多久,刚刚有点迷迷糊糊了,突然外间响起一串长长的电话铃声,像一根皮鞭子划划抽打着他的脑袋,生生地将他抽得清醒起来,脑壳还辣豁豁地痛。他捧起枕边的夜光闹钟看看,正是午夜时分。这种时候打电话过来的一定是性命关紧的事体了,他也不是头一次碰到这种情况,去年就发生过。小孩出去插队落户,在山里头救火,烧死了,公社里深更半夜打来长途电话报丧,把整个盈虚坊都惊动了。

跷脚单根骨碌翻起身,黑暗中鞋子也来不及拖了,赤了脚,一高一低摸到外头写字桌前——这个地方他太熟悉了,闭了眼睛也不会弄错——伸手抓起电话筒,倒好像拔出一只用力摇晃过的啤酒瓶塞子,扑地冲出一股子气来:“喂喂喂,是盈虚坊吗?有人吗?奇怪,怎么没响动的啦?”

单根耳膜被冲得嗡嗡响,忙道:“同志,你慢慢讲好吧?这里是盈虚坊,你找几号里?姓啥?”

对面的声气稍微平息了些,道:“是盈虚坊就好,我也不晓得是几号,一个姓常的小姑娘,八点敲过被过路人送到医院来的,经抢救现在已无生命危险,能不能通知她家里啊?”

“哪个常啊?”单根心悬悬地问。

“平常的常。”对方答得简洁而准确。

单根心里咯噔了一下,问道:“这个小姑娘生了啥毛病?是啥人把她送到你们那块医院去的?”

对方沉默了几秒钟,好像还吐出了一口气,才道:“小姑娘的事情,你也不要问得那般仔细了,快去通知她家里人吧。”

单根是盈虚坊的活历史、活地图,他晓得盈虚坊现在只有一户姓常,可在四十多年前,整座盈虚坊都姓常。日长势久,几经战乱,常家人死的死走的走,房产毁的毁卖的卖,盈虚坊逐渐衍生成了百家姓。

盈虚坊面世近五十年,历经磨难,沧海桑田,早已没有了当年的风神玉貌,只有两样东西留存至今,一是面街而立的青砖双重檐歇山顶牌楼;二是左右两条青条石铺就的大弄堂,一条叫“下巽桥”,一条叫“上震桥”。从下巽桥往里走到笃底,前后有两座与整个坊内建筑风格迥异的花园洋房,一座叫“守宫”,一座叫“恒墅”,却是常家在抗战胜利后重建的,分别属于常家的两个叔伯兄弟。后来,守宫的常家移居海外发展,将房子卖给了做生丝生意的李姓富贾;而恒墅的常家却将在海外求学的儿子召回来继承家业,这便是如今盈虚坊中仅存的那户“常”了。恒墅的常先生名震,字衡步,他是在 1948 年底被病危的父亲从美国召回上海的,就在病榻前临危受命,终成了常家在上海的末代老板。这位常家末代老板对经营企业并不在行,却念念不忘他的建筑专业。正值新中国成立后对全国大学院系进行调整,同济大学定为致力发展土木工程建筑专业的学校。常衡步便毛遂自荐去同济兼课,颇受学生欢迎。五十年代中期,国家对资本主义工商业实行全面公私合营改造,常衡步坚决辞去了私方副厂长的职务,只挂个技术顾问的虚职,却一心一意教书育人了。当时,他作为资产阶级工商业者思想改造好的标兵受到政府的表扬,还当上了区政协委员。常衡步待人和善平易,盈虚坊老老少少都蛮喜欢他,背地里指他“常家小开”,当面却尊他“常先生”。

说起来,这样一位常先生与跷脚单根还有过一段不寻常的弄堂交情。一个是锦衣玉食的公子哥儿,一个是身有残疾的扫弄堂工人,身份地位教养天壤之别,按常理他们几乎没有交往的可能。偏生这位常先生有个怪癖,每日吃过夜饭,要到弄堂里去散散步,且无论春夏秋冬,不管风吹雨打。散步嘛,也算不上什么怪癖呀,可是常先生散步与众不同,他总归要将盈虚坊竖竖横横的大小弄堂一一踏遍才肯停歇。单根 1958 年填浜筑路瘸了一条腿,政府照顾他,不让他推粪车了,安排他在盈虚坊扫弄堂,摇平安铃。早一趟,晚一趟,也是要将盈虚坊竖竖横横的大小弄堂一一踏遍。于是,单根日日要在弄堂里碰到常先生。那时候,常先生已是摘帽"右派",下放到工厂里做翻砂工。单根却不怕被牵连,搞不清爽"右派"、"左派"有啥不一样,单根只凭直觉判断这个人值不值得交往。单根扫弄堂碰到常先生,总要和他扯几句闲话。一来二往地熟了,闲话也愈讲愈多,愈讲愈深入。单根肚皮里关于盈虚坊的历史衍变故事大都是从常先生那里听来的。

早春半夜里的风还是很锋利的,幸亏单根皮肤老结,风刀子刮上去簌划簌划响,却钻不到骨头里去,反倒是骨头里的寒气一阵阵往外窜,弄得他一身鸡皮疙瘩。心急慌忙,脚步却像得了小腿静脉曲张一样快不起来。平常他跷到东跷到西,一般妇女还跟不上他的步子,这时候他是心里矛盾呀。这常家真叫做"才脱了阎王,又撞着小鬼"了。数年前,多少娴雅的一个常夫人被剃了阴阳头游街,当晚就跳楼自尽了。现在好端端的女孩子又碰上这趟子事,要羸弱的常先生如何承受得了!单根思来忖去,究竟如何向常先生开这个口,报这个不祥之讯呢?

单根只顾揣摩,习惯地沿下巽桥一路走下去,已经快走到恒墅跟前了,忽然拍了一下额角头,骂道:"老年痴呆啦,常家前两年就搬出了恒墅,搬到倪师太那幢房子的三层阁去了,还是自己帮他们搬的场,还帮他们把两只沉甸甸的铜架单人席梦思床拉到淮海路重庆路口的旧货商店,调了两只狭窄的钢丝折叠小床给他两个落难小公主睡。"

单根虽气恼自己脑子未老先衰得了健忘症,又庆幸自己拾着点时间。从恒墅到那幢房子,原本直线距离没有几脚路,不过当中被几户人家后起的屋墙拦断,必须绕道从旁边支弄过去,平白就多出了许多路,说不定绕来绕去能绕出几句妥帖的话来。千万不好叫常先生受的刺激太深,弄不好会引发心脏病或脑溢血的呀!

单根慢吞吞地走过去,一步分成两步走,一步九回肠。直到站在那幢房子的后门口了,还是没有想出一句妥帖的话来。他抬头望望三层阁的老虎窗,果然黄澄澄地亮着灯,可怜常先生一定望眼欲穿地等女儿回家呢。单根张大嘴巴要喊了,却喊不出声。他想,现在公开场合是不能称“先生”了，应当叫“同志”。可是常先生现在是被专政的对象，称“同志”也不太妥当。如果喊他“师傅”，更有点牛头不对马尾。常先生一直是坐写字间的，即便下放劳动了，举止腔调总归是坐写字间的人，哪像个师傅呢？为了这个称呼问题，单根又磨磨蹭蹭延宕了一歇。

大约是站在风头里时间久了，单根喉咙口突然痒叽叽、毛辣辣的，忍不住咳了起来，他已经拼命屏牢嘴巴，但咳出的声音刮辣松脆，撞在石骨铁硬的青砖墙或者水泥拉毛墙上，愈发轰轰然响雷一般。要是索性惊动常先生倒也好，省得单根再惊天动地喊他。偏生是底楼后厢房的窗户忽地先亮了起来。单根看见玻璃窗上印出团团圆圆的头影，恨得捶自己大腿。把倪师太搅醒了，该死呀！随即又想，也好，先把事体告诉倪师太，倪师太阅历了多少世事，再大风浪也稳得住舵把的。

木条窗吱嘎一声推开半扇，倪师太压着嗓子问道：“是单根吧？咳得像放炮仗一样，只有你！又做梦了是吧？十几年都等下来了，就等不及日头出来？”倪师太以为单根深更半夜来找她，必又是为了吴阿姨的事体。

单根捋了下头皮，低低道：“师太你开开门，我真有要紧事体。”

倪师太转身摸了钥匙从窗口丢给单根。单根开了门进去，将适才传呼电话那头的话一五一十复述了一番。单根看见倪师太的面团脸在黄澄澄的灯影中黑下去一层，呈灰白状。没有了笑意的师太的面孔很像一尊菩萨的面相，呆墩墩的，呆了一会，她才出声，声音冷飕飕的，像夹弄中的小风：“怪不得我眼皮要命地跳，晓得要出事了。”停口气，又道，“我要是狠心拦住她就好了，我只是想十六七岁的姑娘一直关在阁楼上，也太难为她了。我还特意关照她，要早点回家的。”

单根想，十六七岁，就是大的那个了。忙道：“师太这怎么能怪你呢？我现在上去找常先生，我是生怕他吃不消。”

倪师太银针般的肉里眼闪了一下，道：“你去把他喊下来，就说我有话对他讲。”倪师太在盈虚坊是有这般威望的。

单根的手刚叩了一下三层阁的薄板门，那门就哓地拉得笔直。常先生一双眼珠子弹在眼眶外，荡来荡去，劈面问道："是天竹打电话来啦？"

单根不接他的话，只道："常先生，你到倪师太房里去一趟好吧？"

常先生外衣都来不及披，只穿了件棉毛衫就往楼下去，简直像是滚下去的，木板楼梯原是松动的，更是被他压得嘎吱嘎吱响。有哪家小孩子哇哇闹觉了的哭声，还有谁家困痴懵懂骂道："奔丧啊？深更半夜的！"

常先生扑进倪师太房门，已经发不出声音，只是对牢倪师太面团面孔喘粗气。倪师太真是有本事，这种时候能够把握得心平气和，像唱经般慢条斯理道："常先生，你也不要急，医院打电话来了，你家天竹现在已没什么危险，单根陪你去接她回来，慢慢调养几日，不会有事的。"

常先生可怜巴巴地看看倪师太，转过身来又看看单根，像只弄堂里小孩子玩的"贱骨头"，被人抽得跌跌冲冲转圈。

单根晓得他的心思，这种时候，到哪里找车去接女儿？从前，赫赫有名的常家小开自然是小汽车进小汽车出的。公私合营后常先生不愿意做那个私方副厂长，到同济大学教他的建筑设计老本行，也和大家一起轧公共汽车上下班了。

单根拍了一记常先生的肩膀，让他不要再"贱骨头"转了，道："里弄里的一部黄鱼车就锁在电话间后窗口，我有钥匙，我踏你去。就是要带一条被头，车板是铁皮的，冰冰冷。"

"被头我这里有，常先生不必上去拿了，惊天动地的。可惜我腿脚不灵便了……"倪师太沉吟道，"单根你去喊吴阿姨一声，看看她好一道去吧？一则吴阿姨在常家做过，跟常家两千金都熟悉；二则吴阿姨嘴巴蛮紧，不会把东家事搬到西家去。有双女人手总归方便点。"

单根心里真是恨不得给倪师太作大揖了，一方面亏得她想得周全，也不晓得那女孩子病得怎样，万一要人抱要人抬的，吴阿姨在就好办多了。二则，黄鱼车踏过去再踏回来，最快也是两个钟头了，单根不怕做苦生活,不过做苦生活的时候身旁有吴阿姨陪着,再吃力也不吃力了。单根转身就走,一边道:“我去拿黄鱼车,常先生你在这里等着,等一歇我接了吴阿姨再绕过来接你。”

倪师太道:“兜那么多圈子做啥?常先生跟了一道去,接了吴阿姨就好直接上路了。”

倪师太已经将被头拿出来了,又拿了一条线毯让常先生披在肩上。

单根领着常先生取了黄鱼车,径直去吴阿姨家。跷脚踩黄鱼车别有一功,车子在半夜空荡荡的弄堂里真像一条游走的黄鱼。

早先吴阿姨带着一双儿女住在人家楼梯下面拦出来的披屋里,那屋是斜顶的,仅能塞进一张上下铺的叠床。那时候,吴阿姨的儿子睡上铺,吴阿姨和女儿睡下铺,儿子、女儿做功课都只好合扑在床铺上做。那时候,单根与吴阿姨往来得最勤快也最亲近,单根甚至已经在盘算如何将吴阿姨一家三口接到他的小屋里来了。就在前几年,“文革”闹得最凶的时候,吴阿姨一家却出人意料地搬进了盈虚坊中最好的房子守宫。自那以后,单根与吴阿姨之间的走动渐渐冷落下来。不过,单根对吴阿姨的心从来没有冷落过。直到今天,倪师太为他解释了疑惑,却也打破了他的希望。此刻,他的心如同半夜里盈虚坊的大弄小弄,空空落落,冷冷清清,却也干干净净,坦坦荡荡。他想,现在他跟吴阿姨说话,嘴角一定不会抽搐了吧?

单根踩着黄鱼车拐进下巽桥,嘎吱嘎吱驶了一段,就能看见弄堂底那两座楼房横七竖八黑幢幢的剪影,它们和稍远处的两棵古老的银杏树蟠曲峥嵘的剪影交叠在一起,衬在铁灰的天幕上,像是在演绎盈虚坊里跌宕曲折的故事。

“单……单根爷叔,我不过去了,好吧?”常先生忽然开口道,他是跟着他女儿的叫法叫单根的。

单根心里又骂自己不周全,守宫和原来的恒墅贴隔壁,当中相距不过二十来步路,常先生当然害怕看见恒墅,害怕看见沾过他妻子血渍的石阶!于是单根刹住车,道:“常先生你就在车上蹲着,我去叫吴阿姨过来。”

单根一高一低跷到守宫花园的锈红铁门前，他晓得吴阿姨住的底楼大客厅，落地玻璃门外有半圆的拱券敞廊，正对着花园门的。单根就在墙脚跟寻了两块鸡蛋大小的石子，半抡手臂丢进去，正好落在敞廊上，壳落橐一声，壳落橐又一声。

单根听到落地玻璃门咣啷当打开了，他生怕吴阿姨声张，连忙叫了声："吴阿姨——"

一阵踢踢踢踢塑料拖鞋踩在青砖石上的脚步声，吴阿姨隔着铁门轻声地、糯糯地骂了句："寻死呀，单根！"

单根晓得她会想到歪路上去，急道："吴阿姨，常先生的女儿困在医院里，倪师太要你帮我搭把手，去接她回来。"听吴阿姨没回声，又道，"是人家医院打电话来的，常先生就在前头黄鱼车里等着。"

吴阿姨总算相信了，道："等一歇歇工夫。"

单根对着踢踢踢踢的脚步声追了句："衣裳多穿点。"

单根在原地搓着手掌转了两个圈，吴阿姨就出来了，灰蓝布衫外套了件香烟灰色绒线开衫，薄薄的月色中，吴阿姨只是一条灰不落脱的影子，也只是单根的一个梦。单根心里狠狠地想，好比当她是《聊斋》中的狐女花精罢了！便一言不发，扭头就走。那吴阿姨也不做声，紧紧跟在后面。

单根穿一双军用球鞋，是女婿特地为他搞来的，橡胶底踩在水泥板上，只有轻轻的嚓嚓嚓的声音；吴阿姨穿的是自己纳的千层底布鞋，鞋底前后掌在修鞋铺里敲了两块硬皮，所以她的脚步声反而响，橐橐橐橐的。寂静的弄堂里，他们俩的脚步声交织成一种很特殊的节奏，便是橐嚓橐嚓橐嚓，好比是单根与吴阿姨在交谈。

极细的一弯月牙儿已经升至中天且略微偏西了，而接近地面的半空又横亘起淡淡的夜雾，月光被稀释得很淡很薄，这夜是愈来愈浓重了。

不知哪条支弄哪幢房子的屋顶上，有野猫在交情，呜哩呜哩的声音似乎响彻了天地间。

谁家独夜愁灯影，何处空楼思月明？

第二章

吴秀英和她的儿女们

她厚墩墩的肩胛上一前一后搭着两只旅行袋，
左边是她的儿子，已经齐她肩高了；
右手牵着个女孩，三四岁光景，
怯怯的样子，
眼珠子却不安分，东转转西转转。

03

十多年前，余姚乡下的少妇吴秀英由同乡小姐妹引荐，到盈虚坊下巽桥守宫冯家做奶妈。吴秀英是头一次看到那么气派、那么精致的洋房，就连大门都镶了彩色抽象图案的玻璃。吴秀英羞涩怯生，毕恭毕敬站在客厅中央，任由守宫里冯家的男主人女主人上上下下地审视打量自己。

吴秀英才生了女儿，体态丰盈，面色红润，两颗眼珠子就像清晨刚摘下来的葡萄，水润润的。宽肩细腰，穿了件靛青色却洗得有点发白的土布褂子，褂子显然小了，将她两座因奶水充盈而胀得小山包似的乳房箍得紧紧的，好像只要她喘气喘得重一些，前门襟的纽扣就会绷裂开来。

吴秀英虽是低垂着眼皮，眼角余光却也在打量男主人和女主人。

男主人长相十分周全，面架子额方颏圆，悬胆鼻，吊剑眉，很英武的面孔却架了副金丝边眼镜，平添了几分斯文。他一言不发，脸上毫无表情，目光却透过镜片，密层层纤毫不漏地落在乡下少妇的身上。吴秀英被他看得浑身热一阵冷一阵的，手足无措。

女主人也是千端百整的模样，清清爽爽一张窄窄的桃叶脸，精精神神一对吊梢的丹凤眼，衣裳虽是市面上最大路的上衫下裤，却搭配得用心，银灰派力司两用衫别致地做成双排纽扣，里面藕荷色真丝衬衫的领头竟是中式立领，配着一条藏青映细格的西装裤，看一眼那真叫做三青四绿，直让吴秀英自惭形秽，不停地扯着皱巴巴的衣襟。

吴秀英先前已听小姐妹介绍过，女主人比自己早两个月生了个儿子，却回了奶。虽然家里有许多亲戚在香港，寄来了各式各样进口奶粉，可是给小孩子灌下去，不见长肉，却常拉稀，并且哭闹得很凶，昼夜不伏，搞得冯家上下不宁，终于下决心要请奶妈了。条件很苛刻，又要出身成分好，又要年纪轻，又要身体好，又要奶水足，模样又要周正。小姐妹说，普天下恐怕只有你吴秀英当得了。

女主人闲闲地坐在沙发上，白生生尖削削的手指轻轻托着一只青花瓷杯，她的目光并不长久地落在吴秀英身上，只是隔歇瞟她一下，隔歇又瞟她一下。她口气温笃笃，却是一句衔一句地问，多大岁数啦？这个小孩是不是头生呀？家里是什么成分呀？男人做什么事情的呀？吴秀英壮着胆子一一答来："我属猴，今年实足二十五了；这个闺女是第二个，前头还有个儿子，快五岁了；我家里是贫下中农成分，土改那年评的。"说到男人一节，她稍顿了一下，声音也轻了一点，"我男人原是生产队的会计，去年生毛病死了。"女主人马上问："什么病？是传染病吗？"她慌忙道："不是不是，一点不传染的。"又从兜里摸出一张叠得四四方方的纸递过去，"我们出来做事，生产队都出了证明的，肯定没有毛病的。"

女主人接过纸头还来不及看，门外就传出小孩子的哭声，又急又短促，很揪人心痛。吴秀英脱口道："这小囡肯定是肚子饿了。"女主人就喊："王阿婆，把小孩子抱过来给奶妈看看呀！"听讲王阿婆是从小带大女主人的老保姆，女主人视作左右臂膀的。

不一歇，王阿婆就抱着个粉绿盘龙织锦缎的蜡烛包过来了，一边拍着一边颠着，小孩子仍是一声一声地哭着。王阿婆看看女主人，女主人抱过蜡烛包，随手就塞给吴秀英了。吴秀英接过孩子，掂了掂，问道："小公子几个月啦？"王阿婆说："太太，快五个月了吧？"吴秀英便道："我女儿三个月，还比他实重呢。"便觑着沙发边一张靠背椅坐下，自顾解开上头两粒纽扣，挖出鼓鼓的一只奶头往小孩子嘴里塞去。小孩子先是不习惯,不肯张嘴。但只犟了几下,便衔住了奶头,拼命吮吸起来。吴秀英是一阵轻松,她在火车上已经挤掉过一茶缸子的奶,方又胀得邦邦硬了。小孩子吮着奶,很快就安静下来。吴秀英抬起头看看女主人,她原是想讨得女主人的赞许的,却看见女主人眼梢吊得老高,眼光凶凶地盯着男主人。男主人闷声不响地站了起来,走到外面去了。

吴秀英像是跟冯家小公子有点缘分的,头一天晚上,小公子吃了她的奶,睡到天大亮都没闹一闹。冯家男主人女主人对此都很满意,当下就留用了吴秀英。因为吴秀英年纪轻,冯家上上下下都唤她"吴阿姨",于是隔壁邻舍也喊她"吴阿姨",渐渐地,整座盈虚坊老老少少都喊她"吴阿姨"了,十多年下来,反把她的真名给遗忘了。

冯家女主人对吴阿姨样样满意,就是不让吴阿姨住在守宫里。其实守宫里面空着的小房间有好几处,女主人偏偏要另外出钱租了临近人家楼梯下的一角给吴阿姨住。弄堂里邻舍隔壁好事人都讲冯家女主人虽是大户人家出身,却这样小家败气。可吴阿姨心里反而直念阿弥陀佛,哪里来的这么好的运气？她一点也不羡慕守宫里宽敞的房间,这楼梯下的披屋小是小,黑是黑,毕竟是属于她的世界。这样一来,她便可以将儿子从乡下接出来带在身边了。介绍人开始就讲在头里的,东家工钱是出得高的,就是不允许奶妈把自己吃奶的孩子带在身边。吴阿姨已经狠心将三个月的女儿丢给婆婆了,婆婆宽她的心说,乡下人薄粥米汤照样能把小囡养大的。可她哪里抛得开思念儿女的心肠？如果将儿子带在身边,一来可减轻公婆二老的负担,二来也可慰藉她的思念之心呀。她吞吞吐吐将这个念头对女主人说了,女主人竟满口答应。所以,每当人家讲女主人苛刻、小家败气时,吴阿姨总要替女主人分说几句,一家有一家的难处嘛。

吴阿姨对自己在盈虚坊的日子很知足,进进出出,脸上总是挂着殷勤的笑容。冯家小公子在她的怀里一天一个模样,半月下来就壮大了许多。吴阿姨每天早上去守宫,只要她一靠近小公子睡的小床,那孩子便手舞足蹈起来,并且绝不肯让别人染指,只要吴阿姨抱,弄得王阿婆常常点着他的小鼻子骂道:“这就叫做有奶便是娘啊,真真的小人精哟!”小公子遗传了他父母的优点,面架子像男主人,五官皮肤像女主人。吴阿姨常常讨好地对女主人道:“小公子将来一定是貌比潘安、才胜子建的出息人呢!”女主人这种时候才会绽开一朵笑脸。女主人的笑脸其实是很迷人的,只是她不常展露出来。

凭良心讲,女主人待吴阿姨还算是厚道的。小公子睡着的时候,吴阿姨坐不住,就去厨房帮王阿婆拣拣洗洗切切。女主人看见了就说:“吴阿姨,你留着点气力抱孩子吧,厨房间的事王阿婆会安排,我都插不上手呢。”女主人还隔三差五地让王阿婆炖鸡汤给她喝。那鸡汤放了好几种中药,什么天麻、杜仲、黄芪,端出来,先是有一股子药味直冲鼻头,再看那汤面上浮着黄蜡蜡一层油。吴阿姨在乡下吃素小菜吃惯了,对着这油腻肥厚的鸡汤怎么也咽不下喉。女主人便细针密线地开导她,给她讲卫生常识和科学道理:“乳汁是什么?是女人身体里的精华呀!你把乳汁喂我儿子吃了,你的身体就亏损了。如果不及时补充营养,你就不能维持正常的新陈代谢,就不能再生产乳汁,或者生产出的乳汁质量不高,不仅不能继续喂养我儿子,你自己的健康也要受损害的呀!”吴阿姨虽然没有完全听懂女主人的高论,但她也不忍心拒绝女主人这番好意,便捏着鼻子,喝苦药般把鸡汤喝完了。

吴阿姨刚到守宫时,就跟着王阿婆喊女主人“太太”,喊男主人“先生”。有一日,女主人把她和王阿婆喊拢来,对她们说:“现在时势变了,不兴叫什么‘先生’、‘太太’的了,往后你们都改改口,都叫‘同志’,我姓李,你们都叫我‘李同志’好了。”

吴阿姨蛮喜欢这样的称呼,她觉得称“同志”让她对主人家的感觉更亲近些。每天一大早到守宫,晚上八九点喂过小公子最后一次奶才离开守宫,一日里李同志长李同志短,不知要喊多少声。可是,叫男主人“冯同志”的机会却是极少极少的,因为吴阿姨几乎见不到男主人的面。男主人早出晚归,下班回家了也很少来抱抱儿子,总是往书房里一钻。到了吃晚饭时间,餐桌样样摆放定当,却要王阿婆一趟一趟到书房里去喊,喊到女主人冒火了,亲自去拍门,方才出来。男主人倒是不抽烟也不喝酒,两碗饭稀里哗啦扒下肚,放下碗,总归闷闷地道声:"我出去走走。"饭后散步是他的习惯,却放着自家现成的园子不用,每每要到弄堂里去兜圈子。女主人有时会对着他的背脊狠狠骂道:"当心被野狐狸勾去了魂!"却从来不让他听见的。吴阿姨哄着小公子,送他回房间,看到书房门上的毛花玻璃黄澄澄的了,就晓得男主人散步回来了。

吴阿姨虽是乡下人家的女儿,却也是冰雪聪明的人,没几日她就觉出了一些端倪。首先是,只要男主人下班回家了,吴阿姨给小公子喂奶,女主人必定守在一旁,东一搭西一搭扯一些无关紧要的闲话。吴阿姨却感觉得出来,女主人的注意力并不在这些闲话里,而在门外!门外只要有些许响动,女主人便会立即跳起来,开门看动静。"哦哟王阿婆,你走路就好好走嘛,做啥像猫捉老鼠那样轻声轻气的?"女主人无缘无故地对王阿婆发火。王阿婆很委屈,道:"太太……李同志,我走路一向轻轻的呀,你不是关照我走路要轻点吗?"

一日傍晚,小公子贪嘴,多吮了一口奶,打起嗝儿来了。吴阿姨连忙将小孩竖起,合扑在自己肩胛上,一边拍背,一边跨步,以防他吐奶。拍着踱着哄着,不觉就走到花园里去了。正巧看见男主人夹着公文包从花园的大铁门走进来。守宫里只有男主人进出走花园的大铁门,其他人都走正面的柚木镶彩玻璃门。吴阿姨便兴冲冲迎上去,叫道:"冯同志,今天下班早嘛。你快看看小公子,看见爸爸喽,笑喽。"便把小孩递过去。谁知男主人只含糊地哼了两声,仅瞄了儿子一眼,便仄过身子让过吴阿姨,匆匆地进屋去了。吴阿姨一时觉得好没趣,这当爹的怎么看见儿子像看见瘟神似的,抱也不抱一下呢?稍抬头,却看见女主人冷冰冰地站在二楼阳台上,正虎视眈眈盯着他们呢!吴阿姨顿时涨红了脸,看来男主人不是当他儿子瘟神，而是把自己当作瘟神了！

这件事让吴阿姨感到很气闷，晚上回到自己的小披屋里偷偷地哭过几回。她不晓得自己究竟做错了什么，让女主人这般提防自己，让男主人这般厌恶自己。她终于觑着个机会，看女主人出门了，便找着王阿婆诉说委屈："王阿婆，您老在冯家几十年了，你倒评说评说。我吴秀英早上来晚上去，只晓得巴巴结结照看小公子，话也不多说一句，路也不多走一步，一泡尿都要憋上半天的，李同志、冯同志为啥还要像防贼一样防着我呀？"

王阿婆先是不做声，手中的锅铲欻欻欻翻炒得勤快，铁锅里是碧绿生青的蓬蒿菜，有一股生涩的清香夹在欻欻欻的声音里弥漫开来。吴阿姨的心却被她炒焦了，道："王阿婆，您老人家不肯指点我，看来冯家这碗饭我是吃不下去了。"

王阿婆往铁锅里加了点盐，将锅盖合上，闷一歇，便道："太太有什么话了吗？没有对吧？那你何必计较呢？太太待你算得仁慈了吧？工资开得比我都高，你自己掂量掂量，这点点事体都忍耐不了，你不要到上海滩做了。"

吴阿姨被王阿婆点中了穴位，她下有一双儿女上有公婆二老，都等着她挣钱糊口呢，她哪里可以赌气一走了之呢？便有不受屈辱争强之心，看在钞票的份上，也只得将那股傲气收拾起来了。想想自己命苦，以为嫁了个男人便有了依靠，不想仍旧要自己一个女流之辈背井离乡出来找生活，受人冷眼。想到委屈之处，那眼泪就簌簌落落地滚落下来。

王阿婆揭起锅盖，又加了点味之素，便盛碗了。见吴阿姨立在一旁悄悄地抹眼泪，动了恻隐，凑到她跟前低声道："太太真不是提防你，是提防先生。"

吴阿姨心别别一跳，面孔莫名其妙红了起来，偷偷躲开了王阿婆的目光，无话找话道："真叫看不出，冯同志进进出出，眼乌珠从来不斜一斜的。"

王阿婆不以为然地撇了撇嘴，一边用水荡了荡铁锅，抓起一块油腻隔滋的擦布在锅底抹了两圈，又倒入一点油，哼了声道：“男人家，哪一个不披着像模像样的皮，哪一个没有一堆花花肚肠？叫做现在有公家管着他！”

吴阿姨忍不住扑哧笑道：“王阿婆，你这才是又吃纣王水土，又说纣王无道呢！”

王阿婆挑起秃秃的眉毛道：“我又不吃他的，我是吃太太的。”突然冒出一句，“吴阿姨，你就没有一件宽舒点的罩衫啊？你自己不照镜子的呀？山高水落的，跟从前百乐门里的舞娘差不多了！”

王阿婆这句话背后省略掉的东西，吴阿姨哪里会听不出来呢？她局促地两条手臂环抱在胸前，遮住庞大的乳房，半是忸怩半是委屈道：“这两件衣裳还是结婚那年我娘自己织了布做的，平常都不舍得穿，这回要到上海做人家，才翻出来……”

欻——王阿婆将切成条的竹笋倒入油锅煸炒起来，不再搭理她。

隔日，女主人把吴阿姨叫上楼，叫到她的卧房里。吴阿姨上楼时脚骨都软了，心想，是不是王阿婆把自己昨日发的牢骚告诉女主人了？女主人是要辞退自己呢，还是要扣工钱？她进了房门眼皮抬都不敢抬，仍把两条手臂环抱在胸口前，笔笃直地立着，心紧张得扑通扑通翻，就听见女主人道：“吴阿姨，我翻出几件旧衣裳，旧是旧，倒也完整，你套套看。”

吴阿姨听女主人的声音和风细雨的，这才掀起半道眼帘瞄一眼，不觉眼睛就撑大了——她看见女主人床边的红木沙发圈椅上花团锦簇的一堆，撩得人眼花落花。她疑心地偏转脸，拨瞪拨瞪望着女主人，问道：“都给我穿呀？”

女主人拎起一件薄呢浅咖啡隐条的外罩，走到她身后，道：“都是我前几年穿的，不晓得合不合你身。”

吴阿姨见女主人亲自替自己试衣，真正受宠若惊，刷地伸平手臂去套袖管，套进了一条手臂，另一条却怎么也套不进去了。因为慌张，她过分用力，只听得嘶的一声，袖笼与肩胛接缝处生生地扯开了一道口子。她吓坏了，吊着一只袖管，呆大木头地站着。

女主人并不责怪，只叹了声，道："你背脊宽了点，穿不上，可惜了。"又过去重新拎了件毛哔叽宝蓝滚黑丝绒边的中装。这次吴阿姨不敢出力了，缩手缩脚的，总算套进了两只袖管，门襟处纽襻和纽扣却接不上口。吴阿姨拼命吸气也没有用，恨不得借把斩肉刀将自己胸脯劈去一块。

前前后后试了三四件衣服，都不合吴阿姨的尺寸。吴阿姨已经汗流浃背，面孔涨得血血红，对女主人道："李同志，我命薄，没有福分穿贵人之衣呀。"

女主人道："你跟我来。"一副不达目的誓不罢休的样子。领了吴阿姨走到二楼笃底的箱子间，推开门，先是一股浓重的樟木气味哗搭一下扑上来，但见十几只铜皮包角的樟木衣箱，漆水有些暗淡，铜锁扣却锃光煞亮，三五只一摞地依墙而置，显现出主人家丰厚的家底。

女主人想想又跑到楼梯口将王阿婆喊了上来，问道："你还记得我娘的衣裳放在哪口箱子里呢？"

王阿婆用脚点点墙角落最底下一只棕红色的箱子道："好像是这只，去年大伏天，我还替老太太晒霉来的。"

于是吴阿姨与王阿婆搭手，吭哧吭哧将上面两只箱子搬开。女主人括嗒打开了锁，又是满满一箱花团锦绣。吴阿姨心里紧张得要命，手心里都出了汗，生怕这箱子里依然没有自己合适的。

女主人却胸有成竹，先将最上面的几件彩缎褂子窸窸窣窣地拎出来搭在旁边箱子上，吴阿姨只觉得眼面前一派五彩缤纷，靛青的褂子背襟和袖管上绣着几只紫色的蝴蝶，绛红褂子上绣的是金黄的蝴蝶，还有一件粉色的褂子，竟绣着两只滴滴绿的蝴蝶。吴阿姨心中叹着，穿这般娇艳蝴蝶褂子的女人，女主人的母亲究竟是怎样的一位老太太呀？

就在吴阿姨被那几件彩缎褂子弄得眼花缭乱的时候，女主人已从箱子底里抽出一件七八成新的豆沙色团花毛葛罩衫，举到吴阿姨跟前比画道:“这件一定能穿下,就是颜色样式都老气点。”

吴阿姨哪里还有嫌衣裳老气的分?急煎煎将袖管套上了,果然,不大不小正好一身,还将她丰满的胸脯遮掩得平坦许多。女主人后退两步眯起眼看了看,双手合掌道:“就好像量你身体特地做的一样。”

王阿婆站在一边,有些赌气地说:“尺寸是差不多,终究穿不出老太太当年的气度。老太太过了有六七年了吧,这料作还像新的一样。”

女主人见王阿婆面呈不悦,连忙从箱子里拎出一件深藏青毕叽斜门襟罩衫塞给她,道:“王阿婆,这件颜色深,耐脏,你灶上灶下套套正好。”

王阿婆捧着衣服道:“哪里舍得下厨穿?逢年过节就靠它撑世面了。”面上方有喜色。各得其所,皆大欢喜。

从那以后,吴阿姨天天穿这件豆沙色团花毛葛罩衫去守宫,若脏了,晚上搓一把,晾在屋檐下,第二天也就干了。

从那以后,吴阿姨还自觉地回避着男主人,若在客堂间喂小公子奶,听得走廊上男主人皮鞋橐橐的脚步声,她就抱着小公子到花园里去;若在花园里抱着小公子散步,看见男主人开花园门进来了,就连忙抱着小公子缩回客堂间去。

隔了几日,中饭后,吴阿姨哄小公子睡着了,女主人午后也要打中觉的,她钻进厨房,帮王阿婆收拾灶台。王阿婆正烧了锅老碱水,将擦布统统丢进去煮。见吴阿姨进来,忙道:“去去去,看你穿得三青四绿,不要弄龌龊了这身衣裳!”王阿婆得了女主人的赠衣,叠得的角四方压在枕头底下,从不拿出来穿。

吴阿姨并不与她计较,笑道:“闲着无事,解解厌气。”拿起笤帚扫地,一边就问,“王阿婆,上回在李同志房里拣衣服,看她那只红木床也有五尺宽了,怎么只有一只枕头、一条被头呢?难不成东家夫妻俩不在一屋里睡呀?”

王阿婆用根竹筷戳着老碱水中的擦布死命挤,嗔道:“东家的事和你不相干的，太太是最恨把房子里边的事拿到弄堂里去练舌头的！”

吴阿姨忙道：“我只是问问你王阿婆呀，人家都讲你是守宫冯家的半个主人呢。”便把其余的话统统咽回肚子里去了。

吴阿姨索性不问了，王阿婆倒没有优势了，却是不甘心，撇了撇嘴，道：“什么守宫冯家，现世人眼光就这么浅，看看男的汽车进汽车出的，就以为他是当家人了！”

“不是他，是谁呀？”吴阿姨小心翼翼追了句。

王阿婆一双手在滚烫的碱水中泡得通红，她把擦布一块块绞干了，晾在绳子上，也晾了吴阿姨好一会，才道：“自然是太太喽，连这幢房子一家一当统统是太太的。当初太太才到这边盈虚庵里来烧香，着魔似的看中了这幢房子。老太太就太太一个千金闺女，哪有不依的？碰巧这户常家也有意出售，一拍即合，李家买下这幢洋房给太太做陪嫁。说到底，先生他要算倒插门女婿呢。”

吴阿姨心想，难怪呢，冯同志在家从没有一个笑脸的。

又过了一段寻常日子。一日，吴阿姨早上照旧七点敲过就到了守宫，看见女主人已经下楼，抱着小公子在客厅里踱步。吴阿姨有点慌乱，不成家里那只老爷闹钟走慢了？看天光，晨雾还没有散尽呀。

女主人见她呆着，就说：“今天我管孩子，吴阿姨，喂了奶，你先打扫一下客厅和园子，下半天去帮王阿婆做下手，一二十道菜，她一个人又没有三头六臂的。”

吴阿姨舒了口气，笑道：“一二十道菜呀？要吃多少天才吃得了？天气又暖起来，碰不碰就馊了……”

女主人道：“自然不是我们几个吃，今天冯同志生日，虚三十五岁，不算大生日，也是逢五，总归要做一做的。到外面饭店里做太扎眼，就在家里做，无非亲朋好友聚聚罢了。”

吴阿姨便接过小公子喂奶，心想，这么看起来，李同志、冯同志还是恩爱的。

不一会，园墙外有汽车喇叭在叫，是来接男主人上班的。吴阿姨拔长头颈，透过落地玻璃门，看见先生夹着黑皮公文包匆匆从敞廊走到花园里，又看见女主人追到廊阶上，对着男主人的后背喊道："景初，今天下班早点回来，你是寿星呀。"男主人没有回头也没有停步，女主人又道，"畹丁我也通知她了！"男主人听了这一句刹住了步子，略略仄回脑袋，看了女主人一眼，又匆匆走了，直走出园门去。

吴阿姨看见女主人低着头，满腹心事的样子，从敞廊向客厅走过来，连忙缩回头颈。心里嘀咕着，畹丁？听起来是个女人的名字，却是个何等人物呢？

吴阿姨给小公子喂了奶，便着手清洁客厅。冯家的客厅很大，左边是一圈宽大的浅灰底红玫瑰图案的布艺沙发，围拢一张椭圆形花梨木双层茶几，十分洋气；右边却是一张花梨木明式八仙桌和四把圈椅，圈椅上配着紫红起团花的织锦缎坐垫，又是十二分古典；沿墙还有几架花梨木博古架，上面零落地放着青瓷花瓶、端砚、玉如意等摆饰。墙角还有一座花梨木架的落地闹钟，每隔一个钟头，那碗口大的铜锤便会当当当地敲响，钟声贯彻整座守宫。

吴阿姨先用干拖把拖地，直拖得柚木打蜡地板精光锃亮可当镜子用，然后掸灰擦尘。女主人抱着孩子坐在沙发上督工，一歇歇对她说，擦轻点，小心碰碎了。一歇歇又说，用点力气擦，你看看积渍还在上面。实在没什么东西可擦了，女主人又让吴阿姨去花园里摘些花来。吴阿姨见园子西角两株桃花刚刚绽开，很喜人的样子，便折了两枝进来。女主人却说："谁让你折桃花啦，这种花太风流了。花坛里有许多，随便哪样都行，配配颜色。"于是吴阿姨又去了，一坛的五彩缤纷，如何配色？便摘了一束蓝白黄三色莲，又掐了两枝粉红的月季配上，看看蛮好看，便捧着回到客厅。女主人扑哧笑道："样样色都齐了，杂是杂了点，也好，蛮喜气。"便让插在一只土黄色的陶罐里，放在沙发边花梨木的花架上，屋里果然靓丽了许多。

中午，王阿婆替女主人下了碗虾米榨菜肉丝面，又煮了小半锅水泡饭，就一碗榨菜肉丝、一碟酱油黄豆，还有早上吃剩的半块红乳腐，对吴阿姨道："垫垫饥，晚上有的你吃的。"偏生女主人不想吃面，宁愿吃泡饭汤。那碗面就给了吴阿姨。

王阿婆偷偷看一眼女主人，女主人稀里呼噜喝着泡饭汤，便小心翼翼道："太太，对面恒墅里的常太太，我看还是要请一下的。去年人家先生过生日，都请了我们的，礼尚往来，对吧？"

女主人搛了几粒酱黄豆，慢慢嚼着，心事重重的样子。

王阿婆便又加了句："你请了常家，先生会高兴的……"

"我跟你讲过几遍啦？不要先生、太太的，你想让我们落个资产阶级生活方式的罪名啊？"女主人突然恨声道。

王阿婆一双筷子刚刚伸到菜碗边，又缩了回去，低低地嘀咕道："我又不会喊到外面去，这里又没有外人。"

女主人将碗笃地放下，道："我说你是老糊涂了，还是存心跟我难过？对门常衡步已经戴了'右派'分子的帽子，现在天天在厂里翻砂车间敲模具。冯同志刚刚躲过这一灾，你还想把他和常家拉在一起，你这不是害他吗？"

王阿婆连忙道："我又没文化，只认得油盐酱醋茶，世面上的事哪里搞得清啊。太……李同志，不请常家就不请了，你也不要动气，我再给你添半碗泡饭？"

女主人没好气道："气都气饱了，不吃了。"

收拾了碗筷，吴阿姨又给小公子喂了一趟奶。小公子睡着了，吴阿姨放下他，便去厨房给王阿婆打下手，拣菜洗菜切丁剁酱。王阿婆则大展厨艺，炸、煸、煮、炖，煤气灶、煤球炉一起上阵了。

两人忙到三点敲过，各式小菜的头道工序基本完成，只待客人来齐，团团坐下，用大火一炒便可出盘。炉子上小火咕嘟咕嘟正炖着牛肉浓汤，料理台上，水果布丁一只只坐在透明玻璃的圆盏中，只待烤箱烘烤了。厨房里弥漫着食物混合的味道。王阿婆拖过一把矮竹椅，一屁股坐下，道："两只脚骨立直了。吴阿姨，你也歇一会。"吴阿姨到底年轻，并不觉吃力，便捧出一叠叠盘子、碟子来清洗，先用碱水浸，再用清水过。

门铃响起,像什么人学美声唱歌练声一样,每个音都拖得很长。

吴阿姨心里嘀咕:"有这么早到的客人?"甩着湿漉漉的手去开门,手滑,用围单包着铜门球才拧开了。

红砖筒瓦的拱形门檐下,站着修竹亭亭的一位少女,穿一身藏青蓝学生裙装,两根长长的麻花辫软软地搭在微微起伏的胸脯上,脚下是白线袜配黑色搭襻线口皮鞋,横挎着鼓囊囊的绿帆布书包,嵌在柚木门框里,好一幅修女肖像。

吴阿姨堆着笑问道:"小同志你是冯家的客人呀?"

这女孩子一对清冷如冰的俊目横了她一下,长辫子往后一甩,壳橐壳橐径直往里走。吴阿姨只得跟在她屁股后头追喊:"哎哎哎,小同志,你姓甚名谁呀?"女孩子头也不回,大声叫道:"王阿婆——"

王阿婆一手举着锅铲颠了出来,道:"畹丁姑娘,你回来啦?"转头对吴阿姨说,"她不是客人,她是先生、太太的大闺女呀。"

吴阿姨张了张嘴,差点叫出"小姐",想到女主人的吩咐,没有出声。女孩子却一直冷冰冰地瞪着她,王阿婆便道:"畹丁姑娘,你快一个月没回家了吧?她是小弟弟的新奶妈,姓吴,你就叫她吴阿姨好了。"

女孩子眼睛中的冰块稍微融化了一些,客客气气叫了声:"吴阿姨。"

吴阿姨殷勤道:"畹丁姑娘,你累了吧,我给你去倒杯水。"

"不用了,我自己会倒的,谢谢你,吴阿姨。"女孩子欠了欠腰,两根长辫子又滑到胸前。转头向王阿婆问道,"我爸爸在家吗?"

王阿婆摇摇头道:"先生总归要等到下班时间才好回来的,现在是什么形势呀?请假回来过生日是提也不好提的。"

女孩子点点头道:"我回房间做作业去了,开饭了再叫我。"便上了楼梯。

王阿婆仰起脑袋,略抬高了声音:"畹丁姑娘,太太在房里,你去打声招呼。太太老早就在牵记你了。"

没有回话,只有壳橐壳橐的脚步声。

吴阿姨跟王阿婆又转回厨房,吴阿姨一肚皮的疑惑,忍不住就道:“王阿婆,李同志真是看不出年纪,有这么大的女儿,倒像两姐妹似的。”

王阿婆揭开大砂锅的盖子,用根筷子去戳牛肉块,看看牛肉酥了没有。顺口答道:“太太是去年过的三十大寿嘛。”忽然就住嘴了,抬起眼睛看看吴阿姨,吴阿姨正眼巴巴盯着她等下文呢。王阿婆很夸张地出了一口大气,“我讲你给听,你可千万不要去做广播喇叭!”

吴阿姨又是摇头又点点头,“不会的,不会的。”

王阿婆存心卖关子,又往砂锅里添加茴香桂皮,又添了点水,合了锅盖,才道:“畹丁姑娘不是太太十月怀胎生的,是先生过门时带过来的,来的时候已经三四岁了。”

吴阿姨并不吃惊,前面她已轧出点苗头,但为了答谢王阿婆,她故意做出惊讶的表情,瞪圆了眼睛,长长地噢了一声。

王阿婆为产生了戏剧效果颇有些得意,话就止不住了:“太太结婚后,长久没怀上,就把这姑娘当宝贝疙瘩似的养着,养到这么大,上初中了,她还总是和太太亲不起来。讲讲寄宿学校,一个礼拜总能回来一趟的,她却是推三推四,不是功课忙就是有活动,能不回家最好。即便回来了,往自己房间里一钻,看不见人影的。老古话不会错的,有什么样的娘,就有什么样子的囡!”

吴阿姨没有忍住,问道:“她娘是什么样子的呀?看看畹丁姑娘长得多少周正,她娘恐怕也一定是个美人坯子?”

王阿婆朝厨房门口张了一眼,压低声道:“样子是不错的,品行不好,出身倒是上等人家,偏生去嫁给从前76号里的汉奸做小老婆!”皱了皱鼻子,表示非常厌恶,忽然凑近吴阿姨,声音更低了,“就是对过恒墅常先生的胞姐,常先生也就是为了她才戴上了‘右派’分子帽子的!”

吴阿姨肚皮里马上冒出一个疑问,道:“既是汉奸的小老婆,怎么她又跟冯先生有了个女儿呢?”

王阿婆愣了愣,有点扫兴道:“我也搞不清爽这当中的戏法。反正你要记牢，太太是绝口不提这桩事体的，弄堂里有各式各样的讲法，你千万、万千不要去听，不要去传，否则，你就不要在守宫里做了！”

吴阿姨用力点点头，面上是听新闻的好奇惊讶，肚子里实在为畹丁姑娘心痛，难怪这个姑娘眼睛冰冷冰冷的，从小离开了亲生娘呀！由此，她想起了自己丢在乡下的不满周岁的闺女，鼻根酸叽叽，眼眶胀扑扑，连忙背过身子，将自来水龙头开大了，哗哗哗地冲洗盘子、碟子。

这天晚上的寿宴开得还算顺当，来的大都是女主人方面的亲戚，弄堂里请了几位德高望重的。有一位老太太面孔团团圆圆，很慈善的样子，大家叫她“倪师太”。听讲女主人做姑娘时差点就成了倪师太的弟子，到盈虚庵中削发为尼了。

王阿婆在灶头上一只接一只地炒菜，吴阿姨便一只接一只地端到餐桌上去。大家总会客气地夸赞一下小菜烧得味道如何好，吴阿姨便将夸赞的话转达给王阿婆听，转达时适当地添油加醋，王阿婆就说：“这一桌菜不就十几只盘子吗？从前老先生老太太在时，几只圆台面的菜也就我一个人两只手烧出来嘛。”

桌面上的谈话虽不很热烈，但也从来不冷场，一个提起一个话头，总会有人接着说下去。话头全是无关紧要的事，什么天气冷暖啦，花草枯荣啦，绒线的织法啦，做小菜的秘诀啦，那样闲适优雅，海阔天空。事实上，每个人在那段时间里都是小心翼翼地处事做人，每说一句话，都要谨慎三思而后选择妥当的语气和词汇。席间有位客人多喝了两嘴酒，一时失口，道：“冯师母，你们家这只水果布丁味道虽是不错，比起对面恒墅常师母做的栗子蛋糕嘛，稍稍差了一口气……”大家都惊愕地望着他，他突然意识到不对，连忙煞住了。恒墅里的常先生新近刚做了“右派”，盈虚坊哪个不知谁人不晓？餐桌上冷场了好一段时间，方才有人打破僵局，另起话因。却像煤饼将尽时再炖上去一壶水，温吞吞总也烧不开了。

客厅一角，那座梨花木架老式闹钟的铜摆敲过八下，客人们便陆陆续续告辞了。吴阿姨和王阿婆一起收拾残羹剩菜,发觉每只菜盘里都剩下很多菜,有两只大菜几乎没动过。王阿婆嘀咕道:“怎么胃口都像猫咪一样?小菜做得不好啊?”女主人有点不耐烦道:“谁讲小菜不好啦?你不要瞎猜。现在人人在单位里提心吊胆过日子,哪里还会有好胃口?”

吴阿姨帮王阿婆端整好厨房间,已经九点敲过。她有点乏了,想再给小公子喂一点奶就回去。早上出来时给儿子买了两副大饼油条,不晓得他吃得饱吗?

吴阿姨解下围单,要去抱小公子,走到楼梯口,却听到客厅里人声激烈,像在争论什么,还有呜呜的哭泣声。吴阿姨连忙走到客厅门口,那两扇镶彩色玻璃的门虚掩着,她想推进去,手就要碰到门了,仔细想想,又不敢推了。

“李凝眉,我知道她报名去新疆,是合了你心思的,你希望她走得越远越好!倒不如我跟她一起走,也省得玷污了你李家的清白门风!”这是男主人的声音,不高,却很重,重得像裹在云层里的闷雷。

“冯景初,你这样说话啊?你们父女就这样以怨报德的啊?”女主人声音像被蜂螫了一口似的,又尖又硬,并且一截截地断裂开来,“她自愿报名去新疆,在学校里出尽了风头,我好阻止她吗?弄不好给我戴顶资产阶级腐蚀革命青年的帽子,我吃得消吗?我要嫌她,当初就不让她进门了。这十几年,她怎么长成登登样样的大姑娘的呀?你喂过一口食吗?你把过一次尿吗?你,你,你……”

呜呜的哭声愈发响了起来。阔嚓,是什么瓷器在地上迸裂。

吴阿姨心吊到喉咙口,连忙跑进厨房喊王阿婆:“冯同志、李同志吵架,摔家什了,你快去劝劝吧!”

王阿婆用块方方正正的麻布仔细地擦干碗碟上的水渍,不急不躁地说:“夫妻吵架哪一家没有?外人不好劝的,清官难断家务事。你只管去喂小毛头,奶喂好了早点回去吧,今天也劳累你了。”

吴阿姨给小公子喂好奶,将沉沉睡去的小公子放进小床,掖好被子。正想如何去跟女主人交代一声,女主人却进来了。吴阿姨不敢看她的脸，垂着眼皮道："李同志，我好回去了吧？"

"去吧，今日晚了，明日迟一点来不要紧的。"女主人的声音和平常一样，不高不低，不快不慢。吴阿姨甚至怀疑方才听到的尖锐的声音是不是女主人的。

至此吴阿姨才知道女主人的名字叫"李凝眉"，这名字跟女主人修淡、精致的相貌十分吻合。

这一年，冯家大女儿冯畹丁没有去成新疆，学校没有批准她的申请，因为她才上初中二年级。几年后，冯畹丁高中毕业，放弃考大学，自愿去了新疆建设兵团，成了那段日子年轻人的标兵，这已是后话。

04

吴阿姨初到盈虚坊做奶妈那年，盈虚坊面前还没有马路，却是一条墨黑乌亮的河浜，赤练蛇冬眠般卧着。虽是条河，河床深深的，却水线不通，糨稠的河水一洼一洼，尽深处也只及人膝盖，有的段落赫然裸露出淤泥与垃圾混杂的河底。

那一日，吴阿姨跟着同乡小姐妹沿河边仅三四尺宽的弹硌小路走进来，穿过拱形的上震桥进盈虚坊，正巧有风微微拂过，扑面而来是一股酸胖胖臭烘烘如同隔夜馊粥的气味。吴阿姨拿手捂住口鼻，道："都讲上海地方十里洋场，香风袭人。哪里想到这味道比我们乡下刚浇了粪水的菜园还熏人。"

小姐妹恨声道："我来的时候，这水还会流淌，水还是铜绿色的。没几年工夫啊！喏，家家都往里倒垃圾，还有上面好几爿厂子，龌龊水都往里面灌。政府也不来管一管！"

吴阿姨和她的小姐妹自然不会知道，这条河已经流淌了千年百年，它原是古上海滩蛛网般水系中的一条小支脉，本无名，因明成化年间有高僧在河北岸兴建了座盈虚庵，便得名"盈虚浜"。当初，盈虚浜距上海古县城二十余里，水面虽不宽阔，却水势充沛，畅畅快快数十里,从吴淞江出来,曲曲绕绕,斗折蛇行,直游至徐家汇地区,与肇嘉浜和蒲汇塘汇合,是上海县城通往太湖流域的黄金水道之一。

曾经,盈虚坊方圆几十里平畴沃野,阡陌纵横,小桥流水,农舍星布,禾苗青翠,菜花金黄,是一派宁静富足的江南水乡。盈虚浜中盛出莲藕,每逢夏日,河面上风荷枚举,翠莲成阴,河水清澈,游鱼群戏,是古上海滩著名的景观。

竹枝词原是诵咏风土人情的一种民间文学,它与地方史志有很密切的关系。《上海洋场竹枝词》中有这么一首词:

北出吴淞接三泖,
去舶来樯逐浪高。
何必求仙瀛海去,
楚地亦有蓬莱岛。

依词中地理方位分析,这首竹枝词很可能就是描述盈虚浜一带的景致。

如此看来,当年盈虚浜上"去舶来樯",航事十分繁荣。但凡交通便利之处势必会聚商成市,渐渐地,各路商人到盈虚浜沿河开设店铺;四乡村民挑担的、摇橹的,带着自产的菜蔬禽蛋鱼肉、蚕丝土布竹器,到这里来做买卖;有钱人看着这里风水好,纷纷前来起屋造楼。数百年时光积淀,至明嘉靖年间,盈虚浜两岸已形成一座秦砖汉瓦、重楼叠轩、街巷交错、桥梁横贯的繁盛集镇了。

坐落于盈虚浜北岸的盈虚庵,随着周围人丁逐步兴旺,庵内香火日渐隆盛,逢初一、十五日,或是菩萨生辰、清明、冬至等要紧日子,前来进香祈祷的太太小姐们络绎不绝,庵门内外一派云鬓雾衫,俏语娇音。捻香捋袖素手寒,叩首珠钿摇叮当。还有一帮文人雅士慕名前来探胜寻幽,惹出不少风流韵事,传为世人笑谈。也有《上海洋场竹枝词》为证:

回廊深庵明烛高，
古树修斋香火袅。
禅机三味凭心参，
盈虚从来一步遥。

天下事从来是"至则反，盛则衰"，衰为盛之终，盛为衰之始。也许，正应了盈虚浜"盈虚"两字间的奥妙，盈虚浜在它日渐繁盛的过程中已经埋下了日后衰败的因素。

清咸丰十年至同治元年，太平天国李秀成部属驻扎在盈虚浜附近，并且在浜北岸设立了一座火药局。不久，清政府调集精锐部队，凭借洋人资助的洋枪火炮攻打太平军，流弹引爆了火药局，隆隆火光映红了半边天，大火直烧了两天三夜，几十幢民居被烧成焦土，就连盈虚庵也未幸免，可怜梵宫清殿毁于一旦。日后经年，虽有多方乡绅集资重建，其规模与前终不可同日而语了。

至民国十三年，军阀开战，浙沪联军进驻盈虚浜。士兵扰民，鸡犬不宁，百姓惶惶不可终日。更至"八·一三"淞沪抗战失利，上海沦陷，闸北、虹口一带难民纷纷西迁，在盈虚浜两岸搭建了密密麻麻蜂窝般芦棚茅屋。楼阁毁弃，商肆凋零，集市萧条，昔日华楼雅市的古风荡然无存。

民国初年，政府为了维系航运，曾数次大规模疏浚盈虚浜。然租界工部局为扩大地盘，不断越界筑路，不久，盈虚浜的东南口被法租界当局填塞辟为马路。几年后，盈虚浜西北口也被洋商以便利交通为由而填没。盈虚浜真正成了一线死水。其时民国政府历经战乱，已无力出资疏浚河流，盈虚浜"去舶来樯"的壮观景象只是老一辈人记忆中的海市蜃楼了。

吴阿姨初到盈虚坊做奶妈是在1958年的春头上，没过多久，人民政府终于来管这臭水浜的事了。市政府发出号召："苦战一年，消灭'七害'和全市的臭水浜!"那是个大跃进的年代，政府一声令下，全体人民都行动起来了。各区都成立了治理臭水浜的指挥部,组织了各方力量参加浩大的填浜筑路工程。当时,守宫男主人冯景初冯同志是华东建筑设计院的高级工程师,还被光荣地聘为盈虚浜填浜筑路指挥部的技术顾问。

宏伟的工程即将开战之际,盈虚浜填浜筑路工程指挥部突然接到一封由盈虚坊几十家老住户具名的群众来信,信中言辞凿凿,声称盈虚浜乃盈虚坊风水之源,万万填不得。并以史为证,民国初期,盈虚浜东南口西北口先后被洋人填堵,导致盈虚浜两岸逐年经济衰败,街市萧条的后果。切切恳请政府改堵为疏,出资疏浚河道,恢复水路通航。

当时,工程指挥部怀疑此信乃心怀叵测之人背后煽动,利用风水邪说蛊惑群众,挑唆群众闹事,以达到不可告人之目的。他们怀疑的对象便是那位昔日的常家小开,"反右"斗争中被定为"右派"分子的恒墅常衡步常先生。然而,专案组进行了缜密的排查,在信上具名的人家一户户地盘问,却没有人指证常衡步参与了此信的起草。指挥部了解到守宫冯景初工程师与常衡步曾有私交,便派他去恒墅摸底,力争劝导常衡步自己坦白交代罪行。

吴阿姨进守宫做奶妈才半年,那天傍晚,男主人与女主人又争起来。女主人不让男主人去恒墅找常衡步谈话,女主人丹凤眼梢吊得竖起来了,冷笑道:"封你个顾问,得了三分颜色,你倒真想开染坊了。你以为人家真是赏识你啊?人家是试探你,谁让你跟常家牵丝攀藤缠不清的?那个常衡步,不撞南墙不回头的人,哪里那么容易就范?弄不好就说你和他是串通一气的。我看你是太平日子过得腻了是吧?"

男主人坐在沙发上,脑袋垂到膝盖之间,忽然一甩头发拔起身子,低低吼道:"你不要啰嗦了好不好?指挥部让我去,我能不去吗?你不去,人家也好讲话的,你心里有鬼对吧?"

女主人让男主人一句话说闷了,停歇不语,迟迟,方才没头没脑问道:"吴阿姨,上回对过常师母讲,要过来看看我们小公子的,她来过没有啊?”

吴阿姨一头雾水,怯声道:“没有,没有,有谁要看小公子,我都会跟李同志讲的……”

女主人便道:“这就好,吴阿姨,你吃口饭,就抱小公子过去给常师母看。”

吴阿姨只好点点头,忐忑着女主人不晓得要出什么花头。

女主人又回头跟男主人说:“景初,要去就今天晚上去,吴阿姨耳朵竖直点,他们讲点什么你记在心里。万一人家要诬赖冯同志,你好做个见证。”

吴阿姨方才明白了女主人的良苦用心,着实惊叹女主人的机巧心思。

那日晚上,吴阿姨真的抱着小公子到恒墅去了。恒墅的女主人才生了个女孩,比小公子小了大半年,是自己在喂奶,她看守宫小公子被吴阿姨奶得白白壮壮的,好生羡慕,便拉住吴阿姨,从头到脚地请教起来。

吴阿姨先是看着冯同志跟常先生进了书房,心里还嘀咕,他们躲到书房里去说话,我又不是顺风耳,哪里听得到他们的言语?正忧虑着,却被常师母小公子长小公子短地一夸赞,听着心里受用。加之难得碰到常师母这样高贵优雅却又随和慈善的女主人,便也诚心诚意地传授起带小毛头的经验,却将自家女主人叮嘱的话儿搁到脑后去了。

也不晓得过了几分钟,抑或半小时一小时,忽见书房门打开,常先生和冯同志说说笑笑走出来,吴阿姨这才暗暗叫苦。他们说点什么,自己一句话也没听见,回去如何向女主人交代?没法子,只得抱着小公子,慢吞吞地跟在冯同志后面回守宫去,准备着看女主人吊得笔笃直的丹凤眼,准备着听女主人尖刻锐利的斥责。

吴阿姨每每想起那天晚上的事体总要连念几遍“阿弥陀佛”。男主人一进客厅,就往沙发上一靠,粗粗长长地吐了一口气。女主人喊了声："王阿婆倒茶！"一张桃叶脸直仰到男主人鼻根下，步步紧逼道，"怎么样？怎么样了呀？常衡步坦白了没有？"

男主人少有地面带有点疲乏的笑容，道："常衡步坦白什么？他根本不同意弄堂里那些人的讲法。"

女主人一跺脚，道："你看你，晓得你不是常衡步的对手，被人家三言两语就花倒了吧？他说不同意那些人的讲法，指挥部的人怎么能相信呢？"说着转头寻吴阿姨，想问问吴阿姨听到点什么。

吴阿姨一进门就抱着小公子躲到敞廊里去了，透过玻璃门看见女主人的头转来转去，晓得是在找自己，进去不好，不进去又不好，正两难之间，却看见男主人从中山装袖管里变戏法似的抽出一卷纸筒递给女主人，女主人的头便不转了。

男主人道："你担心的这个问题我早就想到了，常衡步当即写下这帧条幅，让我交给指挥部。"

女主人抖开那卷纸，真是一幅行草条幅，上书"通衢大道，恒远昌盛"，左边小字是"庆贺盈虚浜筑路工程开工，恒墅常震敬书"。

女主人擎着那幅字上上下下看了好几遍，蹙着眉尖不言语。男主人便又解释道："常衡步跟我摊了底，说是常家祖上建盈虚坊时确实做过风水道场，并按照《周易》三十二恒卦的位置布局建筑。老住户也是听了传言，却并不解其间真正的义理。其实，水是通，路亦是通，填浜筑路并不会破坏风水。那水是断流，路却可通引天下，人民政府做的是一桩利国利民的大好事啊。随后才欣然落笔，写下这帧条幅的。"

女主人沉吟道："你这么跟指挥部汇报，他们会相信吗？毕竟，常衡步头上还顶着'右派'分子的帽子呢。"

男主人微微颔首道："这个嘛，我何尝没想到？我打算召开写信的老住户开一个会，将常衡步的意思转达给他们，打消他们的顾虑。只要他们不再上访写信，问题解决了，指挥部何必再追究下去？我是晓得的，盈虚坊的老人骨子里对常衡步这位常家小开还是蛮敬服的，尽管房钱是交给房管所了，他们总归以为住的是常家的老屋。"

女主人闷声不响，嗦嗦嗦将条幅又卷了起来，往茶几上一搁，冷笑道："你为了常家，真正是挖空心思绞尽脑汁了吧？"讲是这么讲，女主人的丹凤眼已经放得平平展展了。男主人难得灿烂的脸又阴沉下来，只鼻管里哼了一下。

数日后，盈虚浜填浜筑路工程指挥部就在盈虚坊牌楼前召开了隆重的开工仪式，鞭炮声锣鼓声响彻云霄。

常衡步书写的"通衢大道，恒远昌盛"的条幅被装在镜框中，就挂在指挥部办公室正中。

一年半以后，盈虚浜填浜筑路工程顺利完工之际，常衡步的"右派"帽子也被提前摘去了，原因便是他为盈虚浜填浜筑路工程立了一功，将功补过吧。听讲，在这桩事情上，盈虚浜填浜筑路工程指挥部起了很大作用。

话再说回来，盈虚浜填浜筑路工程轰轰烈烈地开始了，吴阿姨还记得，里委会在每个支弄弄口都贴上了大红的告示，热情洋溢地鼓动居民积极参与这桩伟大的工程，每户人家星期天派出一个劳力去工地参加义务劳动。吴阿姨扳着指头数过来，守宫里也只有她能出这个力了。她倒是不怕挑泥、填土这些活的，在农村干得多了。可是女主人不让她去，生怕她出了大力，把奶给回了，小公子吃什么呀？最后，还是把男主人推出去应差。其实，工地上还是很照顾知识分子的，加上男主人又是指挥部的技术顾问，便只分配他将倒下的土堆扒扒平，那是工地上最轻便的生活了。当日男主人回来，仍是吃力得饭都咽不下，王阿婆另做了糯米红枣粥给他喝。

填盈虚浜需要的大量土方是到西北向十几里地外的荒野处挖掘出来的。日后，待盈虚浜填平成路，取土方的野地竟被挖出了一个深十几米的大坑。政府索性在坑里蓄起清水，做成一泊人工湖；又在四周植树种花，修成一座公园，这已是后话。而当时最吃力、最劳累的生活就是拉塌车运土方了，那都是指挥部特地挑选出来的青壮男劳力做的活。一车土方总有几百斤重，他们一天至少要跑三四个来回。

盈虚浜填平成了路,吴阿姨记住了一个人,他就是拉塌车运土方的单根,那时他还是一个面庞方正、体魄健壮的正常男人。

十多年来,吴阿姨心里总是纠缠着深深的懊悔,悔得恨不能把日子重过一遍。要是那一天,由她代表守宫冯家去工地参加义务劳动,她看见儿子跑到河滩上捉蚯蚓,她一定会揪住他,啪啪给他两下屁股,将他哄回家去,那么,就不会发生以后那桩惨事了。

吴阿姨清清楚楚记得,那是个礼拜天,一大清早,她刚进冯家,王阿婆告诉她,里委会来人说了,每家每户出一个劳力,到填浜工地义务劳动。吴阿姨当下就应道,我给小公子喂好奶就去。女主人将小公子递给她,即道:“伤了身子回了奶,谁负责?”吴阿姨当然不敢负这个责任。王阿婆那时已年近花甲,自然不能算一个劳力。女主人就拿一双吊梢的丹凤眼直拔拔盯住正在喝牛奶看报纸的男主人,不紧不慢道:“畹丁昨晚回来了吧?她也十四岁了,去工地扒拉几下土疙瘩总行的吧?年轻人锻炼锻炼有好处的。”

男主人面孔煞青,将牛奶杯往桌上一放,用力过重,牛奶都晃了出来。

女主人便蹙起眉尖,道:“你什么意思?不成让我去工地啰?”

男主人站起来,闷声不响往外走去,走到门边,才回头说了句:“我去工地!”

这一天,吴阿姨总觉得心绪不宁,让男主人代自己出劳力,总归有点说不过去呀!王阿婆就宽慰道:“你仔细掂量掂量,这幢房子里谁最要紧?自然是小孩子啰!二十年后他就是这里的主人了。再讲了,你我本身就是劳动人民,里委会也是希望冯先生能够带带头出去参加一下义务劳动的。再讲了,冯先生是指挥部的技术顾问,人家不会让他做吃重生活的。”

大约是午后两点多钟,小公子睡午觉刚醒,吴阿姨替他换了尿布,抱他到花园里散步。忽然守宫花园的大铁门被捶得咣啷咣啷响,有人隔着门高声喊:“吴阿姨——吴秀英阿姨——”

吴阿姨吓了一大跳，手中抱着小公子又无法开门锁，急得直跺脚，问："谁呀？找我做什么？惊天动地的，你当这里是啥地方呀？"

捶门声把整个守宫都惊动了，除了那位落落寡合的冯畹丁小姐没现身，女主人与王阿婆都跑到花园里来了。王阿婆咔啦打开大铜锁，拉开铁门，却是一位头戴宽边大草帽、裤脚管卷得老高、赤脚穿双球鞋、浑身上下泥渍斑斑的壮年汉子，一看便知是填浜工地上的人。他大口喘着粗气，手指着外面，一时说不出话。

平日里端方稳重的女主人也有点沉不住了，脱口问："是我家冯同志出事了？"

汉子又摆手又摇头，终于吐出声音："吴阿姨、吴秀英吴阿姨的儿子——"

吴阿姨没等他说完，将小公子往女主人怀里一塞，便扑出了大门。

吴阿姨自己都不晓得是怎么样跑到工地上去的，她的两条腿好像不是自己的。

填浜筑路的工地上真是热火朝天，十几面突击队的红旗在炽热的风流中猎猎翻卷，有人领头喊着号子"嗨唷嗬"，四下里马上响起一片"杭唷嗬"，此起彼伏的号子声使空气热得发烫。还有一班红领巾站在河岸边用稚嫩的声音大声朗诵着诗歌：

朋友，你参加突击队没有？
在这马达般旋动的日子里，
你愿意做一只企鹅吗？
躲在岩石后边，
舔着自己的羽毛？
新的历史已冲破旧的陈规，
我们是革命风暴中的击鼓手，
擂鼓前进，

要把胜利推向最高峰。
朋友,你参加突击队没有?
……

吴阿姨却成了瞎子和聋子,视野中的人群只是一片模糊的色斑,耳畔是可怕的寂静,嗡嗡的声音是来自遥远的天际。她脑子里只有一个念头:儿子,我的儿子,我可不能失去儿子,我吃辛吃苦背井离乡丢下刚出生的闺女跑到上海来做奶妈,都是为了儿子,他爹回来,我是要交给他一个长大成人的儿子的!

她忽然听见一声"妈妈",那尖细的声音像是从天边射过来的一支银箭,嗖地戳在她耳膜上,将她的灵魂唤醒了。她终于看清了,她那淘气的心肝儿子像只泥猴正趴在不远处的土坡上,一张小脸被泥涂得黝黑,只有一双像煞他父亲的眼睛亮闪亮闪,那是她心头的明灯!

五岁的儿子完好无损地站在跟前,令吴阿姨欣喜若狂,不顾儿子浑身泥土,一把将他拥入怀中。一旁,报信的工友告诉她,好危险呢,差一点点,一车烂泥就要压到这只小猢狲身上。要不是单根顶住了车,你这儿子恐怕就不会喊你娘了!

吴阿姨连忙四处张望着问道:"哪个单根啊?他在哪里啊?"

工友也四处张望道:"就是日早到盈虚坊来喊马桶拎出来的那个推粪车的单根呀,现在大概被送到医院去了吧。"

吴阿姨心忽落往下沉,问道:"受伤啦?要紧不要紧啊?"

工友道:"只看到车子一横,连烂泥一道压在他身上。不过他还在笑,还跟大家说,不要紧,不要紧。大概真的不要紧吧!"

吴阿姨这才略略放下悬着的心,好像一铜吊水倒去了一些,便轻了许多。她记下了这个名字:单根。日早天蒙蒙亮,听到"马桶拎出来"的叫声,困痴懵懂地出来倒马桶,却一直没注意推粪车人的模样。

吴阿姨将儿子拎回自己的楼梯间,马马虎虎给他擦了个身,又塞了两只肉包子在他手中,心狠手轻地戳了下他的额角头,厉声道:“不准再野到弄堂里去了,否则把你小屁股劈成两瓣!”

吴阿姨出门时,犹豫了一下,还是把门反锁了,日影才遮了小半条弄堂,她还得赶回守宫去做事。为了这个儿子,她是不能失去冯家这份薪水的。

吴阿姨转回守宫时,小公子嗯呀嗯呀正闹得不可开交,女主人面孔就没有往日里的好看了,喉咙生硬硬地问道:“小囡出了什么事?老半天的,我已经叫王阿婆调奶糕了。”

吴阿姨看这山色,自然不会再多说什么,只道:“还好,没什么大事体的。”便撩开衣襟将奶头塞进小公子的嘴中。其实,忧虑已经像条小蛇悄悄地盘缠在她心底了。那个单根不晓得伤得重不重啊?无论如何,人家救了儿子,总得有个表示。可是,那个单根住在哪里呢?吴阿姨脑筋里老是转着这个问题,直到小公子吃饱了奶,咬痛了她的乳头,才收回思绪。

吴阿姨到盈虚坊才三个多月,况且每日都窝在守宫里,外面人头一点不熟悉,她不晓得应该向谁去打听这件事体。她总算找到了一个盼头:冯同志今天在工地上劳动,他又是工地的技术顾问,一定会知道事体的来龙去脉的!她暗暗拿定主意,等男主人回来,无论如何找个机会问问清爽。

吴阿姨等着男主人回家,抱着小公子老往园子里去。女主人就说:“日头都西斜了,小孩子吹不得晚风的。”吴阿姨只好待在客厅里,隔一歇就拔长头颈透过落地玻璃门上半部的花玻璃看外面。女主人又说话了:“吴阿姨,你在乡下花花草草的还没看够啊?”吴阿姨只好忍住不往花园里张望了,心里面又惧又恨,女主人的眼睛太厉害了,你心里面有芝麻粒大的事都逃不过她。老古闲话讲,女人长对丹凤眼最俏了。女主人就是一对丹凤眼,却不显俏,反觉得突兀,眼梢好像是翘到面颊外面去了,皆因为女主人过分使用眼力的缘故啊。

男主人一直挨到暮色四合时方才回来,吴阿姨正在给小公子喂奶，听得门铃闹，听得王阿婆小碎步笃笃地跑去开门，听得女主人问道："怎么弄到这么晚啊？"听得男主人有气无力地答道："人家还有挑灯夜战的呢，算是照顾我了。"

吴阿姨忍不住欠起身把脸凑到玻璃上往外看，园子里乌漆墨黑，屋里却灯火透明，她只在玻璃上看到自己的一张脸，脸的背后似乎有人影，就好像一张重叠曝光了显影模糊的照片。

吴阿姨连忙缩回脑袋，她想，说不定已经被女主人看到了！正打算抱着小公子离开客厅，又听得女主人呵道："看你一身烂泥，等歇再进屋！"又吩咐道，"王阿婆，把冯同志的拖鞋拿出来。"又拿柄藤制的如意拍，在男主人身上劈里啪啦一阵拍打。吴阿姨抱着小公子急忙出了客厅，不想男主人也趿着拖鞋踢里嗒啦地穿过客厅出来了，却一闪身登上楼梯。女主人追在他身后道："叫王阿婆给你放缸洗澡水吧？"男主人一边登级一边道："不用了，我叫畹丁帮我放。"

吴阿姨原是想在楼道里拦着男主人问问工地上的事，自然是问不成了。又怕女主人觉出什么，心里叽里搁落的不安稳。幸好女主人忙着张罗晚上的小菜，吩咐王阿婆烫一壶黄酒，多添两只下酒菜，给冯同志解乏。她那对突兀兀的丹凤眼因为怜惜丈夫的脉脉温情而和顺许多，并且缩回到眼眶里去了。

客厅里八仙桌上碗碟都排放停当，小菜也一只只端出来了。女主人又在男主人常坐的那边加了只青花小酒盅，嘀咕道："不晓得从浴缸里出来了没有？"说着，就上了楼梯，却在扇形的转角处遇到从楼上下来的冯畹丁。

冯畹丁今天把两根及腰的长辫子对角盘了起来，耳朵边用天蓝的玻璃丝扎成蝴蝶结。她穿了一条毛蓝布宽背带裤，里面是件雪白的泡泡纱短袖衬衫。一身的蓝天白云，脸庞上淡漠得似乎眉眼都化了，整个人似雾似烟，仿佛消停就会散得无影无踪。

女主人停住了，与冯畹丁正好一上一下面对面。两人僵持了片刻，这片刻大概只有一两秒钟，外人是感觉不出来的。女主人便道："碗筷都端整好了，小菜也上桌了……"停停，竭力不带情绪，声音把握得如同用尺子划出来一般,“你爸爸还没有出来呀?倒比杨贵妃在华清池里泡的时间还长。”

冯畹丁两手食指互相勾着放在面前,下巴抵住胸锁骨,道:“爸爸叫我下来说一声,他累得倒了胃口,不想吃饭,只想睡觉。”声音像吹气似的,飘在空中,要让人一个字一个字地去捕捉。

女主人像是一口气被噎住了,一时竟不做声。冯畹丁擦过她的肩膀往下走,走下几级楼梯,又停住,用她扁扁的盘着发辫的后脑勺对着女主人,又道:“我也不吃了,学校七点上夜自修,不好迟到的。”声音像是从丝丝缕缕的头发里冒出来的。随后便穿过走廊,拉开镶着彩色玻璃的大门,一闪就不见了,被晚风吹散了。

女主人一只手撑住楼梯拐角处雕成莲心状的立柱,自己也像立柱般呆了好半天。吴阿姨偷眼往上看了一眼,发现女主人虽是无声无息地立着,那对丹凤眼的眼梢却又远远地伸到脸颊外面去了。

这时,王阿婆正巧小心翼翼地端了只砂锅出来,一边叫道:“三鲜汤滚哰,趁热吃起来。”

女主人终于出声了,声音还很大:“王阿婆你把砂锅端下去,今天这顿夜饭不吃了!”

王阿婆吓了一跳,砂锅差点脱手,连忙稳住,进不好退不好,立在那里不知所措。

女主人这才一级一级下楼来,脚挪得很慢,好像脚跟上拴了铁镣,倾呤哐啷一步,倾呤哐啷又一步。走到底了,女主人像是漫漫长途用尽了力气,眼梢撑不住了,软奄奄地收回到脸架子里面来。她朝王阿婆摆摆手,道:“奇了怪了,呆着做啥?冯同志累了,吃不下;我也累了,不想吃。你们搬到灶头间去吃吧。”

王阿婆这才活络起来,端着滚烫的砂锅转回厨房。又出来收拾碗碟,又把已端出的小菜端回去。这样来来回回跑了三四趟。最后拿了擦布来抹桌子,女主人忽然又说了:“王阿婆,等你们吃好饭,煮一锅子米烧粥,放点莲心、桂圆、赤豆,冯同志讲不定一觉睡醒想吃东西了呢?”

王阿婆一边抹桌子，一边道："太……李同志，我马上就去烧，这几样东西没有一个时辰哪里熬得烂？"

女主人从吴阿姨手中抱过小公子，努了下嘴，让她进厨房吃晚饭。吴阿姨好似得了大赦令，哗嗒一转身钻进厨房。她和王阿婆一个坐在矮竹椅上，一个坐在长条凳上，各自用蓝边菜碗舀了饭，搛了一堆菜。王阿婆大概饿急了，面孔扑进饭碗里就不出来了，只听得扎嗒扎嗒的咀嚼声。吴阿姨心里面的事体不倒出来，饭是塞不进去的。便捧了碗，叽叽咕咕将方才去工地的事一五一十倒给王阿婆听了，末了，恳求道："王阿婆，晚一歇冯同志要喝粥，你代我问他一声好吧？他在工地上的，一定晓得那个推粪车的单根送到哪个医院去了。"

王阿婆面孔终于从饭碗里拔出来了，嘴四周一圈油腻，道："你要晓得他送哪家医院做啥？人家哪里搞得清烂泥堆里的小猢狲姓甚名谁？"

吴阿姨道："做人的道理嘛，受人滴水，报之涌泉。涌泉我也没能力还报，一点点心意总是要还的呀。"

王阿婆用手掌抹了下嘴，又往饭单上蹭蹭，道："这个道理嘛我是心服的。我看机会了，太太走开的话，我会帮你问的。"

次日清晨，吴阿姨提前了刻把钟，到了守宫，碰到王阿婆便挤眉弄眼向她发出问号。女主人正好在旁边，王阿婆的眼睛一直躲开她。总算候到女主人进厕所间去了，王阿婆对着吴阿姨又摇头又摆手的，道："我帮你问过先生了，等于问了个泥菩萨，一问三不知。先生就是这样的人，好像他不属于这个世界，外面沸反盈天，到他这里还是死水一潭。不要看他脑门宽大，却是只实心高庄馒头，任你再新鲜的馅子也塞不进去了！"

吴阿姨一腔热忱又落了个空，愈是这般阻滞，愈是对那个名唤"单根"的推粪车工人牵肠挂肚起来。

早上出来的时候，天光还算清明；近中午，吴阿姨正抱着小公子在花园里散步，四周围忽然暗了下来，阵头风呼啦啦地横窜，乌蒙蒙的天际划过两道霍闪。吴阿姨连忙抱着小公子躲进屋,就听见女主人喊:“王阿婆,起阵头了,外面晾了多少东西啊?”

王阿婆把菜刀往砧墩板上一搁,冲到园子里去收衣裳。长脚雨就撵着王阿婆的小碎步来了,接天衔地稀里哗啦一阵落,花园低凹处便积起了水塘,绽开着千朵万朵水花。

吴阿姨晚上回楼梯间的时候,弄堂里的水已经齐脚踝了,水面上漂着污秽和垃圾。吴阿姨心疼她脚下自己做的千层底布鞋,便赤了脚蹚污水回去。快到家门口,看见瘦骨嶙峋的儿子赤脚赤膊,只着一条短裤,跟一帮男小孩踩着浑淘淘的积水互相追逐着,喊着:“落雨喽,打烊喽,小八腊子开会喽!”吴阿姨气不打一处出,跑过去拎住儿子芦柴棒似的胳膊,叭叭,先在屁股上敲了两记,呵道:“还不给我死到家里头去!”

盈虚坊自1926年起屋造楼,栉风沐雨了将近四十个年头,地下管道日长势久自然地渐趋壅塞。平常日子,逢大雨急雨阵雨,弄堂里常常会水漫金山。现今填浜筑路工程就在家门口铺开战场,政府下令限时限刻完成,指挥部拼命抓工程进度,已无暇顾及对泥浆水排放的处理,于是大量泥浆水也涌到盈虚坊的下水道来。弄堂里一班老住客都讲,现在我们盈虚坊的下水道,就像小孩子扁桃腺发炎时候的喉咙口,一滴水也咽不进了。

盈虚坊地面下的落水道虽是不畅通,可盈虚坊地面上传播各种消息的耳道嘴道却永远不会阻塞,就像弄堂里的积水一样,阵头雨刚过,就漫遍了地角天涯。

吴阿姨牵肠挂肚了没有许多时间,关于单根的下落当晚就水落石出了。灶头间里,烧饭做菜的女人们手动得勤快,嘴动得更勤快。吴阿姨从她们的言语中听到了“单根”两个字。她原已在守宫吃过晚饭,只需给儿子炒碗蛋炒饭,把昨日剩的扇子骨汤滚一滚就完事了。却找出粒粒屑屑许多可做可不做的事,烧一铜吊子水啦,把东一块西一块的抹布搓一搓啦,洗洗平常喝茶的搪瓷缸啦,来回往灶头间跑。长一句短一句地听明白了单根的事。阿弥陀佛,单根的一条腿是保下来了，不过横竖比另一条好腿短了两寸，落下了终身残疾。单根住哪家医院也弄清楚了，他老婆也不去豆浆店上班了，日日在病榻跟前服侍。因为算是工伤，指挥部给他发了一笔补贴。脚跷了，推粪车的工作不好做了，街道跟环卫所讲好，索性把单根的关系转到里委会，让他在盈虚坊里扫弄堂摇平安铃。

女人们看到吴阿姨一趟一趟地跑灶头间，多嘴的就对她讲："你儿子管管牢，单根也不会出这种事体，讲到底他是为救你儿子受伤的！"

吴阿姨面孔涨得血红，嗫嚅道："我晓得的，我会重谢他的……"

吴阿姨便开始准备起来，早点起身，拐到马路菜场肉摊头，斩了块五花猪肉，从乡下上来时带了些自己腌的梅干菜，一批肉、一批菜地在海碗中放好，压紧了，入锅蒸，蒸上两个钟头，肉酥软，入口即化，梅干菜油光光的又嫩又鲜，均出一小碗给儿子，其余的都塞进一只钢盅饭盒里。另外还在点心店买了四只乔家栅粽子，两只赤豆粽、两只肉粽。这些东西没花多少钞票，看看也拿得出手。又从枕头套中翻出一只旧信壳，把里面的钞票都倒了出来。她在冯家统共做了三个多月，又寄回乡下一点，所剩不多。她十块五块地凑足一百块钱，用张旧帕子包了，掖在裤兜里。

那天下午，吴阿姨哄着小公子睡着了，就跟女主人请了半天假，用一只网线袋兜了钢盅饭盒和四只粽子，拎在手中。她向王阿婆打听那家医院怎么走。王阿婆告诉她，从盈虚坊左手的上震桥向北走，走到牛桥浜路再穿出去，穿到华山路，在华山路上乘48路公共汽车，乘三站就到了。吴阿姨就说，只要三站呀，走走过去也没几脚路，就走过去了。

吴阿姨在住院部门口打听到单根住的病房号，门卫盘问了她几句，发给她一块大拇指宽的木牌，木牌上用红笔写着病床的号码。吴阿姨按图索骥很快找到了单根住的病房。

那是一间狭长得很像船舱的病房，正面是窗，左右靠墙一溜七八张病床，床与床之间只有一只床头柜大小的距离。吴阿姨循着木牌上的号码望去,看见已经不很白的印着许多污渍的白床单下露出一对有机玻璃黑纽扣般闪闪发光的眼珠子。这眼珠子很活络,一歇转向东,一歇转向西,这就是推粪车的单根吗?

吴阿姨便走过去,走到床横头站住了。一位穿着深浅咖啡细格子两用衫的女人正要给单根擦身子,板凳上放着一盆热水,一块旧毛巾放进去搓了两把,绞干了,随手就撩开被角。单根连忙把被角翻回去。女人又撩开了,单根又翻回去。两个回合下来,女人叫起来:"单根棺材,开什么玩笑!你不擦,生褥疮不要怪我!"单根不响,一双扣子眼含着笑意看着吴阿姨。女人也有所觉察,扭回头,看见有个清清爽爽的女人站在那里,怪不得自家男人不肯撩床单了。她没好气道:"你这位阿姨站在那里看什么西洋镜?你屋里总归也有个男人的吧?"

吴阿姨面孔一红,往后退了一步,勾着脑袋,朝着床横头九十度鞠了一躬,又鞠了一躬,又鞠了一躬。

病床上的单根哈哈一笑道:"这位阿姨,你演的是哪一出戏?《负荆请罪》?《包公赔情》?莫非你前世欠了我一锭金元宝?怪不得呢,你这张面孔我像是在哪里看见过的。"

女人却警惕地盯住她嘀咕道:"不要碰到神经病了!"

吴阿姨连忙道:"我没有毛病的,我欠了你们太多太多,真正是今生今世还不了你们的大恩大德了!"

女人和单根互相望了望。

吴阿姨眼圈红了,道:"单根师傅,你救下的那个小猢狲,是我的儿子……这个讨债鬼,我恨不得……"

单根两手一撑坐了起来,道:"不要恨,不要恨,小孩子嘛,全是喜欢玩的,也怪我自己太逞强,跑得太快,一时头刹车刹不住了。"

那女人翻了单根一个白眼,冷笑道:"冤有头,债有主,你总算良心发现,还原真身了!讲讲倒蛮轻巧,再鞠九十只躬,腰也不会断,可是我男人一只脚废掉了,懂吧?他以后怎么做生活?他拿什么来养他的女儿?你叫我们这份人家怎么过日子?"女人的声音越来越响,并且讲一句,往前走一步,像要把吴阿姨吞吃下去似的。吴阿姨已经退到对面病床的床横头了,她仍没有收手的意思,直逼到吴阿姨跟前,两张面孔劈对,差点相鼻头。吴阿姨看得煞清,那是一张相当漂亮,却扭得很狰狞的脸。

"桂花你给我死过来!你自己看看自己,张牙舞爪像什么腔调!"病床上的单根呵道。女人这才闭了嘴,噔噔噔地走回单根床边,将手中毛巾狠狠地往脸盆中一摔,水溅得一地。

吴阿姨连忙将手中的网线袋送过去,道:"这是一点小菜,不晓得单根师傅吃得惯吧?"又摸出手帕包着的一百块钞票,放在网袋上,"我刚到上海,在冯家做奶妈,全部凑拢来,只有这点……我会慢慢攒的,我会补偿你们的……"说不下去了,想想自己命运不济,一波未平又起一波,不觉悲从中来,喉咙口像有一块咸菜头哽着,连忙一巴掌捂住嘴巴,别转身跑出去了。

吴阿姨去了一趟医院,倾自己所能送了一份薄礼,心里面却没有好过起来,自责与愧疚愈是加重了。耳根边像有只巧鹦哥不停地重复着单根女人的两句话:"他拿什么来养他的女儿?你叫我们这份人家怎么过下去?"

吴阿姨盘算了几个晚上,眼泪水浸湿了枕头,主意也拿定了。冯家女主人给的薪水在盈虚坊做娘姨的人当中算顶尖的了,三分之一寄回乡下,三分之一她和儿子过日子,剩下三分之一为单根师傅的女儿存着。虽然数目很少,但燕子衔泥般一点点积,聚沙还能成塔呢。拼上一辈子也要报答人家的救命之恩呀。这么想定下来,吴阿姨觉得心宽了些。

个把礼拜后的一个晚上,吴阿姨疲惫地急匆匆地回她的楼梯间,却见木扶手旁倚着一个人,一身灰脱脱的竹布大襟衫宽腿裤,在过道十五支光电灯泡昏黄的光环中,她的团团圆圆的面孔像涂了一层淡金,活像庙堂里供的一尊菩萨。吴阿姨一个愣怔,认出了她,忙道:"倪师太,你在这里呀!莫非是等我?"

倪师太说话前先笑,一笑两只眼睛像两条横刮弧,道:"就是等你呀,吴阿姨,你还记得我啊。”

吴阿姨点点头,心立时三刻翘翘板,一上一下的。我与她从未交往,只在冯同志生日酒会上见过一次。她候在这暗角末落的地方等我,究竟会为哪一桩?面上仍撑出个紧巴巴的笑脸,道:“倪师太,哪里会记不住你呢?进来坐吧,只是屋子太小。”便拿钥匙开了锁,自己先跨进去,把身子贴住门,让倪师太进来。

吴阿姨看见儿子趴在床上睡着了,便将他往床里面推进去,拍拍床沿道:“倪师太你坐会,我给你倒杯水。”

倪师太叭嗒捉住吴阿姨关节宽大却瘦骨嶙峋的手,道:“你不要忙,我睡觉前不喝茶。”她仰起团圆脸,左右看看,叹道,“住在这里,难为你了。”又摇摇头,“你东家的脾气愈来愈怪僻了,守宫里那么多房间……”

“有个睡处,蛮好了!”吴阿姨不想在别人面前抱怨女主人,连忙截断倪师太的言语。床与墙中间仅尺余地,她只好贴住板壁,站着跟倪师太说话。

倪师太的声音本来就很软,又压着嗓,像是透明的薄纱巾拂过脸颊一般:“我们讲话,不会把小孩子闹醒啊?”

吴阿姨道:“放心吧,这只小猢狲只有睡下去才安生,就是揪他耳朵敲他屁股也弄不醒他的。”

倪师太道:“我没有几句话。”说着,便从大襟褂子的斜插袋里摸出帕子包了的一方东西递给吴阿姨。

灯光虽暗,吴阿姨却一眼认出那是她的手帕,前几天包了钞票送给单根的,怎么会在倪师太手里呢?她把两手背在身后,嗫嚅道:“这个,我不好拿回的……倪师太,我一点心意,否则夜里哪能睡安稳觉?”

倪师太道:“我去看单根,单根再三再四要我带回来还给你。他讲,小菜他吃了,钞票是不作兴拿的,你一个女人带一个孩子也是不易啊。”

吴阿姨心口头呼呼烫,一不当心,眼泪水嗦落落滚下来。她连忙扯了袖管擦，就被倪师太捉住了手，将那手帕包放在她手中央了。吴阿姨感觉到倪师太的手掌心厚墩墩温乎乎的，却很有力道，让人无法违拗。她捧着那方帕子包像捧着烫山芋，拿拿不住，放放不下。

倪师太拍拍床沿，让她也坐下。倪师太一双横括弧眼一点点放平了，成了两条直线，叹道："盈虚坊里有点年纪的老住户哪个不晓得单根的底细？他光屁股的时候就跟着他爹娘进盈虚坊了，他跟这条浜真是有点缘分的。"

单根的爹娘是撑着一只乌漆墨黑的收粪小船，从苏州河咿呀咿呀地摇进盈虚浜来的。船摇进来的时候，船身轻悠悠的，像只贴着水面飞行的蜻蜓。芦苇搭起的船篷上挂满了五颜六色的衣裳。其实，那五颜六色是衣裳上的补丁，远远望去却也鲜艳夺目。盈虚浜两岸人家看见那一篷鲜艳夺目轻悠悠地漂过来，家家户户都拎着马桶出来了。有钱人家的楠木马桶新上了漆，照得出人影，箍桶的铜圈在日照下锃光煞亮。穷人家的马桶已被粪水泡得木质疏松，旧铅丝横一道竖一道地缚着，总像立时三刻要散架似的。不用个把时辰，小船的粪舱就满满腾腾了，船身沉甸甸的，水线几乎已齐船板了，溅起的水浪把下半截船篷打湿了，湿漉漉的船篷反而更鲜亮起来。男的撑篙，女的摇橹，远远望去，这一对男女像是踏波践浪而行。

从前有人把单根爹娘撑的这种小船叫做"艄艒"，《上海洋场竹枝词》中也有一首是说的它：

安居水上度流年，
小艇名呼艄艒船。
江北人家操贱业，
浮家妻子乐陶然。

隔年，单根爹娘艄艒船的芦苇篷顶上就多出了一个黑漆墨脱的男小孩，他的爹娘帮人倒马桶时，他就扎到同样黑漆墨脱的河水里，像条乌鲫鱼似的窜来窜去，蹿上蹿落。

就是在那一年，发生了撼天动地的“一·二八”淞沪抗战，驻守淞沪的十九路军电告全国：“尺地寸草不能放弃。为卫国守土而抵抗，虽牺牲至一卒一弹，绝不退缩。”日军三易统帅，一再增兵，却未能越雷池半步，之后的蕰藻浜激战，面对敌众我寡的危急形势，六十名勇士浑身绑满炸药扑向日军阵地，壮烈殉国；庙行大捷，中国军队一举歼灭日军三千余人。十九路军无畏的勇气和辉煌战果使中国人振奋无比，上海各界人民都投入支援抗战的热潮中，老百姓都把家里的存粮捐出来运往前线。盈虚坊居民捐出的粮食和各种物资人力椇车来不及运，好几户殷实人家接送少爷小姐上学的黄包车都参加了运输队。单根爹爹自告奋勇用他的艄艒船运粮食，行程快，又装得多。于是大家相帮着把米袋扛上船，堆得小山似的。艄艒船像是承受不住了，左右摇晃起来。可是单根爹爹说，不要紧的，我这艘船进出长江口什么样的风浪没见过？他一篙子戳下去，小船便驶出了丈把远。天空不时有东洋鬼子的飞机乌鸦般扑来扑去，单根爹爹不让单根娘随船同去，他叮嘱她带好单根等他回来。可是单根爹爹再也没有回来，传说他的艄艒船刚出苏州河就被东洋鬼子的炮弹炸成了碎片。那年单根还不到五岁，母子俩没有了活路。是盈虚坊的居民们帮助他们在盈虚浜南岸用木柴板和油毛毡搭了间小屋栖身，靠单根娘帮人家洗衣浆衫度日。

当时的盈虚庵香火正旺，庵中住持静虚师太可怜单根娘俩，破例让单根进庵看管香火供品。单根在尼姑庵中长到十五岁，他娘就把他送进家乡的淮戏班学戏，指望将来是个生计，撞上好运说不定还能成个角儿。无奈单根实在没有那根筋，待不到半年就跑了回来。依然做他爹的老营生，不过不撑粪船了，到法租界粪把头处租了一辆粪车，每日清晨在盈虚浜两岸的弄堂里转悠，吆喝着：“哎——拎出来了啰——”这一喊便喊了十多年，盈虚坊的老住户睡梦头里听惯了单根喊“拎出来啰”的声音，换了别一个喉咙，还真不适应呢。

1949 年人民政府成立以后，盈虚坊的老住户们曾经联名给政府写信，要给单根讨个抗日烈属的身份，可是有关部门调查来调查去，隔了这么多年光景，没有人可以证明单根爹是死于日本鬼子炮弹的，最终这件事也没了结果。单根倒不在乎，逢人就讲："我爹我娘都在上头看着我，要我做人方正，有两只手，靠劳动吃饭。"

倪师太一板一眼讲完了单根的身世，吴阿姨的眼泡皮都擦得红肿起来。她仍要把手帕包塞给倪师太，道："愈是这样的人，我愈是要还他的情。"

倪师太把手帕包掖到她的枕头底下，道："单根的人品你都晓得了，他断不肯受你的馈赠的。你放心好了，政府给他发了奖励，里弄里也给他安排了妥当的生活。你要谢他，日子还长着呢。"倪师太说完这句话就站了起来，欠下身子看了看吴阿姨睡梦正酣的儿子，"这小猢狲命大，好好养他吧。"说罢，便告辞了。

吴阿姨枕着那方手帕包，一夜合不了眼。有老鼠在楼梯间的斜顶上做了窝，叽里搁落的很不太平。

05

盈虚浜的填浜筑路工程到次年年底才全部竣工，盈虚坊的居民有两三个夜晚被压路机轰隆轰隆的声响闹得不好睡觉，大家都晓得路快要通了，都忍着，没有人说三道四。

终于有一天，大清老早出去买小菜的家庭主妇、劳动大姐，有的从上震桥走出去，有的从下巽桥走出去，出了弄堂口都呆住了：两顶桥无了踪影，眼门前是一条笔直贯通的马路，不宽阔，窄窄的一条，却煞煞平，像电熨斗烫过似的，在晨曦中泛着宝剑般青幽幽的光泽。脚板踩上去，石骨铁硬，壳橐壳橐响，走这样的马路，人的腰板挺直了许多，步子也顺畅了许多。

盈虚浜新街开通那天，工程指挥部在现场召开了庆功大会，市里区里方方面面领导都出席了。五颜六色的彩旗呼啦呼啦地翻卷，大鼓小锣双钹倾哐倾哐地闹腾，红领巾仪仗队咚吧咚吧敲着队鼓，大声唱着：

我们是共产主义接班人，继承革命先辈的光荣传统……

盈虚坊的居民们都跑出去看热闹了。从前有条浜隔着，北岸南岸人家的小孩子们玩不到一块，现在浜填没了，孩子们自来熟，马上凑成一团，你追我赶，从路这边横穿到路那边，又从路那边横穿到路这边。

守宫地处盈虚坊下巽桥弄堂深处，远离马路，平日里听不到外面的喧哗，是尘外仙居。这天，虽已入冬，日头却很好，吴阿姨搀着一岁多点的小公子在花园小径上散步，就觉得脚下的卵石路微微颤动，耳边的风好像波浪般起起伏伏。她便抱起小公子，跑到二楼阳台上往弄堂外面张望。王阿婆正在晒台上晾衣服，对她说："听讲马路通了，在开庆功会呢，反正没有事体，你抱小公子出去看看嘛！"

吴阿姨惊讶地横了王阿婆一眼，道："我不去，回头让李同志晓得了，又要不太平了。"

女主人生小孩后休假了近一年，最近又到中学里当代课语文老师去了。每天清早出门，要到晚上六点多钟才能回家。她念过的书多，板书又写得漂亮，学生很喜欢她。

王阿婆道："你不说，我不说，太太又没有顺风耳朵、千里眼，她与弄堂里的人又从来不搭腔的，哪里会晓得？叫做我要弄小菜脱不开手，否则就和你一起去了，去看看那条路到底怎么样呀，日后你我都是离不开它的。"

王阿婆这么一说，吴阿姨乐得跑出去松快松快。便将小公子往宽宽的肩胛上一驮，出下巽桥去了。

吴阿姨跑到马路上的时候,庆功会已经开了一段了,领导讲话已毕,正向筑路功臣发奖状呢。扩音喇叭里一位位功臣的名字报出来,功臣们便一个个走上台,从总指挥手中接过红底金字的奖状,随后有少先队员向受奖功臣献花。吴阿姨驮着小公子看得起劲,耳畔忽然划过一个名字:“区环卫所工人单根……”她一个激灵,忙将小公子从肩头上抱下,抱着他往前挤。她想挤到台前去,看得清楚些,看救命恩人如何上台领奖状。他的腿痊愈了吗?他能自己走上台吗?救命恩人成了筑路功臣,她莫名其妙激动得心房胀大,胀大得要蹦出来似的。

她终于挤到人群前面了,她看见大会的司仪对着话筒念了三四遍单根的名字,可是没有人走上台。这时,台侧一名工作人员跑上去,咬着司仪的耳朵说了些什么。那司仪又对着话筒饱含感情地说:“同志们,我们的单根师傅腿伤尚未痊愈,还在医院里治疗,不能亲自来领取奖状了。现在,我们欢迎少先队员单巧娣上台来,代她的功臣爸爸领奖,好不好?”四下里响起雷鸣般的掌声,掌声像海浪托起一朵花似的,一位穿白底粉红碎花衬衣、海军蓝短裙、粉红玻璃丝束着两只扫帚辫的小姑娘跳上台去了。

吴阿姨心里有一些怅然,也有一些宽慰。怅然是因为没见着恩人,他的腿怎么还没有痊愈?算算也有半年多时间了,本来应该再去探望人家的,只是怕见单根女人的冷面孔,才拖着。又见单根女儿灵巧可人的模样,心想,好人总是有好报的。自己已为这个小姑娘积蓄了一点钱,数目虽不大,总可以救救急的。什么时候有机会送给她呢?正胡思乱想,就听身后有人交谈中提及了单根的名字,便掐断思绪,竖起耳朵仔细听。

一人问道:“怎么就叫小孩子领奖状?他自己不好来,叫他老婆来领嘛。”

有人便道:“你还不晓得吗,单根的女人跑了!”

“什么叫跑了?跑了就去追呀。”

“哪里还追得上?我也是听弄堂里人讲的,那女人是跟一个削刀磨剪子的浙江人一起跑的。可怜小姑娘下学回家,冷灶冷锅,等到天黑也不见她娘影子,已经半个多月了!”

“单根晓得不要一头撞煞啊!”

“单根哪能不晓得?他已经出医院了,一口气憋进,又横倒了。”

“这种女人也是没眼界,人家单根现在是功臣了。”

“功臣又不好当饭吃,女人想想,一辈子服侍个跷脚有啥趣味?”

“倒也是的,只是单根日子难过了,一个男人家,腿又不好,一个女小囡又刚刚进小学,出头日子远着呢……”

吴阿姨听了这番话,就觉得脚底下刚刚筑好的柏油马路正在窸里窣落地陷下去,胸口头又像捂了块冰,寒意咝咝咝地渗透了全身。

散会了,吴阿姨被人群拥着推着,也不晓得自己是怎么样回到守宫的,王阿婆问了她很多话,她哼哼哈哈嗯嗯呀呀,自己也不知道是如何回复的。只有一个念头似一条巨蟒盘踞了她的脑袋:单根师傅的老婆跟别人跑了,单根师傅的日子难过了!

大约又过了四五天,吴阿姨终于又见到单根了。

初冬的早晨,日头也偷懒,晨曦清清冷冷,弄堂两边的石库门小楼也冻得哆哆嗦嗦挤成一簇堆。吴阿姨穿上了大襟棉袄,把女主人送的罩衫套在外面,换上自己做的黑灯心绒蚌壳棉鞋。又用一块红黑格子方围巾包住脑袋,两只手插在袖管里,耸肩缩头小碎步走着。路上打了霜,有点滑。新做的棉鞋底硬,从上震桥拐进小支弄时,她差点摔倒。膝盖已经触着地了,忽然有人钳住了她的胳膊,好大力气一把将她拽了起来。她站稳了,定神望去,竟是单根,穿着蓝布棉大衣,戴着海虎绒的帽子,怀里抱着一柄竹丝大扫帚。吴阿姨却吓了一跳:时隔半年,他竟苍老了一大截,面颊瘪下去了,下巴上青碴碴一团胡须,特别叫人不忍看的是那对眼珠子,竟像两块燃尽的木炭,了无光泽,甚至懒得动一动,比木偶还不如。吴阿姨惊讶地张了张嘴,没出声,都明白是怎么回事,还说什么好呢?

单根却连嘴都没张,看她立稳了,木木地背过身,双臂机械地挥动扫帚,刷啦左一下,一脚高起来;刷啦右一下,一脚低下去。

吴阿姨怔忡着，盯着他一高一低的背影，心口像被细绳绕着揪得很紧。

那天夜里，吴阿姨从守宫出来，已经快十点了，抬头看见满天的寒星，碎银子一般，天空愈显得高远、寂寥。忽然有一个声音从哪一条夹弄里曲曲绕绕地传过来，被砖墙撞击得零零碎碎的："门窗、关、关、好，当啷、当啷……火烛小心啦，当啷、当啷……"吴阿姨想，单根师傅出来摇平安铃了。这么想着，眼门前便出现了单根一高一低摇摆着的背影。吴阿姨心中突然就萌生出一个令她心跳的主意，好像那一天繁星都隐退了，只有一颗愈来愈大愈来愈亮。她便加紧步子赶回楼梯间，儿子照例已入梦乡，吃剩的半碗菜粥掼在板凳上，馒头碎屑撒落一地。吴阿姨来不及收拾，只替儿子掖了掖被角，便从枕头下摸出一方手帕包。手帕仍是原先的那块手帕，里面的钱却多了几张。这半年来，她省吃俭用，每月必定往这帕子里塞进几张票子，毛估估总有三百来块钞票了。她的主意便是，趁单根在弄堂里摇平安铃，赶紧把钱送到他家，交给他的女儿。

吴阿姨晓得，单根和女儿现在住进了盈虚坊牌楼边的小屋，是里委会特意为他安排的。吴阿姨看见小屋的窗户下半截被一块蓝花布遮住，上半截透出黄蜡蜡的灯光。还好，小姑娘还没睡呢，便赶紧屈指笃笃笃叩了叩木门。

"爸，回来啦！"伴着女孩子甜津津的声音，木板门吱嘎拉开了。小姑娘一见是位陌生的女人，便将身子堵住门框，一双围棋子般黑亮黑亮的眼睛警惕地盯住吴阿姨，问道，"你是谁？我认识你吗？"

吴阿姨去摸她的扫帚辫，她把脑袋一偏，让开了。又问："你深更半夜敲我家门做啥？"

吴阿姨便道："我认识你，你叫巧娣是吧？"

单巧娣不说是与不是，仍虎视眈眈地盯着她。

吴阿姨就把手帕包拿出来，道："巧娣，你把这个交给你爸爸，好吗？"

单巧娣把手背到身后，道："这是什么？我不好无缘无故拿别人东西的。”

吴阿姨说：“巧娣真乖，不过这不是别人的东西，原是你爸爸的钱，你交给他，他就知道了。”便把手帕包递到单巧娣跟前。

“真的吗？”单巧娣偏了脑袋问，小眼睛中的敌意明显减少许多。

吴阿姨很用力地点点头，拉过单巧娣的手，就把手帕包塞在她手中。“巧娣快进屋去，门关关牢，不听到爸爸的声音，千万不要先开门啊。”

吴阿姨回去的时候，单根敲平安铃的声音仍在长长短短的弄堂里回荡。她像卸下了一副重担，回到楼梯间，倒头就睡了。

次日清晨，吴阿姨去守宫的路上，迎面又遇到了扫弄堂的单根。单根专注着他手中的竹扫帚，眼珠子跟着它画八字，仿佛没看见吴阿姨这个人。吴阿姨犹豫了一下，也没有跟他打招呼。两人擦肩而过。

晚上，吴阿姨顶着满天星星，踩着断断续续的平安铃声回到楼梯间，开门进去，倒吸了一口气——儿子合扑在床上睡着了，床上地下散落着花花绿绿的纸币，一块钱两块钱五块钱十块钱……还有那块手帕，皱巴巴压在儿子面颊底下，儿子一道口水正沾在它上面。

吴阿姨抬手扇了儿子一记屁股，用力把他拽起来，呵道：“小猢狲，这钞票你从哪里弄来的？啊？”

儿子困痴懵懂地咕哝道：“是敲平安铃的爷叔给我的……”又横倒下来。

吴阿姨又把他拎起来：“我关照过你吧？不好随便拿人家东西，你做啥要收下来？啊？”

“爷叔讲是你的钞票嘛……”小猢狲话没说完已经进梦乡去了，梦里一定是玩，面孔上笑眯眯的。

吴阿姨浑身凉冰冰地呆坐了一会，便一张一张地把纸币收拢来，是在收拾自己纷乱杂沓的心情。单根师傅明明碰见我的，为什么不当面讲讲清楚呢？她有点惶恐地意识到，自己脑袋里转的都是单根的事，反倒没有自己男人的影子了。掐指一算，她离开家乡才一年多光景呢。

吴阿姨将收拢的纸币塞到褥子底下，再用力压上枕头。她很生自己的气，恨恨地想，自己做到这个分上，也对得起良心了。人情弯弯曲曲水，世事重重叠叠山。日后不再替别人家事操心了，自顾自熬日子吧。想是这么想了，仍蟠肠曲节了一晚上。

虽有万般心思千种无奈，吴阿姨每日照样去守宫做事。晨出暮归，行走弄堂，听得沙沙的扫帚声，或者当啷当啷的平安铃声，便掉头绕道，宁愿多走几步路，眼不见为净，省得无端惹烦恼。饿了放开肚皮吃饭，累了摊平腰骨睡觉，日子就像龙头里放出的自来水，哗哗哗地流走了。

更几度春风秋雨，几番花开花落。吴阿姨奶着的小毛头已经下地，摇摇摆摆满屋子跑了。那一个礼拜天阳光布满窗户的上午，女主人把吴阿姨叫到房间里去了。吴阿姨不晓得吉凶，心虚虚的，偷眼看女主人的面孔。

女主人好似稍丰硕了些，面架子宽了一周，眉眼便搁置得舒齐了。皮色也光泽了许多，粉月季般新新鲜鲜的。是王阿婆背地里告诉吴阿姨的，先生前两年逃过一劫，近日又升了职位，都是太太的内功外力。难怪呢，女主人的好心情是印在面孔上的，吴阿姨暗暗定了心。

女主人薄薄的红唇轻轻勾起一丝笑意，道："吴阿姨，这两年工夫，难为你起早摸黑，小孩子养得无病无灾，你是头个大功臣！"

吴阿姨想客气几句，张不了口。想着自己丢在乡下的女儿，一定也会走路了，不晓得是胖是瘦。眼眶便胀勃勃起来，不敢动弹，垂着眼皮，盯着女主人套在脚尖上的拖鞋鞋面，是紫红缎面绣着莲心金鱼，女主人跷着二郎腿，脚尖一抖一抖，那鱼儿也似活动起来，上下游戏。又听女主人说："现在小弟两岁多了，我想该给他断奶了。"

吴阿姨一惊，慌忙挑起眼皮道："李同志，我有啥不妥，你好讲的呀，我奶水还蛮足的，在乡下，小孩子奶到五六岁的都有。"

女主人笑道："吴阿姨你多心了，我何曾讲到你不妥？小孩子总归要断奶的，现如今，我给丁丁争取到市里面最好的托儿所，这个机会很难得的。"

吴阿姨心忽落一沉，看来冯家的饭吃不成了！一时手脚都凉了。

女主人从床边柜抽屉里拿出一沓钞票，往小圆几上一放，道："这个月的工资，加上我另外给你两百元的补贴。我打听过了，前前后后再也没有人家比我出的更多了。"

吴阿姨呆墩墩地立在那里，并不上前取那沓钞票。

女主人沉吟道："你如果不想回乡下，还可以在盈虚坊做下去的。你要愿意，上午到我这里做两个钟头，主要是打扫卫生，顺便帮王阿婆洗掉点衣裳，她毕竟有点年纪了。"停停，又道，"我还替你看好一户人家，就是我们对面的恒墅。我看见常家女人的肚皮又隆起来了，攀高落底，一定需要帮手的。虽说她男人戴过'右派'帽子，这和你不搭界的。除此之外，你还可以到弄堂里去打听打听，有种人家，请长工心疼工钱付得多，一两个钟点的花费还是能承受的。"

吴阿姨手脚一点点回暖过来，她心中也在盘算着，冯家女主人给的建议真不失为一个好的生计，打三四份短工，工钱不会比做冯家一份少，而且人也自由得多。于是，她千谢万谢收下了女主人的钞票。

自此，吴阿姨结束了她两年多的奶妈生涯，在盈虚坊里吃起了百家饭。她仍租住在那间楼梯间里，上午到守宫老东家处做两个小时清洁工，然后直接插到对过恒墅常家烧一顿中饭，顺带收拾房间。下午，有几家人家要她洗衣服；傍晚再返回恒墅做晚饭。过了一段时间，做得顺手了，她又接了清早替好几户人家倒马桶买小菜的活。累是累了点，用吴阿姨的话是看在钞票的面子上。说是这么说，其实吴阿姨从不计较人家给多少工钱，有谁家一时忙不转托她倒倒马桶带些小菜，她也不跟人家算钱。吴阿姨的勤快、本分、热心肠很快得到盈虚坊住户们的口碑，吴阿姨现在才觉得自己真正成了盈虚坊的人。

自做了钟点工,吴阿姨每日在盈虚坊里穿门走巷不晓得跑多少回,难免会碰到扫弄堂或者摇平安铃的单根,吴阿姨也不再绕道了,面对面走过,点点头笑笑,脚步从来不停。吴阿姨习惯了,几乎和盈虚坊中的每一个人都保持着点头微笑的和睦关系。

上海四季中最难挨的其实是秋老虎。大伏天的热热得猛出汗,人倒是蛮畅快;可秋老虎的热,热得发不出汗,汗全憋在身子里,五脏六腑焐得发烫,气也透不顺。

就在一个闷热难挡的秋老虎的傍晚,吴阿姨去恒墅常家做晚饭,碰到常家女主人羊水破了。常家男主人下放劳动,天天在工厂里翻三班。那日他正巧上中班。吴阿姨不晓得到哪里去找他,情急之下,自做主张叫了一部三轮车把常家女主人送到医院去了。

吴阿姨一直候到常家女主人顺利产下一个女婴后才离开医院,回到盈虚坊已经十点敲过了。喧闹了一天的盈虚坊这个时候方才安静下来,因为没有一丝风,整座盈虚坊好似凝固了一般,唯一活动着的是当啷当啷的平安铃声,夹着长长悠悠的一声喊:"火烛小心——门窗关关好——"

吴阿姨听到这喊声却起了疑心:听惯了单根的喊声是粗粝而苍凉的,今晚这喊声怎么变得尖细柔弱起来?她不由自主地循着铃声的方向追过去,在庞大的夜幕中看见了瘦骨嶙峋的单巧娣!单巧娣一条胳膊显然举不起铜铃,是用两只手抱住铜铃木把手,用力举起,当啷啷,怯生生喊一句:"火烛小心——"再沉沉地垂下去,当啷啷,怯生生又喊一句,"门窗关关好——"

吴阿姨跑上去,捉住了单巧娣肩胛,问道:"巧娣怎么是你来摇铃呀?你爸爸呢?"

单巧娣轻轻道:"爸病了,躺在床上爬不起来。"

吴阿姨摸摸她的头,头发黏黏的,满头的汗水。吴阿姨心痛得要命,一把夺过那柄铜铃,道:"阿姨帮你摇铃,你喊吧,大点声。"

吴阿姨一手拉着单巧娣,一手摇铃,走遍了盈虚坊的长弄短巷,随后，便很自然地跟着单巧娣走进单根师傅的小屋。她想，老古闲话说的，人在难处扶一把，强去远道烧高香！

单根看到单巧娣后背跟进一位丰硕却不失玲珑的妇人，又惊又窘，撑着仄起身，身子下的草席上汗漉漉的一个人印。吴阿姨揌住他肩膀让他躺着别动，手心像摸着刚冲好热水的汤婆子，吃惊道："怎么身上滚烫？要发发汗哪。"

吴阿姨问单巧娣，家里有鲜姜吗？单巧娣可怜巴巴地摇摇头。她拉开装着纱门的食橱看看，里面除了掰成两半的冷烧饼，没有任何吃的了；她拿起桌上的竹壳热水瓶摇了摇，也是空的。吴阿姨长长地叹了口气，对单巧娣说："你给你爸爸头上压块湿毛巾散散热，我等一歇就过来。"

吴阿姨急忙回转自己的楼梯间，她记得自己从乡下出来时曾用鸡蛋换了两斤红糖，生女儿的时候，未出月子就下田插秧，落下痛经的毛病，痛的时候喝下一杯滚烫的红糖水，好过许多。到了上海，这毛病竟就不犯了。房间就一瓢西瓜那么大，吴阿姨粒粒碌碌翻了几翻，找出那包红糖，用调羹满满地挖了两勺出来，鲜姜有现成的，切成薄片，加红糖大火烧开了，小火笃悠悠滚着。

吴阿姨又掀开揭罩，苦笑着摇摇头，上半天做了一海碗的烂糊面，竟被儿子吃了个底朝天，心里骂道："小猢狲，就是肚皮大！"一时三刻，还能变出什么吃的送给单根父女呢？国家遭遇三年自然灾害，老百姓的粮食、副食品都是定量供应的。幸亏吴阿姨在冯家做奶妈时，女主人动脑筋帮她报进了上海户口，现在她做众家事吃众家饭，她的定粮正好够儿子填饱肚子。吴阿姨想到铁罐底还有一点干面粉，便有主意了。将面粉加细盐调成稠糊状，烧开一锅水，用筷子将稠糊一疙瘩一疙瘩地刮进沸水里；取一把用捡来的菜皮子腌的咸菜，切碎了，放进去一起煮，不一会，煮成了一锅汤汤水水的咸菜面疙瘩，毛估估够单根父女俩吃的了。

街上豆浆店里的营业员跟吴阿姨也熟了，送给吴阿姨榨豆浆剩下的豆渣。吴阿姨就在豆渣中拌入葱花蒜泥做下饭的小菜，经济实惠,营养价值也很高。吴阿姨替单根父女舀了一饭盒豆渣,又把熬得酽酽的红糖姜茶灌进暖壶,一手一只网线袋拎着,送到单根家去了。

单根喝下去一碗姜茶,顿时发汗,额角头亮津津的,双颊的红潮便退了许多。单巧娣捧着钢盅锅子嗦噜嗦噜喝着面疙瘩汤。吴阿姨晓得她饿狠了,便道:“巧娣慢慢吃,不要噎着。”又取出一只小碗,给单根师傅舀了一碗。

单根神情凄凉地笑道:“吴阿姨,屋子里太龌龊了。”稍停,又道,“我苦点没关系,苦惯了的,就是委屈了巧娣……”

吴阿姨马上道:“单根师傅,你不要见外,以后巧娣就到我那里吃晚饭好了,我屋里的那个小猢狲正愁没个伴。”

单根道:“这叫我……怎么过意得去?”

吴阿姨犹豫了一下,还是说了出来:“单根师傅,这句话原应该是我说的呀!我们互相就不说客气话了,好吧?哪个人没有难的时候呢?”

这一夜,吴阿姨辗转到凌晨才拾回一个梦,却梦到自己还怀着女儿,挺着个大肚子,牵着儿子,坐了两天的长途汽车到苏北一个劳改农场去探视服刑的男人。男人变丑了,原来又黑又厚的小分头变成了一毛不拔的光头,原来棱角分明的下颏蓄满了乱糟糟的胡须,原来有点凹陷的深目竟似两块燃尽了的木炭!男人的面孔怎么变得像单根似的了?梦醒回来,枕头漉湿了冰凉的一片,心里面空空落落,像是被摘去了五脏六腑。

秋老虎虽凶,折腾了几日也就气息奄奄了。转眼便是秋风萧瑟,草木摇落的景象。清早出门,砖缝中的苔藓上结了薄薄的霜露,墙跟头的枯叶也多了起来,一簇堆黄褐,一簇堆棕红,随着风壳橐壳橐地翻卷。

单根又出来扫弄堂了,一柄竹丝扫帚被他舞得关公老爷手中的青龙偃月刀一般。晚上摇平安铃,声如铜钟,一句“火烛小心,门窗关关好”,回音似涨潮时的浪头,一波一波地扑出很远。有小孩子的人家反倒要骂了:“喉咙轰轰响做啥?”上点年纪的人就说:“到底学过几天淮戏的,有嗓子,摇平安铃可惜了。”自然没有人晓得,吴阿姨那日晚上的一壶红糖姜茶和一锅咸菜面疙瘩才是真正的灵丹妙药。单根喝下去,等于是重新开始做一世人了。

单根原本的日子是件千疮百孔的旧衣衫,要补也不晓得从哪里下手了。现如今有了新的期盼,这期盼把他孤伤凄清的心境照耀得很温暖。他的期盼实在是微不足道的,只是每日傍晚盼着单巧娣回家,好从单巧娣口中得到吴阿姨的些许讯息。

现在单巧娣放学后先去吴阿姨家,跟吴阿姨的儿子一起吃晚饭。吃了晚饭回来,手中总有一只钢盅饭盒带给单根。钢盅饭盒里或是山芋汤,或是豆渣馄饨,或是葱花面饼。虽然都是些粗食,单根吃着比鱼肉荤腥更有滋味。于是单根开始东一搭西一搭地跟女儿打听吴阿姨的点点滴滴。单巧娣开头还随口应应,实在被他问得烦了,道:“爸,你又不是派出所户籍警,问得人家那么仔细做啥呀?”

单根涨红了脸,斥道:“小丫头,我还没有让你端尿盆喂饭呢,讲几句话就嫌弃我啦? 白白养你了!”

单巧娣委屈道:“天天问来问去这点事情,我又碰不到吴阿姨的,我去的时候,她总归去恒墅里烧夜饭了。你在弄堂里碰得到她的呀,为啥自己不问她?”

单根心想,我怎么可以当人家面问东问西呢? 这句话他没说出口,因为这句话后面还有许多意思,单根都只能闷在心里,只在夜深人静时独自拿出来回味嗟叹。

有了期盼的日子过得很快,不觉又到了旧历年尾。虽然副食品供应依然很紧张,样样东西都要凭票购买,但是上海人家一个年是不能省略的,东西再少,家庭主妇总有本事翻花样弄出四小碟八大盘,一家人团团圆圆顶要紧。

吴阿姨这一段是最忙的了。现在她有十几户东家,家家都要她操办年货。她手中总是捏着一大把票证,谁家是什么票,谁家有多少张,她记得清清楚楚,从来不会搞错。也有人家这种票富余了,那种票没有了，她还会帮着互相调剂。天蒙蒙亮就得钻出热被头，拎着挽着大小三四只竹篮直奔菜场。要过年了，无论菜蔬荤腥样样摊头前都排起长长的队伍。吴阿姨分身有术，让篮子当替身，同时排两三个队。日头方才从盈虚坊锯齿般的屋脊后露出脸，吴阿姨已经挨家挨户把小菜送到灶头间后门口了。

吴阿姨心里盘算好了，早几天就腌咸鸡，还蒸了一大碗梅干菜扣肉。除夕那天只需再炒几样热的，送到单根家，让儿子跟单根父女一起吃年夜饭。自己是要到恒墅常家做年夜饭，横竖脱不了身的。

没想到小年夜那天上午，邮差骑着绿色的脚踏车窜进盈虚坊，逢人就问："有没有叫吴秀英的？吴秀英在盈虚坊几弄几号呀？"有人告诉他，找吴秀英去恒墅，有人却说，吴秀英是不是守宫里的奶妈啊？还有指赵家王家李家的。邮差在盈虚坊里兜了两三圈，终于还是扫弄堂的跷脚单根指给他看了，"喏，前头拎着篮头的，短头发的，穿豆沙色罩衫的就是她！"

邮差两只轮盘一滚追上了吴阿姨，一脚撑地，从龙头前鼓囊囊的邮包中抽出一封电报搁在她篮头中，道："以后门牌号要写写清爽，盈虚坊上千户人家，叫我们瞎子摸象呀！"

吴阿姨已经没有心思应他了，慌忙捡起那张薄纸。天冷，她也不习惯戴手套，根根手指冻得像胡萝卜，关节僵硬，弯都弯不拢。因她不愿意让盈虚坊人知晓自己的底细，便没有将自己楼梯间的门牌号告诉家里人，生怕乡下人跑到上海，揭了她的底。原来家里公公婆婆两老不识字，女儿才牙牙学语，谁会给自己写信呢？她哆哆嗦嗦终于将电报纸展平了，上面只一句话：

母病重速归！

吴阿姨眼门前一黑，差点栽倒，连忙扶住砖墙。

吴阿姨自己的娘死得早，电报上的"母"是指她的婆婆。吴阿姨心想，婆母一病倒，小女儿丢给谁呀？她是一刻也待不住了，当即到各家各户打了招呼，带着儿子，搭乘夜行火车回乡下去了。却给盈虚坊留下了可供反复咀嚼的话题。

这一个年，单根过得甚是无味，比老婆跟人跑了的那一个年更觉孤单清冷。老婆跑了的那个年，他就想着不让人家看笑话，大年三十夜带着女儿在盈虚坊牌楼外面放爆竹，放了三只高升，又放两百响连珠炮，再点燃"地老鼠"和"遍地开花"。弄堂里许多人家的小孩子都跑出来看，嘻嘻哈哈的很是热闹。年初一一大早，区里领导还带着慰问品上门给他拜年，在他的薄板门上贴上大红对联："听毛主席话，跟共产党走。"横联是"社会主义好"。本来，他期盼着今年这个年会过得很踏实，对老婆的气和恨正一点点消散，另有一番情意正点点滴滴地修复着他受过伤的心境。那天下午，吴阿姨把咸鸡、鱼干和一海碗梅干菜蒸肉送到单根小屋里，道："单根师傅，东西不多，鸡只有半爿，我只一个户口的份额，看看，你和巧娣过年好将就了。"单根心怦地胀大，舌根硬撬撬道："你，你们一道过来好了……"吴阿姨却道："我婆婆病重，我要回乡下去了。"单根倏地从头凉到脚尖，张着嘴一个字也说不出。老婆跑了，他可以骂，可以想，可以恨。可是人家吴阿姨要走，他是一句也说不得，连一个惜别的表情都不好露出来，还得勉强逼出一句："走好啊，一路平安！"老婆跑了，单根的心像中了枪弹似的流血；吴阿姨回乡，却像把单根伤痕累累尚未痊愈的心一起挖出胸腔带走了！

单巧娣叭喳叭喳嚼着吴阿姨腌的咸鸡腿，对单根道："爸，今年我们再放爆仗好吧？"

单根无精打采道："不放不放，吃了饭早点睡觉。"他对着几只小菜，一点胃口也没有，咸鸡太咸，扣肉太腻，鱼干刺太多。

有一个问题像条小蛇钻进单根脑筋里窜来窜去，他只好对自己说："婆婆生病她男人不管的呀？立时三刻要把她叫回去，这个男人一点肩胛也没有，倒是福气，讨了个贤惠能干的老婆！"

单根原以为一个年轻女人带着儿子到上海帮人家，想必是丧夫或是离了婚的，这个一厢情愿的猜测像只阳光下五光十色的肥皂泡，叭，破了，单根悄悄冒出来的希望破了。

过了正月十五，一天傍晚，吴阿姨突然出现在盈虚浜新街的柏油马路上。她厚墩墩的肩胛上一前一后搭着两只旅行袋，左边是她的儿子，儿子已经齐她肩高了；右手牵着个女孩，女孩三四岁光景，挨得母亲很近，怯怯的样子，眼珠子却不安分，东转转西转转。吴阿姨一路上和熟悉的店家打招呼，不时从面前的旅行袋里掏出山芋干分给大家。她人还没进盈虚坊，消息已在盈虚坊里水银游走般漫开了。

吴阿姨终于拐进盈虚坊牌楼门了，几位与她熟悉的劳动大姐和家庭主妇便迎上来将她团团围住。吴阿姨连忙掏出山芋干塞到她们手中，道："乡下没什么好东西，不过尝个稀罕罢了。"

这些家常的女人总逮着机会找一点不寻常的事情为她们平淡的日子做佐料，她们捕捉不寻常事情的眼光比爱克斯光还厉害，她们刨根问底的口舌比掘土机还凶猛。吴阿姨身上发生的些许变化一一被她们发现并且放大了好几倍。譬如她们看见吴阿姨鬓发边用枚发夹别了朵棉线缠成的铜钱大小的白花，哪里肯放过？上下左右一一问到，问得吴阿姨眼泪汪汪。原来等她赶到乡下，婆婆已经断气，却看见自己的小姑娘三九寒冬只穿了件破夹袄，下身只有单裤，缩在床跟头，黑糊糊的一团，人瘦得一张面孔只剩下两只眼睛了。她把上海东家送的饼干捧到小姑娘面前，小姑娘像只小野兽般伸出两只脏兮兮的小手抓了一把就往嘴巴里填，好像现世从没吃过东西似的。吴阿姨心痛得要命，搂住小姑娘再也不肯放手了。她盘算，幸亏现在做钟点工，人活络多了，把小姑娘带在身边，没有人好讲闲话，自己心思也好安定许多。

吴阿姨从肩上卸下旅行袋，一把将女儿抱起来，道："小茧子，叫人呀，阿娘——阿婆——阿姨——大姆妈——"团团转了个圈。小茧子真的很乖巧，阿娘阿婆阿姨大姆妈一圈叫下来。女人们都很开心,就开始夸小茧子长得俊,眼乌珠漆黑漆黑,眼睫毛蝉翼似的翘起,大起来肯定比她妈妈更漂亮。你们看看,这一身豆沙红毛葛小袄裤穿在她身上,一张面孔一枝花,像煞年画里王母娘娘身边的小龙女。

提起女儿身上这套小袄裤,吴阿姨眼圈又红起来。出来前,她想给小姑娘做套像样点的衣服,却没有布。自己到上海做娘姨攒下的一点布票,给婆婆做寿衣,都用光了。想自己纺纱织点土布,又弄不到棉花。她夫家的生产大队里,有个年轻媳妇从生产队仓库里偷了一兜棉花,被人告发,判成了坏分子管制劳动。吴阿姨翻翻自己的包袱,里面只有守宫女主人送给她的那件豆沙红毛葛罩衫还结实点,便拆开了,剪剪裁裁,拼拼凑凑,给女儿做成这套登样点的衣服。

大家看吴阿姨说得心酸,忙扯开了。去逗小姑娘,问道,这么俊的人为啥要叫小茧子呀?吴阿姨就说:"乡下人狗呀、牛呀、花呀、草呀,随口叫叫的,小名叫得贱一点,好养。我们小茧子还有个大名,叫'许飞红'。"一直站在旁边听众人夸妹妹的儿子早就受了冷落,这时便拔直头颈大声道:"我叫许兆红。"

女人们都笑了,想小孩子也是这般不甘寂寞呀。她们笑得很满足,互相使着眼色,终于获悉珍贵情报:吴阿姨的男人姓许。吴阿姨进盈虚坊后,只字不提她的男人,而她的儿子也从没有个正经的姓名,一歇小猴子一歇小猢狲地乱叫。背后就有人猜测,吴阿姨的儿子是不是私生子?现在一切真相大白了。吴阿姨是有个姓许的男人的。有人热心地出主意道:"吴阿姨,你户口在上海,再托人想想办法,把儿子、女儿户口一道转进来。"有人趁机旁敲侧击,撺掇她道:"为啥不叫你男人一道上来,合家团圆,喝白粥汤也是香的!"

吴阿姨咧开嘴笑,却笑得很难看。她颧骨本来就高,平常笑的时候,笑是溅开来的,面部肌肉涌动很平均,并不显颧骨高得难看。这一刻她是用嘴角用力撑住的笑,便把颧骨拱得更高,把脸都拱成橄榄形的了。她就这么很难看地道:"乡下也不能没有人,有两间老屋,还有个七十岁的公爹在。"这理由虽说摆得上台面,却有心细的剜到一眼，吴阿姨说这话时，一边偷偷捏她儿子的后颈脖。这个发现又成了往后几天弄堂后门口、灶头间、晒台上的热门话题，人们因此可引发出许多想象。

女人们终于放吴阿姨过门了，陆陆续续地散了。吴阿姨把小茧子放下，将两只旅行袋一前一后搭上肩。等她直起腰身，一眼看见单根与单巧娣父女俩正站在自家小屋门口望着她。她耳朵有点热，幸亏回乡了半个月，人晒黑了，面孔上的色彩变化别人看不大出。她搡一把儿子，拽住小茧子走拢去，道："叫人呀。"

儿子与单巧娣是熟的，叫道："单根爷叔，巧娣姐姐。"

小茧子也学着哥哥的腔调叫道："单根爷叔，巧娣姐姐。"

单根点点头道："回来啦？女儿也带上来啦？"是平常的问候，却止不住半边脸的肌肉嗒嗒嗒地抖动。

吴阿姨照样摸出两把山芋干塞给单巧娣，眼睛只看住单巧娣的脸，道："等歇还到吴阿姨家吃晚饭，好吧？哥哥和妹妹都等你呀。"

单根想说什么，因为脸部肌肉抖得太厉害，怕说不成句，只好不说。

吴阿姨便带着她的一双儿女回他们的楼梯间去，夕阳从西头斜照过来，弄堂水泥板地上便有长长短短的三条影子。

06

吴阿姨又开始继续她在盈虚坊里的帮佣生涯，然而情况还是有了些许变化。头一次进盈虚坊的仅仅是她的身子，她的牵挂全部留在了浙东那个有山有水的小村庄里；而这一次进盈虚坊，她把她的身子和几乎是全部的牵挂都带过来了，小山村似乎被浓雾锁在了记忆的最深处，看不清了。小小的楼梯间逼仄且不透气，吴阿姨却很有兴致地用旧报纸把斜顶重糊了一遍，更换了三十六支光的大灯泡，最重要的改变是从旧货店淘来一只上下铺的叠叠床。她让儿子睡上铺,只能躺,坐着还得低头;她和女儿睡下铺,怕挤着女儿,她永远只能侧身睡。尽管条件艰苦些,但吴阿姨心里很踏实。日里儿子上学去,她就带着小茧子做了东家做西家。大部分人家都不讨厌小茧子,因为小茧子乖巧,小小年纪就会鉴貌辨色讨人欢喜。一日下来,小茧子衣兜兜里常常塞满了瓜果饼干。还有人家把自家孩子小时候穿的衣服送给小茧子穿,小茧子很快就被打扮得跟盈虚坊的孩子没什么两样了。

吴阿姨上半天仍去守宫做清洁,她规定小茧子只能在守宫的花园和敞廊里玩。吴阿姨奶大的小公子五岁就开始学钢琴了,客厅沙发边上多了一台漆黑锃亮照得出人影的大钢琴。小茧子头一天进守宫就爬上琴凳去揿琴键,吓得吴阿姨不敢让她进客厅了。王阿婆就翻出守宫小公子玩腻了的一套五彩积木拿给小茧子,这才吸引了小茧子的注意力。她坐在敞廊里搭积木,也没人教她,自己像模像样垒起来,又劈里啪啦地推倒。再垒,越垒越高,再推倒。两个钟头里没有闹过吴阿姨。王阿婆就夸她:"吴阿姨,你这个女儿不会白养的,这么丁点大人,心相就这么好。"

守宫里的小公子平常是要上幼稚园的,只有礼拜天在家。他比小茧子早出世两个月,吴阿姨就让小茧子叫她丁丁哥哥。两个孩子似乎很投缘。丁丁哥哥在家的时候会兴致勃勃弹练习曲给小茧子听,会很大方地让小茧子摸摸琴键,揿出几个音符。有时,丁丁哥哥会笑话小茧子的浙东口音,每句话结尾都有一个向上的拖音,像唱绍兴戏中的念白。丁丁哥哥会帮小茧子纠正发音,教她讲普通话和上海话。小茧子为了回报丁丁哥哥,也为了显示自己本领,就教丁丁哥哥挑绷绷,用根纳鞋底的粗棉纱线,两头结住,做成个圈。两只小手左右绷住撑开,小指钩,中指挑,食指绕,线儿在十指间往来穿梭,纵横交错,变幻出各种图案,像格子花布,像蜘蛛网,像脚手架,像外白渡桥,像盈虚坊里密麻麻的小弄堂。这是妈妈教给小茧子的游戏,它很便宜,几乎不花钱;又不占地方,盘腿坐床上就能玩。可是丁丁哥哥没有耐心,小茧子绷出一个花式交到他手里,他一上手,线儿就打结,乱成一团麻。丁丁哥哥就说,这是小姑娘玩的游戏,我们还是搭积木吧,搭桥搭船搭高楼。小茧子也不生气,就跟着丁丁哥哥搭积木。只要跟丁丁哥哥一起玩,玩什么都很开心。

吴阿姨里里外外打扫好房间,洗好衣服,晾到晒台上。看看钟点差不多了,就要抱小茧子到对过恒墅里去烧中饭。可这天小茧子死活不肯跟妈妈去恒墅,她喜欢跟丁丁哥哥玩。吴阿姨强要去拖她,她就像只小兔子躲到王阿婆背后去。王阿婆就说:"我去跟太太回一声,小茧子留在这里吃中饭,小孩子能吃多少?我一样做的。你去对面烧好中饭再过来接她好了。"吴阿姨千谢万谢,关照道:"小茧子,不好吵的呀!"便去恒墅了。

吴阿姨在恒墅灶头间忙东忙西,心里面牵记着放在守宫里的小茧子,生怕她闯祸,惹男主人女主人讨厌。

幸而恒墅的女主人生性随和,不似守宫李同志规矩重。恒墅女主人正在给小女儿喂奶,需要吃些发奶的汤水。吴阿姨给她做了河鲫鱼火腿片汤,雪白雪白牛奶一般,一端上来,女主人就喊饿,汤淘饭,连喝了三碗。吴阿姨自己胡乱填饱了肚子,收拾了碗筷,转回守宫。

这边守宫的饭桌也已经撤下去了。吴阿姨朝客厅里张了一眼,男主人大概已回书房,只女主人一个坐在沙发上翻报纸。吴阿姨轻手轻脚径直走进厨房。王阿婆正洗碗,见了她便笑道:"中饭吃得蛮好,一碗饭,一碟肉饼子蒸蛋,一汤盅菠菜线粉汤,吃得精光。不像我们家丁丁,这样不吃那样不吃的。这一歇大概又到花园里去玩了吧。"

吴阿姨提心吊胆问:"李同志有什么话了吧?"

王阿婆道:"我做主的,太太会有什么话?"

吴阿姨谢了王阿婆,便去花园里找小茧子。穿过客厅时,小心翼翼对女主人道:"李同志,小茧子吵扰你了,我来接她回去。"

女主人抬起脸,一对丹凤眼搁在报纸边沿上像两条精活的小鱼,道:"你女儿是比丁丁小两个月对吧?看起来比丁丁老结得多。"

吴阿姨忙道:"女孩子总是小时候聪明大起来笨,小茧子哪里好跟小公子比呀!"

有了第一次,便顺理成章会有第二次、第三次。这以后,逢礼拜天,小茧子都会留在守宫吃中饭,一般都是王阿婆用小碟子搛一些小菜到厨房里喂她吃。可是有一个礼拜天,正巧是丁丁哥哥的生日,丁丁哥哥跟他爸爸妈妈提出要求,邀请小茧子上餐桌吃饭,他爸爸妈妈破例答应了。同时被邀请的还有对面恒墅常家的大小姐,名叫常天竹。盈虚坊的老住户都晓得,恒墅的常先生算起来曾是守宫冯先生的内弟,所以丁丁哥哥跟着他同父异母的姐姐喊常先生舅舅,还和常天竹一起跟常师母学弹钢琴。

客厅大餐桌上铺了块本白带抽丝花边的亚麻台布,桌子中央放着花团锦簇的鲜奶油大蛋糕,还有一具缠枝花形的镀银烛台,插着六根细长的红蜡烛。而每个人的面前都放着一大堆漂亮的餐具,骨盆、汤盅和调羹都是描金边的白釉瓷,还有大小两只高脚玻璃杯,大杯中插着叠成莲花形的藕色餐巾。小茧子哪里见过这么考究的吃饭方式?小茧子才来盈虚坊那年,妈妈特意给她买了一只摊边的白搪瓷碗和一把长柄铅皮调羹,妈妈说搪瓷碗耐用,小孩子不小心失手也摔不碎。小茧子的哥哥也是一只搪瓷碗,蓝灰色的,比小茧子大了一倍。在家吃饭,她和哥哥就舀上一搪瓷碗的饭,再搛点小菜堆在饭尖上,用调羹把饭和菜搅拌在一起,一勺一勺挖了吃。他们家吃饭不用饭桌,在逼仄的楼梯间里,除了一架双人床就塞不进任何家什了,哪里敢奢求饭桌?

小茧子一把抓起金边釉瓷的调羹,当啷一记响,吓了她一跳。她关照自己小心,小心,再小心,偏生还是出差错。原来妈妈生怕小茧子衣裳换不过来,特意给她套上一副袖套,花布做的,宽宽大大,偏就挂倒了高脚玻璃杯,半杯橘子汁倒在桌布上了。丁丁哥哥的妈妈蹙着眉高声喊:"王阿婆,快拿抹布来!"声音明显有点不耐烦。王阿婆嗒嗒嗒地跑过来抹桌子,用块餐巾布垫在小茧子面前。坐在小茧子边上的常天竹倾过身子,轻轻对她说:"小茧子,我妈妈说,吃饭的时候胳膊不要撑在桌子上面，手要捧住碗，就不会打翻了。”小茧子闯了祸，原就紧张得一动不敢动，被常天竹这么一说，两泡眼泪就滚下来了。一旁王阿婆连忙好言安抚，却没用，小茧子越哭越伤心。丁丁哥哥的妈妈脸色就不那么好看了。还是丁丁哥哥道：“小茧子，你哭起来难看死了。”小茧子这才收声。王阿婆帮她杯子里加满了橘子汁，又搛了块鸡腿给她。

小茧子好不容易啃完了鸡腿，顺手把骨头丢在桌上。常天竹用手搡了她一下，她疑惑地看看常天竹。常天竹又倾过身子，轻轻说：“骨头要放在盘子里，桌布搞脏了，洗不干净的。”小茧子恨恨地翻了常天竹一个白眼，就把骨头拿到盘子里去了。

小茧子是个很要强的孩子，她决心不再让常天竹挑剔自己。她越过桌子上的碗碟，偷偷看坐在对过的丁丁哥哥如何使用餐具，自己照式照样模仿。一顿饭未过半，小茧子已经吃得像模像样了。她学会了先用桌上的公勺舀一点菜放在面前的骨盆里，再用自己的筷子搛来吃。她也学会了，吐出来的鱼刺肉骨头不能丢在台布上，而是放在骨盆的一边，堆得整齐。那餐饭她实实不及在家里搪瓷碗里吃得多，可那餐饭留给她的优雅舒适享受的感觉，却永久地沉淀在她心底了。这种感觉犹如一种缓释型的长效化学剂，渐渐地使她的品位、爱好、追求发生了质的变化。当然这是小茧子长大以后的事体了。当时，小茧子还年少，她根本弄不明白这是种什么样的感觉，她只是觉得很开心，比在家捧着搪瓷碗用长柄铅皮调羹舀饭吃开心得多。她的小脸蛋因为开心而涨得通通红，“像颗熟杏子”，这句比喻竟是丁丁哥哥的妈妈夸赞她的。

吃完饭，要切蛋糕了，王阿婆点亮了红红的六根长蜡烛。吹蜡烛前得先唱生日歌，丁丁哥哥的妈妈就说：“天竹，你弹钢琴伴奏好不好？”常天竹虽然比小茧子还小两个月，可她刚会走路就跟她妈妈学钢琴，是盈虚坊中出名的小钢琴家。常天竹也不推辞，就坐到钢琴前，个儿小，王阿婆往她屁股下塞了只织锦缎的坐垫。于是她便叮叮咚咚地弹了起来，小茧子和丁丁哥哥就合着唱。小茧子拼足力气唱得响，希望能压倒常天竹的琴声，喊得她嗓子都疼了。

常天竹的妈妈先来接女儿回家了，笑道："打扰了，冯师母。天竹练琴的时间到了。"丁丁哥哥的妈妈也笑道："常师母，以后你要对我们丁丁要求严格点！"

常天竹的妈妈就道："丁丁这孩子聪明，上手很快的。"

小茧子很高兴常天竹回家去了，她便缠着丁丁哥哥再陪她搭积木。丁丁哥哥夸过海口，要替小茧子搭一座高楼，比国际饭店还要高。两个人脑袋凑在一道刚起了两三层楼，吴阿姨就过来接小茧子了。小茧子抱住妈妈的大腿道："妈妈，我不回家，丁丁哥哥要帮我造高楼。"

吴阿姨趁势把女儿抱了起来，道："小茧子，给李妈妈说再会，我们明天再来造高楼，好吗？"吴阿姨下午还有好儿户人家的生活要做呢。

小茧子扭着蚕茧般鼓囊囊的小身子，道："我不要回家，家里不好玩，我要跟丁丁哥哥在一起造高楼，我要造高楼嘛！"

吴阿姨使劲不松手，轻轻拍了一下她的屁股，呵斥道："小茧子，不准闹，要不妈妈明天不带你到这里来玩了！"

小茧子挣脱不了，哇地哭了，边哭边喊丁丁哥哥，吴阿姨看见女主人面呈厌烦之色，连忙抱住小茧子跑出客厅。小茧子边哭边喊边用小手捶妈妈的肩膀。王阿婆闻声跑出来，笑道："小茧子和我们丁丁真有缘分呀。乖。别哭，你那样喜欢丁丁哥哥，将来就给丁丁哥哥当老婆好了。"

吴阿姨嗔道："王阿婆不要说戏话了，我们小茧子哪里配得上丁丁哥哥呀。"

不料小茧子像听懂了大人的话，两条腿拼命踢着吴阿姨的肚皮，哭道："我就要做丁丁哥哥的老婆嘛，我就要做嘛……"

吴阿姨生怕女主人听见这句话，吓得抱紧了小茧子逃出守宫大门。小茧子不依不饶地闹，吴阿姨只好妥协，说："好了好了，你要做就做，不过，若是哭瞎了眼睛，丁丁哥哥才不要你呢。"

小茧子马上噤住了哭声，只把眼泪鼻涕往吴阿姨肩膀上蹭。

吴阿姨以为这只是一句戏言，丁点大的小孩懂得什么？她无论如何预料不到，这句话竟会成为小茧子毕生追求的目标，而且是唯一的目标！

夏天到了，青砖墙上的爬山虎长得兴兴隆隆，孩子们都放暑假了。

有一天，小茧子收到一张红色撒金纸的请柬，是常天竹的妈妈托妈妈带给她的。原来，恒墅中典雅娴静的女主人是音乐学院教钢琴的老师，每年暑假，她总会在恒墅宽大明亮的客厅里为她的两个如花似玉的女儿举办一个小小音乐会。她会用娟秀的小字亲自一张张地在撒金的红笺纸上写请柬，请来盈虚坊中的街坊邻居和亲朋好友做观众。她还亲自为女儿们缝制白色乔其纱和粉红缎背的连衣裙，她自己穿着枣红镶银灰阔边的丝绸旗袍，将头发挽成蛋形的发髻，足蹬浅灰细高跟镂空羊皮鞋，仪态万方地做司仪，为女儿们报幕。常天竹的妹妹常天葵那时只有四足岁，却已经能像模像样地弹古筝了。那古筝竖起来，比她人都高。姐妹俩独奏、伴奏、合奏，真正配合得珠联璧合，赢得阵阵掌声。演奏会结束后，女主人还会请大家饮茶，品尝恒墅里自制的奶油小饼干。铜钱大小的圆饼上用奶油做成五瓣小花，粉红的、柠檬黄的、浅绿的，十分可人。那几年，恒墅常家小姐妹的小小音乐会成了盈虚坊每年夏天的招牌节目，被邀请到的人都会着正装，女人们还会抹一点淡淡的口红，就像出席音乐厅的正式音乐会一样隆重。

那时候，小茧子的妈妈每天要到恒墅烧中饭和晚饭，那些带奶油小花的圆饼正是小茧子妈妈相帮女主人做的。女主人把请柬交给小茧子妈妈，千叮万嘱让小茧子来参加音乐会。小茧子妈妈道：“小孩子要什么请柬，我把她带过来就是了。”女主人却说：“小茧子是我们正式邀请的客人，一定要有请柬的。”小茧子妈妈烧好中饭以后，急急赶回家，给小茧子洗脸梳头，换了身干净的衣服。小茧子横竖不肯套袖套,妈妈也依了她。梳洗停当,便带她进了恒墅。

那年小茧子将要进小学,少小时的记忆,仍是那么清晰。恒墅里好热闹呵,客厅一边放着一架乳白色的三角钢琴,与钢琴成犄角之势的是一架檀木古筝。沙发都挪到笃底靠墙,中间放了一排一排折叠椅,直伸到落地窗外的敞廊里。沿墙长条几上放着冰镇水果羹和凉茶,大大小小的盘子,高高低低的各式玻璃杯。车料刻花敞口花瓶中插着一大蓬白色百合和紫色勿忘我。刚进门时,小茧子真是兴高采烈,一双浓烈的大眼睛新奇地东张西望,然后,旁若无人地拿了一大块西瓜,阿呜一口就咬出一个月牙形。可是,渐渐地她就有点颓败下来。她发现原先在弄堂里见了她总是喜欢拍拍她的脑袋,亲切地问长问短的街坊们今天都不怎么理她了,大家都围拢着常家姐妹,毫不吝啬甚至已是非常奢侈地将赞美的词汇奉送给她们。小茧子明显感觉受了冷落,情绪开始有些低落。但她还是大大咧咧地拣了第一排最中央的位置坐下了,那一刻,小小年纪的她哪里会预料到更大的伤害正虎视眈眈地等待着她!

常家女主人立在钢琴边,恬淡地笑道:“十分感谢大家光临敝舍,希望能够给你们一个美妙的下午。现在由常天竹小姐演奏钢琴奏鸣曲。”常天竹穿着白色乔其纱鸡心领泡泡袖连衣裙,藕荷色腰带在后背束成一只大大的蝴蝶结;两鬓头发拢在脑后,用同色缎带也系成随意的蝴蝶结,娇俏纤细柔弱得像一株刚出水的白莲花。她袅袅婷婷地向大家一鞠躬,一撩裙摆,坐上琴凳,十指蹁跹如轻风掠过琴键,乐曲便汩汩地流淌起来。她的身子风中荷般微微摆动,头上和背上的蝴蝶结也随之恰恰起舞。客厅里原本还唧唧呱呱人声嘈杂,街坊们有个机会聚在一起,谁肯锁住双唇?可常天竹的琴声一起,偌大客厅便刷地安静下来,如同一座寂静的原始森林,只有乐符像一群自由的鸟儿在树与树之间穿梭,有时候钻入灌木丛,有时候掠过林梢蹿入云霄。

盈虚坊的高邻们欣赏常天竹的琴声,一派如痴如醉的样子。小茧子却被这静谧的气氛压迫得透不过气,像有一张网将她整个人罩住了,让她动弹不得。任性的她拼命想挣脱这张网,这张网却好像越收越紧似的。她故意用力打了两个喷嚏,声音很响,音符的小鸟似被惊扰了,扑棱棱地乱了方阵。坐在小茧子边上的是丁丁哥哥的妈妈,她用力捏住小茧子的手,在她耳边低声道:“嘘——轻点声!”丁丁哥哥的妈妈那双丹凤眼逼得她很近,棕褐色的眼瞳严厉得像黑洞洞的枪口。小茧子原就惧怕丁丁哥哥的妈妈,哪里还敢做声?待一曲终了,掌声潮水般哗哗哗地扑过来,常天竹苍白的脸颊起了淡淡的红晕,她优雅地拎着一角裙裾向大家鞠躬致谢。小茧子觉得自己被掌声的潮水淹没了,没有人在乎她,任由她被潮水呛得窒息,被潮水卷走,漂浮到茫无人烟的大海中。

接下来是常天竹四岁的小妹妹常天葵表演古筝独奏,常天葵胖乎乎的小身体裹着粉红色缎背连衣裙,可爱得像只小粉猪,肥嘟嘟的小手一板一眼地按捻拨撚,古筝乐曲是铺满卵石的小溪涧,琤琤琮琮地流淌。人们因着常天葵的可爱,又是鼓掌又是笑。后来,常天竹、常天葵又合奏了两首曲子,接着,最让小茧子痛心的一幕便上演了。

自始至终不失风范的常家女主人柔柔笑道:“现在我们欢迎守宫的冯令丁少爷与常天竹小姐四手联弹……”她的话未说完,就被掌声与喝彩声打断了。小茧子看见丁丁哥哥和常天竹手拉手地向大家鞠躬,丁丁哥哥穿着雪白的衬衫和灰色的西装短裤,领口还别着黑色的蝴蝶状领结,真像童话《白雪公主》里的王子啊。他们两人在同一张琴凳上坐下了,四只手抬起落下,演奏开始了。小茧子恨恨地闭上眼睛,她不愿看见他们挨得很近的身影;她用两只手捂住耳朵,害怕听他们合奏出美妙的乐曲。而她的胸口好像关进了一头被猎手捕获的小鹿,倔强地挣扎着扑通着,身上的箭伤汩汩地淌着血。坐在她后排的一位妇人跟丁丁的妈妈讲:“你们丁丁跟常太太才学了两年琴,就弹得这般熟练,真是天才哟。”另一位妇人接口道:“是啊,我看丁丁跟天竹好般配,天造一双,地设一对。”两个妇人一起抿嘴笑起来,丁丁哥哥的妈妈不做声,但是丹凤眼梢略略下弯,也在笑。小茧子在那个年龄还解释不出“天造一双,地设一对”的词意,可心里面却隐隐懂得它的含意。她又是气恼又是委屈,眼泪在眼眶里打转,她用长睫毛遮盖了它们。妈妈给她换了一身白底碎花的短袖衬衫和一条天蓝宽紧带的棉布短裙,这已经是她最好的衣服了,但跟常天竹那一袭飘逸的白色乔其纱连衣裙一比,却显得十分逊色,色彩乌七八糟,布料皱皱巴巴,怎么扯也扯不平。她还眼红常天竹打着缎带蝴蝶结的垂肩长发,随着身子轻轻地摇动,黑旗帜似的簌簌飘扬。妈妈说夏天容易长痱子,为了省事,给她剪了个童花头,头发短得遮不住耳轮,用力晃脑袋也不会飘扬起来,简直像个男孩子!小茧子这一刻真是恨不得自己能有孙悟空七十二变的本领,说声变,自己的头发就呼呼地长起来。小茧子最后瞟了一眼丁丁哥哥,丁丁哥哥一边弹琴一边看着身边的常天竹。小茧子再也忍耐不住了,她坚决地站起来,头也不回地朝门外走去。

大人们谁都没有注意她,大家都关注着钢琴前的一对少男少女,没有人阻拦小茧子。直等到节目全部结束,常家女主人笑吟吟请大家喝茶用点心,小茧子妈妈从厨房出来找小茧子了,却四下里不见了她的踪影。小茧子妈妈心里是急,却也不好张扬,暗自猜想自家女儿是橄榄屁股坐不住,必是跑到弄堂里去玩耍了。便跟女主人打了个招呼,出了恒墅,气急夯夯一路寻来,弯角僻落都走到了,还是找不见小茧子。这才真正有点急了,心口怦怦跳起来。不得已又绕回恒墅来,倒是被她看见了儿子。儿子正攀在三四层楼高的古银杏树的一根老干上捉知了,她狠狠地吼了声,儿子便吱溜溜地滑了下来,汗背心胸口撕开一大口子。小茧子妈妈顺手给了他一巴掌,嗔道:“叫你小猢狲你倒真成猴啦?新的汗背心又给你糟蹋了,请来七仙女也来不及帮你织布做衣呀!”儿子挨打挨骂是家常便饭,也不哭,还咧嘴笑,一脸泥汗黝黑,显得牙特别白。小茧子妈妈看着又好气又好笑,想到他爬得高看得远,随口笑道:“只晓得皮,看到你妹妹了没有?”儿子立即神气起来,道:“小茧子受人欺侮了,一边哭一边跑回家去了。”小茧子妈妈心里疑惑,好端端在听人弹琴的,谁欺侮她啦？便掉头往家去找。

小茧子妈妈推开自家楼梯间的薄板门，真看见女儿伏在床上呜呜地哭得伤心。小茧子妈妈心一紧，忙问道："小茧子谁欺侮你啦？伤着哪里啦？"

小茧子突然从床上跃起，扑进妈妈怀里，哭道："妈，我也要学弹钢琴，我也要跟丁丁哥哥一起弹钢琴嘛！"

小茧子妈妈轻轻拍着小茧子起起伏伏的背脊，心里面隐隐创痛，无奈叹道："小茧子乖，小茧子听话。钢琴好贵好贵，我们没有那么多钞票。再说，钢琴那么大，我们家哪里放得下？妈妈给你搓根红丝线挑绷绷，挑许多许多花样，好吗？"

小茧子不哭了，眼泪凝在眼角不落下来了，她好像在那一刻猛地长大了许多，至少，她明白了一个事理：住在守宫、恒墅那样大房子中的孩子与住在狭小的楼梯间的她就是不一样！我要住像守宫、恒墅那样的大房子，那样才能和丁丁哥哥"天造一双，地设一对"——这个愿望从此在小茧子心里生下了根。

虽然小茧子与恒墅中公主般的常天竹性格迥异，一动一静地轧不拢，虽然小茧子没来由地妒忌常天竹的一举一动，一言一行，可是提起恒墅中常伯伯常伯母的好处，小茧子却可以子丑寅卯说出一大堆。

常伯父、常伯母待人从来不居高临下，他们总是亲亲热热唤她"小茧子"；常伯伯、常伯母从来不让小茧子躲到厨房里去吃饭，哪怕只是吃一碗咸菜肉丝面，也要把她请上餐桌，和常天竹、常天葵姐妹并排坐。常伯伯、常伯母从来不会让小茧子感到受冷落。吴阿姨忙厨房生活去了，常伯母就来陪小茧子说会话，就像陪正经客人一样。常伯母说话的声音像唱歌一样好听，常伯母的笑脸比月份牌中的美人还好看。有时候是常伯伯陪小茧子玩耍，常伯伯会拿出各种棋盘，教小茧子下跳棋、象棋、五子棋。常伯伯曾答应教小茧子下围棋的，却因为"文革"开始了，常伯母跳楼自杀了，常家搬出恒墅了，常伯伯无法兑现他的许诺了。

最让小茧子不能忘记的是那个夏天，常家在恒墅中举办了最后一场家庭音乐会。小茧子虽然不愿看到常天竹与丁丁哥哥表演四手联弹，可是她又多么向往音乐会上那种优雅而欢乐的气氛啊！所以，一收到常伯母亲手制作的漂亮请柬，她还是忍不住将自己尽可能打扮得好看，去了恒墅。小茧子毕竟在长大，有了些忍耐力。当常天竹和丁丁哥哥又一起合作演奏时，她咬紧下嘴唇，咬得自己感到了痛，强熬住自己没有离开座位。节目表演完毕，常伯母殷勤待客，请众人喝茶吃点心。常伯伯就往矮几上的留声机里放进一张唱片，流行的斯特劳斯圆舞曲。众人忙相帮将大客厅中间的椅子往边上靠，空出客厅中央十几平方米的空间，便是个临时舞场。常伯伯拉着常伯母率先旋舞起来。常伯母已上楼换了袭淡绿色紧腰宽摆连衣裙，转成了一柄迎风枚举的翠荷叶。宾客中会舞的纷纷下了场，不会舞的就靠边散坐着，喝喝茶，嚼嚼小圆饼，评判评判舞者的姿态和风度，笑语俏音与乐曲溢满了偌大的客厅。

丁丁哥哥跑过来，代常天竹邀请小茧子上楼，到常家姐妹的闺房去玩。小茧子稍稍犹豫一下，就跟丁丁哥哥上楼去了。她站在常家姐妹卧房门口怔住了，她从来没见过这么好看的房间，麦黄色起白色散花的墙纸，乳白蜜黄相拼的橱柜，本白挑花带荷叶边的床罩，还有一架乳白色描金边的钢琴。夕照为整间屋子涂抹上透明的橙色，温馨得像母亲的怀抱。相比自己家的狭窄与杂乱，小茧子心中堵满了委屈。她踌躇着不敢踏进门，常天竹、常天葵却一边一个拉住她的手，把她拉进屋子。

四个孩子在一起，先是走了几盘跳棋，红黄蓝绿四色棋，正好各据一方。常天葵岁数小，输了几盘，就开始耍赖，老是悔棋。丁丁哥哥就说："跳棋太简单，没劲。我们来下围棋好吧？两个人算一家。"

小茧子白了他一眼，板着脸道："我不喜欢下围棋。"

丁丁哥哥转而道："那么来打争上游。"

常天竹却道："我没有扑克牌，爸爸妈妈反对女孩子玩扑克牌。爸爸刚给我们买了一套《世界童话精选》，有十本，你们要看吗？"常天葵扭着蚕宝宝似的身子，吵道："我看过了，我已经看了两遍了。我们来捉老人头，我先来。"她不管哥哥姐姐愿不愿意，就把肉嘟嘟的五个手指攒在一起，另一只手掌握住，只露出五点嫩生生的指尖，像一朵待开的梅苞，高高举到丁丁哥哥鼻尖下。

丁丁哥哥点住一个指尖，笑道："保证不会错，你松开看看。"

常天葵一下就被丁丁哥哥捉住中指，偏不肯松手，硬要丁丁哥哥重来。

丁丁哥哥别过脸，道："又要赖，跟你们小八腊子玩最没劲了！"

常天竹嗔道："天葵，你再赖皮，谁还肯跟你玩呀？"

这时候，小茧子胸有成竹地从裤兜中抽出一根几缕细线搓捻成的粗棉纱线，道："我们来挑绷绷好吧？每人挑出一种花样，就传给下一个，在谁的手里挑乱了，就罚他表演一个节目。"妈妈刚教会小茧子几招新手法，小茧子心里笃定泰山，她肯定会在这个游戏上胜了常天竹的。

常天葵又先跳起来，把线抢过去，因为先挑的人可以将容易的花式挑掉，愈是后面的人愈是难翻花样。常天葵只会挑一种花样，中指对挑，就成了四条平行线，她称这花样叫"有轨电车"，自然要讨好丁丁哥哥，笑道："丁丁哥哥，你来接我的有轨电车，很便当的，保险不会乱掉。"

丁丁哥哥小心翼翼张开手指插入线与线的空档，绷住了，却动弹不得了。

小茧子也怕丁丁哥哥会把线搞乱，她不想让丁丁哥哥输，她只想让常天竹出出洋腔。她连忙救急救难道："丁丁哥哥，你手掌反一个方向，好好好，就算你变化过了，叫做反向有轨电车。来，过给我好了。"

小茧子轻车熟路地接过四条平行的棉纱线，只见她十指东来西去左钩右剔地运动了一番，没等其他三人看明白路数，已翻出一个全新的图案，孔雀开屏一般。眼睛余光中看见那三个目瞪口呆的模样，小茧子暗自得意，便双手往常天竹面前一送，道："该轮到你了。"

常天葵用小手捂住眼睛,叫道:"姐,你肯定要输了。"

常天竹还是平常那副恬淡文气的乖乖样,好看的嘴唇折出初月般一道笑意,伸出修长纤细的十指,灵巧地从小茧子手中将构建复杂的图案安然无恙地接过去了。

常天葵把手从眼睛上挪开了,却大气不敢出,眼睛瞪得溜圆。丁丁哥哥虽没说任何话,可小茧子看到他两只手捏得紧紧的,怕也是在为常天竹担心吧?小茧子肚子里冷笑道,能接过去算不得什么本领,可你要翻花样呀,你倒翻翻看!

常天竹只停顿了两秒钟,就将两根小指松脱,双手向外紧绷一下,竟然绷出了一个新花样。她嘘了口气,轻轻道:"这叫'阳光四射',像不像呀?"

常天葵蹦得老高,欢呼道:"像,像,像,姐,你好伟大哟,这么难的花样你也会翻的呀!"

常天竹梅花瓣似的面孔涨红了,道:"其实也不难,就仔细点。天葵,给你了,你不要怕,当心不要漏线就成。"

常天葵把手背在身后,道:"我不来,我肯定要输的,丁丁哥哥,求求你咪。帮帮我好吧?"说着,就躲到丁丁哥哥背后。

丁丁哥哥搔着头皮道:"我也绷不大来,小茧子晓得的。"

常天竹就道:"你把手指撑开点,我过给你,胆子大点,心细点,肯定成功的。"

常天竹不仅没有弄乱棉线,还翻出了一个新花样,这已经让小茧子满肚子不爽了。现在又见丁丁哥哥乖乖地照常天竹的话撑开两巴掌,常天竹踮着脚,小心翼翼地将棉线的图案套进他的十指中。常天葵蹲在一旁,眼睛一眨不眨地盯着他们四只手,倒像他们三个联合起来对付她一个似的。小茧子憋不住了,叫起来:"算你们是一家门了,也不可以赖皮呀!"

丁丁哥哥接过横七竖八的线,本来就有点紧张,被小茧子一喊,手一抖,线就搅在一起了。丁丁哥哥苦笑道:"我就晓得我绷不好,这种小姑娘玩的游戏,我永远学不会,我认输,要表演什么节目?"

常天竹忙道："应该算我输，我传给你的时候没传好。我来弹一首莫扎特吧，特别好听。"便掀开那架乳白色钢琴的琴盖。

丁丁哥哥就说："就算我们两个人一起受罚，四手联弹，好吧？"

常天葵连声叫好，丁丁哥哥就坐到常天竹旁边去了。没等琴声响起，小茧子转身跑出了那间美丽却令她气馁的房间。

小茧子跑下楼，客厅的门敞开着，舞曲欢乐的音符像一群小精灵满世界跑。跳舞的人多了，客厅里转不开了，有的舞对子就转到敞廊和楼道来旋舞了。小茧子无处插足，呆呆地站在楼梯口。她脑子里满是丁丁哥哥和常家两姐妹在一起弹琴说笑相悦相谐的情景，委屈、忧伤、愤懑，各种各样的情绪把她稚嫩的心房塞得满满的，满得要胀裂开来。就在她快要坚持不住的时候，常伯伯救世主般站在了她跟前。常伯伯伸手捋了捋她的脑袋，道："小茧子，怎么不跟天竹她们去玩？"

常伯伯穿着熨烫得没有一丝皱褶的细格子衬衫和米色哔叽裤，裤管上的熨线就像用尺画出来一般，脚上一双三截头相拼皮鞋擦得锃亮。常伯伯面色红润，笑容可掬，身上散发出一股淡淡的雪茄烟和檀香皂混杂的味道。小茧子很想扑进他的怀里，她的眼泪呼地涌到了眼眶里，她用力撑住眼皮，没让泪珠子滚出来。

有叮叮咚咚的琴声顺着楼梯溪水般潺潺地流淌下来。常伯伯好善解人意啊，连忙笑道："小茧子不会弹琴不要紧，伯伯带你跳舞好吧？"

小茧子简直不相信自己的耳朵，她使劲地点了点头。

小茧子当时还没长足身高，头顶心只齐常伯伯的前胸口。常伯伯哈哈一笑，突然，就张开长长的手臂将小茧子拦腰抱起来了。他抱住小茧子几个圈转进客厅中央，合着音乐的节奏迈着不紧不慢的舞步，嘭——嚓——嚓——嘭——嚓——嚓——浪里小船似的摇晃着，旋转着。开始小茧子还有些害怕，紧紧地环住常伯伯的头颈。渐渐地，她不害怕了，欢乐地张开双臂，像小鸟一样满屋子飞翔，飞出了房间，飞上了树梢，飞进朵朵白云中去了。

其实,我们的小茧子还是非常幸运的,在她幼年的时候就被妈妈从浙东的小山村带进了盈虚坊,带进了大上海。这个漂亮热情泼辣而又野心勃勃的小姑娘真正是如鱼得水啊。在以后的几十年里,她将在上海这个大舞台演出一出又一出或悲壮或卑劣或辉煌或惨淡的人生大戏。

第三章 银杏树下

一黑一白是一天，一青一黄是一年。古银杏树永远不卑不亢，从容淡定，默默地阅尽了尘世的风云变幻。

07

将近拂晓时分，夜愈发黑，便是人们常指的那段“黎明前的黑暗”。因是朔日，上弦月原只有极细的一眉，十分孱弱，才偏西便被雾露吞没，真正是星月无光的一刻，仿佛已经天老地荒。

却有一线吱嘎吱嘎的声音，游丝一般在无穷的黑暗中漂浮，又像是一把锈钝了的钢锯不自量力地要锯开黑暗，倒真是被它锯开了一罅，呼地爆出一豆萤火，颤颤悠悠，明灭不定，像是黑夜的一只眼偷偷地窥视人间。

原来却只是一辆小小的陈旧的三轮黄鱼车孤独无援地抗拒着黑暗，奋力却是缓慢地在黑暗中行走，它的昏黄的车灯仅有尺半直径的一个光环，在这个光环外面，依旧是无边无际的黑暗。黑暗隐蔽了许多坎坷，甚至可能隐蔽了一段绝壁悬崖，车子每向前挪动一步，都有可能遭遇灭顶之灾。可是它仍不屈不挠地吱嘎吱嘎地行走着。踏车的汉子大概已经耗尽了气力，他将臀部抬高离开了车座，单靠两只脚掌撑住踏脚板，身子左右倾斜，以全身重量驱动车轮滚动，因此车轮的旋转并不是匀速的，而是时快时慢，便使车身起起伏伏地颠簸，坐在车斗里的人时不时被颠得哼哼地喘息。

车斗中，一个似乎熟睡着的女孩子斜靠在一位妇人怀中，妇人的手臂环住她的肩背。另一个男子蜷缩在旁，却伸出手掌拉住女孩子的一只手。任凭车身砭砭地颠簸，他们三个牢固地保持这样一种姿态，像是一座雕像组合。

不知是车轮嵌进了马路上的裂缝还是绊着块石子，车身先是叽里搁落地弹起又倾呤哐啷地摔下。踏车的汉子两只脚腾了空，幸而他两只手龙头抓得牢，人没有滑脱。车斗中的三个雕像失去平衡，妇人与少女滚作一团压向那个男子，那男子张开双臂拼命抵住挡板，三人才没有翻出车斗。

待一切重新平稳下来，妇人便道："单根师傅，你不要硬撑啊，让我来踏一段。我在乡下踏过黄鱼车，送蚕茧到县城，五六十里路都踏下来了。"

踏车汉子气喘吁吁道："吴阿姨，你管好小姑娘顶要紧，我踏得动的，再讲也快到了。"那吱嘎吱嘎的节奏果然紧凑起来。

黄鱼车沿着黑暗的边缘驶进了盈虚街，又拐进了盈虚坊上震桥，在小支弄里蟠肠曲绕了一番，终于在一扇亮着昏黄灯光的后窗下缓缓地停住了。

那扇窗应时地呀的一声推开了，随即涌出一股浓郁的檀香气味。倪师太团团圆圆的脑袋便探了出来，吹气般问道："接回来啦?"

单根道："接回来了。"

倪师太气高了些："无甚大碍吧?"

单根瞟了眼蜷在车上的三个人，犹豫道："现在还讲不大清爽……"他先跳下车，将车斗挡板放下。蜷着的常先生略略拉直了身子，下了车，帮着吴阿姨将女孩子扶起来，扶下车。女孩子却站不稳，风中柳条似的晃了几晃，又软绵绵地倒在吴阿姨身上。

常先生忽然抬起手抡了自己一个嘴巴，哭腔道："孩子弄成这般模样，我到了那边也不好向她妈交代呀!"一屁股蹲下，面孔几乎埋进裤裆里，肩膀耸成两座荒秃秃的山头，无声，却是在恸哭。

倪师太借着窗户里漏出的光影看看女孩子的面孔，虽已做了最坏的思想准备，还是倒吸了口冷气。女孩子面孔灰脱脱没一点活气，像一片枯萎了的花瓣儿。倪师太不动声色道："常先生，你站起来！逢山开路，遇水搭桥，孩子的事要你拿大主意的。这时刻，阎罗王恐怕也没睡醒，你寻死也寻不得。不如先让孩子到屋里睡下，等天亮了，送她到大医院找医生看看。你看怎么样？”

常先生便撑着膝盖站起来，仍佝偻着背，望着不省人事的女孩子束手无策。吴阿姨立断道：“我来背她上去，常先生你带路。”

吴阿姨背起女孩子，也是暗暗吃惊，十六七岁的姑娘，却一点分量都没有，像背着条影子。在乡下时听人说过，灵魂跑开了，单余皮囊是没有分量的，不觉毛骨悚然，硬着头皮跟在常先生后面爬上三层阁去。

待常先生、吴阿姨一走开，单根就对倪师太说：“那边医院的医生都看过了，小姑娘被人糟蹋得不成样子，医生给她缝了好几针。”

倪师太怔忡了一歇才道：“不晓得他们常家前辈子欠了人家什么冤债啊！”吐了一口恶气，又道，“这小姑娘明明对我讲，是学堂里组织看电影去的，莫非是鬼引路？怎么会跑到那种生僻角落里去呢？”

单根道：“我也再三盘问那边的医生护士，她们也不清爽。当时七手八脚抢救，也没记住送她来的人的模样，也没问人家姓甚名谁。小姑娘已经神志不清了，问她什么都只会呆墩墩地看着你，一句话也不讲。后来他们是在她随身带的书包夹里上看到有钢笔写的‘盈虚坊’三个字。书包里还有一只线钩的笔套，套子上用红丝绒绣了个‘常’字。她们才寻到电话号码打过来的。”

倪师太合着眼皮，两片嘴皮嚅动着念念有词，片刻问道：“那只书包带回来了没有？再翻翻，看有没有电影票什么的。”

单根朝倪师太跟前凑了凑，低声道：“她们那边已经报案了，书包给戴红袖章的收去了，大概明后天就会到盈虚坊来调查的吧？”

倪师太双手合掌，又念念了一会，才睁开眼，道：“单根你也好回去了，还好眯一个回笼觉。”

单根不动身子，斜眼看看楼梯。楼梯正搁落搁落地响，吴阿姨从上面下来了，眼泡皮红红的，看着倪师太，只是摇头，道：“这姑娘像是犯了痴病，拉屎拉尿都不晓得了。多少乖巧的一个小囡，真正叫人心痛煞。师太，我是想不明白了，不成老天爷也有良莠不辨忠奸不分的时候？倒叫好人无好报呢？”

倪师太正色道："再怨己怨人也不能怨天，天道无私，这是常理。山高自有客行路，水深自有渡船人。我看常先生一个男人，又是被人服侍惯的，怎么对付小姑娘的事？吴阿姨你是否可以每日来相帮他做两个钟头？工钱由我身上出，绝不会亏待了你。"

吴阿姨一脸的惶恐，道："啥叫啥工钱由你出，师太这般看我，我还有什么颜面在盈虚坊做下去呀？有道是，钱财短，仁义长。从前常家女主人待我不薄，名分账就该我出手相帮的。"

倪师太便点点头。单根急忙道："吴阿姨你上车吧，我踏你回去，还好眯一歇。"

吴阿姨退后一步，道："没几脚路，我自己走过去。"

倪师太道："单根横竖要把黄鱼车踏过去的，顺带便捎你一段。"抬眼瞄了瞄天，那黑已稍微稀释了一点，东面一段像条乌鲫鱼被人从水中刚刚捞起，肚皮还一鼓一鼓地挣扎着。倪师太顺手将吴阿姨推上黄鱼车，"天就要亮了，快点回去吧。"

单根与吴阿姨一路无语，常家的遭遇像一团带刺的荆棘塞在他们的胸口，使他们没有心思再作其他思维。很快就到了守宫门口，吴阿姨扑通跳下黄鱼车。不等她站稳，单根就踏着车离开了，没给她留下一隙道谢的机会。吴阿姨看着单根与黄鱼车吱嘎吱嘎地隐入黑洞洞的弄堂，才转身掏钥匙开门。

吴阿姨一家搬进守宫居住，一晃也有五六个年头了，可是每每摸着这把沉甸甸的黄铜钥匙，吴阿姨还是有种如梦如幻的感觉。从前，她在守宫做奶妈，却住在隔壁支弄的楼梯间里。女主人不给她配钥匙，每天清早，她站在红砖筒瓦拱形的门廊里揿门铃，一下，二下，有时要揿到七八下，等着王阿婆跌跌冲冲跑过来替她开门。现在，她却能像主人们一样，摸出黄铜钥匙大大方方插进古老的铜门锁孔中，咔嗒一下，便可推开这扇贵重的柚木雕花上半部还镶着彩花磨砂玻璃的大门了。

吴阿姨自 1958 年离开家乡走进盈虚坊，在逼仄的楼梯间里住了近十年。儿子愈长愈高，爬到双层床的上铺连坐都坐不直。吴阿姨只好让女儿睡上铺，儿子睡下铺，自己另找了一份生活，晚上陪一个孤寡老太太睡觉。老太太出不起工钱，她不计较，能有个睡觉的地方，她已经很满足了。不久又有了矛盾，女儿十一二岁来了月经，上马桶时就要赶哥哥到门外去。天气暖和的时候儿子还勉强答应。寒冬腊月天，往往又在半夜里，儿子便不肯离开被筒，道，你尿你的，我把头蒙住好了。女儿便骂他流氓，非要拖他起来，赶他出门不可，经常吵得惊天动地。邻居们都晓得了，看见吴阿姨就说："儿子女儿都不小了，团在一间房子里是不方便了。"吴阿姨只有叹气，她也晓得不方便的，可是她有什么办法呢？

办法却在某一天自己找上门来了。

盈虚坊那时几乎每天都会有箍着红袖章的人冲进弄堂里的哪户人家抄家贴大字报，或押着哪户人家的主人戴高帽子游街。弄堂笃底的恒墅和守宫首当其冲被抄检，并且被抄了不止一次，一拨去了另一拨又来，想来是将那两座楼兜底翻了天。从守宫里抄出四五箱女主人母亲从前穿的绸缎衣服，堆在弄堂里一把火烧着了，一团一团的浓烟中，那些上等料作的灰烬像一群黑蝴蝶盘旋飞舞。当时，吴阿姨被迫帮他们搬衣箱，心里面是十分肉痛，这些旧衣裳若让她拆拆剪剪，修修改改，尽够她和女儿穿一辈子的了。从恒墅中发现的问题却严重得多。造反派找到了一台带天线可以收听外国电台的收音机，便认定恒墅的男女主人是潜伏特务，将他们夫妻俩剃了阴阳头推出去游街示众。恒墅的女主人是音乐学院的钢琴教师，平常多少清雅娴丽的女人，当天夜里便从晒台上跳下去了。那一段日子，盈虚坊家家户户关紧大门，哪怕是青天白日，无紧要事体绝不到弄堂里随便走动。熟悉的街坊偶然贴对面遇到，眼光一碰便擦肩而过，互相不敢搭腔。这么一来，盈虚坊闹闹猛猛的大小弄堂竟变得冷落沉寂。

那段日子，守宫里的主人们怕再被戴一顶剥削劳动人民的高帽子，再不敢雇佣保姆，一一辞退了。一日，王阿婆的儿子便来接她回乡。王阿婆在守宫做了二十几年，是一块石头嘛也焐热了，自然是舍不得的。临出门时，把女主人给的深藏青毕叽斜门襟的罩衫穿上了，一把鼻涕一把眼泪，一遍一遍关照女主人："李同志，好用人时千万不要忘记喊我出来呀，老太太临终关照过我，要服侍你一辈子的呀。"女主人也红了丹凤眼，连连颔首应答她。可惜王阿婆与守宫的缘分已尽了，她归乡不久，便得了流火，两只小腿肿得跟庙堂里的柱子似的。乡下赤脚医生胡乱给她吃了几片消炎片，没挨过那年秋天便去世了。

那段日子，吴阿姨自然也不能公开为守宫和恒墅做事了，不过吴阿姨心里头丢舍不下自己奶大的小公子，也见不得恒墅里死了母亲的两个小姑娘哀哀戚戚的样子，便想方设法避开众人眼目，隔三差五地给守宫恒墅做两只小菜送过去，或者把他们的脏被头拿回家洗刷，晾干了再塞还给他们。反正吴阿姨每天要替弄堂里四五家人家做菜洗衣裳，夹带着做了，谁也不晓得哪是哪家的。

这样心惊胆战地过了头两个月，残秋的一个傍晚，吴阿姨刚去守宫、恒墅送了两只小菜回家，就见几个箍着红袖章的人一排列堵在她低矮的楼梯间门口。吴阿姨一口气横隔在喉咙口上，差点厥倒在地。

他们来找我做啥？莫非乡下男人吃官司的事体让人告发了？不成要把我们一家的户口注销、遣送返乡啊？可是村里面除了大队革委会主任，没有人晓得盈虚坊这个地址的呀。大队革委会主任这个畜生，他哪里敢告发我？ 来，是他给我们开出了假的身份证明；这二嘛，难道他不怕我把他那丑事、臭事揭发出来吗？

想到往事，吴阿姨胸口一阵恶心，不过也镇静下来，兵来将挡，水来土掩，吴阿姨已不是当年初来上海滩的乡下女人了。她堆出晚荼蘼花似的笑脸，大大方方问道："各位是来找我的呀？请问是哪个单位的？"

那堆人中跨出一个，道："你就是吴秀英同志吧？我们是华东建筑设计院革委会派来的。"说着，还伸出一只巴掌。

吴阿姨听声气，蛮客气的，先缓了口气，他讲的那个单位，像是守宫男主人的单位,已有三分明白。见那个人巴掌还戳在那里,也只好伸出手与他浅浅地一握,便静候下文。

对方表情有点神秘,又有点兴奋,道:“最近,我们华东建筑设计院的大楼里挖出一条隐藏得很深的毒蛇……”

吴阿姨哇地叫起来:“钢筋水泥里也好藏蛇的呀?你们千万不好惊动它,要趁它休眠的时候,一棍子打下去,打在它七寸要害的关节上。”

对方嘿嘿笑了,笑得有点尴尬,道:“吴阿姨,毒蛇是一种比喻,我说的毒蛇就是指冯景初,他戴着革命专家、学术泰斗的面具,实质上是地地道道的资产阶级走狗。我们调查了他的历史,查出他在抗战期间,曾经和一个汉奸的小老婆鬼混,甚至还养了一个私生女。吴阿姨,你在这条毒蛇身边做了好多年劳动大姐,你对他的罪行是否有所觉察?希望吴阿姨站在我们革命群众一边,勇敢站出来揭发冯景初!”

吴阿姨一颗心怦怦怦地跳,勉强笑道:“同志啊,你们恐怕找错人了吧?他们家那些陈年老账我怎么会晓得?抗战开始时我十岁都不到,只晓得到山里头摘桑葚果子吃。后来嘛,我也老早不在守宫里做了,乡下人没读过书,后来的事体哪里还记得起来呀!”

对方胸有成竹地笑笑道:“我们是经过调查才来找你的,你是冯景初儿子的奶妈,跟他们家关系比较密切。吴秀英同志,你不要对冯景初存在任何幻想,也不要有所顾虑,革命群众会支持你的革命行动的。”

吴阿姨背脊上冒出一片冷汗,暗忖,是什么伤阴节的人跟他们乱嚼舌根的?自己到盈虚坊这些年头,跟样样人都是和和气气,赤诚相待的呀。便小心翼翼道:“从前在他家带孩子,也都是跟女主人打交道的多,冯同志早出晚归,不大见到人的,几乎都没跟他说过话……”

不想对方拍了下大腿,道:“这就是一条,看不起劳动人民,从来不跟劳动大姐说话。”

吴阿姨想解释,怕又被对方捉住什么上纲上线,蛮灵巧的嘴巴倒像被割去了一截舌尖，嗯嗯啊啊地说不成句子了。

正当她进退两难之际，楼梯间的门吱呀一声打开了。原来小茧子隔墙听见了妈妈的声音，忙着给妈妈来开门。小茧子探头叫了声"妈妈"，一看妈妈身旁还围墙似的站了一圈人，吓得又把头缩进屋里。吴阿姨趁机道："同志啊，对不住了，家里房间小，也不好请同志们进去坐坐，喝杯茶。我们乡下人，大字识不得几个，革命的道理么也不大懂得，只晓得安分守己做人，靠两只手吃饭。还请同志们多多包涵了。"

有两个箍红袖章的探头往楼梯间张张，又凑到为首的那个耳边嘀咕了几句。为首的那个也拉长头颈往楼梯间里张了一眼，很沉重地吐了口气，道："吴秀英同志啊，你们一家三口就挤在这里啊！"

旁边马上有人和应道："他冯景初家也就三口人，却占着一幢楼，上上下下七八间房呢。"

为首的那个很激愤地挥了下拳头，道："又是一条，事实俱在，不容他冯景初抵赖。看来，我们这次深入群众调查很有收获呀。"稍停一歇，又对身旁人道，"明天派几位身强力壮的年轻人来，帮吴秀英同志搬家，就搬进冯景初的底楼大客厅去。我们不能允许这种不公平的现象再存在下去了。"又挥了下拳头。

吴阿姨不假思索脱口道："不，不，不，我们在这里住惯了，我们不想搬家……"

可是那一群箍红袖章的人已经没有心思听她的辩解，他们带着大获全胜的满足，趾高气扬地从过道走出去了。

吴阿姨是最讲究恩义报答的人，毕竟是守宫收留她做奶妈，才使她从窘迫之境逃脱出来，并从一个乡下妇人脱胎换骨成了上海人的，她怎能做以怨报德的负义人？用乡下人的话讲，宁做箍桶匠，不做拆板人啊！

儿子女儿毕竟年少，不晓得人情世故，只是兴奋，围住她接二连三问道："妈妈，我们明天真的要搬家吗？真的要搬到守宫里去住吗？"

吴阿姨喝道："小冤家，好停歇了吧？妈妈脑袋都要被你们闹炸掉了。吃饭，擦脸，睡觉！妈妈再要出去一趟。"

吴阿姨心里面已经前因后果寻思了一遍，决定趁天色擦黑到守宫走一遭，至少也要让冯同志、李同志有个思想准备吧？

守宫大门旁赫然挂起一块白底红字"东方红红卫兵团"的木牌，沉重的柚木镶花色玻璃门罅开一条缝，李同志左右望望，一把将吴阿姨拖进门，又急急碰上门，并且用一根食指摁住嘴唇，示意吴阿姨不要出声。又戳戳天花板，轻声道："二楼变成我们学校红卫兵团团部了，不要惊动他们呀。"

吴阿姨大气不敢出一口，跟紧了李同志走进客厅，不觉又是一怔，像生了偷针眼似的，眼睑火辣辣地痛。那一圈沙发灰底起红玫瑰图案的布套被人用墨汁横七竖八地打了好几个大叉；餐桌边圈椅上紫红织锦缎坐垫都被利器划破，露出白花花棉絮的里子；茶几上，描金雕漆托盘缺了一只角，原先放在里面的景德镇青花瓷茶具换成了几只大小不一的普通玻璃杯；沿墙博古架中那些贵重的古董都不见了，整座架子空空荡荡，搁板上积着浅浅一层灰，只在最上层端放着一尊白石膏毛主席半身像，边上摞着一套精装本的四卷《毛泽东选集》。这两样东西的严肃庄重与整个客厅损伤衰败的景象很不相称，好比拿了只方榫头去插圆榫眼，横竖对不齐。

李同志轻轻地将客厅门合上，这才指指沙发道："吴阿姨你坐，这上面的墨汁早干了，印不到裤子上去的。"

吴阿姨在守宫做了这么些年，屁股从来没沾过那圈沙发，便拖了把餐桌边的圈椅坐下，道："李同志，这几只坐垫，我拿回去缝一缝，用暗针缝去，保险看不出痕迹，否则可惜了的。"

李同志原本精精神神的丹凤眼垂挂了下来，眼光有点浑浊，倒像两只干瘪了的蚕茧。她幽幽地叹了口气道："缝它做啥？你辛辛苦苦弄得齐整了，平白让人家心里不舒服，又要想着法子挑你的毛病。你看那沙发套我也不去洗它，由它去。这就叫做强食猫儿猛似虎，败翎鹦鹉不如鸡！"拎起一只玻璃杯要给吴阿姨倒水，却被吴阿姨捉住手臂阻止了。

吴阿姨哪里承受得了老东家这般款待？心中暗忖，老古闲话，欲求于人，必先之下。看来李同志是有难处要我相帮了。想想李同志从前多少傲气多少争强的一个人呀，不觉代她委屈起来，道："李同志，你是晓得我吴秀英只有独副心思，学不会巧言令色的，你就连皮搭骨一道说出来，能派到我吴秀英的用场，也是我的造化了。"

李同志也拖了只圈椅，凑近了坐在吴阿姨跟前，膝盖差点碰着膝盖了。堆起满满的笑，那张狭长的面孔都盛不下了，汩汩地溢到脸架子外面来，道："吴阿姨爽快我也爽快，原本我就想去找你，你倒正巧来了。我是求你帮我，也是我帮你呀！"

吴阿姨听不明白她颠来倒去的意思，呆墩墩看着她。对面那两只干瘪蚕茧似的眼睛叭嗒叭嗒地掀着，像是蛾子挣扎着要破茧而出似的，李同志轻声地却是隆重地说："吴阿姨，我晓得你儿子女儿都大了，挤在那间楼梯间里有多少不便当，你们一家就搬到守宫来住。喏，就这间客厅让给你们，你看还算宽舒吧？"

吴阿姨扑通从圈椅里跳起来，道："李同志，你已经晓得啦？"

李同志道："晓得什么呀？"

吴阿姨道："方才冯同志机关里的造反派来找我，要我揭发冯同志，还讲明天派人来帮我搬家，搬到守宫客堂间来。我就是来告诉你这桩事体的呀！"

李同志缓缓地站起来，冷笑道："我就晓得他们不会放过他的，查来查去，也就是那个女人的事体了！"停了歇，又道，"阿弥陀佛，他们叫你搬进来住，我正求之不得呢！"

吴阿姨连连摇头道："李同志，这不行的呀，我哪里付得起守宫的房钱？我们没有住守宫的命。"

李同志摁住她厚笃笃的肩膀让她坐下，浅浅笑道："你听我把话讲完嘛，我不收你房钱的，只要你们搬进来住就好。"

吴阿姨坚决地摇摇头说："这样更加不作兴了，老古闲话讲的，无功不受禄，我怎么可以白白住你的房屋？"

李同志想了想，更轻声道："刚才我不是说了？是求你帮我呀。"又用手指了指天花板，"二楼也是我自己让给我们学校的红卫兵小将作了兵团总部，底楼嘛让给你们一家住。吴阿姨，你是劳动人民，你住进来了，别人家就不好再动守宫的脑筋了！"

吴阿姨疑疑惑惑道："李同志，一楼二楼你都让出来了，你住到哪里去呀？还有冯同志，还有小公子……"

李同志道："我们住三层楼呀，爬得高点，望得远点，蛮乐惠的。"

吴阿姨对守宫的布局再清爽不过了，守宫的三层楼有一大两小三间房，有独立的卫生间，还有一张晒台。要给平常人家住住，蛮奢侈了。两间小屋虽是斜顶，却仍很高敞。守宫斜顶上的老虎窗格外与众不同，做得十分考究。它很宽敞，不似弄堂房子的老虎窗那般逼仄；而且造型很别致，像座钟楼，外沿有红砖卷筒瓦砌成的拱形檐。还有铸铁雕花的护栏。原先一间大房是冯畹丁的绣楼，一间小的王阿婆住，另一间做了储物房。冯畹丁早几年前就去了新疆建设兵团，王阿婆又回乡去了，三层楼都空着，冯同志李同志和他们的儿子住住，也是绰绰有余了。吴阿姨这么算下来，也有点明白了李同志的良苦用心。又想着也是能暂时解决自家的矛盾，不觉欢喜起来，点了点头，道："我穷归穷，房钱还是要付的，李同志宽宏大量，就少收我一点。"

李同志道："房钱我万万不能收的，弄不好又是一顶剥削劳动人民的帽子扣上来，你要过意不去，就帮我做掉点沥沥落落的事体，我们这就算互相帮助，好吧？"

吴阿姨连忙道："李同志这你就放宽心好了，我是做惯了的，买菜烧饭洗衣裳，日后你就不用动一根指头了。"停了一歇又道，"李同志，日后形势好转了，我一定会把客厅还给你的。"

李同志长长地吐了口气，两只蚕茧中的蛾子飞出去了，眼梢又翘起来了。

就在吴阿姨一家搬入守宫后不久，上海各大革命群众组织发出

《紧急通告》，上海市革命委员会也颁发了《关于加强房屋管理的通告》，所有私产房屋统统收归国家所有了。

盈虚坊中，恒墅的常家很快就被驱逐出境，仅分配给他们家一处低矮的三层阁楼栖身。恒墅大小十多间房间由房管所统一分配给了十七八户人家。而守宫冯家却有幸逃过这一劫。房管所派人去守宫察看房屋现状，见二楼几间正房房门上都贴着某红卫兵总部的封条，底楼又住着一户劳动大姐，房主一家仅隅居三层斜顶阁楼里，便不作迁徙处理，只以面积计算，让他们每月向房管所交房租。冯家每月房租为十元，吴阿姨每月房租为三元。

半年以后，各大中小学都开始复课闹革命了，驻扎在守宫二楼的红卫兵司令部不解自散。除书房依然堆砌旧家具，其他两间正房就成了盈虚坊里委会的办公室。里委会的阿姨们与李同志、吴阿姨都很相熟，李同志特为将底楼大厨房的一半让给里委会阿姨派用场；吴阿姨经常相帮里委会阿姨烧开水，蒸饭菜。大家客来客去，倒也相安无事。

盈虚坊中了解守宫来历的老住户都一目了然李同志的苦心巧思，却都缄口无言，更没有人向当年的革命委员会揭发李同志的计谋。盈虚坊向来民风敦厚，人心慈善。知廉耻，辨是非，最看不起趋炎附势的小人。人们虽然喜欢嚼嚼舌根讲讲闲话，蜚短流长的都是些不伤大雅无关紧要的男女风情，生活细节。

直至十余年后，守宫完璧归赵，人们才公开议论此事，都说李同志李凝眉女士是盈虚坊中临危不惧、巧发奇谋的女中丈夫，而吴阿姨吴秀英女士更是盈虚坊忠诚有信、古道热肠的花中君子。

08

吴阿姨虽是轻手轻脚地旋转钥匙，推开门，那扇柚木门太重，铜绞链又都陈旧，生了锈，所以仍发出很怪诞的咕叽响声，像一把拉得走调的胡琴。吴阿姨愈是轻手轻脚地合上门，愈是咕叽响，在灰蒙蒙静谧的门廊里显得炸耳的响亮。吴阿姨用掌捂住心口，屏息静气停了一会，不知楼里哪只水龙头漏水，嗒嗒的滴水声非把人心点穿不可似的；花园里有野猫游窜，咪呜咪呜叫得很孤单。吴阿姨确认整个守宫里没有人被惊动，嘘了口气，索性脱了脚上的千层底布鞋，脚掌踩着打蜡地板滑叽叽凉沁沁却悄无声息。

她没有开走廊灯，暗黝墨黑地站在客厅门口，还来不及去对锁孔，房门却悄然洞开了。吴阿姨被一阵恐惧攫住了手脚，一时僵立着，心想，莫非是遇着鬼了？猛抬头，却是自己的女儿从屋子里面拉开了门。屋子里点亮了一盏床头灯，有半屋子幽幽的光线。女儿背光而立，少女凹凸有致的身影被黄蜡蜡的灯光描了一圈，像是乘祥云飞落凡间的仙子。女儿的脸浸在昏暗中，只有两只眼睛上了黑釉似的幽幽发光。羽翅般的睫毛忽拉扇了一下，问道："妈，怎么才回来？天都快亮了！"

吴阿姨怔忡了一下：这孩子怎么就醒了？却已没有气力搭腔，疲乏像潮水呼地淹没了她，便软软地在床沿边坐下。床边两只旧木箱垒成的柜子上有只搪瓷杯，里面有隔夜的半杯剩茶，她拿起来咕咕地喝干了。

女儿是乖巧的，捧了只竹壳热水瓶过来，咚咚咚又给她灌满了一杯茶，问道："妈，常家是哪个住了医院？究竟生什么毛病呀？"

吴阿姨惊讶道："你都听见了呀？"

"嗯，跷脚单根来喊你的时候我就醒了。"女儿道。

吴阿姨便嗔道："不要无规无矩，叫人家跷脚！"

女儿不以为然地耸耸肩胛，又问道："是常天竹，还是常天葵住了医院呢？"

吴阿姨叹口气，道："是老大。"

女儿若有所思地点点头，道："果真是常天竹呀！昨天晚快边碰到她，还好好的呢！"

吴阿姨正色道："小茧子，妈妈平常一直关照你，天晚了不要出去，现在世道不太平，蛇虫百脚都出洞了。你还常常犟嘴，不听话。你看看常天竹，多少人中看的一个女孩子，脾气又温顺，好端端地就被坏人给糟蹋了，现在神志还不大清爽，也不晓得回不回得过来，真不晓得她前世烧了哪根断头香啊！"

小茧子撑圆了黑洞洞的眼睛，惊声道："她不是生毛病，是被人强奸的呀！"

吴阿姨忽然想起了，问道："你们学校昨天不是组织看芭蕾舞《红色娘子军》的电影吗？她不去看电影，莫名其妙跑到那种生僻角落里去，不晓得去做啥，活生生地自投罗网！"

小茧子长长地噢了一声，冷笑道："谁讲我们学校组织看电影？我是中队长，我怎么一点不晓得？"

"常天竹出门前跟倪师太讲的呀。"吴阿姨忽然就明白过来，"看来她在撒谎！可是她究竟为什么要去那浑身不搭界的地方呢？就是盈虚浜挖泥挖出来的那个湖，现在算是公园，又不大有人去的，又是夜里，空落落，阴丝丝，吓也吓死了！"

小茧子不做声，一侧身，重重地躺了下来。

吴阿姨又想到了什么，道："小茧子，你是中队长，明天到学校，要替常天竹告个假，恐怕这个假不会短的。"听听女儿没回应，女儿是面向墙壁躺着的，吴阿姨看不见她的面孔，心想小姑娘到底撑不住了呀，掖好被角，又将床头灯叭嗒熄灭了。撩开布窗帘一角望出去，早春仍显空廓疏朗的园子盛了满满一园蛋青般半透明的曙色；再扭回头看看墙角的落地闹钟，这钟的铜吊锤已好多年不敲点了，幸亏长针短针还蹒跚行走着，映着薄薄的曙光，隐约可见短针快要压到"5"字了，长针正走在"11"与"12"之间。吴阿姨脱口"哦哟"了一声，她睡不成了，要赶快上菜场。这种冷暖交替的季节，蔬菜最是青黄不接，吴阿姨要替好几个东家买菜，各家有各家的口味，去晚了，只能捡点烂菜皮。幸而方才喝了大半杯隔夜剩茶，头脑倒清醒，便用粗粝阔大如梧桐叶般的手掌用力搓了搓脸，一手挽起大竹篮，一手拎着小竹篮，出门赶菜场去了。

小茧子听得妈妈碰上了门,这才砰地翻过身子仰面朝天躺着,只觉得浑身燥热难当,忽地将被子掀了。她哪里有半点睡意?愤恨、忌妒、委屈,说不出的难受。真恨不得自已的身子是一枚炸弹,轰地爆裂开来。

昨天放了学,小茧子到处找丁丁哥哥。老师临时通知她,要出一期毕业分配专题黑板报。小茧子很开心地接受了这个任务,因为丁丁哥哥是班级的宣传委员,出黑板报是他的名分,小茧子便有了单独和丁丁哥哥说话的机会。她有很重要的事情要告诉丁丁哥哥,却四处找不见他的身影。有同学道:"冯令丁下课铃一响就窜出教室了。"小茧子马马虎虎往黑板上涂抹了几段从报纸上摘录的文字,悻悻地回到守宫。她跑到敞廊里看看,丁丁哥哥的脚踏车不在那里,难道丁丁哥哥并没有回家?小茧子是那种不达目的誓不罢休的脾气,她决定上三楼,去丁丁哥哥家探个究竟。

小茧子一家搬进守宫的时候,妈妈给她和哥哥订了许多规矩,其中一条就是不准去打搅老东家冯同志和李同志的生活。特别关照过小茧子,不要动不动就去找丁丁哥哥做这做那的。后来二楼做了里委会的办公室,妈妈愈发不准他们踏上一级楼板了。小茧子此时此刻哪里还拴得住自己的心和两只脚?因为他们即将面临毕业分配,她已经从校革委会工宣队那里打听到了今年的毕业分配方案,她要马上告诉丁丁哥哥,要和丁丁哥哥商量,争取两人分到一家工矿企业。

里委会的阿姨们正陆陆续续下班回家,小茧子终于熬到最后一个人离开了守宫,便兔子似的迫不及待蹿上了楼梯。小茧子上了三楼,昂昂的气概先就萎缩了一半。小茧子在学校里风头很健,因为她出身好,一进中学就被指定为红卫兵中队长。她模样出众,嘴巴又灵巧,做什么事又有主意,上下都得人心,可以算得上一呼百应的人物了。只有她自己知道,站在丁丁哥哥跟前她总是有些气馁。她有一种直觉,虽然她和丁丁哥哥从小一起长大,又成了中学同班同学,可是丁丁哥哥心里并没有她。丁丁哥哥也经常跟她搭讪几句,开开玩笑，可神情总是很疏淡、很敷衍。丁丁哥哥跟某个人说话就不是那种草草的样子了。丁丁哥哥涨红了脸，眼睛灼灼发亮，声音温柔得跟缎子一般。小茧子看见过丁丁哥哥跟那个人说话的那种专注的神情，心里面妒嫉得生痛。她发誓，一定要赢得丁丁哥哥用那种样子跟自己说话。现在她就揣着克敌制胜的法宝，她比任何同学率先晓得了今年的毕业分配方案。她知道丁丁哥哥很在乎毕业分配方案，准确点讲，是丁丁哥哥的妈妈，也就是小茧子妈妈的老东家李同志特别关心今年的毕业分配方案，李同志只有丁丁哥哥一个儿子，她当然希望丁丁哥哥分配在上海工矿啰。

守宫三楼过道里只有一盏十五支光的莲花形壁灯幽幽地亮着，几扇门静悄悄地紧闭着，门里面掩藏着丁丁哥哥日常生活的点滴。在小茧子眼里，它们就是《阿里巴巴和四十大盗》中隐藏宝物的山洞，只要她大喊一声："芝麻开门！"山洞的门就会缓缓地洞开，于是小茧子鼓足勇气大声喊："冯令丁，冯令丁在家吗！"

冯令丁是丁丁哥哥的学名。自从进了同一所中学，丁丁哥哥就关照小茧子，我不叫你小茧子了，你也不许再叫我哥呀弟呀的，多庸俗！大家都有名字，就叫名字好了。现在小茧子在公开场合都喊他冯令丁，可在心里，她还是一遍遍地喊他丁丁哥哥。

三楼左侧的一扇门果然徐徐地拉开了，站在栗壳色门框中的人却不是冯令丁，而是冯令丁的妈妈李凝眉李同志。

"是吴阿姨的千金呀！"李同志惊讶道，却仍是容止娴雅，神色冷峭，由她带出来的一股似有似无的馨香让小茧子微微发晕。

小茧子从来就有点惧怕这位李同志，小时候天天跟妈妈进守宫，妈妈去做生活，她就在花园里玩。她可以向王阿婆发嗲撒娇，也可以和丁丁哥哥你抢我夺，甚至也敢跟丁丁哥哥的爸爸你问我答，偏就看到李同志便像老鼠见猫似的老实了。李同志对她也是笑脸相待，也没有过一句重话。可小茧子小小年纪就感觉到李同志笑脸背后的不屑和轻慢。李同志那对形状很美的丹凤眼，不笑的时候眼梢翘得很高，笑的时候眼梢就垂弯下来，不管笑还是不笑，那眼瞳却总是冷冷的，像两块冰棱子。在小茧子心目中，李同志就是《白雪公主》中那个妖艳而狠毒的皇后。

小茧子觉得喉咙很紧，怎么摆放手脚都觉得自己很难看。她的脸面对着莲花形的壁灯，她知道李同志的丹凤眼正冷冰冰地盯着自己，她却看不清李同志脸上的表情，这让她很气馁。更让她自惭形秽的是李同志对她的称呼，李同志不叫她许飞红，也不叫她小茧子，而是修辞完整地称“吴阿姨的千金”！她分明是在提醒小茧子，不要忘了你自己的身份，你总归是我家娘姨的女儿！好比法海和尚搬来雷峰塔压在了白娘娘的头顶上，让你永世不得翻身了。

小茧子费尽全身力气道了句：“我找冯令丁。”

李同志的丹凤眼在幽冥的壁灯光中像一对鱼缸中的金鱼，忽地摆一下尾，又摆了一下尾。她仍是不紧不慢道：“冯令丁还没有回家，他说学校里有活动，他不回来吃晚饭的。”

小茧子差一点趴倒在三楼过道里，她身子轻飘飘，膝盖软绵绵，也不晓得自己是如何一步步走下那段呈“S”形有着阔绰扶手的柚木楼梯的。

小茧子木知木觉下了楼，木知木觉进了屋，木知木觉开了灯，木知木觉掀开了桌子中央的绿纱揭罩。揭罩下有一只钢盅饭盒和一碗冷饭，饭盒里是两块熏鱼、两只油面巾塞肉，还有黄瓜炒鸡蛋。小茧子看着这些小菜，心头莫名火蓬蓬地蹿起来。

小茧子的哥哥是69届初中生，前几年毕业分配“一片红”，哥哥就到江西农村插队落户去了。小茧子的妈妈每天要帮人家烧晚饭，顺带便就在人家厨下扒几口残羹剩饭。所以，通常小茧子都是一个人吃晚饭。小茧子晓得，妈妈替这家做熏鱼，这家就会搛两块放在妈妈的钢盅饭盒里；妈妈替那家做油面巾塞肉，那家也会搛两只放进妈妈的钢盅饭盒里。妈妈每天带着这只周身已有好几处瘪塘的钢盅饭盒走这家走那家，晚上收工回家总能带回一盒小菜，便成了小茧子的盛宴。小茧子每每跟妈妈闹，叫妈妈不要带这只钢盅饭盒到人家家里去，像讨饭一样，难看不难看？妈妈却道：“我又没有跟人家讨,都是人家硬塞给我的。我不偷不抢,有什么难看?我一天做到头,哪里还得空特为帮你做小菜?”小茧子晓得妈妈的辛苦,可是她愈来愈无法吞下这饭盒里的“嗟来之食”,这只到处瘪塘的旧饭盒分明是一种卑微的印记,烙在她身上,抹也抹不去。虽然她在学校里是响当当叱咤风云的“红五类”,虽然她也搬进了落地玻璃门打蜡地板的守宫大客厅,然而,蛰伏于她心底的屈辱却像冬眠已久突然苏醒了的野兽,张牙舞爪地站起来,撑得她心口生痛。她抓起钢盅饭盒,狠狠地摔在地板上,小菜沥沥落落撒了一地,一只油面巾塞肉扑碌碌直滚到床底下去了。小茧子百般不顺意,合扑在床上,呜呜地哭,让眼泪肆意打湿枕巾。

小茧子毕竟快十七岁了,有了一些历练,哭了一阵,想想哭又有何用?妈妈不会理解她,三楼的李同志不会怜悯她,丁丁哥哥恐怕还会笑话她。于是她收住了眼泪,深呼吸两口,让自己的心迅速平静下来。她去厨房间拿了扫帚,将撒满地的小菜收拾了。又将那碗冷饭拿到厨房间,兑了些水,煮成水泡饭。碗橱里有些酱瓜,她就在厨房里酱瓜过泡饭,胡乱对付了肚子。再洗碗,搓抹布,东擦擦,西抹抹。她磨磨蹭蹭地还是在等丁丁哥哥回来。丁丁哥哥要去敞廊放脚踏车,必定要从厨房间绕过去的。可是,小茧子已经把灶台菜板碗橱都擦抹了两遍,实在没什么龌龊可擦抹了,仍不见丁丁哥哥回守宫!

小茧子魂不守舍地转回屋里,一屁股坐在八仙桌边的方凳上发起呆来。眼前的这间屋子虽已成为小茧子的家,可从她眼里看出去,却是十分陌生。她从小跟妈妈来守宫,就在这间屋子里玩耍。这边应该是一圈沙发,沿墙应该有博古架和钢琴,还有一只红木镶大理石台面的圆餐桌,还有红木镂空的花架,上面的陶罐中一年四季插着鲜花。丁丁哥哥家把这间客厅让给小茧子家住的时候,除了墙角那台落地座钟,他们把原有的家具统统搬到二楼书房里堆着,封存起来了。小茧子家原就没有登样的东西,妈妈到旧货店淘了一只还算结实的双人床,放在右首原先放沙发的地方,两只存放四季衣物的杂木箱摞在床边，权当五斗柜。又横度里拉了根粗铅丝，悬挂起一床碎花的旧被单权作隔帘，隔帘里面就是小茧子和妈妈的卧室了。左首窗下原有一张帆布行军床，是哥哥的睡铺。哥哥插队落户去了，妈妈就把行军床收拢来塞到床底下。左首只放了一张八仙桌，也是旧货店里淘来的，桌面已破损，妈妈在上面也铺了块碎花旧被单，将就着可以用就行。整间屋子便显得大而无当，甚至可以开个小型溜冰场。

小茧子刚搬过来那会，想着能跟丁丁哥哥进出一个门洞，每天能听着丁丁哥哥上下楼梯的脚步声，兴奋得抑制不住地在屋中央打旋，直转得头晕眼花。她邀请了弄堂里经常一起玩耍的小姐妹来守宫做客，也是有种显派夸耀的意思。妈妈特为烧了一大锅绿豆百合汤来招待小客人，小茧子便兴冲冲跑上三楼去喊丁丁哥哥。丁丁哥哥冷冷地推托身体不好，就是不肯下楼。许多年以后，小茧子才逐渐理解了丁丁哥哥当时的心情。

空荡荡的房间，愈显得柚木细条地板又光又滑，并且色泽深深浅浅不统一。颜色深的地方都是原先丁丁哥哥家摆放家具的部位，带着岁月的神秘记痕。小茧子常常会独自循着地板上深浅不同的痕迹揣摩着丁丁哥哥在属于他的日常生活中的模样。

这里是沙发，丁丁哥哥斜靠着扶手，脚搁在茶几上，看《基督山恩仇记》看得入神；这里是博古架，丁丁哥哥双臂环抱，正在琢磨一只灰陶罐的来历；这里是钢琴，丁丁哥哥双手像旋风中的落叶般翻滚着，弹的是贝多芬的《命运》还是《英雄》？这些痕迹默默无言，却冷酷地昭示了丁丁哥哥和小茧子截然不同的生活基础和生活方式，棱棱角角地戳痛了小茧子的眼球！这一刻小茧子真正是灰心之极，肝肠寸断，难道自己与丁丁哥哥之间那道无形的鸿沟就永远无法填平了吗？

她丝毫没有睡意，却身心疲惫，再也支撑不住，软软地和衣斜躺在床上，奄奄一息地关上眼帘。

小茧子虽然闭上了眼睛，她的脑袋却像一座正在上映悬疑推理片的电影院,观众席的照明灯熄灭了,进出口的幕帘合闭了,银幕却跌宕起伏地活动起来。

小茧子想,丁丁哥哥肯定对他妈妈撒了谎。老师只让我负责出黑板报,哪里还有其他鬼活动?问题的关键在于,丁丁哥哥为什么要撒这个谎?他不在学校,一下课就匆匆离开了教室,却又没有回家,他会到哪里去呢?问题关键的关键,丁丁哥哥是和谁在一起?

其实小茧子立即猜到了跟丁丁哥哥在一起的那个人是谁,除了她难道还会有别人吗?瘦骨嶙峋的身子枯柳条似的,皮肤苍白得像白骨精,眼皮老是耷拉着睡不醒的样子,只在她稍稍掀起眼皮的那一瞬,深凹的眼瞳中方才有点活人的神采。她就是恒墅常家的大女儿常天竹!

在盈虚坊后门口灶头间晒台上天井里家长里短的闲话中,有一个经久不衰的话题,就是评论各家各户的小孩子聪明不聪明,脾气好不好,有没有孝心等等,不可缺少的一条便是相貌如何如何。众街坊比较公认的美少女有两位,一个是从前住楼梯间现在搬进守宫的小茧子,大名许飞红;另一个是从前住恒墅现在搬进三层阁楼的常天竹。这其间也有两派意见,一些人认为许飞红比常天竹漂亮,虽是娘姨的女儿,却落落大方,见人就笑,不似常天竹那般狷介孤傲、从不正眼瞧人。另一些人却认为常天竹比许飞红耐看,小姑娘古貌古心,清清净净,哪像许飞红那般锋芒毕露,神气活现的样子。双方意见互不相让,就像古人《雪梅》诗中说的那样:"梅雪争春未肯降,骚人搁笔费评章。梅须逊雪三分白,雪却输梅一段香。"许飞红和常天竹就是盈虚坊里的梅和雪。而在倔强的小茧子心中,曾经是恒墅里养尊处优的常天竹就是自己的"天敌"!

眼下,小茧子迫切需要跟丁丁哥哥澄清一个事实,她要当面责问丁丁哥哥:"你为什么要跟家里人撒谎说学校搞活动?你和常天竹一起到哪里去了?"她心里更想责问他的是:"随便你到哪里去做什么事,为什么不叫我而要找常天竹?常天竹家早就搬出恒墅了呀!"小茧子头脑煞清地蜷缩在床上,耳朵竖得笔直。丁丁哥哥回家一定要去敞廊放脚踏车，她时刻准备着，只要一听到丁丁哥哥锁脚踏车的声音，她就蹦起来冲出去拦住他，把那么多问号像一束束炸弹那样摔在他跟前。

妈妈收工回家，已是夜里八点敲过。小茧子听得妈妈回来便屏住气装睡，她没有心情听妈妈的啰嗦。妈妈洗洗脚搓搓脸就躺下，身子一横便鼾声呼呼地睡着了。小茧子依然在等待丁丁哥哥回来，等待的时间一秒钟比一小时还长，小茧子好像等待了一个世纪。毕竟年轻，抗不住疲倦的百般厮磨，终于渐渐沉入混沌。不知过了多久，忽然，混沌中飘来轻轻的喀嗒一声响，钻入她的耳洞却像炸雷一般。小茧子腾地坐了起来，心里对自己说："丁丁哥哥在给脚踏车上锁，丁丁哥哥回来了。"她本能地要跳下床，妈妈却侧身挡在床外侧，呼呼地睡得正浓。她只好放慢速度，缓缓地、轻手轻脚地越过妈妈绵延丘陵般的身子，滑下了床，也不及找鞋了，赤脚便朝门摸去。

当小茧子拉开门的那一刻，丁丁哥哥已经上了楼梯。楼道中莲花形的壁灯黄幽幽的光环，只能照亮三四级楼梯的范围。小茧子看见一条瘦长的身影在楼梯拐角处一晃就不见了，丁丁哥哥已上了二楼。小茧子想喊，终于没出声，她不能惊动妈妈，更不能惊动丁丁哥哥的爸爸、妈妈。小茧子好不懊恼，转而想，明天上学校去的路上也好问他的，心才稍稍沉静下来。早春深夜走道里的穿堂风仍有些砭骨，她便缩回身子，碰上了门。这时，她无意地朝墙角的落地钟瞄了一眼，长针短针都是黄铜色的，在夜色中泛着幽光，两根针挨得很近，在钟面的左上方呈十五度夹角。小茧子判定，快到十一点钟了，丁丁哥哥竟然在半夜十一点钟才回家！

这么一折腾，倒把小茧子的瞌睡折腾跑了，她的头脑如同雨后青山一般清爽新鲜。她记得，放学回家时，曾在弄堂口撞见匆匆往外走的常天竹，她根本没问她去哪里，常天竹就主动告诉她，我去买点盐。这真是有点此地无银三百两啊！只怪当时自己急着寻找丁丁哥哥，没有觉出破绽，否则，要拉住她就好了。最让小茧子戳心的是：丁丁哥哥如果真是和常天竹在一起，他们待到半夜十一点才回家，这么长时间，他们会在哪里？会做些什么？千枝万枝的问号像春天外墙上的爬山虎藤蔓，横七竖八地蔓延开来，布满了她全部的思维。

不久，她就听见跷脚单根来喊妈妈，妈妈睡梦里醒来，骂了句："寻死呀，单根！"跷脚单根就说："吴阿姨，常先生的女儿困在医院里，倪师太要你帮我搭把手去接她回来。"于是妈妈就跟跷脚单根走了。小茧子坐在床上发起呆来，心里面的爬山虎藤绕成了团，绞成了结。常先生的女儿困在医院里，是哪个女儿呢？如果常天竹真是跟丁丁哥哥在一起，她应该十一点钟就回家了，怎么会困到医院里去了呢？如果真是常天竹困倒在医院里，她就不会跟丁丁哥哥在一起了，那么跟丁丁哥哥在一起的又会是谁呢？不见得丁丁哥哥一个人在外面游逛到半夜吧？左思右想，找不出一个让自己心悦诚服的答案，十七岁少女的心被煎熬得干瘪萎缩，七零八碎了。

拂晓时分终于等到妈妈回来，并且从妈妈口中得到常天竹在荒郊野外被坏人强奸的消息，小茧子先是震惊得目瞪口呆，随即感到恐惧，汗毛一根根竖立起来；接着是一种释怀，带着一许幸灾乐祸：看来常天竹并没有跟丁丁哥哥在一起，谁叫她跑到那种地方去玩，活该！可是，马上就有一个恐怖的念头像条小蛇嗦溜钻进她脑壳：会不会是丁丁哥哥和常天竹一起去了那公园，难道是丁丁哥哥……小茧子不敢想下去了，才松弛的心又嗖地紧缩成一团，接着被抛入滚烫的油锅。

天色一点点明朗起来，小茧子家挂在落地玻璃门上的帘子是用最普通的白底碎花洋布做的，很薄，愈来愈白的日光从东南向穿透布帘涌进屋子，很快就把整间屋都涂白了，仿佛深奥的哑谜豁然揭出谜底一般。

小茧子忽地从床上跃起，她不能再这么躺着折磨自己，听任那条阴险的小蛇将自己的脑袋捣烂穿透。

小茧子用冷水哗哗地冲面孔，将一夜天的焦虑、怨愤、伤痛从眼梢眉角鼻沟唇线处冲去，冲出一张自信开朗甚至带点骄傲的年轻的面孔。齐耳的短发挑一根三七开的斜头路,用枚缠着粉红和深红双色玻璃丝的发夹一别,略挑出几缕刘海。眉眼青黛黛的,双颊红扑扑的,嘴唇湿润润的,小茧子对自己很满意。她开始穿衣服,将套了好几天的水红色节约领丢进脸盆。这只节约领的颜色原是小茧子最喜爱的,可天气开始转暖,学校里每天都要进行民兵队列训练,出了汗,同学们都脱去外衣,只穿衬衫训练。小茧子因为套着节约领,不好意思脱外罩,只好捂着。她将床头的木箱子打开,兜底寻找衬衫。她记得自己是有两件衬衫的,有一件还是的确良的,淡黄的底色,上面有红的绿的小圆圈。可是翻来翻去没翻到,急得她已经出了一身汗。

吴阿姨拎着两大竹篮荤蔬小菜回家来,她要将这些小菜各家各户分配停当,再挨家挨户地送过去。见女儿将箱子里的衣服堆了一床,便问道:“小茧子,找什么东西? 待会又要我来理!”

小茧子大半个身子扑在箱子里,道:“妈,我的那件的确良衬衫放到哪里去啦?”

吴阿姨道:“乍暖还寒的,假领头还好戴几日呢。等两用衫穿不住了,再换衬衫。”

小茧子委屈道:“我们民兵训练的时候热得要命,大家都脱罩衫,就我不好脱! 我要穿衬衫嘛。”

吴阿姨恨声道:“小祖宗,你不晓得妈妈时间多少紧张? 一家家都等着我送小菜去呢!”

怨归怨,吴阿姨仍放下手中生活,跑过来帮小茧子找衬衫。穷人家的女儿也是千金呀。她将上面的木箱搬开,打开下面的木箱,春夏季的衣裳都叠得整整齐齐地摞着。小茧子快活地抽出那件淡黄彩点的确良衬衫,急不可待地往身上套,一边跑进厕所间,往镜子跟前一站,却傻眼了。去年才做的衬衫,合着身子剪裁的,穿了一季,现如今却像裹粽子似的,袖管只及肘弯,两门襟相差半寸距离,扣眼只能巴巴地望着扣子,却够不上。

吴阿姨扑哧笑道:“我们小茧子长大了,发育了,是大姑娘了。”

小茧子眼泪差点掉下来，双脚咚咚咚地跺着地板道："妈，你还笑，你叫我穿什么衬衣到学校去呀！"

吴阿姨便往箱子深处掏去，掏出一件她自己的旧衬衫，道："妈妈这件你试试看，恐怕大点，总比小好。颜色老气点，老气也有老气的好处。"

小茧子无奈只好套上妈妈的衬衣，不想胸围腰身都像合着她身体做的，就袖管略长了些，往上翻起一寸左右，看不出丝毫破绽。是黑灰红三色相嵌不规则格子布的，颜色配得有点突兀，但洗得褪了色，反倒显得淡雅起来。小茧子对着镜子左右前后看看，方才破涕为笑。她连外罩都不套，拿了把乡下奶奶送的莲花纹竹篦子，跑到敞廊里去了。

吴阿姨追着她背脊道："现在这天气最是受冻不起的，把外套套上。"

小茧子扭扭身子嘟噜道："我不冷，我们教室里人多，热得都要开电风扇了。"

天刚回暖，大清老早，小茧子就喜欢到敞廊里去篦头发，因为丁丁哥哥那辆永久牌黑色锰钢二十八英寸脚踏车就停在敞廊里。其实小茧子方才在厕所间已经梳过头发了，可她声称头皮发痒，又将缠着双色玻璃丝的发夹拽去，用竹篦子左篦篦右篦篦，然后将头路仔仔细细地挑得笔笃直，露出青青的头皮，像一根妈妈常用的钉被头针。梳一个简简单单的头要花十几分钟时间，目的是要等丁丁哥哥来推脚踏车。丁丁哥哥总是匆匆忙忙，一边啃三明治，一边开脚踏车锁，一边便会朝小茧子点点头，笑一笑，或者随便扯几句闲话。无论怎样，都会让小茧子心醉神迷。今天，小茧子在镜子里看见自己穿上妈妈的旧衬衣，胸高腰细，婀娜娉婷，自己都觉得很好看，当然愈发想让丁丁哥哥看见了。可是，她把自己的头皮左篦右篦，都篦得痛了，还不见丁丁哥哥来推脚踏车。算算时间真有点紧了，才悻悻地别上发夹，拎起书包往门外走。

吴阿姨又追了句："早饭不吃啦？要得胃病的，我给你煮口泡饭……”

“我不饿。”小茧子丢下三个字，人已旋出门外。天天早上泡饭过酱菜，小茧子一点胃口都没有。人家丁丁哥哥吃什么？牛奶、面包、火腿、煎鸡蛋！报纸上批判资产阶级修正主义的文章连篇累牍，丁丁哥哥的精致早餐却永远不会更改。

小茧子带着满肚子焦虑满肚子疑问，砰地带上房门，隔断了妈妈的视线。丁丁哥哥今天为什么还不下楼？小茧子深深吸口气，趁二楼里委会的干部还没有来上班，她决定再上三楼找丁丁哥哥问清缘由。

小茧子又一次站在三楼的过道上，朝着那几扇紧闭的房门高声喊道：“冯令丁，冯令丁，你要迟到了！”

还是左侧的门徐徐打开，李同志像是刚从被窝里爬出来，还穿着宝蓝黄贡缎的曳地睡袍，头发散乱，慵懒地倚着门框，道：“又是你呀，吴阿姨的……”

“我叫许飞红！”小茧子果断地打断了她的话，再不能容忍她使用那个带有明显藐视的称呼了！

“噢，许飞红啊，蛮好听的名字。”李同志不无讥诮地笑了笑，“那么许飞红同学，你几次来找冯令丁，有什么事吗？”

小茧子使劲咽了口唾沫，道：“昨天老师布置下来要出一期毕业分配专题的黑板报，我想跟他商量一下。”

“是这样啊，可是我们丁丁病了，重感冒，发寒热。你能代他向老师请个假吗？反正你们现在也不上什么正经课。”

“我们怎么不上正经课？学习时事政治，学习毛主席著作，树立起正确的人生观、理想观，还要参加民兵训练，还要讨论毕业分配方案呢！”小茧子口齿伶俐，振振有词，并且还聪明地抛下了一个小小的诱饵，等待着鱼儿自己上钩。说罢，她朝李同志彬彬有礼地仄了仄腰，转身下了楼梯。其实，她的心愈发地麻乱了。丁丁哥哥怎么偏偏会得感冒呢？会不会昨晚跟常天竹到那个偏僻的公园去的时候着了凉？

小茧子用力拉开守宫沉重的柚木大门，我们的许飞红终于精神抖擞地上阵了。无论真相如何，常天竹被歹徒强奸而后精神失常已是事实。盈虚坊里梅雪争春，现在白雪无奈地融化了，只剩下一枝梅花凌寒怒放！机会向她洞开了大门，卒子过河，意在吃帅。许飞红就是这么一颗野心勃勃的小卒子，她瞄准的主帅便是可亲可爱的丁丁哥哥，英俊潇洒的冯令丁啊！

十七岁的少女并不十分清楚什么是爱情，丁丁哥哥的身影是在她幼年的时候悄然走进她心房的，伴着她的长大，那身影也在长大，并且逐渐撑满了她的整个灵魂。

09

从现在开始，我们要正式称她为"许飞红"了，"小茧子"的称呼原是属于浙东那个有山有水的小村庄的，可我们的小茧子如今已彻彻底底变成了一个上海姑娘了，她的口音中已经丝毫不带戏腔般的拖音，她的上海话流利得可以在学校参加革命大辩论，她的原来被山风吹得毛糙糙红扑扑的脸庞现在也变得白皙细腻起来。这真是一方水土养一方人啊。

许飞红至此尚未登场的父亲给他的一双儿女取名为"兆红"、"飞红"，可见这位小山村中的男人并非等闲之辈，他在孩子的身上寄予了自己不得实现的憧憬和梦想。许飞红的血液中流淌着父亲桀骜不驯的基因，她秉承了父亲不安现状、急于进取的性格，她也有许多憧憬和梦想，而且她将兀兀穷年锲而不舍地将它们变成现实。

许飞红跨出守宫沉重的柚木大门，并不急于走下那几格铺着方形小红砖的石阶，而是顾盼自雄地伫立在红色筒瓦拱形门廊里，早晨分外洁净凉爽的空气温馨地环抱了她。她高高地挺起年轻的发育饱满的胸脯，朝着淡淡的初阳眯起了浓重的大眼睛，是一种傲睨众生的神情。尽管她在这扇柚木门里的日常生活依然简陋与拮据，尽管她妈妈依然为盈虚坊中多户人家做劳动大姐，许飞红毕竟能够自由地进出守宫了。“住在守宫”，这本身就是一种身份和地位的标记，她总是不放过任何机会品尝“住在守宫”人的荣耀与自尊。几秒钟后，许飞红已将昨晚积蓄在胸口的种种不快消除干净了，她寻回了自信和勇气，便踌躇满志地走下了铺着小红砖的几级台阶。

守宫坐北朝南位于盈虚坊东首下巽桥底部，出了守宫朝南开的正门，只要往左手一拐弯，走下巽桥笔直朝西南走，便可上盈虚街了。可是许飞红每每喜欢朝右走，在一条条嘈杂纷乱、破损拥挤的小弄堂里绕线团似的绕来绕去，绕到盈虚坊大牌楼，出弄堂口上马路。横七竖八的小弄堂里星布着吴秀英阿姨的新老东家，家家都晓得吴阿姨有个十分出息的千金，而且都是看着她怎样从“小茧子”长成“许飞红”的，见了她都会热热络络地打招呼。若时间宽余的话，许飞红会停下来跟他们家常几句，听他们飞长流短地说些新闻。许飞红就是喜欢人多的地方，喜欢与人交流，喜欢受人关注。她是在这样嘈杂、纷乱、拥挤的小弄堂里长大的女孩，一到这里她便如鱼得水、如虎添翼。虽然她千方百计想要离开小弄堂，虽然她已经搬进了从小就向往的守宫，可是她无法割断与这些小弄堂千丝万缕的联系，就如同藕断丝连、抽刀断水一般。

许飞红走出横弄堂，拐个弯，绕进一条竖弄堂，好几家后门口都在生煤球炉，烟雾一团一团地弥漫开来，却看见横竖弄堂交叉口聚了一簇堆人，一个个神情激奋、手舞足蹈地谈论着什么。隔开几米就听得叽叽呱呱一片喧哗。看这种架势，许飞红马上猜到他们在议论什么了，她便放缓了脚步，眼睛不看他们，耳朵却笔笃直地竖着。

人群中马上有人看见许飞红了，便喊起来：“小茧子，小茧子来了，问她最清爽了。”

弄堂里，妈妈的老东家们倚老卖老仍然叫她“小茧子”，她多次纠正他们，他们也保证改口，可见了面，脱口而出的仍是“小茧子”。许飞红也只好由他们叫，骨子里她并不反感这个称呼。听着“小茧子”的叫唤，会有一缕淡淡的眷恋在胸口萦绕。

许飞红像是很不情愿的样子走拢过去,问道:“什么事啊?快点讲,我就要迟到了呢!”

“半夜里跷脚单根把你娘喊出去做什么啦?”有人神秘兮兮地问道。

许飞红顶不喜欢听弄堂里人传她妈妈和跷脚单根如何如何,好看的杏儿脸一板,道:“事情不要瞎传好吧?什么叫做半夜里跷脚单根把我娘叫出去了?分明是倪师太叫我娘跟跷脚单根一道去把常天竹从医院里接回来,常先生也一道去的!”

“哦哟哟,吴阿姨这个千金是养着了,一句话也推板不起,不过我们也不是那个意思呀,就是想问问常天竹究竟得了啥毛病?为啥要送到那么远的医院去呢?”

许飞红红润的嘴唇抿住了一个意味深长的浅笑,道:“这个我也不大清楚,我妈回来的时候,我老早睡着了。我真要迟到了呢!”便要往人群外走。

众人哪肯放她?围得更牢了,七嘴八舌道:“小茧子,你不要卖关子了。听讲常天竹是碰到流氓了,真有这种事啊?”

许飞红横了那人一眼,道:“你们都晓得了,还来问我做啥?”

“果真是碰到流氓了呀!”许飞红的话等于帮大家证实了一个事实,众人都唏嘘喟叹不已,又问道,“后来怎么样了呢?”

许飞红道:“碰到流氓还能怎么样?后来有好心的路人将她送进了附近的医院,后来跷脚单根就踏黄鱼车把她接回来了呀。”

“常家真是前世作孽,娘死了没几年,小姑娘又出了这档子事!”

“小姑娘看看斯斯文文,怎么会跑到那种地方去呢?”

许飞红已顾不上听众人的议论了,她对自己画龙点睛的几句话起到的效果很满意,趁众人大发感叹之际离开了人群。

走了一段竖弄堂,眼门前又是一条横弄堂。许飞红认得,左拐,第四个门洞,就是常家如今的住处。她是打算登上那个陡峭的三层阁,以红卫兵中队长的身份去探望常天竹的,却看见常家门口也拥了一簇堆人,人群中有一张团团圆圆的面孔,正是住在常家底楼后厢房里的那位知晓天文地理洞察前世来生的倪师太！许飞红略略迟疑，不拐弯了，避开了那簇堆人，笔直沿竖弄堂走下去，再越过两条横弄堂，便看见盈虚坊青砖双重檐歇山顶的牌楼了。

盈虚坊牌楼一侧，是跷脚单根的传呼电话间。这一刻，那里同样聚集了一簇堆人，拎篮头的、推脚踏车的、背书包的，这簇堆人的中心自然是面孔铁青胡须拉碴的跷脚单根了。

许飞红还是避开电话间前的那簇堆人，这跟她往常爱凑热闹的习惯很不相同。她挨着盈虚坊牌楼另一侧的青砖立柱走出弄堂，上了马路。

差不多整个盈虚坊都在议论常天竹的事了呀！许飞红深深地吸了口气，又用力吐了出来。这状况是她希望的吗？她应该兴奋起来，可是却无端地惴惴不安，心好像找不到一处平稳的地方可以安放，悬着，晃来晃去。

盈虚坊填土成路倏忽已有十七八个春秋了，它终究没有暴发成淮海路南京路般的繁华大马路；它也没有修炼成衡山路、武康路般高雅幽静的社区。它只是任由岁月侵蚀，磨砺得粗俗芜杂纷乱，却又是自然鲜活有生命力。在上海，每一条繁华似锦的大马路背后都会横竖衔接着几条曲里拐弯的小马路。如果说大马路是城市的主动脉，这些参差不齐的小马路便是城市的毛细血管；大马路是城市的面孔，小马路便是城市的五脏六腑。

天光已经发白，但并不透明，淘米水似的有点浑浊，是个阴天，工厂尚未开工，空气还是清爽，流淌着的晨风中糅合些许腥膻的新鲜。一辆牛奶车叮叮当当地朝盈虚坊驶去，迎面遭遇刚从弄堂里出来的粪车，咣啷咣啷，一路嘀嘀嗒嗒洒着龌龊水。街面原本就窄，又被菜场占用了三分之一。踏牛奶车的阿姨拔直喉咙喊："当心啊，当心啊！"踏粪车的爷叔又连忙刹车，龙头歪到一旁，让牛奶车擦着车挡板驶过去。

盈虚街的一日光景就这样拉开了序幕。

盈虚坊弄堂隔壁是一爿饮食店。服务员都是病退回城的知青，做生意很巴结，老清早就将两张方桌、几张方凳搬到上街沿摆开，让上早班或者下晚班的人坐下来喝碗热豆浆，外加一客生煎包或者韭菜锅贴；卖油条和粢饭糕的窗口前已排了一长溜队，大饼炉子旁也围了一圈人。食物的香味搅得许飞红喉咙口泛酸水，她很想买一副大饼油条解解馋，但她却忍住了，目不斜视地从饮食店门口走了过去。许飞红没有多余的零用钱。

饮食店隔壁是一只老虎灶，也早早地开了市，已经有人拎着竹壳或者铁皮的热水瓶来打开水了。许多人家老大清早没有空生炉子，老虎灶上打开水，一角钱一铜吊，算算比自己烧还划算。有一些上了年纪的老住客，睡醒了就抱着茶垢厚厚的紫砂茶壶到老虎灶里面的茶室里孵着，三四张八仙桌，一圈长条凳，滚烫的水就直接从灶头上舀出来，一角钱一撮粗茶叶，泡得酽酽的一壶，好从太阳出喝到太阳落。翻翻隔夜报纸，和街坊们天南海北扯一通，中饭就从饮食店叫一碗阳春面过来。后半辈子的日脚就这么平平淡淡地打发过去了。老虎灶上的伙计拿出一块小黑板，捏了半截粉笔刷刷写道：

今晚评弹节目

《智取威虎山》第四集——杨子荣舌战座山鹏

票价：两毛（包括茶水）

写完了，往门旁青砖墙上的钉子上一挂。盈虚浜对岸原就有一间两层楼雕栏护围的书场，从前江南一带有名的说书人都来这里做过场子。“文革”以后，那书场被封闭了，做了附近厂家的仓库。近两年，局势渐趋缓和，说书人憋不住了，悄悄地开场说段子。老虎灶里的茶室自然成了现成的书场，不会少听众，又有现成的茶水。剧目大都从八个样板戏改编而来，却添油加醋了不少噱头，一时间颇受盈虚街一带居民的欢迎。

许飞红抬眼往那块小黑板瞄了一眼，忍俊不禁，朝那伙计笑道：“写白字了，座山雕的雕，写成大鹏的鹏了！”那伙计挠了半天头，也不知错在哪里。许飞红便伸手将那“鹏”字的左边旁抹去，添了个“周”旁。伙计恍然大悟道：“差也差不多的。”

老虎灶里面的茶客就喊了：“小茧子，进来，进来，爷叔有事体问你。”

许飞红略微侧侧身子，大声道：“爷叔，我上课要迟到了。”她晓得茶室里人要问的肯定又是常天竹，常天竹的事肯定已经被传得天花乱坠了，根本不需要她再作任何拾遗补阙了。

许飞红准备穿过马路，马路对过的人家对她陌生得多，盈虚街路面狭窄，不行公交车。可是盈虚街上人口稠密，出行大都依靠两只轮盘的脚踏车。这一刻，正是上班高峰，街面上往来的脚踏车像一窝一窝黄蜂迁徙似的，还夹着几辆厂家送货的小三卡，路面上筑起了一道活动墙，哪里还插得进脚？许飞红只好候在路边，等待空隙出现。

丁零零零，随着一串清脆潇洒的脚踏车铃声，一辆永久牌黑色锰钢二十八英寸的脚踏车，在许飞红右侧稍后处刹住了，前车轮差一点点就碾住她的后脚跟。

“哦哟——”许飞红吓了一跳，才想斥责，却万分惊喜地愣住了，片刻，欢呼似的叫了声，“冯令丁，是你？”

冯令丁仍坐在脚踏车上，只用一只脚撑住地，乜斜着一对有点忧郁的丹凤眼，道：“听讲你来找了我两次，中队长，有何公干？”

亲爱的丁丁哥哥今天穿了一件宽宽落落的绒布绿格子衬衫，随意而又帅气。这几年市面上流行的确良，可冯家从来不穿的确良，他们永远穿棉布和毛料。丁丁哥哥一手扶着车龙头，另一只手中捏着啃去一半的火腿鸡蛋三明治，那模样悠闲恬淡风流倜傥，让小茧子看着眼馋嘴馋心馋。在学校里，女生们见了丁丁哥哥都会脸红，跟他说话都会忸怩不安。丁丁哥哥是多少女孩子心中的白马王子啊。

可是，丁丁哥哥今天的表情总归有点奇怪，小茧子马上就感觉到了，却一时不晓得这奇怪在哪里。她便死死地盯着他脸看：还是那招牌般的大鼻子，还是那棱角分明噙着讥诮的宽嘴唇，还是那冷漠的从不正眼瞧人的黑眼瞳。小茧子终于发现了他的奇怪所在:丁丁哥哥的脸庞上多出了一副无框眼镜!丁丁哥哥有点近视,但平常只在上课时戴戴眼镜,因为他人高,总坐在教室最后一排,一下课,他就会把眼镜摘掉。

“咦——你今天怎么戴眼镜了?”许飞红脱口问道。

冯令丁三下五除二将剩余的三明治塞进嘴巴嚼着,又用一根中指推了推眼镜,这才不紧不慢道:“我娘舅是眼科医生,说了,近视眼,眼镜戴上脱下,反而加深得快,我妈就逼我把眼镜一直戴着了。”

许飞红点点头,冷笑道:“你妈说你生病了,还托我跟老师请假呢。”

冯令丁又用中指推了下眼镜,道:“一点小感冒,我想想这几天毕业分配方案就要下来了,还是不要请假的好。”

许飞红极想把搞到的有关毕业分配方案的情报马上告诉他,可她还是忍耐住了,没说出口。他刚才虽然问了她有何公干,却并不追问下去,似乎那问讯只是一种随意的招呼。何况,她好不容易获得这么一个能够引起他关注的法宝,她也不想就这么站在马路上随随便便就告诉他,她还得策划策划,如何恰到好处地利用它呢。

街面上,一大群脚踏车你追我赶,哧浪哧浪地拥过去了,冯令丁后抬腿下了脚踏车,两手捏住车龙头,和许飞红并肩穿过了马路,却不上车,从车后书包架上拿起书包,塞进龙头前的车兜中,又拍了下书包架,道:“还有五分多钟,我驮你去学校吧,你会跳上车吗?”

许飞红觉得自己的心突然停住不动了。好像已经是很久很久以前了,当丁丁哥哥刚刚学会骑脚踏车的时候,她就向往坐在丁丁哥哥车后面的书包架上,搂住丁丁哥哥的腰,由丁丁哥哥将她驮到任何地方去。那么多年来,丁丁哥哥从来不给她这个机会。可现在,这个机会却没有任何先兆突兀在她眼前了!

“喂,你要不会活上车,就死上车吧。先坐上来,不会摔着你的。”冯令丁见她呆着,以为她胆怯,又拍了下书包架。

许飞红那样伶牙俐齿的一张嘴,却一个字也吐不出来,似被对方眼神牵动着的木偶一般,一扭腰身就坐在二十八英寸锰钢永久牌脚踏车的书包架上了。冯令丁两手推车走了两步,一条腿越过前面横档上了车,脚用力一蹬,车轮窜出丈把远。

丁丁哥哥的车果然骑得又快又稳,许飞红坐在他身后,稳稳当当,不颠也不晃。迎面风将她的短发在耳畔掀起,她觉得自己就像只美丽的蝴蝶,一心一意追逐着丁丁哥哥不离不弃。许飞红却没有勇气像自己千百次想象中那样,伸出手臂柔柔地环住丁丁哥哥的腰,将少女胭红的面颊紧紧贴住小伙子宽阔的背脊,去倾听他热烈的心跳。

许飞红在书包架上坐得笔直,一只手用力拽住坐垫下的弹簧圈,掀起的头发频频拍打着她火烫的面颊,她心中初始的冲动渐渐退潮了。于是,她冷静地意识到一个问题:上中学以后,按地块划分,她与冯令丁进了同一所中学,分在同一个班级,又住在同一幢楼里。可是冯令丁总是自顾自骑车上学,什么时候主动带过自己?只有今天了,唯一的一次!这中间难道没有任何缘由,只是随便起意的吗?

冯令丁的背脊离许飞红的鼻尖只有几寸距离,那件绿格衬衣因身体的扭动而形成的皱褶水纹一般,在姑娘眼中充满了男性的魅力。许飞红无声地用力地吸了一口气,年轻男子的体味直冲进她的鼻腔,让她有些昏晕。她镇定住了自己,对着他的后脑勺问道:“冯令丁,你听说常天竹的事了吗?”

也许是路面上恰好有道裂缝,车轮被绊了一下,弹跳起来。许飞红一个趔趄,面孔差点撞到冯令丁的背脊,她将另一只手也拽住坐垫下的钢筋弹簧,将身体稳定住了。

冯令丁略偏过脸,看得见他山高谷深的侧面曲线,他瓮声瓮气道:“常天竹什么事?我不清楚。这是你们女生的秘密吧?我们怎么好去打听?”

许飞红挺直了腰,让自己的嘴更靠近他的后颈脖,一字一句道:“常天竹昨天晚上跑到铁道线外面的公园去玩,被流氓强奸了!”

冯令丁没有反应,脚踏车的速度好像放慢了。许飞红觉得他背脊上衬衣的皱褶僵硬得像一根根折断的木棍。

许飞红用很随意的口吻再问："昨天晚上，跷脚单根到守宫来喊我妈，相帮去医院接常天竹回来，哇啦哇啦的，你没听见呀？"

脚踏车速度又加快了，冯令丁道："我真的没听见。昨天一放学，就被陆马年拉到他家里去了。他淘到点半成新的材料，在装半导体收音机，声音老调不出来，要我去帮他调。一直搞到十一点钟才回家，累得要命，倒头就睡了。"

乌拉！原来他是到陆马年家装半导体去了。学校里没多少功课，许多男生都去旧电器商场淘点电阻电容什么的，自己学装半导体收音机。许飞红悬荡着的心一下子落到了踏实处，并且像一朵噙露的花苞舒舒缓缓地绽开了。对冯令丁憋了一宿的怨恨顿时烟消云散，她情不自禁舒展双臂环住了他的腰。随即她就意识到自己的举动太露骨太造次，尴尬得两条胳膊像断了筋似的麻木僵硬，放下不好，不放下又不好。幸而冯令丁没事儿一般，只顾踩脚踏车。许飞红这才悄悄地收回了手臂，僵坐在书包架上再也不敢动弹。

快到学校了，冯令丁在拐弯处刹住车，并不回头说什么，只用一只脚撑住地，等着。许飞红懂得他的意思，不要让学校老师、同学看见他驮她上学。她连忙跳下书包架，脸红得熟杏一般，匆匆朝他道了声谢，扭身就走，却走了没两步又站住了，腾地回转身，虽是满脸娇羞，双目却勇敢地火辣辣地盯着冯令丁道："昨天我找你，是要告诉你关于毕业分配的重要消息，今天放学回家，你下来一趟好吗？"许飞红想，他们下学的时候，妈妈一般不会在家的。她精心设计了只有小茧子和丁丁哥哥独处的氛围。

冯令丁稍稍偏转脸，回避了她的注视，仍是一副懒洋洋满不在乎的神气，道："我不高兴到你家去，你就在老银杏那里等我好了。"话音未落，车已经窜远了。

许飞红简直想在马路上放声歌唱，旋转起舞了！

她想，我怎么那样傻？明明知道自家占据了冯家的大客厅，还会约他到家里来？这不是明摆着揭他的伤疤吗？万幸的是，丁丁哥哥竟然丝毫没有责怪之意，反而另约地点，还是个那么令人向往、令人着迷的地点呀！

许飞红心里应该明白的，冯令丁一定是被她所说的“关于毕业分配的重要消息”所打动。可是她宁愿以为丁丁哥哥从来没有忘记小茧子，丁丁哥哥是喜欢小茧子的！

这一天的分分秒秒对于许飞红来说都是那么美好，虽然阳光被云层阻断，天空灰蒙蒙的，也像有重重心事，可在她看来，天地间仍是一派灿烂。当然，她也时刻担心着不要下雨呀，下了雨，古银杏树下能遮蔽风雨吗？

老天还是不解人意啊，上午三、四节课又是民兵队列训练，学生们排着方阵刚走了一个来回，天空便淅淅沥沥下起雨来，雨点虽然不大，却很密，一片一片的，操场的地皮先是起了碎麻花点，重重叠叠，一下子就连成块，再一下子就全部打湿了。

负责民兵训练的体育老师说了声“解散”，同学们劈里啪啦往教室里跑，许飞红心里很急，她很想问问冯令丁，下雨了，还去不去老银杏树？她不时地朝冯令丁望去，期盼能跟他对上眼神。偏偏冯令丁一进教室就跟陆马年几个男生凑在一起交流装配半导体收音机的经验，面孔根本不朝许飞红这边侧一侧。许飞红望着教室窗外网似的雨幕，心中默默向上天祈祷，雨呀雨，你现在尽管狠命地下，到下午放学的时候千万不要再下了好不好？

学校里没有学生食堂，便允许学生从家里带中饭，放在饭盒里，统一拿到教师厨房的灶头上蒸热。路近的学生也有赶回家吃中饭的，也有学生跑到学校附近的饮食店吃碗阳春面或炒年糕。许飞红只带了两只菜包子，也不高兴拿去蒸热，就着白开水一口一口地咽。她晓得冯令丁天天骑车回守宫吃中饭，冯家的中饭却是自己妈妈做的。这么一想，冷菜包哽在喉咙口咽不下去了，鼻根也开始发酸。她连忙抬眼去看天，漫天的雨网似乎稀疏了许多，天空也明亮了许多。或许，到放学的时候，雨真的就停了呢！

“许飞红！”

有人在她背后低低地却又是重重地叫了声，倒把她吓了一跳。她从自己的心事中醒过来，回头看，是陆马年。许飞红没好气嗔道："门板，你要吓出我心脏病啊！"

"门板"是大家给陆马年起的外号，因为他模子大，是班级篮球队的后卫。跟别的班比赛时，只要他往篮板下一站，像堵门板挡在人家面前，那只篮板球就一准是他的了。

陆马年少年白发，一只板寸头已经有星星点点的银丝了，黑黝黝的"国"字脸涨得跟猪肝似的，瓮声道："对，对不起，是工宣队黄师傅叫我通知你，让你马上到他办公室去，有重要会议。"

许飞红见他额角头有豆大的汗珠骨碌碌地沿着面颊滚下来，就说了这两句话，倒像费了千钧之力一般，不觉扑哧笑出声。她一笑，陆马年更局促了，用手去抹汗，手脏，弄得半张花脸半张红脸，愈发可笑。许飞红眼睛余光看见有几个男生在旁边做鬼脸，晓得他们欺陆马年老实，撺掇他来跟她说话，便大大方方道："门板，谢谢你啦。"陆马年逃似的别转身，撞倒了一张板凳。许飞红忙帮他扶起凳子，仍大大方方问道："听讲你也在装半导体呀？昨天晚上冯令丁帮你调试，成功了吧？"陆马年点点头，额头上又涌出一堆汗珠。许飞红便道："下次帮我也装一台好吗？"陆马年仍只是点头，又用手去抹脸，这回真成了整张大花脸了。许飞红终于忍不住，捧腹大笑起来。陆马年被她笑得不知所措，慌慌张张逃出教室去了。

许飞红在陆马年那里证实了冯令丁昨晚的行踪，心里而真正是雨过天晴。她哼着歌，脚步轻快地去了工宣队办公室，推开门，怔了怔，怎么只有黄师傅一个人坐在沙发上？她本能地退出去，只听黄师傅道："许飞红，进来呀！"

许飞红有点尴尬地站在门边，道："他们通知我，是来开会的。"

黄师傅哈哈一笑，道："是我让他们这么通知的，开会也不一定要许多人拥在一起开嘛，有些工作还是个别交代比较妥当。"他拍拍沙发，"来来来，坐下，坐下。"

前几年，学校进驻了一个工人宣传小分队，有三四个人。随着学校秩序逐渐恢复正常，工宣队员也一个个返回工厂“抓革命促生产”去了，单留下了这位黄师傅，结合到校革委会做个副主任，并兼任毕业分配小组组长，是个炙手可热的人物。许飞红人活络，跟他关系搞得不错，今年的毕业分配方案就是他悄悄透露给她的。许飞红虽然讨厌黄师傅过分热情的眼光，可是她克制住从不流露分毫，只是巧妙地东推西挡，小心翼翼如履薄冰地与他周旋。

她摆出不谙世事的天真模样走进去，拣了张离开沙发有一定距离的木椅子坐下了。黄师傅起身给她倒茶水，她连忙道：“黄师傅，我口不渴。你快点布置工作吧，待会我们要开‘一颗红心两种准备’的主题班会，我要回去主持的。”

黄师傅也不勉强，仍坐到沙发上，往前倾了倾身子，尽量靠近许飞红，面孔严肃起来，道：“昨天我告诉你毕业分配的方案，你没对别人说吧？”

许飞红两耳有点烧，镇静道：“我什么人都没告诉，连我妈妈都没说。”

黄师傅很满意地点点头，稍顿，便道：“前几年毕业分配索性一片红，全部去农村，工作倒简单了。今年虽然增加了留在本市工矿企业的名额，仍有很大比例的人要去农村，工作反而复杂难做了。除了加强整体动员工作，我们毕业分配小组还想了一个办法，挑选一部分骨干学生主动写倡议书表决心，一颗红心两种准备，到祖国最需要的地方去，到革命最艰苦的地方去！”

许飞红犹疑地问：“黄师傅，你是让我带这个头吗？”

黄师傅很肯定地点点头说：“我们首先就想到了你，你在学校里各方面表现都很出色，有号召力，由你发出倡议，响应的人会很多。”

许飞红的心沉了沉，昨天黄师傅告诉她毕业分配方案时明明白白地说，像她这种情况，哥哥早几年已经去农村了，按政策，肯定是分配在上海工矿的了。今天怎么就变卦了？

黄师傅见她沉默，又哈哈笑了两声，道：“你放心，最终的分配权还是在毕业分配小组手里的，我们还是要根据上头的政策办事，不是说你写了倡议书就一定让你去农村了，上海的工矿企业也需要思想红苗子正的骨干力量呀！我还是那句话，根据你的家庭情况，再加上你对待上山下乡问题的积极态度，百分之百会让你留在上海进工矿的，而且肯定会是大的好的企业。”

许飞红脸上忽地绽开了抑制不住的笑容，又为方才自己在他面前流露出的犹豫感到些许不安。她晓得，工宣队的意见在毕业分配小组里是起决定性作用的。她连忙站了起来，坚决地、带点讨好的意味道：“黄师傅，我并不是怕到农村去呀，你交代的任务，我一定尽快尽好地去完成，明天就把倡议书贴到校门口去！”

黄师傅也站起来，拍了拍她圆浑的肩膀，道：“很好，明天下午毕业班正要开动员大会，大会一结束，你就把倡议书贴出去，尽可能动员多一些同学在上面签名啊。”

许飞红心里一动，问道：“有些同学，符合留上海的条件，动员他们签名时可不可以露个底呢？”

黄师傅用手指点了点她，笑道：“当然不能像我对你说得那么彻底啰，可以暗示一下，让他们放心。毛主席说过的，政策和策略是党的生命嘛。”

许飞红马上想到的自然是冯令丁，她想，一定要动员冯令丁在倡议书上签名呀！

上课的铃声在外面走廊里叮呤呤地回旋着，许飞红忙道：“黄师傅，我要去开班会了。”

黄师傅又在她肩膀上拍了两下，并为她打开办公室的门。许飞红感觉到黄师傅拍她肩膀时轻轻捏了一把，但她不动声色。这种关键时刻，是千万千万不能得罪工宣队的，况且，她也有点需要黄师傅对她的这种暗黝黝的小动作，这说明黄师傅喜欢自己，那么，黄师傅就一定会帮自己的！

年轻的许飞红实在太天真了。她以为自己很聪明，其实，她哪里能预料世事的险恶呢？

10

直到放学铃声乍响，雨仍旧未停。是那种“润物细无声”的濛松小雨，不见雨星子，只是一派轻烟淡雾。开始，许飞红还以为雨停了呢，心急慌忙冲出教室，腮帮子上立即冷飕飕的一片，抬手掌捋去，却是水珠。片刻间，褪了色的旧衬衫两个肩膀处色彩便鲜艳起来，贴着肉，湿漉漉的。许飞红方晓得这烟这雾依旧是雨，原来雨从来就没有停过。

许飞红便将草绿色的帆布书包顶在头顶，小跑步朝校门口奔去。方才下课时，她看见冯令丁和陆马年几个男生一起走出教室，可她却被班级里几个女生拉住，七嘴八舌盘问常天竹的事，她又不能不回答她们，耽搁了好几分钟。冯令丁是骑车回家的，原本就会比自己早到，她生怕他会不耐烦等待而离去，恨不得有腾云驾雾日行千里的本事。

偏生快到校门口了，劈面看见校革委会刘主任、黄师傅和班主任曹老师陪着一男一女两位穿警察制服的人走过来，想躲，哪里还躲得掉？黄师傅道：“许飞红，正要找你呢。”曹老师跟那两个穿制服的介绍道：“她是我们班的红卫兵中队长，又和常天竹住一条弄堂，可以问问她。”

许飞红有点焦急，又有点紧张，站在细濛濛的雨雾中，不停地用手掌去擦脸颊上的水珠。曹老师便将手中的雨伞朝她头顶上移了移。

女警察便问道：“许同学，根据我们调查，常天竹跟邻居跟她妹妹都说，是学校组织看电影去的……”

“没有，没有，学校没有组织看电影，我们班级也没有组织看电影。”许飞红冲口而出，她自己也不晓得为什么这么着急地回答。她说完扭头看看曹老师。

曹老师点点头，附和道："是啊，至少我们是没有组织什么活动，她会不会和要好的同学约了一起去的呢？"

女警察仍然面向许飞红问道："许同学，你是中队长，你总归有点数目吧？常天竹往日里跟什么人最要好呢？"

许飞红觉得嘴巴干得冒烟，用舌头舔了舔嘴唇，道："常天竹原是在音乐学院附中念书，后来附中解散了，才转到我们班上来的，不过一年多点。她很高傲，看不起我们工人子弟，不大跟人说话的……"突然想起来了，忙道，"对了，昨天傍晚我在弄堂口碰到她的，她说她去酱油店买盐，好像是她一个人……会不会是和她以前音乐学院附中的老同学约了一道出去的？"

女警察和男警察意味深长地对看了一眼。

女警察便笑道："谢谢你，许同学，你给我们提供了很好的线索。"

"那我可以走了吧？"许飞红暗自松了口气，又耽搁了时间，冯令丁一定会等得不耐烦的，她太了解丁丁哥哥的脾气了。

曹老师特意将她拉到一旁，关照道："许飞红，关于常天竹的事情最好不要在同学当中扩散了。另外，你是中队长，又和她住一条弄堂，你要多关心她……"犹豫了一下，又道，"我和黄师傅下午去看她，她都不认识了，脑子出了点毛病，太可惜了！你和她熟，也许……"

许飞红使劲点了点头说："老师，我会经常去看她的。"

曹老师要将伞塞给她，许飞红硬不要，把书包顶在脑袋上，大步跑入雨中，跑出校门。她的心早就飞到老银杏树下去了，丁丁哥哥，你千万千万要等我呀！

盈虚坊东北角的两棵老银杏树究竟活了多少年？并没有权威部门给出过准确的答案，只是听盈虚坊中几位德高望重的耄耋老人经常讲起，明成化年间，一位云游的高僧就是看中这两棵银杏树占的好风水，才挨着它们起墙筑殿，建了座盈虚庵，庵主便是此高僧的亲妹妹。如此掐算，这两棵树的年轮起码在五百年之上了。果不其然，同治六年，清兵借洋鬼子之力围剿太平军，流弹引爆火药局，周围民宅均成瓦砾，这两棵树虽被折断两根粗干，次年春末，竟奇迹般地冒出新枝，且树叶特别繁茂，一片郁郁葱葱。盈虚庵也是得益于它们的福荫，毁了再建，香火依然隆盛，绵延数百年。

二十世纪五十年代初，阅尽人间沧桑的盈虚庵终因经年失修，墙倒殿毁，人民政府为庵中众尼姑一一安排了力所能及的工作，古庵所在地便划归刚刚公私合营的和昌丝绸印染厂所有。厂子的公方代表、党委书记是位戎马生涯的南下老干部，应该说是最彻底的唯物主义者了。可是，在勘察规划厂房时，这位历经战火的老革命蓦然看见两棵老枝峥嵘新叶葱翠遮天蔽日的古银杏树，却莫名地生出一股敬畏之情。于是，新厂房的围墙就在这里折进去了一截，虔诚地为古树让路。

一黑一白是一天，一青一黄是一年。任凭岁月流逝、朝代更替，风摧雨蚀、电击雷轰，古银杏树永远是不卑不亢，从容淡定，默默地阅尽了尘世的风云变幻。

都说这两棵古银杏树是夫妻树，一雌一雄，亲亲热热地依偎着，枝叶纠缠重叠，根本分不出哪条枝哪片叶是从哪棵树上长出来的。它们已经合二为一，你中有我，我中有你了。更让人惊叹的是，古银杏树的许多细枝，被厚沉沉的叶子压着，拽着，垂到了地面上，竟又在地下生出根，抽出新的枝条。渐渐地，在这两棵古银杏树粗大主干的周围，形成了密麻麻一片银杏的小树林子，这便是罕见的“独木成林”奇景！

如今，当初那位丝绸印染厂的党委书记早已退休，可盈虚坊居民还常常提起他，多亏他宽宏大量，没有将古银杏树圈入工厂的围墙，便为盈虚坊保留了一处胜景。居民们夏天在树下乘风凉，冬天在树旁孵太阳，最乐的是小孩子，经常聚在树下来“官兵捉强盗”，或者爬上树黏野胡子，或者听掉了牙的爷爷奶奶唠叨从前的故事。

许飞红头顶着书包在雨雾中不歇气地一路小跑。

看看这雨雾薄似纸轻如纱，却很快将她的衣衫漉湿了。本来就很合身的衬衣紧紧地吸附在少女曲线妙曼的胴体上,她撩开细长的腿跑着,脚下溅出一路水花,远远望去,烟雨中,是一头美丽的花鹿跳跃着,舞蹈着。

许飞红终于跑进盈虚坊大牌门,也不回家,直接沿上震桥跑到弄堂底,跑进那一片被雨雾笼罩愈显得森森然的古银杏树阴中,她大口喘着气,胸脯的纽扣都被撑开了。古银杏树下这一刻没有一个人。千百万张嫩绿的小扇儿叶层层叠叠挡住了雨线,周围是一片密匝匝、沙沙沙的雨脚声,天地间静悄悄的,能听到自己的心在胸腔里怦怦怦地跳跃。丁丁哥哥呢?许飞红往树枝缝隙中望了望,又绕着粗硕的老树干转了一圈,哪里有丁丁哥哥的影子?

许飞红颓丧得差点哭出声,一屁股坐在一根突出地面的老树根上。丁丁哥哥果然等不耐烦了!许飞红想象得出高傲的冯令丁等不到她时咬牙切齿的模样,那张帅气的面孔一定拉得很长,有点女气的丹凤眼冷得冰棱子一般,鼻孔微微撑大了,哼的一声,跃上脚踏车不回头地走了。

许飞红为了这个古银杏树下的约会欢欣鼓舞了一整天,就这么一不小心地失去了。少女花儿盛开般的心情骤然遭受摧残,花瓣一片片被撕落,落在泥地里被践踏。许飞红关不住眼泪珠子咕噜噜地往下淌,她用手掌去抹,抹去了一片,又淌下来一片。她恼恨自己为什么不狠狠心拒绝班上的女同学?为什么不想想法子躲开黄师傅曹老师和一男一女两警察?她们,还有他们,一切的一切,和丁丁哥哥的约会比起来又算得了什么?

"许飞红,你怎么啦?嫌天上的雨下得还不够啊?"

这是从背后窜出的一个声音,沉沉的、闷闷的,撞在耳膜上让人头晕晕的。许飞红悚然一惊,刷地回转头,张大了嘴却没呀出声,只是缓缓地站起来,拧着身子,脸颊上泪痕斑斑,就那样傻傻地站着。身后,挨得她很近,一条瘦高的身形,整个地罩在一袭黄色的雨披中,那黄色映在绿莹莹的树影上,愈发的亮,就像烟火快熄灭前的那一瞬,晃得人睁不开眼。许飞红用力咬住了嘴唇,才没有一头撞过去。

冯令丁无框镜片后的眼睛游鱼般避开了许飞红紧追不舍的目光,仍是用他惯常的慵懒淡漠的口吻道:“我看见黄师傅曹老师在校门口跟你说话,怎么?批评你啦?”

许飞红娇嗔地白了他一眼,“谁批评我了?我有什么好让他们批评的?”

“那你为什么躲在这里偷偷地抹眼泪?”冯令丁的声音总算有点抑扬顿挫了。

许飞红慌忙抬手抹了抹脸颊,一跺脚,蛮横地道:“谁掉眼泪啦?谁讲我掉眼泪啦?我又没带伞,雨打在脸上了嘛。”

冯令丁便从雨披中伸出两只手,摊平手掌,道:“这树下好像淋不到雨的吧?”

许飞红硬屏住笑,索性无赖到底,道:“淋不到雨,你还穿雨披干吗?”

冯令丁一下子对答不出,耸了耸肩,便将雨披脱下,搁在一旁车的龙头上。

许飞红终于忍不住笑出了声,笑得抱着肚子弯下了腰。其实她见到丁丁哥哥就想笑了,憋了半天,此刻便拉开闸门似的一泻千里了。

冯令丁被她笑得有点无奈,道:“你要当心啊,一歇歇哭,一歇歇笑,两只眼睛开大炮!”还做了个张牙舞爪的手势。

许飞红便停住不出声了,笑是含在嘴里,从眉梢眼角溢出来,令她的脸格外生动。长大了的丁丁哥哥好难得跟人开玩笑,这让许飞红好似又回到了从前两小无猜的时光。她撒娇地朝冯令丁背脊上捶了一拳,道:“你刚才躲在哪里呀?害人家急得要命。”

冯令丁迅速恢复到一贯“也无风雨也无晴”的漠然状态,面无表情道:“我先回家换湿衣裳,看到你钻到树肚子里去了,连忙就下来了。”

许飞红侧身钻出树阴朝远处探了一眼,果然,隔着一片低矮的歪歪斜斜不规则的屋顶，守宫三层楼古城堡式的老虎窗鹤立鸡群般傲立着，有一种睥睨一切的气势。想到冯令丁方才就站在那窗前，笃悠悠地看着自己投三投四地绕着树干转圈，看着自己稀里哗啦地抹眼泪，心里面会怎么看待自己呢？会不会觉得自己很傻？会不会觉得自己很丑？脸颊便腾腾地烧起来。回头再看冯令丁，果然是换了一身衣裳。上身穿一件本白丝麻隐条衬衣，肩膀略宽了，稍垂下，尖尖的衣领上左右有两只纽洞，是专为穿西装打领带设计的款式，还散发出隐隐的樟脑味，像是从樟木箱中才翻出来的，一定是他爸爸早时的旧衬衣，配了下身很普通的米色厚卡其长裤，从里到外的洁净清爽，愈衬得他面容俊雅斯文。

许飞红心里一动，雨又未停歇，丁丁哥哥何必匆匆回家换得如此山青水绿，再裹着雨披跑出来？莫非丁丁哥哥正是为和自己单独约会才特意打扮的？这么一转念，那张脸愈发烧得红了，像戏台上的旦角抹的腮红。

许飞红重坐到盘根错节的老树根上，冯令丁便靠着粗干站着。许飞红虽是涨红了脸，却不作女儿忸怩态，反而挺起腰仰起面孔朝冯令丁笑。她晓得自己脸红起来更好看，更衬得浓睫毛下的眼乌珠漆黑晶亮。小时候，丁丁哥哥的妈妈就夸过她："脸红得像颗熟杏。"

许飞红在等待，等待丁丁哥哥说出她期盼了很久的话。

这时节雨脚紧密起来，雨点如梭，织起一张无边无际的网，仿佛割断了凡尘，天地间只剩下他们两个人似的。这情景实在太合许飞红的心意了。

冯令丁被许飞红盯得有点吃不消了，他取下眼镜，从裤兜里摸出一块绒布擦拭着镜片，一边问道："你不是说要告诉我毕配的重要消息？你晓得今年的方案了？"

许飞红狠狠地送了一个白眼，心里面真是失望得很，好想捶他骂他。却只是从鼻腔里冷冷地一笑，有点负气地道："我晓得，你妈最关心今年的毕业分配方案，否则她怎么舍得这种时候放你到这种地方来见我这种人？"

冯令丁把眼镜端端正正地架在鼻梁上，目光盲目地对着树阴外茫茫的雨帘，道："你们女生就是小鸡肚肠，这种这种地绕口令，什么意思嘛！原是你说有重要消息告诉我的，和我妈妈哪里扯得上？"

许飞红偏转脸看看他，想从他脸上读出他究竟是装戆还是真傻，自然是徒劳的。冯令丁的脸像一部晦涩艰深的书让人读不懂，又像一张白纸什么也没有写。许飞红反倒有点下不了台了，悻悻道："我听我妈说的嘛，你妈就你一个宝贝疙瘩，无论如何不放你下乡的。"

许飞红搬出妈妈做盾牌是有道理的，冯令丁对自己的奶奶一向十分尊重。这么一来，她既撇清了自己，又用一根无形的线将自己与丁丁哥哥紧紧系在了一起。

冯令丁依旧是一副"采菊东篱下，悠然见南山"的闲适模样，两臂环抱胸前，目光飘得很远很远，道："其实我也听到一些，说是工矿名额增加了，家里已有人上山下乡的，基本都可以留在上海，是这样吗？"

许飞红心想，黄师傅千叮嘱万叮嘱让我不要告诉任何人的，怎么一下就传开了呢？不能作惊人之语了，有点泄气地道："这下你妈可以放心了吧？"

冯令丁却道："恐怕我挤不进那个档次，我姐姐早就调到兵团团部做干部，不再务农了。"说这么说，他口气中却没有些许惋惜或悲哀，平平的、淡淡的，像在吟诵"桃花流水杳然去，别有天地非人间"。

许飞红总算有了些资本，忙道："你姐姐这种情况仍算上山下乡的，我特意问过黄师傅了。"她在"特意"两个字上加重了语气。

冯令丁飘得很远的目光果然被她拉回来，蜻蜓点水似的在她脸上停了一下，很快又飘离了。

许飞红便追加了一句："冯令丁，你放心好了，我特意问过黄师傅，你属于硬档留上海工矿的。"许飞红心里面暗暗地幸灾乐祸。她细针密缕地比较过了，自己和冯令丁按今年毕配政策都很可能留上海，可常天竹却是铁定要去农村的，她是老大，前头没有哥哥、姐姐上山下乡的。好像是天意，要把常天竹从小茧子和丁丁哥哥中间剔出去！

冯令丁没有回应，连一个表达情绪的感叹词都没有。

许飞红忍不住再一次打量他的面孔，从他五官的些许变化中揣摩他此刻的心情。可是冯令丁的侧面像雕塑一般没有丝毫动静，目光仍旧在缥缈的雨幕中留连徘徊。许飞红最恼恨他这种不阴不阳的态度，却也是这种态度愈增加了他身上不可言喻的魅力。许飞红一厢情愿地认为，冯令丁这是故作矜持，高傲的男孩子都会在他们心仪的女孩子面前摆出一副满不在乎的大男子模样。这么一想她反而很高兴，便用了一种诡秘的口吻，拖长了声调道："不过嘛——"

冯令丁总算有反应了，嘴角挑一丝讥讽的冷笑，道："不过下面有文章！我早预料，一定会有苛刻的附加条件，哪里会让你们样样顺心？"

许飞红娇嗔地翻了他一眼，道："你老是把别人想得很阴险，其实黄师傅待人蛮诚心的。他只是希望班级干部配合毕配组的动员工作，带个头，主动写上山下乡的倡议书，表表决心，到祖国最需要的地方去，到革命最艰苦的地方去。"

冯令丁镜片后的眼睛鱼儿般游回来，停在许飞红面前不动了，懒洋洋问道："这么说，我们的中队长是打算带头写这份倡议书的了？"

许飞红觉得眉毛鼻尖嘴唇脸颊都痒叽叽的，像被小虫儿轻轻叮咬着。她却屏息静气一点儿不敢动弹，生怕吓跑了丁丁哥哥的眼睛。好一会儿，那对鱼儿又缓缓地游走了。她才点了点头，道："黄师傅给我露了底，你写了倡议书，并不一定就会分配你去农村。正式分配时还是要按照政策办事，该留上海工矿的就留在上海；该去农村的，即使你不报名，还得去农村。"

冯令丁接口令似的衔着她话尾道："好吧，你写好倡议书，通知我一声，我马上响应，头一个签名。"

许飞红却像是被噎住了，呆呆地望住他。她没料到他会这么爽快地答应在倡议书上签名。她又一厢情愿地认为，这是丁丁哥哥表示愿意跟她同甘共苦呀，心中欢喜，笑颜像礼花般在面孔上溅开，屏不住跳了起来，捉住冯令丁的手臂道："冯令丁，你太好了！"

冯令丁耸起肩膀，暗中使劲将臂膀挣脱，装胡佯道："你找我，不就是这桩事情吗？"

许飞红慌忙将两只手背到身后，为掩饰尴尬，她便公事公办道："还要交给你一个任务，男生的思想工作你去做了，尽可能动员多一点同学在倡议书上签名。"

冯令丁却连连摇头道："这个任务我恐怕完不成的，我又不能跟人家豁翎子，把黄师傅给你露的底捅出去。"

许飞红迟疑道："我想，如果跟你关系比较铁的，譬如陆马年，给他交个底，关照他不要说出去就是了。"

冯令丁还是摇头道："陆马年的工作我头一个不敢去做，他是三房合一子，他妈妈又是盈虚街出名的母大虫，谁敢惹她？"

许飞红扑哧一笑，道："冯令丁，你不高兴去做动员工作，也不要这样阴损人家好吧？反正我只要你带头签了名就够了，总归会有人响应的。"

冯令丁不晓得听进她这句话没有？却无了声息，仿佛忽地潜入深水中，水面上无波无浪，无影无踪。

许飞红心里倏然掠过一丝疑惑，总觉得丁丁哥哥人在她身边，心却跑到别人那里去了。她抬手将额前的散发撩到耳后，就把那疑惑像抹雨丝似的抹去了。她不愿深究冯令丁的心思，她宁愿一厢情愿地认为这仅是丁丁哥哥的古怪脾气。何况，她也喜欢和丁丁哥哥就这么什么也不说地坐在被细雨包围的古银杏树下，倾听雨点跟大地接吻时的沙沙声。雨幕中，时不时会有一两顶圆伞浮萍般漂过。伞下的人有的会往古银杏树阴里张望一眼，随即用伞遮住脸，匆匆过去了。明天，盈虚坊肯定会流传起一则新的惊人的消息："守宫冯家的公子与吴阿姨的千金落雨还在古银杏树里边约会呢！"许飞红就期盼这流言迅速传播开来。

天色愈来愈暗了，弄堂里间隔丈把远就亮起一盏铁皮圆罩的路灯。昏黄的灯影里，雨线密匝匝银丝般闪亮着，显得空濛而寂寥，尘世仿佛离他们愈来愈远。这是许飞红的感觉，是女儿家隐秘的心情，她想和丁丁哥哥就这么一直待到天老地荒。

少许，冯令丁像从深水中浮出来似的，呼地站直了身子，道："没事了吧？我妈要等我吃晚饭的。"

许飞红一时好舍不得让丁丁哥哥离开，她灵机一动，道："曹老师让我们班干部多关心关心常天竹，特别提了我和你。一来因为跟她住得近；二来嘛，你跟她们家好歹算个亲戚吧？吃过晚饭，我们一起去看看她，好吗？"

冯令丁阿嚏打了个喷嚏，懒懒地道："你就全权代表全班同学去探望她好了。女生的事情，我去恐怕不大方便。至于亲戚的礼数，我妈妈肯定会周全的，用不着我费心。"

许飞红自觉心口一松，方才意识到，原来潜意识中自己仍在试探他，而他的表态正是她希望的。其实她到底希望什么，她并没有想得很明白，她只是愿意冯令丁对常天竹的事漠不关心。她咯咯咯地笑道："你还那么封建啊，好吧，我代表你向她表示慰问。"看着冯令丁正在套雨披，忙道，"我也要回家了。"

冯令丁的脑袋刚巧从雨帽中钻出来，仍是瓮声瓮气道："雨没停，我驮你走吧。"

许飞红的心像只鲜活的小兔子在胸口头欢蹦乱跳起来，还把持得住，敛着声道："不了，就几步路呀！"

冯令丁哐地将脚踏车撑脚架一踢，道："雨还很密，吴阿姨要晓得我让你淋雨，定规要骂死我了。"又拍拍书包架道，"你先坐上来。"

许飞红偷偷抿嘴笑，丁丁哥哥真聪明，找了个好体面的理由，她一扭腰肢坐到书包架上。

冯令丁也跨上车，见许飞红将书包顶在脑袋上，便道："你钻到我雨披后面好了，否则挡了脑袋挡不了身子。"

今天是什么黄道吉日？上天如此厚爱小茧子呀！许飞红紧紧

咬住嘴唇，将欢喜锁在心里，便撩起丁丁哥哥黄雨披的后襟，钻了进去。

一件雨披罩两个人，许飞红再不敢靠住冯令丁的背脊也只得靠上去了。那背脊并不像女儿家想象的那般厚实坚硬，却是瘦孱而柔软的，感觉得出他脊柱关节格格地牵动着。许飞红真怕整个身子扑上去会压断了他，只是轻轻地将脸颊贴着他。

雨披里充满了橡胶和体汗混杂的气味，眼门前又是乌漆墨黑的一片，又要使劲撑住腰身，许飞红其实也很吃力，却是心甘情愿，情愿回家的路愈长愈好。

可惜银杏树离守宫只有百步之遥，冯令丁蹬了几下踏脚板就到了家门口。他刹住车，一只脚撑住地。许飞红却仍钻在雨披里纹丝不动。他便用背脊顶了她一下，道："下车吧！"

许飞红这才从幻境返回现实，慌忙双脚尖落地，骨碌一下从雨披里钻了出来，不敢看冯令丁一眼，噔噔噔跑上石阶，开了门，径直跑了进去。

许飞红一直跑到房门口才收住脚，扭回头看看，冯令丁正推着脚踏车从她背后擦过，沿走廊进厨房去了。许飞红便不进房门，等着。冯令丁从厨房后门绕进敞廊停放好车，必是要原路返回，经过她家门前再上楼梯的。稍停一歇，冯令丁就出来了，他已脱了雨披，垂着头，耸着肩，好像负着重物似的，在走廊莲形壁灯的光影中，他的面容显得苍白而忧悒。

"冯令丁！"许飞红叫了他一声。有了方才古银杏树下的约会，有了方才雨披里短暂的亲近，许飞红以为丁丁哥哥一定会跟她说些什么的。可是冯令丁仿佛没有听到她的叫唤，甚至没有看见她这个人似的，自顾自踏上了楼梯，橐橐橐橐，这般滞重的脚步声究竟在诉说着什么呢？

无论如何，早春，黄昏，雨雾溟濛中的古银杏树，这一切构成了许飞红心底最美妙的回忆。

11

许飞红一直站在房门口，听着冯令丁橐橐橐的脚步大鸟般在头顶上盘旋，愈来愈轻，愈来愈远，戛然消失，这才怅怅然开门进屋。

偌大的房间，寂寂的身影，许飞红靠在门板上稍稍平静了一会心情，叭地开了灯。二十五支光的灯泡昏黄而柔弱，灯影中，皱巴巴的碎花台布，油滋隔腻的绿纱揭罩，罩下定规有一只旧的钢盅饭盒，钢盅饭盒中是鱼是肉？反正是妈妈为她"讨"来的下饭小菜。对千年不变的这一切，许飞红实在是腻味透了，她的忍耐力已到了极限。她期望这世界发生一些变故，使她平淡简陋的生活沸腾起来。她哐地推开两扇通往花园的落地玻璃门，湿漉漉的风呼噜噜一团一团地拥进屋子，驱散着屋里的沉闷。

许飞红跨出门，走到敞廊上，敞廊顶上原是有两只乳白色的吸顶灯，妈妈为了节省电费，没有安灯泡。廊子里灰蒙蒙的。折腾了大半天的雨恐怕也乏了，不知不觉间就消停了。剩下一园子草木腐败的气味。檐下的积水隔一歇滚落下一粒，叭嗒一下，叭嗒又一下。许飞红很想跑到园子里去眺望三楼的老虎窗，忍了一忍，终于没去做这般傻事。回头就见那部黑漆锰钢二十八英寸永久牌脚踏车无言地依墙伫立，那闲散的姿势像极了丁丁哥哥。车龙头上随意搭着黄色的雨披，那黄色集聚着丁丁哥哥的气息，在周围一片潮湿的昏黑中温暖着人心。许飞红突然扭身跑去厕所间，用铅桶打了大半桶水，取了一团旧棉纱，拎到敞廊里。她想起可以做一桩事体了，身体里充满了欲望。她又将落地玻璃门上的碎花布帘拉开，让屋里的光线透到敞廊里来。她开始有条不紊地擦拭丁丁哥哥的车子，从龙头到车身，再到轮盘，每条钢丝缝里的泥屑都被她剔出来。随后，她将雨披折叠成的角四方的一块，放进车斗中。她想象明天一早丁丁哥哥看着锃光闪亮的车子惊讶的神情，吃吃地笑起来。小时候，听奶奶讲田螺姑娘的故事,田螺姑娘总是偷偷地帮小伙子做饭洗衣打扫房间,后来就成了小伙子的老婆了。许飞红心里说:“丁丁哥哥,我就是你的田螺姑娘。”许飞红终于释放了郁结于心激动不安的情绪,方才觉得肚子饿了。

许飞红掀开揭罩,却看见钢盅饭盒下压着张日历纸,是妈妈留的纸条。吴阿姨在乡下上过两年扫盲班,勉强可以涂鸦。纸条上没几个字,因个个写得斗大,撑得顶天立地的:

我要去长家做生活,晚点回家。

“吴秀英同志又要做活雷锋了。”许飞红肚子里恨恨道,转而想,何不趁机去探望常天竹呢?不仅是完成曹老师交代的任务,她何尝不想亲眼见见常天竹此时此刻的模样呢?

许飞红打开钢盅饭盒,竟是一盒子阳春面,徐徐还有点热气,雪白的面条,碧绿的小葱,还卧着一块红烧大排骨,正合她此刻的胃口,便不及细想,挑起面条往嘴巴里塞。

许飞红吃完一盒子面条,好像将千丝万缕的心思收拾干净了。她又用凉水洗了把脸,稍微理了理短发。衬衣虽淋过雨,这点时辰早捂干了,她还舍不得脱去,便换了雨鞋,带上雨伞,出了门。

常天竹现在的家原与守宫仅相隔一条支弄,却因不断有人扩张势力,搭墙起屋,将支弄拦腰封死,活生生劈成两个世界。许飞红只好从间邻的弄堂绕道过去。

雨后的弄堂,尚没有人家露天做市面,便显得很洁净、很安静;水泥板地上积着一汪一汪的水,积水中晶晶亮的是什么?仰起头,才看见云罅中已有一两颗星星。许飞红忍不住用脚去踩那一汪一汪的水潭,看着星星在自己脚下四分五裂,她有一种征服的快感。

常家住的三层阁位于一片形状不伦不类的楼房之中,这片楼既不像本地房子,也不像石库门房子,更不能与洋房相比。它是抗战期间难民们依着常家老屋的残垣断壁东一搭西一搭地建起来的,弄得到多少材料就搭多少大小的屋，甚至都不能按照原先的地基起墙。稍有实力的起实迭墙，没有能力的起单堵墙，更穷的索性破木板、油毛毡三面围起也是一间屋子。

据盈虚坊老住户传说，从前，盈虚山庄的老太太是虔诚的佛教徒，常家后辈改建盈虚坊的时候，特地为她造了座十分精致的诵经堂，却在抗战胜利前夕的一场莫名大火中化为灰烬。传说，便是在这片不伦不类楼房的位置。

上海弄堂房子人家的一扇后门总是开得早关得晚，特别是在黄昏头，进进出出人最多，哪里关得牢门？许多人家索性敞开后门，大家出入都方便。

这片不伦不类的楼房更是七十二家房客、大杂烩，后门开得笔笃直。后门踏进去就是一间公用的灶头间，正当烧晚饭的时候，许飞红还没跨门槛，就听到砧墩板的笃的笃斩，油锅子劈叭劈叭爆，铜吊子扑落扑落滚，自来水哗啦哗啦流，还夹杂着女人们唧喳唧喳的闲话。

许飞红便往门里一探头，就看见妈妈立在水池前洗碗，她便不动了，画中人似的立在门框里。

吴阿姨一抬头也看到了女儿，笑道："小茧子，面条吃了吧？你丁丁哥哥的寿面。"

许飞红心里一咯噔，原来今日是他的生日呀，早晓得，方才古银杏树下该对他说点什么的。说点什么呢？

吴阿姨看她呆着，又道："你来找我做啥？看到纸头没有？我还要赶到前头人家烧夜饭呢。"吴阿姨是跟前头人家商量，晚去一歇，挤出个把钟点来帮常家做夜饭的。

许飞红怕被人窥去了心思，爽脆地叫起来："哦哟，我的妈，就兴你帮人家，我就来不得了？你不要忘了哟，我是常天竹的同学、红卫兵中队长！"

吴阿姨不晓得如何回复伶牙俐齿的女儿，扭头看看正在煤球炉子上炒菜的倪师太。

倪师太一只手翻动着锅铲，一边道："吴阿姨，小茧子既然是中队长，就让她上去吧，讲不定天竹看见同学，倒会想起点什么了。"

倪师太从来就是盈虚坊里的活菩萨，也因为她讲话总是合情合理，让人信服。许飞红不无得意地朝她妈妈扬了扬下巴，先把灶头间里的阿姨、婶婶、娘娘，一一喊了一圈，再朝她妈妈道："吴秀英同志，顺便帮你纠正一个错别字，常天竹的常是平常的常，而不是长短的长。我教你怎么写，'小'字头加秃宝盖，下面一个'口'再加一条毛巾的'巾'，会了吧？"不等吴阿姨回应，便咯咯咯笑着上楼去了。身后，听到有人说："吴阿姨，你心好，前世修来今世福，你这个千金多少出挑呀。"

许飞红侧着身子，小心翼翼避开楼道旁堆着的老老糟糟的旧物，旧物中不时地窸里窣落窸里窣落响，天刚黑，老鼠就猖獗起来。楼梯拐弯处，也有一户人家放了只煤球炉在炒菜，她只好收腹吸臀，贴着扶手绕过去。

许飞红已经在守宫的大客厅里住了好几年，她已经习惯了守宫里高敞的过道、宽绰的楼梯、空廓的房间。小时候住楼梯间的艰难逼仄淡忘得如同旧衣裳门襟上隐隐约约的一块积渍。此刻，她走在这般拥挤、狭窄、陡峭的楼梯上，实在难以想象那样优雅那样文弱的常天竹如何天天在这里爬上爬下？

那一年，正当许飞红一家兴高采烈地搬进守宫时，常天竹一家却神色黯然地搬出了恒墅。许飞红记得，搬家那天，妈妈将一块旧被单一撕两半，分别将哥哥和她的四季衣裳打成两只包裹，叫他们自己搬到守宫去。她挽着鼓囊囊的包裹从支弄拐进下巽桥，劈头遇见从下巽桥拐出来的常天竹、常天葵。两姐妹各自拖着带轮子的箱子，常天竹是一只考究的牛皮箱，常天葵是一只彩格帆布箱。她们面对面地站住了。许飞红因为负重，双颊通红，汗珠将前刘海黏在眉毛上，她高高昂起脑袋，喉咙亮亮地问道："你们搬家呀？"常家姐妹手臂上触目惊心地箍着半尺宽的黑纱，辫梢上扎着白生生的绒线。常天竹幅度很小地点点头，低垂着浮肿的眼皮，声音嘶哑道：

"你也搬家呀?"于是她们擦肩而过,许飞红扛着旧被单包裹沿下巽桥走进了守宫,常天竹却拖着精致的牛皮箱拐进狭小的支弄,爬上三层阁楼。那时候,心性好强的小茧子曾经为自己终于超过了常天竹而欣喜若狂。如今,少女许飞红将心比心,情不自禁地为常天竹的遭遇扼腕叹息!

许飞红站在三层阁的楼道里,抬起手臂,就可触摸到泥满毛糙的天花板。昏黄的壁灯正好将她罩住,她好像被裹在蚕茧里一般。三层阁楼的木板门虚掩着,许飞红勾起食指中指在门上不轻不重笃、笃、笃叩了三下,屋里便猫行鼠窜一阵响动,薄薄的板门蝉翼般扇动两下,便掀开了,却因屋里光线比楼道里更暗,看不清来龙去脉。浑沌中冒出沙哑的一声唤:"吴阿姨!"像只旧裂的古埙,响了一下就漏了气,没了下文。

低矮的门框里显影出一个瘦削佝偻的身影,一头银丝在昏暗中很灼眼。停顿了一歇,他才发问:"你找哪个?"声音却变得生硬,出枪行剑一般。显然,他已经认不出长成少女的小茧子了。

许飞红心中悚然一惊,他真就是常天竹和气近人的父亲吗?他真就是那个名士风流、倜傥不羁的常伯伯吗?莫非真会有"伍子胥过昭关,一夜愁白了头"的事体?

自从常家搬出恒墅,许飞红今天是头遭登上这陡峭的三层阁。眼前的颓败委顿与记忆中恒墅的隆盛繁华如此天悬地隔,让十七岁的少女无端感觉到世事的变幻无常、波谲云诡,不禁打了个寒噤。

许飞红声音哽咽地叫了声:"常伯伯,我是小茧子呀!"

常衡步好像是没听见,或许是没听懂,两条猿臂撑住门框守门神般堵住了门,敌视地盯住许飞红看,看得许飞红好尴尬,好心酸。这一刻,她心里丝毫不责怪常伯伯的健忘,只怪自己不好,那么久不来看望曾经给予她非常快乐的常伯伯。那么久的时间里,小茧子长高了长大了长成了许飞红,难怪常伯伯认不出她来了!

许飞红镇静住自己,决定向常伯伯重新正式地介绍自己,便清了清嗓子,大声道:"常天竹爸爸,我是常天竹的同班同学,叫许飞红。我是班上红卫兵中队的中队长，是老师让我来探望常天竹的毛病的。”

常衡步仍不肯让路，只是动了动腿脚，换了个姿势，两臂平伸，把头垂下了，不再敌视来人。这一个姿势，却像是钉在十字架上的耶稣，更让人触目惊心。

许飞红如此灵巧聪颖的人，面对常衡步这番动作竟也无计可施了。心里面还担心，难不成常伯伯也神经失常了？正进退两难间，从常衡步胳肢窝底下钻出常天葵毛茸茸的脑袋，两条毛刷辫一条朝天冲起，一条耷在耳畔，倒像戏台上七品县官圆纱帽的两根翅。她向着常衡步哭声道：“爸爸，你怎么啦？她是小茧子姐姐呀！”常衡步仍无动于衷，常天葵又大声道，“她是吴阿姨的女儿呀！”

常衡步一听“吴阿姨”三个字，高举的胳膊便脱落了，身子一侧，门洞敞开。常天葵扑出来，勾住许飞红的头颈哇哇大哭。许飞红眼泪也忍不住了，刷啦啦落了下来，一大一小两个姑娘抱头哭成一团。

吴阿姨闻声噔噔噔蹿了上来，见状，只是摇头。停歇，便拍拍许飞红的后颈道：“小茧子啊小茧子，这是演的哪一出戏呀？又不像孟姜女哭长城，又不像白娘子断桥相逢。好了好了，天上雨娘娘刚打瞌睡，你们不要又闹醒了她！”

许飞红被妈妈讲得怪不好意思，她是个要强的女孩子，连忙用手背抹去眼泪，又用手掌替常天葵擦眼泪。

常天葵哽咽道：“我姐姐，昨天出去时还好好的……我说肚子饿，她还给了我两毛钱。为什么会变成这个样子了呀？”

许飞红问道：“你姐姐是跟你说，学校组织去看芭蕾舞《红色娘子军》的电影？”

常天葵使劲地点点头。许飞红心里强压下去的怀疑又似岩浆般拱动起来：常天竹为什么要撒这弥天大谎？女孩子要保守的秘密多半是为了一个男孩子呀！许飞红甩了下额前的散发，将乱枝般窜出来的念头拗断。她对自己说，常天竹肯定是为了一个男孩子，但这个男孩子肯定不会是冯令丁了，因为冯令丁昨晚分明是在陆马年家装半导体收音机。她便沉静下来,对常天葵道:“带我去看看你姐姐,让我来问问她,看她还能认出我吧?”

常天葵嗯了声,却还是拿眼看常衡步,她原是个听话的乖乖女。

还是吴阿姨发话了:“常先生,外面雨停歇了呢,星稀月明的,弄堂里像板刷刷过一样清爽,一整天没出门了,出去逛逛,让她们小姑娘一道讲讲闲话。”

常衡步欠了欠腰,喑哑声音道:“吴阿姨,不晓得怎么样谢你?”

吴阿姨强笑着道:“常先生,你要当我自家人,就不说那个‘谢’字。从前常师母在时……”忽然意识到失口,忙截住了。

常衡步没有反应,只是腰佝偻了些,只朝吴阿姨淡淡地横一眼,便默默地走下陡峭的楼梯,壳橐壳橐,他的脚步声好像是一只空木箱一级一级翻落下去。

吴阿姨撩起饭单布擤了下鼻子,关照道:“小茧子,你不好性急的,晓得吧?讲点你们学校里的事体,看看她会不会记起来。”

许飞红撅着嘴斜着眼道:“妈,你当我还是穿开裆裤的小姑娘呀!”

吴阿姨晓得女儿娇贵,讲不得,她也喜欢女儿不似一般穷人家孩子的做小伏低、唯唯诺诺,便随她嘴犟,调头跟常天葵道:“小妹妹最乖,晚些要睡了,不要忘记给姐姐吃那片天蓝颜色的药片。”

常天葵眼泪汪汪道:“吴阿姨,我害怕,姐姐又要哭,又要抓自己头发,还把头往墙上撞。”

吴阿姨已经解下饭单了,就抓在手上给常天葵抹脸腮子,道:“小妹妹不要怕。医生说了,吃了那种药片,你姐姐就不会闹了。钢盅锅子里有莲心红枣粥,马桶就放着,明日一早吴阿姨会来拎出去的。”

许飞红瞧着妈妈对常家姐妹吃心吃肺的照应,冷笑道:“常天葵,你们这里还搭得下一张铺吗?我把妈妈借给你好了。”

常天葵马上道:“吴阿姨跟我挤一个床嘛,我晚上不会乱翻身的。”

吴阿姨轻轻朝女儿背脊扇了一记，道："小妹妹，吴阿姨只要轧得出时间，时常会过来看你们的。真有急事，去喊楼下倪师太，晓得吧？"

吴阿姨再也耽搁不得，便嗒嗒嗒地下楼去了。许飞红当真惊诧妈妈的身手了得，走这般笔笃势峭的楼梯，却如蜻蜓点水般轻灵。于是她随着常天葵走进她们姐妹的房间，其实从门口只需迈三四步便是隔断的大衣橱，撩起一袭布帘，两架钢丝床就横在脚跟前了。常天竹盘腿坐在一架床上，面朝板壁，那个背影是何等单薄孱弱，仿佛旧绢纸上墨色已退的草草一撇。

许飞红咳了一声，壮着胆唤道："常天竹，你毛病好点了吗？"

旧绢纸像是被横过的风轻轻一掀，那草草的一撇枯枝烂叶似的折弯了。

许飞红便仄了腰身，探到床里面去看常天竹的面孔，看了一眼就连忙缩回来，常天竹原先多少让她眼馋眼恨的素梅瓣儿脸，一夜天工夫怎就变得像一张揉皱了的锡纸？

许飞红不想让常天葵看出她的胆怯，硬着头皮侧坐在床沿边，对着常天竹的背影定定心。她在上楼梯时，已经把要跟常天竹讲的话想好了。妈妈关照，讲点学校里的事。目前学校里最重要的事就是毕业分配，当然要讲毕业分配的事啰！她又咳了一下，镇静道："常天竹，明天就要开毕业分配动员大会了，我准备写一份倡议书，我们是毛主席的红卫兵，时刻听从党的召唤，到祖国最需要的地方去，到革命最艰苦的地方去。你愿意在倡议书上签名吗？"

常天竹保持着折弯的姿势，纹丝不动。

常天葵立一旁，哭声道："小茧子姐姐，我姐姐现在这个样子，怎么让她到革命最艰苦的地方去啊？"

许飞红瞪了她一眼，嗔道："你不要喊我小茧子好吧？难听不难听？"

常天葵忙道："许……姐姐，你帮忙求求老师好吧？不要让我姐姐到乡下去好吧？"

许飞红正色道："上头都有政策规定的，像你们家这种情况，从来没有人上山下乡过，照名分你姐姐肯定要去农村的。只能跟工宣队反映一下情况，争取不要去插队落户，去农场好了。农场每个月有十八元工资。"

常天葵两只手背轮流地抹眼泪，在脸颊上留下横一道竖一道的痕迹，抽泣道："许……姐姐，好不好让我代姐姐去农场？乡下有河的，姐姐会掉到水里淹死的；乡下有蛇的，姐姐会被蛇咬死的……"

许飞红斥道："你怎么口口声声死啊死啊的？讲起来毛主席号召知识青年上山下乡是让大家送死去呀？要是让工宣队听到，肯定讲你是反革命言论的！"

常天葵放声哭起来，哭得上气不接下气，一边哭一边还断断续续道："我……不是……反革命……我……姐姐……生病……我……"

许飞红只好哄她道："你不要哭呀，我又没讲你是反革命，你到外边不好乱讲，晓得吧？"

常天葵收了哭声，哽咽道："晓得了。"

许飞红真是被常天葵哭得心软了，想想道："你们带你姐姐去看过毛病吗？有没有医生的正式证明？"

"派出所的同志讲好了，过两天要带我姐姐去那种医院做检查的……"常天葵讲一句缩一下鼻子，很难为情的样子。

许飞红点点头，转脸便对着常天竹弯折的背影大声道："常天竹，你不要担心，只要有医生的证明，我会帮你交给工宣队黄师傅，争取让你留在上海。"许飞红说这句话的时候是真心真意的。

常天葵在旁边接口令一般马上道："谢谢许姐姐。"

可是常天竹依然无声无息，那草草一撇的墨色愈发淡了，不仔细分辨几乎看不出来了。

许飞红有点着急了，毕业分配方案肯定是眼下毕业班同学最关心的事情了，甩出这样的撒手锏，甚至还贸然许诺帮助她留在上海，常天竹竟还是顽石一块、哑木一段。小时候，听倪师太说，庙堂里的泥塑木雕都能接人讯息，她常天竹莫非被堵住了心窍，摘去了肝肺？许飞红急得没法子，只得问常天葵：“你姐姐昨天晚上回家后，就没开过口吗？”

常天葵道：“我爸爸问了她好多好多话，她也是这样坐着一动不动的。今天早上来了两个派出所的人，又问了她好多好多话，她还是这样坐着一动不动。就是刚才吴阿姨给她喂饭，她不张嘴巴。吴阿姨就哼了个很好听的歌，她嘴巴就张开了，吃了半碗莲心红枣稀饭。不过还是没有说话。”

许飞红忙问：“我妈妈唱的什么歌呀？”

常天葵拨瞪拨瞪眨着眼，道：“我只记得有一句‘月子弯弯照九州’什么的，反正很好听，比我们学校里唱的歌好听多了。”

许飞红想了想，道：“天葵，我们也来唱歌好吧？你姐姐大概就喜欢听歌呢！”

常天葵高兴得砰咚一跳，道：“我姐姐最喜欢唱歌的，有时她还自己伴奏自己唱呢，唱那首月亮在白莲花般的云朵里穿行。”

许飞红记得上学期末，学校里举行革命歌曲大会演，她们班上的女生就排练了表演唱《听妈妈讲那过去的事情》，她和常天竹都参加了伴唱。这个节目得了年级第二名。于是她问常天葵：“你会唱这个歌吗？”

常天葵道：“我也弹过这只曲子，会哼，就是记不住词。”

许飞红道：“会哼就好，我唱你哼，过门也要哼的喏！”

两人便唱起来，一边唱一边拍手打节奏：

月亮在白莲花般的云朵里穿行，
晚风吹来一阵阵欢乐的歌声。
我们坐在高高的谷堆上面。
听妈妈讲那过去的事情。
……

最后一个音符唱完，两人一起朝常天竹看，都有些兴奋，因为常天竹的姿势有了些许改变，原先她坐着，手臂是搁在右膝盖上的，现在她把手臂挪到左膝盖上去了。这样，她的脸就向外转了十五度角，让人看见了她曲线精美的侧面。

常天葵连忙道："许姐姐，我们再唱一遍好吧？"

许飞红有点激动地点点头，两人又唱了一遍，常天竹却没有反应了。她们还不甘心，再唱一遍，声音更大些，手拍得更重些，常天竹依然没有反应，手臂搁在左膝盖上，面孔朝外偏十五度，发辫散开，乱发纷披，将她精美的侧面线条截得断断续续。

常天葵苦着脸道："许姐姐，这支歌太长了，吴阿姨哼的歌好像只有两句话，倒来倒去地哼。"

许飞红挖空肚肠想不出有那样的歌子，她很气恼，也很不服气。她用尽力气地想，还有什么事体能触动常天竹的记忆呢？

常天葵抱起竹壳暖水瓶往一只搪瓷茶缸里咚咚咚地倒了大半杯水，捧起，先自己咕噜咕噜喝了一通，又把茶缸擎到许飞红鼻前，道："许姐姐，你渴吗？要喝水吗？"

那是一只搪瓷稍有缺损的大茶缸，缸肚子上印有纯蓝色的"和昌丝织厂工会"字样，许飞红捧过来，咕噜咕噜喝干了剩下的半缸水。那一刻，她脑海中再一次拉洋片似的闪过当年在恒墅听音乐喝茶吃点心的繁华景象。又闪过她跟常家姐妹，还有丁丁哥哥在那间美丽温馨的房间里玩游戏的情景——许飞红灵光一现：眼下这简陋的三层阁中没有可印证常天竹以前快乐日子的任何细节，可是，总可以找出一根棉纱线吧？再跟常天竹比试一下挑绷绷，数年前的那一仗，小茧子费尽心思也没有打败常天竹，今天赢她是不成问题的。借此，或许可以唤醒她少时的记忆？

许飞红忙让常天葵找棉纱线，常天葵从床头柜抽屉里拿出一团钉被子用的粗线团，咕哝道："姐姐扎辫子的玻璃丝都在她枕头下，我不敢去拿……"

许飞红道："不要玻璃丝，就这线最好。"便截了二尺多长一段下来，两头并拢打个死结，双手一绷。

常天葵惊讶地呼道："许姐姐，你又要挑绷绷了呀？不晓得我姐姐还会不会挑呢？"

许飞红镇静地道："我挑一个简单点的花样，传给你姐姐，看看她能不能够接过去，也许会让她记得以前的花式了呢！"

许飞红熟练地横挑竖钩，绷出一个斜十字的花式，许飞红称它为"十字街头"。她斜坐在床沿上，举着双手把线绷绷送到侧身的常天竹面前，道："常天竹，这个花式很容易的吧？你试试看，能不能变出其他花样？"

常天竹没有动静。

许飞红提醒她："其实，你只要将小指松开，就可以变成'有轨电车'了呢。"用手肘轻轻撞了她肩膀一下。

常天竹突然伸出两只手抓过线绷绷揉作一团，双手扯，嘴巴咬，似乎那根棉纱线与她有不共戴天之仇似的。

许飞红被常天竹的突然袭击惊吓出一身冷汗，呆在那里，不知所措。

常天葵哇地叫了声，躲到许飞红身后，用双手蒙住了眼睛。

常天竹与那团乱棉纱线搏斗了一阵，把它摔在地下，双手便去扯自己的头发，还把脑袋往钢丝床架上撞。

常天葵终于哭了起来，抽泣道："许姐姐，怎么办呀？怎么办呀？"

许飞红气恼地搡了她一下，狠狠道："哭有什么用？还不下去喊倪师太呀！"

常天葵这才连奔带滚地下楼去了。不一会，楼板地动山摇地作响，气急夯夯爬上来三个中年妇女。倪师太腿脚不爽，爬不动楼梯，可是她一喊，房子里的人便争先恐后行动起来。

常天葵虽是慌乱之中，仍不失规矩地一一叫道："前客堂娘娘，亭子间婶婶，二楼舅妈……"

女人们来不及应答寒暄，扑上去抱住疯狂的常天竹，缩住她双手。一个当机立断问道:“药片呢?快拿出来灌下去!”

常天葵很不情愿地从裤兜里摸出一个三角纸包,咕哝道:“可是吴阿姨关照的,要睡觉前才能吃这个药的。”

年纪稍长些的婶婶倚老卖老道:“吴阿姨只不过是个娘姨,你就把她的话当圣旨啦?人已经闹得沸反盈天,就差把房顶掀掉了。这种药就应当在这种要紧关头吃,吃了好让她安宁,她安宁了我们大家才能安宁呀!放心托胆灌好了,不会出人命的!”

已经有人倒了水来,三个女人三头六臂齐上阵,把药片给常天竹灌下肚。停了一歇,常天竹手脚便软瘫下来,不再挣扎,迷迷糊糊东倒西歪的样子。

常天葵怯生生道:“娘娘婶婶舅妈,谢谢你们帮帮忙,让我姐先上个马桶好吧?她睡着了,就不晓得上马桶了。昨天夜里把被子尿得汤汤湿,吴阿姨洗了,还潮天,晾也晾不干。今天再尿床,被子也换不转了。”说着就把马桶从门背后拎出来,放在床跟前。

几个人七手八脚将常天竹摁到马桶上坐定,常天竹果然哗啦哗啦尿了一通。二楼舅妈倒侧着脸啧啧道:“听到吧?听到吧?我们住在楼下,半夜里总是被这个声音吵醒,还当落暴雨了呢!”

常天葵面孔涨得血红,像蚊子叫般道:“舅妈,我们已经很当心了,总归憋到憋不牢了才上马桶的。”

给常天竹上好马桶,将她在床上放平,搭上薄被子,女人们才长长短短地舒了口气道:“好了好了,有一夜天好太平了。”

亭子间婶婶问道:“小妹妹,怎么不看见你爸爸?要紧关头的,人呢?”

常天葵两只手缠着衣角道:“我爸爸……到弄堂里散散步……”

前客堂娘娘叹道:“小囡都这般模样了,他的小开脾气还是改不了,还有心思荡马路!”

二楼舅妈便道:“小妹妹,回头告诉你爸爸,大妹妹再要发作,定规要送医院的,否则谁吃得消?”

常天葵勾着下巴,眼泪汪汪看着脚尖,不做声。

女人们便陆陆续续下楼去了。许飞红原是想跟着她们出去的，却被常天葵拽住了后衣襟。

常天葵道:“许姐姐,你陪陪我好吧？我害怕。”

许飞红道:“你姐姐睡得好好的,你怕什么？待会常伯伯就回来了,我妈妈做好生活也会过来的。”

许飞红只从眼角里瞟了一眼纹丝不动躺在被子下面的常天竹，其实她心里也很害怕。她很想去摸一摸常天竹的心脏还跳不跳,但她忍住了,怕常天葵缠住她。

许飞红走出常家后门,先是小碎步急急地走,后来索性跑了起来,越跑越快,好像背后有人在追。

许飞红一口气跑回家,屋子里静悄悄的,妈妈还没有回来,她灯也懒得开,叭嗒合扑在床上,嘤嘤地哭起来。

许飞红自己也不晓得为什么这般伤心,只是像被人捅破了心底的泪泉,眼泪止不住一摊一摊地漫出来。哭了好一阵,好像把心里面积蓄了许久的眼泪都哭干净了,方才坐了起来。心很空,也很轻，人好像要飘起来。她看见地板上亮晃晃的一片,诧异地忖道,难道天已经亮了？抬头往窗外望去,不觉呀地叫出声。原来是一牙眉月小船儿似的泊在窗前呢。

许飞红有点激动地推开通花园的落地玻璃门,月色中,园子里的花木树叶都被镀上了一层银色的边,童话世界般静谧。许飞红信步走到敞廊里,她感觉到有种异常,便左瞧瞧,右望望。忽然,她像被电击中似的动弹不得了;她看见墙边那辆黑漆漆的锰钢二十八英寸永久牌脚踏车摆放的方向变动过了;被她擦拭得纤尘不染的轮盘上又有了点点泥屑;车斗中,她折叠得的角四方的黄色雨披不见了!

有人动过这辆脚踏车！这是她第一个念头。

丁丁哥哥骑车出去过了！这是她第二个判断。

丁丁哥哥晚上骑车会到哪儿去呢？这个疑问恐怕又要折腾她一夜了。

第四章 守宫与恒墅的前世今生

当年常家起建盈虚坊，
是依据《伏羲先天八卦图》布局的。
盈虚坊的重檐牌楼所踞月窟之位，
牌楼在炮火中奇迹般屹立不倒，
足见盈虚坊气数仍长久而兴旺。

12

盈虚坊里有点年岁的老住户，尽管每个月的房租是交给房管所的，可是，在他们心底里，总还是把常衡步看作是他们这一方水土的“土地神”，因为常衡步是盈虚坊常家留下的最后一条根脉。

稍晚一辈的居民还清晰地记得，1958 年秋天，政府开始全面治理城市中的臭水浜，盈虚浜的填浜筑路工程却遭到盈虚坊内一群老住户的联名反对，工程指挥部一时无计可施，却是常衡步挥笔书写下“通衢大道，恒远昌盛”的条幅赠送给工程指挥部，才使盈虚坊老住户们打消了顾虑，填浜筑路工程得以顺利展开。当时，常衡步头上还顶着一只“右派”分子的帽子，下放在厂里的翻砂车间劳动改造。可是，盈虚坊的老住户们不由自主地仍把他当作活菩萨在心底里供着。

这位昔日的常家小开、常家的末代老板，盈虚坊的老住户都晓得他有一个积癖，二十多年来，无论春夏秋冬、酷暑严寒，但凡吃了晚饭，他总要出门散散步，名曰“消食”，沿着盈虚坊错综复杂的大小弄堂走去，并且必定将横横竖竖宽宽窄窄的主弄支弄一一踏遍了才作罢休。

盈虚坊的居民们已经习惯了，或者在残破零散的夕晖中，或者在徐徐合抱的暮色中，或者在幽冥闪烁的星光中，盈虚坊斑驳陆离的青砖围墙上，常衡步伶俜瘦癯的身影像岁月流逝一般缓缓地横过。这影子已经是盈虚坊的魂灵、盈虚坊的防伪标识。只有当常衡步的身影在哪条支弄的砖墙上横度而过，这条支弄的居民才觉得这一天算是过去了，才能安心地回转屋子睡太平觉。

1966年的那个夏天，一个傍晚，夕晖早一刻还是那样辉煌，转而便渐渐地暗淡下去。可是，清水砖墙上没有出现常衡步的身影。乘凉的人们一直耐心地等待着，直等到银河西斜，露侵石阶，身上冷飕飕眼皮沉甸甸，方才忐忑不安地陆续散去。人人心头都是疑云密布："莫非常家出事了？盈虚坊要不太平了？"果然，次日清晨就见了分晓：常衡步举案齐眉的妻子、恒墅中柔心弱骨的女主人在那个夜晚跳楼身亡了！

盈虚坊真的不太平了一段日子，近两年方才渐渐平息下来。

今天清晨，盈虚坊刚被轧辘轧辘的收粪车碾醒，被当啷当啷的送奶车催起，被踢踢蹋蹋劳动大姐们的脚步声踏活，就有一个足以让每个人都心惊肉跳的消息，像弄堂后门口污水管里溢出的龌龊水一般，迅速地漫遍了整个盈虚坊：常衡步那个九天仙女般爱读书会弹琴的大女儿常天竹昨天晚上被一群歹徒拖到荒郊野外强奸了！这一整天，盈虚坊压抑着惶恐不安的情绪。天空也是灰蒙蒙黑黢黢的，午时后，开始淅淅沥沥地下起了小雨，恰似闺中密语、私房心事般绵长纠缠。相识的人们在弄堂里碰到，该议论的都议论过了，已无言可对，互相摇摇头，长叹一声，脚步滞重。

傍晚时分，老天总算收住了眼泪，云层裂开几处罅缝，几点星星遥远地窥探着人间的隐秘，月牙儿宿鸟般蜷缩在古银杏树的树冠中。弄堂里，石板路坑坑洼洼地积着水，暂时还没有人家出来活动。可是，在灶头间切洗炒煮的女人们，时不时地探头往后门外张张；在客堂间翻报纸听半导体的男人们隔一歇也会抬起屁股从窗口向弄堂里望望。大家都十分期待，期待青砖围墙上出现那条伶俜瘦癯的身影。

盈虚坊有近半数的房子是抗战后陆陆续续、七拼八凑搭建起来的简屋，隔音效果很差。某一刻，许多人家都听到了，从常家住的那幢楼房里传出来的壳橐壳橐的声音，真让人有点"于无声处听惊雷"

的兴奋和激动:“常先生下楼了,常先生出来散步了!”人们互相告知着,端整好饭菜的主妇们七手八脚将矮凳洗衣搓板折叠椅拖到弄堂里摆平,一一放好碗筷;男人们今天用不着老婆横叫竖叫,非常自觉地捧着茶壶摇着蒲扇在饭桌边坐好了;大家都想等常先生走过时跟他打个招呼,表示一下对他的关切和同情。

“常先生,夜饭吃过啦?”

“常先生,刚炸出的烤子鱼,尝尝味道吧?”

“常先生,豆腐干花生肉丁炒酱,拿点去给两个千金尝尝。”

从前的常先生是个随和而风趣的人,当小开当老板的时候没有高视阔步的架子,戴了“右派”帽子监督劳动的时候也没有什么猥琐气短之态。散步的时候,他会随意地在人家饭桌前立定,拎一条烤子鱼嚼嚼;遇到有杀得不可开交的棋局,也会伫步观看片刻,偶尔还为某一方出几招妙招。

不过这天傍晚的常先生到底与往日不一样了,他好像聋了一般,又好像哑了一般,人们关切地招呼他,殷殷地问长问短,他却如入无人之境,自顾壳橐壳橐地沿弄堂走去。他原就孱瘦的身体似乎更孱瘦了,一件灰不落脱的中山装像挂在衣架上一般。他面孔上有一种很奇怪的表情,不是哭也不是笑,而且这个表情面具般固定在他脸上,人们的目光接触到他面孔时候,会陡地心寒而毛骨悚然。一条支弄倏地寂静下来,人们只有默默地目送着他的晃荡晃荡的身影消失在青砖墙的拐角处,随即急切地互相询问打听,猜测推断,听讲常天竹已经疯了,莫非常先生也疯了?遇到这种事情,常先生不想疯也要疯了呀!

盈虚坊中有点年岁的老住户都有点晓得常家的来历,经常当故事说给后辈听,因为常家的来历与盈虚坊的盛衰有唇齿相依的联系。

常衡步的曾祖父是清光绪时太常寺的大博士,因厌倦官场的明争暗斗,渐生归田之意。于是托人四处寻访乐土。常家原籍安徽,却有一族人南下经商路过盈虚浜,见一川白莲花亭亭净植,香远益清，已是喜爱；又见河畔有两株茂盛的古银杏树，枝杆交颈纠葛，蟠曲重叠，翠生生落下的树阴足有半亩地大小，便有不舍之意。更兼古银杏树旁一座盈虚庵，回廊曲折，修竹横潭，红烛高照，香雾萦绕，是一处“身处红尘地，红尘却不到”的别样风景。族人连忙告知常博士，常博士专程行船千里前去察看，正合他彼时的心意。便花费毕生积蓄，于古庵古银杏树旁置下了一座农庄，名之谓“盈虚”，几簇茅庐，数十亩桑园，雇了十几户农家在此养蚕缫丝，一度生意兴隆，并以此为根基，开拓办厂，建航运船队，创立了常家福荫三代人的事业。

光绪帝百日维新失败后，常博士因与维新人士交往甚密而受查讯，便辞官退隐，闲居盈虚山庄。常博士虽失意于官场，却家道从容子孙兴旺，一妻二妾和睦相处，四子三女至孝勤勉。当时，常家的和昌缫丝厂与色织厂已为沪上民族资本工商业之翘楚，后辈中还有涉足洋行、医药、地产等行当的，也各有建树。常博士年事渐高，索性将农庄里蚕桑缫丝色织等事务一并交予后辈打理，一心一意过渔樵耕读的神仙日子。

正所谓“覆巢之下岂有完卵”，其时，外国列强欲壑难填，得寸进尺，不断以种种借口越界筑路，扩张租界的势力范围，十数年工夫，便有海格路、哥伦比亚路、安和寺路等通衢直逼宁静的盈虚农庄。终于，盈虚浜东南口被租界因辟路而填塞；几年后，盈虚浜西北口也被洋商以便利交通为由而填没。河道航运不通，使蚕丝业受到很大打击。加之军阀混战，桑蚕人家纷纷离去，桑园逐年荒废。常家后辈中有锐意革新奋发图强者，预测随着租界日渐膨胀，人口增多，日后地产业势必蒸蒸日上，便向常老爷子进言，建议将农庄改建民居租售。常博士本非固守成规之人，十分赞同后辈创意。于是，常家在盈虚庵做了风水道场，又高价聘请有名望的建筑师规划布局。常老爷子说服了常家各房兄弟合力投入巨款，耗时近十载，终于民国十六年间建成一片石库门里弄住宅，沿袭农庄旧名，为“盈虚坊”。常博士亲自出马，恭请海上画坛巨擘吴昌硕先生题写坊名，使能工巧匠凿于青砖重檐歇山顶的牌楼上。可惜,常博士住进盈虚坊未过半年,便溘然病逝了。

盈虚坊里,尚健在的耄耋老人中,还能描述出来盈虚坊当年的真实面貌的,数不过十根指头了。大多数人对当年景象的了解都是口口相传、道听途说而来。

江南民居一般都有坐北朝南的风俗,盈虚坊却整个地顺时针向东偏了三十度,于是,它那座考究的双重檐歇山顶牌楼门便由南向西偏了三十度。关于这个现象,人们有各种版本的解释。最大众的说法,盈虚坊傍水而筑,它的朝向是根据盈虚浜的流向而定的。盈虚浜出吴淞江后从西北方向东南一泻千里直奔淀山湖而去,所以盈虚坊便只能坐东北而向西南的了。盈虚浜日后填没成了盈虚街,那街也是从西北朝东南走向的,街两旁的房子要么坐东北向西南,要么坐西南向东北。上海有许多小马路,没有几条是正方向的,皆因为这些小马路都是由古上海滩上纵横穿插的水系演变而来的缘故。不过,关于盈虚坊的朝向却还有一种比较私密的说法:当初常家改农庄为民居时,曾在盈虚庵内请风水先生做了道场,按照《伏羲先天八卦图》的布局,东北方乃天根之位,西南方是月窟所在,所以盈虚坊的全部建筑都坐东北向西南而筑了。

盈虚坊初建时占地约三十几亩地,高标恢宏的牌楼两边,左右百步之外,各有一条大弄堂,一色铁骨锃亮的青条石铺就,各与盈虚浜上两座青条石板桥相衔接,仿佛横卧着的春秋干将所铸雌雄两柄宝剑。右边人称"下巽桥",左边人称"上震桥"。究竟是以桥名为弄名,还是以弄名为桥名的?这又是一道"究竟先有鸡还是先有蛋"的难题了。

如果从空中俯瞰盈虚坊,坊内横支弄竖支弄棋枰交错,平卧着像只僵而不死的百脚大蜈蚣。支弄与支弄之间均有青砖半圆拱券门,既相衔又相隔。整座盈虚坊又分作上震坊和下巽坊两片。这称谓抑或也是根据弄名桥名而起,抑或弄名桥名都以此而起?一般老百姓搞不懂"震"和"巽"两字的涵义,叫叫也拗口,索性简称其为

“上坊”和“下坊”。

盈虚坊上坊所指范围是靠近盈虚浜的那几排住宅，从双重檐的坊门楼进去，左右前后共有三十二幢石库门三层楼房，建筑风格融入西方建筑装饰艺术的细部特征，规整中透出灵动。这群石库门楼房经济适用，绝大部分租赁或顶售给了外姓居民，很快就为常家回笼了部分资金。而下坊就是指靠近盈虚庵和古银树的常家老宅。初建时，依顺了常博士的意趣，沿袭江南民居的传统样式，并肩造起了东西两座二进三排楼的宅院。

近五十年间，盈虚坊屡遭重创，常家这两座深宅大院早已成了人们口中的海市蜃楼，常家后辈们梦中的桃源胜地。

民间关于常家老宅有许多传说，早些年，政府有关部门曾组织专家前往勘察它们的原始风貌，也曾向常衡步了解根底。常衡步当时正戴着“右派”分子的帽子下放劳动改造，说话吞吞吐吐，语焉不详，让人听了一头雾水，终究无法寻根溯源。

盈虚坊里，真正深入过常家老宅的外姓人恐怕只有倪师太了。倪师太当年是盈虚庵中刚刚剃度出家的小尼姑，常跟随庵主静虚师太到常博士家诵经做法事。倪师太的话在盈虚坊中被众人奉为至理名言，因为倪师太长年吃素，日日念佛，吐字如金。

据倪师太回忆，当初无论是站在盈虚坊内哪个方位，稍抬头总能看到常家大院里的黛瓦观音兜屋顶，参差重叠，十分威势。倪师太说，常家两座宅院中，东首的那幢是常家真正的起居住房，那黑漆大门前有尺半高的大门槛，非得高抬腿方能跨过。她当年随静虚师太去常府做法事，常老太太还特为关照守门人，将门槛的活络插销拔出，放倒门槛让她们平步进门。大门进去是墙门间，沿墙放着木条凳，供来访者等候及守门人歇息小坐。穿过墙门间，绕过一堵重檐青砖影壁，便是一座天井，比上坊石库门里的天井宽敞几倍，实质为内院。其地面也是用长条青石铺就，天晴时幽幽地倒映着天上人间，天雨时青汪汪似一泓深潭。内院左右均为三开间的两层厢房，正面为五开间三层主楼，算起来上上下下二十多间屋。常老爷子手心手背都是肉，几个儿子平均享用。平日里各家吃各家的饭，逢年过节便在主楼底层的大堂里团聚。大堂高敞宽阔，常家合族坐在里面终不见逼仄。大堂中十八扇落地长窗的裙板上都有花鸟鱼虫的浮雕，映衬得大堂不似人家高墙深院的阴森肃穆，倒是满屋子乐融融、暖洋洋的气氛。这院子里的主楼与两侧厢房统有披顶外廊相通，外廊阶石下是一圈砖砌的花坛，四角各植腊梅几株，青竹数丛，院子里便一年四季花木葱茏，争奇斗艳了。令人奇怪的是，由外面的马头墙看去，常家这座院子分明是两进三排屋脊，却在这第一进院子里找不到通往二进后院的通道，这便是常家老宅的高妙之处了。原来在院子的西侧有一条备弄，从墙门间直接通往后院的灶头间、茶房间、储物间及仆佣们的下房。娘姨厨子花匠们来来往往走动，完全不用穿插主人们的居动区域，仆佣们自由，主人们也自由。

据说当年同济大学建筑系的一位教授对这条备弄的建筑十分感兴趣，特意上倪师太家专访，反反复复请倪师太描绘它的细节。倪师太后来用了一个十分形象的比喻："你们只要想想看，钻到蛇的肚皮里去的样子，就晓得那条备弄的样子了。那时候常家下人统统喊它'蛇弄'的。一水青砖铺成，仅三尺来宽，常家送柴送炭的挑夫走进去，担子都不能横着挑。"

既然这条"蛇弄"是供仆佣下人劳动行走的，倪师太当年随盈虚庵静虚师太入常府讲经，当是贵客，如何会走进"蛇弄"去的呢？原来这备弄笃底后又向左折，横度里直接通入常家西首的宅院，将两座宅院贯通起来了。这西院的第三进便是专为常老太太设置的诵经堂，堂中钟儿磬儿一应俱全。当年倪师太跟随静虚师太进常府，总先在东院的客堂间里饮一杯清茶，然后径直从"蛇弄"去了西院诵经堂讲经。

常家西首的三进宅院虽不住人，却比东院更热闹。先是这第三进诵经堂常年佛事不断，堂前天井内设有石砌香案和铸铁大香炉，天井一角还有石栏深井一口，为防香烛引起火灾而备。凡静虚师太进常府讲经，常老太太便邀请附近的信男信女一起听课。诵经堂内外常常是梵音回环,香烛缭绕。关于常家诵经堂,还有一桩奇闻在盈虚坊间传播得沸沸扬扬。说是诵经堂的圆攒顶上画有五彩斑斓的《观世音圣诞出家得道全帧图》,每当堂内经文诵起,那图画间便有祥云浮动,观世音面容栩栩如生。听讲这帧图画是常家重金聘请当时最负盛名的云间画业行会中带发修行的女画工,耗时三年,精心描绘而成。画业行会有规则,女画工大都不出门作画。常家拜托静虚师太出面约请,方才破了例。

与诵经堂隔着一方天井,西院的第二进却是一座颇具规制的小戏台,戏台是六角攒尖顶的亭式建筑,四周有雕花木栏围护,并配有可拆卸的落地花格长窗。平日里按上窗是一座静幽幽的花楼;戏班子一来,拆去窗,便是四处可观的戏台。戏台两侧有漏窗游廊连接的平房,为戏班子的化妆更衣间。戏班子若在常府过夜,也睡在那里。每逢中秋、元宵、端午等时令佳节,常府内每每急管繁弦,余音绕梁。有趣的是,常家把修炼清净出世之心的经堂与演绎俗世人生的戏台圈在一所院子里,是为常老爷子圆通宽容的性格呢,还是他对世事人生进退两难的矛盾之心?后人不得而知。

常家这西首的宅院没有东院那般气势的高台重檐大门,却是如街面店家般的一排八扇门板,一般不轻易开启。原来常家西院第一进竟是座二层楼高的积谷仓,专事储备佃户们每年两季送来的粮食和蚕丝。仓内及屋顶处一长溜斜开的窗户,既通风又挡雨;其间以青砖分隔成若干区域,将陈谷新谷,陈丝新丝一一分区存放,进出有序。常家自建盈虚山庄起,便筑有积谷仓库,每年青黄不接的季节,当街架起秤台,开仓赈济周围贫苦人家,这是常老爷子定下的规矩。“一·二八”淞沪抗战那年,常家人毅然打开积谷仓,将仓内粮食悉数运往闸北十九路军驻地去了。

常家这座以蛇形备弄沟通东西两院的住宅可惜只存世了十余年,便年复一年地衰败,直至烟飞灰灭,了无踪影。

1937 年“七·七”卢沟桥事变,上海随即爆发了持续三个月的“八·一三”血肉之战,常家人再次表现出民族大义精神,仅花费两个晚上，就将西院的积谷仓和小戏台改建成难民收容所，无偿接纳从闸北江湾一带流离失所逃过来的难民。数月后，却遭东洋鬼子飞机轰炸，常家的西院全部、东院一进门楼以及盈虚坊东南一角的数幢房屋被炸弹夷为平地。其时，常家的大部分企业已陆陆续续迁至海外，一时三刻无力重建家园，便任由无家可归的难民依傍残垣断壁，在废墟上建造一些逼仄低矮的棚屋简房栖身。

1944年底，抗战胜利前夕，常家又遭遇一场起因不明的火灾，可怜这座闻名遐迩的宅院在熊熊大火中化为灰烬。不幸之中万幸，自遭东洋鬼子飞机轰炸后，常家人出国的出国，迁移的迁移，返乡的返乡，宅子里只留下一位忠心耿耿的老家仆守门。

大火是近午夜时分烧起来的，毕毕剥剥的燃烧声惊动了左右邻舍，立即有人拨通了"救火会"的电话，对方听讲是大户人家住宅起火，救火车不一歇就当当当地开进了盈虚坊，将上坊下坊都闹醒了。几个"救火鬼"（当时人们对消防员的称呼）刷刷地拉出了消防龙头，对着大火哗啦哗啦喷了几下，因不见常宅有主人出来，便停下了。原来那时救火车有个不成文的规矩，是要先谈妥救火的价钱，收了钞票才肯开水龙头的。便问过侥幸逃脱的老家仆，方知这座院子竟是一座空宅。"救火鬼"一听收不到钞票，当即收拢水管要走。头发霜白的老家仆一把拖住水管，老泪纵横哀求他们进火场救人。"救火鬼"斥道："你不是讲主人一个不在吗？怎样又要救人啦？"老家仆方说出缘由：火起之前，常家曾孙辈的巽小姐刚巧回老宅取物件，还塞给老家仆一把银元，吩咐他去买点夜宵。老家仆说，买夜宵哪里用得了那许多铜钿？巽小姐就说，多下的你就收着吧，日后会用得着的。不想老家仆买了夜宵转回，好端端的宅子就成一片火海了。那几个"救火鬼"冷笑道："若是这里面还有活人，怎么没听得喊救命呀？她不要命，我们还要命呢。"非但不救火不救人，还硬生生将老家仆兜里的银元一个不剩地掳走了。

还是老天见怜盈虚坊，平地忽起狂风，引来一场大雨，将火浇灭，幸无殃及盈虚坊其他人家。

次日，老家仆给巽小姐父母发了一封十万火急的快信。她父亲当即乘飞机赶回上海，出重金托人在老宅废墟里寻觅女儿遗骸。掘地三尺，仍不见蛛丝马迹。

那一晚，盈虚坊间许多人都听到了警车鬼哭狼嚎般鸣笛。

不久，盈虚坊间刮过一阵丝雨片风，传道有个露宿屋檐下的乞丐起夜解手，曾看见一位摩登妇人怀拥着大包裹进了盈虚庵门，不到一个时辰，空着手出了庵门，又踅进了常家老宅。常老爷得了这个信息，先向盈虚庵捐了一笔银两，又专备素酒恭请盈虚庵当家倪师太打听其详。那倪师太手抚菩提念珠，微翕着银针眼道："流浪叫花子的话如何信得？巽小姐若真进了盈虚庵，夜深人静、星月无光的，贫尼又与她素有交情，如何能放她出得庵门？那晚贫尼潜心诵经，精修道法，打坐至中夜方歇，却不至后夜便被救火车闹起，终未见巽小姐进庵哪！"倪师太说得恳切，常老爷也不好再究问下去了。

巽小姐究竟是死是活？却成了一道几十年解不开的哑谜。有人怀疑，莫非老家仆老眼昏花看错了人？莫非他把梦境当成了真？盈虚坊街坊邻居们都知晓，这位巽小姐是常宅大门里最出挑的一个，模样清俊，知书达理，还会描一手逼真的大慈大悲观音菩萨像。没想到这样一位冰清玉洁的深闺小姐突然成了伪保安司令部秘书处长的姨太太，金丝鸟一般住进了静安寺附近豪华的公馆。气得她父亲椎心泣血，立马在《申报》上登了一则豆腐干大小的声明，与她脱离父女关系，将她剔出常氏家谱。如此这般，巽小姐怎么可能再回盈虚坊老宅取衣物呢？可是，倘若巽小姐没有回过常氏老宅，那老家仆兜里大把的银元又是从哪里来的呢？不见得老家仆额角头碰上天花板，遇上了狐仙蛇精？

常老爷寻女不着，老眼噙泪，狠狠一跺脚道："这个贱人，随她去了，只当没生没养！"就此歇手。

几十年了，巽小姐生不见人死不见尸，像从人间蒸发了一般。

这位神秘失踪的巽小姐名巽字耘步，正是盈虚坊常家末代老板常震常衡步的胞姐。

抗战胜利后,常震常巽兄妹的父亲返回上海,与一位堂兄联手,在盈虚坊常家老宅的废墟上造起了两座西式洋楼,便是守宫与恒墅。

根据常家曾祖辈常博士留下的盈虚坊地形方位图纸,当年常家起建盈虚坊是依据《伏羲先天八卦图》布局的。盈虚坊的重檐牌楼所踞月窟之位,牌楼在炮火中奇迹般屹立不倒,足见盈虚坊气数仍长久而兴旺。常府老宅依傍两棵百年古银杏树而筑,正踞天根之位。所以常氏众弟兄竭尽财力也要重建守宫与恒墅,是保佑常氏家业发展兴旺而源远流长的意思。

13

常衡步是在那座被人们传闻得扑朔迷离却早已灯消火灭、水尽鹅飞的深宅大院里长大的。

他还能依稀记得少时的些许景象。

除夕夜,画栋雕梁的厅堂里挂起曾祖父威赫的肖像,两厢里红烛高照,香线袅袅。各房亲眷会聚一堂,接辈分依次给祖父母磕头拜年。

四张八仙桌"田"字型排开,当中是一张红木圆台面。桌面上杯盘齐整,水陆毕陈,荤素菜肴堆得密匝匝厚墩墩。老家的佃户每年都会送来自酿的米酒,烫得热腾腾的,空气中弥漫着酽酽的酒香和蜡烛味。小孩子是没有心思吃年夜饭的,他们的肚皮老早在灶头间东吃一点西吃一点地塞饱了。只等一巡酒敬完,常衡步就悄悄恳求姐姐常耘步陪他到西院戏台看戏去。

常家每逢过旧历年都会请戏班子进院子演戏,那一段时间,常家积谷仓旁边会辟出一道边门,盈虚坊的乡亲乡邻都可以随意进院子看戏。常家不收一只铜板,还供奉茶水和点心。常耘步比常衡步年长三岁,小小少女却已是风骨秀爽,容止俊雅了。姐弟俩平日里总是你唱我和、你帮我衬的。于是两个人趁大人们摆龙门阵谈山海经之际,悄悄溜出厅堂。常衡步经常跟着下人钻那条“蛇弄”,晓得里面只有檐披处有道缝隙透点星光,便缠着娘姨给他留了一副尺把长的红烛。他们先在灶膛里点燃了蜡烛,便从灶头间的边门直接进了“蛇弄”。常衡步怕戏文早过了半场,急煎煎地小跑步。“蛇弄”里的青条石长年不见阳光,潮湿,滑叽叽的,常衡步跑了几步就扑通摔倒了,手中的红烛骨碌碌滚出丈把远,横倒在墙角边,火苗点着了蜡油,轰地整根烛棍都烧起来。常耘步扑过去,啪啪地用脚又跺又踩,熄灭了火焰。“蛇弄”里霎时间一片漆黑,伸手不见五指。常衡步懊恼道:“忘了带包洋火,我还有根蜡烛。”常耘步惊魂未定道:“宁愿摸黑,这里太窄,万一着火了怎么办?”常衡步很神秘地压低了声音道:“我听花匠讲的,这两边墙脚都是用防火砖砌的,不怕火烧!”慢慢地他们互相望得见身影了,这里到戏台不过几十步路,于是姐弟俩牵扶着走出了“蛇弄”。

常衡步还记得,那次常府请进院来的是刚刚唱进上海滩的绍兴女子文戏班,唱的是一出《箍桶记》。

常衡步五岁那年,父亲请了一位晚清秀才的族伯教他和姐姐读《论语》、《孟子》,背唐诗宋词,写小篆隶书,练珠算加减。常家早有开私塾的传统,小孩子先在家上一年私塾,识得字,拿得起笔了,再送到洋学校去念书。常家的私塾就开在西院诵经堂那一进院子左侧的偏屋里,来上课的除了常家堂兄弟姨姐妹的靠十个孩子,还有盈虚坊中一些殷实人家的小孩,倒也济济一堂,书声琅琅。

常家震少爷在私塾中挨先生手板子是出了名的,常家巽小姐的好学不倦也是出了名的,被人赞为“女公子”。

常衡步每每挨了板子,在教室里忍住不哭,当着姐姐的面才涕泗横流。常耘步轻抚他的掌心,柔声细语宽慰他。还会掏出铜板差随行的娘姨到街上买只热乎乎的茶叶蛋,剥了壳,暖暖地让他捏在手心里,疼痛很快就消失了。这法子是祖母教常耘步的。祖母在靠十个孙辈孩子中最疼爱常耘步,常耘步乖巧、伶俐,且面庞子长得像尊水月观音,老人们以为,这是有佛性的缘故。

下了课,小孩子们通常会在西院里游戏一时,最喜欢爬进戏楼里扮戏文。男孩子用燃尽的木炭描花脸,女孩子摘了凤仙子花涂腮帮。常衡步和姐姐扮过《梁祝哀史》中的梁山伯和祝英台,却是反串,常衡步扮祝英台,常耘步扮梁山伯,因为当时常衡步小,又长得秀气。时常演到梁山伯病死,常耘步就直直地横躺在戏台上,扮祝英台的常衡步真会抱住她号啕大哭,边哭边喊:“姐——姐——你快醒来呀!”把大家都逗笑了。

有时,正逢上盈虚庵中的静虚师太来常家讲经,下了课,常耘步就会带常衡步去诵经堂听经。常衡步听不懂经文,只觉得钟儿磬儿敲打得好听。常耘步却总是仰面痴痴地望着经堂圆攒顶上的《观世音圣诞出家得道全帧图》发呆。那时候,常衡步心里面害怕姐姐会跟着圆顶上的观世音飞走,总是紧紧地攥紧了姐姐的手,一刻也不松开。一场经诵毕,常耘步的手背上总会留下几道红指印。

跟随静虚师太来常府的年轻尼姑约莫二十出头的年纪,长得团脸粉白,青光光的头皮下一双晶亮的银针眼,一笑两条横括弧,讨人欢喜。静虚师太讲经时,她就垂目盘腿静坐一旁;静虚师太讲完一段经,她便不紧不慢敲起木鱼,轻轻吟唱佛曲。她的嗓音柔软轻盈,带点子沙哑,柔柔地唱来,就像一匹新丝织就的缎子徐徐地铺展开来。众人情不自禁地跟着一起哼吟起来,诵经堂便浸润在一派清净和谐的气氛中了。只等年轻尼姑手中木鱼突然停息,大家方才收声。于是,静虚师太又接着讲下一段经文。如此循环,直至薄暮侵窗,月出东山。

法事散了,祖母每每要请静虚师徒在自家院子里吃上一顿素餐,是常府大厨在特备的素净小灶头上另做的。说是素餐,却比盈虚庵的日常斋食丰富得多。各种素鸡素鸭素鱼素肉,烹制得美味上口,几可乱真。祖母每每点名让长着水月观音面庞的孙女常耘步做陪客,常衡步虽不喜素食,因喜欢做姐姐的跟屁虫,便也常常列席。

巽小姐年岁不大,却是一览成诵的颖慧,席间与静虚师太探讨佛经大义，深入浅出，颇有见地，静虚大为赞赏。她与那个年轻尼姑更是相见恨晚，颇有香火因缘。那年轻尼姑姓倪，常耘步便带着常衡步一起唤她“倪姐姐”。

这位倪姐姐身世凄凉，十多岁时家乡横遭天灾又遇兵灾，父母先后暴病而亡。叔叔婶婶笑眯眯冷冰冰对她说，你眼前有两条活路，要么到上海四马路的长三堂子里学弹唱歌舞，要么寻一座尼庵撞钟敲磬做尼姑。长三堂子里面红粉绿脂，珠灯暖香，日子好过点；尼姑庵里青灯黄卷，木鱼念珠，日子清苦点，你自己好好掂一掂忖一忖！她却不假思索道：“我要削发做尼姑去。”叔叔婶婶想想做尼姑实在可惜了她一副花容月貌，便是百般劝说。怎奈她早已木人石心，抓起一把剪刀，喀嚓喀嚓先将一头秀发齐根剪去了。叔叔婶婶道她尘缘已绝，只好顺遂了她的心愿，打听得上海城西南向盈虚浜畔有座香火隆盛的盈虚庵，便一脚把她送了进去。自此斩断骨肉亲情，再无音讯。

常耘步曾经为倪姐姐的遭遇一连几个晚上泪湿绣枕，无法入眠。锦衣玉食的深闺小姐头一次晓得了人世间还有这般窘迫生计，也头一次体味到什么叫做苦痛悲哀。她更是钦佩倪姐姐宁为玉碎、不为瓦全的冰雪节操，总在盘算，自己能为倪姐姐做些什么？她曾想把自己箱笼里的绣衣缎袄挑几件送给倪姐姐，可是倪姐姐在庵堂里一年四季着灰白的土布大褂，哪里能穿绣衣缎袄？她也曾想把父亲经商从东洋带回的胭粉膏脂送几盒子给倪姐姐，可是倪姐姐脸不敷粉已自白，唇不点朱却鲜红，根本用不上胭粉膏脂啊。想来想去，听倪姐姐讲过，佛曲中她最喜欢吟诵广大灵感观世音，口念心诚，只觉得通体透明，身轻如云。常耘步决定描一尊观音像送给倪姐姐。她问母亲讨得两尺上等丝绢纱，浓浓地研了一池好墨，细细地勾描起来。足足花了三个晚上，描得一尊莲坐观音像，又嘱花匠拿到画坊里镶配了红木镜框，便恭恭敬敬捧到盈虚庵去了。倪姐姐接着这尊白描观世音像，感激涕零，自不当说；便是静虚师太，特地打坐诵经，为宝像开光。从此，常府曾孙辈的巽小姐能描观世音像的消息不胫而走，传到后来，说是巽小姐画的观世音真会显灵，逢观世音圣诞出家得道日，便会有清香扑鼻，祥云萦绕，诚心叩拜，有求必应。盈虚坊中吃素念佛的人家，陆续有上常府重金求巽小姐的观世音像，常耘步真就有求必应，却从不肯受人钱财。

常巽常耘步小姐日后香消玉沉，不知所终。她所描画的那些观世音像大都也随着岁月沉浮，人事更替，如落花枯叶般飘坠零散了。却有一帧仍然存留在盈虚坊内，便是那位倪姐姐，现今人称倪师太手中的那帧。有人曾撞见过，倪师太躲在后厢房数珠念经做功课时，那帧镶了红木镜框的观音像就放在她面前。

"八·一三"淞沪抗战那年，常衡步已有十三四岁年纪，对盈虚坊遭遇东洋鬼子飞机轰炸的情景记忆犹新。那段日子，天边弥漫着一蓬一蓬云团般的硝烟，脚底板不时地感觉到地皮在微微地颤抖，空气中隐隐约约传来轰隆隆闷雷般的轰炸声，碾得人心时而激奋时而忧虑时而惶恐。

常府内西院与东院之间"蛇弄"的小门都封死了，西院的积谷仓库与戏楼成了难民收容所，住进了几百个从闸北江湾一带的炮火下侥幸逃出来的难民。当时，常衡步就读的圣约翰中学和常耘步就读的圣玛利亚女中校址都靠近苏州河，苏州河上常有东洋鬼子的飞机盘旋，从学校教室窗户望出去，机翼上鲜红的太阳旗标记触目惊心。为了保证学生的生命安全，学校便宣布暂时停课了。常衡步常耘步回到盈虚坊，父亲母亲不允许他们走出院门半步。可常耘步哪里肯依？那年的巽小姐满十六了，做人行事有了自己的准则，心里的楷模是鉴湖女侠秋瑾，她亲笔手书秋瑾名句"金瓯已缺总须补，为国牺牲敢惜身"的条幅，悬挂于闺房之中，以表心志。她对父亲道："爹爹，您从小要女儿熟读《论语》、《孟子》。孔子曰，志士仁人，无求生以害仁，有杀生以成仁；孟子曰，生亦我所欲也，义亦我所欲也，二者不可兼得，舍生而取义也。如今国难当前，我如何做蜗牛蜷缩一隙呢？"父亲原是耿介开明之爱国士绅，便不再阻挡女儿，只叮嘱一句："自己小心了。"

常衡步记得,那段日子,东北方向的硝烟愈来愈浓烈,闷雷般的轰炸声也愈来愈密集。姐姐仍一大早就往家门外跑。衡步几次缠住姐姐,要跟她一起出去,都被姐姐拦住了。姐姐轻轻捏了捏他的鼻子,笑道:“你是我们常家的命根子哟,如果让爹爹晓得我带你出去了,他非得打断我两条腿呢!小弟你就心痛心痛姐姐这两条腿吧。”愈是不让去,常衡步愈是难耐好奇心。他悄悄用一串铜板买通了守门家仆,头晚上就睡在门墙边上守门人的小屋里,待姐姐来喊家仆开门,他嗦噜一下,像只野猫似的先窜出了门。常耘步见状,也只得由他了,只关照守门人不许告诉父亲知晓。

常衡步跟着姐姐朝西走几步就走进了西院里的难民收容所,原来常耘步已加入了学生救国联合会,就被分派在盈虚坊的难民收容所里工作,分发各处募捐来的衣物食品,还将难民中的小孩子组织起来,教他们认字,唱救亡歌曲。跟耘步在一起工作的还有一位震旦附中高中部的男生,常衡步听姐姐喊他“冯兄”,便也跟着喊他“冯兄”。

这一天,正巧盈虚庵的师太们送来了庵里面自产的莲子松糕和莲泥馅的擂沙团,莲子是取自盈虚浜中的白莲花,别有一番清香可口。师太们还在院中央架起一口大铁锅,煮了黏稠稠一锅白米粥,难民们拿着茶缸或饭盒依次领取稀饭糕点。

其时,盈虚庵的静虚师太已经圆寂,倪姐姐承袭她师父做了住持师太。她也有自己的法号“涵清”,可盈虚浜一带的老百姓已习惯称她“倪师太”了。常衡步看见姐姐跟倪师太低言悄语了一番,姐姐便塞给倪师太一沓纸片。倪师太将纸片掖进布袍宽宽的袖管里,双手合掌,念着“阿弥陀佛”,去给难民们说经讲道。她从袖管里抽出纸片散发给难民,说道:“这是白衣大士神咒,每天睡觉前漱口净手,静心诵念,便可有求必应,心想事成了。”常衡步问一个难民要了那纸片来看,纸片的正面确实印着“白衣大士神咒”,另一面,却是救国联合会发布的“救亡情报”,其中有救国联合会通过的《抗日救国初步政治纲领》、七君子事件真相等内容。常衡步突然觉得心跳加速,呼吸紧迫。他跑到常耘步跟前,叫了声:“姐——”常耘步温和地对他一笑,轻声道:“小弟,你什么也别跟爹爹说,好吗?”常衡步喘着气,僵硬地点了点头。常耘步咯咯笑道:“说话要算数的,来,钩钩还还,一百年,不许赖!”便伸出小指与常衡步的小指勾了勾。许多年以后,常衡步还记得与姐姐拉钩时的感觉,姐姐的小指腻滑而柔软。

盈虚坊遭东洋鬼子飞机轰炸发生在凌晨。常衡步那一段经常跟姐姐去难民收容所服务,人总是处在亢奋状态,到了晚间便很疲乏,头挨枕头就跌入梦乡。他是在梦里面被巨大的爆炸声震醒的,只见窗外火光映红了半张天空,到处都是哭喊呼救的声音。一个女佣冲进来,拎起外衣裹住他的肩头道:“震少爷,快下地室,东洋鬼子丢炸弹了!”原来常家人起屋时,便在灶头间下面留了宽敞的地窖,平常堆着杂物,要紧关头便可躲人。

常衡步跟随女佣走下地窖的石阶,昏幢幢的煤油灯光中,只见地窖中已挤满了人。母亲扑过来一把将他扯进怀里,道:“乖乖,魂灵头吓出了吧?”常衡步顾不得回答母亲,他面孔扭来扭去寻找姐姐,叔叔伯伯婶婶娘娘堂兄弟表姐妹的,一张张面孔看过去,就是不见姐姐水月观音般的脸。父亲也急了,厉声问女佣:“巽小姐呢?”女佣慌慌张张道:“巽小姐房里没有人,我只顾把震少爷领来了。”父亲立身要去找人,幸而守门的老家仆拖着常耘步进来了。爆炸声起,常耘步便冲出大门要去难民收容所,谁知那里已是一片火海。常耘步呆呆地立着不会动弹了,是老家仆死活拖着她回来的。

常府上下在地窖中躲到次日上午方才爬出来,地面上的情景让他们大惊失色而义愤填膺。盈虚坊有三分之一被炸成了废墟,最惨的是常府西院的难民收容所,除了诵经堂还留了个骨架,“蛇弄”的耐火砖墙还屹立不倒,其余尽是一片瓦砾。有难民抚着亲人的尸体哀哭,还有人双手扒拉着断梁碎石,一声声喊叫着亲人的名字,其情其状惨不忍睹。

日后,常衡步对人说起这段故事,总叹道:“是小东洋鬼子的一颗炸弹活生生地将我们常家炸散了的!”

其实，常府东院的房宅只一进门墙间被弹片削去一半，稍作修缮即可居住。当时都说，全亏了“蛇弄”那两堵耐火砖起的墙，挡住了西院的熊熊大火，否则，整座宅院都难保全。然而，面对一墙之隔的残败景象，时不时传来的悲啼痛号，常家人哪里还住得下去？挨至深秋，上海沦陷，人为刀俎，我为鱼肉。常家人岂肯仰人鼻息，任人宰割？便是陆陆续续抽丝剥茧般将产业转移出去。大家庭自然是维系不下去了，只得各宗各房各自安排生活。

常耘步常衡步的父亲刚巧年前在霞飞路福开森路口那座万国储蓄会投资建造的诺曼底公寓中顶下了一套宽敞的公寓，这当口正好一家人搬过去住了。常衡步自此离开了盈虚坊，十余年后才重回故地。

次年元宵之夜，常耘步约了常衡步，说去盈虚坊寻觅旧踪。常府西院被炸毁的废墟上已搭起了一排排棚户、陋屋，生存永远是人类第一位的大事。姐弟俩推开斑驳陆离且咔吱作响的大门，但见老屋里窗破墙颓，蛛网连结。人走过，青砖地便蓬起一团尘雾。院子里的两株腊梅不知被谁掘走了，两眼泥坑黑洞洞像一双吃惊的巨目。四角的竹丛无人修整，已是衰败零落，隔年的枯叶腐烂着，当年的枯叶又覆盖上去，厚厚的，散发出呛鼻的腐败气味。常衡步和姐姐无言地站在曲廊被损的石阶上，枯叶的气味和着料峭的寒风一阵一阵扑在他们脸上。他们互相牵着手，听着弄堂里时不时响起的爆竹声，心里充满了凄凉悲苦痛楚，为他们失去了的安宁富足的少年时光。常衡步感觉到姐姐的手指冰凉冰凉，并且死死地捏着他，愈捏愈紧。他有点害怕地抬脸看看姐姐——常耘步的脸在惨淡的月色中纸一样白，脸颊上有晶莹的珠子一闪一闪。

又隔了一段时日，父亲已在香港诸事安排妥当，决定举家南下。

常耘步却不愿意离开上海，她的理由很正当，她刚刚考取了震旦女子文理学院，不想因此中断学业。父亲起初不同意常耘步的要求，将一个如花似玉的女儿独自留在刀光剑影、虎啸狼嚎的孤岛，他如何放心得下？常耘步不得已羞怯地透露了女儿家的心事。原来常耘步正处在热恋中,对象便是常衡步在难民收容所遇见过的那位“冯兄”。冯兄名景初,其时他已是震旦大学理工学院土木系的大学生了。父亲让常耘步将冯景初带到家里来,冯景初的外貌先是让未来的丈母娘十分满意,小伙子长得英武俊爽,斯文一脉,且举止儒雅,彬彬有礼。未来的翁婿促膝长谈了半日,父亲严肃的面孔上终于露出欣慰的笑意。冯家虽不是钟鸣鼎食富豪大户,却也是书香门第清白人家。其父靠勤工俭学留洋完成了学业,却已在建筑学界颇有建树了。冯景初子承父业,攻读的也是土木工程。这一点特别称父亲的心意。祖父临终前念念不忘盈虚坊的修整扩展计划。父亲早就设想,待儿子常衡步高中毕业,就送他去美国攻读建筑学。不想老天周全他,又给他送来个学建筑的毛脚女婿!父亲心中顺畅,又喝了几杯酒,便松了口,同意常耘步留在上海继续学业。

常衡步清晰地记得与姐姐依依惜别的那一幕,当时他如何能料到,这便是姐姐与他的诀别了!他们是乘轮船从海路去香港的,姐姐和冯兄到十六铺码头送行。船缓缓地离岸,常衡步扑在船舷上拼命朝姐姐挥手,姐姐也在向他挥手。姐姐那天穿了身月白色绉纱旗袍,颈间搭着条浅灰的轻纱长围巾,围巾在风中缱绻盘舞,远远望去,姐姐好像一只轻盈飞翔的海鸥,那一刻常衡步放纵眼泪扑簌簌地滚出来。他想,反正姐姐看不清他的脸了,也不会羞他“男儿有泪不轻弹”了。

常衡步在香港完成了高中的学业,两年后,父亲便送他去美国著名学府攻读建筑学了。两年间,他和常耘步偶有信件往来,由于局势不稳定,信件走得比蜗牛还慢。忽然有一天,常衡步记得,是傍晚,但听得一阵嘭咚嘭咚杂乱沉重的脚步声,好像一头暴怒的山熊闯进了家门。却是向来安详稳当的父亲,面孔上纠葛着怒气和寒气,“黑云压城城欲摧”的模样,轰隆一声,像颗炸弹投进沙发中。母亲端着青花瓷茶盅,小心翼翼迎上去,如往常一样,轻轻柔柔笑问所以然。父亲喘着粗气,只将一张《申报》掼在茶几上了。

母亲满脸疑惑,捡起《申报》,刷刷地翻过了,嗔道:“你又不是哑巴,倒是说个明白呀！这张报纸缘何弄得你吞了一肚皮炸药似的?你晓得我有心脏病的,不要这样吓咝咝好吧?”

父亲仍不出声,摊开报纸,在一张照片上啪地拍了一掌,差点把茶几玻璃拍碎。母亲重又捡起报纸,咕哝道:“不就一张结婚照片吗？这个新娘……”声音突然就卡在喉咙里了。母亲认出来了,结婚照上千娇百媚的新娘竟是自己心爱的女儿常耘步！新郎呢？西装笔挺,戴着副金丝边眼镜,倒也儒雅,却有了点年纪,横看竖看总不像青年才俊冯景初！母亲惊恐地瞟了眼父亲,便再看那照片下一段解说文字:

> 民国三十二年七月初七,上海保安司令部秘书处处长、立法委员曹秀镛先生与沪上豪门千金、震旦女子文理学院高才生常巽小姐喜结良缘,摆宴百乐门。

母亲面孔煞白,好一阵才出声,反反复复道:“怎么会是这样?为什么会是这样？这么大的事,耘步怎么会不告诉我们呢?”

父亲恨声道:“我应该料到的,当初就不该让她一个人留在上海。女孩子眼光毕竟浅,哪里经得住人家金窝银窝的引诱?”

母亲听不得讲女儿的不好,狠狠白了父亲一眼,道:“耘步什么时候贪恋过荣华富贵啦？她嫁给这个曹秀镛总有她的道理。你就晓得骂,也该差人去打听打听,这个曹秀镛究竟人品怎么样？你上海厂子里那点人都瞎了聋了？这么大的动静他们事先一点不晓得?”

父亲面孔愈发墨黑,道:“耘步的脾气你还不晓得？向来我行我素,你我都管不住,你倒怪起别人来了！用不着打听,这个曹秀镛谁人不知何人不晓？从前不过是个耍耍嘴皮子的下级文书,如果不是攀着陈公博的势力,他乘直升机也爬不到现在这个位置。四十多岁年纪了,家里老早就有妻室的,小囡都老大了!”

母亲急了,跳起来道:“你快去给我订张飞机票,我要到上海去问问耘步！热昏头啦，我们常家的女儿怎么能去当人家偏室的？”

父亲颓丧地道：“你这时候赶去有什么用场？你看看这张《申报》的日子？生米老早煮成熟饭了！”

母亲愣怔了一息，便捂着嘴巴哭出声来。

父亲呵斥道：“哭她做啥？她自己不要脸，把我们常家的脸都丢尽了！权作当初不生不养！”

父亲当即给上海厂里的下属发了电文，令他们去《申报》上登一则声明，与常巽小姐脱离父女关系！

常衡步心里百思不得其解，哪怕黄河倒流，日出西山，他也不会相信姐姐真的贪图荣华富贵而背叛与冯兄的爱情。可是，《申报》上的照片却是明明白白地摆着的了。常衡步断定其间必有隐情，他给姐姐写信，打电报，希望能得到一个合理的解释。可是姐姐不回信，不回电，真的和家里断绝了往来。

常衡步便是带着这样疑惑与伤痛远渡重洋去美国读书了。到了美国他仍不断地给姐姐写信，仍然是石沉大海，杳无音信。

常衡步却意外地在校园中撞见了冯景初。

一天傍晚，他去图书馆查阅资料，噔噔噔地上楼梯，迎面也是一位中国留学生正噔噔噔地下楼梯。因为见是个黑头发黄皮肤，常衡步不由得多瞄了他一眼。这一眼却让他惊讶并兴奋，脱口喊道：“是你啊，冯兄！”

对方先是一愣怔，随即却道：“你认错人了吧？”便勾了脑袋自顾急匆匆下楼去了。

常衡步呆呆地望着他的背影，怎么看都像冯景初呀！莫非自己相貌变化那么大，冯兄他竟认不出来了？莫非姐姐负了他，他仍记恨着常家？莫非他另有隐情，不能对我说出口来？这么飞篷般转念着，常衡步连忙别转身追了下去，一边大声地喊：“冯兄——等等——我是常震呀——”

前面的人听得他喊，竟头也不回地愈是加快了步子。常衡步来气了，你愈是逃我，我愈是要拿你问个明白呢。也加紧了步子。

他们就读的这所大学筑在树木葱郁的小山冈下，面前，还有蜿蜒逶迤的一道小河。常衡步追着冯景初，直追到小河边，冯景初无路可遁了，方才停息。正值晚霞艳炽，河水被映得像匹金碧辉煌的彩缎。两人隔着四五步路，互相对峙着，像两只即将开战的斗鸡。

片刻，常衡步道："你为什么要逃？"

冯景初回他一句："你为什么要追？"

常衡步道："你心里明白我为什么要追你，莫非你……做了什么亏心事？"

冯景初斜了他一眼，冷笑道："究竟谁做了亏心事，我想你心里也明白。我现在跟你们常家无有丝毫瓜葛的了。"便夺路要走。

常衡步横身拦住他，急道："冯兄，你不能一下子撇得那么干净，当初家父之所以同意我姐姐留在上海，大半是因为有你陪伴着她的缘故。姐姐为什么忽然就跟曹秀镛结婚了呢？你和她之间究竟发生了什么变故？你总要给我父母一个交代对吧？"

冯景初嘿嘿嘿笑起来，笑了一阵，脸却变得愈发阴沉，道："你姐姐为什么要嫁给什么人，你们不去问她，倒来问我，哪有这等舍本逐末之理？我已说得很清楚，我跟你们常家没有任何牵连，你以后不要再来找我。找了我，我也无话可说！"一跺脚，肩膀撞着常衡步的胳膊，头也不回地走了。

常衡步不再追他，再追他做啥？看得出他对姐姐是满腹怨恨，想来定是姐姐负了他的。只是这一条，常衡步横竖想不明白。依据他对姐姐人品情操的了解，姐姐绝不是那种贪慕虚荣、见异思迁的水性女子。她究竟为什么突然改弦易辙，去嫁与一个年岁比她大了许多且又是千夫所指的汉奸呢？常衡步独自在小河边盘桓了很久，直到深蓝的河水中浸满了繁星，暮色将古城堡式的校舍修饰得剪纸一般，方才悻悻地离去。

常衡步自此不再去找冯景初了，他为姐姐对冯兄的背叛，实在没有颜面再见冯兄。冯景初与他虽在同一个系，却比他高了几级。有时，两人在校园里远远地看到对方，都匆匆地回避了。

常衡步思念杳无音信的姐姐,思念得心痛;又揣着姐姐突然结婚的谜团解不开,纠缠得心乱。他只有拼命地念书,拼命地做作业,以此来麻木自己。悬梁刺股、目不窥园,倒成就了他的学业。两年光景就这么过去了。

却又是一个傍晚,常衡步仍坐在图书馆他数载不变的位子上用功,脸埋进书页中,便忘记了外面还有一个纷繁的世界。不知过了多久,只听得啪的一声,他不由得仰起脸,浑身一震——竟是冯景初,把一本厚厚的精装封皮的书重重地摔在他斜对过的桌面上,正是为了惊动他!

常衡步脱口道:"冯兄是你!"

冯景初用手指按住嘴唇,示意他不要出声。又做了个手势,要他跟他走。

常衡步心里想,你不是说再不交往吗?却身不由己地离开座位,跟了他走出图书馆。

这一回,冯景初不朝小河边跑,却反身上了小山冈。穿过一片落叶层层松软的乔松冷杉混杂的林子,到了山顶,竟是蜿蜒逶迤的一片青草地。于是冯景初站住了,默默地眺望着天际。这一边,鲜橙般的落日镶嵌在青莲浅灰的云层中,沉静而辉煌;另一边,已是暮霭沉沉,却聚集着一簇银河般的亮光,正是华灯初起的城区。

常衡步耐心等了一息,耐不住了,恨声道:"老兄,你莫名其妙把我引到这里,不会单是让我来看风景的吧?"

冯景初背朝着他,指着那簇灯光后面黑黝黝无比深邃处黯然道:"那里不见五指处应该是大海,大海再过去,就是上海了,你能看得见吗?"

常衡步先是点点头,连忙又摇摇头,他不晓得冯兄突然找他的缘故,但他听出冯兄的声音是毛糙糙的,就像起球了的劣质毛料。

冯景初突然就单腿跪了下来,双手掩面,呜咽出声。

常衡步先是吓了一跳,随即又觉得有点滑稽,又揣摩不出冯兄究竟唱的哪出戏,只得故作轻松状道:"冯兄,古人云,男儿有泪不轻弹；古人还云，男儿膝下有黄金。你却犯了男儿大忌了！是天塌了还是地陷了，至于你这般伤心吗？”

冯景初喑哑地问道：“你当真还不晓得？”

常衡步冷笑道：“晓得什么？你跟我两年来未说一句话，我会晓得你什么？”

冯景初长叹一声道：“你果然真不知情啊！常震兄弟，你姐姐……”

常衡步心脏霎时间停歇不动，问道：“我姐姐怎么样？”

冯景初哭着迸出一句：“常巽她，她不在了！”

常衡步脑袋里轰的一声炸开，昏眩地问：“不在了？不在了是什么意思？”

冯景初涕泪滂沱，哽咽道：“家父来信提及，盈虚坊起了一场怪诞的大火，常巽小姐葬身火海，尸骨未存。这桩事体在上海滩成了轰动一时的新闻。”

常衡步像被人刷地抽去了筋骨，软软地跌坐在山坡上了。这个噩耗来得太突然、太迅猛，令他万箭穿心却欲哭无声。

这两个曾经与常巽小姐有着最亲密关系的男人，一个跪着，一个坐着，在静谧的小山冈上待了许久，那轮鲜橙般的落日一点一点地沉没了，天地间暮色四合，他们互相只看见对方的剪影。并且从身底下的草尖上和周围小树林梢间卷起一阵接一阵的晚风，簌簌的风声令人毛骨悚然，心底却是无限的悲凉。

冯景初终于先开口了：“常震兄弟，我们撮土为香，祭一祭常巽……”

常衡步勉强点点头，方才感觉到自己还活着。他们双手刨土，各自在面前堆起一座小土堆。都双膝跪下了，泥首叩拜亡灵，不觉泪如泉涌。

他们忽觉得眼门前光亮了一层，便抬起头，看见月亮正跃上了林梢。那是一轮半圆不圆的月，像只摔碎了的破盘子，碎口锯齿般尖利，刺得人眼睛生疼。

他们互相看得见对方的五官形状了，冯景初盯了常衡步一眼。常衡步感觉到他的眼神犹犹豫豫，欲说还休的样子，便道："冯兄，你还有话没告诉我对吧？姐姐她已不在了，你还有什么不能告诉我的？"

冯景初似下了很大的决心，重重一叹，道："我不想常巽至死还背着个恶名，我虽怨她恨她，却从未相信她真会背叛我们的山盟海誓……"

常衡步听到自己的心怦怦怦跳得很重，沉住气，问道："冯兄，巽姐她，究竟为什么要嫁给那个姓曹的？"

虽然这山冈上别无他人，冯景初仍凑近了，放低声音道："我想，她一定是接受了某个组织的安排，不得不为之。"

常衡步一惊，脱口道："组织？什么组织？"

冯景初沉吟道："无非是两个方面，或重庆，或延安。不过，据我判断，常巽素与重庆方面无有瓜葛，大都是延安方面。"

常衡步心是沉沉的，脑袋却有醍醐灌顶的感觉，记忆中从前跟姐姐在一起时的一些细节一一突兀出来，真叫他懊恨自己的懵懂和无知，愈是增添了对姐姐的钦佩与思念。不由得仰面对着那轮残破的月亮长啸一声："姐——"

冯景初慌忙捂住他的嘴，道："常震兄弟，这只是我的猜测，万万不可同任何人提及，包括你的父母。否则，万一泄露出去，你们家都不得太平了。那些畜生是什么都做得出来的！"

常衡步又是一惊，扒开他的手掌，问道："难道，巽姐是被人所害？"

冯景初停顿了一歇，才道："也只是我的猜测。"

常衡步恨声道："回去找曹秀镛要人去，巽姐是他明媒正娶的妻子，就这样不明不白地死去，我就不相信，他会一点不知情！"

冯景初用力吸了口气，又缓缓地吐出来："我已托朋友打听了，那曹秀镛早两个月就失踪了。据保安司令部里面的军士讲，曹处长是被极司菲尔路76号汪伪特工总部请去的，进去后就没有出来过。

据此判断那曹秀镛一定和常巽是一个组织的同志了。”

常衡步一把捉住他的手,攥得很紧,问道:“冯兄,你一定也是那个组织的人了,怪不得,你们都愿意牺牲自己的情感……”

冯景初抽出手掌,将五指插入浓密的头发,又将脸埋入双膝之中,又停顿了一歇,终于叹道:“我真不是什么组织的人,我不配,我没有那般境界和勇气。我只想好好念书,学点本事,日后有个立身之本。我曾痛骂常巽的绝情,甚至谴责她那个组织太不通人情,太残酷,竟让人自吃砒霜去药老虎!”

常衡步道:“你这样骂她,她作如何解释?”

冯景初道:“常巽始终不承认有什么组织,她给我的理由是,爱情是爱情,婚姻是婚姻,爱情是浪漫的,婚姻是实际的。我只是个穷学生,而曹秀镛高官厚禄,能够给她安稳舒适的生活。你听听,这哪里像是常巽说的话?可我知道,她若真是那个组织的人,他们是有纪律的,打死也不会松口的。所以,常震兄弟,我只能说是我的猜测,我只将它告诉你一个人。以后,如果有机会,你一定要想办法搞搞清楚,终究给世人一个真实的巽小姐。”

常衡步百转回肠地望了他一眼。听冯兄的口气,是把这千古难题推给自己了。自己当然是义不容辞的,可他冯景初就能心安理得地推得一干二净吗?转念又想,说到底,如今,冯景初与常家真的没有任何牵连了,人家凭什么还要把巽姐的事扛在身上呢?便低低地用力地道:“我会去做的。”明显是说给冯景初听,心里面却是对着姐姐亡灵发的誓。

他们俩在学校后面的小山冈上一直坐到那枚破碎的月轮缓缓地偏了西,溟濛的雾帐冉冉地从山谷中升起来,远处的灯河、周围的树影都渐渐隐去了,仿佛天地间只留下他们两个,只觉得一阵阵悲凉袭上心头,浑身寒意,起了一层又一层鸡皮疙瘩。

于是他们心绪惆怅地转回学校。学校已关了大门,他们是攀着围墙上的粗藤越墙而入的。

这以后,常衡步与冯景初在校园里遇到不再互相回避了,但也没有突然亲近起来，大都只是客套地点点头，寒暄一两句便各自走开去。只有他们心里清楚，当他们的目光相遇的时候，就会感觉到相互的抚慰和依靠。

随着反法西斯战争节节胜利，美国国防部下令，向日本的广岛和长崎投放了两枚原子弹。自此，二次世界大战的战场上，同盟军节节胜利，法西斯溃不成军。这年的8月15日，小日本终于放下屠刀，举起了降旗。中华民族历时八年艰难卓绝的抗日战争胜利结束了。

“剑外忽传收蓟北，初闻涕泪满衣裳。却看妻子愁何在，漫卷诗书喜欲狂。”

常衡步和所有旅居海外的华人一样，听到日本鬼子投降的消息，兴奋之情难以言表。“白日放歌须纵酒，青春作伴好还乡。”一群留学生聚集在一家华人餐馆中庆贺胜利，开怀饮酒，纵喉歌唱，唱《义勇军进行曲》、《游击队之歌》，大声吼着：“大刀向鬼子们的头上砍去——”憋屈了多少年的国仇家恨，岩浆般喷涌出来。

其时，常衡步大学学业即将完成，他原打算开过毕业典礼就收拾行李回家，父亲却急电嘱他不可轻举妄动。父亲对国内局势并不乐观，东洋鬼子是投降了，然而国共两党摩擦不断，剑拔弩张，大有一触即发之势。父亲也是小心翼翼，投石问路，只将和昌丝织厂搬迁回上海，大半家业仍滞留香港、南洋一带。常衡步只得按捺下思乡之情，留在美国继续攻读研究生。果不出父亲所忧虑，没过几个月，蒋介石又以三十万精锐之师将中原解放军铁桶般围困起来，号称“三个月内消灭境内共军”。内战硝烟霎时燃遍了刚刚从日寇铁骑下挣扎出来的九州大地。常衡步回国无望，思念亲人，整日里长吁短叹，哪有心思读书？幸亏，在那段煎熬的日子里，他结识了一位美丽清纯温柔的女孩。这个日后成为他妻子的女孩只是安安静静地待在常衡步身边，便能使他焦躁紊乱的心情平定下来；他看着她深潭般纯净安宁的双眸，便觉得生活原是那样有滋有味，且对未来充满了无限憧憬和希望。他和她有多少个花前月下,海誓山盟的黄昏,有多少个红袖添香、勤奋攻读的夜晚。常衡步日后回想半世人生,那两年才是他最幸福的日子啊!

冯景初早常衡步获得建筑学的硕士学位。常衡步以为冯兄会继续攻读博士,他晓得冯兄自从常巽别嫁、爱情失意之后,了断情思,一心只在事业上下工夫了。不料冯兄突然前来向他道别,说是要回家了。常衡步追问其因,冯景初长叹一声道:"家父母为我订下一门亲事,催我回去洞房花烛夜呢!"衡步心存狐疑:像冯兄这般博雅饱学之才,向来傲世出尘,怎么会甘愿束缚于父母的包办婚姻之中?这话涌至舌尖又被他吞回肚子里,人各有志,人心玄妙,如今自己和冯兄仅仅是一般的朋友,不问也罢!他怀着满腹惆怅与淡淡的酸楚送走了冯景初。那一刹那,他猛然想起与巽姐诀别的场景,巽姐身着月白旗袍的身影在他眼门前久久挥之不去。倘若不是恋人温香柔软的身子依偎在一旁,常衡步真想跟随冯兄登船越过大洋回祖国去!他想,或许冯兄正是为了寻觅巽姐的亡灵遗迹才毅然回国的呢?

常衡步准备研究生一毕业就与恋人举行婚礼,究竟是回国还是留在美国生活,这对他已经不重要了。所谓"天涯何处无芳草",只要与心爱的人在一起,哪里都可筑一所爱巢,安一座安乐窝。

命运的转折往往出人意料,让人猝不及防。

常衡步突然接到家中急电,父亲病危,令他速速归家。并道:"早回三日能相见,迟回一刻难团圆。"常衡步不敢延顿片刻,当即定下了归程的机票。临行前与恋人难舍难分,一百个许诺一千个应承,只等安顿好家事便即刻返美,正可赶着参加金秋的硕士毕业典礼。他哪里晓得,他会被国事家事羁绊,身不由己滞留在上海,再无机会去美国了。

常衡步先坐飞机抵达香港,再从香港搭船到上海,紧赶慢赶,还是花了差不多十天的时间。父亲已到了尸居余气,大渐弥留的地步,听得儿子切切的呼唤,他回光返照地撑开了眼睛,用尽全力死死盯住儿子老成了许多的面孔，仿佛要将他整个地锲入自己的眼球。

那是个多事之秋。年初，蒋介石千辛万苦当上了行宪后的第一任中华民国总统，却是未敢舒颜，忧虑重重。他面临的是军事上的败绩频频，经济上赤字累累，各等官吏尸位素餐，贿赂公行，以致民生涂炭、天怒人怨的危急局面。国库里的钞票已经无法维持国民党剿共战场上庞大的军事开支，民国经济已经走到崩溃边缘。蒋介石需要重振党国，需要黄金储备，他咬咬牙，决定孤注一掷实行币制改革，派出年少气盛、尚具正气与勇气的长子蒋经国去上海做督导员，与那些耀武扬威的大亨们对阵！然而，这一切并不能挽救病入膏肓的政局，只两月余，被蒋氏父子视为救命稻草的金圆券就成了废纸一张，成为世界上最短命的货币。由此，蒋氏政权陷入了举步维艰的绝境。

可想而知，力单势薄的民族资本在那样严酷的经济环境中支撑自己的事业是多么艰难。常衡步的父亲便是操劳过度，心力交瘁而病倒。这一刻，他攥紧了儿子的手，竭尽剩余的全部气力，向衡步交代了两桩大事。其一，要将常氏企业支撑下去，发展壮大。待重振旗鼓，蓄足财力，便要将盈虚坊转为他姓的房产一一赎回，依照曾祖父留下的布局图改造修缮，恢复原貌。这是祖父临终嘱托父亲的大事，怎奈父亲生不逢时，连年战乱，力不从心。如今，这三代人的期望都寄予常衡步身上了。父亲说到此，又将眼闭上。常衡步却看见有黄豆般的泪珠从父亲眼角沉滞地滚下。父亲就闭着眼淌着泪，又说了他的第二桩心愿。他要常衡步不遗余力查明常巽的真正死因，尽可能找到她的遗骸，妥善收殓。

常衡步记得，当时父亲已经语不成句，断断续续支撑着说完了这些话，已是虚汗淋漓，气若游丝。他痛绝于心，匍匐在地，连连应承，只为讨父亲一个宽心。父亲最后只抬手指了指枕头，便一魂升天了。

枕头底下，是一沓曾祖父亲手绘制的盈虚坊地形图和一张发黄的常巽小姐的肖像照片。

常衡步接受了父亲的遗托，像要举起一座山般艰难。可是他晓得再艰难他也必须举起这座山，舍其还有谁？他却清醒地晓得，他是没有能力、没有才智让这座山变得青翠葱茏，鸟语花香，最终的结果必定是他将被这座山压倒，跌入万劫不复的困地。即便这样，他也义无反顾。

果然不出他所料。当年他忍痛放弃了回转美国，与恋人相聚，过世外桃源般自在日子的梦想，无奈坐上了危若累卵的常氏企业老板的交椅；他殚精竭虑地收拾残局，恪尽厥职，事必躬亲，数年下来，常氏企业也有了转机，常氏丝织品已打开了华东华南及东南亚的市场。正当他稍稍有了喘气的机会，则想腾出时间着手进行盈虚坊的修缮改造工程，却遇上了轰轰烈烈的社会主义改造运动，国家对资本主义工商业实行了全面公私合营，父亲所托振兴家业、修复盈虚坊的计划自然是无法实现的了。常衡步坚决辞去了私方副厂长的职务，只挂了技术顾问的虚名，受聘于同济大学土木工程系当了一名教师。这是他内心喜好做的事，却也是他审时度势做出的人生抉择。他果然受到政府表扬，当上了区政协委员。其实，他心里藏着自己的小九九。盈虚坊历经岁月磨难已是破损颓败，还能经多少风吹雨打呢？人民政府总归会来改造整修盈虚坊的，到那时，自己作为同济大学土木工程系的专家，自然就能派得上用场出得上力了。他每每在心里对父亲的在天之灵祈祷，求父亲保佑自己能有机会完成修整盈虚坊的愿望。二十余年来，他几乎每天晚上都要到盈虚坊里游荡，他是依着曾祖父留下的图纸步测方位，察看地形，肚子里渐渐形成了对盈虚坊修整改造的种种方案。表面上，他沉默少言，其实他的内心是那样炽热和焦虑，急切地等待着施展才华完成父亲嘱托的时机。这个时机却像只在传说中出现过的美丽而骄傲的凤凰，迟迟不肯显身，并且愈来愈渺茫了。

对父亲寻找姐姐遗骸的嘱托，更是常衡步心底时时刻刻潜伏着的痛。通常都是隐隐约约痛着，倘若休闲下来，定定地想起耘步姐姐的音容笑貌，那痛便突然膨胀剧烈起来，好像不上麻药就被开膛破肚一般。

上海解放不久，常衡步曾收到一封辗转了好几个月才送达他手上的信。黄牛皮信封一边印着“上海军事管制委员会”的红字，信皮中央黑墨水端端正正写着“常巽同志家属亲启”的字样。常衡步抑制不住心似惊马狂奔一般——有谁会称姐姐为“同志”?！看来，当初冯景初对常巽参加某个组织的推测并非杜撰了。他颤抖着手撕开了信皮，先看落款处的姓名，愈发惊讶。写信人的姓名经常出现在当时的报纸上，竟是上海军管会负责民政工作的领导人！

信中措词非常热情且诚恳，自称他在抗战期间曾是上海地下党的负责人之一。“八·一三”事件后，他曾装扮成难民住进盈虚坊常家积谷仓改造的难民收容所，开展抗日救国宣传工作，组织难民中年轻力壮者奔赴皖南新四军根据地。在那里，他结识了学生救国会的常巽同志，并介绍她入了党。后因组织中出了叛徒，他奉命撤离上海，仓促间未能联系上常巽同志。他随华东野战军南渡长江，解放上海后，经各方打听，方知常巽同志早已不在人世。信中又道，党和人民绝不会忘记为民族解放事业英勇献身的战士，他已将常巽同志情况向有关部门反映，并敦促有关部门尽快派人调查常巽同志牺牲的经过，给予相应的结论。最后请常巽同志家属节哀，致以崇高的革命敬礼！

常衡步将两页薄薄的信笺读了一遍又一遍，团皱打结的心房松展轻松了许多。他默默祈祷上苍的护佑，并告慰老父在天之灵！

常衡步遵照信中所嘱，耐心等待姐姐的福音降临。一个月、两个月、半年、一年……突然有一天，报纸上以黑体粗字通栏标题公布了破获隐藏在我党内部特大反革命集团案件的新闻，那位写信人的名字赫然列于反革命集团成员的名单之中！常衡步被这突如其来的变故击闷了，心如同石块嗖嗖地坠入万丈深渊。如果此人成了反革命，当年是他与姐姐单线联系，岂不是姐姐便永无翻身之日了吗?

常衡步病急乱投医，一次一次地到市政府有关部门申诉，依据手中的那封信，希望能为姐姐正名。年复一年，他的申诉如泥牛入海，杳无音信。他并不甘心，亦不死心，仍旧隔一时日便向有关部门递交一份申诉信。至1957年大鸣大放之际，他再次向有关部门递交申诉信，言辞愈发急切而激愤，却因此罹祸，被当作漏网“右派”戴上了帽子，下放劳动。

对常氏家业的兴旺，常衡步早就不存奢望；对自己个人的荣禄升迁，他亦漠然处之；惟有不能为姐姐正名，使姐姐沉冤莫白，他的心灵便日日在愧疚与痛楚中煎熬，夜夜梦魇，几乎睡不成一个囫囵觉。

14

在这个细雨初霁后的黄昏，盈虚坊中有一条时光流逝般的影子缓缓地横过，这影子被粗糙破损的青砖墙磨砺得窟窟窿窿、皱皱巴巴，就像是沧桑岁月遗留的一点旧痕迹，再有几场风吹雨打便会消磨殆尽了。

在盈虚坊众人的眼里，常衡步常先生真的变成了那样一条窟窟窿窿、皱皱巴巴的影子，一具没有五脏六腑没有思维感情的皮囊，足可以给民间的皮影戏艺人当道具了。

常衡步也晓得他一路走去，盈虚坊中有多少双眼睛在盯着他看，他的一颦一嗟一举一动都会被人们深加探究，妄作评判，他只得仍做出木知木觉的表情，并且目不斜视。他晓得只要他跟人家一碰目光，马上就会被人家拦住问长问短。而他此刻最怕的就是人们的问长问短，他宁愿被人家背后议论猜测，被人家说成是神经出了毛病。

常衡步对盈虚坊里的横弄竖弄，就像对自己的掌纹一般熟悉，人家只当他在弄堂里随意逛逛，其实他心里是有谱有码的，先从哪条支弄拐进哪条支弄，再从哪条支弄拐进哪条支弄，从来不漏掉一处，却也不重复一处。

常衡步的幸福生活结束在几年前一个月色溟濛夜晚，他的相濡以沫并相约白首的妻子竟然没有跟他道别一声，就独自跨出阳台的铸铁栏杆坠楼身亡了。在那一刻之前，常衡步觉得自己是上海滩上可数的幸福男人之一。尽管他失去了万贯家产，又曾被打成“右派”分子，“文革”起始再次被划为黑七类分子劳动改造，可是只要他踏进家门，看见妻子温润如玉的笑脸，他的所有怨愤苦恨顿时烟消云散了。接过妻子递过来的冒着丝丝热气的龙井香茶，他便觉得人生的味道正如茶一般虽苦却甜。妻子是天底下最美丽最贤惠的女人，他们相识在美国的大学校园，她违背父母意愿不顾一切放弃美国优裕的生活返回上海，并且在他由常家的末代老板变成一个普通的大学教员之际嫁给了他，为他生养了两个如花似玉的女儿。可是，自己非但不能给予她安宁的生活，还连累她遭受践踏与羞辱。当心爱的女人横尸眼前，常衡步已是万念俱灰，只想陪伴她一起去走黄泉路。却是常天竹常天葵两双像极了她们母亲的眼睛牵绊住了他的脚步。他椎心泣血地与妻子道别，目眦欲裂地望着妻子孤零零的背影度过了阴阳界奈何桥渐行渐远。他狠狠地对着她的背影发誓：“我一定会把我们的女儿健健康康、平平安安养大成人！”他又失信了，他没有保护好女儿，他的天竹竟被歹徒糟蹋而精神失常，她只有十七岁，花蕾才绽开就凋零了。常衡步痛心疾首而失去了思维能力，懊恼自责却流不出一滴眼泪。

长夜如小年，苦昼似轮回。一整天，这幢楼里笔笃势峭的三层阁楼梯叽里搁落地响个不停，派出所警官、里委会干部、厂革会负责人、学校工宣队和老师……一拨人来了，去了；又一拨人来了，走了。每一拨人都要前前后后里里外外地盘问常衡步，恨不得让他把常天竹身上的汗毛孔一只只拿到显微镜下放大一百倍。常衡步只是机械地点头或摇头，两片嘴皮软体虫般嚅动着，却没有声音。来访的人都疑疑惑惑，这女孩子的父亲是不是也有点神经不正常了？人们当然不晓得，他是在一遍遍地乞求妻子亡灵的原谅和宽恕啊。

黄昏时分，楼板总算停歇了一会，三层阁里一片死寂。常天竹始终盘腿面壁而坐，常天葵陪着姐姐支撑了几个时辰，困了，斜倒在被褥上。常衡步呆墩墩地看着他的一双女儿，不晓得应该去做点什么，他不晓得他们的日子该如何继续下去。他又一次站在了生死阴阳界河边，真正进退两难，生也难，死也难。

屋子里光线愈来愈暗，稀疏了的雨点铮的一声，铮的又一声，缓慢而沉重地打在他们头顶上面缺损的瓦片上。他们的三层阁就像一只正一点一点沉入漆黑冰凉水中的破船。

忽然，楼板上又有了动静，嗒嗒嗒嗒，很轻巧，只有声音却不摇晃。暗黢黢里，有人轻悠悠喊了声："常先生。"叭叭叭，过道和房间昏黄的灯随即都亮起来了。常衡步一个惊悚，抬脸正迎着吴阿姨一张热络络的笑脸。

吴阿姨没有一句劝慰宽怀的话，只一贯地啰嗦道："肚皮一定饿瘪掉了吧？我煮了一锅咸菜肉丝面，随便放了几只开洋，哦哟，鲜得来。趁热吃掉它，隔一歇汤就涨干了呢。明朝要想吃啥？弄点吃的还不便当？多跑两脚路顺带便的事情。天葵呢？就这样空身子睡啦？要冻掉的呀……"说话当口，手一刻没停歇，将油纸伞往门后一戳，即从元宝篮里头端出一只钢盅锅子；又熟门熟路从碗橱里拿了两只蓝边菜碗，堆尖挑了两碗面，又推推拉拉把常天葵唤醒。常天葵已饿了一天，小脸扑进菜碗就吃了起来，常衡步也勉勉强强挑了一束面往嘴巴送。趁他们吃面的工夫，吴阿姨舀了半盆水，端进去，布帘子一拉，稀里哗啦替常天竹擦起身来。吴阿姨不晓得有什么魔法，常天竹在她手中像团发面，随她捏扁捏圆。不一歇，吴阿姨就把常天竹弄得里外清爽，又喂她喝了小半碗面汤，又将她换下的脏衣服团起来塞在篮头里，又收拢碗筷嗒嗒嗒地端到楼下灶头间去洗。常家死穴般的三层阁经吴阿姨琐琐碎碎地一搅腾，又有了活活的生气。

日后常衡步前思后想，百转回肠。在他最艰难的时刻，竟是一个大字不认几个的劳动大姐最识得他的心思，几句疏疏淡淡的话就将他从阴阳界河边拉了回来。吴阿姨道："常先生，外面雨停歇了呢,星稀月明的,弄堂里像板刷刷过一样清爽。你一整天没出门了,出去散散心吧。”这句话把常衡步的灵魂拾了回来,他猛地惊醒,在他的生命中,除了妻子,除了女儿,还有一桩十分重要的东西,那就是盈虚坊!他差点昏头昏脑把那桩几十年如一日的功课给耽搁了。于是,他拖着空荡荡却沉甸甸的躯体,壳囊壳囊下了楼梯,出了后门,把自己千疮百孔的影子投在暮色中泛出青幽幽寒光的砖墙上。

常衡步足下拖了双圆口千层底黑布鞋,鞋面已经洗得发白,鞋后跟磨得只剩薄削削的一层,所以他的脚掌只隔着这薄削削的一层贴在粗糙的水泥板地上,他马上感觉到有一股强烈的气息从脚底心蹿上来,沿着他枯枝般的经脉丝丝缕缕地蔓延开来。麻木了一昼夜的躯干渐渐就有了知觉,有了疼痛感,骨关节痛,颈椎痛,腰痛,肩胛痛,身体的疼痛反而减轻了心的疼痛,他真的觉得自己又有了活下去的气力。

常衡步拖着自己影子般的身躯,穿越了众人层层叠叠密密麻麻怜悯的、抚慰的、不无好奇打探的目光,终于不辱使命地踏遍了盈虚坊的大弄小弄,寸土不让,唯独绕开了自己最熟悉却又变得陌生了的恒墅。伤心不堪回首明月中。

年复一年,恒墅已经被陆续扩张搭建的各式各样的简易楼房包围,逐渐蜕变得面目全非了。自常家被逐,由区革委会下属房管所分配,恒墅里如同洪水猛兽般呼啦啦搬进了十数户人家几十口人丁。先是底楼大客厅从中窄窄地用三夹板拦出一条通花园的过道,左右隔出两间屋供两户人家住;枪把型的大厨房也改造成两间房间,住进两户人家。二楼三间正房,虽是一间一户,却要么是三代同堂人家,要么便是两夫妻带着四五个孩子的,都自己在房间里隔小间搭阁楼,带阳台的那户索性用油毛毡把典雅的铸铁栏杆封起做房间了。三楼的斜顶披屋与北向的汽车间统统住满了人家,过道成了灶头间和储物间。带花型吊灯的天花板被油烟熏得焦黑,柚木楼梯漆水剥落,楼板七跷八裂。大门上的彩格玻璃碎了,横竖用三夹板封死。恒墅像一个家道败落的浪荡子,衣衫褴褛,神情猥琐。外墙上的爬山虎藤早已枯死,半半拉拉残留着几须衰茎,倒像一张伤痕累累丑陋的面孔,令人望而生畏。再后,仍有许多人家等待着分房,房管所便沿着恒墅的花园围墙里外搭建简易平房,又逐渐翻加成两层楼房;楼房外再搭平房,再翻楼房。如此逐年扩展,得寸进尺,一步步将通道分割蚕食,终于与邻近早年搭建的平房简楼衔接,浑然一体,难辨伯仲。而恒墅,整个地被绵延起伏的屋脊淹没,唯有三层楼顶那两扇城堡似的老虎窗兀自浮现,就像溺海而垂死挣扎的最后呼救。

常衡步走到与恒墅隔院相对的守宫门口便止住了脚步,他甚至不愿意抬头打量一下自己的老屋,趄转身缓缓地走开了。滞重的橐嚓橐嚓的脚步声,荡开来撞在青砖墙上,形成了反复的回旋,久久不散,如同一个喑哑伤痛的吟唱。

往日里,常衡步笃悠悠巡遍整座盈虚坊,大约总需半个小时到四十分钟。这一晚,他却走了一个多钟点,且走得上气不接下气,呼哧呼哧拼命地喘。

他终于转回自家后门口了,他却没有进门。寻了处路灯光环之外的暗僻角落将自己皮影戏道具般的影子融进去。这么一来,旁人哪怕从他面前走过也很难发现他,他却能清清楚楚看见往来的每一个人,并且能清清楚楚看见面前陈旧的房屋不规则的轮廓。他将头稍微侧过去,再踮起脚跟,还能看见那几扇高踞一片屋脊之上、城堡式的老虎窗,虽也蒙尘颓旧,依然有着顾盼自雄的贵族气。再后面,便是古银杏树繁复神秘裹挟着肃杀之气的剪影。

常衡步对眼门前的景象太熟悉了,熟悉到了庖丁解牛、目无全牛的地步。可他仍觉得没有看懂它们,是一部让他研读了几十年仍未解通的天书。

多少年来,日日夜夜纠葛在常衡步心里的疑问是,当年那场神秘的大火熄灭后,常家老宅偌大的楼台亭阁究竟毁灭了多少?残存了多少?在那些残垣断壁、瓦砾废墟中是否留下了姐姐生命的些许讯息?

那年,常衡步办完父亲的丧事,头一桩便是向看守常家老宅的家仆打听那场神秘火灾的来龙去脉。可是,老家仆耄耋之年,耳聋眼花,横竖问不出个所以然。常衡步自然也根据盈虚坊中的传闻,顺藤摸瓜去找盈虚庵清涵住持恭问实情。那倪师太只将当年回复其父亲的言词诵经般毫无抑扬顿挫地重述了一遍。常衡步却时时感觉得到姐姐特殊的气息在盈虚坊,在老宅的地基周围无影无踪地弥漫着,犹如早春无影无踪的暖风,恰似中夜无影无踪的月色。

常衡步躲在路灯光环照不到的暗僻角落,久久地深入地打量着眼门前七高八低竖斜横翘的房屋轮廓线,他像数学家在解一道宇宙难题,又像大侦探在破一桩陈年旧案。

这天,按农历算,大约处在朔日的初七、初八,上弦月有气无力地悬挂在东南方的半天空,那月钩儿佝胸凸背,颤颤巍巍,像一个凄凉孤独、寂寞远行的老妪。然而,在修淡的月色笼罩中,白日里尘世间的落败、芜杂、衰微、肮脏都变得朦胧悠远神秘而富有诗意了。

有一桩往事,坚定了常衡步的信念:姐姐的英魂一定就在盈虚坊内!

“文革”早期,常家被迫搬离恒墅。当时,常衡步还未从爱妻惨死的伤痛中复原,思维感觉都已麻木。房管所给他两处房子,由他拣。一处是盈虚坊对马路石库门中的亭子间,十二三个平方米,小是小了点,却还正气敞亮;另一处就在盈虚坊内,离恒墅不远,是间三层阁,立得起腰的范围大概只有两张八仙桌大。同情常家的老街坊大都劝他们要下那间亭子间,总归是四四方方的一间屋吧?常衡步木知木觉地答应了,却在搬家前天的深夜,常衡步和两个女儿还在收拾东西。恒墅虽被造反派抄家横扫了许多“四旧”,一幢房子里仍是有许多杂物的。以后仅有一间屋子了,只能挑选最需要的生活物什搬过去。父女三人挑了这件舍不得那件,反复甄选,难以取舍。正斟酌间,听得沿弄堂的后窗有小心翼翼的敲击声,点木鱼似的。常衡步一惊,忙过去开了后门,竟真是倪师太。

盈虚庵旧址改造成工厂后,倪师太已在丝织厂做了十几年工人，直做到光荣退休。可是“文革”初期倪师太仍未逃脱被红卫兵抄家批斗的厄运。有一段时间，倪师太便拗断了跟盈虚坊任何人家的交往，独自关在她的后厢房里参佛悟道，“暗数菩提子，闲看薜荔花”。近两年，形势和缓了许多，倪师太方才在弄堂里露面。许久看不到她的街坊都暗自惊讶，倪师太的一张面孔愈发粉白红润，细目炯炯，愈发猜不出她究竟有多少年纪了。

常衡步欠腰将倪师太让进屋，倪师太只站在后门口，双手合掌缓缓道：“衡步啊，你怎么能够离开盈虚坊呢？你爹临终，是我为他诵经超度的，他是不肯闭眼睛的，他放不下盈虚坊啊！”

常衡步被倪师太软软的一句话点醒了。是啊，他怎么能离开盈虚坊呢？他惊出一身冷汗，天刚放亮便赶去房管所，告诉他们不要那亭子间了，宁愿搬进三层阁。房管所的负责人用看西洋镜的眼光瞅着这个气度猥琐了的曾经的常老板，道：“常衡步，你可想清楚了，这会定下了，断不能再更改了呀！”

常衡步佝着背，眼对着地板，口齿却十分清晰道：“我想清楚了。”

于是常衡步一家住进了仅有两只八仙桌大小地盘能站直腰的三层阁，倪师太的后厢房就在三层阁的底楼。常衡步直觉到倪师太深更半夜跑来关照他的举止肯定是有缘故的。倪师太不说，他也不问，只是继续着夜夜巡视盈虚坊的功课。

常衡步的灵魂已经一脚高一脚低地跨进当年大火肆虐后的废墟场，烟焦味呛得他透不过气，一声接一声地咳。他却急不可待地用并不强壮的手拼命地翻移地下的断梁碎砖，生怕它们压疼了姐姐，压伤了姐姐。而他自己的手指手腕被洋钉和玻璃划出一道道血痕，他的面孔被尘灰描画得像戏台上的猛张飞。翻着，移着，他渐渐力不从心了，心脏闷堵，浑身脱力。可是他分明听到了姐姐的声音，姐姐在唤他：“衡步，小弟！”他刷地抬起头来，姐姐的身影从瓦砾堆中蹦出来一般，笑容可掬地站在他面前了。

常衡步满心委屈，满心凄怆，止不住泪如泉涌，想喊一声“姐姐”,喉咙却被酸楚堵死了,发不出声音。

对面的人却张口道:“常震兄弟,怎么站在风口头?邋遢天忽冷忽热,最易伤风感冒,你要多穿点的。”

常衡步这才看清,半明半暗的路灯光下,站在他面前的不是姐姐常巽,却是姐姐曾经的恋人、现时盈虚坊守宫的男主人冯景初!

盈虚坊的人只晓得常氏遗少常衡步日日傍晚要出门巡视盈虚坊所有的大小弄堂,却极少有人知晓守宫的上门女婿冯景初也有这种固癖,隔三差五地要到弄堂里转转。

盈虚坊人很理解也很同情常衡步的这番举动——原来整座盈虚坊都是他常家的产业,却在他这一辈手中丢失殆尽,已无有一寸土、一片瓦、一块砖姓“常”了!盈虚坊人却大都对冯景初不以为然——你小子何德何才?不过模样长得周正些,被守宫的李大小姐相中,做了上门女婿。真叫做额角头碰到天花板,天上无端掉下只金元宝,单单被他拾了去!

常衡步在弄堂里散步从不避人耳目,众目睽睽中他自踱他的四方步,自走他的八卦阵,好像这盈虚坊就是他家的后花园。冯景初却迥然不同,他专拣无人或人少的小弄堂走进去散步,一旦遇到面熟陌生的街坊,脚步便匆忙起来,装出是为了兜近路顺便穿过此地的样子。

盈虚坊里恐怕只有常衡步识得冯景初的心思,晓得他并不是为了抄近路顺带便到弄堂里来兜圈子的。当初,冯景初作为姐姐的恋人曾经到过常家老宅;如今,他身为沪上建筑学方面资深专家,当然懂得那座老宅的价值。但是,常衡步更愿意相信,同自己一样,冯景初首先是想在这片砖墙瓦檐之间寻觅常巽的遗踪。

那年,冯景初匆匆忙忙回国完婚,常衡步没有料到,他竟是作了守宫的乘龙快婿,成了守宫的男主人。

父亲对堂伯父将守宫卖给李姓富贾一直耿耿于怀,临终前再三叮嘱常衡步,要修复盈虚坊,第一步便是赎回守宫。

曾经一度,常衡步与冯景初的关系因为守宫而变得十分微妙。

常衡步几番旁敲侧击，陆陆续续向冯景初透露了父亲修复盈虚坊的遗愿，他想冯兄何等聪明之人，定会领悟自己的意思。冯景初也慷慨表示会在规划建筑等技术问题上鼎力相助他完成父亲的遗愿，却只字不提守宫的权属问题。常衡步总是千方百计将话题引到守宫，冯景初却总是有意无意将话题绕开守宫，你推我挡，练太极拳一般，两人的交谈十分吃力。直到“文革”开始，上海市革命委员会发出通知，将私家洋房统统接管归国家所有，常衡步这才彻底打消了收回守宫的念头，与冯景初的关系反而顺理成章地自然起来。夕阳暮霭之际，他们两人常会在某个青砖剥落的拐角或哪座半圆拱券门处相遇，两个人或者子丑寅卯闲扯几句，或者肩并肩默默地走上一截，是一种“此地无声胜有声”的默契。

这一刻，常衡步缩在围墙边的暗僻角落，竦然在半明半暗的路灯下又见到了冯景初，倒将他从恍恍惚惚的梦境拽回到历历分明的现实之中。常衡步慌慌张张应道：“冯、冯兄，是你！你也出来逛了啊？”

冯景初长叹一声，伸出手掌在常衡步耷垂着的肩膀上重重地按了按，很贴心地道：“天竹的事，我们都听讲了！”停停，又道，“人救回来了就好，留得青山在，不怕没柴烧！”

常衡步觉得一阵痛楚猛扑上来，只得将背脊抵住石骨铁硬的围墙，免得身子支撑不住瘫下来。他张大嘴巴想答酬几句，夜风呼地灌进喉咙，把他的声音盖住了。

这时，有个轻柔的女声说道：“舅舅，我们刚才去看了倪师太，说你又出去逛弄堂了，就来找你。想上去看看天竹、天葵的，我从新疆带了点葡萄干回来，是我们兵团自产的，天竹、天葵一定爱吃。”

常衡步闻声掀起眼皮，见冯景初身旁依着个女子，一身洗得发白的草绿军便装，印在透明玻璃纸似的月帐上，好似郑板桥笔下的瘦竹。虽有数年不见，常衡步还是一眼就认出了她。她就是冯景初那个来历可疑的女儿冯畹丁，按目前盈虚坊里大多数人的认定，她应该便是常衡步的外甥女。

常衡步每每见到冯畹丁心里就会紧张，说话也结巴："你，你你啊，畹丁，你，你，你回来探亲啊？"

冯畹丁禁不住掩嘴扑哧笑道："舅舅，你怎么愈发口吃重了？"

冯景初道："你舅舅是看见你高兴了。"又转向常衡步，"畹丁调到场部工作，反而更忙了，好几年没轮着休假。这次是请假回上海看毛病的。"

常衡步根本没听进冯景初说话，他借着他身踞暗处的优势，正偷偷打量冯畹丁。常衡步每每面对冯畹丁，总管不住自己的目光要往她面孔上黏，他总想从她的眉眼之间找到一点常巽的影子。

冯畹丁明显的清瘦和憔悴了，原来鹅蛋脸圆润的线条如今变得生硬而零碎，原来细腻白皙的皮肤如今变得粗糙而灰暗。还有那对俊目，已经被细细的鱼尾纹和乌青的眼袋包围，再不似从前那般冷艳冰美，含着几许疲惫的殷勤，添了一些世故的热络，竟像换了颗人心似的。

常衡步没有为她凋零的青春而叹息，他只是深深地失望，因为他从来没有在冯畹丁面孔上拾得一丝一缕姐姐的遗传因子。

盈虚坊间的传闻，都认定冯畹丁是常巽与冯景初的私生女，否则，冯景初哪里会千里迢迢跨越重洋跑回来收养她？有人讲得更煞根，冯景初娶李大小姐，不是娶老婆，是给女儿娶个妈。也有自诩知情人透露，当年冯景初同意入赘守宫李家时，是有一个硬条件的，那便是一定要带着还在蹒跚学步的女儿。人家李大小姐多少贤惠，未做夫人先做了娘！虽然，冯景初从女儿最初见到常衡步那一刻起，就让她喊常衡步"舅舅"了，常衡步却怀疑这个"外甥女"的来历。首先他认定，这个"外甥女"绝不可能是姐姐跟冯景初的孩子。1948 年底，常衡步从美国回来，这孩子已经快四岁了。如此推算，姐姐怀上这孩子的时候，冯景初分明在美国，与姐姐遥隔天涯海角。两人如何会有私生女？后来，姐姐丧生火海，冯景初和自己还在学校背后的小山冈上撮土为香，为姐姐哀悼。倘若他真与姐姐有个私生子，他那时为何只字不提？为何不马上赶回去，却又过了两年方才回去？细想下去，常衡步连这孩子是不是姐姐所生都产生了怀疑。父亲虽然恼恨姐姐下嫁汉奸曹秀镛，可是父亲临终嘱托，要常衡步千方百计寻找姐姐遗骸，妥善安葬。这说明父亲并没有真的了断父女情，他仍是念着姐姐想着姐姐的。倘若姐姐真有个孩子，父亲为何只字不提她呢？

许多年前，常衡步就曾向冯景初追问冯畹丁的真实来历。冯景初却道："她是常巽留给我的孩子，就是我自己的孩子。你难道不想认她这个外甥女吗？"常衡步进一步追问下去，常巽是托什么人把孩子交给他的？冯景初横竖不肯说出那个人的姓名，道："我答应了人家要保守这个秘密的。"又道，"你看看这孩子，眉梢眼角都是常巽的影子，你还怀疑啥？"

所以，常衡步每每碰到冯畹丁，总管不住自己的目光要往她的面孔上黏。他自己也晓得自己这点年纪了，与冯畹丁又有着舅甥辈分，这般作派实在很不雅观，恐怕还会引起别人种种不入调的猜想。可他又必须这么做，心底里，他是希望能从冯畹丁的五官间找到哪怕一丁点常巽的痕迹，足以让他信服冯景初的说法——冯畹丁是姐姐留下的骨血。那么，这世界上总算还有姐姐生命的讯息留存下来，他也可以稍微告慰一下自己的心灵和父亲在天之灵了。可是，他看冯畹丁看了二十多年，从来没有从她脸上捕捉到常巽的些许影子；而且，怎么愈看愈不像常巽了呢？莫非，新疆戈壁滩上的风沙修改了冯畹丁的容貌？莫非，姐姐在自己记忆中的影像因漫漫岁月的侵蚀而变得不真实了？

这一边，冯景初等等不见常衡步出声，却见他的影子融在阴暗里头，混沌一片。只有两颗灼亮的眼乌珠燃透的火炭一般，闪了一下，又闪了一下。冯景初晓得他又在探究冯畹丁面孔的曲折奥妙了，又好气又好笑。这老兄，几十年了，吃了许多亏，还是没学会控制一下自己的情绪。冯畹丁十七八岁青春少女的时候，有一天，跑回家跟爸爸发作道："舅舅是什么意思嘛，见了我就盯住不放，像要吃人似的，他有没有花痴毛病呀？"冯景初笑道："畹丁，你舅舅和你妈妈姐弟感情很好，你和你妈妈长得又极像，你舅舅看到你，就像看到你妈妈。你不要怪他呵！”从此，冯畹丁每每遇见常衡步，她总是静静地浅笑着，任由舅舅贼亮的眼乌珠盯着自己面孔滚来滚去，再无一句怨怼。

冯景初和冯畹丁父女耐心地候了常衡步片刻，冯景初便伸出巴掌朝他薄薄的影子上击了一下，道：“好了，常震兄弟，别老待在这风口上嘛，前面带路，看看天竹天葵去，畹丁和她们又是几年不见了。”

常衡步讪讪地将目光从冯畹丁面孔上收拢回来，却道：“噢，畹丁这次来是看什么毛病啊？要紧吧？不会很快回去吧？”

冯畹丁声音有点不安道：“是妇科方面的毛病，兵团卫生院的医生建议我回上海做检查的。”

常衡步道：“不要性急，多住些日子，索性治好了再回去。”停一口气，又道，“天竹天葵睡得早，反正有的是时间碰头的。”

冯畹丁与冯景初相对看看，他们都明白了，常衡步在拒客。方才，倪师太已将常天竹的遭遇告诉他们了，他们十分体恤常衡步此刻的心情。冯景初道：“天竹天葵睡啦？那我们就不上去了，改日吧。”

冯畹丁把装葡萄干的纸袋举到常衡步胸前，道：“舅舅，这个先带给她们吃起来。”

常衡步暗暗松了口气，着实感激冯家父女的善解人意。他将装葡萄干的纸袋双手捧过来，抱在胸口头。这姿态表示非常领这份情。

于是冯家父女告辞了，转身沿着这条一半阴一半明的横弄堂走出去，走向守宫。

常衡步的眼乌珠像弹弓弹出去的玻璃弹子，直追着冯景初和冯畹丁的背影。冯畹丁挽着冯景初的胳膊，父女俩依偎着缓缓行走的背影让常衡步重新忘记了历历分明的现实，竟跟着他们缓缓地走进恍恍惚惚的梦境。

恍惚是在三十多年前，姐姐头一次领着冯兄到家里来给父母亲

"过目"。那时常家老宅遭遇日本鬼子炸弹摧毁,已经残败不堪,他们全家搬至霞飞路上的诺曼底公寓居住。便是在那间宽敞明亮的客厅里,父亲与冯兄一见如故,谈得十分投机。母亲特为安排了丰盛的家宴款待毛脚女婿。酒足饭饱后,姐姐和冯兄要回学校,父亲就让衡步代表全家送送他们。常衡步记得,他们三人说说笑笑乘着铁门哐哐响的电梯下楼,出了南大门,站在带水泥仿石立柱的券廊里又说了一会话。姐姐和冯兄便左拐,沿着霞飞路向东走去,他们不乘车,说要散散步。好像那也是早春的一个朔日,法国梧桐树上刚冒出黄豆大小的嫩芽,枝杆纵横交错,疏阔而清峻。淡淡的一钩上弦月小舟似的停泊在枝丫间,柏油马路上便有了斑斑驳驳的影子。远处偶然传来有轨电车清清冷冷的叮当声,愈觉得夜色的悠远绵长。姐姐与冯兄便是手挽手依偎着走进那个悠远绵长的夜色中去的。

15

与恒墅建于同时期的守宫却是盈虚坊里保存得最完好的老屋子。整座外墙虽因年久失修而色泽暗淡陈旧,散布着斑驳的雨渍,且阳台的铸铁围栏也已锈迹斑斑,可它上下大小十多扇棋格状钢窗玻璃却是块块洁净明亮,大门上的铜把手光可鉴人,连门檐下台阶上铺的小方砖也总擦拭得清清爽爽。花园一人多高的围墙虽有缺损,布满岁月的伤痕,可从墙头披拂而下的蔷薇花茎蔓,修剪得错落有致却不芜杂,正冒出点点新绿,让人想象得出围墙里面一定是丰草绿缛、佳木葱茏的景致。守宫就像一个韶华已逝的贵夫人,依旧养尊处优,举止端方,在盈虚坊中鹤立鸡群。

在人多嘴杂、众说纷纭的盈虚坊间,要对一桩事情取得一致的看法,无疑是聚沙成塔、缘木求鱼般困难。然而经历了许多年风风雨雨的日子,众人竟都异口同声地赞道:"守宫能有今天,全得力于居住守宫的两个女人呀。”一位便是在盈虚坊做了十多年劳动大姐，为人谨厚浑朴、古道热肠的吴秀英吴阿姨；另一位便是居守守宫近三十年，外表尖酸冷峭却又守正不挠的守宫女主人李凝眉。

先说吴秀英吴阿姨，在那个特殊的年代以她特殊的身份入住守宫，首先是保住了守宫不被支解切割瓜分。其次，吴阿姨做娘姨做惯了，天生手脚闲不住，稍得空闲，便拿块擦布东抹抹西拭拭。房子和家什就像小囡一样，要人心痛要人照顾，守宫里窗户扶梯壁灯门板永远一尘不染，漆水虽有脱落，却仍保持它的光泽，就连拐弯抹角墙壁旮旯也是清清爽爽，不沾一星龌龊。

不过，好比一出戏，吴阿姨功劳再大，总归是个配角，是跟在相府崔莺莺小姐前后的红娘，是守在白素贞白娘子左右的小青青。而守宫里演出的一出出戏，主角绝对是精致清雅的李凝眉女士，她才是《西厢记》里的崔莺莺，《白蛇传》里的白素贞啊。难得的女诸葛，慧心巧思，运筹帷幄，及早调兵遣将，否则，守宫难免也落得和恒墅一样的境遇。

女人一般都有点小聪明，小聪明弄不好往往顾此失彼，反倒被聪明耽误。李凝眉女士的聪明已经超出小聪明的范畴，历练到智慧的境界。她往往在命运大起大落的紧要关头见微知著、辨风行舵，驾驶着她人生的小舟在千钧一发中躲过一个个旋涡而免遭灭顶之灾。

五十年代初，轰轰烈烈的社会主义改造运动后，李凝眉女士坚决不留在家中吃老爹的定息，应聘到一所中学教书，成了自食其力的人民教师。这使她在以后一二十年风风雨雨的日子里，行事挺得起腰板，讲话好放得开喉咙。

“文革”初始，盈虚坊头一个被抄家的是恒墅常家，造反派把恒墅外墙上茂盛的爬山虎稀里哗啦扯光了，贴上一溜大字报，是“资产阶级孝子贤孙”，又是“顽固不改的‘右派’分子”，又是“隐藏在大学校园中的美蒋特务”，夫妻俩被剃了阴阳头，在长弄短巷中游行示众。李凝眉见状，先是心惊胆战，面孔煞白，呼吸急促。想想在盈虚坊，先拿恒墅开了刀，接下来自然轮到守宫了。她可不能束手待毙，任人宰割呀！李凝眉修眉一皱，计上心头。当晚，她叫了王阿婆，先将自己的卧室从二楼向南的大房间搬至三楼斜顶披屋中，又将箱子间里的樟木箱一只一只抬到底楼门廊口，靠墙摞着。随后，吩咐王阿婆找出裁衣裳的大剪刀，要她去把客厅中圈椅上织锦缎的坐垫统统剪破，一只也不要剩。王阿婆哆哆嗦嗦地下不了手，李凝眉夺过剪刀，咬紧银牙，咔嚓咔嚓将八只圈椅坐垫悉数剪破了。息了口气，又命王阿婆把博古架上的古董收去，将茶几上的景德镇青花瓷茶具换成最普通的玻璃杯。李凝眉立在客厅门中团圈看了一周，又去找出儿子练大字的毛笔和墨汁，往那圈灰底起红玫瑰图案的沙发上重重地打上一只只大叉，王阿婆在一旁啧啧啧地肉痛得要命，李凝眉冷笑道："生不带来死不带去，人平平安安就好。"

第二天，李凝眉主动到学校的红卫兵团"坦白交代"，说自己家里有几箱子"四旧"，欢迎红卫兵小将去"革命"，去"清扫"；还说让出了自己家里最敞亮的大房间，无偿提供给红卫兵小将利用。红卫兵将那几箱旧衣物拎到弄堂里当众焚烧，又在守宫大门口挂起了白底红字"东方红红卫兵团"的木牌，守宫因此避免了真正毁灭性的抄检和分割。

隔年，红卫兵小将撤离守宫，回校"复课闹革命"去了。也是李凝眉的主动邀请，守宫二楼成了居委会的办公室。那时，王阿婆已经离开守宫回乡下去了，李凝眉悄悄叮嘱已搬进底楼客厅居住的吴阿姨，每天一早，先灌好两只热水瓶拎到居委会去。她又注意到居委会几个阿姨都自带中饭，到了中午，热开水冷饭一淘，就稀里哗啦吃了。她便热心热肠去讲，冷饭淘热开水吃了不消化，身体是革命的本钱呀。厨房间你们尽管用好了，冷饭冷菜热一热再吃，还可现成炒两个菜一个汤，油盐酱醋尽管用好了。

老古话讲，人情好比一张锯，你不来我不去。里委会的阿姨们逐渐与李凝眉熟了，几年下来，大家客客气气，相安无事。当时，根据上海革委会《关于加强房屋管理》的通告，私房全部由房管所接管，却因守宫有居委会在，房管所始终没有分配其他人家住进来。

盈虚坊间的传说，李凝眉小姐天资颖悟，深得其祖父青睐，她是李家唯一进了大学念书的女公子。李凝眉祖上也是山野农夫，而她的祖父十五岁从宁波到上海学生意，由亲戚荐入一爿绸缎庄里做伙计。一日日熬，一年年撑，终于撑出了自己的天地，做成了上海滩上排得上号的蚕丝行老板。这里面虽有一些机缘，却更需要独具慧眼毅然决然的把握，锲而不舍且通权达变的好身手。李小姐正是禀承了其祖父精明慧黠，处惊不乱、临机应变的本事，加之小女子的秀媚柔韧、机巧敏感，处事待人洞观悉微，处置极有分寸。方方面面的关系，谁该亲，谁该疏，什么言语对谁该说，对谁不该说，若说，又说到什么程度，她都把握得恰到好处。风风雨雨几十年，守宫女主人李凝眉同志对世事起伏早已参透，对周围任何事任何人都能做到胸中甲兵，应付裕如。唯独有一桩事一个人，她参不透，看不明，对付起来虽竭尽心智，却总像缘木求鱼、隔靴搔痒，徒劳无功。

这桩事体便是她自己的婚事。

这个人便是她由心底里敬着爱着的丈夫冯景初。

李凝眉虽非沉鱼落雁、羞花闭月的美人坯子，毕竟出自钟鸣鼎食人家，绮罗锦绣丛中长大，并无有箪食瓢饮之虑，亦无有草行露宿之忧，最多是一点闲愁以供沉吟和消遣，故而养得细皮嫩肉，举止优雅，浑身透出一股雍容恬适的富贵气。把她混在盈虚坊众多的女人当中，哪怕是穿千篇一律的蓝灰两用衫，她也总会鹤立鸡群地凸显出来。

李氏门中出了这么一个清俊聪颖的女公子，自然是要有门当户对的人家才肯将她嫁出去的。牵线做媒的从未断过，李凝眉不是厌对方油头粉面膏粱子弟，便是嫌人家胸无点墨酒囊饭袋，鲜有看得上眼的。曾经提了一位，虽非豪门富贾人家，倒是书香门第，公子还是个大学生。李凝眉小姐有点动心了，父母亲便让媒人去跟对方约个时间，两家人到城隍庙旁边的雅叙园喝茶清谈。隔两天，媒人有点沮丧地来回应："这桩事体有点搞轧，那家公子瞒着长辈自己找定了女朋友，况且那女子也是大户人家出身啊！”原也只是一来一往几句话的因缘，不成就不成吧。李家父母倒也罢了，李凝眉小姐却心生愤怨，从来只有她拒了人家的，哪有被人家拒的？只差人去打听那女子究竟是何等人家何等模样的人物，这一打听愈发让她气闷了，原来那女子竟是赫赫有名盈虚坊常府的小姐，有才有貌甚是出众。李凝眉一口气憋在胸口吐不出清不掉，不想这口气一憋就憋了几十年，竟是相伴了她大半生，这已是后话。

这桩事情对李家众人来讲，只不过大街上一道小小的坎，稍稍抬抬脚就过去了，偏生李凝眉小姐跨不过去。听讲常家小姐是震旦女子文理学院的高才生，李凝眉发誓也要去考女状元。父母晓得女儿脾气倔拗，只得由她，婚事便暂且搁置了。

隔年秋天，李凝眉小姐真的考入了大学，并且不意撞见了自己心仪的白马王子。

其时，太平洋战争爆发，日军借口占领了上海的租界，“孤岛”不复存在，汪伪政府的政治、经济、文化、市政、治安等一切权力实质上都掌控在日本人手中。上海成了步步刀丛的恐怖世界，经济恶化，民生已濒临悬崖边缘。

临近农历新年，基督教青年会与几家报社联合，在八仙桥青年会馆举办规模庞大的“同舟共济义卖市场”，许多演艺明星都到场签名。李凝眉小姐平素虽受长辈百般娇宠，任意逞性，不过，父母对她管束仍是十分严厉的。当时的大学里，各种党派活动频繁，父亲千叮万嘱道：“女孩子读点书并不为过，千万千万不要加入这个党那个党的。清清白白做人，规规矩矩念书顶要紧。”所以李凝眉小姐平日里是一副“两耳不闻窗外事，一心只读圣贤书”的姿态。这次参加义卖活动，李凝眉小姐事先请示了父亲。父亲虽是个商人，却也有一腔爱国正气，也痛恨日本鬼子的惨绝人寰，于是慷慨取出一笔钱款，让李凝眉带去义卖市场，随便买不买东西，悉数捐出便是了。

午后，李凝眉邀了同窗女生一起去了八仙桥青年会义卖市场。她们是从学校直接乘电车去的，李凝眉仍穿着日常的小格花呢丝棉长袄，外面套了袭黄狼皮的短裘衣。

市场里熙熙攘攘十分热闹，除了各种商铺，还有一些学校搭起简易的戏台，演出自编自导的话剧。

李凝眉左顾右盼，并没看中什么物什，因她在家里有求必应，万物不缺的。她在场子里转了一圈，终于被一爿旧书铺勾住了眼瞳，尤其是一套英文版《莎士比亚戏剧全集》令她爱不释手，便立停，伫足翻阅起来。那书封已磨损，那纸角已破卷，可见主人无数遍地翻阅。李凝眉读的莎士比亚不多，只《哈姆雷特》和《罗密欧与朱丽叶》两种，仅两种已让她销魂丢魄了。便翻到《哈姆雷特》首页，见题目下有草草眉批，写道："画龙画虎难画骨，知人知面不知心。"侧脸想了会，心里道：这人好心灰啊！又翻到《罗密欧与朱丽叶》首页，行距间亦有批语："人世间风刀霜剑，倒是这两人痛快，去九泉下相亲相爱了。"李凝眉默念了一遍，隐隐觉得这些话里面含着很重的幽怨，忍不住问了句："这些书是你自己的吗？"

书摊后面有人应答道："嗯！"很重很闷的声音，好像一块巨石轰地砸进了水里，涟漪都不起。

李凝眉不由得抬起眼皮瞟了一眼，这一瞟倒让她收不回目光了，眼瞳像被石灰浆黏牢的知了，动弹不得。

书堆后面站着的青年男子，一身深灰的学生装，方额圆颏，悬胆鼻笔挺，好不清俊而秀爽。相貌堂堂的男人李凝眉也见过不少，却只有他身上有种摄人心魄的魅力。当时，李凝眉像被箭镞猛地射中心房，不及分辨他身上那不可抵御的魅力究竟是什么。李凝眉是事后转回自己的绣阁，躺在锦被罗衾里，痴痴想来，才想明白的。原来是他周正清俊的面容上透露出的深深的落寞孤寂的神情打动了女孩子的心扉。还有他伶俜的身躯，周围虽然人来人往，他身躯的线条却因内心的岑寂而显得僵硬，不堪重负似的。还有他的那一声嗯，重重的，却透出些许凄苦，令李凝眉许久不能忘怀。

当时，李凝眉毫不犹豫地要买下那部英文版《莎士比亚戏剧全集》,便问价钱。那青年报了个不低的虚价,李凝眉却付了比他所报价钱更多两成的钞票。他点了点钱,要将多余部分还给她;她却执意不收回,故作矜持,冷笑道:“不是义卖,救济失学者吗?我愿意出多少就出多少!”

那青年便不坚持还钱,却道:“小姐,我代需要救助者谢谢您的慷慨大义了。您还可以多挑几本书去,您看,这几本您喜欢吗?”他从书摊底下刷刷抽出几本书,一溜排在李凝眉面前了。

李凝眉心口怦怦跳了两下,依次看去——《浮士德》,郭沫若译;《死魂灵》,鲁迅译;还有茅盾的《子夜》和巴金的《家》!李凝眉迅速将这几本书摞在一起,有点激动,说不出话,就用力点点头。

那青年很有深意地瞄了她一眼,又变戏法似的排了一列书:《秋瑾遗集》、《莎菲女士日记》、鲁迅的《呐喊》和《彷徨》,甚至还有一本孙文所著《建国方略》!

李凝眉心中略迟疑了,暗忖,看来他是个激进分子。再说,自己平素只爱看些文艺小说,并不关心什么政治。欲罢手,然而,对方那双略显疲惫有点伤感的眼瞳正忧郁地盯着自己,这让她无法拒绝他的一切。李凝眉一横心,将这一列书也都收拢摞成一堆。她自嘲地耸了耸肩,道:“可我如何将它们拎回家去哟?你们这里能否替我请个挑夫,把书送到我家去呢?”

那青年竟满口应承下来,让李凝眉留下姓名地址,说是等义卖会结束,他便亲自把书给她送上门。

傍晚,李凝眉回到家中,母亲和几位太太们正在底楼后厢房里搓麻将,母亲喊道:“快来搓几圈。阿眉手气好,相帮姆妈翻翻身!”

李凝眉浑身懒懒的,哪里有心思跟人家应酬?听到滴里笃落的翻牌声愈是心烦,勉强回应道:“妈,我脚骨都立得虚脱了,我回房间去了!”

母亲晓得她任性,也不追究,自顾劈里啪啦出牌去了。

李凝眉上了楼,撞开房门,便往绣罗纱帐里一钻,靠在锦缎软被上发起痴呆来了。

她心里空落落的，像是把什么最重要的东西丢在了什么地方。

不晓得隔了多长久，只听得娘姨隔着门喊了两声“小姐”，李凝眉不应。娘姨便推开虚掩的门，嘀咕道：“怎么也不点灯？盘在暗头里做啥？”叭嗒把房中央的薄纱流苏灯点亮了，撩起绣罗帐门，在她薄削削的肩背上轻轻拍了两下，“小姐，和衣躺着最容易着凉了，要睡索性脱了衣裳钻被筒。”

李凝眉忽然一骨碌翻身坐起，慌慌张张伸脚下床找鞋，一边问道：“怎么天都黑了？王阿婆，有人给我送书来了吗？”

娘姨是母亲从娘家陪嫁到李家来的，她在李家做的年岁比李凝眉年纪还长，李家人上上下下喊她“王阿婆”的。王阿婆道：“哪里有人给你送书啊？我不晓得，下面开饭了，太太她们歇不下来，厨房就做了几碗虾仁面给送过去。小姐，你还是下去吃吧？”

李凝眉皱了皱眉头，哪里有胃口吃饭？心想，不是讲好的，义卖会一结束就送书来的，不成义卖会到这种时间还没结束？

王阿婆见她呆墩墩坐着不动，便道：“要么我也端碗虾仁面给你？”

李凝眉烦烦地嗔道：“你就晓得吃吃吃，人家肚皮不饿嘛！”

王阿婆倒吃吃地笑起来，道：“小姐过了七月初七就满十八岁了，也该有点心事啦？”王阿婆是看着李凝眉钻出娘胎而后一岁一岁长大的。她像是一条盘在李凝眉肚子里的虫精，李凝眉的一颦一笑，她都晓得是为了什么。

李凝眉不经意被王阿婆点中穴位，跺着脚吵道：“谁有心事啦？谁有心事啦？”

就有看门的阿旺在门外高声道：“小姐，有个文绉绉的白面书生说是给你送书来的！”

李凝眉腾地就向门外跑，跑到楼梯口又突然收住步子，压着声音急急道：“王阿婆，你快去，快快快，领他到客堂间，我一歇歇就下去！”

王阿婆被她催得心急慌忙，她的脚小时候缠过的，十几岁出来做人家，又放了，比大脚小点，比小脚大点，碎步下楼梯，滴滴笃笃，掼了一路小石似的。

李凝眉别转身冲进房间，窸里窣落换了身衣裳。扒下小格花呢丝棉袍，穿上宝蓝缠枝梅织锦缎黑丝绒盘云扣的小夹袄，很家居，又很新鲜。来不及洗脸匀妆了，便扑到带鹅蛋镜子的桃木梳妆台前，往鼻两翼、下颏、额头补了点粉。她们女学生一律是齐耳短发，刘海斜披。她知道自己脸狭，便将右鬓发梢拢至耳后，左鬓发梢稍稍弯曲，压在腮边，油光黑亮，好似戏曲旦行勾脸的大片子。配上一副滴滴绿的翡翠耳坠，愈衬得一张脸似春风春雨中才舒展开的一片新桃叶。精灵灵一对吊梢丹凤眼，眼波千流百转的鲜活。

李凝眉对自己还算满意，捂了捂惊兔般的心脏，收敛着，款款走下楼去。

王阿婆却在楼梯下仰着脸候她，张开两条手臂上下横竖比划着。李凝眉蹙紧眉头，嗔道："这把年纪了，做啥精怪呀！怎么啦？你舌头落掉啦？"

王阿婆嘴巴一张一翕动静很大，发出的声音却很轻："他在前客堂里……"

李凝眉心里头笑开了，面孔上纹丝不动，脚步却快捷起来。

王阿婆放高点声音，朝她背脊头道："老爷太太在陪他说话。"

李凝眉刹住步子，侧了身子，问道："爹爹不吃饭了？"

王阿婆点点头。

李凝眉再问："我娘她离开麻将台了？"

王阿婆还是点点头。

李凝眉想象着父亲、母亲面对一个突然闯上门来找宝贝女儿的青年男子，那副恐慌、猜测、警惕、疑虑、如临大敌又如获至宝的样子，扑哧笑了出来。

王阿婆也笑了，她和老爷太太永远是合一副心肠，合一副肝的——只要小姐高兴就好。

李凝眉调顺了呼吸，收拢脚步，袅袅婷婷地走进客堂间。忽地觉得四周的光线腾地洞亮了一层,不觉微眯了眼。

首先映入眼帘的正是他。他面对门坐在红木屏背扶手椅上,一手托着盏青瓷茶盅,一手三根指头揭开盅盖,嘴凑到盅口边,缓缓地啜了口茶。他仍是那身灰布学生装,袖管衣边有点皱。这身穿束与李家满堂红木古瓷名画的客堂间并不相称,而他却笑不改容,神色坦然,举手投足序序有章,稳当中透露出不卑不亢的姿态。

父亲与他隔着一架红木茶几并肩而坐,母亲坐在左边与他成直角的镶红木藤榻上。父母亲面孔上都挂着日常待客时用的礼节性的浅笑,这让李凝眉稍稍松了口气。却听得父亲奇怪地长长地哦了一声,并且侧目死死地盯牢他,像要把他解剖了似的。李凝眉刚落定的心忽又悬空:爹爹他什么意思嘛!还好父亲马上恢复常态,收回目光,侃侃道:"令尊的大名老拙曾有所耳闻,也是上海建筑界一代名师。这段日子像是销声匿迹一般,却去何处供职了呢?"

李凝眉晓得父亲不把人家的地头脚跟打听得一清二楚,哪里肯罢休?只恐怕唐突了他,引起他的猜疑和恼怒。便屏息静气,忐忑不安地等待他的下文。

他不慌不忙将手中的茶盅搁回茶几上,从容答道:"家父当年曾受聘国民政府新上海市中心区建设委员会建筑师办事处;沦陷后,他不愿意参与东洋人炮制的上海大都市计划,便托病息业,返回老家去了。"

父亲沉吟不语,李凝眉心悬空八只脚地晃荡起来。想父亲平日里是绝口不谈政治的,会不会因他父亲而有所顾忌,排斥他了呢?

母亲却是十分喜欢他的样子,眯眯笑道:"冯先生,这么讲起来,你是独个身在上海念书呀?倒是蛮冷清的。讨了娘子没有?红媒总归上过门了吧?要是没有家小,常来我家坐坐,我们阿眉两个兄弟都在香港做事,也冷清得很……"

李凝眉又是欢喜母亲的热络,又生怕母亲再讲下去,七支八搭地让人家笑话,连忙叫道:"冯先生,难得你特地送书来呀!"

那三人此刻才看见门边倚着个鲜亮袅娜的女子,是他首先站了起来，道："李小姐，打扰了，让伯父伯母陪着我说话。"有点局促，有点腼腆。却在李凝眉眼里，他个头愈发秀挺，面容愈发俊朗。李凝眉心口一烫，动了动唇，没出声，生怕一颗心跟着言语一起蹦出口。微微垂低了面孔，滴滴绿的耳坠便压在血血红的唇角上了。

母亲看到如花似玉的女儿，一脸甜蜜的笑，口气却故意怨道："阿眉，客人来了一歇，你倒好，笃定泰山，比皇帝出巡还慢。那边厢房里，一圈牌刚摸到一半，只好停息，还等着姆妈过去呢！"边说边立起身子，横眼看看老头子屁股黏在椅子上不动，便在他肩胛上用力捏了一把，"老爷，你不想去看我撞撞大运呀？"父亲这才很不情愿地站起了，朝冯先生颔首道别，跟着母亲出了客堂间。

客堂里单留下了她和他。

李凝眉原以为少了爹爹和姆妈四只老辣历练的眼睛，她和他便可以畅快随意地交谈了。不想素来活腾腾鲜鱼儿般的一对眼珠，这一刻却似那涸辙之鲋般动弹不得，目光只怯怯地落在自己着宝蓝缎绣鞋的脚尖上，那里停着一枝七彩丝线绣的缠枝梅花。而她一双纤柔灵巧活络手，忽然就像被抽了筋断了骨一般，木木的，不晓得放在哪处才好。

还是他直截了当地开口问道："李小姐，书，还是清点一下好吧？"

李凝眉眼角余光朝椅子腿旁边扫了一下，那包书用《申报》包了，细麻绳扎成横平竖直的井字格，方方正正的一摞。心又是一动，难为他做事还这般仔细啊。便道："不用了，不成你还会调花枪啊？"莞尔一笑，同时迅速撩起眼皮瞟了他一下，转而问道，"怎么来得这样晚？义卖会才散场啊？"

他像是犹豫了一下，也迅速瞟了她一眼，闷声道："傍晚时来了一队东洋宪兵，一只一只摊位搜查过去，否则就不准出场。"

李凝眉脱口道："哎呀，你的书摊……"

他俊朗的面孔上涟漪般浮过笑意，道："我的书摊上绝大部分是洋文书，东洋鬼子见满眼蝌蚪，头都昏了，哪里还有心思查？"

李凝眉仔细一想，忍俊不禁，两人会意地对了下目光。想到他的机警胆大,她忍不住又撩起眼皮瞟了他一眼。耳根烘地烧起来,翡翠耳坠冰凉冰凉地贴在腮旁,蜜般津甜。

这时候,王阿婆从门口探进半只身子,道:"小姐,你成仙得道啦?肚皮不晓得饿呀?菜都热过几遍了……"

李凝眉面孔侧向他,壮着胆道:"冯先生一定也没吃晚饭吧?如果不嫌寒素,就一起用了吧!"心怦怦地跳着,盼他应答。

他犹犹疑疑推辞道:"不麻烦了,我不饿……"

李凝眉丹凤眼稍翘起来,道:"那好吧,你送书来,多少车费?还有人力费,统统要算清爽的。"因怕他要走,声音急得尖尖的、细细的,像只猫叫。

他想笑,屏住了,道:"李小姐,那我就不客气了,其实,我肚子早就饿瘪了!"

李凝眉高兴得差点没跳起来,只觉得收得紧紧的心像沐了春风春雨般的花蕾,呼啦啦地张开了。她高声道:"王阿婆,再添一副碗筷!"虽强抑着,声音仍有点颤抖。

王阿婆偷偷笑道:"小姐,我是放了两副碗筷呀!"

许多年以后,李凝眉终于如愿以偿,成了他的合法妻子。在一次闲聊中他无意间透露,那个傍晚,他用脚踏车驮着她要的书离开义卖市场,马上发觉身后多了根"尾巴"。他怕连累无辜,便在八仙桥附近的大小弄堂里兜了近一个钟头,方才甩去"尾巴"。那天,他之所以肯留在李家吃夜饭,也是怕出去得早再被"尾巴"盯上。

那天晚上的李凝眉哪里会晓得其中那么多曲折?她将他愿意留下吃晚饭当作他对她也有好感,所以她的心情真是前所未有的明媚晴好,脚步轻盈地领着他走进吃饭间。李家虽是富硕人家,却依然保持着祖辈在农村时的节俭生活习惯。李凝眉看见八仙桌中央团圈放着热腾腾的三菜一汤,是笋干红烧肉、芹菜香干肉丝、韭菜蛏子炒鸡蛋,青瓷大汤碗里是虾米火腿冬瓜汤。家常吃吃这点小菜蛮实惠的,可是请头回上门又是自己心仪的男子吃饭,多少有点简慢失礼。李凝眉蹙起眉尖朝王阿婆睃了一眼,王阿婆便伏在她肩胛头轻声道:“已经让阿旺去德和馆添菜了,一歇歇就会送到的。”

李凝眉舒开了眉尖,浅浅笑着请冯先生入上座。冯先生不肯,就在侧边坐下,李凝眉稍迟疑,腰肢一扭,在他对面坐下了。

李凝眉道:“冯先生平时什么样的盛馔美味没见过?几只家常小菜,恐怕难合你口味。”

冯先生忙道:“我通常总在学校里吃经济午餐,晚饭要么啃面包,要么到夜排档上吃碗阳春面,好久没吃家常小菜了。”

李凝眉便问道:“冯先生爱喝什么酒?洋酒,还是乡下自酿的黄酒?”

冯先生道:“饥肠辘辘,恐怕不胜酒力。就吃饭好吧?”

李凝眉忍俊不禁,忙唤王阿婆盛饭。果然,阿旺拎着一只红漆描金双层食盒匆匆进来了,一边喘着,一边揭开第一层饭盒,是一盆煮得酥烂的剔骨八宝鸭;再揭第二层,是煲在砂锅里的黄焖甲鱼。端出来,还热腾腾有点烫手呢。李凝眉心里喜欢,让王阿婆取钱赏了他。冯先生有点局促,动动嘴唇,想说什么,终于没说出口,把脸埋进饭碗里。

李家盛饭用的是一套精致小巧的浅口青花瓷碗,王阿婆做娘姨做成精了,多少会鉴貌辨色,想到年轻人肚量大,特为拿了下人用的彩梅深口粗瓷碗给冯先生盛饭,一碗好抵浅口青花碗的两碗。李凝眉不住往他彩碟里搛菜,冯先生则闷头吃饭。李凝眉浅口碗中的饭只动了几粒,他的深口碗已经见底了。李凝眉忙道:“王阿婆,给冯先生添饭。”

这当口,冯先生突然咳起来,慌忙用手捂住嘴,憋得脸通红。李凝眉连忙舀了一小盅冬瓜汤放在他面前,道:“喝口汤,会好的。”冯先生背过身去,用根食指伸进嘴巴去掏,不一刻,从喉口掏出一根细线头,徐徐地拉出来,竟有尺把长,这才不咳了,脸却愈发红了。原来,上海人做八宝鸭十分讲究,先除净鸭肚子里的下水,然后塞进调好作料的糯米、薏米仁、桂圆、莲子、百合、栗子、红枣、赤豆等八色珍品，然后用细线将鸭肚子缝口，看着仍是一只整鸭，然后隔水蒸至酥烂，其味鲜美，入口即化。方才李凝眉替冯先生搛菜，慌忙羞怯中忘了将缝鸭肚子的线抽去。而冯先生只顾狼吞虎咽，竟连皮带线一古脑儿吞下，故而呛了半天。

李凝眉想着自己的不慎，又羞愧；看看他从喉口将线抽出的狼狈，又想笑，不敢笑，也憋红了脸。幸而王阿婆替他添了饭转回，笑着打趣道："哦哟，冯先生中了头彩，这真叫有缘一线牵呐！"

冯先生好像没听懂话中之意，只将汤一口灌了下去。李凝眉白了王阿婆一眼，眼瞳中却全是笑意。心里面"阿弥陀佛"地连连念叨，祈求菩萨保佑。她满心欢喜将肚皮填饱了，哪里还有胃口吃饭？挑珍珠似的拨几颗米粒送入口，眼角余光一直在打量对面的冯先生。冯先生吃第三碗饭速度明显放缓了，李凝眉便笑道："冯先生，你看我是不是太不恭敬了？买了您的书，还让您送过来，却一直没讨教阁下的尊姓大名。方才听我爹娘称你冯先生，才知贵姓冯。还敢问阁下名讳吗？"

冯先生嘴里正嚼着一坨饭菜，忙咽下了，应道："这才是我的不恭敬了，冒昧登门，却不通姓报名。我姓冯，李小姐已经晓得了。单名'翾'，字'景初'。上初小时，嫌'翾'字笔画太繁，索性就用'景初'为名了。"他说完，却发现对面李小姐不做声，入定一般，只将丹凤眼撑宽了，扑棱扑棱瞪着自己面孔看。猜想她是搞不清楚那几个字的写法，便又道："'翾'就是'寰'宇的'寰'去了宝盖头，右边加上一个'羽毛'的'羽'，你看看，小孩子哪里记得住？'景'就是'风景'的'景'，'初'就是'起初'的'初'。"一边说着，一边用筷子头蘸了点汤水，在桌面上比画着。

李凝眉缓缓地收拢眼神，目光犹犹豫豫像两张枯叶在空中徘徊片刻，壳橐壳橐落下，合在桌面上汤水画出的那两个字上，口中喃喃有词："'风景'的'景'，'起初'的'初'，'风景'的'景'，'起初'的'初'……"

冯先生猜不透她为何突然走神，小心翼翼问道："怎么？有什么不妥当吗?”

李凝眉方才意识到自己失态,慌慌张张道:“没,没,没有什么,我是觉得这名字顺口顺耳的……”说着,双颊烈火腾腾地烫起来。掩饰着又为冯先生搛了一大堆菜。

冯先生便也不再追问,举筷子挡住她的筷子,“够了,够了,李小姐,你想把我肚子撑破呀?早知道刚才那根线不必丢掉,留着缝我肚皮好了。”

王阿婆在一旁忍不住嘿嘿地笑了,道:“冯先生,看看面相老实,也会讲戏话呀!”

李凝眉抿嘴一笑,却笑得有点勉强。

接下去,两人又东拉西扯闲聊一番,双方都感觉到对方的勉强和应付。一个搜索枯肠找话题,硬找出的话题却总是很幼稚很无聊,引不起对方的兴致。对方礼节性地回应,回应的话往往牛头不对马尾,像小学生答错最简单的数学题一般。来回对应了几次,双方都觉无味。幸而冯先生已扒光了他的第三碗饭,而李凝眉浅口碗中的半碗饭几乎没动弹什么。

冯先生起身告辞了。王阿婆想讨小姐高兴,连忙留客,道:“冯先生,再到客厅喝潽热茶吧。”冯先生连连推辞,说已经太打扰了。王阿婆斜眼看小姐,她以为小姐会拼命留客,不料小姐根本不接她的口令,脸上挂着装饰性的笑,吩咐道:“王阿婆,时辰不早了,你就代我送送冯先生啊!”

王阿婆晓得小姐脾气忽冷忽热地任性,方才还火烫火烫的热络,转眼就冷冰冰,拒人千里之外了。只好摇摇头,客客气气引冯先生朝大门去了。

这一个晚上,李凝眉辗转反侧,哪里睡得着啊。她没想到这位令她心动的冯先生竟然就是当年那个拒绝跟她相亲的冯景初!两年前,他对她的羞辱,她从来没有遗忘,只是将它掩藏得不露痕迹。她恼恨自己的懵懂,因之对他的好感,脑袋里像被灌了迷魂汤,变得跟傻大姐似的!明明得知他姓“冯”,仍不管不顾地向他献殷勤。他一定在心里窃窃嘲笑自己的浅陋与轻薄吧？想及此，李凝眉又羞又恼，两只拳头拼命捶枕头，两只脚狠狠地蹬床板，只差没有本事将那段时辰扳转回来重新过一遍！倘若有那本事，她一定会对他冷冷淡淡不理不睬，一定只拿眼角余光轻藐地扫视他，一定寻出几句煞根的话杀杀他的傲气！

捣枕捶床地发泄了一阵，胸口堵的气消散一些了。李凝眉瞪着眼望着天花板，细细回想起来，总觉得他对自己还是有好感的。在义卖市场，她给他留下姓名地址，他一定晓得她是谁了，那他为什么还会送书上门？还会留下来吃晚饭？哪怕吞吃了她搛给他的缝鸭肚子的线也不恼不躁？为什么他告诉她自己名字的由来那么详尽那么仔细？连许久不用了的那个"翾"字也不隐瞒？也许，他见了她，便开始后悔当初拒绝与她见面了？也许他和他那位出身名门的女友已经生分了？

李凝眉睡不住了，腾地坐起来，撩开厚厚的织锦缎窗帘。窗外已是晨曦清明，天光通透。弄堂里，已有一柱一柱袅袅的炊烟升起，层层叠叠升得高了，便随风飘散开来，化成一片片的纱帐，旗幡般垂在石库门弄堂锯齿状的屋顶上空。

李凝眉晓得父亲有早起的习惯，再冷的天，也要在天井里行几路太极拳法，随后才去吃饭间吃早饭看《申报》。她推开木花格窗，探出脑袋朝天井里张望，果然看见了父亲的身影，一袭白竹布掛子，弓步白鹤亮相。李凝眉连忙着衣梳洗起来。王阿婆听得动静，跑过来问道："小姐，今朝怎么起得早啊？"李凝眉横了她一眼，懒得回答，只顾往脸上抹香脂，点唇红。王阿婆识相地闭了嘴，替她掸床叠被。

李凝眉整妆停当，便下了楼，吃饭间的八仙桌上已星罗棋布地摆放好了碗筷。李家早餐倒很讲究，老祖宗传下来的养生之道：早餐要吃得好。砂锅里煲的是莲藕红枣粥；暖壶里盛着自家厨房小石磨上现磨出来的热豆浆；蒸笼里焐着糯米烧买、条头糕、擂沙团等各类点心；还有几小碟过粥小菜：酱瓜、乳腐、咸鸭蛋、黄泥螺、霉千张、醉蟹糊。

李凝眉在桌边坐下，王阿婆问道："小姐，吃粥还是喝豆浆？"

李凝眉道："不饿，等爹爹来了一起吃。"王阿婆习惯了对东家的服从，便不再声响，立在一旁候着。李凝眉心不在焉地把玩着上方下圆、刻着四君子图的骨筷，在桌面上横竖描画着。忽然就停住了，她发现自己不由自主又在写"景初"两个字，气恼得将骨筷一丢。骨碌碌，一根骨筷滚落在地，阔嗒一记，拆成两段。王阿婆扑过去接没接住，从地上捡起断筷，拿到灶间去换，边走边嘀咕道："作孽，蛮好的十二双筷子，少了根，配不成对了……"

这时，父亲套了件家常的绒夹袍，胳肢窝夹着隔夜的《申报》，笃悠悠地踱进来，见了女儿，眉开颜笑，眨眨眼皮，道："阿眉，今朝起得早呀。啥事体睡不着了？"

李凝眉没好生气冲着父亲道："爹爹你还笑，你一准早晓得他就是那个短命的冯景初是吧？你也不告诉我，害我还留他下来吃饭。早晓得，定规要调排调排他几句，让他也没有落场势！"

父亲嘿嘿笑道："这可不作兴的，人家是特为帮你送书来的，来者都是客嘛。再讲，这小倌人不错，一看就是斯文一脉。爹爹晓得你中意他，留他下来吃饭不是蛮好吗？"

李凝眉被父亲一语点破心思，双颊涨得艳桃花般，跺了下脚，道："谁稀罕他啦？谁稀罕他啦？他也不是什么佼人玉郎，天下男子多着呢！青山不碍白云飞，花开花落自有时！"

这时，王阿婆已端上两碗莲藕粥，放在他们跟前。父亲撅起嘴唇，凑着碗沿边，稀呼地吮吸了一口香糯可口的稀饭。抬起面孔，拍拍女儿的纤纤玉手，道："你还不晓得吧？冯家与常家的因缘断了，常家小姐已经另抱琵琶别嫁郎了！"

李凝眉反倒被父亲的话吓了一跳，怔忡着。少停，冷笑道："爹爹，你使的究竟是瞒天过海计，还是无中生有计？我已不是不谙世事的小女子了，也用不着用这种不着边际的话来哄我。"

父亲举筷点点她窄窄的鼻尖，道："爹爹没有瞒天过海，也没有无中生有。爹爹为什么要哄你？就算哄得过一时，哄得过一世吗？"

李凝眉盯着父亲慈爱的面孔出了会神，仍是疑心疑惑，道："怕是讹传也说不定吧？当初，传颂得他们像神仙眷属似的，不见得还没唱《大登殿》，倒先演《霸王别姬》了？"

父亲正色道："绝非讹传，月前，常家小姐的结婚启事在《申报》上都登出来了，爹爹当时就想来告诉你，又怕触动你心伤，就把那张《申报》掼掉了。"

李凝眉细细的丹凤眼一下子撑宽了，像一对受惊怵停的比目鱼，道："真会有这般沧海桑田的事啊？究竟是王魁负了敫桂英？还是崔氏离了朱买臣？"

父亲摇摇头道："那里面的蹊跷就不清楚了。不过，常小姐现在的夫君是保安司令部秘书处的处长，地位显赫，权倾半城。他冯景初毕竟家道清贫，无权无势。这世人哪，谁逃得过金钱地位、地位金钱的诱惑呢？"

李凝眉忽就无有了声息，刷地垂下眼皮，把心窗关得密丝合缝，拿着筷子在粥里慢慢地捣着，心里面却是百感交集，不知是喜是悲。她想起在义卖市场头一眼见到他，便是他落寞孤寂的神情吸引了她。难怪呢，原来他才遭遇了失恋的打击。她原以为自己会因此幸灾乐祸，却莫名地为他心疼，为他愤愤不平。心底好像刚掘开一口井，突涌起汩汩柔情，愿为他抚平伤痛，愿为他驱除落寞与孤寂。

父亲见她失魂落魄的模样，叫道："阿眉，你在想什么呀？"

李凝眉赧颜忸怩道："什么都不想，想又能如何？"

父亲笑道："爹爹只问你一句，你还中意他吗？"

李凝眉撒娇地双手握拳捶着父亲的肩背，道："哎呀爹爹，你明明晓得的，还问什么呀！"

父亲心甘情愿由着女儿捶了一通，方道："阿眉，在爹爹看来，有两种办法。一是你和他继续交往下去，先做朋友，慢慢发展关系；二是仍由爹爹出面托熟人直接跟他提亲事。你看呢？"

李凝眉小小的桃叶脸几乎埋进粥碗里，细声细气道："爹爹去嘛……"

父亲侧着耳朵道:“你自己去跟他讲啊?”

李凝眉仰起脸,放大了喉咙:“爹爹去嘛!”

父亲这才呵呵大笑起来,母亲正巧走进来,嗔道:“老头子想女婿都想疯了!”

接下来的一段日子,李凝眉是满怀喜悦在等待中度过的。每日里,她总要把冯景初送书上门共进晚餐的情景拿出来温习几遍。那期间的种种细节,他的一颦一笑,无一遗漏,纤毫毕现。这种温习就像嘴中含一颗城隍庙南货店里买来的粽子糖,初含的时候不觉很甜,愈含到后来愈是甜。

终于有一天,李凝眉下学回家,刚踏进门,王阿婆迎上来道:“小姐,快到客堂间去,老爷托的那人来回话了,前脚才走的。”

李凝眉心一热,转身要去客堂间,忽又停住脚,拿眼罩住了王阿婆。

王阿婆被她望得像只被铁夹子夹牢的老鼠动弹不得,拼命摇头道:“我真不晓得那人怎么回话的,我端菜进去时他们还在客套,放下茶盅我就出去了呀。”

李凝眉就有了不祥的预感,热辣辣的心像被泼了盆凉水,缩成铁蛋似的一粒。倘若是好消息,王阿婆会熬住不讲吗?必定情况不妙了!她定了定神,心里头对自己讲,伸头是一刀,缩头也是一刀,事体总归要讨个结果的!便硬着头皮走进客堂间。

父亲、母亲斜角坐着,两颗脑袋凑拢来,嘁嘁嚓嚓不晓得在讲什么,看见李凝眉进来,两人马上坐得笔笃直,面孔上变戏法一样堆起夸张的笑,一个道:“阿眉,今朝下学蛮早呀。”一个道:“阿眉,肚皮饿吧?叫王阿婆热一碗冰糖白木耳好吧?”

李凝眉凛然道:“爹爹姆妈,你们不用装模作样,那人是不是又回头婚事了?!”

父亲母亲的面孔变得像假面具一般不会动了,稍停,母亲搡了父亲一下,父亲咳了两声,缓缓道:“他倒没有回头婚事……”

李凝眉几乎快要窒息了,喑哑着问道:“那他说什么了?”

父亲轻叹一声，道："压根就没有找到他的人，从他亲眷那里得知，他出国留学去了，大概那天上我们家来过后不久就走了。"

李凝眉纹丝不动地站着，面孔上凝固着一个似笑非笑的表情，就像香烟牌子上的仕女画。

母亲忙道："老爷，你不是说托香港熟人再打听他的去处吗？"

父亲接了翎子，道："是啊是啊，爹爹货船也有转道香港去美利坚的，只要他还活着，总归找得到的，是吧？"

李凝眉像一株弱柳晃了晃身子，笑着，声音飘飘地道："爹爹，不用去寻他了。急吼吼像唱拉郎配，本姑娘又不是嫁不出去！再讲了，这两年我还要念书，根本不想嫁人！"言罢，转身上楼，脚骨软绵绵的，硬撑着，推进房门便一头栽在绣床上了。

李凝眉狠狠地病了十来天，发烧，不省人事，昏昏沉沉做乱梦，说胡话，有一度牙关紧得米汤都灌不进。母亲已无其他办法，只有跑遍上海远近大小寺庙，烧香叩头，企求菩萨保佑女儿平安度过灾难。父亲则托人到处求医问药，常常这几帖药还没来得及喝，那几帖又拎进门了。王阿婆整日守着煤炉上的药罐子，实在撑不住打片刻盹，药罐子都烧裂了两只。好几天，李府整幢楼里都弥漫着药渣子的焦煳味。

老天垂怜父母亲一片慈爱之心，十来天后，李凝眉终于能转身下床了。套上衫裤，自己也吓了一跳，本来蛮合身的衣服胸口好塞进一只枕头，不系带子，裤子就往下坠。李凝眉凄凉地想起柳耆卿《凤栖梧》中的句子："衣带渐宽终不悔，为伊消得人憔悴。"

这一场病像强硫酸似的，把李凝眉脑子里和心里面重叠纠葛的情感都消蚀殆尽了，头和心虽还隐隐作痛，却空空荡荡清爽得很，身子轻得如同蝉蜕下的一张空壳，稍有风动便会飘起来。

父亲、母亲都劝李凝眉在家休养一段，李凝眉却执意要回学校上课。父母亲只好依她，只是不让她住校，每天派家里的黄包车接送，早晚燕窝人参蜂王浆替她补养身体。

老爷、太太下了死规矩，李家再无一人提及"冯景初"三个字；凡再有热心人来为小姐提亲,一律以“小姐现在要读书,暂不论婚嫁之事”为由而推辞了。

勤奋读书是李凝眉小姐治疗心伤最有效的良药,她忧伤虚弱的身影便与诗书笔墨成了闺中伴骨肉亲。这一段时间倒成就了她的满腹文采和优雅气度,日后也是盈虚坊间街谈巷议中的扫眉才子。

李家小楼的日子像一口波澜不惊的古井,李府外的世界却是急风骤雨、惊涛拍岸的。李凝眉小姐是在日复一日的行墨吟诗中迎来了抗战胜利日,举国同庆,万众振奋,这使她灰暗的心境因之敞亮开来。她兴冲冲地和同学们一起参加了“反内战,争和平;反独裁,争民主”的集会游行。

局势的变化却扑朔迷离,令人忧心忡忡。先是发生了国民党武力镇压昆明学生反内战大游行的“一二·一”惨案;不久,又传来李公朴闻一多两位爱国名士先后遭遇特务谋杀的噩耗,上海、南京、北平等大城市相继发生大肆逮捕学生,封闭民主报刊,殴打游行群众的事件,真有点“黑云压城城欲摧”的凶险。

父亲开始阻止李凝眉外出参加任何活动。家仆像尾巴似的盯着小姐,黄包车送她去了学校,便不离开,一直候到她下课,直接将她拉回家。

父亲虽是竭力撑持着生意,然而天下汹汹,人心浮动。国民党接收大员中饱私囊,大小汉奸逍遥法外,物价飞涨,百业萧条。父亲在各地的商行也惨淡经营,入不敷出了。

年初,国共和谈正式破裂,全面内战开始,局势愈是艰危。李家也曾动过移居香港或南洋的念头,最终父亲还是不忍放弃他千辛万苦在上海和江浙一带创下的基业,想想自己上不欠官粮,下不欠私债,仰不愧天,俯不愧地。随便你什么党执政,肚子饿了总要吃饭吧?天气冷了总要添衣吧?于是李家按兵不动,静观其变。不久,李凝眉小姐大学毕业,依她自己的心思,是要出去做事,做个自食其力的新女性,还可补贴一点家用,减轻父亲负担。却被父母坚决拦住,这乱世之秋,小姑娘抛头露面,危机四伏啊!

李家老爷毕竟是久经沙场，历练得老谋深算。战乱之际，做实业因原材料运输等问题而举步维艰，不如置办房产来得稳妥。于是他便四处寻觅机缘，终于被他打听得盈虚坊常家有一幢洋楼急于出售。那盈虚坊地处上海西南角，原是法租界地盘，民间流传颇有些渊源。近些年虽有些败落，但要出售的洋楼却是常家前两年刚建的。李老爷自己先去看看，粉墙雕栏，花木扶疏，十分新颖。且那常家因移居海外急需回笼资金，价格也很适中。李老爷自己中意了，便领着太太和宝贝女儿去看。

父亲母亲为眼下生计所累，早把几年前的那段恩怨淡忘了。可是李凝眉却是想尽办法要忘了他，愈是忘不了他，就像人陷沼泽地，越挣扎越陷得深；也像在石头上镌了字，怎样去凿它总会留下更深的痕迹。李凝眉一听是盈虚坊常家的房子，脑子里就鲜活活蹦出他和常家小姐一对璧人的身影。虽则是常小姐已另嫁权贵，可是当初他总是因为常小姐而拒绝了她呀！李凝眉满心恍惚，怎么偏巧是常家的房子呢？仿佛冥冥之中，自己和他和她总有什么样的因缘未了似的。

跨过乌黑凝滞的盈虚浜，走进气势尚存的盈虚坊牌楼，在灰脱脱纵横交错的弄堂里转了半天，又穿过一片五方杂处的蓬户瓮牖，李凝眉一路行来一路辗转回肠。听得那位常小姐多少千娇百媚气度不凡，竟然就住在这样嘈杂鄙陋的俗尘之中？莫非真是位“出自污泥而不染”的精灵吗？却为何也守不住贞操，负了前盟，嫁给权贵做小妾了呢？直走到弄堂尽头，眼门前豁然一亮：在锦缎般华丽沉静的晚霞下，衬着黛绿色烟云般的树影，安详地卧着两幢金粉雕栏的小洋楼，真个有一派“海外仙山，俗世净土”的姿态呵！李凝眉屏息静气，缓缓地走近它们。又是猝不及防的一见钟情，心里面已经一千一万个喜欢这房子了。

李凝眉的母亲一生的喜好，除了搓麻将，就是念经拜佛。听讲盈虚坊隔壁有座盈虚庵，虽不及龙华寺、静安寺规模庞大，却是内园幽曲，佛殿清雅，名声远播，香火隆盛，心里已有七八分的愿意，仍不松口，道："先请个风水先生来看看方位吧。"

领他们一家来看房子的中间人因笑道："老太太大可不必花这个冤枉钱的。盈虚坊中老住户都晓得，当年常家辟建盈虚坊，请高僧做法事，定方位，依《伏羲先天八卦图》布局造楼。盈虚坊牌楼所向为乾巽间月窟之位，而屋后那两棵古银杏正踞了坤震之中天根之位。所以东洋人炮火炸了几次，盈虚坊牌楼终不倒毁，也算是个奇迹了。东洋鬼子投降后，常家人一定要在原址上建起两座洋楼，其一作守宫，其二作恒墅，即是守得住家业而恒远昌盛的意思嘛。"

母亲便叹道："可惜他常家毕竟没有守住家业，为何要将这座守宫卖了呢？"

中间人讲话滴水不漏，仍笑道："常家人不是守不住家业卖房，而是为发展家业扩大海外投资而筹拢资金。你们想想看，常家留下一脉镇守恒墅为什么？听讲，三五年后，待他们在外头立住脚跟，还会将盈虚坊陆续赎回的。不过，到那时，价钱就不一样了。眼下正是个发财的机会，我身后还有好几家盯着要买这幢房子呢。老爷太太，过了这个村就没有那家店了！"

李家三人互相对了下眼神，父亲便当即拍板，付了押金。

父亲原是想买下守宫租出去赚房钱的，李凝眉却吵着要住洋楼，李家位于城里的老房子日长势久确也是应该修缮一番了，李家人便择黄道吉日合府搬进了盈虚坊守宫。

守宫中最好的房间是二楼向南带铸铁栏杆阳台的那间，父母亲珍爱女儿，把它给女儿做了闺房。天气晴好的下午，李凝眉午睡罢，裹一袭花格开司米披巾，拖了把藤椅坐在半圆的阳台上，捧一壶刚泡出的茉莉香片细细密密地品着。午后的阳光暖暖的却不灼人，黄澄澄的却空廓透明，周围飘荡着似有似无的草木清香，浸润其间，仿佛被融化了一般。李凝眉往往在膝头上摊一本小说，《简爱》或是《娜拉》，然而她的目光却总是被隔着院子和一条支弄堂的恒墅吸引过去。恒墅乳黄色的山墙上长满了恣意纵横的爬山虎，那些枝蔓组成的图案在她眼中渐渐幻化成一个曼妙女子的身影，那女子正巧笑着顾盼着朝她走来。搬进盈虚坊以后，李凝眉片言只语地听到了一些关于常家小姐的故事，尤为让她揪心扯肺的，是常小姐神秘失踪下落不明的结局。也许因为都是青春女儿，又都跟一个男子有过些瓜葛，李凝眉竟对她产生了惺惺惜惺惺的怜悯与追念。

每逢农历初一和十五，李凝眉总要跟着母亲去盈虚庵进香，便与庵内住持涵清师太熟稔起来。涵清师太本姓倪，盈虚坊的老住户都喊她"倪师太"。李凝眉听人说了她的身世，晓得她差点被叔婶卖入妓院。而她小小年纪，誓死不做送旧迎新卖笑的营生，宁愿削发为尼，长伴青灯黄卷度过青春，想不到一脸慈容笑颜的倪师太竟有如此刚烈之性，不免对她愈发敬重。

倪师太对李家这位清雅持重、循循有礼的大小姐蛮有好感，又听说她还是大学生，更是另眼相待，破例请她到自己禅房中讲经论道。

李凝眉在倪师太的禅房中看到一帧镶红木镜框的绢丝白描观世音绣像，仪相圆润柔和，慈悲安详，双目噙含着对众生无限的关怀和怜悯。李凝眉不由得深深一拜，因问道："倪师太，您从何处请得这尊慈悲观世音的呀？"

倪师太幽幽一声叹道："描像人恐怕已不在人世啰！当初是常小姐精心描画了赠予盈虚庵的，那年她才十多岁。这么个巧手慧心的可人儿，菩萨会保佑她得道升天的！"

李凝眉猛地一惊，汗毛根根竖立——原来竟是她描画的观音像，那该有多少颖悟灵慧的心窍呀！难怪他会那样忘不了她。不觉自惭形秽，只对着画像痴痴地发了呆。

李凝眉愈发地对盈虚庵着了迷，有事无事往庵堂里去。因她是倪师太的贵客，众尼姑对她也逐渐亲近起来，便由着她在庵内到处走动。

早春的一日，李凝眉在大殿里敬了香烛，信步缓行，但觉无影无踪却馨香弥漫，不知从何处飘来。便一路寻去，却见一段粉墙静卧，墙头有几株海棠枝颤颤地探出头来，好似憋不住地开得热闹。守宫园子里也是有一棵海棠树的，才冒出点点花蕾，哪里像这般锦绣满枝的？莫非挨着佛殿，果真连草木也更兴旺？想着，李凝眉不知不觉就推开了矮墙中间的一孔圆洞门。吱呾一声，她探头朝里看去，却是别一处静静的小院落，只一幢三开间平房，却也是花窗绣户收拾得干净。正有一个三四岁光景的女孩儿，着一身洋布花衫，梳两只罗盘髻，蹲在石砌雕栏的花圃边拾捡落在泥尘中的花瓣儿。李凝眉咦了一声，那女孩儿扇起黑洞洞的眼睛，见是陌生人，别转身跑进屋去，从虚掩的门缝里向外窥视着。

李凝眉倒像是自己有秘密被人撞破似的，心怦怦跳着，慌忙却步退出，掩了圆洞门，待在墙角痴痴地想，盈虚庵内怎会养着个小孩儿？况且养得何等隐秘，盈虚坊中从不少耳长眼尖的好事者，竟从未听人说起过。又养得何等精致，眉清目秀似观音身旁的小龙女。莫非这座静守一隅的盈虚庵中也曾演绎过一段《玉蜻蜓》般的苦情戏？那么，谁又会是盈虚庵中的“士心卜贝”师太呢？

延顿片刻，偶然飘拂的海棠花片轻轻落在她肩上，又滑落尘埃。李凝眉终于将银钩似的问号狠命吞进心底，任它牵挂得难受。她决定独自消化这个秘密，连母亲跟前都不露一丝口风，她要帮助倪师太维护庵堂的清白名声。

那时节，李凝眉给她加一副肚肠都不会料到，她的命运过不多久就要和这个女孩儿纠缠在一起了。

隔了一段日子，恰逢观音菩萨法会，盈虚庵要举办隆重的供养祈祷仪式，远近多少人家的女眷纷纷赶赴盛会，有《上海洋场竹枝词》曰：

盈虚堂前珠钗影，
焚香叩头念心经。
堪问世间裙衩女，
祈福全仗一观音？

李凝眉与母亲三更即起，备了四色蔬果和两副尺半高的大红烛赶去烧了头香。大殿内木鱼缀珠，梵音织锦，观音法事一直到天光大明方才结束。母女俩顺便在庵内用了早餐，是一碗素八珍盖交面。她们这才去向倪师太道个别，出了大殿。但见阶下衣香鬓影，人头攒动，李凝眉便扶着母亲缓缓穿行。越过缥缈的烟雾，她蓦地瞥见一张剑眉隆鼻男子英武的面孔。因周遭尽是雪肤花貌的女子，这张面孔就显得有点突兀，令她不禁多看了一眼，心忽就停止了跳动，像被抽去了筋脉，身子软得直不起腰。她扶住母亲的胳膊，梦魇般吐出三个字："冯、景、初……"

冯景初正穿过人堆朝她们走来，风尘仆仆，却是活龙活现地站在她们跟前了。

第五章 穷人的孩子早当家

许飞红含住笑，信步走下石阶，沿着苍苔茸茸的青砖小径信步走来。

16

暮雨朝云几日归，如丝如雾湿人衣。

上海滩早春的濛濛细雨看似如丝如雾般柔软，人钻进去便晓得它的厉害了。竟似软刀子般，砭肌侵骨，湿透衣肩，凉透心身。

傍晚时分，烟雨濛濛中的盈虚坊牌楼影影绰绰，反倒显得昂藏巍丽，天上宫阙一般。

雨天，街上行人稀疏了许多，踩脚踏车的夹头夹脑裹着雨披；走路的耸肩缩颈顶着雨伞，都隐匿了面容，行色匆匆，竟像是一台木偶哑剧。

宫阙般的盈虚坊牌楼下却停着一位赤裸裸的女子，说她“赤裸裸”，并非她不穿衣衫，而是没披雨衣也没撑伞。她身上洗得发白的军便装，肩头背脊渐被打湿，色泽沉淀，像打了另色补丁似的。她的略嫌稀薄的齐颈短发也已湿漉，一绺绺地贴在额头与腮旁，逼得她的脸愈发瘦削暗淡。她斜搭着一只鼓囊囊的草绿色帆布包，一只手还提着一只沉甸甸的帆布旅行袋，正引颈凝眸定定地眺望烟雨中的盈虚坊牌楼，身子却任由着风吹雨打。

街上的人只顾着赶路，并无人注意到她奇怪的举动。倒是盈虚坊电话间的跷脚单根认出了她，从窗口伸出半截身子，大声招呼道：“那不是畹丁姑娘吗？我这里有伞，快撑一把去。”

冯畹丁拽回目光，恭恭敬敬叫了声：“单根爷叔，不用了，反正已经湿了。”

单根道:“清明还没有过,淋不起的,走进去还有好几脚路呢。”一边已经把伞戳出窗口了。

冯晚丁稍忖,便走过去,接了伞,谢了,又道:“单根爷叔,我想打一只电话给阿爸,告诉他我已经到家了,省得他心急。”说话间,红晕涨潮般漫上她因瘦削而略显突出的颧骨。言毕,只低了头,去看脚上湿腻腻、沾满泥泞的军跑鞋。

守宫是盈虚坊中少数备有家庭电话的人家,单根肚子里碧绿生青,冯晚丁是不愿意当着养母李凝眉的面给阿爸打电话!

关于冯晚丁的身世,盈虚坊老住户分为两派意思。大多数人认为冯晚丁是冯景初与常府巽小姐的私生女,常巽失踪后,冯景初为了替女儿找个娘,才娶了守宫李家的李凝眉小姐。却也有心细的人扳着指头算日子,算来算去冯景初跟常府巽小姐没有可能生出这般年岁的小孩。按冯晚丁的年纪倒算回去,冯晚丁出世之时,他冯景初早去美国留学了。不见得远隔重洋跑回来跟常巽私会吧?冯晚丁只可能是常巽跟那个汉奸丈夫曹秀镛的女儿。可另一派意见的人马上反驳道,为什么冯景初不可能远隔重洋跑回来跟他心爱的女人私会呢?倘若冯晚丁是曹秀镛的女儿,冯景初为什么愿意收养她呢?李凝眉多少精明世故的人,她再中意冯景初,也断不会帮他抚养一个汉奸的女儿吧?何况,冯晚丁是他冯景初的亲生女,这也是守宫里全家都默认的呀!

单根在心里长叹了一声,连忙把电话机拎到窗台上放稳,又问道:“晚丁姑娘,你晓得你爸爸现在办公室的电话号码吗?前几个月他已经从五七干校调回设计院了。”

冯晚丁轻轻嗯了声。她好几年没回上海探亲,一则因调到农场场部工作,较基层连队更难请得出假;二则从新疆往返上海一趟,花费不薄,对她来讲也是个不轻的负担;最重要的原因,父亲作为资产阶级反动学术权威被下放到五七干校劳动改造,守宫里的家对她来说已是远水遥岑,没有什么关系了。月前,她突然收到父亲的电报“我已重返设计院工作”。短短一句却泄漏了父亲仰首舒眉、踌躇满志的心情，也勾起她女儿家思亲的心念。她丈夫时任兵团政治部副主任，上下左右一阵斡旋，农场破例准了她的假，探亲兼带治病。

冯畹丁拎起话筒，得啦啦得啦啦拨出一串数字，单根便很识相地侧转身站到门口去了。其实冯畹丁声音又轻又没几句话，嗯啊了几声，就放下话筒。问道："单根爷叔，一只电话五分还是一毛啊？"手就伸进裤袋摸钞票。

单根横摇着手道："畹丁姑娘，这只电话算爷叔送给你了，天涯海角的，回来一趟也不容易的。"

冯畹丁冲单根莞尔一笑，这便是谢了。撑了伞，闪入雨中，竹影扫尘似的。单根突然想起应该关照她一声，上震桥笃底古银杏前的支弄已被堵死，须走下巽桥拐进去才到得了守宫。连忙扑出身子去，但见灰蒙蒙的雨帘随风轻扬，冯畹丁疏淡的身影就像一滴淡墨点在宣纸上，迅速地晕化开来，幻成一片薄雾。

冯畹丁真就沿上震桥一路走进去了。离乡近十年，少时的习惯依然没有改。上小学时，每天傍晚王阿婆接她回家，总是喜欢走上震桥进去。上震桥笃底有两棵茂盛的古银杏树，树下是孩子们的乐园。王阿婆总是由她跟弄堂里的小孩子玩耍一阵，自己则跟带孩子的保姆们家长里短地絮叨一阵，交换一点有影无踪的小道新闻，叹几句苦经。那一年，与古银杏树相邻的盈虚庵才被拆除，土地划归丝织厂所有。保姆们的闲谈中时不时会涉及盈虚庵那些师太们的动向，哪个回老家了，哪个还俗嫁人了，等等。冯畹丁耳畔划到关于盈虚庵的言论，常常会心有所动，总觉得这些消息冥冥之中跟自己有点什么关系似的。幼年时的记忆已经很模糊了，她曾在梦里看见过一座幽僻洁净的小园，园墙边有几株海棠，海棠花开得锦绣满枝，撒了一地嫣红的花瓣。

冯畹丁终于看见了久违的古银杏树，在雨天里，千枝万枝愈发蓬蓬勃勃，老干新叶苍翠欲滴，泼彩一般。古银杏树好似也认出了这位从小在它的庇荫下长大的女子，枝叶簌簌地一阵动响，抖落阵雨般的水珠。冯畹丁起了兴致，好想钻进树阴里边避一阵雨。刚想收伞，却瞥见枝叶间有人影晃动。定定睛，竟是她同父异母的小弟！冯畹丁虽与养母有些嫌怨，跟弟弟却手足情深，便欢喜地叫了声："令丁。"同时却看到了与冯令丁并排坐在老树根上还有一个姑娘，连忙捂住嘴。幸而她声音轻，又隔着密层层的枝丫，又有淅淅沥沥的雨脚声掩护，树里面的人并没有发现树外面的动静，自顾唧唧哝哝谈得亲热。那姑娘长得娇媚而丰腴，一脸的灿烂。冯畹丁觉得眼熟，一时却想不起她是谁。便将伞斜了斜，遮住身子，咕嚓咕嚓一路踩着积水，匆匆走开去。

令丁多大了？也开始谈恋爱了！冯畹丁暗自发问。细细一算，吓了一跳，令丁 1957 年出生的，也有十七岁了。自己比小弟年长十二岁，这些年，塞外的日子过得云遮雾障，倏忽已近而立！

冯畹丁眼前有些模糊，脸颊上痒痒的，似有小虫走成一线。手掌捋一把，冰凉湿漉的一片。

冯畹丁心绪万般，闷头走路。只听到有人喊："喂喂喂，眼乌珠落掉啦？"她刹住脚，抬起来，自己也吓一跳。伞尖差点戳穿人家的屋檐头。脚旁一只生得正旺的煤球炉，炉子上坐着一只砂锅，砂锅里白花花的豆腐块扑通扑通翻滚着。倘若她再往前冲一步，后果不堪设想。

立在炉子跟前的女人，两只手托了一块木砧板，砧板上有一簇堆跺得极细的荠菜末，看样子是在做荠菜豆腐羹的，柿饼脸上眉毛鼻子挤成了旋涡，道："不是我讲话难听，你说危险不危险？我顶多损失一锅汤，你只脚恐怕就保不住了！哐哐哐喊了多少声，你就是不停，像一部冲碉堡的坦克车。你是聋了呢，还是跌了梦里头啊？"

冯畹丁倒将她认出来了，笑道："沈家姆妈，对不起，只顾撑了伞走路。我记得这里原是条弄堂的，怎么会走不通了呢？"

沈家姆妈将扁扁的面孔凑到她跟前盯了一眼，也笑道："短命天落雨，路灯又暗得像鬼火！原来是冯家大妹妹，怪不得呢，你多少年没回盈虚坊了？自然搞不清楚近几年弄堂里的进出。家家都添人丁，小孩子又日长夜大，房间都蹲不下了。房管所也只好这里搭间楼,那里起堵墙。前年我家老大讨娘子,原来一间前楼东隔西隔已经像块七巧板了,十足塞了三代七个人,转个身也要喊口令一道动才行,哪里还有做新房的地方?房管所的人来看的,本来弄堂就剩一线天了,索性拦起来起了两间屋,隔壁分给阿福家了,这间就给我们老大结婚。屋檐搭得蛮宽,正好烧烧饭汏汏衣裳,蛮好的了。"一边讲,一边将荠菜拨进锅里,用筷子淘着。

冯畹丁看见屋檐下横了一根长竹头,串了一溜尿布,便道:"恭喜恭喜,沈家姆妈,你已经做阿娘了呀!"

沈家姆妈拿了只小碗用冷水调了点生粉给豆腐羹扎腻,面孔笑得像块糯米瘪子团,道:"冯家妹妹,不要走了,一道吃饭吧。看看我家小毛头,雪白滚壮,讨人喜欢咪。"

冯畹丁便道:"谢了,还是改日吧,我下了火车还没进家门呢。可也真是的,眼见就到家门口了,却走不通了。"

沈家姆妈用手中的筷子一指,道:"也便当的,从前头弄堂穿到下巽坊就是了。"

冯畹丁又是一迭声的谢,便踅出这条死弄去了。沈家姆妈一边往砂锅里放调料,一边自语道:"出去几年,倒学会了人情世故,不似从前阴阳怪气的样子了。"

冯畹丁终于站在守宫门前了,却无端地胆怯起来,好像门里面是龙潭虎穴一般。便稍停,平息了一下呼吸,方去书包里摸钥匙。可是钥匙却塞不进铜把手下的钥匙孔了,门锁显然已经换了。冯畹丁怔忡了一下,心里面轻烟般晕开被人拒之门外的悲哀。

老柚木门框右边,钉着一块窄窄的木板,白漆底,红漆写着"盈虚坊居民委员会"几个字。左边由上至下排列着三只大小形状不尽相同的门铃。冯畹丁在最上面那只老式门铃的底座上看见有白漆写的"冯"、"李"两个字,便抬手想揿,手指触着按钮却又缩了回来。

方才电话里,父亲说下了班还要政治学习,稍晚才能回家;小弟此刻应当还在古银杏树下与那个眉眼靓丽的姑娘谈心,那么家里只有养母李凝眉一个人了。这次回上海看病,她没有直接写信告诉养母,现在让她从三层楼特为走下来替自己开大门,是否妥当?养母会以怎样的一副表情看自己呢?

她还是在“文革”初期大串联的时候回来过一次,虽只在守宫住了一夜,每每想起那一幕仍心有余悸。那时节,守宫外墙和门廊走道两侧贴满了大字报,黑压压一片似群魔乱舞。父亲的名字星星点点地嵌在字里行间,却一律被红墨水打上叉叉,狰狞恐怖,触目惊心!父亲开完批斗大会回家,见了她竟没有别后重逢的喜悦,神情恹恹的,冷冷的,道:“畹丁啊,家里的情况你都看到了。回兵团,马上向组织上表态,跟我这个反动权威父亲彻底划清界线。以后的日子……你自己多保重,保重……”父亲似有千言万语,却不再说下去。只道还要重写检讨书,便关进房间不出来了。养母李凝眉神情严峻而冷峭,愈发消瘦的面孔绝壁巉岩一般,叹道:“能怪得了谁呢?无非就是跟你亲娘的那档子事!”她说话的时候眼睛不看任何东西,纹丝不动停在半空中,像一枚眠蚕,“1957 年那回,是我拦着你爸爸,不让他替你亲娘写申诉信。我晓得,你因此而恨我,咒我,不再认我为娘。可你爸爸总算金蝉脱壳逃去一劫了吧?谁料到躲得了今朝躲不了明朝呢?想必你爸爸前世欠了你亲娘许多,今世该还她的!”

冯畹丁记得那一夜的悽惶和无助。正是盛夏,半夜里忽然下起了暴雨,雨点又重又急,扑扑扑敲打着外墙上的大字报,又是风,歘划歘划地横行裹挟。冯畹丁想着被网在红叉里的父亲的名字在风雨中被鞭笞被撕裂的情景,如万箭穿心。身子下面的草席变得薄冰一般阴冷,她用线毯裹粽子似的把身子包起来,却抵不住从心里头往外渗出的冷,浑身哆嗦,牙关格格格打颤。屋外的风雨声愈衬得偌大守宫里的寂静幽僻,像是深海底锈蚀了的沉船。她听到自己喘出的气撞在墙壁上也会发出沙沙的回音,索性将脸也埋进了线毯中。不知过了多久,门外走廊里无头无绪地泛起了一阵脚步声,踢踢踢踢横过去,停停,又踢踢踢踢横过来。横过去踢踢得响些,横过来踢踢得轻些,如此拉锯似的持续不断。她惊坐了起来,屏息静听了一会,毛骨悚然地想,莫非有贼?难不成父亲小弟都睡得那么死,竟由贼如此猖獗任意走动？这么想着，她下了床。床头柜上有一只兵团发的广口搪瓷杯，她便抓在手中，赤脚走到门边，侧身听着。待那踢蹋踢蹋的脚步声横过自己门前的当口，她运足气，举起搪瓷杯，将门一拉，大喝道："站住！"自己却先怔住了——站在门外面的却是养母李凝眉！

走廊里只开着夜用的壁灯，光线昏暗，看不清李凝眉面孔上的表情，只听她低低地斥道："喊什么喊！上床睡你的觉去！"眼睛像磷火般幽幽地扑闪了一下，再不搭理她，踢蹋踢蹋地沿走廊走过去。

冯畹丁仍没回过神，怔怔地看着她在昏暗中曲折摇曳的背影，才发现李凝眉手中还提着一只铅桶，因盛满水，有点分量，便微微仄了腰身，脚步也踢蹋得重。只见她走到廊子尽头朝北的窗口，双手托起铅桶搁在窗沿上，将满桶水沿着墙哗地倾倒下去，那哗哗声立即跟风声雨声交融成一片了。冯畹丁心想，她是不是疯了？雨下得那么大，只怕墙砖都湿透了，她还要助桀为虐呀！

李凝眉提着空桶走回来，少了分量，腰伸直了，脚步也踢蹋得轻了。见冯畹丁仍立在房门前，便道："拿你闹醒了，索性让我到你窗口头也浇它几桶水，省得露出破绽。"也不管冯畹丁应否，自顾去走廊那头的厕所间盛水。盛了一满铅桶水，踢蹋踢蹋拎到冯畹丁房里的北窗前，一把推开窗，也不顾夹头夹脑斜打进来的雨珠，托起铅桶将水顺墙哗地倾倒下去，又连忙拉上窗，对着目瞪口呆的冯畹丁道："再等我一歇，让我再浇它两桶，索性冲得清爽点。"

冯畹丁这一刻豁然明白了李凝眉的意图。北窗外不正是贴满大字报的那面墙吗？李凝眉是趁这风雨大作的天气，用水将那些大字报冲得干净呀！她心口别别跳着，不得不佩服养母的机巧心思。待李凝眉又拎了一桶水进来，她便上前要帮忙。李凝眉用一只手挡住了她，喝道："你不要搭手！万一被人看穿，问起来，你就装胡样，啥也不晓得，懂吧？"

冯畹丁惊愕地盯着李凝眉，真是认不出她了。当初父亲和舅舅联名给有关部门写信，要求替冯畹丁的生母恢复名誉。那时，冯畹丁刚上小学六年级，说懂不懂，说不懂又懂的年纪。只记得李凝眉五斤哼六斤地跟父亲吵闹，非逼着父亲撤回那份申诉不可。又亲自去恒墅跟舅舅理论，逼着舅舅把父亲的签名涂去了。从那以后，冯畹丁再不肯叫李凝眉一声“妈妈”了。冯畹丁疑惑地自忖，这个女人打何时起脱胎换骨，变得侠肝义胆了呢？

半夜里的这一番折腾，冯畹丁倒有些疲乏了，躺下后昏然睡去。一觉醒来，天光已明，却见父亲正坐在她床沿。她慌忙要坐起，父亲摁住了她，道：“还早，才六点敲过，你再睡会。”又从上衣兜里摸出皱巴巴的两张十元纸币，塞进她手心，“每月只十二块生活费，我也只能凑这点给你了。守宫成了是非之地，不宜久留。爸爸七点钟要跟造反派报到的，没法送你了，自己千万保重啊！”

父亲走后，冯畹丁满心酸楚地将留着父亲体温的钞票捋平了，夹在笔记本封套里。原想挎上书包，就直接去火车站了，想想李凝眉半夜里的壮举，无论如何总要跟她招呼一声。便用凉水冲了冲脸，下了楼。刚走到客堂间半掩的门外，听得李凝眉正在跟什么人打电话，道：“……王同志啊，清早出门买小菜，真把我吓得魂飞魄散哟。墙面上光秃秃的，革命群众贴的大字报都不见了！开头我想，一定是牛鬼蛇神搞破坏，后来往墙脚下望望，一簇堆纸屑屑，黑的红的白的，眼花缭乱的。原来是天作孽呀，昨天半夜里那阵雨，千军万马一样，你也听到的吧？我又不敢把纸屑屑扫掉，万一革命群众问起来，没有证据，我是百口莫辩呀！顶好你们马上派人来看一看，验明正身，我也好收作清爽。对对对，应该，应该。我们衷心拥护革命群众重新来贴大字报！”

冯畹丁又一次认不出李凝眉了！她甚至怀疑是不是李凝眉在说话？可那绵里藏针、软硬筋骨的声音分明又是李凝眉。她害怕面对李凝眉此刻胁肩谄笑的面孔，害怕听见她阿谀奉承的言语。她决定不进客厅不跟这个对她曾有十几年养育之恩的女人道别了。可是李凝眉已经放下了电话，并且从虚掩的门缝里看见她了，便喊道：“畹丁进来呀，早饭老早就端整好了。听你爸爸讲，你今天就要走？”

冯畹丁硬硬头皮进了客厅，客厅里满目疮痍，画满大叉的沙发，破损的坐垫，令人熬心煎肺。却见餐桌上已布好了碗具，是一碗水泡饭、一小碟酱萝卜干、一小块玫瑰红乳腐，甚至还有半只白煮蛋。她稍许迟疑，因肚子确实饿了，便坐下，捧起了碗。脸埋在饭碗里，可以不看李凝眉的脸，可是没有办法阻隔李凝眉的声音。那声音没完没了，就像儿时王阿婆拆毛线绕的线团。

"……你说说看，每个月笼统不到四十元的生活费，柴米油盐，草纸肥皂牙膏，哪一样可以少？真正是一尺布偏要裁三尺衣，有了门襟，少了袖筒。日日煮一只鸡蛋，一劈两，半只你爸爸吃，半只小弟吃。你爸爸细皮白肉斯文一脉，现如今要他做力气生活，不补点营养哪里顶得住？你小弟正是蹿发头里，麦苗催青，推板不起啊！你那半只蛋，还是你爸爸嘴巴里省下来的。回来一次不容易，原是想烘蛋糕，做烙面，都是你小时候最喜欢吃的。唉，巧妇难为无米之炊，家里那只烤箱都快一年不动它了……"

冯畹丁就着酱菜乳腐三下五去二地将一碗泡饭倒进肚子里，便立起身。

李凝眉伸长头颈一看，叫道："咦，鸡蛋怎么不动？是你爸爸讲的，定规要留给你吃的。"说着，将盛鸡蛋的小碟子举到冯畹丁嘴跟前。

冯畹丁侧过脸避开了，道："留着给爸爸，就说我省给他吃。"转身背上书包。

李凝眉忙道："等等。"便从裤兜里摸出一叠纸币，两元的两张，一元的一张，对折得平整，递给畹丁，"从小菜钱里千省万省省出来的，拿着，路上要有的。"

冯畹丁很坚决地将她细棱棱的手推了回去，道："我有，你留着，给小弟买点营养品吃。"

自那次离开守宫，屈指算算，冯畹丁又有六七年没回家了。父亲隔几个月会给她一封报平安的信。所以她晓得，守宫的底楼和二层已经出让，他们一家都挤到三楼去了；小弟已长成一米七八的大小伙,自己从前的闺房就给他住了。

冯畹丁的手指搁在电铃上几次要揿,又像有什么东西阻隔着她,让她揿不下去。那阻隔她的东西也许就是时间和距离。

正当她犹豫之际,那扇漆色斑驳的柚木门却咣啷打开了。原来门里面正好有人出来。那是一位中年妇女,稍有点发福的身子,穿件深铁灰的两用衫,手臂上套着副毛蓝布的袖套。短发毛糙糙,眼袋乌青青,眼光却很锐利,上下打量着冯畹丁,公事公办的口吻道:"我们已经下班了,有事体明朝再来!"

冯畹丁晓得二楼是里委会办公室,便翘起嘴角端出个笑,道:"同志,我是三楼的……"

中年妇女稀散的眉毛朝上一扬,噢了声,道:"你是冯景初在新疆建设兵团的大女儿吧?回来探亲的啊?"

冯畹丁点点头,道:"顺便看看病。"

中年妇女便道:"那倒是的,新疆的医疗条件毕竟要差点。明天上午你到里委会报一个临时户口吧,我们八点钟就上班了。"

冯畹丁又点点头,想想,连忙问:"同志,您贵姓?"

中年妇女道:"免贵姓张,明早你就下来找我好了。"

"谢谢了,张同志。"冯畹丁侧过身子,让张同志出门,随手就将大门关上了。门道里暗黝黝的,她仍能看清柚木护壁边沿绞丝状的花纹,看清扶梯口立柱上莲心般的扶手。从小在这里长大,这条走道不晓得走过多少回。她只是觉得走廊窄了许多,矮了许多,或许是因为光线暗?或许是因为她在新疆习惯了天高地远?

冯畹丁走到扶梯口,侧脸看了眼客堂间的门,那门框齐人头高处悬挂了一块旧碎花布,垂至离地尺余处,想必是开门通风时遮挡外人视线的。父亲信中告诉她,这客堂已分给了小弟的奶妈吴阿姨一家住了。冯畹丁对儿时熟稔的守宫中的一切并不很留恋,却看着这块旧碎花布心里不舒服,因为它的疏陋寒酸跟周围雕花柚木的护壁及莲花型的壁灯实在太不相称了。转而一想,自己现如今不也是皮肤粗糙、衣着简陋得寒酸吗？从小养成的挑剔而精致的眼光早就被边疆的风沙磨砺得粗糙平庸了，只有置身守宫这般仍残存着从前典雅精美细节的氛围中，方才死灰复燃地闪亮一下。冯畹丁自嘲地苦笑了，心里才起的涟漪很快就复于平静，这才心无旁骛地拾级而上。登上二楼时再不朝那几扇关闭的房门看一眼，缓步顺楼梯弧形的转角上了三楼。

冯畹丁踩上三楼最末一级楼板的时候，李凝眉正好抱着一卷被褥从房门里挤出来，两人打了个正面照，互相睖睁着眼对视片刻，李凝眉才叫起来："噢，噢，噢，我的大小姐，要回家也不早点告诉我！刚掼下你爸爸的电话，讲你到上海了，真把人急得要发心脏病。被子也来不及晒，只好将就一晚。来来来，帮我托一把。"

冯畹丁忙将旅行袋往墙边一摔，伸手抱过那卷被褥，问道："放哪里呢？"

李凝眉道："就先在板凳上搁一搁，还要把储藏间里的东西搬点出来，腾出地方，好搭张行军床。"

原来三楼稍大点的房间本是冯畹丁的绣房，现如今给冯令丁住，又兼做吃饭间会客室；右首斜顶小间是冯景初李凝眉夫妇的卧室，左首的斜顶愈陡些，仍作了储藏间。

于是，冯畹丁大气不喘一口，就帮着李凝眉整理储藏间。踮起脚看看，外面的雨稀疏了许多，便咣地推开老虎窗，让雨后清凉的空气驱散屋里的乌糟气味。李凝眉指挥着，把有些东西挪到走廊里去，有些东西归类叠成一簇堆。

冯畹丁只是下气力搬东西，并不出声。李凝眉也历历碌碌整理一些轻便的小杂物，嘴巴却像只关在笼子里的叫蝈蝈一歇不停。诉一段苦，表一段功，埋怨几句，显派几句。听起来这守宫上上下下都得了她的恩惠，却又都不识好歹，都不知报答。冯畹丁也愿意听她的絮叨，一来也了解点这些年守宫里的动静，二来也免得两人之间的尴尬。可是，听她聒噪得多了，心里又犯腻，恨不得现时现刻成了聋子才好。

总算腾出一块空地，足够搭下帆布行军床了，将被褥一层层铺端正了。李凝眉自己先坐到床沿边，又用手拍了拍褥子，道："还蛮软和的，够暖了吧？"

冯畹丁忙道："足够了，我还嫌被子太厚了呢。"

李凝眉道："这点被子少不得的，到底还没过清明呢。你先去洗洗，你爸爸总快到家了，我还有要紧生活要做呢！"

冯畹丁便从旅行袋里掏出毛巾和漱口茶缸，捧着走进楼梯旁的厕所间。

正当她漱洗整理之间，就听到接连的楼板响，门板响，父亲和小弟前后脚跟着回家了。

父亲的声音，心急慌忙的："畹丁到了吧？"

李凝眉的声音，有点酸酸的："到了一刻了，你看，床都端整好了。"

小弟的声音，兴高采烈的："大姐回来啦？大姐人呢？"

父亲的声音，稍有些脾气："怎么让畹丁睡储藏间？"

李凝眉的声音，略略反抗的："你说让畹丁睡哪里？不成我跟你睡储藏间？"

小弟的声音，心甘情愿的热情："妈，我睡储藏间，让大姐住她原先的房间嘛……"

冯畹丁往脸上胡乱抹了点甘油，急忙冲出厕所间，道："不，小弟，还是我睡储藏间好，安静点，我有失眠症的。"她这么一表态，冯景初、冯令丁都不再提异议了。

互相热络了几句，冯畹丁便从旅行袋中掏出两袋奶粉，说是给爸爸补身子，却递到李凝眉手中。这是一种不计前嫌、重修旧好的姿态，于冯畹丁已是很不容易的了。毕竟近十年边疆生活的艰辛坎坷，消磨尽了她身上兰蕙清高竹菊狷傲。

冯畹丁又拿出一袋葡萄干抛给小弟，道："这次走得急，也就在场部小卖部买点零碎的东西。原已托人到牧场订制两床羊绒褥子的，来不及了，反正天也暖起来了，隔一段陈家进要到上海出差，让他带来。”

李凝眉便道：“还那样费心做啥？人回家就比什么都好。上海的冬天，盖盖棉絮被足够了。倒是这奶粉，闻闻气味蛮浓的，新疆水好草好，养的牛到底不一样的。”她虽是一种迎将进门、扫榻以待的迓迎姿态，却将女主人的架势撑得十足。

冯景初却跳过李凝眉，接着冯畹丁的话语道：“陈家进的工作调定了没有？到底留农场还是去兵团啊？”

陈家进便是冯畹丁的丈夫。当初，冯畹丁高中毕业，放弃考大学，执意要去新疆建设兵团。冯景初横劝竖劝劝不回女儿的心，把一腔怨气都撒在李凝眉身上，总以为是李凝眉做养娘做得不厚道，伤了冯畹丁的心。害得李凝眉冤枉鬼叫地要剖腹掏心给他看，夫妻关系一度十分僵硬。那李凝眉为了洗清罪名，东打听西打听，方才得知冯畹丁在学校有个相好的男同学，便是陈家进。陈家进比冯畹丁高两级，两人同在校团委工作，因而相识。陈家进是市三好学生，学习毛主席著作标兵。他勇敢与资产阶级家庭彻底决裂，响应祖国号召，主动报名到新疆建设兵团干革命的先进事迹曾在《青年报》上整版刊登。冯畹丁将这一段故事添枝加叶地告诉了冯景初，冯景初嘴上不说，心里面确信其然。少女心中一旦发生了爱情，那才是千山万水拦不住，赴汤蹈火也甘心的呀！冯景初骨子里不喜欢陈家进那一类虚夸张扬的作风，又为冯畹丁的隐瞒，更对他有了成见。开头几年，冯景初给冯畹丁写信，从来不提“陈家进”三个字。即便冯畹丁跟陈家进结了婚，他也没有一句祝贺的话。“文革”后期，经历了诸多坎坷磨难的他，心境逐渐冲淡平和起来，对人生众相亦宽容仁厚了许多。他当然晓得女儿提起陈家进的委婉心意，便不容李凝眉打岔，顺着女儿的意思去谈论陈家进的话题。这也是一种退思补过、大量容人的姿态。

冯畹丁焉能体味不到父亲的良苦用心？果然是喜出望外，却又有许多难言之隐。但见父亲俊朗的面容瘦削松垮了许多，鬓角已是黑白，目光中搀杂着几许疲惫，自觉愧对父亲，这么多年与父亲遥隔天涯，未能菽水承欢尽乌鸟之情，不觉又是一番悲哀。悲喜交织于胸，若不是李凝眉与小弟就在一旁，她恨不得扎进父亲怀里爽爽气气地哭一场！她却是隐忍住了，平淡又不失亲近地道："家进已经调到兵团，任政治部副主任。主任很快就要退休了，其实就准备让他接这个班的。"

李凝眉接口道："陈家进终于蛟龙得水，破壁腾云也是指日可待的了。畹丁啊，终不负你当初为他去家别亲，连我也受了不少牵连呢！"

陈家进那年以青年标兵、学生党员的身份赴疆，各级领导都很重视，当作骨干力量重点培养。只因陈家进年轻气盛，锋芒太露，不经意得罪了几位关键人物，便横生枝节、处处作梗，令他的升迁几度遭拙，几经周折，在基层煎熬了许多年。

冯景初狠狠地横了李凝眉一眼，转对冯畹丁不无忧虑道："陈家进调到兵团工作，恐怕不能每天都回家了吧？"

冯畹丁被父亲一语点中心病，一阵酸楚泛滥上来，她几乎控制不住。兵团与他们安在分场场部的家相距一百多里，陈家进只能每星期回来一趟。碰在礼拜天要开会什么的，一星期一趟家都回不了。为此冯畹丁跟陈家进别扭了好一阵，可是，她怎么能阻挡陈家进平步青云的脚步呢？冯畹丁将酸楚咽回肚里，故作轻松地笑笑道："大家都很忙。他常有机会到各分场走走，我也经常去兵团开会，见面机会还是蛮多的。"

冯景初听得出女儿言词间的无奈，此刻也不能深究，便道："我们边吃晚饭边谈吧。弄点什么小菜给畹丁接风啊？"眼睛虽不看李凝眉，谁都听得出，这句话是朝李凝眉说的。

李凝眉急赤白脸道："我哪里晓得今天畹丁回来？方才听了你电话，掼了话筒就心急慌忙铺床，一脚空也没有。短命吴阿姨，偏生今天请假不来做夜饭了……"小心翼翼，眼乌珠左右看着动静，"现在碗橱里只有几只昨天剩的碗脚头……"

冯景初的面孔一点点阴沉下来，乌云密布似的。李凝眉的话锋蜻蜓掠水不留痕迹地转了个弯,道:"要么肚皮再熬一熬,我出去买几只熟小菜?"

一直沉默着的冯令丁呼地站起来,道:"妈,我去买,我骑车跑得快!陆马年的妈妈就在熟食店当营业员,她会给我拣好的。"

冯景初面孔舒缓了些,摸出五块钱递给儿子,"不要省,多买点。"

冯令丁别转脸问道:"大姐,买白斩鸡还是盐水鸭?"

冯畹丁看着白杨树般耸立着的小弟,便也站起来,却比冯令丁矮了大半个脑袋。记得当年离开家的时候,小弟只及她腰高,拽住她绿军装的后襟不松手,眼眶里包着眼泪喊:"大姐,你带我一起去嘛,我也要当解放军嘛!"冯畹丁忙将回忆盛进眼窝嘴角,变作盈盈一掬笑意,道:"小弟,你爱吃什么大姐也爱吃什么!"

冯令丁会意地冲大姐笑笑,转身走了。李凝眉动手收拾桌子,先将碗筷布好,再将剩小菜重新热一热。为了讨冯景初开心,她着实费了番心思。把半碗吃剩的毛豆茭白豆腐干丁重新滚过,用菱粉扎腻。再把隔夜的锅焦扳碎了,炒菜锅子底抹一层油,把碎锅焦烤得焦脆,堆在一只深口盘子里,最后将扎了腻的毛豆茭白豆干丁浇上去。这只菜从前她跟爹爹在鸿运楼里吃过,菜名叫作"海鲜锅巴"。人家锅焦是在油锅里氽的,人家的浇头里有虾参鱼肉荤腥的。伙计两只手托出来,当了食客面把浇头浇上去,呲呲作响,香味就弥漫开来。现在她只好因陋就简,大约莫有点样子罢了。

李凝眉双手托着盘子,小碎步嗒嗒嗒地上了楼,将这只小菜端上来,学着鸿运楼伙计的口吻叫道:"三丁锅巴上来了。"

冯景初瞟了她一眼,道:"我倒是没有看出来,你也有这般手艺。"他跟李凝眉结婚二十多年,真没见李凝眉像像样样做过一只小菜。从前做菜有王阿婆,王阿婆回乡后,正餐的小菜都是吴阿姨来做的。

李凝眉窄窄薄薄的鼻翼蜂翅般张了张,轻轻地哼了声。这般调侃的口吻在冯景初是极少有的,被李凝眉听起来,倒像是与她调情一般。便道:“是女人谁没有厨房里的几番手段?愿不愿意做,那就另当别论了!”半是冷嘲半是撒娇,也是回应丈夫的意思。

这时,冯令丁买了熟菜回来了。有半只咸水鸭,还有五香豆腐干、烤子鱼和银丝芥菜,李凝眉便拿了小碟子一一摆放妥当。过年时候吴阿姨送的嵊县笋干菜还有点在,便抓一把剪碎了,放几吊榨菜,滴几滴麻油,撒一把小葱,做了只汤。李凝眉今晚可是大显身手,给足了冯畹丁面子,私心只为讨冯景初开心。

冯景初果然颇为满意地在桌边坐下,又问道:“有酒吗?”

李凝眉稍稍迟疑了一下,景初这几年毛病越来越多,高血压、高血脂、冠心病,都是不适饮酒的呀。可此情此景,如何拦得了他?这不仅仅是对冯畹丁的父女之情,冯畹丁背后牵着的是常巽,是他心头治不好的一辈子的痛!她恨起来就要说“没有”,出唇却道:“过年时,让吴阿姨买了两瓶绍兴花雕,一直没人动它,差点就当料酒用了!”

冯景初忙道:“花雕好嘛,吃不伤身子的。”

李凝眉便取了两只小酒盅,冯景初跟前放一个,冯畹丁跟前放一个。正要斟酒,冯令丁吵起来:“妈,我的酒杯呢?我也要给大姐敬酒的呀。”李凝眉想说,你小孩子凑什么热闹喝什么酒?终于还是忍住了,重新替儿子取了酒盅,一一斟满了。她自己是滴酒不肯沾的,在碗中舀了半碗汤代酒。

冯景初心情许久没有这般通畅了,又喝了酒,言语明显就多了起来,细细节节讯问女儿在边疆这些年来的日子。听冯畹丁说的那些艰辛,内心的痛便会折腾起来,眼眶里蓄着眼泪,面孔涨得血血红。李凝眉就将他手中的酒盅夺下,嗔道:“你不为了我和儿子,单为了畹丁,你也要晓得痛惜自己的身子呀!”冯景初却狠性命将酒盅夺回来,咕噜道:“莫名其妙,就两口花雕,会要了我的命?”

原来冯畹丁跟陈家进结婚也有三四年了,头一年就怀了孕。正逢上开公路大会战,冯畹丁是三八女子突击队的队长,自然是要带头上阵的。抡起几公斤重的铁锤打炮眼,几天抡下来,胎儿就流产了。自那以后,经事不准,断断续续地有见红。起先也不当回事,照样拼命干活,却终于支撑不住,好几次晕倒在田里。领导照顾她,调她到场部宣传队工作。神气却每况愈下,头晕,气虚,腰腿酸软。冯畹丁原是不想当着李凝眉的面诉苦,因想到看妇科病还是要靠李凝眉帮忙,便吐半句留半句,疙疙瘩瘩说出来了。

冯景初心里痛着,吞了半盅酒压下去,拿眼睛顶住了李凝眉。李凝眉听到冯景初目光背后要说的话——其实李凝眉堪称是冯景初的知音,冯景初举手投足一颦一笑背后的意思她都能猜个八九不离十的。可是她却总觉得从来没有读懂过冯景初,读不懂他那些意思再背后的意思。

李凝眉有个姑表妹在陆家浜方斜路的红房子妇产科医院里做护士。冯景初眼睛里的意思是:畹丁看病,你要鼎力相帮啊!李凝眉因笑道:"畹丁你放心好了,红房子医院看妇女病在上海滩也是数一数二的,让我表妹给荐个有经验的老医生看看。"忽然想起什么,口气迟疑起来,"恐怕要报个临时户口……如果有兵团医院的转诊单,或者单位开个证明也行……"

冯畹丁忙道:"我有单位证明的。"

李凝眉的面孔像从暗头里忽地挪到了光亮处,绽出一脸笑,道:"有单位证明就好,十天半个月的,也不必去报临时户口了。"

冯畹丁脱口道:"刚才在门口碰到里委会的张同志,她关照我明天去她那里报临时户口的。"

李凝眉的面孔又从光亮处挪到了暗头里,眼乌珠骨碌弹了出来,急道:"你已经碰到里委会的人啦?她认得你吧?你跟她怎么说的?"

冯景初皱着眉头戳了她一眼,道:"畹丁当然要去报个临时户口的,治病嘛,既来之,则安之。这趟一定要多住些日子,把病看好了再说。"

李凝眉咬着下唇忍了几秒钟,终于道:"我也没讲不去报临时户口呀,关键是小弟马上就要毕业分配了,最好不要让里委会的人晓得他大姐已经调到场部机关工作，虽讲还是在边疆，有人要捉扳头的话，会说你们家已经没有人务农了。”

冯畹丁连忙道：“没有，我没跟她说什么，就招呼了一下。她认出了我，我仍记不起她来。”

一直闷声不响吃饭的冯令丁突然冲出一句：“傍晚碰到许飞红，她说，工宣队黄师傅要求我们班干部带头在倡议书上签名。”

李凝眉眉头一跳，问道：“什么倡议书？倡议什么东西？”

冯令丁只津津有味地盯着桌面上的菜碗，轻描淡写道：“倡议上山下乡，到祖国最需要的地方去，到革命最艰苦的地方去嘛。”

李凝眉不假思索地厉声道：“这种倡议书你不许签名！”

冯令丁仍不抬眼，用筷子在菜碗里拨着道：“许飞红说，工宣队点到你了，你不签名反而更不好！”

李凝眉一下子噎住了，稍顿，气馁地道：“我老早就叫你不要当什么班干部，好比马套上了辔头，挣也挣不脱。”

冯景初道：“你这种话算什么话？国家总有政策，总归比前几年一片红插队落户好多了。”

李凝眉狠狠地送给丈夫一个白眼，却懒得与他理论。嫁与冯景初这么些年，她已摸索出对付丈夫行之有效的几招。凡与冯景初意见相左，她便避其锋芒，或瞒天过海，或暗度陈仓，或欲擒故纵，迂回曲折地达到自己的目的。

冯畹丁听得小弟两次说出“许飞红”的名字，不由得想起下午路过古银杏树时，透过树丛看到的那个俏丽的身影，想来便是这个许飞红了。心里莫名地有些遗憾。少小的时候，小弟跟常家表妹天竹一起学钢琴，进进出出常在一起玩。私心里，冯畹丁一直希望天竹表妹将来会成为自己的弟媳。那许飞红跟小弟的关系究竟达到什么程度了呢？小弟跟天竹表妹还经常在一起吗？她很想问问小弟，犹豫着，生怕提这种问题引父亲和养母生气，出口便成了：“爸爸，什么时候去舅舅家？我给天竹、天葵也带了葡萄干。”

冯景初顿了片刻道：“外面雨停了吧？你乏不乏？吃了饭倒是

可以出去走走,顺便正好去望望倪师太,她经常问起你的。”

冯畹丁轻声道:“我不乏……”面上的神情便恍惚起来。一座幽僻洁净的小园。园墙边有几株海棠,海棠花开得锦绣满枝,撒了一地嫣红的花瓣。

才稍停一刻的李凝眉忍不住道:“你们真得不晓得常天竹的事啊?”

“什么事?”冯景初和冯畹丁几乎同声在最短的时刻中发问。

李凝眉这一天在弄堂里听到了许多关于常天竹骇人听闻的传说,在肚皮里已经憋了大半天,都快发酵了。本意真想一股脑儿和盘托出,转而却改变了主意——常家的事由自己嘴中说出,丈夫必定不信,还会迁怒于自己,不如让他们去常家问吧——便道:“我只零星刮到几句,不大清爽,反正派出所、工宣队都有人来调查的。”

冯景初便盯着儿子问道:“你和天竹一个班的,她究竟出了什么事情?”

冯令丁懒洋洋答道:“我也不晓得,反正她今天没有到学校上课。不过缺课的也不止她一个人。”

冯令丁的模样让冯畹丁很失望,小弟似乎对天竹表妹漠不关心。她极想追问下去,却忍住了没开口。

冯景初沉闷片刻道:“那就更应该到常家去一趟了!”

接下来,因各怀各的心事,各转各的脑筋,饭桌上竟无了声气,只听得碗筷相撞笃笃落落的响动。

冯景初先啪地掼下筷子,冯畹丁也放下了饭碗。冯景初站起身,冯畹丁也离了座。冯畹丁临走前看看冯令丁,问道:“小弟,你和我们一起去常家吗?”

冯令丁用力嚼着嘴角里的饭菜,咽下了,才道:“我不去了吧?女生的事,我去恐怕不大方便。”

冯畹丁迟疑着,看父亲已经下楼,便不再多说,跟着下楼去了。等他们一离开,冯令丁也停止了咀嚼,说了声:“妈,我头有点痛,想躺一会。”

李凝眉伸出掌去摸他的额头，“怎么会头痛的？着凉了？”

冯令丁推开她，自顾横倒在床上。李凝眉便追着道：“那签名的事，能拖尽量拖……就是你大姐，早不回，晚不回，偏偏在这刀口上现身！”冯令丁抓起被头往头上一盖，李凝眉才住了声。

守宫三楼的这顿家宴，兴冲冲开了席，却闷闷不乐地收了场。李凝眉收拾残局，将碗筷放到楼下厨房的水池中。吴阿姨是为了常家的事请假的，说好再晚也会来帮她洗刷清扫。可是这一刻，李凝眉害怕闲着，索性动手洗碗，让自来水龙头哗啦哗啦地响着，驱散心头无端聚起的清冷与惆怅。

来如春梦几多时，去似朝云无觅处。

17

盈虚坊间春事愈来愈隆盛，这厢天井里桃花方谢，那搭晒台上杜鹃又红。烟柳成阵，绿侵重檐；蔷薇抱团，粉压短墙，把陈旧的盈虚坊点缀得锦绣斑斓，半老徐娘一般。

月余来，许飞红的心情也像这繁华的春事一般，时而欢愉、酣畅，时而又忐忑而悬望。

自从学校工宣队黄师傅让她领头写了那份充满革命激情的倡议书后，许飞红便成了学校的大红人。校革委会主任在全校大会上点名表扬了她，号召全体学生以她为榜样，树立起远大的革命理想，时刻等待着祖国和人民的召唤。接下来的半个月里，区里面其他学校相继请她去为毕业生做报告，讲述自己如何确立起到祖国最艰苦最需要的地方去干革命的崇高目标。报告的内容是校革委会政宣组组织笔杆子写出来的，许飞红背得滚瓜烂熟。在台上做报告的时候，她也会情绪激昂，热血沸腾。事后想想，愈想愈惶恐，真要去边疆去农村插队落户，自己心甘情愿吗？心里面的回答很明确：不情愿！少小年纪怯生生跟着妈妈从浙东山区走进盈虚坊时，周围人们鄙薄、轻蔑、嘲弄的目光她还记忆犹新。现如今,她已是堂堂正正的城里人,再也没有人敢小觑她许飞红了。更何况,她们家好不容易才住进了花园洋房,她好不容易才能跟丁丁哥哥比肩说话;才能大大方方地坐在丁丁哥哥脚踏车的书包架上;才能跟丁丁哥哥在古银杏树下面约会!她绝不会轻而易举地放弃这一切,她必须使出浑身解数捍卫她即将赢得的幸福。她曾经企图推辞去其他学校做报告,可是校革委会领导以为她是谦虚,愈是称赞她,愈是推荐她去更多的学校做报告。许飞红又不敢暴露自己真实的愿望,那是必定会受到批判和处罚的。只好自己安慰自己:"工宣队黄师傅信誓旦旦说过的话,总不会食言吧?!"将黄师傅要自己写倡议书前前后后的情景温习一遍,心情便又明朗起来。

许飞红方才抚平了自己的情绪,不料母亲又来把她搅乱了。晚上八点刚过,吴阿姨结束了一天全部的劳作回转守宫。许飞红面朝里,侧靠在床上想心事,叫了声"妈",便没声息了。吴阿姨撩开花布帘子,坐到床边沿,轻轻拍了下女儿圆浑浑实墩墩的臀部,轻悠悠道:"小茧子,今朝又去哪处做报告啦?吃不消了吧?老早关照过你,这点蜗角虚名、蝇头微利贪它做啥?现在呼隆隆将你捧到云端里,到时候真叫你去插队,阿木灵关进,你连一丝丝还价的余地都没有了!还是老古闲话讲得对,我们不站人前,也不落人后。这种报告我们不做了!"

许飞红扭了扭腰躲开妈妈的手掌,没好气道:"哎呀妈,你不要制造紧张空气好吧?我跟你讲过几遍啦?黄师傅说了嘛,分配的时候还是要按照政策的呀!"

吴阿姨叹口气,忧心忡忡道:"不是妈妈多心,常言道,害人之心不可有,防人之心不可无。今天早上我在门口头碰到里委会张阿姨,我夹忙头里打了个招呼要走,被她一把捉牢,笑眯眯对我讲,吴阿姨你真不容易,儿子已经去插队了,还要送女儿出去,到时候,我们街道里也要开欢送会的。你听听,好像已经敲定了你要出去的!"

许飞红冷笑道:"弄堂里有的人本身就熬不得我们家,当然是见风说雨、无风也要掀起三尺浪的。那种闲话，你有空去听，我才没工夫去想呢！”

吴阿姨道：“老古闲话讲，莫道闲话是闲话，往往事从闲话出。这闲话如果是闲人讲的，不听也罢。从里委会张同志嘴里吐出来，意思就不一样了。照你单根爷叔分析下来，讲不定你们学校毕业分配小组已经跟街道里弄透过风声了！”

许飞红坐了起来，双臂环膝，下颏搁在膝头上，怔怔地不出声。吴阿姨搡了她一把，道：“冤有头，债有主。既然那工宣队跟你下了保证，你当然还是要盯住他啰！口说无凭，最好能讨个什么凭证。”

许飞红又咚地仰面躺下身子，眼睛盯住天花板，睫毛一扇一扇，道：“人家堂堂工宣队长、校革会副主任，大笔一挥就可分配你去插队落户，何必费这番周折来噱你入瓮？我见着他会再问他的。不过，妈，求你不要什么事都去跟电话间阿跷讲，好吧？他那间电话间，简直就是盈虚坊小道新闻编辑部！”

吴阿姨用关节粗大的食指戳了下女儿的额角头，嗔道：“小茧子，不要没规矩！人家那只脚也是为救你哥哥才叫劳动榻车压断掉的。”

许飞红忽地将眼帘合上，不吱声。前几年，母亲跟跷脚单根走得很近，盈虚坊里各种难听的话都有。小茧子听了，心里很大的不痛快，因为她从来没有忘记掉自己的父亲，她本能地不喜欢跷脚单根成为自己的继父。幸而她们搬进了守宫，跷脚单根倒也识相，再不踏进她们家门，弄堂里关于吴阿姨与跷脚单根的闲话也渐渐烟消云散了。

许飞红嘴巴上硬，心里面何尝没有担心？接连两三天，她天天都找点因头去工宣队办公室，都没见着黄师傅。一打听，原来黄师傅请了一星期假结婚去了。许飞红颇感意外，看看黄师傅总有三十好几的人了，怎么才结婚啊？

许飞红因为揣着心事，放学回家，一路上懒得跟人搭讪；有人挑她言语，她也只是敷衍地应一声，径直走过去了。这么一来，她便错过了这一日里盈虚坊间的头条新闻。不过,但凡你是盈虚坊间人,哪怕你一时错过了什么新闻,隔一时那新闻仍会不请自来地跑进你耳朵里去的。新闻,新闻,便是要人尽皆知,才成其为新闻的呀。

却说许飞红揣着心事走进守宫大门,一抬脸,看见扶梯口走下一个人来。门道里光线暗,却从那灰脱脱、窄窄细细的身影上认出是谁,便立定了。待那人走得近了,许飞红毕恭毕敬喊了声:"畹丁姐姐。"

果然是冯畹丁,手里拎着一铅桶垃圾,有点分量的,将她的腰拧成麻花状,只是极敷衍地拉开唇线作微笑状,应个景,便从许飞红身边擦过去了。

冯畹丁回上海治疗妇科病的消息已经在盈虚坊间盛传了一时,现已成了旧闻。

盈虚坊人家是没有秘密的。旧闻中还有许多细节描写,说守宫冯景初李凝眉夫妇因冯畹丁的住处,五斤哼六斤地大吵了一顿,甚至把冯景初跟常家巽小姐的陈年往事统统兜翻了出来,只差没演全本《金玉奴棒打薄情郎》了。然而,最终还是李凝眉出面,一柱擎天地搞定了局面。她先找里委会阿姨们倾诉多少年来的苦衷,动情处隐然吞声,珠泪涟涟,赢得了里委会阿姨们的同情。便由她们去跟房管所协商,将守宫二楼尘封数年的书房打开,暂借给冯畹丁治病期间居住。更有坊间资深人士披露,李凝眉能够打动里委会阿姨和房管所负责人的制胜法宝,便是多年前的一张旧报纸。报纸头版图片新闻是一张占据了四分之一版面的照片,一列即将西去的火车,从车窗中探身而出一群风华正茂的青年男女,穿着军装,戴着军帽,由衷地笑着,挥手向站台上送行的人群告别。照片下面是年轻战士们激情洋溢的诗句:"再见了,上海!再见了,爸爸妈妈!为了解放全人类,为了共产主义,我们不辞奔走天涯!"照片上有一段注释:"日前,又有一批有志青年响应党的号召,响应祖国和人民的召唤,奔赴西北边疆,成为光荣的军垦建设兵团战士。有关部门党政领导和各界群众数千人到车站欢送。"细心的人马上认出了,照片上车窗左边后排的女生正是当年清丽可人的冯晼丁！据说，在妻子面前素来冷傲简漫的冯景初先生，也因为李凝眉女士能在动乱中慧心巧手地保存下这张旧报纸而感铭斯中，并心甘情愿地向她“负荆请罪”了。

许飞红已经不止一次在守宫这段说长不长、说短不短的门廊里遭遇冯晼丁了。她对从前的冯晼丁没有任何记忆，当时她幼小，冯晼丁又寄宿学校，难得回盈虚坊。这些年来，许飞红零零星星从坊间听得一些关于冯晼丁的信息，关于冯晼丁奇谲诡异的出生啦，关于冯晼丁修美绰约的外貌啦，关于冯晼丁忠贞不渝的爱情啦，等等。许飞红对冯令丁这位同父异母的姐姐是怀着一份探奇仰慕亲近的感情的。却见眼前的冯晼丁面色憔悴，身量消瘦，枯柳枝似的，一阵风便能卷了她去，不免又增添了几分怜惜。不过，许飞红是何等敏感，还是从冯晼丁划过自己脸颊冷冰冰的目光中觉出她内心的刚强，这刚强中掺和着对她许飞红的轻慢与不屑。许飞红肚皮里暗自冷笑。从前，她也曾因自己生为娘姨的女儿，并且住在直不起腰的楼梯间里而自惭形秽、无地自容。现如今，她却能笑脸坦然面对种种轻慢不屑的目光了。娘姨的女儿已经住进了守宫，和你们冯家人共顶一张屋檐，共享一座花园，共用一个灶头间；更何况，娘姨的女儿正在千方百计帮助你们冯家的宝贝儿子毕业分配留在上海工作呢！许飞红坚信，到那时，冯家人会对自己感激、信任、尊重的，她和丁丁哥哥的未来一定是光明、美好、幸福的！

许飞红每每遭遇冯晼丁，每每陷入这般尴尬境地：她热辣辣一片诚意迎上去，冯晼丁冷冰冰不卑不亢推回来。要是别人这般对她不恭，许飞红哪里肯隐忍迁就？依她的脾气，必定辣辣划划地回击过去。偏生此人是亲爱的丁丁哥哥的姐姐，许飞红纵有百般怨气，瞬间便转化成更大的热情。她喊着“晼丁姐姐”追上去，从冯晼丁手中夺下垃圾桶，朝门角落一放，笑道：“晼丁姐，冯令丁没告诉你啊？我妈妈会帮你家倒垃圾的。垃圾箱在下巽桥头里，有一段路呢。你身体不好，不要累着了。”

那冯畹丁宅心本是仁厚，被她这么一来，倒觉着有点歉意了，才努力堆出整张笑脸，是暮霭中蔫蔫的一朵晚佘縻。诚诚心心道："谢谢你，许飞红，我不累。吴阿姨从早忙到夜，要她当心身体噢。"便又去拎垃圾桶。

许飞红坚决地捉住她的手腕制止道："畹丁姐，你不要客气嘛，这是顺带便的事体。你放心，我妈活动惯了的。如果一天不活动，她反倒要病倒了。"

冯畹丁便不再坚持，只连着说了几遍"谢谢"。

许飞红哪里肯作罢？她很想跟畹丁姐姐谈谈心，让畹丁姐姐了解自己，喜欢自己，接纳自己成为冯家一员。于是她捉住畹丁姐姐的手腕不松开，殷勤道："畹丁姐，我陪你到花园里采花去。李同志房间里不断鲜花的，隔两日就要我妈送一束上去。现在快起露水了，摘花最好。"

冯畹丁又吐出一串谢，道："家里还等着我吃饭呢，下回吧。"终于从许飞红掌心中收回自己的手臂，抽身上了楼梯。

许飞红追到楼梯口，冲着她背影问道："畹丁姐，你不回新疆去了吧？"

冯畹丁的声音像一片枯叶子飘下来："我看好毛病就要回去的……"

许飞红定定地望着空寂了的楼梯，许时，三楼传来砰的一声，她才长长地吁了口气。应该定心了，不想心里面仍是满满的、沉甸甸的。

许飞红怅怅然开锁进家门，将书包掼下，便习惯地掀开桌上的揭罩，看看母亲今天会替自己"讨"点什么小菜。揭罩中竟是空的，并不见那只旧钢盅饭盒。许飞红哼地冷笑一声。我们的吴秀英同志又去做活雷锋了！这些年来，母亲为盈虚坊间人家做钟点工，赢得了人前背后一片好名声。坊间有的人家很不识相，欺母亲糯米心肠，付一个钟点的钞票，想方设法派你两个钟点的生活。母亲总是笑眯眯地有求必应，不过，再忙再累，她也不会耽误宝贝女儿的饭菜,盛满小菜的钢盅饭盒总是候分刻数地放在揭罩底下。自从常天竹出事后,情况却有了变化。母亲一有空便往常家跑,并且经常一时半刻脱不了身,无法将钢盅饭盒送回家。平心而论,许飞红非常非常同情常天竹的遭遇,也举双手赞同母亲无偿去常家帮忙。可此刻,一想到母亲对常天竹吃心吃肺的样子,竟把自己的女儿抛到脑后,气便涌将上来。她咚咚咚走到门口,要去常家找母亲。咣啷拉开了门,却又止步了。母亲的脾气她最晓得了,平日里没少训教她,吃亏就是福,为善积德天消百灾。又道:“小茧子啊,盈虚坊家家户户都是我们的衣食父母。人有德于我处,万不可忘;我有德于人处,不可不忘。将心比心,便是佛心啊!”罢罢罢,就随吴秀英同志心愿,由她将为人民服务进行到底吧!

其实此刻的许飞红肚皮倒不觉得饥饿,并不急着吃饭。平常放学后,她从不急着回家的。有时留在学校出墙报;有时上要好的女友家去玩;有时也会在弄堂里跟人聊天,议论议论坊间旧闻新传。最近一段,每每下了学她就急匆匆回家,是因为自畹丁姐回来探亲,冯令丁一放学总是早早地骑车回守宫了。

许飞红掩上房门,转身推开通园子的落地玻璃门,一步跨到敞廊里,先朝墙脚根瞟去——丁丁哥哥那部二十八英寸锰钢永久牌脚踏车已经潇洒而霸气地支撑在那里了!

许飞红咬住下唇,锁住由心底蹦上来的笑意,把优美的唇线都憋弯了。

许飞红含住笑,信步走下石阶,沿着苍苔茸茸的青砖小径信步走来。她穿着一件合体的白底粉花的确良短袖衬衫,恰到好处地勾勒出少女曼妙的曲线。此时余晖尚存,玫瑰红的霞光静静地笼着满院子的青翠浓绿。仿佛有一只美丽的粉蝶儿闯了进来,顿时云蒸霞蔚,流光溢彩。

这件衬衫是母亲熬了两个通宵替许飞红做起的,才上身子。前几年的旧衬衫破的破小的小,许飞红便嘀嘀咕咕跟母亲吵着要做新衣。吴阿姨一度着实犯了难。每月吃辛吃苦挣的几十块钱,在盈虚坊的劳动大姐当中也算是多的了，可吴阿姨需要用钱的地方也多。儿子插队落户几年，挣的工分还不够他自己填饱肚子，月月要吴阿姨贴补；浙东老家除了年迈的公公，还另有一笔少不了的开销。吴阿姨又不忍心委屈了女儿，到了这般年纪的小姑娘哪个不爱漂亮？拿坊间相熟的老东家的话道："吴阿姨的巧，哪怕没有米也能端出一桌像像样样的饭菜来。"果然，吴阿姨当晚就从箱底翻出几件旧罩衫，用张《申报》包了，放进竹篮底。次日清早，拎着出门去了。夜里收工回家，旧罩衫变成了一段白底粉花的确良料作，不多不少，正好替女儿做起一件短袖新衬衫。

许飞红非常喜欢这件新衬衫，都舍不得换下。也确实再没有合心的衣裳可换，临睡前脱下，搓一把，晾在廊檐下。天气愈来愈热，的确良又薄，一觉睡醒，那衣裳就干了。

许飞红晓得自己穿这件衬衫很妩媚，衬着周围的青翠碧绿愈发鲜丽。她伸手摘了朵粉红的蔷薇把玩着，掀起眼皮朝三楼老虎窗张望着。隔着纱窗，隐约有人影晃动，其中一个一定是丁丁哥哥。许飞红就希望丁丁哥哥这个时候走到窗前，探出头来看她一眼。少女的本能告诉她，此刻她的美丽一定能够打动丁丁哥哥的心。

最近一段，许飞红在学校一直没找着机会跟冯令丁单独说话，短命"门板"陆马年，魂灵头似的跟着冯令丁！坊间有种种关于冯家的议论，就有人说，冯景初这回借口替冯畹丁看病，是想把冯畹丁留在上海。平时，母亲经常历历碌碌讲些冯家的事情，许飞红早就晓得，冯令丁的父亲更疼爱的是女儿冯畹丁。这么一来，冯令丁可惨了，他毕业分配想分在上海工矿就非常困难了。为此，许飞红心里七上八下了好一段。方才，她终于从畹丁姐姐口中得到了顺遂她心愿的确凿回答，她真恨不得马上告诉亲爱的丁丁哥哥呀。

三楼老虎窗的纱帘上，人影一会儿散了，一会儿聚了，一会儿静止不动，一会儿又晃动起来。许飞红心里面叨念着："丁丁哥哥，把头伸出来呀，快点呀，我有话对你说呀！"

却听得屋里有人喊："小茧子——小茧子——天晚了，你跑到园子里做啥？不怕蚊虫咬啊？”

是母亲回来了！早不回，晚不回，偏就在这一刻！许飞红狠狠地一跺脚，跑回屋里，冲着母亲道：“轻点好吧？我又不是聋子！”许飞红就怕母亲肆无忌惮的喊声让三楼的人听见，多难听！

吴阿姨见了女儿便眉开眼笑，连忙从竹篮里取出钢盅饭盒，道：“肚子饿了吧？今天下午实在是不得空……”

许飞红气鼓鼓打断道：“又去常天竹家了是吧？我看你再认个干女儿得了，或者取消我这个女儿资格，索性搬去常家得了！”

吴阿姨轻轻在她后颈头拍了下，嗔道：“你这孩子，哪里学得这副小肚鸡肠的！再说了，我今天还没有顾上去常家呢。”

许飞红斜了母亲一眼，“喔哟，还有哪个比常天竹更让你挂心啊？”

吴阿姨惊讶道：“怎么？你还不晓得吗？”

许飞红撅起嘴道：“我又不是千里眼顺风耳，我晓得什么呀？”

吴阿姨扑哧一笑，道：“我还当我女儿就是盈虚坊间的千里眼顺风耳呢。莫非你真不晓得？你们学校工宣队黄师傅结婚了！”

许飞红耸了耸肩胛，道：“这算什么新闻？再讲他黄师傅结婚，跟你吴秀英同志有啥搭界呢？”

吴阿姨道：“就你嘴巴凶！结婚不算新闻，可他黄师傅分到了一间新房，并且就在老恒墅的二楼，朝向欠缺点，正正气气，足有十五六平方米大小，听讲是区革委会特批的呢。这算不算新闻呀？”

许飞红怔怔地看着母亲，一时竟无语以答。

吴阿姨略有点显派道：“今天下午，是里委会干部叫我相帮他收作新房间去了，一直忙到这一刻呢！”

许飞红缓过神来，愤愤不平道：“做起报告来满嘴马列主义，只顾叫人家斗私批修，艰苦奋斗，自己倒适适意意筑起安乐窝来！”

吴阿姨嘘了声，道：“这种话外面不好讲啊，你的前程还捏在他手心里呢。”

许飞红道：“我又不是白痴！”

吴阿姨叹道："生死由命，富贵在天。他黄师傅真正是时来运转了。听人讲，从前在厂里原是个讨人嫌的懒料坯，生活不好好做，好事坏事百有分。倒是'造反派'成就了他，他造反造出头了，当了工宣队，样样便宜都占尽了。像他这样的人，要相貌没相貌，要品行没品行。听讲家里头像只螺蛳壳，大概比我们那间楼梯间大不了多少。夜里房门一年四季不好关，三兄弟睡觉打地铺，脚要伸到门外头。哪个姑娘肯嫁给他？所以弄到快四十了才结婚！"

许飞红乜斜着眼道："吴秀英同志，你说说看，你这种话呢？分明是给工宣队脸上抹黑嘛！"

吴阿姨啐道："鬼丫头，就晓得捉你妈的板头！前弄后巷都在传，我也只是听听，只竖起耳朵不张嘴的。"

许飞红咯咯一笑道："吓吓你的。我实在想不出来，哪样的女人肯嫁给他。新娘子你看到了吗？是不是秀色可餐呀？"

吴阿姨又朝她后颈脖拍了一下，道："小姑娘，讲话不要那么促刻好吧？新娘子倒是独养囡，所以没有上山下乡，分在环卫所工作。个头比黄师傅高出半个脑袋，蛮壮实的，是过人家做生活的样子。脾气也爽快，方才硬塞给我两块钱。她力气大，我推也推不掉。"

许飞红挑起眉毛叹道："这世上还真有桃花运啊！"

吴阿姨道："唯一遗憾的是，新娘子长了满脸的麻子，听讲是小时候出水痘落下的。不过，远开点看，看不大清楚，还过得去。"

许飞红先一愣，随即捧腹大笑，笑停了，道："妈呀，峰回路转，出其不意，且听下回分解。你好去做说书先生了。夫妻两个人不见得总是远开点观察啰！"

吴阿姨也忍俊不禁道："萝卜青菜，各有所爱。情人眼里出西施嘛。"

许飞红因道："这倒好，省得我去学校找黄师傅，每次都要挖空心思寻由头。妈，肚皮饿了，吃好饭我就去新房找他。"

吴阿姨连忙揭开钢盅饭盒，下面一层碧绿生青葱油拌黄瓜，上面卧了两只鼓囊囊的油面巾塞肉。吴阿姨又去碗橱拿出碗冷饭，咕哝道:“也不晓得自己把饭先热一热。”

许飞红两根指头拎起只油面巾正往嘴巴里塞,忙道:“我喜欢吃冷饭。”

吴阿姨便问:“要不要冲碗紫菜汤?”

许飞红咬了一口油面巾,唇边一圈酱油渍,道:“不要不要,茶缸里有大麦茶,茶淘饭好吃。”

“冷茶淘饭最伤胃!”吴阿姨拿起暖水瓶,往冷饭里淘了点开水,用筷子搅了搅,将水滗去;再淘开水,再滗去。再而三遍,那饭便烫热了。往女儿面前一放,嗔道:“都快十七岁了,也不晓得照顾自己,还要我操心!”

许飞红正转着自己的念头,没理会母亲,捧起碗就吃。

吴阿姨道:“小茧子,不要囫囵吞枣,慢点嚼!”沉吟一会,又道,“我在想,你今天夜里还是不要去黄师傅家好。人家新婚蜜月,头天住新房间,莽莽撞撞就去叨扰人家,不大识相吧?”

许飞红翻了下眼皮,道:“急猴猴要我去找他的也是你!”

吴阿姨笑道:“我这里正巧有个机会,新娘子不是在环卫所做事吗?天天做早班,等她落班再去买菜,菜摊就只剩点落脚货了。也是里委会干部牵的线,让我帮他们夫妻带买小菜,讲定了,早上七点左右送到他们家。明早你帮我送菜,顺带便问问黄师傅毕业分配的事体,岂不从容得体?”

许飞红听母亲说的是理,嗯了声,只顾朝嘴巴中畚饭。

吴阿姨便立起身,道:“你慢点吃啊。我想想不放心,还是去常家看看去。”

许飞红道:“去吧去吧,省得你身在曹营心在汉。没人拦你,也不用你过五关斩六将!”

吴阿姨啐了句:“就你嘴巴损人!”手已拉开了房门。

许飞红追问道:“常天竹毛病好点了吗?”

吴阿姨答道:“神志还是不大清楚,不过,人倒胖起来了。”声音留在屋里,身子已出了门。

次日,吴阿姨老清老早就去菜场了。照讲,多带一户人家的小菜,对她好比三只指头捏田螺,只需每样菜多称半斤就有了。可是黄师傅这份人家怠慢不得,又是头一天送菜,须上点心思。幸而她小菜场人头熟,买的卖的都有帮她忙的。早早托人替她在鸡摊前放了只空篮头排队,买到了一只老母鸡。大篮小篮都装满了,先拎回守宫,在厨房间里一份一份分配停当。

吴阿姨精心为黄师傅家配菜,盘算得滴水不漏:人家是工人阶级,不能太奢侈;人家又是新结婚,也不能太寒酸。吴阿姨将老母鸡一劈作两,半爿是坊间一户人家媳妇坐月子,早定下的;还有半爿就归了黄师傅。有这半爿老母鸡煮汤垫底,再配上一荤二素三只碟子,就蛮像样了。新婚夫妻两人吃饭,很丰盛;若临时有两三个亲眷朋友上门,请请客也过得去。

吴阿姨把配好的菜放在一只小篮头里,便去叫醒女儿。

许飞红困痴懵懂仄起脑袋看了下小闹钟,又倒下去,咕哝道:“妈,这么早吵醒我做啥呀?”

吴阿姨拍拍她肩膀,道:“不早了,你要去黄师傅家送小菜,忘啦?”

许飞红忽地坐了起来,眼睛没张开就去摸衣裳。

吴阿姨把衣裳递到她手上,便一样一样关照下来:“泡饭我已经热好,还给你煎了一只荷包蛋。黄师傅的小菜都放在小篮头里了,上头有张清单,钞票也算好了,写在上面。这张纸头你先放在口袋里,他如果要问起,你就拿给他;如果他们不提就算了。”

许飞红扣着衣扣,哼了声,道:“不见得他家吃的菜都要我们垫钞票呀!”

吴阿姨胸有成竹道:“怎么会呢? 也就今天了,要紧关头,不要做得小家败气。关键是你要跟他把话说清爽,要讨一个准信,最好要他给你写个字据,懂吧?”

许飞红默不作声,踢踢踢踢跑进厕所间去。

吴阿姨跟到厕所间门口,道:“那我去别人家送菜了,你弄停当自己去，讲好是七点钟，宁早点，莫晚了。”

许飞红仍不应，刷牙刷得满下巴泡沫，倒像扮了《苏三起解》中的崇公道。

吴阿姨最晓得自己女儿的大小姐脾气，犟头倔脑的。不过，出了这房门，女儿却是胆大心细，待人接物巧舌利口、理数得当。这在盈虚坊也是有口皆碑的。便定定心心出门做生活去了。

许飞红梳洗毕，吃了早饭，看看时钟，七点还差二十分钟，太早，便又将碗洗了。她盘划好了，六点五十分出门正好，提早一两分钟可到达恒墅。守宫恒墅原只隔条窄弄，抬脚可至。近两年窄弄被堵得严实，只好绕道而行。

许飞红挎上书包，拎着小篮头出了门。

晚春的七点光景，已是天清气明，朝霞铺锦。盈虚坊间一天日子的大幕早就拉开，正是急管繁弦渐入佳境之际。不断有人招呼许飞红，问道：“这么早去学校啊？”许飞红便将小菜篮头举得高高，响响亮亮答道：“给黄师傅家送菜去。”

小时候，许飞红也常随母亲去过恒墅，印象中那是和守宫一般宽敞舒适的美丽房子。如今却像钻进盘丝洞一般，走道中黑漆墨托，手脚动作稍微宽舒点，就会叽里搁落撞到两旁的什物。她将小菜篮头抱在胸口，吸肚收臀，小心翼翼盘旋环绕，总算上了二楼。二楼楼道横一架碗橱竖一道布帘拦隔得七零八碎，愈是拥挤逼仄。许飞红终于看到左首一扇门上贴了张大红金字的双“喜”字，忖道：“一定就是这间了。”

一路绕过来，许飞红已经设想过，倘若是新娘子开门，接了篮头，顶多谢一声，不请她进门怎么办？她也准备好了，要把喉咙放响点，好让屋里的黄师傅听见。她有把握，黄师傅一定听得出她的声音，也一定会出来跟她打招呼的。只要能见到黄师傅的面，她就有办法了。

情况却出乎意料的顺利，开门的竟是黄师傅。暗头里许飞红看不清黄师傅的表情，只见悬空两颗眼乌珠夜猫似的贼亮，声音是惊喜万分的:“是许飞红同学!你也晓得我搬进盈虚坊啦?我们成了邻居啦!”

许飞红忙将篮头往他跟前一送,道:“黄师傅,我妈妈让我给你们送小菜的,祝你新婚快乐,幸福!”

黄师傅一手接过篮头,另一只手趁势捉住她的胳膊,热情洋溢道:“来来来,进屋坐坐,我正想托你给同学们带喜糖去。”

此一举正中许飞红下怀,便任由黄师傅捏她胳膊的手偷偷摸摸地不老实。进了屋,她才暗使劲抽出了胳膊。

那黄师傅贼秃兮兮嘿嘿笑着,嘴巴里道:“坐呀坐呀。”两只手又肆无忌惮地抓住许飞红肩膀,把她摁进沙发里面去了。

许飞红有点恼怒,却又不能发作。脑袋左右旋了旋,故作轻松问道:“黄师傅,新娘子呢?你不要那么小气好吧?让我们也认识认识嘛!”实为提醒他行为不要太放肆了。

黄师傅很卖弄地笑道:“她呀是单位里的劳动模范,学习毛主席著作的积极分子,婚假没有满,就代人出早班去了。否则,我做啥要托吴阿姨代买小菜呀?”又道,“时间还早,你坐一会,我给你倒杯茶去。”

许飞红得空环顾了下房间,是市面上千篇一律的那种纤维板深红漆家具,凭结婚证就可以买到。不过一般人买了大橱就不能买五斗柜;买了五斗柜就不能买大橱。可黄师傅家是大橱、五斗柜齐备的,还多了两只人造革小沙发。五斗柜中央放着一尊石膏毛主席全身像,像的左边是一只三五牌座钟,像的右边是一只红灯牌收音机;窗台下还有一部蜜蜂牌缝纫机。这几样东西都紧俏得很,一般人结婚,能搞到一件就很不错了。再看床上,橘黄色大朵牡丹图案的床单,铺着白的确良带蕾丝花边的床沿。斜角摞着一叠被子,一条大红梅兰竹图案缎面被,一条粉绿撒花人造丝面被,外加一条驼色羊毛毯,上面再压了两只玫瑰红绣鸳鸯戏莲图案的枕头,堆得跟座山似的。

许飞红暗自冷笑:“这种天气哪里盖得住这许多被头,无非是志得意满的炫耀罢了。”她的目光从床横头往上移,落在白粉墙上的一帧彩色结婚照上,她差点没忍住笑出声来。新郎新娘并肩坐着,新郎胸前别一枚金光闪闪的毛主席头像,新娘胸前别一枚白底红字的“为人民服务”徽章,规规矩矩,呆板拘谨。那黄师傅胡子拉碴的下巴剃得精光,乱蓬蓬的头发梳得锃亮,毕恭毕敬穿了件深铁灰的卡叽中山装,因头颈短,下巴连着领头,活像一只大生梨放在一只小盘子上。他笑得很用力,颧骨堆起,把原就平坦的鼻梁遮得看不见了。新娘子在照片里看看并不难看,一点察觉不出有什么麻皮。长端端的面孔,剃了个新式的游泳头。左眼梢有点吊,便显得比右眼睛大了些,且眼珠总像是斜视着,却不觉别扭,反而添了些许风情。也在努力地笑着,使上门牙突兀出来,稍微破坏了整张脸面的和谐。许飞红想起母亲说的话:“远开点看,看不大清爽。”便起身到床沿头,仰起脸看那张照片,仍没看出新娘面孔上有什么白麻皮。忖道:“或许是这摄影师技术高超,竟能将麻皮拍得如此光洁平滑?莫非是母亲夸张虚饰,言过其实了?”

正揣测猜度间,她突然感觉到一股臭烘烘、热麻麻的气息喷到自己后颈脖上,急转身,差点撞翻黄师傅手中的杯子。她连忙向后退了几步,慌乱地道:“这张照片蛮灵的……新娘子蛮好看的……”

黄师傅嬉皮塌脸道:“哪里有你许飞红好看哟!”

许飞红浑身起了层鸡皮,狠狠地镇静着自己,做出一副小女生害羞的表情,忸怩道:“黄师傅,你真喜欢开玩笑。人家还有要紧事跟你说呢!”

黄师傅稍微收敛住了,很威势地道:“有什么天大的事?你尽管说出来!”

许飞红委委屈屈的模样,撅着嘴道:“前几天里委会干部跟我妈妈说,要开欢送会送我上山下乡去。你讲奇怪吧?她们从哪里听来的消息呀?”

黄师傅大手一挥,道:“这种婆婆妈妈的闲话作不了数的,我们学校的毕业分配名单还没有公布呢!”

许飞红愈发显得可怜兮兮道:“黄师傅,听了里委干部的话我妈妈叫我不要去做报告了,生怕真的让我去农村。你晓得的呀,我爸爸死得早,哥哥早就一片红去了,只剩下我和妈妈……”泪珠子已经挂在眼睑上,垂垂欲滴,我见犹怜。

黄师傅的金鱼眼瞪直了,一只手掌趁机搭在了许飞红圆鼓鼓的肩上,道:“你放心去做报告好了,我黄荣发说话是算数的,不会让你去农村的。”

许飞红克制住自己,暂且忍耐住肩上那只手掌引起的恶心感,道:“可我没办法让我妈妈相信呀,黄师傅,你给我妈妈写个纸条好吧? 省得她成天在我耳边啰嗦。”

黄师傅嘿嘿一笑,道:“许飞红你还不相信我呀?”

许飞红涨红了脸,慌不择言:“不是的……没有……因为……”

黄师傅像下了决心,脑袋又朝她凑近了些,神秘兮兮道:“其实,你的去向已经基本定下了。航天局给我们学校几个名额,言明要选根正苗红的学生。毕配组初步拟定的名单中就有你呐!”

许飞红一阵惊喜道:“黄师傅,真的呀?”

黄师傅略犹豫一下,道:“我给你看名单,你千万要保密哦。”

许飞红激动得发不出声,只好使劲点点头。

黄师傅从床头柜的抽屉里翻出一张对折的纸,讨好地递给许飞红。

许飞红展开看,果真是上报航天局政审的学生名单,有五六个名字,“许飞红”三个字列在第二位。她迅速浏览了全部名单,没有“冯令丁”。稍稍有点遗憾,转而想,他冯令丁当然不能算根正苗红啰。不过只要自己进了航天局,丁丁哥哥随便分在哪个单位也没有关系了。这么一想,心又欢快起来。正盘算着如何跟黄师傅表示谢意,起码,这小菜钱是不能跟他算了。忽觉得背脊上热乎乎、软绵绵的一块,正缓慢地往下移动,移到腰间,稍停了一下,哆哆嗦嗦,又继续下去,就停在了她的臀部……

许飞红急中生智,跳着转了个身,对着黄师傅调皮地抬手行了个礼，道："太感谢你了，黄师傅！你喜欢吃什么小菜，尽管跟我妈说，我妈她有本事买了来。快迟到了，我走啦！"不等黄师傅有反应，脱兔般逃出门去。倾零哐郎，昏暗的走道中她不晓得撞倒了什么，却不敢稍微放慢脚步，直冲出了恒墅大门。

屋外是响晴勃日，人来车往。许飞红立住了，喘了好一会，心情方才平定下来。面额上痒痒的，抬手撸了一把，尽是泪水。

许飞红狠狠地吐了口恶气，心想，反正分配去向已定，从此往后，再也不跟这种下流坯打交道了！

18

新蒲添绿，芳艾飘香，时令已近端午。

这一日，吴阿姨清早上菜场，蓦地看到蔬菜摊一边堆着水漉漉碧生生的箬壳，竟然还有几束艾蒲，心中不觉一喜。前几年，运动最兴头上，扫四旧扫得寸草不留，许多传统节日的习俗都被废止了，吴阿姨也有好几年不裹粽子了。

这正可谓是"野火烧不尽，春风吹又生"啊。吴阿姨掐指算算，再有两日便是端午节，正来得及裹粽子。当即便买下一捆箬壳，又转了几只摊头，买了五花肉、赤豆、红枣。一只大篮头装得满腾腾，多跑几脚路，先送回守宫去。恰巧在厨房间碰到李凝眉。冯家一日三餐，中饭晚饭都由吴阿姨代劳，唯有早饭是女主人亲自操刀。

李凝眉丹凤眼梢高高扬起，蛮有兴致地道："吴阿姨，今年又可以裹粽子啦？"

吴阿姨笑眯眯道："啥人晓得可不可以包粽子，反正他菜场里有的卖，总归是想让人家买回去的啰。买了粽叶做啥？总归是用来裹粽子的啰！李同志，我手多动动，大家尝个新奇，又不值几个铜钿。"说话间，吴阿姨一边手脚不停地浸米、泡豆、渍肉。

李凝眉剥了两只白煮蛋，用把小刀仔细地将它们一劈为二，浇点米醋;从纸袋中取出两片面包,抹上薄薄一层花生酱;另有一小锅泡饭,配上一碟什锦酱菜和一碟玫瑰腐乳,统统放在一只长方形的漆盆里。

吴阿姨湿手往衣襟上一抹,道:“李同志,我来帮你送上去。”

李凝眉道:“哦哟,要耽搁你买小菜了。”嘴里客气着,却也不阻止吴阿姨,跟在吴阿姨背后上楼,“吴阿姨,我也老吃老做了,想向你多讨几只粽子。不是我自己嘴馋,我的胃口你也晓得的,一小盅泡饭好耐半天饥了。是我们家那位大小姐要回新疆去了,我这当晚娘的总要有所表示吧?真把我头皮都抠痛了。送得轻了,人家要讲我勒杀吊死肉疼钞票,冯同志也要板面孔;送得重点,传开去又当你藏着金山银山,搞不好一顶奇出怪样的帽子扣到你头上。吴阿姨,这档要紧关头你又帮了我呀!你我真正是有缘分的。我毛估估算算,送个二十来只粽子,蛮拿得出手了。让她带回新疆,领导同事大家尝尝。那里上海人多,一定大受欢迎!”

言语间不觉已上了三楼,吴阿姨将托盘递给李凝眉,道:“二十只粽子在我手下不过二十分钟时间。李同志,讲什么我帮你,那你帮我的呢?我要多问一句,是全要肉粽呢?还是一半肉粽一半赤豆红枣粽?”

李凝眉略忖道:“一半咸一半甜蛮好,肉粽壮肉多放点,他们兵团食堂没啥油水的。甜粽顶好是豆沙红枣粽,松软些。你看麻烦不麻烦?”

吴阿姨连忙道:“李同志,哪里有的话!明日一早我就把粽子送上来。”

这一日,西半天夕阳余威尚烈,云缀霞铺的煞是热闹,盈虚坊有三分之一的屋脊尚笼在光艳艳的晚照中。吴阿姨却早早地收工回家了。是跟几户东家打了招呼的,每户提早刻把钟收工,腾出一段时间来好裹粽子。

吴阿姨毛估估算来,除了自己做生活的东家们一户十只,还有些平素走动勤快的街坊总也要意思意思,这家五六只,那家六七只,稍远开点的人家止少也要送两三只，统共总要裹百十来只粽子方才过得去呢！

做生活吴阿姨是不怕的，有的生活做，对她来讲就是日子有盼头。米、豆、肉早上已经浸好、泡好、渍好，只因李同志多了一句话，说是豆沙粽比赤豆粽松软，便多了她一道繁复的工序：熬豆沙。幸亏三楼有只高压锅，赤豆放进去，水滚了以后，焖它半个钟点，赤豆就酥了。用块清爽的纱布，将豆壳筛去，再在豆沙中拌入滚烫的熟猪油和白砂糖。唯一遗憾的是去年秋天没有攒些桂花瓣下来，那时候哪里料到今年又有箬壳卖了呢？

早上女儿上学前关照过吴阿姨，一定要等她回家再开工裹粽子，她要学这门手艺。吴阿姨一切都准备停当，看看女儿还没回来，思忖再不动手，怕是要裹到半夜三更了。便不等了，先做了再讲。将方桌上的碎花台布掀去，大小锅盆分别盛了米、肉、豆沙、枣子，依次排在一边；铅桶里清水浸着箬壳，放在脚边；棉纱线，截成两尺左右长短，一绺绺挂在颈脖上，抽起来顺手。但见翠生生的箬壳在她手中走龙舞凤般穿绕，不一会，一只四角尖尖的枕头粽便成了。

吴阿姨才裹了头二十只肉粽，许飞红便闯进家门，喘着气撒娇道："就你赖皮，为什么不等我！拆掉重裹，拆掉重裹！"

吴阿姨笑道："才裹了几只呀，急猴猴的！有的你好做了，先去洗手，猫爪似的！"

许飞红胡乱冲了冲手，抓起箬壳，却不晓得如何动作，斜眼盯着母亲。

吴阿姨取了两页箬壳，一边示范动作，一边道："稍参差叠好，对了。圈成圆锥状，尖头不好有缝隙，对了。放米，米要压得实，对了。舀一小勺豆沙，再放两粒红枣，加米，盖实，对了。手要捏紧，粽叶裹上去，对了。绕线，对了。打结，对了。"

吴阿姨将女儿包的粽子和自己包的放在一起比了比，笑道："头一只就裹成这样，蛮好了。顶要紧是米塞得实足，手要捏紧。三角粽裹起来便当点，你就裹豆沙三角粽好了。肉粽要有四只角的，弄不好容易散,我来裹。”

许飞红到底是吴秀英的女儿,生来手巧,一学就会。母女俩说说笑笑地劳作,却也不觉辛苦。这边裹着,那边就开始煮起来。煮熟了,放在淘箩里晾着。

吴阿姨因为收工早,没顾上给女儿带夜饭小菜,就叫许飞红吃粽子。许飞红吃自己裹的粽子,格外好吃,一气吃了三只。

直弄到十点敲过才全部停当。吴阿姨把粽子一家一份分好,几只咸,几只甜,用纳鞋底的粗线系成一串。

许飞红相帮着串粽子,问道:“这粽子一只收人家几角钱呢?”

吴阿姨肚皮里盘算过了,裹这点粽子十足用去她半个月工资,是有点肉痛。不过人情比钞票值钱得多,难得一次,索性把人情做足了。便道:“好几年不裹粽子了,不要去跟人家算钞票了。”

次日正是礼拜天,要在平素,许飞红定规赖床不起,睡一上午也是常有的。想起答应了母亲帮着分送粽子,正可以借口送粽子上三楼,便不敢懒怠,听得吴阿姨买菜回来叽里搁落的声响,便一骨碌翻身起床。

吴阿姨找出儿子的一条旧汗背心,撕成窄窄的布条,每串粽子上系一根,写上门牌号码。许飞红一根根布条看过来,把写着黄师傅家门牌号的粽子拎出来,道:“我不高兴去他家!”

吴阿姨伸出一根食指戳戳她额角,嗔道:“做人不作兴这样有事有人,无事无人的!”

许飞红抢白道:“这种好人让你去做好了,我们吴秀英同志本来就是盈虚坊出名的大好人嘛!”

吴阿姨已经习惯少女许飞红的喜怒无常,不及深探缘由,只道这个宝贝女儿从小被自己宠刁了的,由她去。且想,黄师傅这般帮忙,自己去送粽子,正好去谢谢他呢。便关照道:“这楼上两份就交给你了。记牢,二楼里委会一串,三楼冯家要两串,一串给他们家过端午,一串是给畹丁姑娘带回新疆去的。”

许飞红问道:“畹丁姐姐要回去啦?她毛病看好啦?”

吴阿姨右手挽起一篮头菜，左手拎起一篮头粽子，道："听李同志讲，她看的是不孕症，这种毛病讲不准的，大概假期满了吧。"便匆匆出了门。有靠十户人家要跑，脚步愈发要加紧。

许飞红才觑着母亲葫芦形的背脊消失在漆水剥离的柚木大门后面，立马转身，拎起给冯家的两串粽子噔噔噔冲上三楼去了。一路登梯，一路心里祈祷："毛主席保佑，毛主席保佑，让丁丁哥哥来开门，让丁丁哥哥来开门……"

许飞红恼恨自己没有用场，为什么一站到冯家门口就自惭形秽起来，人倏地变成佝头缩颈、矮不落脱似的。她猛猛地吸了口气，用力喊道："冯令丁，冯令丁！"自己也听到了，那声音细细软软，猫叫似的。

偏生又是李凝眉开的门。其实她理该预料到，礼拜天，丁丁哥哥哪里会这样早起床？

李凝眉先将门罅开一条两寸宽的缝，她的一只凤眼就嵌在那条门缝里，活化石一般。眼乌珠扑闪了一下，便将门拉直了，半是猜疑半是揶揄道："许飞红，你怕是日脚记错了？今天是礼拜天！"

不见丁丁哥哥，许飞红满心沮丧，懒得跟李凝眉解释，只将手臂抬高，把粽子送到她窄窄尖尖的鼻子前。

李凝眉顿时绽出灿烂明媚的笑容，伸手接了粽子，道："吴阿姨的手，真比七仙女还巧，一夜天工夫，粽子就做好了。代我谢谢你妈妈哟。"

许飞红很想说，我帮妈妈一道裹粽子的，三角豆沙粽都是我裹的。开口却道："我妈妈关照了，一串给你们吃，一串给畹丁姐姐带到新疆去。"许飞红一边讲一边眼乌珠直朝李凝眉身后瞄，她希望丁丁哥哥听到她的声音会跑出来。可是屋子里大概拉上了窗帘，青天白日里昏懂懂暗黝黝的，深井般波澜不惊。

那李凝眉晃了晃细吊吊的身子，阻断许飞红的视线，依然笑得殷勤，道："对了，我原是要找吴阿姨说话的，还有桩事体要托她帮忙呢。许飞红，你晓得她中上在哪一家做吧？能帮我带话给她吗？"

许飞红头颈便竖了起来，腰杆也直了起来，很侠义地道："有什么事？您尽管说好了。"

李凝眉道："冯令丁的姐姐今天回新疆，是下午六点半的火车。偏巧她爸爸今天加班，是上头布置下来的重点项目，请不出假的。他姐姐行李多，我怕冯令丁一部自行车驮不下，想来想去，只有请吴阿姨帮忙一道送去火车站了。这两个钟头的工钿我来补贴，好吧？"

许飞红头脑里放高升般嗖地蹿出一个念头，心忽地涨大了，像只正冲气的热气球，马上要飞起来一般。她故作随意的口吻道："这点小事啊，用不到找我妈，我去送畹丁姐姐好了。"看看李凝眉怀疑探究的神色，忙解释道，"晚快边时间最忙，我妈怕抽不出空的。李同志你也晓得，盈虚坊有的人家斤斤计较得很。"

李凝眉想想也是，人家凭什么这一两个钟头让给你呀？再打量许飞红，窈窕丰满健硕的身体，便笑道："你去送是再好不过了，实在不好意思呢，我会付给你工钱的。"

许飞红正色道："同学之间互相帮忙原是应该的，你要付工钱，我就不去了。"

李凝眉忙道："那就谢谢你许飞红了。说定了，下午四点半左右，我们下来喊你，好吧？"

许飞红用劲答道："四点半我在楼梯口等你们。"心已经扑地飞上蓝天白云间了。

许飞红下了一道楼梯，估计李凝眉看不到她了，便开始两级并一步地跳着下楼，差点没撞倒来值班的里委会张阿姨。

"哦哟，小茧子哪，女小囡哪有像你这样下楼梯的？吴阿姨儿子不在身边，就把你当儿子养了！"张阿姨揉着被撞痛的肩膀，嗔道。

许飞红终于憋不住了，咯咯地笑，笑得停不下来，弯腰捂住肚子。

张阿姨用手指点点她，也笑道："听讲你分到航天局了是吧？当心把下巴笑脱臼了！"

许飞红止住笑，心里一咯噔，姓黄的不是说要保密吗？她怎么晓得了？又不好问来由，含糊道："正式名单还没有公布呢。"

张阿姨道："等正式名单公布，一定要请客吃糖啊。"

许飞红忙道："张阿姨，今天就请你们吃粽子。马上要过端午节了，我和我妈裹了一夜天的粽子，特为给你们里委会留了一大串，你等歇歇，我到灶头间拿来给你。"

张阿姨兴头十足道："我跟你下去拿。吴阿姨的粽子比五芳斋的还要入味，我还是好多年前在电话间跷脚单根那里吃到过一只。"

许飞红这一刻心情特别好，也就不去追究张阿姨言语中的隐情了。

张阿姨取了粽子乐呵呵上二楼去了，许飞红直接从灶头间后门绕到花园敞廊里，看见丁丁哥哥的脚踏车神闲气定地靠在墙脚，禁不住又吃吃地笑。丁丁哥哥一定还在睡懒觉，那么自己方才在他家门口跟他妈妈讲的话，他一定全听见的呀！

许飞红推开落地门进了房间，头件事便是看钟，才七点零五分呀！屈指算来，从七点到下午四点，中间足足要过九个钟头呢！这九个钟头里面，许飞红唯一做得进的事便是等待，等待下午四点半到来，丁丁哥哥和畹丁姐姐下来喊她，他们一起去火车站。

九个钟头？三万多个秒点，好长啊！大概一个世纪都没有它长吧？许飞红真有点绝望，心里面给自己打气：怕什么？红军二万五千里长征都走过来了，我还等不得它三万二千四百秒钟点？便拖了把椅子，面对着冯家留下的那座落地钟坐定了，盯着钟面上那根细细的红色秒针，就听它的嘀嗒声数着："一秒、两秒、三秒……"没数过二十秒，她的上眼皮就跟下眼皮搭牢了。等她身子支撑不住，一个趔趄惊醒过来，再看钟面，秒针依旧嘀嗒嘀嗒不紧不慢地走着，黄铜的分针与时针却好似被强力胶黏死了，分毫不移动位置！许飞红跑过去，狠狠地踢了座钟一脚，心里骂道："这老爷钟，要死啦！"索性不看它，一把扯过碎花桌布，兜身将座钟遮没了。

如何挨过这恼人的分分秒秒？许飞红环顾着房间，落地门上半截的花玻璃模糊糊，溅满雨积渍；柚木地板许久没打蜡，毛糙糙交叠着鞋印。床单、窗帘、台布都是灰脱脱皱巴巴的，蛮正气的房间却显得凌乱龌龊。吴阿姨天天早出晚归，从没有休息天，实在没有精力大扫除。嘀咕了好一阵，要许飞红抽空收作收作房间，许飞红嘴上应，总懒得去做。此刻她决定来个彻底大扫除，动动手脚，脑袋里稀奇百怪的念头方能消停下来。

许飞红叫作不肯做，做起来便又快又好。玻璃被她湿布干布轮番擦得像没有装玻璃一般；地板被她扫帚拖把一遍又一遍拖得照得出身影儿。吴阿姨回家，一定会惊叹："太阳可是打西边出来？"一切收作停当，许飞红便觉着肚子咕噜咕噜地叫，是饿了！许飞红十分欢喜，第一个念头不是去找吃的填肚子，而是去揭座钟上的布帘。你想想，肚子都晓得叫饿了，总该是午时三刻了吧？布帘里钟面上的时钟已走到"11"上，分钟压在了"4"字上，总算挨过了四个小时。

许飞红剥了两只冷粽子吃了下去。她想，好事做到底，索性将床单窗帘都洗了，让吴秀英同志毫无后顾之忧。便将大脚盆端到敞廊里，园子里有一只浇花用的水龙头，用根皮管子将水接过来，就在敞廊里稀里哗啦地洗浆起来。漂洗下的龌龊水，哗地倾倒进花坛里面了。

忽听得头顶上有人喊："小茧子，你要作死它们啊？"

许飞红抬头看，是二楼里委会值班的张阿姨。便道："我浇花呀。晒了一上午，它们都垂头丧气了。"

张阿姨又好气又好笑，道："日当头，你又是用的肥皂水，生生要了它们的命呢！吴阿姨没有告诉过你？日出前日落后方能浇水呢！"

许飞红吐了吐舌头，妈妈也许提起过，可她从未入耳入心。便道："张阿姨，我不浇就是了。"剩下半盆水便倒进下水沟里。

许飞红洗好了被单窗帘就晾在敞廊里斜拉的铅丝上。做了大半天的家务，确实有些累了，斜靠在床上想心思。送畹丁姐姐上火车后，丁丁哥哥一定会拍拍脚踏车的书包架，笑眯眯道："许飞红，坐上来，我驮你回去。"于是，她一扭腰身坐了上去，张开双臂，环住了丁丁哥哥的腰。丁丁哥哥骑得好快呀,车像飞起来一般,穿云破雾,飞进一片五彩云霞中去了。

许飞红是被人从梦中唤醒的,睁开眼一看,站在床跟前的竟是李凝眉和畹丁姐姐!

许飞红慌得一骨碌爬起来,定定地望着她俩。

李凝眉笑道:"小姑娘日里头瞌睡也那么重啊?我们敲了半天门也没人应,幸亏你没锁门!"

畹丁姐姐道:"许飞红,实在过意不去,把你闹醒了。"

许飞红面孔涨得通红,火辣火辣的,道:"我一直在看钟的,不晓得怎么会睡着的。时间晚了吧?"

畹丁姐姐道:"不晚不晚,我们早下来了一刻,想绕过去跟天竹、天葵道个别。"

李凝眉手心里早捏着一卷钞票了,便递给许飞红,道:"这是来回的车费,26 路到瑞金一路换 41 路到底,多了用不到找还我了。"

许飞红把手缩到身后,道:"用不到,用不到的。"她想想,是用不到的呀。去的时候,畹丁姐姐会买票的;回来的时候,丁丁哥哥会驮她回来的!可实在犟不过李凝眉,便收下了。却不见丁丁哥哥的人影,好生纳闷,当着李凝眉的面又不敢问。

冯畹丁脚边放着大小两只塞得实足的旅行袋,还有只网线袋盛着些零碎物件。许飞红便上前去拎大旅行袋,被冯畹丁一把抢去了。三人出了房间,李凝眉就在门道里跟冯畹丁说了"再见",又跟许飞红说了"谢谢",便款款上楼去了。许飞红见她窄窄的身影旋过楼梯拐弯角看不见了,忙问畹丁姐姐:"冯令丁呢?他不送你啦?"

冯畹丁道:"小弟驮了一只箱子先去火车站了,在入站口等我们。"

许飞红好生懊丧,恨自己怎么一下子会睡死过去的?幸而畹丁姐姐说了,他会在入站口等待!

许飞红随冯畹丁绕小弄堂去常家,才过支弄口拱巷门,但见迎面过来并排着的三个人,竟就是常衡步同他的两个女儿,常天竹就中。常天葵先招呼道:“畹丁姐姐,许姐姐。”

冯畹丁将行李放在地上,迎了上去,道:“舅舅,看天竹妹妹神气大好了,可以出来了呀!”

许飞红双目一动不动盯住常天竹,她几乎认不出常天竹了,常天竹发胖了,身子圆桶一般,原先小小的花瓣脸变得铜盆一般!

常衡步像怕光似的眯着眼道:“医生说了,总孵在屋里对她毛病不好,要领她出来散散步才好。”稍顿,又道,“你这就要走啊? 毛病看好了?”

冯畹丁道:“假期满了,这种毛病也急不出来的。医生给开了方子,我回兵团去配配看。舅舅你自己要多保重啊,好不好要医生给单位出个证明,天竹的毛病需要专人陪伴,能在附近增配一间房子,请小姨娘住过来,你也好松快点。”

常衡步摇摇头,叹道:“我不想去倒这个霉,这种时候,你不是自找作践吗?”横了眼许飞红,“有吴阿姨早晚两趟相帮,还对付得过去。”

许飞红忙道:“应该的,应该的。”因了常伯伯的这句话,许飞红心中暗暗发誓,往后母亲再去常家帮忙,绝不可抱怨,绝不可阻拦!

冯畹丁是想关照小表妹天葵几句话,才发现常天竹、常天葵都不在旁边了。却听得支弄里面喧哗起来,接着常天葵跑过来,眼泪汪汪道:“爸,你快点去看看,姐姐又发作了!”

常衡步一跺脚,别转身就跑。冯畹丁和许飞红也跟着跑进小弄堂。却见常天竹正和一个穿着黄渍渍圆领汗衫的男人扭打在一起,常天竹一手揪住人家圆领汗衫的后领口,一只手朝人家头上背脊上又捶又抓;那男人只是抬起胳膊抵挡着,挣扎着。旁边围观的人不少,鼓噪喧嚷,却没有人敢上去拉架。

常衡步吼道:“天竹,放手,快放手!”人已经冲上去拖牢女儿,头上也挨了几巴掌。

那男人总算逃脱开了,原来是沈家姆妈的儿子,老邻舍了,互相晓得根底,并没有责骂常天竹,只自嘲道:“看不出,小姑娘力气蛮大的，我还搏不过她呢。”

却有旁观者挑嘴割舌道：“这种毛病就叫花痴，现在正是发作的季节，看到登样点的男人就要扑上去。也只有男人才能治得好她呀！”

马上有人接口道：“沈先生，恭喜你，中头彩了。面孔上吃了五根雪茄烟，味道不错吧？”

众人哄笑起来。常衡步面孔铁青，脚板踩在水泥板地上砼砼地响，拖牢常天竹冲出人群，直冲出弄堂。

冯畹丁眼圈红红的，掏出手绢替常天竹擦去额头鬓角的汗水，忧心忡忡道：“舅舅，天竹妹妹经常会犯病吗？医生怎么讲？就没有办法吗？”

常衡步喘着粗气，勉强修饰出若无其事的口吻道：“今天是我不好，少给她吃了一粒药，才发作的。也有人讲这种药吃多了不好，你看，人虚胖成这样子。”

冯畹丁道：“舅舅，药还是要按时给她吃。等毛病好了，停了药，人自然会消瘦下去的呀！”

常衡步侧过脸关照常天葵道：“你抓牢你姐姐，不可松手了呀！”便跟冯畹丁道，“我不送你了，你自己一路上保重。”

许飞红连忙插嘴道：“常伯伯你放心，我送畹丁姐姐上火车。”

常衡步已经搀着常天竹朝盈虚坊深处慢慢走去。冯畹丁忍住眼泪，轻轻对许飞红道：“我们去火车站吧。”便和常家父女背道而行。走了几步，两个人不约而同地立定，扭回头看，半明半暗的弄堂里已经没有了常家父女的身影。

一路上，冯畹丁满腹心事，竟就冷着张脸无言无语。许飞红倒是有满肚子的话，她也是个会看山色的聪明人，觑着畹丁姐的神色，便忍住了，也不言语。两个人默默地乘车来到北火车站。此时正是华灯初上之时，许飞红远远地就瞧见车站入口处铁栏杆旁有个高高瘦瘦的人影，是冯令丁！她憋了半天的喉咙霎时迸发出来，喊道：“冯——令——丁——”一路小跑着过去了。

冯令丁面无表情地横了她一眼，便递给她一张站台票。

许飞红咬住嘴唇屏住笑意，心里面嗔道："难不成你们冯家人都得了面神经麻痹症，不会笑了呀？"

冯令丁只对着冯畹丁道："大姐，已经可以进站了。你们怎么到得这么晚呀？"

许飞红终于找到说话的机会，抢着道："我们去跟常伯伯告别，正巧碰到常天竹花痴病发作，差点跟人家……"

"小弟，快进去吧，行李架怕被人家占满了。"冯畹丁打断许飞红的话，冷森森地睃了她一眼。

许飞红真的被畹丁姐的眼神震慑住了，闭了嘴。冯令丁已拎着箱子进了入口，她连忙提着旅行袋跟上去。

他们将冯畹丁送上车，刚放妥了行李，列车便缓缓启动了。

许飞红跟着冯令丁跳下车门，畹丁姐姐还没来得及从车窗探出脑袋，列车已轰隆隆地驶过去了。他们茫然地目送着火车渐行渐远，消失在钢轨的尽头。

许飞红听见自己的心扑通扑通跳得跟欢庆锣鼓似的。

冯令丁人高腿长步子大，许飞红要小跑步才能跟上他。她的脚步却是那样轻快，跑两步甚至还跳两步。心里面盘算着，待会坐在丁丁哥哥自行车后面回家，该走没有公交车行驶、行人也比较少的小马路，最好有高大的行道树，路灯暗点。丁丁哥哥慢悠悠踩着车，她一定要大胆地圈住丁丁哥哥的腰，然后，要将藏在心里头的话统统讲给他听！

刚出站口，冯令丁忽然刹住步子，许飞红差点踩到他鞋后跟，巧笑着红了脸，乌黑灼亮的眸子盯住他俊朗的面庞。

冯令丁调开目光，冷淡地问道："我妈给了你车费没有？"

许飞红一时脑筋没有拐过弯，羞怯地答道："嗯，李同志硬要塞给我……"

"那好，公共汽车站你认识的，我要去那边取车子，就不送你过去了。再见！"冯令丁话音未落，人已掉头走开，撇下许飞红痴痴呆呆立在那里，好半天没回过神！

溟濛的暮色瞬间吞噬了丁丁哥哥的身影。偌大的车站广场，南来北往行色匆匆的人群皮影戏般热闹嘈杂，许飞红心里却是一片断垣残壁，沉寂而荒凉，止不住眼泪溢洪般涌出来。

流光容易把人抛，红了樱桃，绿了芭蕉。

19

雨侵重门巷陌远，蝉闹花树庭院深。

上海的黄梅天最难挨。

吴阿姨隔夜洗出的衣裳只好吊在马桶间里沥水，天蒙蒙亮起来，就把它们晾到敞廊里吹吹风。晚上收工回家，到敞廊里收衣裳，衣裳摸上去黏滋疙瘩，一股恶浊气。吴阿姨恨声道："短命天气，整日价阴势势，像煞黑白无常鬼的面孔！"

许飞红睡不着，正坐在敞廊里乘风凉。其实敞廊里也不风凉，空气像糨糊刮在皮肤上，掀也掀不掉。许飞红捏着把蒲扇划嗒划嗒赶蚊子，听了母亲骂天气的话，心想，无常鬼的面孔总算还黑白分明。短命天气，阴阳怪气，像煞冯令丁的脾气！

毕业分配的名单原本早该公布了，可是学校接到上面红头文件通知，应届毕业生一律留在学校参加批林批孔运动。毕业分配小组为了让大家心无旁骛地投入这项政治运动，决定延期公布毕业分配的去向。许多家长都担心政策又有变化，三日两头跑到毕配组办公室打探消息。于是，各种各样的小道消息应运而生，就像黄梅天气时断时续的阴雨，反倒缠得人愈发焦躁与烦闷。毕业班谁还有心思去搞清爽林彪跟孔老二究竟有什么关系？每天无非去学校点个卯，念几篇报纸上的批判文章就散了。

在这一段相对闲散的日子里，男生照常会聚在一起踢足球，打篮球，一起骑自行车到郊区河浜里去游泳，尽情释放年轻身体内充沛的精力。女孩子们却心事重些，显得沉闷和安静些。因为分配去向不明确，互相间会有许多猜测和攀比，平时要好的女友间也会无端地生出些隔阂，互相串门也渐渐稀疏起来。

许飞红的变化最为显著。她是学校里的风头人物，平素下课后，老师常有这般那般事情留她下来，她已经习惯了最后一个离开教室。巴望跟她要好的女同学又多，这个约她那个邀她，通常总要弄到晚快边才回家。自从她在黄师傅家里看到自己被分配到航天局的名单后，高兴了一阵，更多的却是疑神疑鬼，忐忑不安。跟人说话总觉得人家话里有话在影射她什么；看到哪个同学找老师，又怀疑人家是不是触自己壁脚，想要撬掉自己的位置。学校推迟分配名单的公布，她更担心夜长梦多，节外生枝，那张名单会有什么变动。许飞红变得谨慎、收敛，不再在学校过多盘桓，免得招惹是非；更不与女友们作闺中密语，生怕言多有失，人心隔肚皮。

黄梅天许飞红独自在家的时间愈发难过。门板、护壁、灶头间和马桶间的马赛克地都是潮叽叽黏乎乎的。望着窗外灰蒙蒙的天空，听着筒瓦屋檐嘀嗒嘀嗒的漏雨声，许飞红觉得自己心里和骨关节里都长出了绿毛，就像母亲腌在小瓦罐里的霉千张。

实在闲得恐慌，许飞红便随手从针线匾中取出母亲未完工的绣品，穿针引线，以此消磨时间。

藤圈绣绷上绷着一块粉红人造丝的料作，蓝线描着喜鹊登梅的花样，只有几朵梅瓣填上了由浅渐深的玫红丝线。

年头上，哥哥回家探亲，带回一张姑娘一寸头像照片，说是他的对象，两个人已经山盟海誓订终身了。乡下小镇照相铺拍的身份照，影像有点糊。仍看得出姑娘眉眼清秀，唇边有一对酒窝。母亲告诫哥哥道："讨老婆不是买年画，不能只图好看。人要实在，最要紧是能与你患难同当、祸福相依的人。"哥哥嬉皮塌脸道："妈，最要紧当然要我喜欢她，她也喜欢我啰。"母亲不说好也不说不好，却悄悄地为儿子的婚事作准备了。帮人家脚头愈是勤快，手头愈是巴结，东家一高兴，要奖励她，她不要钞票，讨点布票。攒够了，就替儿子买了两床被面被夹里,还扯了做枕套的人造丝料作。问邻里讨了喜庆的花样复印上去,得空便绣上几针。母亲的绣花功虽不能与苏绣湘绣的大师比,从前在山村里也是人见人喜的。只因母亲做的人家太多,每日总要忙到天墨墨黑才回家,凑在台灯下绣几针眼睛就花了。这般绣绣停停半年多了,尚未完工。

许飞红小时候,曾一时兴起,跟母亲学过几针绣工,却没有长性,许多年没摸绣花针了。凭着天资聪颖,还记得几种针法。天气乍晴乍雨,屋里的光线昏灰惨淡,只好凑在床边柜的台灯下运针走线。她性子急,动作快,不多时便绣成了一朵花。跟母亲绣好的花朵比了比,不晓得哪里不对头。台灯只有十五支光,愈看愈模糊。便拿着藤圈绣绷跑到敞廊里,在日光下看个究竟。原来母亲的针脚细密齐整浑然一体,那花朵儿真像朝霞中初绽一般新鲜。而自己绣的针脚参差疏漏,七歪八斜,那花瓣儿便像是风吹雨打得萎蔫凋零了。她用小指的指甲去拨紊乱的针脚,想把它们梳理得整齐些。却哪里能成?愈发把丝线拨得毛糙了。她有些泄气,一咬牙,想回房间用剪子铰了重绣。正待起步,就听到有人喊:“许飞红,许飞红!”

许飞红怔了怔,分辨出喊声来自三楼,一时慌了神,踉跄跌出敞廊,脚未站稳便抬头看,却是李凝眉正站在她家古城堡式的老虎窗前,微微向前倾出半个身子。窗两边石雕饰纹的罗马柱遮住了光线,看不清她的表情。许飞红疑疑惑惑问道:“李同志,是你喊我啊?”

李凝眉道:“我来关窗,正巧看见你呆墩墩地站在台阶上。”

许飞红不好意思地笑笑道:“房间里闷得透不过气……”她想着李凝眉一双丹凤眼素来厉害,会不会被她看破了心思?一时浑身上下不自在。

李凝眉道:“正想问问你的。你是工宣队的红人,总归听到点内部消息的。分配名单到底为什么推迟公布呀?”

许飞红脑子飞蓬般旋转起来,她为什么讲我是工宣队红人?难道她已经晓得了什么?是从弄堂阴丝旮旯里听来的,还是冯令丁告诉她的？神不守舍，言语也迟钝起来，语无伦次道："我怎么会知道呀？谁是工宣队的红人呀？大概……不晓得……搞不清爽……"

李凝眉便恨声叹道："索性刮风打雷落雨倒也爽气，就怕这黄梅天，阴阴阳阳，掖一半藏一半的急煞人的！"

许飞红被李凝眉一语点中心穴：这冯令丁就是黄梅天，阴阴阳阳的，叫人恼也不是恨也不是！

李凝眉见她粉腮含羞，眉目传情，丢魂落魄的模样，暗自忖道，吴阿姨这个千金有点痴头怪脑，要叫儿子离她远点才好。便道："早上起来千头万绪，就是忘了关照吴阿姨，空档里还是要把小弟的脚踏车擦一擦。才买了半年不到，那车已糟蹋得不成样子了。许飞红，拜托了，你跟你妈讲一声好吧？"

许飞红将一张红艳艳熟杏般的脸蛋仰得高高，正对着李凝眉，本意想送几句挑衅的话给她，但想想还是不能得罪这个女人，毕竟她是丁丁哥哥的亲妈。便极不情愿地懒懒应道："我妈如果回来得早，我会关照她。"

原本，许飞红每日都帮冯令丁擦车。她以为冯令丁骑上锃光闪亮的脚踏车便能领会自己的绵绵情意。自那日冯令丁无情地将她丢在火车站不管，许飞红便赌气不再擦那辆脚踏车，由它蓬头垢面、乌鼻皂耳的难看。她只是想以此告诫冯令丁，她许飞红不是凡庸轻薄之辈，绝不允许任何人对她倨傲轻慢，丢丢掼掼。没想到冯家人那样妄自尊大，竟以为是吴阿姨讨他们的好，天天在为冯令丁擦车，全然辜负了许飞红的一片苦心。最令她气恼的是，听李凝眉那口气，好像吴阿姨天生就该替她家擦车似的。许飞红恨恨地想，谁又不欠你们的！是住了守宫的大客厅，却月月都向国家交房租的；每天帮你家煮饭洗衣，又从不要你家一分工钿。倒是你家要感激我们呢，如果不是我们及时搬进守宫，你们还不是跟恒墅常家一样被扫地出门呀？便忍不住朝三楼翻白眼。三楼的老虎窗却已关闭，黑洞洞的，似一只隐含着嘲讽要弄讥笑的眼睛。

这天半夜里雨下得特别紧张，雨点重，雨脚密，嗒嗒嗒嗒如同奔袭的马队，踩得人心惶惶不安。

照讲上海黄梅天的雨，总像深闺女儿无端犯愁时暗抛闲洒的珠泪，轻轻柔柔，时断时续，哪里会这般紧锣密鼓、惊心动魄的？

吴阿姨记得，自己临睡前已经起风了，风卷动着园子里的花草枝叶簌簌作响；弄堂里，有谁家晒台上的东西被风刮落，乒令乓郎闹成一团。吴阿姨还特为检查了落地玻璃门的司别灵锁落下没有，又将碎花布帘拉得密丝合缝，才睡下。不料半夜里却被咣当咣当的声音惊醒，坐起身子，大惊失色！落地玻璃门被风吹开了，风裹着雨扑进屋子，布帘呼啦啦扬起又落下，像一只受了伤的大鸟挣扎着扑扇着翅膀。

吴阿姨慌忙开了床头灯，赤着脚就去关门。关门时，探出脸往敞廊两头张了张，连个鬼影都没有。风雨大作，敞廊的小方砖地积起了薄薄一层水。吴阿姨连忙缩回脑袋，合上门，再次检查了门锁。这只司别灵锁镶在落地玻璃门的钢架里面，虽然年数不小了，因主人经常加点缝纫机油进去，仍然很活络。莫非自己临睡前糊里糊涂没有将锁舌头别下来？

吴阿姨虽则是满肚子疑惑，也只好怪自己粗枝大叶，毕竟四十出头了，记性大不如从前了。重又拉好布帘，正待返回床去，隐约听得屋子什么地方有粗粗的喘气声，不禁毛骨悚然。她扑到床边看看女儿，小姑娘到底会睡，酣沉沉的，呼吸似软绸子飘一般。那粗重的喘气声却从何而来？！

吴阿姨张皇失措，去门边摸房顶灯的开关，撞翻一只方凳，膝盖头麻辣辣。啪地开了灯，背后头冒出声浑浑浊浊的一声“妈”，一股寒气从吴阿姨的尾椎骨嗖地蹿上来。她猛回头，惊吓得脱口啊了一声：屋角落座钟旁，蜷缩着一团灰不落脱的东西，困兽一般。那团东西忽地立了起来，又喊道：“妈，是我。”吴阿姨定定神，眨眼再看，看见了那一双黑沉沉的眼乌珠！

“哦哟，兆红啊，怎么是你？！”吴阿姨认出了儿子，浑身一下子瘫软下来，嗔道，“要回来，也不晓得早点写封信讲一声，深更半夜的，把人魂灵头都吓脱了!"

许兆红道:"你们做啥要把门锁换掉?我进不来,只好翻墙头,还好花园门还开得开。"

吴阿姨道:"是人家里委会阿姨换的呀!你不晓得揿门铃啊?妈妈睡觉向来很惊醒的。"

许兆红抖抖胳膊踩踩脚,道:"身上没钞票,我从火车站跑回家,淋得汤汤渧。我先去洗个澡,家里还有没有我好穿的衣裳?"

吴阿姨伸手朝他身上摸了两把,劳动布罩衫吃了雨水,石骨铁硬。忙道:"外罩先脱下来,歇口气,妈先烧热水去。"

许兆红道:"要啥热水?在乡下还不是往河浜里一窜头。"

吴阿姨又往布帘后头张了眼,女儿面壁侧身躺着,卧石般纹丝不动。便做个手势,让儿子帮她把上头的箱子抬开,从下头的箱子里翻出几件旧衫裤塞到儿子手中,叽咕道:"也不晓得你还穿得下吧?怎么连替换衣裳也不带回来?立马造桥,叫我哪里变得出来?只好将就将就了。"便引他去了厕所间,拿了块固本洗衣皂递给他,关照道,"那块香肥皂是你妹妹擦面孔的,你不要去碰它。"儿子闷闷地嗯了声,一步跨进了浴缸。

吴阿姨转身就去厨房间给儿子做吃食。自家碗橱里只有半筒卷子面,半碗猪油渣。她稍迟疑,便去冯家食柜里取了两只鸡蛋。见那里还有一包香肠,一咬牙,抽了一根出来。自己对自己道:"明朝买了还他们便是。"

三下五除二,吴阿姨麻利地做出一汤碗喷香的香肠鸡蛋面端出去。儿子正好洗了澡出来,湿漉漉的头发一根根笔笃势竖着,活像只警觉戒备的刺猬。他只套了条紧绷绷的平脚短裤,赤裸着上身。皮肤黝黑,宽肩蜂腰,前胸后背鼓凸着一块块壮实的栗子肉。吴阿姨望着儿子年轻健美的身躯,望着他像煞他父亲的一对黑沉沉的眼乌珠,一时百感交集,差点忍不住蓄在眼眶里的眼泪水。儿子看见面碗就把脸盖了上去,并没有留神母亲的神色。呼噜呼噜,几口就吞下半挂面条。

吴阿姨心满意足地看儿子吃得香，问道："三抢就要开始了吧？倒让你请得出假呀？好在家待几天呢？"

儿子只顾吞面，喉咙里叽里咕噜不晓得讲点什么。

吴阿姨心里嗔道："跟你的爹一个脾气，三棒头打不出个闷屁！"接了空碗，问道，"饱了吧？睡前也不能撑得太饱，天亮了再吃。"

儿子道："已经撑了。"

吴阿姨便道："那就好。反正天也热了，今夜铺条席子睡一觉，明朝再搭行军床好吧？"

儿子闷了一歇，像含了枚炮仗似的，突然爆出一句："妈，我不回江西去了！"

吴阿姨怔了怔，随即欢喜起来，道："不回去了？你上调了呀？"

儿子摇摇头，炮仗哑了一般。

吴阿姨有点急了，道："没上调？没上调怎么可以不回去呀？不去了就永远没有上调的机会了！"

儿子头颈一撅，道："去了也永远没有机会，当初还不如回老家去。"

吴阿姨拼命摇头，道："矮檐底下出头难，老家谁不晓得你的底细？那才是永无翻身之日了。"

儿子道："哪里都一样，你没有路数，没有钞票，也是永远翻不了身的。最重最苦的生活都派给你，我实在是干不下去了！"

吴阿姨心疼地抚摸着儿子的背脊，儿子从来不叫苦的，既然这么说了，必定是苦到不能忍受了。重重叹了口气道："你这样自说自话回来，会不会犯错误呀？"

儿子恨声道："我不怕，看那些衣冠禽兽能把我怎么样！"

吴阿姨轻轻跺了下脚，"小祖宗，你不怕我怕。你不要学你爹的样，拿个鸡蛋往石头上撞。"

儿子停了停，道："我们那里有的知青点人都跑光了，鱼有鱼路，虾有虾路。实在没有路数，就办病退。"

吴阿姨心也是一动，却又犯难起来，轻轻捶了儿子一拳，道："你这样的身坯,谁会相信你有毛病?"

儿子冷笑道:"要想生病还不容易?饿他三日,弄个胃下垂;灌瓶芝麻油,拉它个昏天黑地。就有人这么办病退回去的。"

"真叫作孽呀!"吴阿姨叹道,略沉吟,仍摇头,"这般作践自己的身体,还不是自己吃苦?再讲,万一事体弄穿绷,真就没有落场势了。妈妈的想法,巧作不如诚拙。你还年轻,这么几年都熬下来了,再熬一熬,破茧子里也能熬出俊蛾来的!"

儿子却忽地立起身,闷闷地吼道:"熬、熬、熬,你再叫我熬,我宁愿去死!"

吴阿姨猛地一惊,儿子最后那句话一剑封喉般让她出不了声。儿子脾气是孬,可从未对自己这般弹眼落睛过呀!小小年纪,他为啥会提到"死"字?吴秀英隐隐觉出儿子这趟深更半夜地潜回家,有点不大对头。她的心忽地悬到了喉咙口。却没等她言语出唇,布帘后面先有人发话了。

"哥,你不要耍无赖好吧?妈也是为了你好呀!"许飞红一撩帘子出来了。

吴阿姨用手捂住胸口,慌道:"小茧子,吵醒你啦?"

许飞红扬起翎子似的眉,道:"妈呀,你们倾令哐郎地大戏唱到现在,我还睡得着?那不成白痴啦!"转而又对着许兆红道,"哥,你要想想清爽,'破坏上山下乡'的罪名你担当得起吧?我劝你在家歇两天就快点回去。我替妈给你写张证明,就说妈忽然生病……"

"呸、呸、呸!"许兆红白了她一眼,"你不要触妈的霉头好吧?现在是越来越造反派腔调了。什么叫做'破坏上山下乡'?老子上山下乡五六年,也该歇一息了吧?这里也是我的家呀!"

许飞红扭过身子,吼道:"妈,你说说他呀!我们分配方案还没公布呢,他这么一回来,我们家就没有务农的了,我的工矿名额恐怕就保不住了呀!"

吴阿姨心愈是一挫,方才她只是担心儿子,不及顾到女儿这里还有一层问题呢!便柔声和气对儿子道:"兆红,让妈想想办法,找哪个东家帮帮忙，给你办病退。不过总要等一段日子吧？你先回去。你妹妹的分配名单很快就会公布的，到那时你再回来。早晏一点的事体，好吧？”

许兆红闷雷般道：“妈，我真是回不去了！”

吴阿姨脑袋里轰的一声，不祥的预感乌云般压在头顶心。那一边，女儿委委屈屈喊了声“妈”，便扑倒在床上嘤嘤地哭起来。手心手背都是肉，吴阿姨真是难做人啊。定定神，走到儿子身边，压低声却是重重地问道：“兆红，你要对妈说实话，你是不是闯穷祸了？为什么就回不去了呢？”

许兆红停顿了两秒钟，方才道：“妈，你不要悬空八脚胡思乱想。我出来时没顾上请假，本来就不想回去了。你叫我回去，势必要被人家当活靶子打死了！”

吴阿姨晓得儿子没讲实话，却又不好逼他。逼紧了，黄牛脾气，不晓得会闹出什么事体来。女儿那里的哭声又不依不饶，长一声短一声，拉锯似的把她的神经磨得生痛。这真叫作起早得罪丈夫，起晚又怕得罪公婆，把吴阿姨逼到死弄堂里去了。

我们的吴秀英阿姨毕竟在盈虚坊里风风雨雨闯荡了十几年，盈虚坊长弄短弄，深巷浅巷，多少人间世故，历练得她隐忍沉毅，精明巧慧，波澜不惊，履险如夷。面上不动声色，脑子里却是呼兵唤将，东突西闯，兜兜盘盘，把能想到的都想到了。末了，她抬高了声音，冲着布帘喝道：“小茧子，不要再拉胡琴了，难听煞了！万一让三楼听到，还以为我们家出什么事体了呢！”

吴阿姨是难得发威势的，却十分奏效，女儿虽仍在抽泣，哭声却止住了。吴阿姨便道：“你们两个给我听清爽了，兆红既已回来，就给我老老实实待在屋子里，不准出房门一步，不要让任何人晓得你回家来了。只要瞒过这一段，待小茧子毕业分配落实停当，再想法子帮兆红办病退。”

许兆红、许飞红都不出声了，默认了母亲的法子。对他们来讲，这个法子是眼下没有法子的法子，华山天险一条路了。

吴阿姨一作出决定,心也就落实了。吩咐儿子、女儿先睡觉,自己又去厕所间收作儿子换下的衣衫鞋袜,稀里哗啦洗干净了,就吊在浴缸上头沥干。这才把身子在床边沿慢慢地放平了,生怕惊动了女儿。想想也没多少时间好睡了,连忙闭上眼睛。

外面的雨紧张了半夜,拂晓前才疲沓下来。没有了千军万马的雨脚声,天地间显得格外沉静。吴阿姨偏是被这沉静惊醒的,迷糊时乱梦重叠,醒了仍怦怦心跳。侧目见窗帘外天光已清,连忙落下两只脚,窸窸窣窣寻鞋子。

"妈,你好像才躺下的,怎么又要起来了?"隔帘,儿子问道。

吴阿姨一怔,莫非儿子终夜未合眼?

不想躺在身边的女儿也出声了:"妈,我想了半夜,落地玻璃门的窗帘千万不可拉开来,冯令丁每天要到敞廊里来放脚踏车的!"

吴阿姨便道:"兆红,妹妹的话有道理,房间里暗点也只好暗点了。"心里面那个苦那个痛啊,前世作了啥个孽?弄得两个小囡都没有安心觉睡了。

女儿又道:"妈,哥哥的中饭怎么办?他是不好去厨房间的,里委会的人都要去热菜热饭的。"

吴阿姨硬硬心肠道;"待会我去小菜场,带几只高脚馒头回来。兆红,冷馒头,萝卜干,开水过过,也只好这么将就了。小茧子,不要动不动就往家里跑,倒让人家起疑心。讲起话来动动脑筋,舌头管管牢。晓得了吧?"

儿子、女儿齐声乖乖答道:"晓得了。"

20

黄梅雨忽续忽停,来去无踪影。

时而细雨扫巷陌,时而轻烟笼楼台。深深浅浅一座盈虚坊,被雨雾风烟描画得缥缈空蒙,幽远冷寂,叫人心无端地惴惴不安。

可近一段时间,盈虚坊间恰恰没有什么足以吊起众人胃口的大事体啊。

坊间愈是无风无浪,吴阿姨心中愈是山雨欲来风满楼似的紧张。多少年在盈虚坊中坦坦然然地做人,这几日倒像是做了什么亏心事,跟人说话气就短了一截,言语支吾,三弯九转,暗中揣摩人家的颜色,疑心人家是否听到什么动静。自然做生活也不及平日那般有心有思、像模像样了,只是完成任务,大面上过得去。做完生活也没兴致讲闲话,两只手一停,拔脚走人,偷得些许闲空,转回守宫看一眼也好。东家虽都仁慈,眼睛总是挑剔,也有觉出点蹊跷的,旁敲侧击道:"吴阿姨,可是身体不舒服?眼圈都乌青了。做不动,歇一歇,不要紧的啊。"吴阿姨要想应答几句,却应答不出来,舌头硬得像块砖头,背脊骨上冷汗漉漉,唯一能做的就是赔笑脸。

总算提心吊胆地挨过了几日,四周围并无任何异常。门廊里碰到里委会的阿姨们进进出出,也照样热热络络地客套。去三楼冯家做生活,女主人依然是长吁短叹,牢骚不断。吴阿姨眼睛后面长眼睛,耳朵外面长耳朵,细针密线地观察下来,确实没有人察觉儿子潜回上海的事体,绷得像满弓似的弦慢慢松弛了一些。

偏偏在这神经稍许松弛一点的当口,吴阿姨犯了一个让她一辈子追悔莫及的错误!

黄梅天空原本就湿重,厕所间愈加潮湿,儿子换下来的衣裳晾了几天也干不透。儿子只身回家,替换衣裳都没带,在房中赤膊了好几天。吴阿姨心里过不去,可是,一时三刻哪里来一笔钞票为他置衣衫?再讲兴师动众去买男人的衣裤,难免招惹闲话。吴阿姨动起脑筋,半夜里把儿子的衣裳叉到敞廊里吹吹风,天亮快再收回厕所间来。如此折腾了几次,衣裳倒是弄干了,偏就儿子那双小船似的跑鞋横竖不得干。阴藏的时间久了,还散发出一股橡胶的臭味,从厕所间丝丝缕缕地漫溢进了房间。小茧子哇哇直叫:"妈呀,怎么这样难闻,不把人呛死才怪呢!"

这天清晨,吴阿姨特为先不去敞廊里收跑鞋,让它们在外面多晾一刻也好。便去菜场买菜,回来后又分菜。一切调排停当,要出门了方才转到敞廊里去收鞋。吴阿姨伸手到鞋肚子里一摸,仍是湿腻腻的,便犹豫起来。抬头看,乌云稀薄了许多,云罅处露出点点瓦蓝。暗忖,快出梅了,讲不定今天会出太阳。只要一个日头,这双鞋肯定能干透了。又忖,现如今谁会跑到这敞廊里来?里委会阿姨们一天到晚忙不停,哪里有闲空跑下来逛园子?顶多站在二楼阳台上透透气。二楼阳台恰巧是敞廊的顶,所以无论她们站在哪个角度都不可能看到敞廊里的一双鞋啊。三楼冯家女主人男主人愈发不会到敞廊里来了,女主人要的鲜花都是差吴阿姨摘了送上去的。唯一会进敞廊里来的便是冯令丁,每日两次,进敞廊停脚踏车取脚踏车。吴阿姨恰恰最不提防冯令丁,自己奶大的孩子,晓得他的脾气。这孩子斯文一脉,清高超逸,是盈虚坊中"槛外人"。一则他进敞廊目不斜视,推了脚踏车就走,绝不会注意到墙脚跟多出一双鞋;再则即便他看见了这双鞋,也不会费神去追究它的来历的。吴阿姨前思后量,决定不收鞋了。她甚至还将鞋稍微往外挪出点,好让太阳照得到它们。

约莫上午十点光景,盈虚坊传呼电话间的跷脚单根接到一只电话,女孩的声音,软软的,细细的,像一只蜜蜂,沿着电话线飞过来,停在他的耳畔:"师傅,请叫一声 169 号底楼的许兆红好吧?谢谢你了。"

单根心里一格楞,169 号就是守宫啊,许兆红不就是吴阿姨的儿子,当年他拼了一腿救下的小猢狲吗?声音便有些不自然了:"同志,许兆红不在上海,他去江西插队落户了。请问,你是哪里啊?找他有什么事?"

"我就是江西呀,师傅,麻烦你去看看,许兆红到家了没有好吗?"小蜜蜂好像受伤了,声音奄奄一息的,轻轻咬着他的耳轮。

单根不忍心拒绝她,便道:"169 号在弄堂笃底,你要等一歇时间哦。"

对方报了个电话号码,说若找到许兆红,请他回电话。

单根认真地记下了电话号码，掖进上衣兜。嘴巴里嘀咕着："许兆红回来了？我怎么没看见啊？"

这个时候电话间照例聚着三两个妇人。便有一个道："许兆红？这个名字没有听到过。"另一个挤着眼道："咦，就是吴阿姨的儿子嘛，小时候全喊他小猢狲的。"前一个便意味深长地噢了声。还有一个问道："派派就要农忙了，插队落户的人好像不会回来的吧？"

单根道："回不回来，只消去守宫跑一趟就晓得了。拜托，帮我守一歇电话机。有电话来，号码要记清爽啊。"

妇人们哄起来："哦哟阿跷，你讲这话就没有良心了，我们什么时候误过你的事体啊？你不要去了守宫回不来了呢！"

单根便在妇人们的哄笑声中跨出电话间的门，一跷一跷朝弄堂底走去。一颗心在胸腔里不争气地东撞西撞起来，尽量踩稳了步子，莫让那班妇人看轻自己了。

单根还是头一次到守宫来传电话。守宫冯家有自备电话，里委会也有办公用电话机。而在这以前，从来没有人给吴阿姨家打过电话。

单根跷上小红方砖铺就的台阶，站在守宫卷筒红瓦的门廊里，心思有点恍惚。吴阿姨要是不搬进这扇镶着彩色玻璃的柚木门，他和她的交谊就会轻松愉快得多了。单根定定神，找到了白漆写着"吴"字的门铃，吸口气，重重地揿了下去。单根隔着门都能听到清脆的铃声回环作响，然而门里面却没有动静。单根等铃声闹停了，又揿了一下。依然没有人应。单根别转身要走了，想起电话里那女孩可怜巴巴的声音，便又回身再揿了一下门铃。

终于听到踢踢蹋蹋的脚步声了，单根心里念了句"阿弥陀佛"，总算好给那女孩子一个交代了。

门咣啷拉开了，却是里委会张阿姨，从二楼跑下来的，呼呼喘着气，嗔道："哦哟单根是你啊，你铃揿错了，里委会的铃在上头，看到吧？有啥急事体，这样追命似的揿铃？"

单根忙道："对不起对不起，吵扰你们办公了，我是来传电话的，是打给吴阿姨的儿子的。”

张阿姨挑起眉毛道：“吴阿姨的儿子又不在家里，你又不是不晓得。噢——醉翁之意不在酒，你是顺便来看看……”

单根耳朵有点烫，忙道：“张阿姨不要寻开心。电话是从江西打来的，问许兆红到家了没有。我总归要来探个实在啰。”

张阿姨团起眉头道：“这样讲起来，小猢狲是回上海了。昨日晚快边碰到吴阿姨，也没听她讲起嘛。莫非半夜里到的呀？敲敲门看。”

两个人走到吴阿姨房门前，砰砰砰拍了几记，又喊道：“许兆红，许兆红在吗？江西来电话了。”

门里边无声无息。

张阿姨道：“大概小猢狲半夜回来吃力了，还在睡。年轻人好睡，在他耳朵边放炮仗也不会醒。单根，你绕到敞廊里，落地玻璃门上有玻璃的，张张看，房间里有没有人。”

单根道：“麻烦你张阿姨带带路，这守宫里面绕七绕八，我也不熟。”

张阿姨笑道：“单根你也不要大脚装小脚了，整个盈虚坊密密莽莽都装在你肚皮里了呢。”讲是这么讲，还是引了单根从厨房间后门绕到花园里去。

吴阿姨家通敞廊的落地玻璃门紧闭着，门里面垂着花布帘子，单根面孔贴着玻璃往里张望，却什么也望不见。张了一会便道：“看不到人，恐怕还在路上呢。”

张阿姨却道：“人已经到家了，看看，鞋子就晾在这里呢。”

单根朝墙脚跟瞟了一眼，果然是双大尺码的解放鞋，已经磨损得蛮厉害，却洗得干干净净。单根收拢声音道：“会不会是三楼晾在这里的？”

张阿姨笑着摇摇头道：“不会的不会的，三楼自有晾衣服的地方。再讲了，冯家人哪里会穿这样的鞋？这双鞋就是小猢狲的，小猢狲一定又窜到外面转悠去了，从小就是的，橄榄屁股坐不住。单根，隔一会吴阿姨来帮冯家做中饭，我告诉她就是了。”

单根含含糊糊道了声“谢谢”，便告辞出了守宫。他没有将记着回电号码的小纸条交给张阿姨，却存了份私心。吴阿姨上半天做哪几户人家他大致晓得的，也是方才张阿姨的玩笑话提醒了他，他想绕过去碰碰吴阿姨的面，亲手把回电号码交到她手中。

单根一跷一跷拐进吴阿姨做生活的那条支弄，抬头就看见吴阿姨正蟠在二楼人家的窗口头擦玻璃，半边身子悬在窗口外边，让人看着揪心。单根不敢喊她，生怕她一不当心掼下来，便呆墩墩立着，仰着头看她擦玻璃。吴阿姨身上的衣裳稍短了些，胳膊抬高的时候，腰际处露出一线肉身，白晃晃的，让单根看着耳热心跳。弄堂里不断有往来的人，不远处还有汉子围着一张方凳子下围棋，任谁偏偏脸都能看到吴阿姨。单根想，还是要提醒她一句，便鼓足勇气喊道：“吴阿姨……”

吴阿姨一低头便碰到他热辣辣的目光，连忙扯了扯衣襟，红了脸道：“有要紧事体吗？等一歇我去电话间好了。”

单根晓得四周围必定有眼睛盯牢他和她，便从衣兜里掏出抄回电号码的纸头朝上头挥了挥，故意亮开喉咙道：“吴阿姨，江西有人打电话给你儿子，回电号码在这里。”

吴阿姨那头却没有回应，人蟠在窗口头一动不动，像尊泥塑。

单根头颈仰得酸了，疑疑惑惑唤道：“吴阿姨，你……”

吴阿姨掼下一句：“你等一歇！”人便从窗口头消失了。

少顷，吴阿姨从后门口跑出来，用胳膊肘撞了单根一下，噔噔噔往前走。单根一头雾水，只好一跷一跷跟在她后头。

拐了个弯，跨进一道拱门，这里是条死弄堂，不大有人行走，比较僻静。吴阿姨便立定了，冲着单根劈头嗔道：“你做啥哇啦哇啦？生怕人家当你哑巴呀？”

单根有点别勿转了，想想自己一副热心肠，倒被她吃排头，冤枉鬼叫道：“你晓得盈虚坊里多少贼眼乌珠盯牢着？我是生怕，生怕……”讲不下去了，憋得面孔关云长一般。

吴阿姨翻了他一眼,怨是怨,心里清爽,怨不得单根的。咬住乌青的嘴唇,只从他手中抽出那张纸头看了看,声音低垂下来,问道:“是江西什么人打来的?”

单根抬手捋了把额角头的汗珠,瓮声道:“听听是个小姑娘。我哪能刨根问底盘问人家?”

吴阿姨犹豫着,思忖假如连单根都不能相信的话,她在盈虚坊的这些年做人算白做了。一横心,敛着声问道:“这只电话的事情还有旁人晓得吗?”

单根觉出事情蹊跷。挠挠头皮,道:“你晓得的,电话间里总归有人听到的。还有,还有……”

吴阿姨急得心火辣蓬蓬地冒起来,一跺脚道:“还有什么人?当宝贝含在嘴巴里做啥?”

单根的铜锣喉咙忽就变得哑壳壳了,心虚虚地道:“我哪里晓得这只电话的瓜葛?我总归先到169号去寻你儿子,正好碰到张阿姨。敲门敲不开,张阿姨就领我到花园里去,看到一双解放鞋,张阿姨讲是你儿子的……”

单根没讲完,吴阿姨已经调转头跑开了。单根不晓得自己如何就做错了事,一跷一跷追着她喊:“吴阿姨,吴阿姨。”

吴阿姨略微放慢了脚步,从裤兜里摸出两张纸币往地上一掼,恨恨地道了句:“给你传呼电话费!”掉转身跑得更快了。

单根在那两张飘落的钞票跟前停步了,心里面伤心地喊:“你呀!你呀!谁要你付传呼费了呢?”

再讲吴阿姨听了单根的话,魂灵头吓出九霄云外。心急慌忙奔回家中,偏生在门廊里遭遇张阿姨!张阿姨刚巧要去厨房热饭,手里面捏了只钢盅饭盒。被吴阿姨看起来,倒像是横刀夺路的凶煞。她不晓得如何招架,手脚都僵住了。好在门廊里光线暗,张阿姨看不清她的面色,还是热络络道:“咦,吴阿姨,你回来啦?电话间单根刚刚来过,有你儿子的电话。小猢狲大概又跑出去翻筋斗了吧?敲了半天门没有人应。”

吴阿姨拼命挣扎着发出声音道："谢谢你张阿姨，我晓得了。"

张阿姨已经走到厨房门口了，又停下来，问道："小猢狲这趟回来算是探亲还是——"

吴阿姨道："身体不大好，回来看毛病的。"这句话从吴阿姨嘴巴里滑出来，吴阿姨自己也吓一跳。

张阿姨笑道："毛病是要及时看的。吴阿姨不是我存心盘问你，现在有一些插队落户的小囡跑回来赖着不下去了。区里面有文件下来，要每个里委会做好思想教育工作，动员他们回农村去。小猢狲当然不会做逃兵的，对吧？"

吴阿姨使劲点了点头，她听到自己面孔上一滴汗珠从下巴滚落到地上，笃的一声响。

张阿姨这才满意地走进厨房间去，吴阿姨慌忙摸钥匙开房门，房门推开一隙，人便旋了进去，随手在身后碰上了门。

垂着布帘的房间光线幽幽的，吴阿姨抬头就撞见儿子的两颗眼乌珠，惊恐的、痛苦的、愤怒的、狂躁的，活脱势像只被猎人困住了的猛兽。

吴阿姨慌道："兆红，你不要急呀，我们再想想办法，再想想……"

许兆红喉咙里发出咝咝的呻吟声，勉强道："妈妈，没有别的法子了，我把手臂敲断掉了……"

吴阿姨大惊失色扑过去，果然看到儿子右手托住了左手，左手臂血肉模糊，隐约见肘下一根骨头生生地戳破皮肤穿了出来。吴阿姨一把抱牢儿子哭声道："你怎么这样戆呀！为什么不等妈妈回来呢？"

许兆红面孔夹暸势白，额角头上爬满汗珠，道："我想来想去，总归要办病退的，其他毛病我也装不出来，弄断一只手还便当点。你也好坦坦气气跟里委会汇报。"

吴阿姨心如刀割，欲哭无泪，当机立断道："不要讲闲话了，马上去医院，否则你这条胳膊真的要报废了！"

吴阿姨扶着儿子从房门走出来，刚巧张阿姨也从厨房走出来，两厢里都吃了一惊。张阿姨道："吴阿姨呀，这就是你的见外了。小猢狲摔成这样，你还闷在肚皮里不讲。你们是我们里委会的居民嘛，我们也有责任的呀。稍等一歇，我给电话间打个电话，叫单根踏黄鱼车送你们去医院，一定要到断手再植陈中伟医生的那家医院！"

再说许飞红近几天在学校里愈发待不住，见空就往家里跑。她晓得自己的哥哥孙悟空般的脾气，生怕他按捺不住跑出家门。她也晓得盈虚坊中的风气，只要有一个人瞥见哥哥哪怕半张面孔，不消半个时辰，全弄堂的人都会晓得吴阿姨的儿子从江西回来了。许飞红回家后也足不出户，陪着哥哥打扑克消遣。杜勒克、争上游、四十分，许飞红总是尽量输给哥哥，让哥哥得到片刻满足。她的心分分秒秒忍受着煎熬，只盼着那批林批孔运动早点结束，毕业分配名单早点公布。

这一日下午，学校里安排是民兵队列操练，许飞红正巧来例假，便跑到医务室弄了张假条。中午的班会一结束，她就脱身回家了。许飞红跨进大牌楼门，就看见电话间门口聚了一簇堆人，心里还嘀咕了一句："不晓得盈虚坊又出什么新闻了。"不料那簇堆人看到她，哗地都拥过来了。嘴快的边走边大声道："小茧子，阿跷踏黄鱼车送你哥哥去医院了，吴阿姨一道去的。"

许飞红霎时间心脏休止，血液凝固，四肢僵硬，动弹不得。

人们围住了她，七嘴八舌，一群野雀炸飞了窝。

"怎么会摔成这个样子？骨头都戳出来了，血淋嗒滴的，作孽啊！"

"不晓得这条胳膊还接得起来吧？年纪轻轻落个残疾，往后日子怎么过？"

"当然接得起来，人家陈中伟断了的指头都能接活呢。"

"小茧子你们不要戆，要去和你阿哥插队的公社讲道理的，他们应该负担医药费！"

……

许飞红慢慢恢复了知觉，虽然仍满腹疑惑，这风云突变起缘何因？但总算听出一点门道：哥哥是伤了胳膊，性命大致无碍。不觉悲从中来，止不住眼泪扑簌簌地滚落下来。

众人见小茧子啼哭，又七嘴八舌地劝慰道："小茧子，不要怕，盈虚坊的人全可以为你们家做人证的，里委会也会出面交涉的。不但要治疗费，还有误工费；万一手臂残疾了，还要他们出残疾人的生活补贴费……"众人愈说得慷慨激昂，许飞红愈哭得厉害。忽然就有人喊道："阿跷的黄鱼车回来了！"人群刷地安静下来，众人的目光齐刷刷转向大牌楼门外，盯着那辆黄鱼车嘎吱嘎吱地由远而近。

单根老远看见盈虚坊大牌楼下密丛丛站了一片人，就放慢了速度。黄鱼车氽到大牌楼门前刚好停住。人们又是一阵发问："骨头接好了吧？会不会残疾啊？痛不痛啊？……"单根便一一作答道："接好了接好了。医生讲，幸亏不是大骨头，接好后要加强锻炼，可以恢复功能。这只小猢狲真吃得牢痛，接骨头时一声不吭。我就看到他额角头上的汗，像大庆油田的油井出油，咕噜咕噜地冒出来……"

许飞红挤进人群，看见哥哥斜靠在妈妈怀里，左手上了夹板，用白纱布缠着，横吊在胸口头。许飞红只叫了声"哥"，眼圈又红了。哥哥毫无血色的嘴唇拉长了，大概想朝妹妹笑，嘴角却没力气翘上去，只好朝妹妹眨了眨眼。许飞红感觉到哥哥在暗示什么，当着众人又不好深究，只好咬住嘴唇，关住肚子里七缠八绕的疑问。

单根便道："大家不要再问了，让小猢狲早点回去休息好吧？"又道，"吴阿姨稍等一歇，我有样东西要给你们。"踢橐踢橐跷进电话间，少停，便又跷出来，手里拿了只小瓶，递到许飞红面前，"小茧子拿牢，这是瓶正宗的云南白药，接骨最有用场了。那时候，我的脚……不讲了，不讲了。小茧子你也上车来，我踩你们一家回守宫。"

单根好人好事做得很彻底，直帮着吴阿姨把许兆红扶到床跟头坐下，方才告辞。吴阿姨送他到守宫大门口，想道谢，却开不了口。一开口就会憋不住眼泪水。单根是体贴得到她的难处的，语意缱绻道:“实在兜不转来的话,停掉几家人家的生活。钞票不够,我这里有。你不要客气,算我借给你的好了。自己身体要当心了!”

吴阿姨目送着单根高低不平的背影拐了个弯,抬起袖管抹去眼角的泪痕,这才转回房间。一踩进门槛,女儿便冲着她恨声道:“妈,事体怎么会变成这样?什么地方露出破绽了呢?”

吴阿姨长叹一声,道:“全怪妈不好,看看天有点放晴,就没把跑鞋收进来。想不到张阿姨的眼睛这样毒,一眼就断定是兆红的鞋……”讲到这里吴阿姨忽然攥紧了拳头捶自己的胸口,一边捶胸一边骂自己,“真是热昏头了,一把年纪活到狗身上去了,脑袋出毛病了,要么就是鬼缠身了……”

许飞红捉住妈妈的手道:“妈,你不要这样呀!我想想也是,这张阿姨一生一世也不去花园的,怎么今天想起来绕到敞廊上去的?莫非是三楼冯家的人……”许飞红说着便浑身起了层鸡皮,她想,只有冯令丁早上会去敞廊拿脚踏车!

吴阿姨忙道:“跟冯家的人浑身不搭界的。是单根爷叔来传兆红的电话,敲不开门,张阿姨才带他到前头去的。我是日日把鞋子收进来的,偏生今天会不去收它,是不是碰到鬼了呀?”

许飞红跺了下脚,叫起来:“哥,你看还是在你这里出了纰漏。谁给你打电话啦?有谁晓得你回来了呀?”

许兆红合着眼,有气无力地靠在床上不出声。吴阿姨瞥了儿子一眼,转而对女儿道:“小茧子,事体已经这样了,再追根究底有什么意思?你让你哥哥安静点好吧?他流了好多血,输血的钱还是单根爷叔垫的。”

许飞红却灵光一现,噢了一声,道:“哥,肯定是你那个对象打电话的,对吧?还想瞒我呀?你也不关照她,我们家又没有私人电话,盈虚坊的传呼电话就像装了扩音喇叭一样,你那里讲一句,全世界都听到了。大概你存心要向盈虚坊炫耀你有个女朋友了是吧?”

许兆红仍合着眼皮,冷冷道:“我哪里晓得回自己的家还要像做特务一样蟠在阴暗头里不好见人?我劝你以后做事体前后也要想想清爽,不要学那种两面派。”

许飞红急了,吵道:“谁两面派啦? 谁两面派啦? 你才两面派呢! 装病,自己伤自己……”

“小茧子住嘴!”吴阿姨喝住了女儿,斥道,“你这张嘴巴,就是当什么红卫兵中队长,学得愈来愈刻薄了。你当你哥哥这么做便当呀? 十指连心,你倒试试看! 他还不是为了你? 看把你惯的!”

许飞红自知理亏,撅了嘴一扭身走到落地玻璃门前,把额头抵在玻璃上生闷气。吴阿姨跟儿子做了个手势,许兆红便爬起身,走到妹妹身后,用只好手拍拍妹妹的背脊,道:“小茧子,我来帮你算算。你两面派,我两面派,加起来也只有四面派啊。比比孙悟空七十二变,我们还差得远呢。现在世界上妖魔鬼怪何其多,我们还须努力,魔高一尺,道高一丈嘛!”

许飞红扑哧笑了。兄妹俩哪回见面不拌嘴? 吵归吵,感情还是好的。

吴阿姨又是一声长叹,道:“真是没有退路了,逼着人粉墨登场,硬了头皮扎大靠,咬紧牙关背僵尸,横竖得把这出戏唱下去,唱到大幕关拢为止。”

许兆红、许飞红对视了一眼。许兆红故作轻松道:“这么讲起来,我演的是《双枪陆文龙》里的独臂王佐啰。”许飞红便道:“我就演那个公主,妈演乳娘,可惜没有陆文龙。”

吴阿姨嗔道:“不管有没有陆文龙,总归不好唱得喇叭腔。”看看角落里的落地钟,三点过了几分钟。便立起身,“我还要去做人家,恐怕回来会晚点,架橱里有点冷饭,小茧子会炒蛋炒饭吧?”

许飞红点头道:“炒是会炒的,肯定没有妈炒得好吃。”

许兆红笑道:“我动口,你动手。我们在集体户,炒蛋炒饭就是开荤了。”

这一下午,守宫底楼人来人往煞是闹猛,闻讯前来探望吴阿姨儿子的人就没有停歇过。就连守宫三楼孤傲冷峭的李同志,也屈尊下楼表示慰问,还塞给许兆红一只白信壳,信壳里有两张半新的十元纸币。

许兆红生怕言多失口,有人来便作体力不支状,有气无力地靠在床上,全都由着妹妹呼应斡旋。许飞红充分表现出她送往迎来、待人接物的高超水平,不卑不亢,收放自如,一个个打点得恰到好处。她还现编现卖了哥哥因救耕牛光荣负伤的故事,收到了强烈的戏剧效果。

吴阿姨为了将中午陪儿子疗伤耽误的钟点补还给东家,一直做到九点敲过才回家。许飞红便兴致勃勃将自己编撰的故事讲给妈妈听。吴阿姨听毕无奈地笑笑,道:“你已经讲出去了,也收不回来了。不过要当心,紧要关节记记牢,下回讲的时候不好讲豁边的。”

吴阿姨觉得房间里有点闷,刷啦一下拉开布帘,咣啷啷推开了落地玻璃门,一步跨到了敞廊里,便惊呆在那里了。花园里什么时候盛起满满的月光?多久没见着月光了呢?许时,她终于叹出一声:“天出梅了!”

许兆红、许飞红在屋里听到了妈妈的叹息,都急煎煎跑出房间。他们各自怀着各自的憧憬,齐齐仰起面孔。

“月亮,月亮!”许兆红、许飞红一起喊起来。

一枚将圆未圆的月亮剪纸般贴在云层散尽的夜空上,含着淡定的笑意,静静地望着他们一家。

这是不是一个吉祥的预兆呢?

许兆红在乡下为救耕牛摔断胳膊的消息不仅传遍了盈虚坊的长弄短巷,还在许飞红的学校里不胫而走。这以后的一段日子,许飞红无论走到哪里,总会有三三两两熟悉的或不熟悉的同学或老师关切地问候她,托她转达他们对许兆红的英勇壮举的崇高敬意。每每那种时刻,许飞红虽则芒刺在背,心中惴惴,却总是咬紧牙关强作镇静,把哥哥英勇负伤的过程绘声绘色地重述一遍。她的叙述不仅感动了周围的人,也把她自己感动了。以至于说到后来,她自己都相信了她编撰的故事,再重述的时候愈发声情并茂,栩栩如生。

许飞红毕竟涉世不深,哪里晓得天有多高地有多厚?她以为凭哥哥王佐断臂般血的代价，便可以换得他们一家的称心如意了。

数日后，校方再次召开毕业班的年级大会，会上正式宣布，批林批孔运动取得了重大胜利，暂告一个段落。毕业班的同学每人要写一篇思想小结，随后，就要公布分配名单了。校方强调，这一次的思想小结非常重要，直接关系到每个人毕业分配的去向，希望大家要认真对待。一般平常吊儿郎当，仗着自己出身好，有硬档条件可以留在上海的男生当下就叫苦连天，他们宁愿被罚大扫除，清扫教室和校园，也不愿动脑筋写什么小结。"门板"陆马年转身缠住了班级里的秀才冯令丁，许愿道，只要冯令丁帮他捣鼓出一篇过得了关的思想小结，他就白送冯令丁足以组装三台半导体的全部零件。冯令丁先是推三推四不肯答应，陆马年便诡异地笑笑，道："冯兄，你这般无情无义啊？那我也不再做你的绝密文件保险柜了！"冯令丁沉吟片刻，用拳头当胸捶了他一下，算是达成了交易。许飞红坐在他俩前排，扭回头问道："什么绝密文件保险柜呀？"陆马年腾地涨红了脸，挠头抓耳地说不出话来。冯令丁一脸的高深莫测，道："这可是我们男同胞的秘密哟！"许飞红狠狠地送给他们一个白眼。

许飞红却心中窃喜。有前一段外出做报告打的底，写这篇思想小结对她来说还不是谈笑封侯、马到成功的事体？等小结一交上去，分配名单一公布，她和妈妈就可以全力以赴帮哥哥办理病退的手续了。许飞红偏转脸看着窗外的蓝天白云，她此刻的心境也和这天气一样清澈透明。

散了会，许飞红径直往教学楼外走去，一路已开始构思她的思想小结了。忽听有人唤道："许飞红啊，想什么心事？走路跌跌冲冲的！"

许飞红一惊，忙抬头，扑面迎上来的竟是黄师傅一张意味深长的笑脸。陡然起了一层鸡皮疙瘩，她慌慌张张往后退了几步立定。自前回黄师傅对她动手动脚之后，许飞红便尽量与他保持距离，不给他单独说话的机会。许飞红仍是不敢得罪他的，定定神，毕恭毕敬道："黄师傅我保证回去尽快把思想小结写好交给你。"字词中不留一丝缝隙,话语刚脱唇,人便转了身。背后却响起黄师傅不阴不阳的声音:“许飞红你不要溜啊！你怎么见了我像老鼠见了猫似的?是不是有什么不可告人的秘密哦?”

好像有一条长蛇嗖地蹿上来,用它冰凉油腻的身子缠住了许飞红的手脚,令她迈不开步。她毛骨悚然地转回身,分明听得自己腰腿关节锈蚀了似的咯吱咯吱作响。动作缓慢,脑子却飞速地旋转。她揣度黄师傅定是因为近来她对他的疏远而有意刁难她,便努力绽出笑容道:“黄师傅,我们一颗红心早就做好了准备,时刻等候祖国的召唤,还会有什么秘密不可告人呢?”随即蹙起眉头,作出一副小女子楚楚可怜的委屈状道,“主要是最近家里出了点事,我哥哥负伤了。一头耕牛跑上公路,眼见要与迎面开来的拖拉机香鼻头……”

“你哥哥的故事我已经听说了。”黄师傅一抬手掌制止了许飞红的描绘,“这些都是他回家来告诉你们的吗?”

许飞红腰一挺,心一横,开弓已无回头箭,硬硬头皮道:“我哥哥向来嘴笨,不肯多讲,是他的插兄电话里头告诉我妈妈的。”

黄师傅乜斜着许飞红,瞟得许飞红心口怦怦跳,不晓得他是在欣赏她的面孔还是在窥测她的心思？只好屏息静气由他瞟去,屏得嘴角抽筋脸皮发麻,冷汗沿背脊骨碌碌滚下来。

黄师傅终于收回了目光,仍然不失时机地在她肩上捏了一把,笑道:“许飞红,写小结要写真实思想,对照毛主席著作,狠斗私心一闪念。你要为同学们做出一个榜样来啊!”

许飞红喷泉般酣畅地出了一身汗,心咕隆咚实打实地落回了原位。她终于由衷地笑出来,朗声道:“黄师傅,你放心好了,我一定不会辜负你对我的期望的。”

许飞红从学校走到家里,思想小结的腹稿已经打好了,心情自然是松快的。看见许兆红坐在落地玻璃门前望天发呆,笑道:“哥,你是不是犯相思病了？想她了对吧？快了快了,我们的分配名单马上就要公布了。等你办好病退,就把她接到上海来好了……”

“你让我安静点好不好?”许兆红低低地吼起来。

许飞红吃惊地看看哥哥,哥哥的声气不对呀！便伸掌去摸许兆红的额头,一边道:“哥,你不舒服啊？伤口又痛啦?”

许兆红偏过脑袋躲开她,没好声气道:“人还没老,闲话怎么这么多!”

许飞红撅了嘴,道:“哥,人家好心好意关心你,你干吗对我凶神恶煞的?”

许兆红犹豫了一下,终于道:“小茧子,我感到事情有点不大对头……”

许飞红捂住胸口道:“哥,你不要吓我好吧？事体不是都摆平了吗?”

许兆红道:“方才我想到弄堂里去逛逛,刚走到大门口,里委会那个张阿姨不晓得从什么时候跟在我后面的,拦住我,死活不让我出门。她们好像在监视我,跟踪我。”

许飞红疑惑道:“她说理由了吗？凭什么不让你出门?”

许兆红道:“她讲是讲什么伤筋动骨一百天,一定要卧床静养；又讲什么外头风大,容易着凉。都快夏至了,还着什么凉?”

许飞红扑哧笑道:“哥,你神经有毛病啊？人家是关心你嘛!”

许兆红道:“反正我觉得她的眼神不大对头,笑也笑得假模假样的。她不是治保主任吗？这里面一定有名堂。”

许飞红满心是对哥哥的愧歉和怜惜:哥哥在江西插队吃了很多苦头,这次为了让自己顺利分配在上海工矿,活生生将条胳膊敲断。他的神经太紧张了！于是她从背后张开臂膀圈住哥哥的肩胛,把脸贴在他背脊上,轻柔地道:“哥,你不用担心。张阿姨跟妈妈的交情不是一天两天的了,叫妈明天去问张阿姨。我敢保证,不会有事体的。”

可惜,他们等不到明天了。

那凄厉的警笛声是在大家毫无防备的状况下突然响起的,摧枯拉朽地一路鸣叫过去,闻者矍然失容,有小孩吓得哇哇地哭。弄堂里的人们纷纷起身让道,挪躺椅搬凳子,乱作一团。不祥的阴霾随着警笛声一点点蔓延开来。

警笛骤然响起的时候,吴阿姨刚巧迈出一户东家的后门。她急着赶回守宫去做一天最后一份生活,便是替三楼冯家洗碗刷锅清洁厨房间。因她满腹心事,竟没有在意警笛不同寻常的鸣叫。吴阿姨刚拐出支弄,那警车风驰电掣般从她跟前掠过,她慌忙将背脊贴住砖墙,车屁股卷起的旋风扑在她面孔上,她便骂了句:“短命车子,开得这么快做啥?”

吴阿姨掸着衣裳上的浮土,脚步更是匆匆,只想着快点做完生活,好回家陪伴一双儿女。却见弄堂那头手舞足蹈地奔过来一个人,昏黄的路灯下,很像电影中的镜头。忽然那人被什么绊了一下,叭地摔倒在地。吴阿姨哦哟叫了声,扑过去要搀扶她,却惊叫起来:“小茧子!怎么是你?黑漆墨托的,你瞎跑出来做什么?”

小茧子满脸泪水,头发凌乱,哭道:“妈,哥哥被派出所的人抓走了,我拦也拦不住,追也追不上……”

吴阿姨眼门前一片漆黑,咕咚跪倒在地上了。

吴秀英阿姨自进盈虚坊以来,头一次病得爬不起床。头痛脚软腰背酸,胸口头像只熬药的破罐子,从里到外一片苦渣渣。只好叫女儿一户户东家打招呼,歇工两三天,听凭主人扣多少薪水。东家们自然都听说了她儿子被派出所捉进去的消息,虽则有些疑虑和提防,盈虚坊的人家却都宽厚重情谊,许多年下来,对吴阿姨的人品早有定论。便都托许飞红带话,叫吴阿姨安心休养。不但不扣薪水,有的东家还找出些补品,阿胶啦,炼乳啦,让许飞红带给吴阿姨。不过,这回却鲜有人上门探病了,总归要避点嫌疑吧?

天气却无限晴好,初夏的阳光干燥而暖和。家家户户都将前一段雨天回潮的衣裳被褥拿出来晒,一时间盈虚坊内飘红挂绿煞是热闹。偏只有守宫底楼的敞廊空空荡荡,辜负了满园子融融的阳光。往年吴阿姨不仅自家晒霉,还会帮三楼冯家晒霉。

许飞红借口照顾母亲的病,已有两天没去学校了,她实在没有勇气踏进学校大门。许飞红在学校一向是众人仰慕的榜样,实在难以想象如今同学们会用怎么样的目光看她？鄙视？嘲弄？怜悯？哪一种都是她无法忍受的。而最令她心悸胆寒畏葸不前的难题，是她如何去面对黄荣发那张粗俗猥琐却又暗藏玄机的面孔？他还等着她交出一份可以作为榜样的思想小结呢。可是她打了腹稿的小结完全不能用了，警车惊天动地地把哥哥抓起，她的思想小结是无法回避这个问题了。她实在不愿意违心地上纲上线地诋毁哥哥，却又想不出既能让黄师傅满意又能替哥哥周全的言辞来。为此她已经绞尽脑汁，揉断肝肠。眼见得离交思想小结的限期愈来愈近，许飞红觉得自己恐怕撑不到那一刻便要神经分裂了。

下午，里委会张阿姨终于下楼来看望吴阿姨了，还代表里委会送给吴阿姨一包红枣、一包绿豆。先是说了一些“身体要紧，安心养病”之类的客套话，随即话题便转到许兆红身上。张阿姨半信半疑问道：“吴阿姨啊，你真一点不晓得小猢狲在江西闯穷祸？他把人家公社副主任的儿子打成残疾了！”

吴阿姨眼圈红肿，心中一阵阵哀号，我吴秀英前世究竟作了什么孽？他父子俩会走同一条道？叹口气道：“我要是晓得他闯下这等泼天大祸，张阿姨你晓得我胆子小，我还会那样笃定泰山做人家吗？”

张阿姨点点头道：“我们里委会是帮你讲话的，跟派出所打了包票，小猢狲肯定没有跟家里人说真话，编了套故事蒙人。不过，现在你已经晓得真相了，你要好好规劝小猢狲，坦白从宽，抗拒从严，要敦促他老实交代问题啊。”

吴阿姨犹豫了一下道：“张阿姨，我就对你说实话了，我托单根给江西兆红的对象打了个电话，那姑娘哭得老单根都淌眼泪水了。实际上是那个流氓仗势欺人，死盯着人家，半夜爬到知青屋子里强奸那姑娘。你想想，兆红哪里受得下这种气？这才把他揍了一顿。谁晓得会打成那样……”

张阿姨吃惊地扬起眉毛道：“竟有这样的事体啊？可是江西那边公安局的人讲，兆红犯的是殴打革命干部的反革命罪呀！”

吴阿姨呼地坐起身子,一把捉住张阿姨的手臂道:“求求你了张阿姨,你现时便带我去见江西那边公安局的人,我要跟他们反映情况,他们不能这样冤枉兆红呀!”

张阿姨略略沉吟道:“吴阿姨,你不要急。一则我也不晓得他们住在哪间招待所;再则,即便你找到他们,他们哪能相信你的话?这样吧,我明天把你反映的情况跟我们派出所的同志汇报一下,看看有什么办法,好吧?”

吴阿姨想想,也只有拜托张阿姨了,便千谢万谢,只差没给张阿姨跪下了。

张阿姨走后,吴阿姨抹了一会眼泪,便是长吁短叹,搞得许飞红愈发心乱如麻,便推开落地玻璃门,跑到敞廊里去透透气。正是斜晖脉脉,暮色冉冉之时,园子里一半阳一半阴的,叫人触目惊心。那半天缓缓隐退的五彩锦霞便似她心心念念的憧憬;可那灰沉沉紧咬着追过来的暮云呢?莫非她许飞红的前景真就是这般阴暗了吗?人到愁来无处会,不关情处总伤心!

正当许飞红空对云影自艾自怨的时候,冯令丁推着脚踏车进了敞廊。许飞红听到熟悉的赤浪赤浪链条搅轧声,本能地侧过脸去,正与冯令丁的目光撞了个正着,连忙躲开了,慌张地低了头,恨不得能像《聊斋》里的花精化成一阵轻烟隐身。冯令丁再不关心周围的人事,也一定会听到许兆红被抓的消息。许飞红想象得出他漠然的面孔上浮起一丝鄙薄的模样。她虽然多么向往跟冯令丁在一起,可这一刻她最不想见的人便是冯令丁。

却听得冯令丁平淡地唤了声:“许飞红!”

许飞红的心突突一跳,轻轻应了声:“嗯。”

冯令丁的声调依然冷冰冰、硬邦邦的:“黄师傅叫我通知你吃了晚饭到他家去一趟,他要跟你谈话。”

许飞红绝望地想,终于躲不过了!肯定要讲我隐瞒真相欺骗组织,肯定要取消我留上海的名额了!

“小茧子……”

许飞红浑身震了一下，那般熟悉又那般陌生的呼唤从何而来？她小心翼翼地扭转身子，她以为冯令丁早就离开，谁知这个高傲的男孩子还站在那里，方才的呼唤真是出自他口中吗？

冯令丁朝她跨近了两步，眼睛不朝她看，去看那半阴半阳的园子。园子里，阴翳的范围又扩张了许多，把夕照挤到园墙边去了。冯令丁的口吻变得柔和而温暖："小茧子，你不要害怕，你要理直气壮地跟他们说理，你哥哥的事体和你没有任何关系，按照这次毕业分配的政策，你妈妈身边应该留一个孩子的。"

许飞红想笑着跟冯令丁说话，不争气的眼泪咕噜咕噜地涌出来，她两只手掌轮流去抹也来不及。

冯令丁静候了她一会，他并没有看她，却晓得她在哭，又道："现在索性把眼泪水挤挤干净，等会在黄师傅面前不要哭。你越软弱，越要被人欺侮，晓得吧？"冯令丁的嗓子忽然嘶哑起来。

许飞红点点头，道："谢谢你，丁丁哥哥！"因为哽咽着，这句话没有发出声音，她只是在心里用力地说。

待暮色将园子整个儿地吞没了，许飞红才委委屈屈地转回屋子里。先去厨房煮了些菜泡饭，端给妈妈吃了，自己却一点胃口也没有。她告诉妈妈黄师傅要找她谈话。吴阿姨欠起身子，关照道："小茧子，好好跟黄师傅说话，把真实情况告诉他，求他帮帮你的忙。记住了，老古闲话说，哀兵必胜。能哭就当他面哭几声，女孩子的眼泪最能打动人了，晓得吧？"

许飞红没应声，扶妈妈躺下了，便出门。丁丁哥哥的嘱咐和妈妈的关照如此南辕北辙，究竟该听谁的？由她的性格，她更愿意听冯令丁的。她也准备好了，这次跟黄师傅谈话不会一帆风顺，可能要多花费一些口舌。她哪里料得到，对她垂涎已久的黄师傅正布好了陷阱待她去跳呢？

许飞红慢吞吞地朝黄师傅家走过去，算算七点敲过了，他们夫妻俩夜饭总归吃好了吧？便举手叩了叩门。

黄师傅好像早就候在门边了，叩门声才起，门便拉开了。黄师傅黑沉着面孔,很严肃却又带点挖苦的口吻道:“许飞红你终于露面啦? 我以为你就此隐名埋姓、销声匿迹了呢!”

许飞红心一紧,慌忙道:“黄师傅,其实,其实事情一发生,我就想来向你汇报的。只是我妈妈一病不起,我实在没有办法……”

黄师傅冷笑道:“你可真是编故事的高手啊。那天在学校走廊里我是给了你机会的,希望你能说出真相。很可惜呀,你自己放弃了这个机会。”

许飞红一急,眼泪就冒出来,想到丁丁哥哥的话,要屏,已经来不及了,便哭着道:“黄师傅,向毛主席保证,我事先真的一点不晓得哥哥打伤人的事体,我真的没有编故事呀……”

“好了好了,不要在门口头哇哩哇啦的。”黄师傅侧过身子道,“进屋来讲吧。”

许飞红一边抹眼泪一边走进房间。当她听得黄师傅阖嗒一记下了司别灵锁,方才意识到情况有点不妙。四周围睃了一圈,问道:“黄师傅,你爱人呢?”声音都有些抖了。

黄师傅道:“我丈母娘病了,我爱人回娘家去了。这样好嘛,我们谈话可以方便点,你也不必拘束,坐呀!”黄师傅铁板的面孔上忍不住漾开了颇为得意的笑容,笑得五官都挤在一起了。

许飞红此刻宁愿他还板着面孔,他的笑令她浑身起鸡皮。她想马上退出房间,脚骨却软得动弹不得。

黄师傅自顾在三人沙发上坐下,竖起粗短的手指点了点她,道:“许飞红啊,让我怎么说你呢? 你晓得航天局对政治背景要求非常严格,你又不和我配合,学校接到派出所的通知,只好把你从航天局的名单上划掉了!”

许飞红脑袋里面轰的一声,她最为担心的事情还是应验了。满心的沮丧,却仍不甘心。眼前这个黄师傅虽是令她作呕,却是她的救命稻草,她得紧紧抓住他作最后一搏。索性心一横,道:“黄师傅,无论我哥哥犯了多大的错误,他是他,我是我。毛主席教导我们,政策和策略是党的生命。根据今年的分配政策,我还是应该分配在上海的呀!”

黄师傅跷着二郎腿,不紧不慢道:“毛主席还教导我们,具体情况要具体分析。学校的分配名单经过反复权衡,已经敲定。马上就要公布。所以,你想留在上海恐怕也很难了!”

这一刻,许飞红真正地乱了方寸,顾不得周全自己,哭道:“黄师傅,你是答应过我的,你要帮我想想办法,我妈妈身体不好,怎么离得开我?”

黄师傅笑道:“你不要急嘛,我也没说不帮你忙,来来来,坐下,我们好好合计合计。”说着,用手掌拍了拍他身边的空位置。

许飞红只觉得口干舌燥,手脚麻木。她却成了一具线牵的木偶,被人指挥着,身不由己地走过去,僵硬地坐在黄师傅边上。黄师傅的手掌迫不及待地捉住了她的肩膀,呵呵笑道:“许飞红,只要你好好配合我,我一定想办法让你留在上海!”

21

毕业分配的名单终于公布了。

这一天,对于盈虚坊来说,是“几家欢乐几家愁”啊!

自“文革”初废除入学考试制度以来,中小学都是按居住地块划分,就近入学。盈虚坊中,同档年龄的孩子大都在一个学校甚至一个班级念书。所以,小孩子毕业分配,留在上海的人家自然是欢天喜地,发糖啦,请客啦,比过年还热闹。这里面还有细微的差别。留上海又进了国营企业的是最大的赢家;留上海却进了集体所有制的单位,总归稍有遗憾。回头比比人家下农村的,比上不足比下有余,堪可聊以自慰了。而那些有孩子分配到农村去的人家,这几年比不得前几年上山下乡一片红的时候,索性大家一起下去,也就死心塌地了,现在有了比较,既然人家小孩能留在上海,为什么我家孩子偏生要去农村?哭的骂的吵的闹的都有,哭过骂过吵过闹过后依然要忙着替孩子整顿下去的行装。也有明智的人家,不哭不骂不吵不闹,爽爽快快扛了行李下乡去。他们的眼光放得长远,近几年上海的工矿企业单位到农村招工的愈来愈多,首先得给贫下中农和各层领导留下好的印象,说不定因祸得福,还能获得推荐上大学的机会呢。

自儿子出事以来,吴阿姨最忧虑的事便是女儿的毕业分配。那日晚女儿被学校工宣队黄师傅叫去谈话约莫一个小时左右就回家了,女儿是被自己宠得娇横任性,不懂得体谅人,回家来也不跟她说说谈话的情况,只顾去厨房间烧水,烧了一铜吊开水,拎到厕所间洗澡去了。吴阿姨急得如卧针毡,硬撑着爬起来,走到厕所间门口,隔着门板问道:"小茧子,黄师傅怎么说?你还能留在上海吗?"

稀里哗啦的泼水声中冒出小茧子的声音,懒洋洋不经意道:"妈,你放心睡大觉,我不会离开你的。"

吴阿姨方才悠悠长长地吐出一口气。心里面"阿弥陀佛"念了好几遍,暗忖,素日里尽心尽力帮黄师傅家买小菜,总拣最新鲜的小菜送到他家。收他钞票每每又都扼去零头,宁愿自己吃点亏。功夫不负有心人,关键时刻黄师傅还是肯帮忙的呀!这一桩心事落定,毛病也去了一大半,第二天一早就爬起来做人家了。

待到公布分配名单的那天早上,吴阿姨将小菜挨家挨户送毕,买了副大饼油条,转回家来,一看女儿还赖在床上,急了,拍了下她浑圆而结实的臀部,道:"小茧子,你怎么还不起床?好多人家孩子大清老早就去学校看名单了!"

许飞红扭了下身子,道:"妈,你急什么呀,这名单铁板钉钉了的,早看晚看又不会变掉。"

吴阿姨道:"你不晓得妈心里十五只吊桶七上八下了一夜天啊?快,快起来,去学校看个实在,好让妈定定心心做生活。"边说边将女儿的被子掀掉了。

许飞红只好爬起来,踢踢踏踏走到厨房间去烧水。吴阿姨总觉得女儿最近一段有点邪门,得了洁癖似的,天天晚上洗澡,早上爬起来还要洗澡,关进厕所间一洗就是半个多钟点。吴阿姨讲过她一趟:“小茧子,夜里刚刚洗过,早上爬起来擦一把够了。”女儿就冲她道:“我晓得你肉痛这点水费,就算你借给我的好吧?反正我就要有薪水了,到时候统统还你。”吴阿姨吃瘪,只好由她去。还好天热了起来,烧一铜吊水足够她洗的了。要放在大冬天,须得去老虎灶叫担水才好洗澡。早上晚上地叫水,人家不要当你精神病了!吴阿姨无奈地关照女儿道:“大饼油条在揭罩里,快点洗好吃掉它,冷了就不好吃了。看了分配名单,转过来告诉我一声啊。”便匆匆出门做生活去了。

再说许飞红烧开了一铜吊水拎进厕所间,虽说底楼厕所就她们一家人使用,她仍将门反锁,还插上插销。她不愿意回想那个恐怖的夜晚在黄师傅家发生的事情,可是那污秽肮脏的一幕常常在她脑子里闪现,令她作呕。总是觉得自己身上沾染了一股酸胖胖的恶臭气,涂了一遍香皂仍不够,再涂一遍,用毛巾死劲地搓,用水一遍遍地冲。最后,她闻闻自己的手臂,再闻闻肩胛,到处是一股香肥皂清悠悠的味道了,方才放自己过关。

许飞红先隔着玻璃窗朝敞廊张了眼,丁丁哥哥的脚踏车已经不在墙脚跟了,自然也是去学校看分配名单了吧?便推开门走了出去。平素她总盼着能在敞廊里遇见冯令丁;这几日她却提心吊胆,害怕在敞廊里撞到冯令丁!她担心丁丁哥哥会不会闻到她身上有异味?她生怕自己在丁丁哥哥面前会抑制不住满腹委屈而号啕大哭。

许飞红站在石阶边沿,低了头颈,把湿漉漉的头发垂顺下来,好让园子里的风吹拂它们。吹了一会,又用块干毛巾反复揉擦。她压根不打算去学校看分配名单,谅他姓黄的也不敢把自己分到哪处犄角旮旯去!现在她没有别的心思,只想不停地洗澡,早点把那个畜生留在自己身上的味道洗干净,她才好坦坦然然地跟丁丁哥哥说话呀。

许飞红终于弄干了头发,梳整齐了,在鬓边别了根草绿玻璃丝缠过的发夹。忽然就听得门铃叮呤咚龙闹将起来，心里边恨道："肯定又是找里委会的，有眼无珠，不看看清爽瞎揿铃！"气鼓鼓地去开门，日影头里黑糊糊站着的却是陆马年，横阔的身板把光线遮去了一半。

"陆马年啊，你来做啥？"许飞红脱口问道。

陆马年家住马路对过的棚户区里面。盈虚坊这些年虽是败落，但在街对面人家的眼里，那些青砖灰瓦的石库门房子可称得上高堂华府了。所以，街对面人家的孩子轻易不走进盈虚坊。这陆马年更是头一遭踏上守宫小红砖的台阶。原已是战战兢兢，被许飞红这么一枪戳过来，想好的话都乱了套，嗯吱半天，屏出一句："你，你怎么不去看分配名单呀？"

许飞红没好气道："有必要去吗？通知总归会寄到家里来的。"

陆马年捋把汗，挠挠头皮，动作牵强，像装了假肢，嘿嘿一笑，道："许飞红你留在上海了。"

许飞红冷笑道："我老早晓得了。"

陆马年原是想来报喜，讨许飞红开心。碰了姑娘一张阴势天面孔，倒不晓得如何落场势了，黑塔似的矗立在那里，闷声不响。

许飞红看他垂头丧气的样子，有点意不过去，便浅浅一笑道："不过陆马年，还是要谢谢你呀，特为跑过来告诉我。"看他仍僵着不动，只好又问了句，"你呢？你肯定是留在上海的吧？"

陆马年才又高兴起来，咧了嘴笑道："我分在房管所，蛮对我胃口的，又是国家单位，旱涝保收。你的单位也蛮好的，分在盈虚街菜场，大集体，跟国营企业差不了多少，而且生活也不重，是吧？"

虽然已有了些思想准备，许飞红的心还是沉了一沉，小菜场跟航天局相比，毕竟相差一段距离。自嘲道："好像老天安排好了的，日后我妈来买小菜好不用排队了。"胸口忽就郁闷起来，没心情再敷衍下去，淡漠道，"没别的事了吧？那我进去了。"

陆马年费尽心思才觅着与许飞红单独讲话的机会啊，他哪里肯这么便当就放手了？许飞红就像只停歇在花蕊中的蝴蝶，陆马年害怕她嘟地就飞没了影，万花丛中何处再觅倩影？陆马年看似鲁钝愚拙，却有玲珑心窍，就晓得用什么话能绊住许飞红的脚步。忙道："许飞红你大概还不晓得吧？冯令丁分在农村档，还好，在上海郊区，奉贤五四农场。"

许飞红真就立在门框中不动了，茫然地盯住陆马年。最近一段，许飞红被自己的事体搅得焦头烂额，便不及关顾冯令丁。却不料洞中一日，世上千年；眼睛一眨，老母鸡变鸭了！

"畹丁姐姐早就回新疆了，冯令丁应该是硬档留上海的呀！"许飞红自言自语嘀咕道。

陆马年马上接口道："是冯令丁自己再三要求去农场的。他在你那份倡议书上签了字，还单独写了份决心书交给毕配组。学校过几天要开欢送大会的，冯令丁现在成了真正的先进了。"

说者无意，听者有心。许飞红白了一眼，恨声道："你什么意思？就是说我是假先进喽？"

陆马年一不小心踩响"地雷"，慌忙道："没有没有，我什么意思都没有呀。其实当先进有什么好？我妈说，那是一时荣耀。去了乡下那才是一世的苦呢。"

许飞红惊讶地瞟了他一眼，心想，别看他戆头戆脑，肚皮里道道还蛮多呢。正挖空心思想词儿要反驳他，却见冯令丁骑着车赤浪赤浪地过来了，心里闪过一丝惊慌，把持住了，轻轻地咬住下唇，幽幽地看着他。

冯令丁的脚踏车扣刻扣在台阶跟前刹牢，一只脚撑了地，抬起头笑道："好你个陆马年，抢我的功劳，跑来跟许飞红报喜对吧？"

陆马年被冯令丁洞破心事，面孔涨得绛紫，硬撑道："我是来找你的嘛，半导体元件给你带来了。"动手便去书包里掏。

冯令丁道："那是开开玩笑的，你还当真了？其实没有那篇思想小结，你也会分配在上海的。"

陆马年便豪迈道："君子一言，驷马难追！"叭地将一包电子元件放进冯令丁车前的网兜里了，"我妈礼拜天要请客，天井里可以摆三桌酒,圆台面也借好了。冯令丁,你肯赏脸吧?”眼乌珠骨碌笃朝许飞红转去。

冯令丁哈哈大笑道:“陆马年,你到底请我,还是请许飞红啊?”

陆马年忍不住嘿嘿笑道:“两个人都请嘛。”

许飞红惊讶地盯着冯令丁。丁丁哥哥今天前所未有的神情明朗,妙语联珠,且笑得那么生气勃勃,便使他愈发风姿俊爽,讨人喜欢。前些天,一直躲着他,不敢正眼瞧他。此时,许飞红的眼珠子却是一刻也离不开他了。

冯令丁正巧转过脸来对她笑道:“许飞红,陆马年一片诚意呀,你去不去?”

许飞红不期与冯令丁目光相撞,心里一烫,忙垂下眼皮,不响。

陆马年在旁边急道:“我妈特为请了她们店里做小菜的一把手来掌勺,那位师傅从前在部队是给东海舰队的司令员烧小菜的。”

许飞红虽垂眼看着脚尖,余光里全是丁丁哥哥的影子。便道:“冯令丁你去我也去。”说完,心怦怦跳。

冯令丁似乎是犹豫了一下,也许是许飞红的感觉?随即道:“陆马年,许飞红答应你了,我就做陪客吧。”

许飞红亲昵地白了他一眼。她讨厌丁丁哥哥言语间总将自己往陆马年那边推。不过,丁丁哥哥总算答应陪自己一起去陆马年家吃饭了,这就足够了。

陆马年自然是眉开眼笑的,当胸给了冯令丁一拳,道:“那就说定了,你们可不能变卦了。”美滋滋乐陶陶地走了。

陆马年一离开,冯令丁便扛起脚踏车往门里走去。许飞红跟在他身后,带着疑惑与侥幸,问道:“冯令丁,是你又写了决心书要求去农场的?”

“是啊!”冯令丁答得很干脆,并没有停下脚步。

许飞红紧追着,口吻中已有了责难:“为什么?”

冯令丁没做声,扛着脚踏车走进厨房间,又绕进花园,踏上敞廊,把脚踏车往墙脚跟一靠。待他回转身子,许飞红就拦在他面前,黑沉沉的眼珠子逼得他无处逃遁。

冯令丁有点尴尬地笑笑道："小茧子，刚才在弄堂口我碰到吴阿姨了，她听讲你分到小菜场，蛮开心的……"

"冯令丁，你为什么要那样做?"许飞红不耐烦地打断他，不依不饶地追问道，"你明明是可以留在上海的嘛!"

冯令丁眯缝着眼看着园子里的花花草草，又恢复了惯常行云流水难以捉摸的淡然，道："这楼房、这弄堂、这马路，我都看腻了，想到广阔天地中去呼吸一点新鲜空气。"

许飞红竖起食指往上戳了戳，道："你妈妈，李同志，她会舍得让你走?"

冯令丁棱角分明的嘴角挑起一缕浅笑道："自然是舍不得她宝贝儿子喽，不过，必须服从分配，这一点她是清楚的。"忽而压低了嗓门道，"许飞红，你千万不能告诉我妈真相，所以也不能告诉你妈。我妈最大的消息来源就是吴阿姨了，晓得吧?"

许飞红乖顺地点点头。做丁丁哥哥的同盟军，帮助丁丁哥哥保守一个秘密，这种感觉在许飞红心里是那般美妙、那般甜蜜。却想到丁丁哥哥不久就要离开守宫，那眼圈忽就红了起来。

冯令丁又呵呵地纵声笑起来，笑了一串后收住，道："小茧子，我说的吧，你会留在上海的。吴阿姨好宽慰些了，祝贺你呀!"竟伸出手在许飞红肩上轻轻拍了两下，便转身走出敞廊去了。

许飞红独自清冷地待在敞廊里，耳边厢萦绕着冯令丁最后的那串笑，她怎么听着那笑声勉勉强强、支离破碎的?

这天，吴阿姨收工回家比平素又晚了近一个钟头。做完生活，她特为去倪师太那里烧了三炷香，还还愿，菩萨保佑总算小茧子留在了上海。事实上，倪师太那间后厢房里，香火从来没有断档过，盈虚坊的居民只是心照不宣而已。

房间里没有点灯，通花园的门却洞开着，铺了满地云影斑驳的月光。吴阿姨探出头张了眼，月亮近似浑圆，快月半了。

吴阿姨怕吵了着女儿，蹑手蹑脚地走到床边，俯下身子一看，女儿仰面躺着,双手枕在脑后,一对眼珠子在幽暗中瞳瞳发亮。

"小茧子,你没有睡着啊?"吴阿姨笑道,拧亮了床头灯。

许飞红被母亲打断了幽思冥想,骨碌一个翻身,送给吴阿姨一个气鼓鼓的背脊。

吴阿姨扭身坐在床沿边,拍拍女儿的肩胛,道:"小茧子,小菜场有小菜场的好处,离家近,顾客又都是一条街上的熟人,都会照顾你的。真的去了航天局,也不晓得分配什么工种,说不定……"

许飞红弓身坐了起来,打断道:"妈,你又瞎操心,我哪里讲过小菜场不好啦?"

吴阿姨道:"小茧子开心就好。妈现在是抬脚怕踩死蚂蚁,喝水怕噎着气管,都叫你哥的事弄得神经兮兮的了。"便长长悠悠吐出口气,叹道,"要是兆红不出那档子事,我们一家也算太平了。"

许飞红俯在妈妈肩胛上道:"妈,我们不是已经托张阿姨去反映情况了吗?急也急不出名堂的,你看你,都有白头发了!"从吴阿姨鬓发中挑出一根白丝,手指勾着,稍一用力,拔了下来。

吴阿姨苦笑道:"要是多几根白发能换回你哥哥的平安无事,妈情愿长它满头银丝。"

许飞红搂住妈妈的肩胛想说什么,想想又不说了。她心里清楚得很。妈妈肯定由哥哥想到了父亲,这个话题十多年来他们全家都讳莫如深。在许飞红的记忆中,父亲的形象很模糊。四岁那年,母亲接她去上海之前,曾带着哥哥和她乘了两天的汽车,到一个地方去见了一个男人。隔着一道铁栅栏,母亲对着那个男人只是抹眼泪,那男人对着母亲只是长吁短叹。后来,母亲叫哥哥和她把手伸进铁栅栏中,那男人一手捉住他们一只手,轻轻地捏了捏,便松开了。这是许飞红和父亲唯一的一次肌肤接触,父亲的手掌有点粗糙,就像母亲用旧绒线给她织的毛线衣一样,却很暖和。

吴阿姨拍拍许飞红的手背,道:"好了,妈眼皮撑不牢了。睡吧睡吧,明朝还要起早。等你去菜场上班了,妈倒好偷懒一刻了呢。"

许飞红哪里肯放母亲去睡?她还有顶要紧的事体要问呢。便箍紧手臂不放松，道："妈，你总归听讲了吧？你的干儿子分去农场了。你心痛了吧？"许飞红对母亲将才出世的自己丢在乡下，跑到上海给冯令丁当奶妈的事一直耿耿于怀，言语中不免酸溜溜。

吴阿姨在女儿秀挺的鼻尖上点了一下，道："你说你呢？自己待人家多少巴结？倒怕妈妈待人家太巴结了。难怪人家讲，小姑娘的心事，是躲在螺蛳壳里的肉。"

许飞红摇晃着母亲的肩膀，忸怩道："谁巴结他啦？谁巴结他啦？"

吴阿姨道："好好好，我们小茧子不巴结人家，妈也轮不到心痛人家，人家自有亲爹亲妈心痛呢。"

许飞红这才问到关节处："那冯同志、李同志呢？他们会让冯令丁下乡去吗？"

吴阿姨偏着脑袋想了想，道："怪不得呢，我还道是我小菜烧得不好，怎么只只菜碗都是满的？想必是为了小弟要下乡，哪里还有胃口啊。"

许飞红急道："后来呢？后来怎么样了？"

吴阿姨道："我上去晚了一会，老的小的都各自关在房门里，一点响动也没有。我收作了碗筷下来，洗好端整好，就回家了，还有什么后来不后来的？"

许飞红便趴在母亲耳畔轻声道："妈，李同志跟你还是蛮有谈头的，你明天问问她嘛。前两年，也有人赖在上海不下乡的，屏到后来，街道里还是给分配工作的。"

吴阿姨晓得女儿自小喜欢丁丁哥哥，心里不免有些担心。倒希望冯令丁离开一段，好让小茧子死了那种心思。她相信她奶大的这个男孩子，将来必是麟凤龟龙般的人物，我们小茧子哪里有那种福分呢？吴阿姨肚皮里的话又不好跟女儿明说，只好敷衍道："晓得了，妈明天去问就是了。现在好让我睡觉了吧？"

许飞红双腿嗦噜往下一伸，躺平了，咬住被单一角，偷偷地笑了。吴阿姨便拧灭床头灯，一头躺下，舒展着酸疼的腰背。蓦地，她想起一桩事情，晓得女儿不会马上睡着，侧过身子道："小茧子，妈日日去常家，帮天竹擦洗身子，总觉得有点不大对头。"

许飞红的心思仍缠在冯令丁身上，只轻轻从鼻孔里吹出一声："嗯？"

吴阿姨道："天竹发病快半年了吧？没见她行过一次经，腰身又日见壮大。我不放心，又不好跟常先生直说，就托单根爷叔给她们姨妈打了电话，隔日带她到医院里去查一查。"

"妈你不放心什么呀？"许飞红哼唧地问了句。

吴阿姨叹口气道："我怕她是怀孕了，前世作孽呀！"

许飞红没有声音了。吴阿姨心想，年纪轻就是好，再多的心事，说睡着就睡着了。

次日近午，吴阿姨赶着替冯家做小菜，先上三楼跟李同志招呼一声，李同志却不在家，两扇门关得死死的，吴阿姨便下楼去厨房淘米洗菜。这么多年做下来，她对冯家人的口味拿捏得八九不离十，就连李凝眉这般出了名挑剔难弄的东家，也由着吴阿姨调排，做什么吃什么了。不过吴阿姨心里还是有点不落实。平素吴阿姨在厨房间做菜，李同志会下楼来，立在她边上，同她东一句西一句地讲闲话解厌气。今日怎么连招呼都不打一个就走开了？

吴阿姨要做生活的人家，时间都是候分刻数排好了的。她做好几只小菜，放在架橱里，托里委会阿姨跟李同志关照一声，便匆匆走下一家去了。下半天几户人家转下来天已擦黑，再到常家端整他父女三人的夜饭，还要给常天竹擦身喂药，服侍她躺下，待她沉沉睡去，方可脱身回守宫，那已是星汉横空、月高风细之时了。

吴阿姨再晚回家，总是先进厨房转一圈。看到冯家碗橱里小菜碗都拿走了，便上了三楼。踏上楼板，一眼看见依墙放着一只簇新的咖啡色人造革箱子，吊牌还垂着。原来上半天李同志是出去帮儿子买箱子去的，这么看来，她是同意让儿子去农场了？却见落中那间房门虚掩着，吴阿姨还是在门上笃笃叩了两下。

"是吴阿姨吧？进来。"李同志喊道。

吴阿姨推开门，看看方桌上已是残盆剩羹，是等着她来收拾的局面；房间里却只有李同志一个人，坐在一张旧藤椅上缠绒线团。一张方凳倒过来四脚朝天，上面绷着一绞湖蓝的粗绒线。

李同志仰起的面孔竟布着笑意，一对丹凤眼像两条扑通的鱼儿，道："吴阿姨，今朝要给你加点生活了。碗筷等歇再收，先来帮我绕绒线。才绕了几团，我两条手臂就像被人夯了一拳，又酸又痛的。"

吴阿姨拖了把椅子在她身边坐下，接过线团嗦噜嗦噜地绕起来。一边察言观色，李同志双手轮换着捏自己的肩膀，并无忧伤烦闷之色。吴阿姨肚肠一转，到底不忍心让女儿失望，便笑笑道："怎么？冯同志和小弟出去啦？"

李同志道："父子俩放下饭碗就蟠到小房间里看电视去了。他们设计院给了个额度，买的电视机，盈虚坊里大概还是头一台。冯同志生怕太招摇，就放到小房间里。吴阿姨，要去张一眼吧？"

吴阿姨忙道："不用不用，不要去吵扰他父子俩。"其实吴阿姨的东家当中有一户也买了电视机，吴阿姨也不挑明，省得败了李同志的兴致。

李同志便道："我看看也没什么稀奇，比从前街上拉洋片的大不了多少，不过手脚会动罢了。"

吴阿姨笑道："总归是稀罕物啊，冯同志算是熬出头了。"

李同志冷笑道："只是想到要用他了。所以讲薄技在身，赛过家产万贯。"

吴阿姨连连称是。一绞绒线绕尽，又换上一绞。吴阿姨捏起一根凑近了看看成色，道："这一定是李同志压箱底的老货吧？摸上去软绵绵，一点不糙手，颜色又新鲜又不乡气。"

李同志叹道："十几箱子的老货，烧得一丝不剩。这点绒线也是侥幸，那一年从箱底翻出来想给冯同志结件套头毛衣，运动开始后就丢在抽屉里了。"

吴阿姨总算弯弯曲曲盘到了正题，小心翼翼道："李同志，你这是要给小弟结毛线衣吧？"

李同志窄窄的面孔上眉平鼻顺没有动静，声音也是平淡无味的："是啊，奉贤农场靠海，风大。我是想问问你的，结元宝针暖和，还是水草花暖和？"

吴阿姨道："男孩子还是穿元宝针登样，也挡风。"停停，又道，"李同志，你真舍得放小弟去奉贤农场啊？前头沈家姆妈的女儿，去年也分到农场，就是不下去，后来倒被她磨到街道工厂上班了。"

李同志纤巧的鼻孔哼了一下，道："我们小弟长长大大的男人家，整天去混在婆婆妈妈中间有啥出息？去农场苦是苦点，还有个盼头。听讲市郊农场每年上调工矿和推荐上工农兵大学的名额都不少。"

吴阿姨连忙附和道："莫道蛇无角，成龙也未知。小弟弟有肚才，学问好，总归会飞黄腾达的。"

李同志点点她，道："不是我要批评你，这种话外头不好乱讲啊！什么叫飞黄腾达？应该讲为人民服务！"

吴阿姨抿嘴一笑道："我又不是白痴，哪里会到外面乱讲？小弟弟是我奶大的，我是盼他好呀。"

李同志终于挺不住，重重地叹了一声，道："吴阿姨，我心里头的苦有谁晓得？我也只好对你发发牢骚了。我们家那位大小姐，早不来晚不来，偏就在小弟分配的当口回来治病，弄得满城风雨，都晓得她已调到场部当干部。当时我就担心会影响小弟的分配，果不其然吧？可是我一句做声不得，冯同志反过来还要给你看脸色。他刚刚恢复工作，儿子要是不服从分配势必又要影响他。这两天我是前前后后正正反反想了一遍又一遍，也只有让小弟去农场了。好在小弟倒是爽爽气气，毫无怨言的。"

吴阿姨心里不晓得是难过还是庆幸，含含混混道："奉贤跑跑还算便当，长途汽车两三个钟头好到了吧？"

待绒线一团团绕好，用块方头巾包起来。吴阿姨收拾了桌上的碗筷就下楼了。将碗筷往水池子里一塞，先转回屋里，女儿一定在等她的回话呢。

房间里却没有人。“小茧子！小茧子！”吴阿姨喊起来。

“妈,招魂啊？喉咙那么响！”声音是在敞廊里。

吴阿姨吁了口气,嗔道:“都几点了？起夜露了,还不进屋？”探出身子,却看见女儿披星戴月地在敞廊里跳绳,划嗒划嗒绳子抡得转轮一般。女儿打小恣意任性,常有惊人之举,吴阿姨见怪不怪,笑道,“小茧子,你是气力没处用吧？快停下,妈有话跟你说。”

许飞红边跳边喘道:“等我跳到五百下。”

吴阿姨抬手朝上指了指,许飞红这才停住了,呼哧呼哧地喘着,跟吴阿姨进了屋。

吴阿姨随手掩上两扇落地玻璃门,转回身道:“妈问过李同志,她已经在替冯令丁打点行装了,看来她是不会让儿子不服从分配赖在家里的。”

许飞红捧着白搪瓷茶缸咕咚咕咚喝水,一气喝干了半缸凉水,才道:“今天校革委会主任在年级大会上表扬冯令丁了,还让他火线入党,胸口头戴了朵大红花,弄得跟新郎倌一样。”

吴阿姨看看女儿说话口气平平常常,并无情绪波动,也就安心了,道:“各人自有各人福,人生穷达谁能料？我们不求名扬天下,我们只求平平安安。”一边说着,一边往厨房洗碗去。又听得女儿在脑门后追着喊:“妈,帮我烧铜吊水,我要洗澡。”吴阿姨恨声道:“小祖宗,还没有折腾够啊？”

待吴阿姨将碗筷锅盆洗净擦干摞好,那铜吊子水也开了。吴阿姨拎着铜吊子进屋,听到女儿在厕所间里哎哟哎哟地叫,心想小祖宗又出什么花头呀？跑过去一看,女儿坐在马桶上,双手抱住肚皮直哼哼。她吓了一跳,道:“怎么啦？肚子痛啊？吃坏啦？着凉啦？还是痛经啊？”

许飞红浑身已被冷汗浸透,只是一个劲地摇头。

吴阿姨急得一跺脚,道:“我去架橱里翻翻看,年头浸的杨梅酒还有没有？”

许飞红迸出一句:“妈,我不喝杨梅酒,拉清爽就好了,你管你去睡觉。”

吴阿姨也实在有点困乏了，便将铜吊子搁在小板凳了，关照道：“那你也快点洗，水停歇就凉了呢！”

吴阿姨头挨枕头就迷糊过去，也不晓得女儿搞到几时才睡下，更不会想到女儿心中这一刻的恐慌和忧煎。

许飞红的灾难是由母亲的一句话引起的。前夜里，母亲说：“天竹发病快半年了吧？没见她行过一次经，腰身又日见壮大。我怕她是怀孕了！”母亲说完这句话就昏昏睡去了，许飞红却是犹闻惊雷，犹临绝壁；辗转反侧，彻夜未眠。她将被单塞在嘴中咬着，免得自己哭出声来。

十七岁的少女，对男女之间的隐秘只是蒙蒙眬眬地知晓个大概，她忧心忡忡地想到黄师傅对她干的事，吻了她的面孔，摸了她的胸脯，压在她身上呼哧呼哧喘气，弄得她裙子上短裤上都是湿答答黏稠稠的东西。这恐怕就算是强奸了吧？她这个月的经期已过了近十天。平素经期拖延的事也常有发生，从来也不在乎。现在却愈想愈担心，愈想愈害怕。会不会也是怀孕了呢？若真是那样，她将如何面对母亲，面对丁丁哥哥，面对盈虚坊的街坊邻居啊！

第二天清早，她听得母亲出门去菜场了，便立马起床，跑到敞廊里跳绳，双脚并拢了跳，拼命跳得高。她认为女人怀孕就像果树结果子，用力摇动树干，果子就会掉下来的。去学校的时候，她又跑到卫生室，跟卫生老师诉说大便不通，肚子胀气，讨得一盒润肠片。说明书上标明一次只能吃两片，她却一气吞下去五片，这一天连着拉了十几次肚子。她以为小孩子就是蟠在妈妈的肚肠里，是可以跟大便一起拉出来的。

许飞红狠命地折腾自己来惩罚自己的软弱，她怨恨自己那天在黄师傅家为什么不狠狠地扇他一记耳光？却会毫不反抗地顺从了他？她也怨恨冯令丁，为什么不跟自己说真心话？若早晓得冯令丁愿意去农场，她何必百般讨好黄师傅？就和丁丁哥哥一同去农场岂不是好？

许飞红就在悔恨、焦虑中煎熬了几日。吴阿姨还是觉察出女儿有点不对头，怎么眼圈发乌，双颊像被人剔去了两坨肉似的？吴阿姨晓得问女儿是问不出名堂来的，倒是会被她抢白两句。她凭着自己的经验推测，小茧子是因为丁丁哥哥要去农场而心里难过，暗忖，难过一时总比难过一世好，就让她难过一时吧。等小弟走开了，她也上班了，慢慢就会不难过了。吴阿姨自己在心里解释通了，并不去叨扰女儿，反倒愈上心地帮女儿准备种种好吃的小菜，帮她补充元气。

礼拜天早晨，许飞红穷凶极恶地跳完五百下绳，又烧了铜吊水倾令咣啷地洗澡。心里却七上八下，中午究竟要不要去陆马年家赴宴呢？要是去，万一被那些眼光厉害的阿姨婶婶们看出点破绽，将如何收场？转而一想，明明答应陆马年的，若失约，人家会不会猜到点什么？会不会反而弄巧成拙呢？真是去不好，不去不好，山穷水尽疑无路了！

看看钟面快到十一点了，许飞红磨叽磨叽站到镜子面前，镜子里面的女孩子依旧青春靓丽，丰满而苗条。许飞红对自己却很不满意，本来红杏般的面孔怎么变得黄糙糙的？本来蛮合体的衬衣怎么变得紧巴巴的？莫非真的……恐惧攫紧了她全身每一个细胞，她歇斯底里地跺脚，两手握拳猛捶自己的肚子，咬牙切齿地骂道："打死你，打死你……"

忽然，虚掩着的落地玻璃门外，阔嚓一声响，许飞红心一怵，倏然收住身手，变作一具石膏像。许飞红太熟悉了，那是丁丁哥哥踢脚踏车撑脚架发出的声音啊！丁丁哥哥就在敞廊里，他一定也会听得屋里发生的各种声响，他会联想到什么吗？

"许飞红，许飞红在吗？"

丁丁哥哥的喊声让许飞红起死回生了，她慌忙应道："哎！"往脸上使劲搓了两把，急冲冲推开门走出去，想叫一声"冯令丁"，动了动唇，出不了声，丁丁哥哥俊秀清朗的仪容令她自惭形秽。此刻，她宁愿自己化作萦绕着丁丁哥哥的轻风，变作紧随着丁丁哥哥的影子，让丁丁哥哥看不见她,她却能分分秒秒盯着丁丁哥哥看个够。

冯令丁将脚踏车横在他和许飞红当中,一手扶车龙头,一手拍了拍车屁股的书包架,笑道:“时间差不多了,走啊,我带你去。陆马年肯定已经等得心急火燎了。”

许飞红并不在意冯令丁言语之中的揶揄,又能够坐在丁丁哥哥脚踏车的后面,由丁丁哥哥驮着在盈虚坊长弄短巷里行驶,这种幸福每每总是出其不意地降临在她身上,令她陶醉、昏晕,便将其他种种忧虑呀、猜测呀、紧张呀,统统抛到九霄云外去了。她抿嘴甜甜一笑,便跟在丁丁哥哥身后走出大门。丁丁哥哥仍叫她先坐在书包架上,然后长脚一蹬,车如满弓射出的箭,嗖地飞出去了。

盈虚坊中速度最快的永远是小道消息。冯令丁驮着许飞红的脚踏车还没有驶出坊门,就有人去告诉吴阿姨了,说冯家公子公开驮着你家小茧子在弄堂里窜来窜去,吴阿姨你是不是快要请我们吃喜糖啦?吴阿姨正在靠近牌楼的一户东家晒台上晾被单,疑惑道:“不会的吧?我们哪里攀得上冯家呀!”传信人道:“怎么攀不上?冯家公子要到农场去了,现在他们是要倒过来巴结你吴阿姨了。”吴阿姨笑笑,摇摇头,仍是不信。就听得弄堂里传来一串脚踏车的铃声。传信人推搡着吴阿姨道:“过来了,过来了,你快看啊。”

吴阿姨真就探出头往弄堂里张去,果真看到冯令丁驮着小茧子正朝盈虚坊大牌楼门驶来,小茧子仰着的面庞上浮着妩媚的笑意,漆黑的短发被风刮起,像只轻快的黑蝴蝶盘旋欢舞。

许飞红也看到从晒台探出半个身子的妈妈了,便扬起一条胳膊喊道:“妈,我们去陆马年家吃中饭——”声音留下了,车已驶出坊门,看不见影了。

吴阿姨一时不晓得该喜还是忧?更不晓得如何向热心的报信人解释,怔了一歇才道:“他们是同学呀,一道去同学家吃中饭呀。”

报信人略有点不快,道:“哦哟吴阿姨,你还这样保密做啥啦?弄堂里老早就有闲话了,冯家人千不挑万不挑,为什么独独挑你吴阿姨住进守宫呀?一个是你奶大的,一个是你亲生的,前世姻缘定好了的。”

吴阿姨心里想，要真是这样，我好念三天三夜阿弥陀佛了！

却说冯令丁驮着许飞红驶出了盈虚坊，穿过了盈虚街，驶进街对面的小弄堂，便吃到苦头了。原来那弄堂全是石卵蛋铺就的弹硌路，脚踏车的轮盘被颠得拍皮球似的，两个人的屁股都被弹得很疼，许飞红差点没被弹掉下来，只好紧紧抓住冯令丁的皮带，哦哟哦哟直叫。这样勉强行驶了一段，冯令丁一只脚撑住地，苦笑道：“许飞红，我们还是走过去吧，再颠下去，肚肠都要颠出来了，还怎么吃东西呀。”

许飞红好不情愿地松了手，从书包架上挪下地，瞟了眼丁丁哥哥，就觉得两只耳朵皮烘烘地热起来。

冯令丁推着脚踏车在前头走，弄堂太逼仄了，许飞红无法跟丁丁哥哥齐肩并行，只好一脚高一脚低地跟在他后头。

这片住宅形成于抗战期间，原本就是从日本鬼子轰炸后的废墟中拼拼凑凑搭建起来的，是最彻底的棚户区。几十年下来，除了1958年填浜筑路，政府将沿街的危房拆除，造了一排火柴盒式样的砖木工房，纵深进去的房子还是原先的基础，只是随着人丁日渐增长，又陆续在那些歪歪斜斜的平屋上搭建起更歪歪斜斜的楼层。为了最大限度地满足日常起居的需求，弄堂的宽度已被蚕食到仅可供两人面对面擦肩而过的地步，抬头望天，足可用“天不盈尺”来形容。对过人家互相要借点什么家什，只消从窗户伸出手去便可传递；午后闲暇时分，门对门的家主婆各坐在自家的窗口前，边织织绒线补补衣裳，边东家长西家短地说闲话，交流信息。

这片住宅的人家互相都知根知底，都晓得今天中午老陆家要请人吃饭，也都晓得这一前一后走进来的男孩子女孩子是陆马年的同学，甚至也晓得他们是对过盈虚坊人家出来的孩子，自然对他们就有了一种仰视的新奇，众多目光一程一程追踪看他们，还伴着点点戳戳许多的猜测和议论。那冯令丁常到陆马年家装半导体，已经习惯了这种目光和议论，浅浅的笑意云雾般笼着他的面庞，是一副宠辱不惊的坦然。许飞红却又是羞赧,又是欢喜,掺杂着忧虑与提防,这百感交集令她低眉怡色地收敛,不似以往的高视阔步,反而凭添了她几分娇媚可人。

这地方的消息和盈虚坊一样,比人跑得快得多。他们方才走进去了一段,还没有深入腹地,陆马年就欢天喜地地迎了出来。他穿了一件簇新的天蓝的确良短袖衬衫,肩膀上还留着剪裁时画下的粉线。新剃了头,像戴了顶瓜皮帽,头顶心还硬生生三七分开,不伦不类的式样,就晓得是弄堂剃头摊上的杰作。许飞红忍俊不禁,掩嘴笑起来。陆马年被她笑得不知所措,笑也好,不笑也好,门板似的竖着。冯令丁便当胸给了他一拳,道:"打扮得跟新郎倌一样啊!快领我们去你家呀。"陆马年这才松了绑似的活动起来,一张脸仍涨得跟红灯笼似的。

陆马年的祖父少年时到上海亲戚家开的铜匠铺里学生意,后来讨了娘子,就在盈虚浜畔建了房子。祖父生了三个儿子,一个儿子随他做铜匠,一个儿子做了泥瓦匠,还有一个儿子拜师傅学了木匠手艺。所以说,陆家人走遍天下不愁没地方住的,几块木头一堆落砖,他们就能把房子建起来。

陆家人的房子在这片棚户区中的确有点鹤立鸡群的架势。首先,他们的屋子真正的两开间,两层带阁楼的房子;其次,他们三兄弟各自的屋子呈"品"字形布局,山墙互相依傍,居中围起一眼十多平米的天井,让多少人家眼红啊。

当年起屋时,陆老爷子随手在屋旁插下一株半人高的洋槐嫩枝,几十年下来,已长得比楼还高。虽不及盈虚坊内两棵古银杏的苍莽遒劲、森罗万象,却也枝繁叶茂、郁郁葱葱。正是"风老莺雏,雨肥梅子"季节,正午的日头已是灼人,陆家天井里却"午阴嘉树清圆",撒落一地浓阴,扬起一天槐花,凉风习习,清爽怡人。

树阴里磕头碰脑地塞下了三张圆台面,陆马年引着冯令丁、许飞红走进天井时,三张桌面几乎已无空席。冯令丁被插进班上男生的那一桌,许飞红却被安排坐在陆马年父母的身边。许飞红心里不乐意,她发现陆马年单请了她一个女生,那边十几个男同学围了一桌,挤得个个侧身而坐,还有一桌尽是街坊邻居。许飞红目光一圈扫下来,自己也只有坐这一桌了,只得勉强笑着同陆马年的父母叔伯舅姑一一招呼。

陆马年的母亲,盈虚街人称“陆大娘子”。她并非陆家长媳,只因年岁比丈夫大了六七岁。虽长相粗陋,却举案齐眉地恩爱了二十年,并且为陆家生下唯一的孙子,在陆家有着举足轻重的地位。她自然晓得儿子的心意,便捉牢许飞红的手,眉开眼笑地问长问短,唾沫飞溅在许飞红的面孔上,弄得许飞红心生厌腻,对着两桌佳肴倒了胃口。陆大娘子偏生还拼命往她碗里搛菜,哪里吃得了?不吃又怕人家猜东猜西,便悄悄往桌底下丢,反正有两只猫一刻不停地在桌底下窜来窜去觅食呢。

嘴巴懒得动,许飞红的耳朵却像根天线笔笃势直竖着,隔壁一桌街坊邻居的闲话直教她心惊肉跳,冷汗漉漉,他们竟是在议论常天竹啊!盈虚坊间的传闻早就飞出了盈虚坊。传递这则消息的人好像有亲眷住在盈虚坊内,故而言之凿凿、不容置疑的口吻。盈虚坊常家小开的大姑娘春头上不是被流氓强奸发精神病了吗?多少秀气一个人,吃药吃得像胖大海一样。前两天去医院一查,你们猜怎么样?肚皮里小孩已经五个多月了!听者无不惊愕骇然,唏嘘喟叹。有人道,无论如何要把肚皮里的小孩子拿掉,孽障呀,生下来害死人的。知情人却道,太晚了,快六个月的胎儿已经蛮大了,再讲这女孩又有心脏病,搞不好要出人命的。当爹的终究签不下那个字呀。

许飞红听着,心思恍惚起来。这消息母亲尚未对她提起,看来是今天的最新版本。她的目光不由自主地朝冯令丁飘过去,丁丁哥哥和那批男生正举杯把酒盏,谈笑风生。看情状,他们根本没有注意街坊们的言论。许飞红幽幽地将目光收了回来,落在杯盘狼藉的桌面上。她忽然觉得一阵恶心,一股子酸水泛上来,差点吐出口,一横心又咽了下去。她记得母亲闲聊时说起过,怀哥哥的时候,反胃反得厉害，父亲每天钻进屋后山坡的灌木丛中拣酸刺梅给她吃。母亲第二次怀孕时，父亲被判了刑，没有人再为她拣梅子了，母亲吐得昏天黑地。许飞红便从桌上的醋碟子里舀了一勺醋，趁人不注意，咕咚一口吞了下去。

街坊邻居们关于常天竹的议论不仅没有结束，反而愈演愈烈，引逗得这一张饭桌的人也开始谈论起来，谈论得愈深入细致，愈是面面俱到，将常家祖宗三代、叔伯舅姨统统翻出来咀嚼品味。一旦提及常天竹那位嫁给汉奸做了姨太太、日后又神秘失踪了的姑妈，席间更是一番慷慨陈辞，口诛笔伐。似乎常天竹现今遭的罪，全然是她当年欠下的孽债所至。许飞红被耳畔的聒噪搅得头晕目眩，一阵阵地出虚汗，仿佛那些唇枪舌剑全都是冲着自己来的。她想象着不久后的某一天，自己也如常天竹般被人解剖，被人评判，被人耻笑；自己的母亲、哥哥都会成为人们口舌上的猎物；甚至隐匿了十多年的父亲，亦可能被人挖掘出来加以鞭挞抨击。这样的场景令她筋骨瑟缩，五内如焚。忽就感到小腹部一阵一阵地痉挛起来，方才被那口醋强压下去的呕吐感又泛上来。她咬紧牙关忍耐着，汗珠竟从额角至下巴滴下来。啪嗒落在台面上。幸亏人们的注意力全被常家的议题吸引，无人注意到她的异常。

好不容易挨到席散，许飞红就觉得小腹疼痛难忍，肚子里有东西往下坠似的。心中万分恐慌，目光便散乱开来，眼门前人影光影一起晃动，嗦落落槐花擦着睫毛飘落下来——丁丁哥哥到哪里去了？正慌乱间，就有陆马年门板似的竖在她跟前了。陆马年不自然地挠着头发，道："许飞红，冯令丁刚才早走了一步，他们去农场的人下午要开会，听讲区里领导要接见他们。他关照我要送你回去……"

"不用不用……"许飞红本能地推辞。陆大娘子却在边上拼命地撺掇儿子，一定要把许飞红送进家门。那份胜券在手的得意，那种不由分说的犷悍，许飞红非常不悦。只是想到方才随丁丁哥哥三弯九转地绕进来，自己一个人不一定能顺利绕出去，便不再坚持，勉强一笑，随着陆马年走出天井。

终于从棚户区里绕了出来，站在熙熙攘攘的小街上，许飞红松了口气，却感到小肚子的疼痛愈发加剧了。她扭头对陆马年道："好了，这里我认得路了，再见！"不等陆马年有所反应，她便疾步横穿过马路，一头钻进了盈虚坊大牌楼门。

许飞红回到家头件事便冲进厕所间，已经迟了，衬里短裤和裙子都已被鲜血染红。许飞红张皇失措，哇地哭出声，随即又掩住了嘴，千万不能惊动二楼里委会阿姨呀！坐在马桶上怔忡了片刻，忽而就笑了起来，又笑又叫，恨不得跳起来手舞足蹈。她明白过来了，这是她久盼的月经来潮，月满鸿沟啊！几天来的恐惧焦虑愧痛霎时间一扫而光，她还是健康清白美丽纯真的少女，她还是人见人爱的许飞红呀！

许多年以后，许飞红结了婚，生了孩子，方才渐渐明白过来。当初那个黄师傅垂涎青春少女的胴体由来已久，刚把许飞红压到身子底下便遗精了。

22

残暑经不住知了一声紧一声的催促，匆匆退了场；爽秋便在一阵接一阵的细雨中悄然降临了。盈虚坊人要晓得秋意深浅，便只需看古银杏树的叶色。那半天青翠的绿阴渐渐转深退浅，染苍染黄，忽有一天，竟成了半天金黄的冠盖，高贵而辉煌，那便是秋深到极致了。

盈虚坊一批十六七岁的男孩子女孩子终于结束了他们相对单纯平静的校园生活，陆陆续续地踏入错综复杂光怪陆离的大社会，该上班的去上班，该下乡的也整理行装出发了。

许飞红已经是盈虚街菜场水产组的正式职工，当她从母亲口中得知冯令丁他们过了国庆节就要去农场，便开始盘算要给丁丁哥哥准备礼物。

许飞红把自己旧铁皮储蓄罐里的钞票倒出来数了数,也有十多元了。积下这些钱很不容易,可是替丁丁哥哥买东西,她一点也不心痛。菜场清早五点就上班了,在上午十点敲过就落班休息,直到下午四点多才重新开张。趁这当中歇班的五六个钟点,许飞红特为到南京路第一百货商店跑了一趟。她在文具柜台为丁丁哥哥买了笔记本和钢笔,笔记本是紫红色封皮的,上面烫金印着毛主席的头像;遗憾的是钱有点局促,不能为丁丁哥哥买支英雄牌金笔,只能要了普通的钢笔。她又到内衣裤袜柜台为丁丁哥哥挑了双雪白的卡普隆丝袜和一副棕色的人造革手套,她晓得丁丁哥哥讲究穿着,一点都马虎不得。

去菜场上班,早出晚归,许飞红很难在敞廊里碰到冯令丁。菜场又是轮休,礼拜天往往是最繁忙的。许飞红又想要当面把礼物送给丁丁哥哥,怎么办呢?她便跟组长表示,她没有家庭拖累,愿意国庆节顶早中两班。这样,她就争取到了节假日过后连着两天的休息。

那晚睡下去的时候,她关照妈妈,明早买小菜回来一定要叫醒她。可是等她一觉睡醒,满屋子的日光,冲到敞廊里一看,差点哭出来,丁丁哥哥的脚踏车已经不见了!原来她连轴加班困乏了,母亲看她睡得酣沉,没舍得叫醒她。她便将礼物用张白报纸包好,外面用红色玻璃丝十字花扎好,还打了个蝴蝶结。端张板凳坐在落地玻璃门边上,心想,你冯令丁骑脚踏车出去,不见得不回来了吧?我守在这里,无论如何总能等到你吧?

哪晓得冯令丁这一天事儿特别多,冯家李家的亲亲眷眷都要为他饯行,班级里那帮留在上海的男生也凑了份子请他吃饭,应酬到素月攀上古银杏树梢,方才回家。许飞红已经等得心灰意冷,瞌冲懵懂的,听得阔嚓一声脚踏车撑脚架弹簧响,却一个激灵跳起来,撞出门去,喝道:"冯令丁!"

冯令丁正走下台阶,扭回头笑道:"小茧子,做啥喉咙这样响?"

许飞红肚子里有千言万语想跟丁丁哥哥讲,却一句也不敢讲,怕被丁丁哥哥瞧不起。于是千言万语只变作了一句:“你明天要走啦?”

冯令丁有点激动地跳起来,伸长手臂拍打了一下从二楼晒台披挂下来的藤蔓,道:“真的要走了,又觉得这个园子,这楼房蛮可爱的。”

许飞红好想问:“这可爱是不是因为这园子这楼房中有个小茧子?”当然没有勇气问出口,便将白报纸包着的礼物递到冯令丁胸前,道:“喏,这是我送给你的礼物。”“礼轻意长”这个词没吐出去,蜜蜜地含在口中。

冯令丁蛮爽气地接了过去,笑道:“小茧子你送的什么宝贝呀?陆马年他们送了一大堆东西,我还愁没法带呢。”

许飞红眼珠子亮晶晶地盯住丁丁哥哥月色中愈发英气的面庞,羞怯地道:“你拆开看嘛!”

冯令丁就抽开玻璃丝的蝴蝶结,翻开纸头,拿起一样看看,放下;再拿起一样看看,又放下。

许飞红捉摸不透他是喜欢还是不喜欢,急了,娇嗔道:“你说话呀?好不好吗?”

冯令丁没头没脑窜出一句:“听讲兆红哥判了五年啊?在白茅岭劳改农场?”

许飞红心一沉,眼珠子忽地黯淡下来,垂下脑袋,蚊子哼哼般嗯了声。

冯令丁便道:“这样吧,笔记本和钢笔我收下,手套和袜子你留着,给兆红哥带去,好吧?”

许飞红连忙朝后退两步,还将双手背到身后。

冯令丁用手指了指楼上,压低了声音道:“我妈给我买了两打袜子、四副手套,你叫我怎么用得完呀?笔记本颜色我很喜欢,谢谢你呀。”

许飞红看他诚心诚意的样子,并无轻慢嫌弃之意,也只得收回了袜子和手套。

冯令丁朝她摆了摆手，跳下台阶走出敞廊，撩开鹭鸶般的长脚，一晃就消失在树阴后面了。

许飞红仍滞留在敞廊里，晚风刮落的枯叶壳橐壳橐掉在她的脚边，肩头有了些许寒意。她满心酸楚地想："从明天起，那一个个早晨和傍晚，再也听不到丁丁哥哥脚踏车撑脚架弹簧的阔嚓声了，这园子这楼房将会变得多寂寞呀！"她泪眼婆娑地看着面前一园子的花影月影，烟冷清清，再也照不到他玉树临风的身影，却夜夜照着自己无边的孤零。

霜降一过，日照便一日一日地短了。寒风一起，古银杏树落尽衰叶，老干疤痕累累，虬枝扭结交错，别是一番惊心动魄的姿态。

就在这一年尾，盈虚坊常家神志不清的常天竹姑娘足月产下了一个健康的女婴，成了盈虚坊中的特大新闻。

这女婴的外公、盈虚坊曾经的主人常衡步抱着外孙女在三层阁上踱了一夜天的方步，为她取名"蝘蜓"，随母亲姓常。

盈虚坊那几天唧唧喋喋，众说纷纭，相互质疑，百般猜度："常衡步为这个来历不明的外孙女取了这么个奇怪的名字，其间究竟隐寓了啥？"

众人推派电话间的跷脚单根去向常衡步本人求证其义。傍晚，寒风阴飕飕地在弄堂里穿来绕去，跷脚单根在哆哆嗦嗦的路灯下拦住了仍坚持逛弄堂的常衡步，将众人的疑惑告诉了他。常衡步双手插在棉大衣的袖筒里，原地踩着小碎步，却是一派云淡风轻的神情，缓缓地念出一联王摩诘的绝句："行到水穷处，坐看云起时。"

单根反复吟诵，将这两句诗咀嚼得酥烂了，次日拿去念给众人听，却没有人解得出这两句诗与"常蝘蜓"三个字有什么联系。

有一个新的难题摆在常家人的面前，常天竹精神上的毛病一时三刻不见会好，那么由谁来带养这个孩子呢？这个难题在一段时间里成了盈虚坊间众人的难题，这种时刻每每显示出盈虚坊人急难助危的仁义气度。常衡步一个大男人怎懂得如何带小毛头？再说他被下放劳动，很难请得出假。常天葵一个未婚少女，才进了中学，更不可能留在家里管婴儿呀。一根根指头拨下来，坊间众人不约而同想到一个合适的人选，那就是吴秀英吴阿姨。一来她原是做奶妈出身的，带丁点大的小毛头最有经验；二来这些年她从没断过帮常家做事，也熟悉常家的细枝末节。问题是吴阿姨手上有靠十户东家，家家都拿她当宝，盯在她屁股后面想要她做钟点工的还有一大串。吴阿姨若是带了常蝘蜓，只好将这些人家统统辞了。常家现如今的经济状况众人都有数脉的，薪水不可能付得高。这一进一出，吴阿姨恐怕要损失一半钞票。众人也晓得吴阿姨的钞票是一只铜板掰作两半用的，月月要往乡下汇钱，儿子又在吃官司，她是不是愿意揽这份生活呢?

这一次众人拜托倪师太去同吴阿姨商议，竟不用费点滴口舌，吴阿姨爽快地应承下来。其实吴阿姨是最早晓得常天竹有了身孕的人，并且也是她陪同常衡步从医院里把常天竹和婴儿接回盈虚坊，当时她就有了这份心思，不过常家人不开口，她也不好大包大揽。所以倪师太跟她才提了"常蝘蜓"三个字，吴阿姨便笑了，道："趁我现在腰板还活络，带大一个小孩子总还来事的。倪师太你笃笃定定每日照常念阿弥陀佛，求菩萨保佑常家平平安安，顺顺利利，再不可有什么差池了。"

吴阿姨的东家们虽是舍不得她，却都通情达理，有的多塞了几块钱薪水给她，有的翻出自家小孩的旧衣裳让她带去常家。吴阿姨只在老东家李同志那里稍稍遇到点纠葛。众人都多少晓得李凝眉与常家素有嫌隙，也担心她要生事。倪师太便道："阿眉那里少不得我去开解一番了，她不会驳我面子的。"吴阿姨笑道："何用动师太你的大驾? 李同志的心思我最清爽了，面孔上尖酸冷峭的，骨子里还是古道热肠人呀。我自去对她讲好了，到底也跟她相处快二十年了。"

当晚，吴阿姨去冯家收拾碗筷，就将准备接手常蝘蜓的事轻言细语地说出口，又笑道："李同志我也是想积点德，也不会耽搁你。午后小毛头有的好睡一阵了，我便得空替你烧小菜；夜里小毛头也睡得早,笃定上来收拾饭碗。”

李凝眉捧着杯才泡的龙井茶,轻悠悠吹开浮着的香片,滋味浓浓地吮了一下,半垂眼帘遮住眼光,浅浅笑道:“你倒是想得周全了?”

吴阿姨瞟了她一眼,巴结道:“想是这么想,还是要请李同志拿定主意的呀!”

李凝眉挑起眼帘,吴阿姨只觉得两片寒光刮过脸颊。但听得她一字一句地问道:“你准备把常蝘蜓带进守宫来养啰?”

吴阿姨咯噔一下,暗忖,毕竟是识字断文的女丈夫,任凭千头万绪,总能一语破的,切中要害。盈虚坊中尚未有人顾及这个关键问题呢!转而又想,既然她将这桩事说出口了,何不顺势说说清爽呢?便小心翼翼道:“李同志,常家三层阁那补丁点大的地方,你看我粗手大脚的,哪里还塞得进去?再讲常天竹那毛病,小孩子放在她旁边吓丝丝的,我是想索性把常蝘蜓抱过来养的,不晓得李同志的意思……”

李凝眉撮起嘴唇,噗地吐出一片茶叶,冷笑道:“你们全都算计好了,还来问我做啥?我哪里不晓得盈虚坊里有种人的肚肠?他们以为这守宫原本就是姓常,现如今也不姓李了!”

吴阿姨一横心,硬了头皮道:“谁要是有这种肚肠,真该他得绞肠痧了!倪师太是关照我的,一定要阿眉点头才行;阿眉不点头,这桩事体就作罢,另外再想法子了!”

李凝眉轻轻吐了口气,自言道:“这个常蝘蜓何处修来的福气,竟把倪师太也惊动了!”又朝吴阿姨甩出一句话,“你晓得的,我向来有偏头痛的毛病,最怕小孩子吵闹了。”

吴阿姨一听,晓得李凝眉在找台阶下了,因笑道:“李同志总归不会忘记吧?从前我带小弟弟,日早到晚不大听到哭声的。李同志还曾担心小弟弟是不是哑巴了呢!”

李凝眉又捧起杯子品茶,不说好,也不说不好,窄窄的面孔上横过一道灯影。

吴阿姨也不催问她,只将碗筷摞进淘箩,端到楼下厨房间去洗。

收作好厨房间,盘忖着,这么歇时间,李同志大概也跟冯同志商议过了。便又上楼,李同志果然还坐在大房间里织绒线,显然是在等她。吴阿姨觑着李同志的脸色,问道:“明朝冯同志想吃点什么小菜啊?”

李凝眉眼珠子盯着绒线针头道:“有啥吃啥,清淡点,肉票留着小弟探亲回家时用。”突然停了手,话锋陡地一转,“你帮常家带小毛头,说了给你多少工钱吗?”

吴阿姨吃不准她的意思,尴尬地笑笑道:“这个嘛,常同志总归不会赖掉我薪水的吧?由他给了。现在小茧子工作了,我肩胛头的负担轻了许多……”

“好了好了,你也不要做鲁肃,帮了孔明调排周瑜。”李凝眉断然道,“常家现在那点斤两我也掂得出,怕得是匀不出一个铜板了。”见吴阿姨张了张嘴,忙伸出一只纤细的手掌将她未出唇的言语挡了回去,接着道,“我跟冯同志商量定了,每月补贴你二十块钞票,你就不要去拿常家的薪水了!”

吴阿姨一时无语凝噎,肚皮里连念了几遍“阿弥陀佛”,片刻才道:“李同志,这叫人怎么意得过去呢?小毛头抱过来已经吵扰你了,还要你出钞票。我代常家谢谢你了。”

李凝眉丹凤眼梢扬了起来,道:“吴阿姨,你说这话是反客为主了。我们家跟常家,牵丝攀藤地也算是搭到一点亲,倒是该我代常家谢谢你了。”话落,又起道,“吴阿姨你帮我管住你的嘴巴好吧?这桩事情不要对旁人说起,天晓得就可以了。”

吴阿姨道:“这是何苦呢?我原想好好地帮李同志扬扬善名呢。”

李凝眉鼻子里出气,哼了一声道:“古人说得好,誉见即毁随之。有人道你好,必有人道你恶。这边讲你慷慨,那边会讲你大概钞票多得用不掉。我是不想为这二十块钱招来许多闲话的!”

吴阿姨实在很赞同李同志的见地,指天发咒,绝不向旁人透露半个字。

次日吴阿姨打点周全,去常家抱孩子,却被告知,常蝘蜓已被常天竺、常天葵的姨妈领养，将她带出盈虚坊了。

这个消息一经传开，坊间自然又是一派议论纷纷。此番众人的意见难得的统一，都讲这才是常蝘蜓最妥当的归宿。说是这么说，许多人心里都有点怅怅然，好像落掉件要紧的东西似的。毕竟，大家已经为常蝘蜓操过一番心思了呀。

隔牖风侵巷，开户霜满檐。

上海的冬天原就阴冷，这一年愈是冷得砭肌彻骨。盈虚坊间有些上了年纪的人每每根据气候异象预测尘世不寻常之事，却又分成两派意见：有人说冬寒为吉兆，有人说酷寒为凶兆。后来他们的预测都得到了事实的印证。继后的一年里，陨石坠落，三个伟人相继逝世；唐山大地震骇人听闻，一夜天毁灭了一座城市；而后的中国政坛又发生了比地震更惊人的大变动，终于开出了一个举世瞩目的新局面。盈虚坊和盈虚坊人即将在这沧海桑田的新局面里生发出一系列脱胎换骨的嬗变。

第六章

卖鱼西施

她爬上阁楼，见被褥铺得舒齐，靠墙还敲了一块搁板，放着一个台灯。拉上布幔，点亮台灯，小小阁楼便是个橙色温暖的小世界。

23

前巷长阶溅云渍，后弄短垣印风痕。

又是数度斗转星移，又是几番绿肥红瘦。盈虚坊前巷后弄依然是斑斑驳驳的旧门墙，可从这旧门墙中进进出出的女孩子却是承天地风雪雨露，集四方水木清华，日渐出落得明眸皓齿，婀娜多姿了。

现在，许飞红可称得上是盈虚坊中首屈一指的佳人。她的个头又往上蹿了几厘米，该丰满的地方丰满，该纤细的地方纤细，苗条挺拔，仪态万方。她到菜场工作不过两年多点，却已担任了水产组的组长。官不大，却在盈虚坊居民心目中举足轻重。只因猪肉家禽都凭票供应，上海人家吃食量虽不多，却十分精致，讲究口味搭配，于是水产品便成了家家户户餐桌上的首选。许飞红做事麻利爽快，买卖公道，不欺暗室，不因人熟，就连她母亲吴阿姨买鱼，也一样要赶早排队。口口相传，不久，盈虚坊及盈虚坊周围的居民都晓得了，小菜场水产摊头出了位卖鱼的西施，说是她卖出的鱼条条生蹦活跳，口味鲜美细腻。许多人买鱼特为要候着许飞红的班头，弄得班上有些老阿姨不无妒忌地玩笑道："小许呐，你上班顶好戴只大口罩，省得你那张西施面孔把我们生意都抢光了。"幸而当年是"三十六元万岁"的统一工资，卖鱼卖得多少与个人收入并无大碍，玩笑话说过便相安无事了。

闹钟一响，哪怕方才还在困梦头里，许飞红也会本能地蹦起来，衣裳一套，冷水里把脸一搓，便出门上班去了。推开沉重的柚木大门，天穹还是玄青一色，镶着数点残星，愈发沉寂。沉寂中的盈虚坊，横平竖直的弄堂，冰凉硬挺，像一颗刚刚凿刻而成的新印。许飞红脚上套着小船似的黑色高帮胶鞋，小菜场的地四季十二时都是潮湿泥泞的，水产摊头周围愈加日日水漫金山。在上头发下的劳动保护用品里，胶鞋只有两种尺码：大号给男人穿，小号给女人穿。这小号相对许飞红的脚码仍是宽绰许多，走起路来壳落橐壳落橐地响。她已经听惯了这慢三拍的胶鞋声在空廊的长弄短巷中引起悠长的回旋，看惯了自己曲折的身影在瑟瑟的路灯下忽而拉长忽而缩小。这种时候，她的心就像这拂晓的盈虚坊一样的清冷落寞，没来由的伤感悲怀。却只是片刻的喟叹，拐出支弄便能看到扫弄堂的阿姨，大口罩遮去半张面孔，竹箬帚左挡右推，穆桂英舞枪一般；再往外走，迎面又遇上收粪的环卫车，马达突突突的声响代替了以前收粪工人"马桶拎出来"的吆喝。许飞红忽就振奋踏实起来，脚步节奏也壳橐壳橐地紧密了。

小菜场水产摊位拢共六位职工，清一色娘子军。因为轮休，平素一般四个人当班。这一段碰上有位老阿姐请产假，排来排去总有班头只三人当班，忙不及履仍应接不暇，常常被排在后面性急的顾客骂山门："又不是打太极拳唱西皮二黄，动作怎么这样慢！"许飞红是摊位组长，已经几次放弃休息来加班。芝麻绿豆官，钞票没多拿几钿，事体却要多做许多，解决困难明份账是你的责任，还要被人背后头七嘴八搭牵头皮。起先上头是叫那位年数长一点的老阿姐做组长的，老阿姐刚结婚，不愿意挑这副吃力不讨好的担子，便推给了许飞红。许飞红天性是"宁撞金钟一下，不打铙钹三千"的脾气，把个芝麻绿豆官做得有声有色，头头是道。

送货的黄鱼车还没到菜场，许飞红领着另两位当班阿姨将摊板铺排定当。正要去搬放活鱼的大腰盆，却见幽冥的晨曦中，哼哧哼哧移过来一座小山。走近了，能看清是个人了，石墩墩的身板，左肩挎一只腰盆，右肩挎一只腰盆，讪讪道："还是照老样子摆放吧？"

一个老阿姨嘻嘻笑着，往许飞红腰眼里戳了一下，道："小许呀，跟你搭班就是好，重生活有人帮我们做，省了我们好多气力。”

另一个姓蔡的阿姨帮忙将腰盆放下，笑道：“陆马年，你老是起早帮我们搬腰盆，我们又没有加班费给你，陆大娘子不会骂山门呀？”

陆马年老老实实道：“不会的，我妈妈愿意我相帮你们做事体。”

老阿姨便道：“陆大娘子眼睛里头哪里会有我们？是相中小许做媳妇了吧？”

陆马年哼哼唧唧，偷眼看看许飞红。许飞红不动声色，拖了橡皮管子往腰盆里灌水，哗地溅了陆马年半身水花。陆马年后退几步，也不敢吱声。

蔡阿姨倒有点意不过了，便道：“陆马年，陆大娘子今天会来买鱼吧？要不要我们给你留起一条？”

许飞红立马道：“不可以的！蔡阿姨你忘了我们订的规矩啦？”

陆马年便慌了神道：“不用不用，我家不吃鱼，鱼刺多……”边说边逃似的别转身。

老阿姨喊住了他：“陆马年，我屋子里的落水管像得了食道癌一样，下水慢汆慢汆急死人，你来相帮通一下好吧？”

陆马年立定了，问了门牌号码，道：“上半天没有空档了，下半天我过来看一下。”陆马年分进房管所维修队工作，真叫如鱼得水。他做的是水暖工，可电工生活他也能摆弄，木工生活他也上得了手。闲话不多，做生活卖力，房修队的师傅满意他，盈虚街上的老百姓也满意他。老阿姨更是千谢万谢，冲着他的背脊喊：“小陆啊，怪不得大家夸你活雷锋，你比雷锋更雷锋，阿姨封你是电锋！”

许飞红替腰盆放满了水，收拾了橡皮管放到储物间去。蔡阿姨叹道：“我女儿将来要寻到像陆马年这样又厚道又能干的女婿就好了。”老阿姨撇了下嘴道：“看光景许飞红还没有挑定呢。不要看她是娘姨的女儿，眼界还蛮高的。”许飞红从储物间出来了，她们就闭嘴了。

天光逐渐清淡了，小菜场也开始热闹起来。她们的摊位前已经排起大大小小竹篮头的长龙，一歇不停有人来问，鱼来了没有？几时开张？

吴阿姨手提臂挽三四只篮头跑过来，见这情状，急道："就迟来十分钟，排这么长啦？不晓得还买得到吧？"

许飞红便道："妈，你今天不要排了吧，我看危险。"

吴阿姨道："哪一天都可以不买鱼，就是今天少不了鱼。李同志千关照万关照，今天她家小弟从农场回家，小弟就是爱吃我做的葱烤鲫鱼塞肉。"

许飞红怔了一下，恨声道："李同志千关照万关照，你为啥不早来一歇啦？"

吴阿姨是喜欢女儿这般铁面无私的，素来她没有违反过女儿的规矩，日日和众人一样赶早排队买鱼，今天实在是事出意外呀。吴阿姨不去看女儿的面孔，只朝着两位阿姨道："我还起得特别早呢，刚出弄堂口，就被常先生拦住了。天竹这一段闹得又厉害起来，不肯吃药，夜里吵得上上下下不得安宁。常先生熬了大半夜，实在熬不住了，跑来找我，我哪能不去呢？"

蔡阿姨已经抹起了眼泪，道："真是作孽，这等的人家，这等的模样，偏就落到这般地步。吴阿姨，也都靠你了，听讲那姑娘到了你手里就不吵不闹了？"

吴阿姨道："我们是做惯了的，心耐一点就是了。"

老阿姨凑近了问道："不晓得那姑娘生下的小毛头怎么样了？"

吴阿姨笑道："她姨婆带着她，也快两周岁了。前一段抱到盈虚坊来过，一张面孔跟她娘一模一样。"

两位阿姨意犹未尽，还想打听点什么，却见送鱼的黄鱼车过来了，只好作罢。动手将活鱼倒进腰盆里，半死不活的就摊在铺板上。

买菜的人都拥过来，纷纷找到自己的篮头排好了队。没有放篮头的跑到摊位前张张，今天鱼蛮多的，便也排到后面去了。

老阿姨拔直喉咙喊："排好了，排好了，不要插队，一个个来。"顺手用网筛子捞起一条活蹦乱跳的乌鲫，往吴阿姨篮头里一甩，使了个眼色，"拿去秤分量，付钞票。"

管秤的蔡阿姨立马报出了分量和价钱，吴阿姨把钞票递给收账的女儿，许飞红狠狠送了她一个白眼，终于没声张。

她们做这宗生活可谓轻车熟路了，一个捞鱼，一个打秤，一个收钱。碰到有挑剔的顾客，老阿姨粗喉咙就吼起来："要不要？不要就给后头一个。又不是娶媳妇，挑三拣四的。"大多数人只需买到鱼便知足了。眼看腰盆中的活鱼没剩几条了，老阿姨又吼起来："后面的不要排啦，要吃鱼明天赶早啊——"

忽地响起一阵砼砼砼的脚板声，未见人，刮辣松脆的声音先到了："许飞红啊，我那条花鲢宰好了吧？"

鱼摊头上三个人互相望望。蔡阿姨吐了下舌头，道："糟糕，今天怕是不得消停了！"老阿姨揎了许飞红一把，道："怕什么？小许在，她还能闹到哪里去？"

许飞红稍蹙了下眉尖，定定地迎候着。旋即，一个腰身壮硕的妇人立定在摊板跟前了，她裹了件斑斑迹迹的黄蜡蜡的白褂子，愈发跟桶似的。旁边有人招呼道："陆大娘子，你们熟食店今天有咸猪头肉卖吧？"妇人旗帜般扬起宽阔的面孔，爽快答道："有有有，歇会你过来好了，半斤以下都不收肉票。"那人讨了准讯，欢欢喜喜地走了。陆大娘子便将油渍渍的手掌横在许飞红面前，道："小许，把鱼给我好了，我拿回去宰。"

许飞红双手一摊，道："陆妈妈，你啥时候买的花鲢叫我们宰了呀？"

陆大娘子一愣，道："我家陆马年没有跟你们讲啊？"

许飞红耸耸肩胛，"陆马年倒是来过，他没有放篮头排队，也没有说要买鱼。"

陆大娘子把张磨盘脸拉长了，道："不会吧？马年做事体从来不会拆烂污的。"一边就伸长头颈往摊板里面东张张西望望。

旁边老阿姨连忙相帮许飞红作证，道："陆大娘子，你家马年天不亮就来帮我们扛腰盆，我们也过意不去，特为问他要不要买鱼？他讲不要不要，鱼刺太多。蔡阿姨，你也听到的对吧？"

蔡阿姨连声附和道:“听到的,听到的,马年是讲鱼刺太多的。”

陆大娘子心里面恨恨地骂了句:“小浮尸,看到这只小妖精舌头就短脱一截了!”不过,倒真不是陆家想吃鱼,陆家从老子到小子个个都是肉糊涂,亏得陆大娘子在熟食店做生活,常有点零碎下脚拿回家,否则政府规定的肉票是远远不够他们一家饕餮的。只是陆大娘子已夸下海口,今天若买不到一条大花鲢,她便没有落场势了。邻舍隔壁都晓得她儿子在追小菜场上的卖鱼西施,那个姑娘人长得出挑,又是盈虚坊里出来的,被棚户人家看起来,就是天仙般人物了。有嘴巴闲着的人见着陆大娘子就问:“马年跟买鱼的西施敲定了吧?叫马年盯牢点,当心别人家横插一脚。”陆大娘子撇了下嘴道:“你们把她捧上天,我看看也是大路货,叫作我儿子喜欢。又不是什么大户人家,娘姨生的,我家马年追她,还不是两根指头捏田螺!”人家就笑道:“陆大娘子,那我就拜托你了,帮我买条大花鲢,省得我老清老早爬起来排队。我家老头子想煞吃豆腐鱼头汤了。”陆大娘子喜欢扎台型,爽快道:“一句闲话,明天中上你到我店里来拿鱼好了。”君子一言,驷马难追啊。陆大娘子今天横了一条心,非要搞到一条鱼不可。她眼乌珠朝腰盆里一转,还有几条活鱼蹿上蹿下,扑通扑通响,二话不出,伸手抄起一条,道:“那就这条吧,小是小了点,将就将就也够了。”边说着边往秤盘里一丢,鱼儿挣扎,差点把秤盘掀翻。

许飞红一步上前端起秤盘,哗地将鱼倒回腰盆,道:“陆妈妈,你看看,队伍还这么长,后头的人还不一定买得到。你要吃鱼,叫陆马年明天早点带只篮头来排队。”

排队的人原来就最恨插队的,因见是陆大娘子,谁都不敢惹她,缩缩头颈,肚皮里面骂两声。不想许飞红为大家伸张正义,都暗暗称好,神情也都昂扬起来,有人憋不住扑哧笑出声。

陆大娘子何曾遇到过这等轻慢?扑到腰盆前又去捞鱼,许飞红捉住她的手腕道:“陆妈妈,人人都像你,我们的规矩还要不要做啦?要不你去后面排队,排到了,自然会卖给你的。”往她腕上狠捏一把,是给她豁翎子：不要明当明犯规，待摊头前人散了，会给你一条鱼的。偏生陆大娘子天性愚拙，不会接翎子，狠性命将她手甩开，气汹汹道："许飞红，你不要顶了笠帽当天大，你们菜场头头脑脑哪一个没到我手里买过咸猪手糟鸡爪的？我跟他们讨条鱼总归讨得到的吧？"

许飞红气她不识好歹，给她脸不要脸，抢白道："那你就跟上头要鱼去吧。我们摊头庙小，供不了你高僧。"转头对两个阿姨道，"还不做生活？清早时间贵如油，大家排队排到现在，买了鱼还要配别样小菜，哪个心里不急？"

队伍间一片称道声，老阿姨便动手捞鱼，蔡阿姨也开了秤。陆大娘子怔愣了片刻，脚板一跺，便开骂了："好你个许飞红，把你当洋灯，谁知是鬼火。背后头花得我家马年晕晕淘淘，还没过门做媳妇，就想气煞阿婆掌门庭。今天我话摆在众人面前，只要我有一口气，你休想踏进陆家门！"

许飞红气得浑身发抖，眼洞里包了两汪泪，噌噌噌冲到陆大娘子跟前，颤着声道："你回去问问你儿子，究竟是谁花谁啦？谁讲过要进你们陆家门啦？一把年纪了，讲话下巴托托牢。今天我也把话摆在众人面前，只要我有一口气，绝不踏进陆家门！"

陆大娘子嘿嘿冷笑道："有你这句话，我回去好烧高香念阿弥陀佛了。有啥稀奇？不过是娘姨生的，也不晓得哪里的野种，吃官司的门户，变作妲己的狐狸精……"

许飞红的眼泪水刷地滚落下来，也不顾两个同事及旁人的劝解，一把揪住陆大娘子的衣襟道："你还造谣污蔑，现在不是'四人帮'横行霸道的时候了，走，我们到派出所讲讲清楚去。"

陆大娘子在盈虚街上混了半辈子，头一次棋逢对手，三勿罢四勿休，两个人便扭搡起来。

早有人去陆家报了信，陆马年心急慌忙地跑了来，眼角都不敢朝许飞红身上斜一斜，只抱住他母亲哀哀求告："妈，不要闹了好吧？不要闹了好吧？我们走吧，我们走吧……"

陆大娘子虽则块头大，总抵不过儿子气力大。再讲许飞红看见陆马年过来，也就偃旗息鼓住了手。陆大娘子嘴巴里仍呱啦呱啦骂不停，终究被陆马年拖走了。一场风波消停，人群陆续散去。许飞红平白被陆大娘子骂到了根，肚皮里平素掖着藏着压着包着的委屈愤懑像潮汛般泛滥起来，独自坐在一只合扑的空腰盆上擦眼泪，眼泪水也像潮汛一般涌出来，擦也擦不及。两个阿姨顾不得劝慰组长了，紧着将剩下的鱼卖出去。活鱼卖光了，摊板上的死鱼也抢手起来，拿回去或腌或糟，不失为佐餐上品。直忙到十点敲过方才收摊。

这一日，许飞红原是来加班的，便跟两个阿姨招呼了，下半天的生活不多，自己身子不适意，就不来了。两个阿姨连连道，小许你尽管放心在屋里休息，那只雌老虎的话千万不要放在心里，憋坏了身体愈加不合算。闲话日日有，不听自然无，不睬她最凶。许飞红垂着红肿的眼帘横过马路，她晓得斜对面的熟食店里几个营业员正朝着她点点戳戳，便闪身走进盈虚坊牌楼门。

正是爽秋季节，天气晴朗得如同婴儿的笑面孔。许飞红却见不得明亮的日光，刺得眼珠子酸胀，只眯隙着眼，兜着泪水不让它滚下。她一向以为自己在盈虚街上口碑颇佳，不想今日从陆马年母亲口中吐出那等凶悍恶毒之语，莫非人们背地里竟就这般看待自己?!

牌楼门旁电话间的跷脚单根照例从窗口探出半条身子，招呼道："小茧子，歇班啦?"

许飞红想做出个笑脸应答都做不出，那条母大虫的咒骂让她洞悉了自己在人们心中真正的位置！尽管她已在守宫中生活了好几年，可她仍然是娘姨的女儿；她的哥哥是在众目睽睽之下被警车呜呜地带走的；她又不敢透露父亲的半点讯息，只好被人们指为"来路不明"。这些不可更改的事实怎能与华府高宅、书香门第的冯令丁匹配？先前听母亲说起冯令丁今日要从农场回来，许飞红面孔上波澜不惊，心里面早已是浪起潮涌，升腾出无限美妙的期待和憧憬。这一刻却如同海市蜃楼般一点一点地隐退了，余下的是白茫茫一片荒漠，飞鸟不到，寸草不生。

许飞红心灰意懒，脚步沉滞，如同在沼泽里行进。她无意回家休息，思绪紊乱哪里歇停得了？慢吞吞沿着上震桥信步走去，举目间但见那两棵古银杏树千秋不老地依偎着，满枝青绿已渐出浅黄，斑斓而绚丽。猛想起数年前那个细雨濛濛的傍晚，与冯令丁躲在古银杏树肚子里闲语漫谈的情景，霎时间柔肠百转，抑不住珠泪盈眶。怕被坊间人撞见，又牵丝攀藤织出许多是非来，索性拨开重重垂枝，钻进古银杏树中，鹅黄青绿的扇形叶片落了她一头一肩。

许飞红奄奄一息地坐在暴出地面的老根上，头靠着疤结累累的树干。近午的阳光穿透了层层枝叶，轻轻地舔着她的面颊。翡翠般的叶片在她眼前盘旋着、徘徊着，无声无息地落下来。隐约间，她看见一个书生模样的青年大步朝这边走过来，穿一身褪了色的藏青蓝学生装，斜挎着军绿帆布包，鼻梁上的镜片反射着日光，一闪一闪。她的心脏先停顿了一刻，旋即剧跳起来。她在肚皮里喊了一声："冯令丁！"身不由己要扑出树丛，手拽住树枝却立停了。自己一身劳动服，脚下套着大胶鞋，这模样太丑了，怎能见丁丁哥哥？缩回了身子，眼珠子却追着冯令丁的身影，心里疑惑道："他回家怎不走下巽桥，偏要绕进上震桥？莫非他也想寻古银杏树怀旧？"满心的期望与紧张，侧身繁枝间等待着。冯令丁却擦着古银杏树走过去了，脚步没有些许迟疑与延宕。

许飞红适才生出的热情忽地冷却下来，她不得不面对一个严酷的事实：冯令丁极少在弄堂里串门，他走上震桥只可能是去常天竹家！难得回上海一趟，却直奔常天竹家！那个痴痴呆呆臃肿木讷且已失去贞操的常天竹，真就让你这样牵挂吗？许飞红气涌胸膛，憋得心口痛。略假思索，她拨开树枝走出古银杏树，急急转回守宫。

进了家门，许飞红迅速地将自己收拾得干净妥当，换下了工作服和大胶鞋，穿上可体的两用衫。又用热水重新洗了把脸，涂上雪花膏。对镜望望，眼瞳沉沉，眉色逼人，乌发轻笼，粉腮含情，由不得人不怜爱呀。许飞红将房门虚掩，留了一罅隙缝。耐耐性子，静等冯令丁回守宫。

幸好冯令丁耽搁得并不太久，没有一个时辰便回来了。许飞红从门缝中瞥见那小白杨般的身影，一把拉直了门，正与冯令丁劈面相对。

冯令丁朝后退了一步，他手中捧了一大摞书，用下巴抵着，笑道："哦哟许飞红，你没去上班啊？"

许飞红也斜着黑眼珠，冷笑道："谁能跟你比呀，先进，模范，样样都占了。怎么，现在又想做书蠹虫了？"

冯令丁去农场不到三年，已经入了党，当上指导员，他的先进事迹还上过《解放日报》。

冯令丁却正色道："我正想问你，你报名考大学了吗？"

许飞红怔了一下，反问道："你报名考大学了？"

冯令丁很振奋的样子，道："当然了。前两年有保送上大学的名额，一来我们工作年限还不够，二来农场头头也不放我，都黄了。这下可盼到了，邓小平拍板，一锤定音，恢复高考制度，分数面前人人平等。我岂可再放过这个机会？"

许飞红道："你不想想，前头大学毕业生大都分配到边疆、西北西南三线工厂什么的。现在你回来一趟还容易，真那样，像畹丁姐姐，三年五载才回一趟上海，你妈不要想死啦？"

冯令丁略沉吟，仰起脸，道："不管以后怎样分配，这大学我是非读不可的。"

许飞红道："这次招生年龄放得好宽，他们老三届的都可以去考，我们又没读什么正经书，怎么拼得过人家？"

冯令丁将手中的书抬了抬，道："你看，我托常天葵找老师帮我借的复习资料，试试看嘛。你想考吗？我帮你抄一份复习大纲。"

许飞红心尖儿呼地一烫，低了头，轻声道："我想想算了，上班老累的，哪里复习得进呀。"鼓足勇气又问道，"那你好待在家里抓紧用功了吧？"下面的意思没说出口："我会天天替你留一条鲜鱼的，鱼最补脑子了。"

冯令丁被她灼人的眼珠子盯得有点吃不消，挪开目光，道："没那个福气哟,明日一大早就要赶回农场去。场领导说了,考大学可以考,但不可以请假复习。你也请假我也请假,事体谁去做呀?只好开夜车啰。下午农场局有个交流会,我是趁机上来取复习资料的。"就上楼梯了。

许飞红朝他的背脊大声道:"今天你可以吃葱烤河鲫鱼塞肉!"

"谢谢你,小茧子。"丁丁哥哥的声音从上面罩下来,令许飞红有点昏晕。可她的胸口却闷闷的,丁丁哥哥的雄心令她愈生爱意,却也令她愈是惶恐。她实在没有丁丁哥哥破釜沉舟的勇气,母亲也不同意她去冒这个险,她们一家好不容易才在上海落下脚生了根。她惶恐的是:万一丁丁哥哥考上了大学,她和他的距离岂不是愈来愈远了?

不过,冯令丁未必能考得上呀!许飞红自己安慰自己。离高考的日期两个月都不到了,他又不能请假专心复习。他们这几届学生在中学基本没上什么文化课,丁丁哥哥再聪明,也不可能一口吃成个胖子呀!这么一转念,许飞红胸口松弛了许多,更何况她起码摸清了一个事实:冯令丁去常家,只是找常天葵要复习资料的。常天葵现在已升入高中,收集高考复习资料当然是近水楼台先得月喽。

自走上工作岗位以后,许飞红对常家的关注愈来愈少了,偶然听母亲带回一鳞半爪的讯息,也像毛毛雨般飘过算数,留不下什么痕迹。对那个印象中干瘪瘦弱的常天葵,许飞红从来不放在眼里。

胡思乱想了一阵,困意便袭了上来。下午已说好不去菜场帮忙了,许飞红便想打个瞌冲。正解衣扣,门铃叮叮咚咚地响起来。许飞红狠了句:"一刻也不叫人安生啊!"无奈扣上衣扣去开门。她以为是菜场的阿姨忙不过来,求她帮忙去的。拉开门,廊里站着的竟是"门板"陆马年!

"你来干什么?"许飞红没好声气地丢下一句,便要掩门。却被陆马年一巴掌挡住了。

陆马年垂了脑袋,瓮声道:"许飞红,我特为代我妈来向你道歉的。"

“谁稀罕你们道歉啦?”许飞红又要关门,陆马年毕竟力气大,硬抵着不让关。许飞红生怕有人从楼梯下来看见这情状,又好天花乱坠地传去了,便松了手。陆马年趁势跟着她进了屋。

许飞红背对着陆马年,将额头贴在落地玻璃窗上,摆出一副不理不睬的架势。那陆马年隔着她一米远,不敢再靠近了,搔头抓耳,又舔嘴唇又咽口水,憋了一歇,终于道:“我妈回家后悔死了,扇自己嘴皮了。”抬眼看看许飞红苗条的背影,“都是弄堂里不三不四的人挑唆我妈妈来买鱼,我妈就是要扎台型,一时上管不了嘴巴……”

许飞红并不转身,哼哼冷笑道:“亏她管不了嘴巴,倒把肚皮里的话倒出来了。既然你们这般看我,你还来道歉做啥?我是姨娘的女儿,吃官司的门户!你走开,我不想看见你!”

陆马年急道:“我可以对天发誓,我从来没有这样看你的。我如果有一点这种意思,就叫我头顶生疮脚下滚脓生恶病!”

许飞红又好气又好笑,侧转身道:“你发这般毒誓,值得吗?”

陆马年忙道:“值得,当然值得,只要你相信我。”

许飞红转回身子,翘起圆浑的下巴,高傲地道:“其实,我才不在乎你们怎么看我呢,蝙蝠不自见,笑他梁上燕。”

陆马年偷眼看她神色平和了许多,便道:“这只小板凳送给你。我看你们蹲着剖鱼刮鳞,腿很麻的吧?坐着做就好多了。”许飞红这才看到陆马年脚跟旁有一只做工精巧的木凳,泡力水打得锃亮,凳面还刨成微凹型,坐上去一定很适意。

陆马年又补充了句:“这是我自己做的。”

许飞红浅浅一笑道:“我代表我们水产摊头谢谢你了,怪不得她们都喊你‘雷锋’。”

陆马年搓着两只手,咕哝道:“我是特地为你做的……”

许飞红当作没听见,打了个哈欠,道:“起得太早,我还想靠一歇。你这半天没生活啦?”明显逐客的意思。

陆马年磨叽磨叽,终于道:“许飞红,那句话,你好收回吗?”

许飞红一时不明白,道:“什么话?”

陆马年声音愈含浑了："就是，就是你说不进陆家门……"

许飞红暗忖，倒不如把话挑明了，也好让他死了这条心。便道："陆马年，我们是老同学、老朋友，你帮了我们很多，我们也很感谢你。不过，没有其他意思的，你最好不要想到歪路子上去。我们都还年轻，应该把心思用到工作上去，你说对吧？"

陆马年的面孔刷地涨红了，石像般沉默着。

许飞红口吻略重些道："你如果老是有非分的念头，那我们以后就很难交往下去了。"

陆马年依然纹丝不动。

许飞红硬硬心肠，横竖话已说清爽了，道："我要休息一会，请你离开！"

陆马年忽然抬起头盯住她，眼乌珠边上布满血丝，愤懑地冲出一句："冯令丁不会跟你好的！"

许飞红像被人击了一棒，眼门前一黑，恼怒道："陆马年，我叫你不要胡思乱想的，这跟冯令丁有什么关系？"

陆马年面孔上浮出一丝恶狠狠的笑，道："我晓得冯令丁喜欢谁！"

许飞红一惊，脱口道："谁？！"

陆马年抿紧嘴唇，稍顿，忽然转身拉开门跑出去了。

许飞红没有去追他，她觉得浑身的血在一刹那间被抽干了。

这一年冬天，关闭十年之久的高考考场大门终于重新打开，有大约近六百万考生走进了考场。据说因考生人数太多，一时三刻竟无法解决考生用的试卷纸张问题。还是邓小平当机立断，决定将印刷《毛泽东选集》第五卷的计划暂时搁置，调配纸张先行印刷考生试卷，而每个考生只需付五毛钱的报名费。

爆竹一声除旧，桃符万户更新。

旧历年过后，大学放榜了。盈虚坊中传开了一个喜庆的新闻，守宫冯家公子冯令丁考取了复旦大学中文系。这一年考试录取比例是二十九比一，盈虚坊上坊下坊统共有四五个学子报考，只冯令丁一人录取，好比是头名状元啊！

这一天午后，冯家女主人李凝眉李同志将自己收拾得三青四绿，得体大方地走出守宫大门。她已办了退休手续，素日里深居简出，难得光天化日下在弄堂里现身，一张细洁的桃叶脸捂得生生白，那对丹凤眼已不似年轻时目光锐利咄咄逼人，收敛得平和而含蓄。她穿着墨绿色毛葛滚边对襟丝绵袄，外罩着款色简单的银灰海力蒙短大衣，领口露出一只黑丝绒琵琶盘扣，脚蹬千层底深灰直贡呢面的蚌壳棉鞋，轻轻巧巧地走着。真是要多少精致有多少精致，要多少优雅有多少优雅。她手中拎着一只深咖啡的人造革手提包，装了满满一包糖果，花生牛轧糖、大白兔奶糖、水果糖，掺杂在一起，沿弄堂挨家挨户地分发。这种事情原只需托吴阿姨去做就行了，李凝眉却审时度势看中了这个时机，是该她重新粉墨登场了。

"沈家姆妈，吃糖，一家喜不是喜，大家欢喜才欢喜。我家小弟能考上大学，也多靠邻舍隔壁大家相帮。"李凝眉抓了一把糖塞进沈家姆妈的手掌心，热络得像落雪天焐烫婆子。

沈家姆妈笑眯眯道："哦哟，李同志你也太客气了。牛轧糖呀，我家小孙子最要吃了。我老早就讲过，冯家小弟到乡下去，龙蟠凤逸，总有一天要振翅高飞的，对吧？我们跑出去讲起来面孔上也添光！"

李凝眉一路走下来，手中的拎包一点点瘪下去，散发了糖果，收获了各种各样的恭奉与赞美，心里很满足。众人说一个"好"字，胜过自己说十个"好"啊。

李凝眉的最后一站是倪师太家，后门进去是灶头间，有两个女人正在洗水池前忙碌。李凝眉抓出一把糖果，眉梢飞扬地笑道："亭子间婶婶，前客堂阿娘，吃糖，吃糖。"两个女人急忙撩起围单擦擦手，捧过糖果，连声谢谢，又着实将冯令丁夸赞了一番。

李凝眉便将手提包抖了抖，道："还剩几粒水果糖，拿去给倪师太甜甜嘴。"

前客堂阿姨道："不晓得倪师太打中觉了吧？"

亭子间婶婶立马道："不碍事的，师太打中觉也只是眯一歇眼。李同志难得过来的嘛。"心照不宣地眨了眨眼。

李凝眉朝她们道："你们忙，你们忙。"便去叩倪师太后厢房的门。

倪师太好像蟠在门背后等着她似的，她只敲了笃笃两下，门便开了。

李凝眉双手合十道："阿弥陀佛，师太，亏得你替小弟念神咒做佛斋，才有他今日的荣耀啊。"

倪师太也念了句"阿弥陀佛"，道："菩萨是叫人宽心，小弟考取大学，还是他自己努力得来的。"便揭开五斗柜上的大红绸子，露出了红木镜框绢纱线描的观世音菩萨像，还有一只黄铜莲花纹方鼎香炉。

这尊观世音像是李凝眉心中最敬畏的，不等倪师太取出团垫，她已咕咚跪下了。倪师太道："等一歇拜，我还要上香。"便将她拖起来，递给她三炷香。又取出一对八寸长的红烛，先点着了，火苗蹿起竟也有一寸高。

李凝眉抓出一把糖，道："我寻思小菜带带不方便，让人看见起疑心，就拿这糖做供品，菩萨不会怪罪吧？"

倪师太道："心诚则灵。"取来一只白瓷碟，将糖果盛了，摆在香炉前，又供了一小盅黄酒。

李凝眉就着烛火燃了香，重新跪了磕头。烟雾缭绕中看那尊观音像，恍惚间竟是袅袅婷婷的常巽小姐。她慌乱合上眼帘，掐断这荒唐的念头。

待李凝眉叩拜完毕，倪师太便揿灭了烛火，又将红绸遮住了观音像。房间里烟雾太重，便推开了窗户。近几年局势渐趋安稳，弄堂里找倪师太做佛事的人又多了起来，虽还是私下里悄悄地进行，后厢房常常有馨香漫出，左邻右舍肚皮里煞清，嘴巴上不讲穿而已。

李凝眉将拎包中剩下的糖果哗啦一记倒在倪师太的八仙桌上，

道:“师太,这牛轧糖水果糖都是素的,没事时嘴巴里嚼嚼,解解厌气。”

倪师太道:“你看我的牙,只剩几颗是自己的了,哪里有福气消受?你拿上去,给常家两个姑娘吃吧。”

李凝眉耳片子有点烫,自己藏在犄角旮旯里那点小心眼早就被倪师太洞悉无遗了。倪师太那对“横括弧”眼是比爱克司光还厉害的呀!

自常家搬出恒墅,李凝眉便以“走动不方便”为由断了去常家的路。现如今形势好转了,再不去常家真是说不过去了。李凝眉重又将糖果捋进拎包里,讪讪道:“这歇时候,常衡步不会在家吧?我辣猛生头跑上去,那个大姑娘会不会发作?”

倪师太道:“你放心托胆上去好了,常家老二在家的。小时候叽叽喳喳的倒看她不出,大起来会这样懂事体。看看吴阿姨中上忙了东家又忙西家,一只身子劈不开,她就日日从学堂跑转来相帮,喂她阿姐吃饭吃药,再回学堂去上课。要在从前,常家那般家境,她还不是跟你一样,百事不操心的千金小姐?”

倪师太面孔神情虽然是淡刮刮的,李凝眉是顶尖聪明的人,哪里会听不出她言辞之间对自己的责备?便在心里默默念着“阿弥陀佛”,拎着糖果,踏上那陡峭的木楼梯。

李凝眉爬上三层阁时气喘吁吁。她晓得不是吃力,而是心慌。深吸气,才喊:“屋里有人吗?”

“哎,来啦。”随着娇音一声,门开了,门洞里显出个玲珑婉约的人影,因背光,叫人看不清面孔。

李凝眉脱口道:“天竹啊,你毛病好了呀?”

“大娘娘,我是天葵呀。”姑娘巧笑着,将门廊里的灯点亮了。

李凝眉惊讶道:“天葵长成大姑娘了,娘娘差点认不出来了。”心中叹道:“又是一个美人坯子!这常家莫非嫦娥的后代,走出来的女人个个倾城倾国的。”

常天葵道:“大娘娘,你是来找吴阿姨吧?吴阿姨烧好中饭就走了呀。”

李凝眉道:“我不是找吴阿姨,我是来给你送糖的。你丁丁哥哥考上大学,有你的功劳,你帮他借了那么多复习资料。”把糖抓出来,常天葵忙拢起双手接了。李凝眉朝屋子里张张,轻声问道,“你姐姐还好吧?”

常天葵稍稍一顿,道:“有时好有时不好,现在刚吃了药,睡了。”

李凝眉悄悄松了口气道:“那我隔时再来瞧她吧。”转身要下楼。

常天葵忙喊道:“大娘娘。”略有些忸怩道,“丁丁哥哥,他什么时候回来呢?”

李凝眉摇摇头,道:“你晓得的,丁丁哥哥的脾气,说什么要站好最后一班岗,要到开学前一天才上来呢。你找他有事啊?”

常天葵道:“倒没什么大事。我明年也要考大学,他那些复习资料没有用场了,不要丢掉,我正好要用呢。”

李凝眉笑道:“那叠子书我帮他收起来了,你要用,隔日我让吴阿姨带过来。”

常天葵踮了踮脚跟,高兴道:“谢谢大娘娘,别让吴阿姨送,我下了学,绕过来拿就是了。”

傍晚,许飞红落班回家,只觉得腿脚酸软,神思困倦,没来由的失意。壳落槖壳落槖,脚下是坑坑洼洼的路面,身边是吵吵闹闹的人群。街尽头的色织厂开了一天工,搅得满街灰蒙蒙烟蒙蒙,还弥漫着粘答答酸胖胖臭烘烘的气味。盈虚街如何就变得这般令人生厌?

许飞红其实十分清爽自己的恶心情缘自何处,冯令丁考取大学,这桩全盈虚坊人为之兴高采烈的喜事,却让她忧心忡忡、郁郁寡欢。那一纸大学录取通知书仿佛是王母娘娘手中的金钗,刷地在她和丁丁哥哥之间划出了一道银河!

许飞红有些后悔当初没跟冯令丁一起复习功课考大学,转念又有些庆幸,盈虚坊间跃过龙门的仅丁丁哥哥一人而已,可见竞争之激烈。自己真上了考场,也未必能考上,岂不是愈显浅薄与凡庸?如今倒还有个推头,坊间有人问起,许飞红你不是和冯令丁同班的吗?为什么不去考一考啊?她便道:“我怕分到外地,照顾不到家。

我哥哥不在,妈妈离不开我。”言下之意,真要去考,她当然也能考得上。

虽则明显感到冯令丁跟自己的距离愈来愈远,许飞红心里对冯令丁的情意却是愈来愈深。数月前,只因陆马年对她说了句“冯令丁不会跟你好的”,许飞红便一直对他不理不睬,每每当着众人的面恶语相待,让他下不了台。背着人,她又替冯令丁买了礼物,仍是笔记本和钢笔。这回自己有了工资,破费买了支英雄金笔。在笔记本扉页,她心意绵密地抄录了两句诗:“宝剑锋从磨砺出,梅花香自苦寒来。”她用自己的一块花手帕把这两样东西包严实了,巴望着冯令丁回来,要亲手把礼物交给他。她甚至暗下决心,要大胆地向丁丁哥哥明确表露自己的心意。她点点滴滴回想与丁丁哥哥十多年的交往,她不相信丁丁哥哥对自己一点都不动情!

偏偏冯令丁迟迟不回家,忠心耿耿要在农场站好最后一班岗!

许飞红心猿意马地拐进盈虚坊,正碰上匆匆赶做人家的吴阿姨。吴阿姨迎头见她,便从围单前的口袋里摸出一把糖塞给她,道:“这是李同志叫我带给你吃的,是冯令丁考上大学的喜糖。李同志这回是大破费了,上坊下坊家家户户都分到了呢!”

许飞红才一听是冯令丁分的喜糖,心头还热了热。又听见全弄堂是人人有份的,顿时兴趣索然,将糖塞回母亲的口袋,没好气道:“我不爱吃糖,你拿去做好人吧!”

吴阿姨因晓得自家女儿的臭脾气,也不勉强她,径直去人家烧夜饭了。许飞红闷闷不乐地转回守宫,未至门阶,却见守宫门檐下立着一位风姿绰约的少女,正举手揿门铃呢!许飞红听见自己的心脏很重地跳了两下,脑袋一阵昏眩,喃喃地念道:“常——天——竹?”

少女闻声转过身,笑脸庞在夕晖中杜鹃花一般明丽,脆铃般道:“许姐姐,你认错了,我是常天葵呀。”

许飞红像溺水的人终于浮出水面,深吸了口气,才笑道:“天葵你一下子长这么高,我还当是你姐姐呢。”

常天葵咯咯地笑起来，撒落一地珠子似的。

许飞红问道："你是来找我妈吗？此刻她哪会在家？歇一会她会去你们家的呀。"

常天葵止住笑，道："我晓得的，我是到大娘娘家拿书的。"

许飞红掏钥匙开了门，疑疑惑惑问："李同志那里有什么好看的书呀？"

常天葵又扑哧一笑道："是我借给丁丁哥哥的复习资料，我要讨还了。明年我也要考大学嘛。"又道了声，"再见，许姐姐。"便蹦蹦跳跳上了楼梯。

"哦——"许飞红胸口堵得透不过气，呆墩墩地看着她像极了常天竹的身影消失在楼梯拐角处。

一道可怕的阴影正一分一寸地吞噬着许飞红原就晦明不定的心境。

24

这是一个充满希望的年代，也是一个充满欲望的年代。治国方略的改变释放了人们压抑着的希望和欲望。希望像璀璨的礼花在夜空尽情地绽放；欲望却像从潘多拉盒子中跑出来的魔鬼无孔不入地肆虐。这还是一个展示智慧才干的年代，也是一个考验良知品格的年代。到处充满了机遇，也布满了陷阱。人与人之间的关系因此变得复杂而敏感，亲密者渐渐疏远，熟悉者忽就陌生，和睦相处的竟也会冰炭不容。寻常的日子变得跌宕起伏而丰富深刻了，平淡的人生变得神秘莫测而多姿多彩了。

晴日暖风，绿阴幽草，还是晚春初夏之交。

盈虚坊虽已是旧日门墙，连那座骨架宏伟的重檐牌楼上镌着的坊名，因日长势久，积尘藏垢，字迹也变得模糊，可盈虚坊间的人生大戏却是一幕一幕地翻出新剧情，高岸为谷，深谷为陵，令观者或瞠目结舌、或忍俊不禁、或回肠九转。

吴阿姨那个不争气的儿子许兆红终于劳改期满回家了。清晨搭上长途车,黄昏时就到了上海,转乘两辆公交车,跨进盈虚坊时街灯都亮了,一朵一朵雏菊花似的列队迎着他。

几年工夫下来,许兆红骨骼愈是粗犷,皮肤愈是黝黑,不过二十六七的光景却已是胡须拉碴,鬓角斑白了。跨进盈虚坊,他喘气便粗了,脚步也沉重,嘭嘭嘭地震着地皮,惊动了在后门口做市面的街坊们。

当然是电话间的跷脚单根头一个看见了他,左脚高右脚低地跷出来,在他肩膀上捶了拳,笑道:"小猢狲长成男子汉了,人回来了就好啊!"

许兆红瓮瓮地喊了声"单根爷叔",又往前面走去。

早有人将消息报给了正在人家灶头间忙夜饭的吴阿姨听,吴阿姨一时慌了神,抓盐伸进糖罐头,炒菜拿起饭勺子。东家便道:"吴阿姨,回去吧,回去吧,儿子回家了,是大事体呀,剩下的生活交给我好了。"吴阿姨顾不得摘下围单,转身就往守宫跑。

许飞红也得到了耳报,心里却是一阵悲凉。这一年,她已当上小菜场的大组长,手下要管水产、禽蛋、豆制品好几个摊位,经常要到区里面副食品公司参加各种会议,愈是听得多看得广,愈是为哥哥以后的命运担忧。讲讲是刑满释放,恢复了公民的权利,可"劳改犯"的这一段经历却会像影子般跟随他一生,哥哥要找工作,要讨老婆,都是困难重重啊!

小菜场已经陆陆续续收摊了,身为大组长,平素总要等各个摊位都收拾清爽了,她方能回家。此刻,她稍有迟疑,阿姨们便催她:"大组长,你快回去呀,你放心好了,我们不会给你拆烂污的。"水产摊头是她的根据地,老阿姨塞给她一堆落脚虾,"拿回去剥剥虾仁,还是蛮实惠的。"豆制品摊头上的阿姨忙道:"大组长,还剩一点零碎的烤麸水面筋,红烧烧反倒入味。"平素许飞红要以身作则,从来不贪这种便宜货,想到哥哥千里迢迢回家来,总要弄两只像样的小菜,也就顺水推舟地收下了,不过还是照市价付了钞票。

许飞红匆匆赶回守宫,许兆红却斜靠在床上睡着了。许飞红硬劲把他摇醒,又把他拖了起来,嗔道:“你看你这一身的龌龊,也不晓得脱了衣裳,就往床上去啦?”边扒他的外罩,“你怎么进屋了?妈回来过啦?”

许兆红只穿了件灰脱脱、烂糟糟的汗背心,露出肩胛手臂上一团团粟子肉,却有点木讷地道:“妈说去常家端整一下夜饭,顺便带点小菜回来。”

许飞红心里嗔着,带回来猫食般一点,给谁塞牙缝呀!便道:“我去烧铜吊子水,你先洗个澡,把晦气洗洗干净!”

许兆红冲了一句:“这种天气,要什么热水,冲凉爽快。”

许飞红找出双草拖鞋,硬逼着他将脚上的破跑鞋脱下来,两根指头拎着,丢进垃圾筒了。

趁哥哥洗澡的时间,许飞红先将烤麸水面筋放进水里煮了一潽,沥干,又在油锅里煸了煸,随后倒入酱油,丢进几颗茴香,小火焖烧着。插空又将虾仁剥了出来,调了酒、生粉、盐、味精,只等下锅煸炒了。许飞红做菜是生手,在菜场做久了,听身边阿姨们闲话聊天,听会了做菜的大致原理。不过真做起来,还是手忙脚乱,酒瓶盐罐摊了一天世界。幸好吴阿姨回来了,见状,摇头笑道:“卖菜的到底不是做菜的,隔行如隔山嘛。这里我来收尾,你去陪陪你哥哥。”

吴阿姨带回了半只白斩鸡和一包葱油海蜇皮,一看就晓得是从熟食店里买的。许飞红没好气道:“你又去那只雌老虎店里买东西了,倒显得我们好没志气!”

吴阿姨利落地收拾案板,洗锅,开油锅,笑道:“这店又不是他们家开的,我又不短他们钞票,怎么就没志气啦?再讲人家陆大娘子已经跟我招呼了好几次。做人嘛,多结结缘,少记记仇,心里宽敞了,脚下路也宽敞了。”

许飞红不耐烦听母亲的警世恒言,别转身回房间去了。

守宫底楼的餐桌难得这般丰盛,许飞红嘴巴不说,心里面着实佩服母亲手段高明。那一小撮落脚虾剥出的虾仁,炒出来不够他们一家一人一口的。母亲却用半块豆腐烧出了一只虾仁豆腐羹,热腾腾缀着碧绿生青的葱花,一下子把人的胃口吊起来了。

吴阿姨竟还热了半碗黄酒,给儿子斟了满盅,自己和女儿盖个底意思意思。忽就伤感起来,嗔道:“兆红你为什么不先写封信回家讲一声?我也好早做准备,至少买一瓶特加饭吧?现在只有这点烧小菜的料酒了。”

许兆红闷了一口酒,道:“这又不是什么光荣的事,我原想什么人都不惊动,特为乘长途车,等天黑了再进盈虚坊。”

许飞红冷笑道:“盈虚坊的人都是千里眼顺风耳,困梦头里也不会放过丁点响动的。”

吴阿姨用筷子点点女儿,道:“一张嘴巴不要那么促刻好吧?你不是盈虚坊的人呀?叫我讲么,盈虚坊人闲话是多的,人心是热的呀。”

许飞红白了母亲一眼,道:“自然啰,你吴秀英同志这样全心全意为盈虚坊人服务,谁再对你不热心,便是心被狗叼吃了去!”

“大组长做了没几天,就学会饶舌!”吴阿姨因见儿子并无回家了的兴致,猜度他是为以后的工作担忧,自己何尝不担忧?便强作欢颜道,“兆红,明朝妈买小菜回来,就陪你到街对过找里委会张阿姨,要开证明去派出所报户口,另外再托她帮你寻个事体做。”

许兆红问道:“里委会搬出守宫了?”

吴阿姨道:“年头上搬走的,现在气派多了,还有间专门安置回沪知青的办公室,你定定心心吃饱睡好。”思忖一会,又转对女儿道,“这回无论如何要破一次你大组长的规矩了,明朝帮我留一斤新鲜点的河虾,张阿姨几次讲我做的油爆虾比熟食店的好吃。”

许飞红晓得母亲的意思,不做声,便是默认了。其实近年来市场上的副食品日渐丰富,水产品也不似从前那样紧俏,菜场上的规矩也松动了许多。大组长要买斤把活虾,水产摊头上的阿姨们巴不得一只只挑给她呢!这种情况她当然不说,要让哥哥晓得自己为了他也是尽心尽力的。

这以后十天半月中，吴阿姨得空便陪着儿子跑街道办事处，跑派出所，费了许多口舌，赔了许多笑脸，总算为儿子落实了工作单位，在房管所属下房修队里当一名搭脚手架的竹架工。这当中里委会的张阿姨起了很大作用，她拍着胸脯跟街道和派出所的同志打包票："这个小囡我是看着长大的，本性是老实人。他犯的事要放到现在，恐怕就不会判刑了，他打的是强奸犯呀。碰在'四人帮'手中，白白吃了几年冤枉官司。"张阿姨已经是里委会主任了，她讲话是有分量的。房管所房修队队长听了张阿姨的介绍，当即拍板，破例收下许兆红。内中还有个原因：中学毕业分到房修队来的孩子都抢着学木工、电工、水暖工，极少有愿意做竹架工的，又没有技术，又攀高落低的危险。张阿姨问许兆红："小猢狲，你受过伤的手臂好全了没有？吃得住力吗？"许兆红连忙捏紧拳头挥了挥，道："没有问题，在农场修路，挥几十斤的铁锤，两三个钟头下来，不酸不痛。"张阿姨笑道："上班后要老老实实做生活，闲话少点，手脚勤点，我是你的保人，千万不要坍我招势，晓得吧？"许兆红涨红了脸点点头，吴阿姨代他谢了又谢，道："张阿姨，你好比唐僧收服孙悟空，小猢狲再要无天野地，听凭你念紧箍咒！"

这一日，许飞红落了早班回家休息，许兆红嗯吱嗯吱对她道："小茧子，你有零碎钞票给我一点好吧？"

许飞红连忙从口袋中摸出几张纸币，塞进哥哥手掌中。却见哥哥神色不安，便多了个心眼，问道："哥，你没有什么事吧？明天就要上班了，千万千万不要再横生枝节了呀！"

许兆红闷了一歇，终于道："小茧子，我要到杨树浦路去一趟……"

许飞红狠狠地跺了下脚，道："哥，你还想着她呀？你是为了她才吃官司的，可这些年，她去看过你吗？她来看过妈吗？"

许兆红垂了脑袋，脚尖蹭着地板，道："是她家里人拦着她，她偷偷给我写过信，我们……我们……已经有一个女儿了……"

许飞红跳了起来，嗓门不由自主拔高："哥呀，你不要被人家戴顶绿帽子，你怎么晓得那个小孩是你的？”

许兆红脸涨得血红，眼乌珠贼亮，道：“我怎么不晓得？那年我逃走的时候，她就有了……”

许飞红怔忡着，心想，哥哥也是近三十的人了，总要结婚讨老婆。像他这样的背景，哪个姑娘肯嫁给他？旧人也好，知根知底的。便又从口袋里摸出几张纸币塞给他，“真是这样，跟她约个时间，过来给妈看看呀。”

许兆红撸了撸妹妹的脑袋，这是他表达情感的手势。

许飞红鼻根酸酸的，道：“我去煮点菜泡饭，你吃了就去吧。”

许兆红道：“我早饭吃得晚，不饿。要倒两部车，还是早点走。”

许飞红用开水淘饭，就着咸菜胡乱吃了几口，味同嚼蜡。靠在床上想打个瞌冲，脑袋却煞煞清，毫无睡意。眼见哥哥的婚姻已定，可自己呢？

冯令丁大学毕业并没有像传说中那样分配到外地，改革开放的国策使“文革”后这第一届大学毕业生成了抢手的人才。冯令丁作为品学兼优的学生干部，又是有着六七年党龄的年轻老党员，被选拔进了政府机关，当上了团区委副书记，可谓前途无量啊。

丁丁哥哥虽然从大学宿舍搬回了守宫，可是许飞红愈发见不到他人影了。菜场开张时间太早，许飞红每日天不亮就得出家门；而冯令丁在区团委的工作又是没日没夜不计时间的，经常弄到夜半人静方才回来；加之小菜场实行的是轮休制，许飞红的休息日跟冯令丁几乎碰不到一块。唯一能够让许飞红感触到丁丁哥哥气息的便是半夜里从敞廊传来的那阔嚓一记脚踏车撑脚架的声音。但凡听到那个声音响过，许飞红方可踏实入梦。有时候，她实在撑不住先行睡着了，梦中也会被那个声音惊醒，回味一番，再睡。

倘若许飞红还是当年的小茧子，听到那勾人心魄的阔嚓声，她一定会不顾一切地冲到敞廊上拽住丁丁哥哥，把心里的思念统统倒给他听，也许，她还有机会把幸福拽回到自己手里。可是许飞红已经不是当年的小茧子了，人大了，心也重了，顾虑也多了，勇气也没有了。丁丁哥哥仿佛是站在渺渺银河那一岸的牛郎,可望而不可即。又有谁可为她架起鹊桥呢?

面孔上痒叽叽的,小虫咬似的。许飞红抬手一捋,竟是满掌泪水。

许飞红心底有一道永远难以愈合的伤口,她把它严严实实地隐藏着,独自暗暗呻吟。

是前年的除夕,雨夹雪的阴霾天气,下午三点敲过,天就昏暗起来,小菜场也提前收了摊,让职工们早点回家端整年夜饭。许飞红年年评上先进,自然是要最后一个离开菜场的。平素沸沸扬扬的盈虚街这一刻显得格外安静,沿街面骈肩累迹的小店都早早打了烊;拎着大包小包年货的路人,也是行色匆匆。偶有零星爆竹在哪条夹弄里响起,天空依然飘着粗盐似的雪霰,扑在脸上麻辣辣的,落在地上却瞬息化成了水。街面上泥泞不堪,许飞红拖着不合脚的胶鞋小心翼翼挪步,溅起的泥浆水把裤脚管都濡湿了。她不急着回家,母亲这一刻正在哪户东家灶头上忙别人家的年夜饭呢。心里虽有些空落落的,多少年下来却也习惯了。

拐进盈虚坊,路面稍微清爽了些。一路行去,家家户户后门灶头间亮着暖融融的灯,传出咕嘟咕嘟、欻拉欻拉的煮炒煎炸的声响,倒也是另一番的热闹。许飞红却从这番热闹中捕捉到一个令她耳热心跳的声音,哧浪浪哧浪浪是脚踏车铰链挤轧的声音,是丁丁哥哥那部永久二十八英寸锰钢脚踏车行驶的声音!许飞红本能地扭回头,黄灿灿的路灯光环里,冯令丁骑着脚踏车正驶进盈虚坊大牌楼门。他围着深紫红格子羊毛围巾,却没戴帽子,头发跟雪霰搅在一起飞舞。他方正的面庞冻得通红,眼乌珠却神采奕奕地晶亮着。许飞红从来没见他这般精神振奋而愈显英气逼人,心怦怦跳着,立定了迎候着他。却忽然看见他的脚踏车书包架上还坐着一个人,一个轻盈而俏丽的姑娘!恍惚间许飞红觉得车后的姑娘便是自己,不由得激情地喊了句:“丁丁哥哥!”声音出唇先唤醒了自己,慌乱中侧身避进夹弄的暗僻处。

冯令丁听到有人唤他，左顾右盼地寻找声音来源，一时没控制住车龙头，叭嗒一声，连车带人地摔倒了。坐在车后的姑娘被压在后轮盘下，哎哟哎哟直叫。冯令丁跳起来去扶那姑娘，急切地问道："摔哪里啦？痛吧？要紧吧？要不要去医院啊？"

姑娘便咯咯咯地笑道："丁丁哥哥，我是吓吓你的。哪里有那么娇贵？就是裤子搞脏了。"

冯令丁勾起食指刮了一下那姑娘小巧的鼻子，动作中透露出的怜爱是显而易见的。又扶起脚踏车，捏了捏刹车，还灵活。便道："刚才好像听到有人喊我，一分神，就摔倒了。"

那姑娘又笑道："是我在心里喊你呀，丁丁哥哥，丁丁哥哥……"甜甜脆脆的呼唤像清凌凌的泉水流淌开来。

冯令丁拍了拍书包架，道："快坐上来吧，疯丫头！"

姑娘扭了扭裹着棉猴仍是苗条的身子，道："路滑，我们走走吧。"

于是冯令丁推着脚踏车，那姑娘竟肆无忌惮地挽住他的胳膊，两人有说有笑地朝弄堂深处走去。

他们经过许飞红藏身的夹弄时，借着人家后窗口透出的灯光，许飞红看清了那个姑娘的面孔——像极了常天竹，又比常天竹更明媚更鲜艳，她是常天葵！那一年，常天葵已经是上海第二医学院的大学生了。

多少个更漏清冷、辗转反侧的夜晚，许飞红回想起那个令她椎心泣血的场景，心里安慰自己，冯令丁只是将常天葵当作了小妹妹，他们原本就是亲戚嘛！她晓得自己在骗自己，可她却宁愿躲藏在自己编织的谎言中。

许飞红似睡非睡地靠了一会，爬起来的时候头重脚轻，汗毛凛凛的。想是贪凉没关落地玻璃门，毕竟还未入伏，受风感冒了。便到灶头间找了半块生姜，煮了杯姜水喝下去，出了身汗，仍去菜场上班。

快收摊时，便有水产摊头的老阿姨跑来找她，道："大组长，你赶紧回去看看，听讲你阿哥领了个小姑娘进盈虚坊了！"

许飞红怔了怔，各个摊头上关照了几句，匆匆赶回家去。恰好在下巽桥拐进支弄的拱门边与母亲劈头相遇。吴阿姨也是听别人家传话，讲儿子领了个女娃娃回家，连连叫苦，猜不出讨债鬼又要出什么花头，跟东家打了招呼，心急慌忙跑回来的。许飞红三言两语告诉母亲哥哥下午去杨树浦路看望他女朋友的事，吴阿姨心里已猜到了大半。两个人冲进房间，无人，落地玻璃门敞开着。两个人又扑向花园，许兆红正在花园里跟一个五六岁光景的小姑娘追逐玩耍。那小姑娘见有人来，转身躲到许兆红身后，只探出半只脑袋，眼珠子怯怯地看着她们。许兆红把她拖出来，道："红果，爸爸路上怎么教你的？喊人呀！"那小姑娘便喊了："奶奶，姑姑。"小嘴吧嗒着又道，"你们不会不要我吧？"

这一句便将吴阿姨的心肠说软了，上前一把抱起她，道："乖乖，奶奶要你，奶奶宝贝乖乖。"

许飞红横了一眼哥哥，问道："她妈妈呢？"

许兆红窝着脑袋闷了一歇，瓮声道："人家去日本享荣华富贵去了。"

原来，许兆红的女友两年前便回到上海。虽然已有了孩子，她父母却坚决反对她跟许兆红再有任何往来，并且发动远远近近的亲眷朋友帮她另找对象。便有热心的老邻居帮她介绍了一位五十多岁的日本富商，说是丧偶，前妻留下一双儿女无人照顾，单聘礼就送了她家五万元人民币，还保证立即着手替她办理移民手续。她父母自然是一百个一万个情愿，操办酒席，风风光光将她嫁了出去。

许飞红愤愤道："她是嫁人还是嫁铜钿呀？不见得连女儿都不要了？"

许兆红道："她家里人讲，就是我今天不去，隔一段他们也要把红果送过来的……"

许飞红冷笑道："这么便当？把个人往这里一丢就好啦？抚养费呢？没有抚养费，我们也好送回去的。"

那女孩儿勾住吴阿姨的头颈道："奶奶，我不要穿花衣裳，我也不要吃巧克力，我不花钞票，不要把我送回去好吧？”

吴阿姨心痛地搂住她，抬手往许飞红背脊上拍了一掌，道：“姑姑瞎说八道，奶奶有钞票，奶奶给乖乖买花衣裳，奶奶给乖乖买巧克力。”

许兆红听母亲这样讲话，心才定下来，嗫嚅道：“妈，红果的户口簿我带过来了，还要烦你去求张阿姨帮帮忙……”

吴阿姨停停，只是深幽幽地吐出口气来。

看见乖巧懂事的孙女，吴阿姨自是欢喜，可要将红果的户口落进盈虚坊，却颇费了一番周折。国家户籍政策是规定儿女户口跟母亲走的，吴阿姨只好东托人西托人。也是上苍见怜，正好托到一户东家有亲戚认得杨树浦路那边派出所的户籍警，总算开出证明，言明女方自愿放弃监护权，这才将许红果的户口转了过来。

有了户口，许红果顺顺当当进了街道办的幼儿园，直接就插入大班。这幼儿园就开在坊内一座石库门的底层，幼儿园的老师都是熟悉的街坊邻居。许红果是个小人精，很会鉴貌辨色，托儿所的阿姨个个喜欢她。

讲起来守宫底楼的客堂间算得宽舒了，吴阿姨又悬了块布帘分作里外两间。吴阿姨盘算得蛮好，她带许红果睡大床，边上搭张行军床让许飞红睡。只需再买张行军床搭在外半间给许兆红睡，不就舒齐了吗？偏偏许飞红嘟着个嘴横竖不乐意，睡在行军床上，半夜里叽里搁落不停地翻身。女儿一年三百六十五天倒有两百多天要赶早班的，实在不能亏待了她。吴阿姨略略寻思，已有了主意，并不跟她挑明，却去房修队找陆马年商议。

到了礼拜天，许飞红收了早摊回家，却被家中热火朝天的景象惊呆了。落地玻璃窗大开着，敞廊上，有两个房修队的小青工正在砌砖基，陆马年带着许兆红窸划窸划刨木椽，墙角堆着木条落砖油毛毡，俨然一座建筑工地了。许飞红恼怒地喊道：“哥——你们发神经啦？”

陆马年一见许飞红，直起腰板，面红耳赤地戳在那里了。许兆红道：“小茧子，你不要出口伤人好吧？妈请陆马年相帮搭间房子，你要好好犒劳犒劳人家才对!”

许飞红心里又是佩服母亲会动脑筋,又是怨恨母亲不该去招惹陆马年,也是进退两难,好不容易撑出个笑脸,不看陆马年,只朝那两个砖瓦工道:“师傅,辛苦你们了,要我帮忙做点什么呀?”

那两个小青工笑道:“嫂子,你不用客气,陆哥的事体就是我们自己的事体!”

许飞红听了他们对她的称呼,又气又羞,团起眉头,眼珠子恶狠狠地盯住陆马年,想斥责他,当别人面又不晓得如何言词,憋在那里。

许兆红见状,忙解围道:“小茧子,这里你插不上手的。妈说,让你帮我们下面条,浇头她已做好了。”

许飞红暗忖,这口气只好先忍下了,总得让他把房子搭起来。收回目光,对兆红道:“哥,你随我过来一下。”便扭身转去厨房。

许兆红跟在她后屁股走进了厨房,道:“你叫我做啥?陆马年要我做下手呢。”

许飞红道:“他们这样搭一间房子,要收多少钞票啊?”

许兆红笑道:“小茧子,还是你的面子大。陆马年听讲帮你搭间睡屋,死活不肯收钱。”

许飞红恨道:“明明是你女儿惹出的事体,偏偏拿我当出头的椽子!”

许兆红忙道:“哥说句玩笑话嘛。陆马年讲,木头啊油毛毡啊都是他们房修队替人修屋拆下的废料,丢了也是丢了;人工费他是坚决不肯收的,本来礼拜天他也是帮了这家帮那家,做活雷锋。帮别人家他从来不收钞票,怎么可以单收我家的工钱呢?你就不用操这个心了,面条烧得鲜一点就行。”

事情已经到了这般地步,许飞红也只得由他们调排了。说实在的,她是真希望有自己单独的卧室,半夜里想想心事也惬意些。便用心地做了一锅咸菜肉丝面端出去,招呼陆马年和两个青工吃了。

陆马年确实手艺高强,花了两个礼拜天就在守宫的敞廊里搭起了一间木板小屋,依着敞廊一面的墙,一点不妨碍整座园子的景致。

陆马年晓得这小屋是让许飞红做卧室的,竟还用木板拼拼凑凑做了张两尺宽的小床,床板刨得煞平,褥子一铺,比行军床安稳多了。

许飞红长到二十多岁,头一次有了单独的闺房,睡觉的感觉都不一样了。木床虽窄,却是足够她一个人伸展腰腿,翻身用不着顾忌会搅乱母亲的梦。困痴懵懂中被冯令丁踢脚踏车撑脚架的阔嗒声惊起,便坐到小窗前张望,却只有花影月影,风吟虫吟。窗外的园子卧在银灰的月色中,婴儿般安宁恬适;而高出围墙的一圈树梢却是金黄色的,戴了皇冠似的。许飞红晓得那片黄澄澄的暖光是从三楼冯令丁的窗户中溢出来的,这盏灯每晚总要亮到午夜以后。丁丁哥哥在灯下做什么?看书?写文章?抑或跟自己一样,满腹心事睡不着?

系春心情短柳丝长,隔花阴人远天涯近。

25

却说倪师太居住的那间旧损逼仄的后厢房,因其间日渐隆盛的香火,愈成了盈虚坊间的吉祥地,去的人愈是丝缕不断。天气愈来愈热,门窗是关不住了。索性敞开门户,相邻的支弄里都能闻到观音卧龙香熏人欲醉的气味。远远近近的龙华庙、玉佛寺、静安寺逐渐经钟又起、香火重燃,听讲老城厢内修复了沉香庵,拟邀倪师太出任住持。倪师太斟酌再三,婉辞了,盈虚坊内还有几桩事让她放心不下呀。

自诩"逢人不说人间事,便是人间无事人"的倪师太,这日却语出惊人:"盈虚倚伏,去来不可常;盈缩卷舒,与时变化。终则有始也!"这话在坊间传播几日,终有稍通文墨者解出其意:"倪师太是对盈虚坊的前景作预示呀。满亏互相倚伏,得失终难长久,进退与时变化。旧的结束了,新的即将开始了。"众人皆有所悟,月晕而风,础润而雨。盈虚坊近几年,年年月月有新鲜事发生,家家户户多少都在变动。不过,最能够牵动坊间众人情绪的当属常家常先生的昭雪平反了。

自恢复高考以来,沪上各大专院校各专业院系正逐步健全完善,有威望有资质的教授名师便成了抢手的稀缺资源。于是有关部门下文为常衡步恢复名誉,同济大学土木建筑系马上聘他为系主任。常衡步终于可以扬眉吐气地登上神圣讲坛,一展他的胸怀大志了。大学人事部联手市统战部及侨办成立专项小组为常衡步落实政策,补发了工资,归还了当年抄家时抄走的部分实物,却在住房问题上碰到棘手的难题。有关方面让常衡步看了多处住房,其间不乏中心地段高级公寓,却被他一一谢绝了。常衡步发出话来,他不会迁出盈虚坊,他只想搬回他的恒墅。工作小组非常为难,恒墅早已成了七十二家房客,且被逐年搭建的简屋危房包围淹埋,要想完璧归赵,前景不容乐观。工作小组费尽口舌,多方斡旋,顽石一块终于有了松动。却是住在恒墅二楼向南正间的黄荣发率先搬了出去。

“文革”结束后,黄荣发离开学校回到工厂里。调查下来,“四人帮”统治时期他在学校当工宣队,并无甚明显劣迹,厂里却又没有适当的工作岗位来安排他。正巧,市里房地局基建处到基层调人,厂里便将他推荐上去了。人生穷达谁能料到?黄荣发自己都惊讶自己何时修来的这等福分。调到机关没几年,便从副科升至正科,并且分到一处两室户的住房。虽讲不是花园洋房,却是独门独户,煤卫齐全。黄荣发搬场的时候,机关里派了部五吨大卡车来帮他拉家具。黄荣发与左右邻舍一一道别,手舞足蹈地向大家形容他新居的阔绰,柿饼脸上飘扬着遂心如意的笑容。

黄荣发搬走之后,工作小组便集中力量动员恒墅二楼另外两户人家迁出,为他们寻觅合适的房源,政策上也给予了很大的优惠。几经周折,恒墅整个二楼都腾空了。工作小组便与常衡步商量,让他们一家先搬回恒墅。底层与三楼以及花园中临时建起的平房中的人家,容他们慢慢再做工作。常衡步从来不是那种得志便猖狂的性格,能够搬回恒墅,他已经是千谢万谢了。常家无人手,常天竹派不上用场,常天葵又住在学校,于是单位后勤部门派了两个工人来帮常衡步搬家。两个工人赶到盈虚坊,却一点都插不上手。原来里委会来了一拨人,隔壁邻舍那日有空闲的人都来了。只半天工夫,大家欢欢喜喜帮常衡步把个家搬成了。

常衡步请房修队将楼道里横一道竖一道的隔断统统打掉,走廊又恢复了早前的宽敞。被封闭的阳台也拆去围墙,让它依然盛满阳光。向南最大的一间屋子做了常衡步的书房兼会客厅,他的卧室却放在向北的储物间里。常天竹、常天葵的绣阁仍是那间带半圆阳台的优雅小屋,空出了东西向的一间房间,常衡步心里却另有盘算。

是一个秋色斑斓的傍晚,夕照似锦。盈虚坊旧日的主人常衡步伴着一位风韵犹存的中年妇人走进盈虚坊大牌楼门,妇人手上还牵着一个七八岁光景的小姑娘,常衡步胡须刮得精光,灰白了的头发梳得丝缕不乱,穿了一身从箱底翻出的烟灰毛哔叽西装,足蹬灰白两节头小牛皮鞋,腰也直了,头也昂起来了,步履稳稳当当,不急不缓,又一副从前常家小开的派头了。那妇人的装束却极普通,普通得让人过目之后记不得她穿什么样的衣裳,只记住了她通身由骨子里散发出的娴雅高贵的气度。那小姑娘却是衣着考究,红蓝格薄呢连衣裙,外罩粉红羊毛衫,雪白的连裤袜配一双带铜扣褡襻的黑皮鞋,还梳了一个活泼可爱的“纯子头”。那年正热播日本电视连续剧《排球女将》,主人公小鹿纯子的形象深入人心。

这一行三人刚进盈虚坊便吸引了所有公众的目光,先是电话间的跷脚单根惊骇得从窗口扑出大半个身子,喊了句:“常先生……”便出不了声了,噎在喉咙口的那句话是:“莫非常师母返魂重生啦?”

常衡步看着单根骇异惊惶的模样,因与单根素来交心,便停下了,笑道:“单根,亏你还称是盈虚坊的活词典呢,不认得啦?她是天竹天葵的小姨娘,这个就是蝘蜓呀。”

单根一股气从喉咙口喷出,又响又长地噢了一声。当年,常师母惨死,常先生一时上痛失主张,所有后事便由单根帮着小姨娘操办处理的嘛。单根抬起蒲扇样的巴掌拍拍脑门心,道:“惭愧惭愧,脑筋一年不如一年了。”随即招呼道,“小姨娘,长久不见了,你还是清秋素菊原个样,才叫我不敢认了!"

小姨娘淡淡一笑道:"单根你真是变了呢,变得愈发精神了,面孔也红润得多了。"

单根轰然笑道:"大家都托邓小平的福。你看常先生,真像到太上老君的炼丹炉中走了一遭。还有小蝘蜓,蜡烛包抱出盈虚坊的,怎么就长成这样端端正正的姑娘了!"

小姨娘就朝常蝘蜓道:"喊人呀,叫单公公好了。"

常蝘蜓有点不情愿地喉咙口咕哝了一声。单根慌忙到衣兜里去摸,摸出两张皱巴巴的钞票塞给她。常蝘蜓两只手背到身后,不接。还是常衡步道:"单公公是自家人,你拿着吧。以后记得孝敬公公就是了。"这才收下。

常天竹私生女常蝘蜓重返盈虚坊的消息不胫而走,没过一个时辰便传遍了整座盈虚坊。坊间人并没有多少负面闲话,多的是感慨和欣慰。因当初常蝘蜓被小姨娘抱出盈虚坊,坊间人都觉得失了面子。常蝘蜓虽然身份特殊,毕竟是盈虚坊的后代啊。连着几天,去恒墅二楼探望问候的街坊邻居络绎不绝,多少都带着礼品,吃的穿的,量数不等,都是一片心意。

小姨娘带着常蝘蜓就住在东西向的客室里,朝向虽有些偏,房间却四方正气,经小姨娘的手一布置,整洁简约却不失雅致。众人都道:"小姨娘一双手跟她阿姐一样巧,心肠也跟她阿姐一样善,模样也跟她阿姐一样周正。"这几句是当着常家人的面反反复复讲的,还有一些话是背着常家人叽叽咕咕议论的,都在揣度常先生恐怕要续弦了,对象应该就是这位周正善良巧慧的小姨娘。有人推测道:"小姨娘总不嫁人,一直跟着姐姐姐夫过日子,说不定跟常先生早就暗度陈仓了呢。"马上有人驳斥道:"谁讲小姨娘不嫁人?小姨娘当年嫁得比她姐姐还风光,是国民党的一个年轻有为的大校师长,1949年随部队撤离大陆去了台湾,三十多年杳无音信,生生地守了活寡呀。"总之,坊间绝大多数人都觉得常师母作古已十余载,常先生是该续弦了。而小姨子作姐夫的填房,这也是自古就有的事,譬如风流千载的大词人苏东坡，一面悼念亡妻，咏叹着“十年生死两茫茫，不思量，自难忘”，一面就续娶了亡妻的表妹。所以常先生续娶小姨娘，也可算是天作之合了。有几个热心肠的邻居遇着常衡步，忍不住问道：“常先生啥辰光请我们吃喜糖呀？操办婚事，如果用得了我们，尽管开口好了。”常衡步却王顾左右而言他：“天葵还在念书，医学院要读五年才毕业，等她毕业后方可谈论婚嫁。谢谢大家了，到时候一定会请大家吃喜糖的。”近两年，常天葵与守宫冯公子冯令丁总是成双作对出入盈虚坊，众人也看在眼里。虽说冯常两家名义上是表亲，坊间人人都清爽，除了冯畹丁，其他人之间是没有任何血缘关系的，因此也是一致看好这对年轻人。常衡步如此应对，问话人无法再追问其他，也只好顺水推舟，呵呵呵笑着附和了。

却不管坊间议论如何风起云涌，常家人终于能有条不紊地过起了太平日子。常衡步教书育人，常天葵勤奋攻读，把一个家全部托付给了小姨娘。小姨娘握筹布画，把个家打点得妥妥帖帖。那年常蝘蜓已到了上学的年纪，顺理成章进了盈虚坊小学念书。小姨娘依旧雇佣吴阿姨买小菜烧夜饭，自己腾出手来悉心照料常天竹。天气晴好的下午，小姨娘会牵着常天竹的手到弄堂里散步，到古银杏树下孵孵太阳。众人都看在眼里，常天竹的衣着干净了，头发整齐了，面颊稍显红润，神情虽还是木然，却已不再狂躁焦灼。众人频频叹道：“毕竟有娘的孩子才是宝啊。”

小姨娘重返盈虚坊，得益者还有吴阿姨。不用再操心常天竹的病情，吴阿姨肩头心头顿时放松许多。小姨娘付的薪水比弄堂里的常规略高出一筹，并且还将前几年欠着吴阿姨的薪水一并付清。吴阿姨先是不肯收，当初讲好是义务给常家帮忙的呀。小姨娘却道：“当年你吴阿姨缓急相助是你的仁义，如今我欠债还钱是我的诚信。吴阿姨如果不肯收下欠款，便是陷我常家于背信弃义的地步，那我也不敢再用你做生活了。”这么一讲，吴阿姨才千谢万谢地收下了那笔钱。

许红果这年秋天也进了盈虚坊小学念书，合巧跟常蝘蜓分在一个班级。小学校虽然就在盈虚街上,也要过两条横马路。吴阿姨领着两个小姑娘走了几天,随后便由她们相伴着上下学了。两个小姑娘早晨手拉着手走出盈虚坊,傍晚手拉着手走进盈虚坊,成了形影不离的好朋友。她们放学的时候,正是吴阿姨去恒墅替常家烧夜饭的钟点,许红果就跟着常蝈蜓回恒墅,两个人一起做作业,玩游戏棒,看小人书。吴阿姨做好夜饭,要领许红果回家,常蝈蜓哪里肯放?小姨娘就要许红果留在恒墅跟常蝈蜓一道吃夜饭。吴阿姨意不过去,小姨娘就道:“有你们红果在,蝈蜓不挑食,饭也吃得多。吴阿姨,我是求你帮忙呀。”于是,许红果一星期倒有六天留在恒墅吃夜饭了。

小学校里中饭都由学生家里自带,饭和菜一起放在钢盅饭盒里,钢盅盒盖上贴一块胶布,写上学生的姓名和所在年级班级。学校厨房备有大蒸笼为大家热饭。吴阿姨替常家做好夜饭,顺手就替常蝈蜓准备好第二天的中饭。小姨娘翻架橱又找出一只钢盅饭盒,往吴阿姨跟前一放,道:“把红果的中饭也一起盛好,省得你回去还要另做。”吴阿姨想想,便道:“小姨娘,我看这样也好,我们红果的伙食索性包在你家了,你每个月从我工资里把饭钱扣掉。”小姨娘面孔一板,道:“我家又不是食堂,不给人包饭的。红果就像我外孙女一样,哪有外孙女吃几口饭还要收饭钱的?”吴阿姨晓得拗不过小姨娘的,心里记着,日后有机会报答的。

常蝈蜓虽然长许红果几个月,却身子单薄瘦弱,性格怯懦胆小。学校里有些顽劣的孩子欺侮她,反倒是许红果每每为她撑腰,与人理论,或者告诉老师。许红果身体壮实,敢说敢为,倒像是常蝈蜓的姐姐了。常家人看在眼里,愈发善待许红果,若替常蝈蜓添置新衣,必定同式同样地为许红果也置一套。吴阿姨感激不尽,念“阿弥陀佛”时都要为常家添炷香。

却有一日傍晚,吴阿姨去恒墅做生活,小姨娘焦急地告诉她,常蝈蜓与许红果还没有到家,平素这时候早该回来了。又犹豫地问道:“红果会不会带蝈蜓到守宫花园里去玩了?”吴阿姨一想,完全有这种可能。只因恒墅的花园被早些年陆续搭建的简房棚屋蚕食殆尽，虽说政策早已下达，可要将住在园中的十几户人家全部清出，真比登天还难，就一直这么拖着。常蝘蜓初进盈虚坊时，小姨娘带她去守宫拜见冯景初李凝眉，按辈分常蝘蜓要喊他们姑爷爷姑婆婆。那一日，许红果带着常蝘蜓在守宫的园子里玩了半天。日后，小姨娘因晓得李凝眉心底里是不认常家这门亲戚的，故而就不准常蝘蜓再去守宫。常蝘蜓每每听许红果说起园子里的花花草草虫儿蝶儿的，总是羡慕不已。这么一想，吴阿姨掉头就奔守宫而去。隆冬季节，守宫的园子里花木凋败草虫奄寂，哪有两个小姑娘的影儿？吴阿姨骂自己急糊涂了，这种天气小姑娘哪里会到园子里玩？转身又回恒墅，仍不见常蝘蜓、许红果回家。小姨娘急得在屋里打圈圈，常天竹好像感应到什么不祥，哇里哇啦地又哭又闹。吴阿姨连忙给常天竹服镇静药，又要安慰小姨娘，自己心里也慌得不成，大冬天倒弄出一身急汗。

忽然就有街坊邻居来传信了，说是许红果和常蝘蜓两个小姑娘在学校把盈虚街口私人饭馆"好吉祥"老板的儿子脑袋敲开了花，此刻"好吉祥"老板和学校老师押着许红果、常蝘蜓进了盈虚坊，已拐进下巽桥啦！吴阿姨脑袋轰地一响，多年前许兆红被抓走的情景又闪现在眼前。小姨娘反倒镇静下来，道："我们家小姑娘哪有这个胆量？走，去看了再说！"便拖着吴阿姨出了门，沿下巽桥迎过去。

这时暮色已浓，昏黄的路灯在寒风中瑟瑟抖动，愈发晦明不定。两人急匆匆刚走过两条横弄口，但见迎面团糊糊冲过来一群人，当首的正是横腰阔脸的"好吉祥"老板。隔着丈把远，他便戳出肥硕的食指吼道："你们恒墅还算是有铜钱有教养人家啊？怎么教养小囡的？跑出来的小娘戻这点年纪就跟雌老虎一样了！"

吴阿姨一眼看到许红果和常蝘蜓，来不及回应，先下手将两个小姑娘拖过来，护在自己臂弯里了。小姨娘平平静静仰面迎着那根红肉肠般的手指，稳笃笃道："这位师傅，有话慢慢讲，不要骂粗话嘛！"

"好吉祥"老板手一挥，道："你是这两个小娘戻的什么人？"

小姨娘道:“我是孩子的姨婆。我再提醒你一句,出口清爽点!”

老板冷笑道:“什么一婆两婆的,叫小娘戾的亲爹亲娘出来说话。”

小姨娘肩膀在抖,依然忍住气道:“孩子的母亲身体不好,我可以全权代表她。不过,你嘴巴再要不清不爽,什么都免谈。吴阿姨,走,我们回家!”

那老板急了,竟伸手揪住小姨娘薄削削的肩膀,喝道:“谁敢走?我也叫他脑袋开花!”

围观的人群喧腾起来,都是盈虚坊里的老街坊,纷纷斥责那老板。君子动口不动手,发什么野疯啊?一张嘴巴就喷粪,好好用马桶划丝刷刷它了!到底不是盈虚坊间人,一点文明礼貌也不懂!赚了点钞票有什么稀奇?人家常家从前钞票好好比你多不晓得多少了,从来也没像你这样耀武扬威的……

众怒难犯,“好吉祥”老板气焰灭下去不少,悄悄松开了小姨娘。却仍嘴硬道:“不成你们盈虚坊人打了人还有理啊?”从身后拖出一个小男孩,点着他的额头道,“大家看看,这两个小娘……小姑娘落手凶不凶?敲人还专拣要害部位敲。我儿子脑子往后要出了毛病谁负责?”

小姨娘弯下腰凑近那个男孩看了看,道:“还好,脑袋没有开花嘛,有点乌青块,煮只鸡蛋,轻轻揉一揉就好了。”

老板喉咙又粗了起来:“你讲得倒轻巧,没那么便当。刚才肿得像高脚馒头一样呢。不相信,问他们老师。钱老师,钱老师,你要说句公道话啊!”

钱老师是个清清秀秀的短发姑娘,才从师范学院毕业不久,哪里见过这种阵势?方才缩在人群中不响,此刻满脸涨得通红,垂着眼皮道:“已经放学了,我是在办公室里被同学叫到校门口的,他们已经吵成一团了……”

许红果突然从吴阿姨臂弯里弹出来,刮辣松脆道:“钱老师,是石开远先骂人的,他骂常蝘蜓花痴,骂我劳改犯,我就用铅笔盒子敲了他一下,根本没有出血,也没有高脚馒头!”

众人都被许红果的侠义肝胆逗乐了,又是一片喧腾。石老板急了,再次出手,捉住许红果的手臂,气急败坏道:“好,凶手招认了吧?不是我瞎讲吧?不管打成怎么样,她总归是打人了吧?”许红果却是拼命挣扎,还抬起小脚踹他笔挺的裤子。吴阿姨心痛地喊道:“松手啊,能长能大的人欺侮一个小姑娘算什么本事?红果,你不要动,要吃亏的。”边喊边要冲上去,被小姨娘拖住了。

这时,人群外响起汽车喇叭的鸣叫,一辆黑色的轿车被堵在半道上了。人群中有人认出来,便道:“是守宫冯先生的车。”车门开了,却从车肚子里钻出冯景初和常衡步两个人。原来华东建筑设计院与同济大学土木建筑系共同在做一个民间建筑的科研项目,双方派出的项目领头人正是冯景初与常衡步。于是冯景初三日两头派车把常衡步接到设计院来商议研讨,下了班又一起回盈虚坊。人们一见这两个人,都松了口气,并且主动让出了一条通道,让他们走到圈内。

冯景初一看石老板还抓着许红果的手,便道:“放开手!有理说理,动手总是错的,何况她还是个孩子!”冯先生语音不高,声音里却透出一股威严。

石老板不由得松了手,嘀咕道:“动手总是错吧?她小孩子动手就对了?”

小姨娘已经简单地跟常衡步讲了事体的经过。常衡步捧住石老板儿子的头仔仔细细地看了一圈,当即从兜里摸出一百元整票递给石老板,道:“现在验伤最要紧,你马上带儿子到医院看医生。如果验出有伤,一切后果由我们负责。如果没什么要紧,小孩子吵架总归有的,大家负责教育好自己的孩子。石老板,你看呢?”

石老板不是盈虚街土生土长的人,是租了盈虚街的店面开饭店的,不清楚常衡步在盈虚坊内的权威地位,还有点不依不饶的样子。人群再一次轰动起来:“常先生都这样说了,你还不肯收篷落帆啊?给你扶梯你不走,当心摔个嘴啃泥!”石老板方才领教了盈虚坊间的人心所向,只好收场,扇了他儿子后脑勺一掌,骂道:“小浮尸,以后少给我惹麻烦!”这一场风波方才停歇。夜空中已是冷月横斜,寒星闪烁。不晓得谁喊了声:“回家吃热饭热汤去啰!”于是都散了。

自此,吴阿姨逢人便道常家的好,替常家做生活也愈发上心。一日,小姨娘也是随口道:“吴阿姨,明朝要有活鲫鱼,买两条来氽汤,给天竹补补脑子。老古闲话,活鲫鱼脑可抵三钱参呢。”吴阿姨满口应承。小茧子最近刚刚把菜场的水产摊头承包下来,要两条活鲫鱼还不是探囊取物?

那一年,盈虚街上接二连三开出了几爿个体户餐馆、裁缝铺、美发店等,许飞红敏感到大好机遇已到,心里早就跃跃欲试。只是母亲听讲她要辞去公职,仍是前耽虎后怕狼地顾虑重重。正值小菜场实行分摊承包,许飞红便头一个站出来承包了水产摊位。水产摊是她的老根据地,业务熟悉,客户又多。她只挑了从前水产摊头的老阿姐和蔡阿姨做帮手,仅租下沿街面人家天井搭出来的一个门面做店铺。实际上,这个门面主要用来存放一些水产加工产品和腌制品,人行道和马路才是她们真正的店铺。看人挑担不吃力,许飞红自己做了“老板”,方知赚钞票不容易。水产品最讲究新鲜度,买家恨不得条条鱼只只虾都鲜蹦活跳才好。许飞红把配货的两个小工辞了,每天天不亮,自己踏黄鱼车到十六铺外咸瓜街水产交易市场挑货,既保证了质量,又节约了成本,只是人愈发辛苦了。帮公家卖鱼时,到了下午五点光景法定下班的时间,她们就匆匆匆忙忙要收摊了。现在是为自己赚钞票,拉来的货不卖光,她们是不舍得收摊的。愈是这种时候,下班的人川流不息,她们愈是要提起精神做生意。给死样怪气的鱼虾换上新鲜的水,搅得它们扑腾起来,拔直喉咙喊:“新鲜的大花鲢、乌鲫鱼、河虾只只会跳的呐!”有时候,她们的生意要做到晚上七八点钟,一般人家夜饭都吃过了,才能收摊。真正是顶着星星出门,踏着月光回家啊!

这一日,许飞红落班回家,许兆红和许红果已经吃过晚饭,揭罩里给她留着半碗蓬蒿菜,菜碗边还有两块油滋隔腻的红烧肉。许飞红一看就倒了胃口,推说头痛,吃不下饭,便跑到敞廊小屋里,闷头就睡。待吴阿姨做完全部生活回来,已经敲过九点了。看到揭罩中的剩小菜,晓得女儿又没有吃晚饭。自打儿子和孙女回来,家中吃口多了两张,吴阿姨东家西家带点剩小菜回来哪里够呢?只好早上多买点小菜,许兆红下班得早,就让许兆红炒菜烧饭。许兆红在劳改农场时学过几个月烹饪,男人家做事总归粗针大麻线,烧出小菜也只能是有个咸味就不错了。吴阿姨思忖也是自己把女儿嘴巴养刁了的,便撑起疲乏的身子,去厨房下了碗葱油拌面,煎了两只荷包蛋,硬拖着许飞红起来,看着她热腾腾地把面吃了下去。许飞红只吃了一只荷包蛋,另一只就给了许红果。

许飞红掼下面碗就要去敞廊,吴阿姨连忙道:“小茧子,妈明朝要买两条活鲫鱼,你早点帮我留出来,记牢啦?”吴阿姨开始是反对女儿承包水产摊头的,待许飞红承包下来后,她也觉得女儿这一步是走对了。别的不讲,现在她托女儿留着好鱼好虾,女儿一般没有不应承的。

许飞红鼻腔里嗯了声,勾了脑袋往外走。吴阿姨又追着关照了句:“鱼先养在水里,不要弄得像你一样搭头奄脑的样子,小姨娘要趁新鲜汆汤给常天竹补元气的。”许飞红没有出声,径直走进她的小屋睡觉去了。吴阿姨习惯了女儿时而乖戾蛮横的脾气,由得她去。掐指算算她也没有几个钟头好睡的了。

次日拂晓,盈虚坊大都人正香梦沉酣之际,许飞红照例和老阿姐一起踩着黄鱼车去外咸瓜街拉鱼虾了。过了立冬,清早的风吹上来小刀片似的侵人,可许飞红拖着一车鲜鱼活虾回来,却出了一身汗,把衬里的棉毛衫都濡湿了。蔡阿姨喜形于色地迎上来告诉她们,方才又有两家饭店来订鱼虾,加上隔日预订好了的两家饭店,今朝恐怕就没有余货给散客了。老阿姐听了,欢喜道:“看起来今朝总算能早点落班了,我儿子刚巧过八岁生日,我也好陪他吹蜡烛切蛋糕了。”许飞红自然也是欢喜的。自承包水产摊位以来,她就着意开拓饭店的生意。像她这样模样俊俏,口齿伶俐,买卖又公平仁道,很快打开了局面,陆续与几家饭店签订了长期供货协议。许飞红心里还有更远大的目标,她正托人多方斡旋,跟沪上知名宾馆打通关节。若能成为大宾馆的固定供货商,那她的生意可就做大了呢!

这时,她们摊位跟前已围拢不少买鱼虾的顾客,大都是街上的熟客,听讲鱼虾都被饭店包了去,便七嘴八舌鼓噪起来,好话脏话,什么言词都有。

“卖鱼西施,你不要做了吴王的妃子,就忘了越国老百姓呀!”

“小茧子,多少年来我一直在你手上买鱼的,你是晓得的,我们家几张嘴巴刁得很,肉星子不碰,独要吃河鲜的呀。”

“真叫做世事如棋局局新,人情似纸张张薄。许老板,都是一条街上的人,抬头不见低头见,你就这样辣手辣脚呀?”

“所以讲慈不掌兵,义不掌财,女人当了老板,比男人还凶!”

……

许飞红毕竟在小菜场混了这么些年头,脸皮早就千锤百炼得刀枪不入了。好话当补品吃,坏话一阵风吹过算数,而且还能撑住一张不卑不亢的笑脸。定定心心等众人发泄得差不多了,方道:“大家不要吵也不要恼,因为辣猛头里窜出两家饭店订货,把我们也搞得落乱三千了。明朝我们争取多进些鲜货,一定满足大家的需求。其实我们这里的鳗鱼鲞、鱿鱼干质量都不错的,大家可以买一些回去尝尝看。鱿鱼干不会发的话,我们免费为大家发好了再送上门去。切丝炒芹菜,切块炖红烧肉,可以翻许多花样经呢。”

许飞红这么一番话讲出来,再想闹的人也闹不起来了,也有许多人真就买了鱼鲞鱼干。既平息了风波,又推销了陈货。老阿姐和蔡阿姨不得不佩服许飞红的魄力和魅力,道:“叫作是你许飞红发话了呀,否则谁压得住那阵势?”许飞红只笑笑,就开始打秤分鱼分虾,准备一一送往各家饭店。

吴阿姨偏偏凑在这一刻到鱼摊头上来了。她已在菜场里里外外兜了一圈,买好了其他小菜,顺便把鱼带走的。看到她们三个正合力往黄鱼车上抬腰盆,便将两只菜篮子往地上一放,赶上前相帮托把力。许飞红十分上心留住饭店的生意,给饭店送的鱼虾都活腾腾地养在水里，连带腰盆一道运过去。

吴阿姨相帮将三四只腰盆交错摞得稳稳当当了，才笑道："小茧子，给我留的鲫鱼呢？不用剖膛了，我拿回去，临下锅前再宰。"

这三个人一时都没吱声。老阿姐与蔡阿姨相互看看，随即两人四目同时对准了许飞红：老板你没有交代呀！

许飞红肚皮里一阵打鼓，她真的把母亲的嘱咐忘得干干净净了。沉吟片刻，便将母亲拉至一旁，道："妈，求你不要忙中添乱了好吧？今朝来了四家饭店要鲜活鱼，我真恨不得把自己也变成一条乌鲫鱼了呢？哪里还匀兑得出一根鱼刺呀！"

吴阿姨稍显为难道："我是一口答应了小姨娘的，都讲鲫鱼汤补脑子……"

许飞红冷笑道："鲫鱼汤要能治得了精神病，人家精神病医院好打烊了！常天竹已经病了这么多年，早一天喝鲫鱼汤不见得会好，晚一天喝鲫鱼汤不见得会出人命！"

蔡阿姨跑过来巴结道："老板，我跟老阿姐盘算过了，从腰盆里捞出一两条河鲫鱼不碍事，饭店里的大秤称不出这丁点分量的。"

许飞红没好气斥道："蔡阿姨你跟我做生活也不是一日两日了，你不晓得我们做生意最忌讳短斤缺两吗？大秤称不出，我们良心上意得过去啊？你要这样子投机取巧，我是不敢留你做生活了。"

蔡阿姨吐了吐舌头，不再出声了。

吴阿姨当然晓得女儿的气是冲自己来的，想说什么，看看旁边蔡阿姨、老阿姐还等着去饭店送鱼，不好耽搁了人家的生活，便道："算了算了，小祖宗，两条鱼的事体，哪里引出来这么多大道理。就当我啥事体没讲过好吧？"说罢，尴尴尬尬别转身走开了。

许飞红狠狠地瞪了眼蔡阿姨，一抬腿跨上黄鱼车，蔡阿姨和老阿姐连忙左右两边扶着，三人赶着去饭店送鱼了。

这天夜里，吴阿姨做完生活回家，许兆红独自坐在电视机前看"哑巴"电视。去年，楼上冯家买了二十四英寸的彩色电视机，就把早先那只十二英寸的黑白电视机送给了吴阿姨。吴阿姨和女儿都没有心思看电视,只有儿子有那闲趣。许兆红为了不妨碍许红果的睡眠,看电视每每把音响调到无声。吴阿姨撩起布帘张一眼,许红果钻在被窝里睡得正酣,轻悠悠的鼾声微风般扬起。吴阿姨放下布帘,嘴角止不住溢出笑纹。她十分满足眼下这样的情景,虽然房间里还是没有一件像样的家具,虽然还是粗茶淡饭旧衣布衫,可是一家人定定心心、和和睦睦地过日子,她吴秀英还企求什么呢?

吴阿姨压低了声音问儿子:“小茧子呢?”

许兆红目不转睛地盯牢电视,只抬手指了指敞廊。电视里正在进行一场激烈的足球比赛,因为屏幕小,吴阿姨只看见一群黄豆大小的人从这头拥到那头,又从那头拥到这头。儿子这么痴迷地看着这群人拥来拥去有什么意思?

吴阿姨笑着摇摇头,转身去敞廊小屋。早上因替常家买鱼的事跟女儿有点纠葛,她心里一直有点放不下。不是放不下女儿对自己的态度,也不是放不下没有兑现对常家小姨娘的承诺。她晓得女儿是故意为难常家的,女儿记恨常家,是因为现在盈虚坊满世界都在传冯家公子与常家二闺女谈朋友的事。女儿从小就对丁丁哥哥好,至今仍对丁丁哥哥一往情深,这才是让她牵肠挂肚放不下的事体呀!小茧子真是不知天高地厚,不想想人家冯家是何等人家。冯令丁能看上自己奶妈的女儿吗?吴阿姨不得不承认,冯令丁与常天葵才是天造地设的一对璧人儿。小茧子若硬要在他们中间横插一脚,只会自取其辱,被人笑话。吴阿姨心里前前后后、里里外外盘桓了一遭,下决心早点跟女儿明当明讲清楚,断了她无望的念头,免得日后生出什么难堪的事体来。

吴阿姨推开通园子的落地玻璃门,却见冯令丁正推着脚踏车从后门绕进敞廊。冯令丁也看见了她,亲亲热热唤了声:“吴阿姨,这么晚还没有休息啊?”

园子里有风,吴阿姨不由得耸起肩胛缩了缩头颈,笑道:“你也才下班嘛。听讲你又升官了。你出息了,吴阿姨脸上也添光呀。”

冯令丁道："不是升官，只是从团区委调到区建委工作。"将脚踏车阔嚓一记靠墙停好，"吴阿姨，天冷，你要多穿点衣服。年纪大了，要注意保养身体，不要太劳累了。我去跟我妈讲一声，以后饭碗留着我下班回来洗好了。"

吴阿姨心里热乎乎的，心想，这样懂事的孩子，模样又好，心肠又好，要是真做了我的女婿，那我下半辈子还想什么？只一瞬间，连忙掐断思绪，暗暗骂自己："老昏头了，痴心梦想！"慌道："小弟弟千万不可跟李同志去讲呀，洗几只饭碗又不吃力的，这点事体我都做不了，我不成了废物啦？小弟弟你是要替国家做大事的，怎么可以让你去做下人做的事体呢？就是李同志愿意，我也不愿意呀。"

冯令丁道："吴阿姨，现在文明社会，哪有什么上人下人之分？我们只是分工不同，互相帮助嘛。"

吴阿姨愈是心里舒坦，笑道："小弟弟到底是读书人，讲出话来入情入理。"耳畔忽然搜索到小屋里有窸里窣落的动静，料定隔墙有耳，是小茧子在听壁脚！灵机一动，何不趁机套出冯令丁真话，以此打消小茧子的幻想，省得自己去费口舌，女儿又不一定信服。急忙调转话锋，问道："小弟弟什么时候请我们吃喜糖啊？听李同志讲，三楼以后就全部给你做新房了呢！"

冯令丁沉吟了一歇，口气略有些勉强道："我刚调到区建委，领导上信任我，我也想好好干出一点成绩，所以暂时还不想考虑个人问题。"

吴阿姨却单刀直入道："常天葵同意吗？你不要让小姑娘着急呀！"

冯令丁没料到吴阿姨会说出常天葵的名字，一时被堵住了口，沉吟一歇，方道："常天葵大学还没有毕业，她还想考研究生呢。"大概是怕吴阿姨再追问下去，一句落腔，马上又道，"吴阿姨，夜深了，风大了，你快进屋吧。我上楼了，我妈不等到我回家是不会睡的。"话刚说完，人已不见了影。

吴阿姨已经收到了自己需要的效果，冯令丁后头那句话等于承认了常天葵是他的未婚妻。吴阿姨屏息侧耳细听,小屋里已无半点声息。她又用手掌拍拍小屋的木板门,轻轻叫道:“小茧子,小茧子,睡了吗?”依旧无声无息,只有风横扫过枯园发出一阵一阵簌簌的呼啸。

四时更变化,岁暮一何速。转眼又临近除夕了。盈虚坊家家户户都忙着掸尘擦灰,浆洗被褥,迎接新年。街道居委会干部也是一年中最繁忙的关节,又要慰问军烈属,又要探望孤寡老人,还要组织人清扫长弄短巷暗僻角落里的龌龊垃圾。百忙头里偏生还接到上头通知,说有区里各部门组成的环境卫生检查小组隔日要到盈虚街巡视,望大家做好准备。街道连忙传达到各居委会,居委会的阿姨们分头沿街通知那些店铺的老板娘,自家门前都要扫扫清爽,哪家被视察小组捉牢小辫子,他就不要想在盈虚街上再做下去了。

平素小菜场就是最乱的老大难,居委会张主任亲自出马,一个摊头一个摊头地关照好了,就明天一个上午,大家不要把摊位挪到马路上来。盈虚街要创文明街道,全靠大家帮忙了。大部分摊位的人都买张主任的面子,一口应承下来。想想要在盈虚街上做生意,当然不能得罪盈虚街的地头蛇啰,大不了停掉半天生意。偏就是许飞红不买账,店铺就这么豆腐干大的地方,不见得叫我们把活鱼统统宰了吊在梁上卖啊?张主任笑道:“就你小茧子嘴巴厉害。好了,我也不讲什么大道理了,算你帮张阿姨一次忙。明天上午你们歇了生意休息,损失的钞票等张阿姨发了财还你。”张阿姨对许家是有恩的,许飞红这点还拎得清爽,不乐意地笑笑,笑得跟面神经麻痹似的,却算是应了张主任。

街道里委会的阿姨们做起工作来总是尽心尽力,滴水不漏的。次日上午,果然没有一只菜摊摆到马路上来了。自然也没有了东一簇西一簇买菜的人群,街面扫得煞清,蒙着薄薄一层霜水,青龙宝剑一般。盈虚街顿时显得冷清萧条了许多。

许飞红哪里舍得歇班休息?一天不做生意,就等于白付一天的店铺租金。幸好她前些日子批发来靠十条一人多长的大鳗鱼干,便拉住老阿姐蔡阿姨连夜把鱼干斩成小块，用油纸包好，就在店铺里吆喝着卖鳗鱼干。可惜街上居民都晓得今早小菜场不开张，索性在家孵被筒。人气不足，一个早晨才卖掉两三块鱼干。损失是显而易见的了，许飞红想想怨气，肚皮里骂道："短命检查小组，靠你们呼隆隆地来跑一趟，这盈虚街就清爽得了啦？明朝还不是照样垃圾成堆？"

十点光景，冬日已将冰霜消融，路面变得泥泞，横七竖八的车辙印中淌着乌黑的泥浆水。一个里委会的阿姨一路碎步行来，招呼道："来了，来了，检查组过来了！"

许飞红冷笑道："从前皇帝还微服私访呢，他们这样鸣锣开道的，能检查到什么呀！"

就看见一簇堆人慢慢地走过来了，街道的主任书记都陪着，张阿姨一爿店一爿店地介绍着。检查团为首的还跟几个私营业主握手，说了一些鼓励的话。因外围都是街道里委会的干部，许飞红站在柜台后面，看不清检查组几个人的面孔。心里怨气无处发泄，故意拔直喉咙喊："鳗鲞——正宗宁波鳗鲞——东海水产研究所的产品啊——"

张阿姨就提防小茧子会生事，领着检查组的人从她的店面前匆匆走过去了。

许飞红愈发生气了，检查组在别人家店铺门口至少都停留一两分钟的，唯独瞧不上我们卖鱼的？嫌鱼腥，你们吃不吃鱼啊？气涌心口，忍不住喷出来，冲着人群喊道："领导同志，我有情况要反映！"

检查组停住了，为首的那个转过身，走出圈子。许飞红霎时间被施了麻醉药一般，动弹不得——他竟然就是冯令丁！

张阿姨朝着许飞红又瞪眼又皱眉的，斥道："小茧子，检查组时间有限，还有好多地方要看，你有什么情况，以后再说。"

冯令丁稍有些意外，很快就镇定下来，笑道："张主任，应该让群众充分发表意见嘛。"又转向许飞红，"你有情况尽管说，我们检查小组就是要广泛听取群众意见，同心协力优化街区环境，改善老百姓的居住条件。"

许飞红渐渐恢复了神智，低头看看自己身上邋里邋塌的工作服，就这么赤裸裸地让丁丁哥哥撞见了自己丑陋的形象，她懊恼得差点哭出来。逞什么能，提什么意见，就让检查小组快点走过去多好！现在要逃要躲都来不及了，许飞红横竖横豁出去，迎着冯令丁公事公办的目光道："改革开放，国家号召我们打破铁饭碗，自谋出路。我们承包了菜场，也算为国家分担困难吧？可是没有像像样样的菜场。老百姓天天要买菜，马路上不准摆摊，叫我们氽到半空中做买卖啊？"

周围有人窃窃地笑。是几个盈虚坊间人，满有兴趣地想看看冯家公子与吴阿姨的女儿如何唇枪舌剑地对阵。

冯令丁却不慌不忙道："许飞红你这个意见提得好，改革开放，百废待兴，有些公共设施还很不完善，跟不上人民群众日常生活的需要。我一定把你的意见带回去，提交有关方面加以解决。"目光稳稳地团圈扫了一遍，"盈虚街上一定有许多人认得我，我就是在这条街上长大的，十分清楚这个马路菜场跟盈虚街老百姓的日常生活有多少密切的关系。可是，马路毕竟是用来通行的，它就像我们人身上的毛细血管，血管堵住了，血脉不通畅了，人就要生病，偏瘫，甚至死亡。马路被堵，交通不畅，城市也要瘫痪的。大家说，我这个比喻对不对啊？"

人群中扬起一片赞同声。

许飞红冷笑道："你不要上纲上线扣大帽子好吧？具体情况也要具体分析。盈虚街又不是主要交通干道，又不通公交车，哪里就会引起城市瘫痪？"

也有人嘁嘁嚓嚓地附和许飞红的。

冯令丁胸有成竹地道："盈虚街虽是条小马路，却是由西北至东南沟通延安西路和淮海西路的要道。区里收到盈虚街西头几家工厂的投诉，直指马路菜场妨碍了他们原料和货物的运输。"

许飞红毫不迟疑地反驳道："我们盈虚街上的居民老早就想投诉那几爿工厂了，每天放出多少废气，弄得一天世界臭气烘烘的，他们也在污染环境呀!”

这一次附和许飞红的声音多了,嘈嘈杂杂搅成一团。

冯令丁稍事斟酌,便道:“感谢大家给我们提出新的问题,有关部门在做决策的时候可以考虑得更全面。我一定将大家的意见带回去,并且争取尽快给大家一个满意的答复。”

张主任带头鼓起掌来。开头掌声还稀疏,不一会便稠密起来了。检查小组在群众的掌声中又往前走去,许飞红却觉得还有许多话没说出来,立在店面跟前发起呆来。

陆马年方才也在围观人群之中,此刻见许飞红失魂落魄的样子,讨好地走到她身旁,轻轻道:“他冯令丁才当了几天官啊,口气就傲得那样!”

许飞红绝望地喊起来:“陆马年,求求你不要来管我好吧!”

陆马年惊惶地瞪大了眼,他不明白自己怎么横竖讨不得许飞红的欢心?

26

恒墅二楼常衡步的客厅里,新近悬挂起一幅他自己草书的对子:“春风得意马蹄疾,一日看尽长安花。”这两句话是唐朝诗人孟郊《登科后》里的句子。孟东野四十六岁中了进士,欣喜之余写下《登科后》。常衡步获得平反时没有抄这副对子;落实政策搬回恒墅时也没有抄这副对子;却在冯景初的力荐下,加入了由国家建设部牵头的江南民居科学考察和研究小组,按捺不住兴奋之情,擎笔挥洒,写下了这样一副对子。虽则十余年没动笔墨,却仍是笔画健挺,横扫素缣。

其时,冯景初已身任华东建筑设计院副院长兼总工程师,他和常衡步又分别担任了这个科研小组的正副组长。经过反复的比较论证,科研小组决定考察和剖析的头一个案例便是盈虚街上的盈虚坊,计划上报国家建设部获得了批准,先期资金很快就到位了。

常衡步真像起死回生了一般。蛰伏在他心底的愿望,也是父亲对他的临终嘱托,原以为不可能实现了,就让它像条旧疤痕似的留在心里边吧。谁知有了柳暗花明的转机,这怎么不叫他喜出望外?

常衡步又恢复了年轻时常家小开考究精致的生活习惯,衬衣要烫得笔挺,皮鞋要擦得锃亮,胡须要剃得煞青,头发要梳得溜光,西装一套,风采不减当年啊。

从前常先生的西装足足挂满两只三门大衣橱,"文革"抄家时,烧的烧,剪的剪,侥幸留下几套,也都旧了。小姨娘对缝纫技巧还是略知一二的,仔细量了常先生的尺寸,托香港常家叔伯姊妹请名家做了寄过来。

擦皮鞋是粗生活,便由吴阿姨负责了。不过讲讲是粗生活,做起来一道一道也是蛮考究的。先要用细绒布把鞋面的灰尘抹干净,再用软刷子打上薄薄一层鞋油,晾着,过一个时辰后,再用硬刷子横竖擦拭,再用块质地稍紧的羽绸打光。每擦好一双皮鞋,吴阿姨就会拿去给小姨娘看,十分得意地问道:"亮吧?都好照得出面孔了。"小姨娘总是给予她充分的肯定。烫衬衣一般都是小姨娘自己亲自动手,她生怕吴阿姨毛毛糙糙,掌握不好火候,反而把衣裳烫焦了。常先生的衬衣日日要换,日日要洗,日日要熨。她们两人平白多出了这些活来,却忙得乐淘淘的。用坊间老人的话讲,常先生的面孔就是盈虚坊的晴雨表,常先生脸上阳光灿烂了,盈虚坊一定是晴空万里了。

春到人间草木知。不知哪一日起,盈虚坊弄堂笃底的古银杏树老干新枝迸出点点嫩绿,站在盈虚坊牌楼跟前便能看到弄底横亘起一道绿云,人们方才觉得天气暖和起来了。于是,家家户户后门口的市面又日渐铺张开来。房间狭窄闷气,坐在滑溜溜的晚风中抿抿老酒,过过花生米臭豆腐干,天南海北地扯扯闲话,实在是盈虚坊人劳作一日后顶好的享受了。夜饭后,也不肯回屋睡觉的,聚在一起打牌下棋,这两年麻将又盛行起来。有人索性拖了块接线板,把电视机也搬出后门口，邻舍隔壁围拢来一道看周润发、赵雅芝主演的电视连续剧《上海滩》。

就听到有人喊了声："常先生，夜晚吃过啦？出来消食啦？"这时候，无论牌局胜败如何，无论许文强冯程程如何生离死别，人人都会立起身跟常先生打个招呼问个好，这也是他们每日的必修课。

人们看到常先生脱去了西装，套了件深紫红的休闲羊绒开衫，脚下是一双簇新的黑色千层底直贡呢圆口布鞋，吴阿姨新近赶着替他做的，神情气闲，笃悠悠地走了过来。

"常先生，您吃了哪方神仙的灵丹妙药？返老还童似的，真的可以重新当新郎倌了。"

"我老过吗？我好像不晓得我老过呀。现在盈虚坊哪家哪户没有一两桩喜事新事？我看人人都是新郎倌了。"

常先生由衷的笑声像打足了气的皮球蹦蹦跳跳地传播开来，人们互相交换着会心而舒畅的目光：常先生又是从前那个随和风趣的常先生了！

常先生就这么说着笑着走出支弄，拐到下巽桥，走进守宫去了。盈虚坊人又是一番感慨与评论，因为他们好多年没见守宫与恒墅的主人互相走动了。约莫刻把钟工夫，守宫的柚木镶花玻璃大门重新敞开，常衡步随着冯景初一起走了出来。

常衡步在"文革"中愁白了头发，索性不去染它，银丝满头也是一种姿态和标记。冯景初的头发半白半黑，便去理发店染得黑亮，配上他戴着金丝边眼镜方正而富态的面孔，他原比常衡步年长两岁，看着却比常衡步年轻似的。他们比肩缓缓而行，走走停停，停停看看，看看谈谈，谈谈又走走，就在盈虚坊的长弄短巷中转了一圈又一圈。直转到月牙儿颤颤悠悠摇上中天；直转到弄堂后门口的人群哈欠连天，陆续散去；直转到盈虚坊渐渐归入沉寂。

这以后有一段时间，盈虚坊间人总能看到，欲落未落的夕晖中，忽明忽暗的路灯下，一黑一白两颗头颅相伴相随，在长弄短巷中兜圈子。而且仔细的人还发现，那一段时间，日里常会有三五年轻人，扛着测绘仪器,这条支弄里瞄瞄,那条支弄里量量。坊间便冒出各种各样的猜测,有人说政府看中了盈虚坊这块宝地,要拆了派重要用场;有人说国家重视文化遗产,要花大价钱重建盈虚坊。众说纷纭,谁也说服不了谁。于是,大家的目光只有紧紧盯牢那一黑一白两颗智慧的头颅了。

冯景初和常衡步领着科考小组,整整花了三个月时间,仔细测量,绘制了盈虚坊的现状图。转眼已是绿肥红瘦的季节,一天夜里,常衡步衣冠严谨、神色庄重地跨进了守宫大门。

在守宫二楼冯景初宽敞气派的书房里,常衡步从西装背心的内侧袋里取出用塑料口袋封得严实的一叠纸,捧在手心,手便抑制不住地颤抖着道:"冯兄,这些天来,我们把盈虚坊里里外外、角角落落都踏遍了,你心里大致有个底了吧?这是家父临终托付给我的盈虚坊地形图,是当年曾祖父亲手绘制的。我从来未示于世人,今天却一定要让你看看,这里面才是真实的盈虚坊呀!"

冯景初神色凝重地将图纸接过来,掂了掂,道:"常老弟,你是如何将它保存下来的?当年红卫兵抄家,掘地三尺啊,难不成你有隐身之术?"这话背后还有一层意思,你老兄保得下一叠纸,却保不了自己的老婆啊!

常衡步狡黠地嘿嘿嘿笑了几声,道:"我也是急中生智,把它们分开来缝在鞋垫里面,都是几双旧棉鞋破皮鞋,革命小将自然不放在眼里啰。"

冯景初拆开塑料口袋,一页一页翻看起来。他是建筑行家,一看便看出了门道,愈看愈深入其间。约莫过了半个多钟点,冯景初方从纸页中缓缓地抬起脸来,倒让常衡步吓了一跳:冯景初面孔上布满了泪痕!

"冯兄,你这是怎么了?"常衡步紧张地问道。

冯景初摘下眼镜,捋去泪渍,喑哑着道:"其实我是看到过盈虚坊真貌的,那年和常巽一起到难民收容所分发救灾物资,那不就是常家老屋改建的吗?当时也听常巽说起过,盈虚坊是依据《伏羲先天八卦图》布局,背靠天根,面对月窟,是大吉祥之位。那时候,心思全在民族危亡上面,便与它匆匆擦肩而过了。在美国攻读学位,看了世界各国的建筑实例,偶尔会想起盈虚坊,愈觉得它承载着太多中国传统文化的精髓。"稍顿,终于补充了一句,"这也是我愿意入赘守宫的原因之一!"

常衡步被他勾引起对巽姐姐的无限思念,强忍着心酸,捧起茶杯猛喝去半杯茶。冯令丁为他泡的是浓浓的苦丁茶,满嘴的苦味,倒将心里的苦压下去了。眼下不是伤感故人的时候,紧要的是盈虚坊的生死存亡,时不可待,机不再来呀!于是常衡步含蓄地笑笑,道:"冯兄,盈虚坊依《伏羲先天八卦图》而筑,这还是表面现象。你再仔细看看我曾爷爷画的地形图,你觉得盈虚坊像什么?"

冯景初疑惑地看看他,又去看图,横看竖看,仍是一脸茫然。

常衡步这才提醒他道:"你想想,为什么盈虚坊左右两条弄堂要叫'上震桥'、'下巽桥'的?"

冯景初一拍大腿叫道:"上震下巽,是《周易》三十二恒卦的卦位呀,原来盈虚坊中建筑的布局是依照恒卦卦位而起的!"

常衡步呵呵呵地笑了,笑得跟孩子一般天真。

冯景初点着他道:"难怪你父亲要给你们姐弟取名'常巽'、'常震'!"一副大彻大悟的兴奋,却又长叹一声道,"可惜啊,盈虚坊中一半以上的老屋已经被破坏了,你们常家的老宅也已经消失得无影无踪了。"

常衡步连忙道:"只要我们的科考报告做得充分,做得有价值,就可以向有关部门提议改造盈虚坊啊!"

冯景初一怔,忽地连连摇头,苦笑道:"常老弟,你这是痴人说梦吧?盈虚坊有多少临时搭建的房屋?人口密度又是多少?要改造的话,恐怕比新造一座更困难。你看到的呀,单你恒墅花园里搭起的那些临时屋,动了几年都没能拆除吧?政府手中就这点钱,总要用在刀口上。令丁在区建委工作,听他讲,眼下当务之急的是拆迁附近的几爿工厂,改善老百姓的居住环境。其次,是改造街对面那片棚户区。再不改造,来几个强台风,有些房屋非倒不可。你想想,要轮到你盈虚坊改建,不晓得是哪个猴年马月了呢!”

常衡步被当头泼了盆冷水,呆坐在那里好一歇回不过神来。

冯景初意识到自己用词太绝,常衡步哪里受得了?忙婉转了口气,诚心诚意道:“衡步啊,我的意思是我们不要好高骛远,还未爬到山顶,就想着登天了。还是先扎扎实实做好这次科考报告。以后如果有机会重建盈虚坊,你放心,我一定是你坚定不移的支持者、同盟军!”

常衡步虽有些灰心,但冯景初的一番好意他还是领情的。便道:“冯兄,你也放心,我常震做事情绝不会脱头落襻的,科考报告拿出来,保证叫上头弹眼落睛。”颇不甘心地叹了口粗气。

冯景初还想寻些言词宽慰他,书房门被推开了一道缝,伸进李凝眉窄窄的白皙的面孔,客客气气问道:“你们热水瓶里水够吗?”目光却像鹰喙般啄着常衡步。

常衡步晓得这是守宫精明的女主人在逐客,慌忙起身告辞了。

却说常衡步经冯景初辣划划几句话敲打,可谓一语惊醒梦中人啊!回到家中,头一件事便将悬挂于书房两侧的那副“春风得意马蹄疾,一日看尽长安花”的对子取了下来,卷好,用报纸包好,塞到书柜顶上去了。是啊,想那孟东野虽则中了进士,却何时真正的“春风得意”过?最终暴疾死在赴任的途中。自己竟也会与他一般孟浪,只不过让你参加了一个科考小组,哪里真能“一日看尽长安花”呢?自嘲一番,收拢心思,定定心心教书带学生。

恒墅二楼,常衡步书房的窗外,是一片临时房,挤挤挨挨歪歪斜斜的屋顶。屋顶底下常有喋喋聒聒叽叽咕咕的声音水藻般泛起,婆媳争吵、姑嫂龃龉、邻里闲叙;天南海北,家长里短,是一出没完没了通俗剧里的台词。稍微抬起目光,可以越过这片屋顶看到古银杏树日渐繁稠深重的树冠,远山般逶迤起伏。再把目光放远点,街尽头那爿工厂的红砖烟囱已不再吞云吐雾,茕茕孑立于淡云薄暮之中,形影相吊。近几年，纺织印染行业前景黯淡，市场萧条，厂里的工人一批一批离岗下岗。政府顺应民意，责令工厂置换土地，搬离盈虚街。据说，区政府规划在原厂址招商引资，要造现代化的商务楼。坊间有几户老人为常家抱不平，跑来常衡步跟前发牢骚："这工厂明明是常家祖上打下的根基，怎么说拆就拆了呢？那样会不会破坏盈虚坊的风水呢？"常衡步已修炼得心潭古井，云淡风轻，笑道："工厂早就归国家所有了，如果说风水，三十年风水轮流转嘛。"

通常要至电视台黄金段的电视剧落幕了，周围嘈杂的人声方能平静下来。小姨娘扶常天竹上了厕所，服了药，将她睡舒齐了，便会为常衡步冲一杯麦乳精，小碟里放两片香草饼干，端到他的书桌上，然后轻轻淡淡地道："姐夫，我先歇了，你不要熬得太久了。"便风儿云儿般旋出门去了。小姨娘早就把常衡步当作了自己的男人，可常衡步迟迟不表态。小姨娘轻轻淡淡的言语中是有些怨气的，常衡步拿捏住自己假作懵懂。

绝顶人来少，高松鹤不群。夜阑人静时的书房就是常衡步的禅房。他念的依旧是盈虚坊这本经，按比例描画盈虚坊的原始风貌，引经据典阐述盈虚坊建筑的科学意义、美学意义、文化意义。他答应了冯景初的，要将这份江南民居科考报告做得让每个见到它的人都"弹眼落睛"。

这样的夜晚对常衡步来讲是宁静而满足的。不过，他宁静平和的心境很快就又要闪电雷鸣、风急浪高了。

一日，常衡步在学校上完研究生的课，收拾了讲义正准备回家，系里的教务跑来跟他说，中央民政部来了两个人，在院党委办公室等着他呢。常衡步预感到什么，却不敢相信真会有什么奇迹发生，心怦怦跳得厉害，不住地深呼吸以控制自己的神经，稳住步伐去了党委办公室。

民政部来的一男一女两位同志，女的年纪稍长，微胖，面相和蔼；男的年纪较轻，很精干的样子。常衡步刚踏进门，他们就迎上来，一人抓住他一只手，摇晃着。女同志笑道："常教授啊，你跟常巽同志很相像,一眼就能认出来。”

有一股热乎乎的潮水夹头夹脑将常衡步淹没了,整个身子就在潮水中沉下去又浮起来。脑子里飞旋着一个念头:果真是巽姐姐的事体有眉目了呀!

民政部的同志拉着他坐下,他只半只屁股黏着椅子,身子向前倾着,殷切地望住他们。

那女同志便道:“常震同志,组织上经过多方调查甄别,认定常巽同志当年是受上海地下党组织秘密委派,以婚姻为掩护,配合长期潜伏在汪伪政府之中的曹秀镛同志开展对敌斗争。在上海沦陷的那段艰难的日子里,他们克服重重困难,为党,为民族解放事业做了大量工作,建立了不朽的功勋。经查证,曹秀镛同志及其爱人确实是被76号汪伪特务机关秘密处死的。常巽同志下落不明,但可以推断,她一定也惨遭杀害了。党中央有关部门决定追认常巽同志为革命烈士,并向她的家属发放烈属证书和抚恤金。”

那位年轻的男同志便递给常衡步一只鼓囊囊的牛皮纸文件袋,道:“这里面还有关于常巽同志调查材料的部分复印件,可以让家属及亲朋好友比较详细地了解常巽同志的光荣事迹。”

常衡步将那只牛皮纸文件袋紧紧地抱在胸口头,生怕再丢失了它。他觉得应该向民政部门的两位同志说些感谢的话,表达一下此时此刻的心情什么的。可是喉咙已被堵住了,一个字也吐不出来。他只好用力地笑对他们,眼泪却哗哗地涌出来,弄得他自己都很不好意思,只好把脸拼命往胳膊上蹭。

常衡步回到系里,当下便拨通了华东建筑设计院的总机,请转总工程师办公室!秘书回答道:“冯总正开会。”常衡步大声道:“不管他在开什么会,我有十万火急的事情找他,请他立即来听电话!”

还是等了十来分钟,冯景初终于来接电话了,道:“衡步,我们正在开党委扩大会议,过一个小时我给你电话吧!”

“喂喂喂,别挂别挂!”常衡步喊道,“冯兄,民政部来人了,党中央追认巽姐为革命烈士了!”

话筒对面什么声音都没有,寂静得像一个黑洞。

“喂,冯兄,喂喂,你在听吗?”常衡步喊了两声,又用手指弹了弹话筒。

冯景初的声音突然冒了出来:“衡步,你在哪里?一个小时后,我们在锦江底楼的咖啡厅见,我请客!今天一定得我请客!”

常衡步撂下话筒,心中是百感交集啊。他曾听冯景初说起过,当年,冯兄与巽姐最后一次约会便就在锦江饭店底层咖啡厅。那一次,巽姐坚决地向冯兄提出断交。冯兄求她问她骂她,都无济于事。巽姐临走前给了他一个痛彻心肺的拥抱,从那以后,冯兄再也没见过巽姐的面了。

常衡步从学校出来,倒了三辆公交车,花了一个多小时才赶到锦江饭店。隔着底层茶色玻璃,他看见冯景初已经坐在沙发座上了。

冯景初一见常衡步,腾地站了起来。咖啡厅里光线是昏黄幽谧的,人看人像融着磨砂镜头,线条柔和而模糊,却把面部表情都删减掉了。咖啡厅里的背景音乐流云般舒缓而轻盈。小圆桌旁的顾客,闲闲地交谈,声音也是轻轻巧巧细细密密的。咖啡厅是用来传递柔情蜜意抒发闲情逸致的;激昂浓烈的情感适合在酒店里迸发。于是冯景初抢上一步捉住了常衡步的手——他们之间平素从来不用这种礼节,此刻却凭借炽烈的手掌心互相传递内心难以抑制的欣喜与激动。他们虽然没有出声,但他们发现几个服务生正交头接耳地朝他们点点戳戳,这才松了手,面对面坐下了。

冯景初点了哥伦比亚原味咖啡,常衡步点了加奶的卡布基诺。冯景初笑他:“还是这么娘娘腔,贪吃甜味,当心得糖尿病!”常衡步不辩解,在最悲伤最痛苦的日子里,他就不停地喝白糖水来缓解满嘴的黄胆苦,这才养成了爱吃甜品的坏习惯。

冯景初又点了两份简餐,是意大利肉酱面。其实他们心里面满满的,都没有什么胃口。常衡步把文件袋里的烈属证书和中央组织部的调查结论拿给冯景初看了。茶色玻璃墙外面,夕晖为幽静的茂名南路涂上橙黄金红浓绿相间的颜色,像一幅印象派大师的油画,间歇有轿车或脚踏车无声地滑过画面。一时间,他们两人只静静地抿着咖啡,都说不出话来。他们都记起了许多年前大洋彼岸的一个傍晚,夕晖也是这般沉静而辉煌,他们俩攀上学校后面的山坡,撮土为香,祭奠常巽。

浅浅的咖啡杯见了底,冯景初悠悠长长地吐了一口气,像是自语,又像是对着常衡步道:“我就晓得常巽不可能背叛我们的感情的!”声量忽然抬高了,“她果真没有背叛我呀!”

常衡步竖起一根食指朝他嘘了声,心里却是十分理解冯景初的冲动。热恋中突然被深爱的女人抛弃,这对一个男人无疑是莫大的耻辱。这个悬念,几十年来磐石般压在冯兄的心口,够他承受的!他常衡步虽然也遭遇磨难,可在情感上一直是没有缺憾的。妻子至死都爱着自己!又有个同妻子一般温婉贤惠的女人在等待他。而他也多少感觉到冯景初与李凝眉之间感情的疏淡,盈虚坊间的传说,冯景初完全是为了替常巽留下的女儿找个妈,才娶了李凝眉的。这么想着,常衡步反倒觉着有些愧歉冯景初了,便道:“冯兄,我相信巽姐一辈子只爱过你一个人,她对你的感情是生死不渝的。只是在民族大义与私人情感之间,她选择了前者。现在真相大白,你也可以宽慰些了。”

冯景初两只手下意识转动着精致的咖啡杯,目光犹疑着,闪烁着。“可是……常巽她……一定在怨恨我的怯懦,怨恨我的虚伪,我不配承受她纯洁的感情。”

常衡步以为他是指他与李凝眉的婚姻,忙道:“冯兄,你不要这样想,你娶妻子的时候,巽姐已不在人世了。何况,为了畹丁,你也应该成个家的。”

冯景初却道:“衡步,我感到愧疚的是1957年那桩事体,为常巽正名,我们俩一起写的申诉信。后来……李凝眉找你,要你画去我的签名……我是晓得她去恒墅的,却没有阻止她。我很卑鄙是吧?让你一个人承担了后果……”

常衡步摆摆手掌,制止道:“冯兄,其实一开始我就不想让你掺和进来的,明知是飞蛾扑火,何必搭上两个人?我是巽姐的直系亲属,而你呢?名不正言不顺的。当时,李凝眉也是言之切情之深啊,她正十月怀胎,你们又要养育畹丁,她的担心是有道理的。说句公道话,冯兄,嫂子这个人除了言词尖刻些,还是古道热肠人呀。对你的好那是有目共睹的,畹丁小时候,也全靠了她,没吃一点苦头吧?"

冯景初没有言语,目光悬在半空中的一点,那里光线晦明不定。常巽最后离他而去时,痛苦的高贵的美丽非凡的面容在他面前闪现。

常衡步料定冯景初还陷在内疚之中,为了调节气氛,便拍了拍他的手背,凑近了身子,道:"冯兄,有一个谜底现在是不是可以向我揭晓了?"

冯景初不解道:"什么谜底?你不要同我打哑谜呀!"

常衡步挤了挤眼睛,道:"冯畹丁究竟是不是你和巽姐的女儿啊?"

冯景初一愣,旋即笑了,点点他道:"常老弟,这就是你的心病对吧?我可以告诉你,你分析得一点不错,我和常巽天各一方,怎么可能有私生的女儿?当初,为了让李凝眉认可这个孩子,我也就默认了坊间的传闻。可是,这有什么区别吗?只要她是常巽的女儿,就是我的女儿,也是你的外甥女,你可别想推脱哦!"

常衡步忙道:"冯兄不要误会,我没有那层意思。"

冯景初又关照了一句:"千万不要告诉任何人我不是畹丁的生父,如果让畹丁晓得,会伤害她的。"

常衡步凝重地点点头,稍事沉吟,决定道出多少年来的疑惑:"冯兄,不瞒你说,我怀疑,畹丁姑娘并不是巽姐所生……"冯景初腾地站起来,常衡步忙摁住他,"你不要急,听我说了理由。早先我只是直觉,她长相一点不像巽姐。今天,看了这些材料,愈发觉得不可能是巽姐的孩子了。你想想看,巽姐嫁给曹秀镛做姨太太只是个幌子,做给敌人看的。曹秀镛有老婆有儿子,凭巽姐的品行和人格,她怎么可能与曹秀镛同居而生下女儿呢?"停停,又道,"我相信巽姐自始至终是深爱着你的!"

冯景初不禁频频点头,眼乌珠湿润起来。喃喃问道:"那畹丁,可能会是谁的孩子呢?”

常衡步笑道:“这就需要冯兄揭晓第二个谜底了,当年巽姐究竟是托谁将孩子交给你的呢?解铃还需系铃人,得找到这个人问根底呀。”

冯景初略有些不快,道:“你是什么意思?那么不想要畹丁这个外甥女?可我不想去求证什么,冯畹丁她就是我的女儿!”

常衡步笑道:“冯兄你神经太过敏。我很喜欢畹丁,她是你的女儿,也是我的外甥女,这个关系永远不会改变的。我只是想了解真相,对巽姐负责,也是对畹丁负责嘛!”停停,又道,“你如果不相信我,这个谜底你就不用揭晓了。”

冯景初不搭理他,自顾用不锈钢叉扒拉起盘子里的面条。常衡步此时方觉得肚子是有点饿了,便也稀里呼噜吃起面条来。待他三下五除二把一盘意大利面扫干净,抬头看看,冯景初盘子里的面基本没动,他只是用钢叉挑起几根面,卷起来,又松开,再卷起来,再松开。

“冯兄,你还不饿啊?”常衡步存心想打破尴尬的气氛。

冯景初依然用叉子卷着面条,却缓缓道来:“常巽和我分开后,并不知晓我去美国了。她将信寄到我老家,让我父母转给我的。那封信十分简单,字迹又潦草,看得出是匆忙之间寄出的。”

常衡步小心翼翼问道:“信上讲点什么?”

冯景初这才把眼乌珠牢牢地盯住了他,一字一句道:“常巽说,我把女儿寄养在盈虚庵中,你如果愿意,请将她抚育成人!”

“是倪师太呀!”常衡步吁了一口气。

常衡步与冯景初刚踏进盈虚坊大牌楼门,跷脚单根就一高一底地跑出来,双手握拳连连作揖,笑道:“常先生,巽小姐英名远扬,常家人扬眉吐气呀。盈虚坊出了个抗日女英雄,盈虚坊人面上也添光啊!”

常衡步惊讶道:“怎么?你们这么快都晓得了?”

单根道:“市里文件是上半天发到街道里的,张阿姨到里委会里一宣布,你也晓得,盈虚坊中传播新闻的速度比雷电还要快。这一刻，倪师太正在为巽小姐诵经念佛做功德，坊间闲人差不多都聚在那条支弄里呢。我叫作要管两部电话机，否则也要去为巽小姐点三炷香的。”

常衡步与冯景初对看了一眼，匆匆往倪师太家的那条弄堂走去。刚拐进支弄的卷拱门，就挪不动步了。原来窄小的弄堂内挤满了人，且人人手持三炷清香，垂头闭目，默默祈祷。忽有人轻轻道：“常先生、冯先生来了！”这句话像接口令一般，层层传递下去。令到之处，人们便自觉地挪移步子，让开一条窄窄的通道。常衡步与冯景初沿着这条通道往前走，便径直走进倪师太的后门，走进灶头间，走过楼道，站在倪师太的后厢房门口了。

后厢房里，五斗柜上竖着镶红木框的观世音菩萨宝像，立了块一尺来高的木牌，上书“常巽之位”。一对红烛火光摇曳，香炉中的观音卧龙香袅袅柔柔。整间屋子悬浮着馨香和烟雾。倪师太盘脚坐在团垫上，膝盖上放一只楠木木鱼，左手持木锤一柄，双目微合，念一声“阿弥陀佛”，敲一下木鱼。随后双唇中吐出一串梵音。常衡步与冯景初哪见过这般阵势？来不及顾虑许多，仿佛有外力推搡着他们，两人身不由己就跪下了。

倪师太这一场功德直到眉月偏西方才结束，盈虚坊这将是一个不眠之夜。

常衡步与冯景初分手回家，蹑手蹑脚地登楼梯，生怕惊了小姨娘和常天竹的好梦。上了二楼，却看见书房兼客厅的门缝里，有光亮逼出来。他想当然，是小姨娘备好了夜点心等自己回家吧？便道了声：“我回来了。”顺手推开门，却见小姨娘坐在沙发中掩面哭泣，倒把他吓得不轻，忙问道，“怎么啦？天竹毛病又发啦？”

小姨娘手捂住面孔，轻轻摇头，仍是哭泣。

常衡步忙唱“是我错”，道：“怪我不好，回来晚了，没打电话……”

小姨娘仍是摇摇头，双肩不停地抽搐着。

常衡步六神无主，他以为妻妹这次是动真格的了，以眼泪逼他接纳她。他迟疑着，心跳得紧张，慢慢地走拢去，几步路却似千山万水。

他终于站在她沙发跟前了,手却不晓得如何动作。好不容易弯下腰,却瞥见她垂在把手下边的那只手中拎着一页信纸——这恐怕才是症结呢!

常衡步松了口气,便轻轻地将信纸抽出来,又轻轻地问了句:“我能看吗?”

小姨娘忽然收住抽泣,房间里一片寂静,听得出两颗心不同于平素的跳动声。

常衡步张开信纸看去,竟是一封辗转从台湾寄出通过香港寄过来的家书!“真是妹夫来信了!”常衡步脱口道。

小姨娘的丈夫那年随蒋介石去了台湾,后来在台湾又结了婚,有了三个孩子。去年,他的台湾妻子病死了,他愈发思念新婚离别的发妻,希望能与发妻破镜重圆,相伴余生。

常衡步读完信,半是欢喜,半是惆怅。迅速将惆怅掩盖了,笑道:“小妹,是你的喜事来了,为什么还要哭啊?来来来,开一瓶红酒,我们俩今天都有喜事,索性一道庆祝一下。”

小姨娘却泣声又起,而且比先前哭得更伤心了。

常衡步叹了口气,双手将她扶起,搂进自己怀里,轻轻地、怜惜地抚着她的背脊。多情芍药空有泪,无力蔷薇卧晓枝。

数日后,常衡步觑了个空,寻着倪师太,询问当初巽姐姐将孩子送进盈虚庵时是如何说的?倪师太双手合掌念了句“阿弥陀佛”,道:“这几十年来,多少人问过我这桩事体了?巽小姐匆匆将只蜡烛包塞给我,只道日后会有人来领养她的。三年后,冯先生就回来了呀!”

27

盈虚坊出了位抗日女英烈,直令坊间人激动兴奋了好几日;坊间人走到盈虚街上,腰挺得笔直,头仰得高高,讲起话来喉咙都响亮起来。

这几日，盈虚坊各到各处的灶头间、后门口、晒台上、弄堂拐弯抹角处，众人要么不出声，凡开口必是谈论这桩事体。于是四十年前常家老宅那场神秘的大火重又被人提起，并且演绎出了崭新的版本。新版本中常家巽小姐是被日本军警围堵在老宅中，宁死不做俘虏，才一把火点着了老宅，自焚身亡。这个版本由谁第一个创造出来的，已经无人追究了，因为大家十分认可这个版本，觉得它和巽小姐的形象十分吻合。

常家成了烈属，原已处于停滞状态的落实政策小组得到上级领导的指示，加大了工作的力度，终于将恒墅三楼的两户人家迁走了。三楼的一大两小三间房间已经被房客糟蹋得七撬八裂。设计别致、装饰精美的塔形老虎窗竟被先前的住户敲去，拓展成一个平台，平台外又接平台，晾衣竿、电线，甚至还有外接水管，横一道竖一道，五花大绑似的。柚木地板被清水拖得起了毛，钢窗的把手不是少了螺丝拧不紧，就是油漆驳落锈蚀得拧不开。常衡步在屋里绕了一圈又一圈，嘴中不停地发出心疼的啧啧声。

街道房修队决定免费帮常家整修恒墅的三层楼，脚手架迅速地搭了起来。

许兆红没有其他花头，只晓得本本分分埋头苦干。在街道房管所搭了几年脚手架，房修队领导蛮看重他的品行，提拔他做了架子工的小工头。指挥着一帮外来工农民工，自己倒用不着攀高落低了。在恒墅做生活的时候，便有闲话跟小姨娘聊聊家常，下班回家，有一搭没一搭地说些常家的新闻。许飞红每每显出极不爱听的样子，打断他道："烦不烦？烦不烦！人家家里的事体你那么操心做啥？"许兆红被她冲得没方向了，嘀咕道："你不是老跟红果打听常蝘蜓的事吗？我还以为你想晓得常家的事呢？"许飞红被他挑破隐情，愈发无赖了，吵道："小孩子的话如何信得？我什么时候跟红果打听常蝘蜓啦？常蝘蜓是方是圆是长是短，与我有什么相干？"又冲着许红果龇牙咧嘴道："红果，你以后再瞎说八道，姑姑就不宝贝你了。不给你买漂亮衣服，也不带你到长风公园去玩！"许兆红在房修队薪水低，许红果的一应开销都是许飞红包了去的。许兆红鉴貌辨色,搡了许红果一下。许红果跟姑姑一样,多少机灵的小人儿,连忙扑到许飞红怀里,扭着身子道:“姑姑,我没瞎说八道呀,我没瞎说八道呀!”直到把许飞红逗得扑哧笑起,点着她的额角头嗔道:“小讨债鬼!”

其实,许飞红不让许兆红在家里说常家的事,无非是自欺欺人的矜持罢了。常家这一段新闻颇多,过几日就会在盈虚坊里掀起一阵高潮。盈虚坊人人都在议论的事,能不钻进许飞红的耳朵吗?

常家小姨娘失散多年的丈夫来信了,他已移居香港,要接小姨娘去团圆。小姨娘已开始办理赴港手续。盈虚坊许多人为常先生惋惜,常先生就是太老实了,早就好跟小姨娘领结婚证了,煮熟的鸭子还怕她飞吗?也有许多人维护常先生的尊严,道:“常先生不是动作慢,常先生原本就没有打算娶小姨娘,常先生从来就没忘记常太太啊!”

不久,盈虚坊人渐渐都关注起另一个要紧的事体,小姨娘这一走,以后谁来照顾常天竹和常蝘蜓呢?这么看来,常先生真该续娶一个才是啊!于是,真有热心人四处打听合适人选,要为常先生做红娘。这个人选倒也蛮难寻的,年纪不能太老,又不能太轻;又要有品貌,又不能太漂亮。年纪太老了,照顾不动常天竹和常蝘蜓;年纪太轻的,又未必愿意照顾一个精神病人和一个未成年的孩子。没有品貌,常先生哪里看得上?太漂亮了,又有点不牢靠。正在人们上穷碧落下黄泉地寻得不亦乐乎,常先生却托熟悉的近邻传出话来:“众街坊如此关爱,衡步感铭斯切,日后必当衔恩回报。只是衡步已是耳顺之人,无意续结丝萝,再饮合卺。天竹、蝘蜓的日后生计已有妥善安排,但请众街坊放心。小女天葵义不容辞愿意承担此责,终身照顾姐姐,抚养外甥女长大成人。”果然,常天葵学业虽然尚未结束,却已经在为常天竹做针灸治疗。她有理有据充满信心,因常天竹不是原发性精神病,是完全能够治愈的。

接下去的闲话就不是从常家传出来的,而是坊间人士分析推测的过程。他们说,这么一来,冯家公子冯令丁只能入赘常家做倒插门女婿了。只是守宫女主人李凝眉只有这么一个独养儿子，哪里肯放他离开？然而，要常天葵带着常天竹、常蝘蜓嫁进守宫，愈发不可能了。听讲，冯畹丁作为常巽烈士的遗孤，按政策将举家调回原籍上海。冯景初已将守宫三楼腾空，重新置了家具，装饰一新，只等着冯畹丁一家来住。守宫里房间再宽绰，也断不可能同时添进两户人家六七口人呀。众人对如何解决这么个矛盾也都一筹莫展，只有按捺下性子静观恒墅守宫中的动静。

偏只有许飞红听了这一段闲话，心里一下子舒坦了。常天葵义薄云天，愿意承担姐姐和外甥女的一生，确实令人钦佩。然而，最要紧的是，凭许飞红自小到大对冯令丁的了解，丁丁哥哥那样儒雅文气，那样超逸洒脱，如何能忍受鸡毛蒜皮、家长里短的平庸生活？他不可能倒插门去恒墅招揽那一大堆婆婆妈妈的事。又凭她日长势久对冯令丁母亲脾性的揣摩，李凝眉能够接受医科研究生常天葵做儿媳妇，却绝不会接受带着一个精神病和一个来历不明孩子的常天葵住进守宫。如此推论，冯令丁与常天葵的婚姻十有八九是成不了的！

许飞红悒郁了很久的心境终于洞开了一罅蓝天，可是这蓝天并没能支撑许久，很快，又一片磨盘似的乌云毫不留情地将它吞噬了。这才叫“不如意事常八九，可与语人无二三。”

许飞红的水产摊位生意愈来愈闹猛，钞票进账很多，大家心里总归是适意的。傍晚，收了摊，许飞红特意转到徐家汇第六百货商店，替母亲、哥哥和许红果一人买了件绒线衫。他们一家人身上的绒线衫原本都是母亲结的，母亲临睡前总要蟠在被窝里结上一段，那时许飞红焐在母亲身旁，把眼睛搁在被沿外，看那几根竹针被母亲搅得云动雪舞，看那红红绿绿的绒线在母亲的指间草藤般缠绕攀牵，看竹针下悬着的织物旗幡般悬挂下来，看着看着，就进入了温馨的梦乡。如今母亲有点年纪了，眼力不如从前，织起绒线要戴从地摊上买来的老花镜。许飞红是家中的首富，而且她出手大方，特别喜欢帮家里人买这买那，喜欢听许红果开开心心地喊道：“谢谢姑姑。”喜欢看哥哥套上新衣时有点羞涩的表情；喜欢母亲假装生气，对她买的东西横竖挑剔,责怪她太铺张。

许飞红大包小包地拎回守宫,跨进房门,母亲便劈头劈脑嗔道:"小茧子,你野到哪里去了?我看看你们摊头老早收起了……"眼睛瞟到她手中的大包小包,愈发吼道,"稍微有几张钞票,就怕贼惦记啦?买这样买那样,你当我们家是仓库啊?日后我看你如何调排得过来!"

许飞红被母亲一顿排头吃得如坠五里雾中,委屈道:"天气辣猛生地冷下来,我看红果去年的绒线衫都穿不上了,阿哥的粗毛衣蛀了好几处洞,妈你的那件开衫袖口也漏线了。刚好轧了个空,就去六百买了几件绒线衫……"

吴阿姨也晓得错怪了女儿,女儿脾气是执拗的,心肠却是糯米做的,对哥哥、外甥女出手大方,对自己更是吃心吃肺地孝顺。那声气便软和下来:"我的心相,旧绒线还有几团,拼拢来接接补补还能凑一冬。要积点钞票下来,说不定还要租房间……"

许飞红吃了一惊道:"做啥还要租房间?莫非哥……你又有对象啦?"

许兆红一直靠在翕开一道缝的落地玻璃门跟前抽香烟,将烟屁股往外一丢,拉拢窗,指了指天花板,道:"上头人家已跟妈摊牌了,要我们尽快搬出去!"

许飞红一时没反应过来,只顾拉开落地玻璃门,跑出去,捡起烟屁股,嗔道:"跟你讲过多少回了,这里是洋房,不是你乡下的猪圈牛圈,不好乱丢香烟头的,怎么讲不听的?改不了的乡下人脾气!"

许兆红呵呵一笑道:"小茧子呀小茧子,黄粱梦好醒醒了。人家已经下了逐客令,你还死心塌地帮人家。什么羊房马房,在我看来,跟乡下的猪圈牛圈一样!"

许飞红的心狠狠地往下一挫,慌忙看着吴阿姨,提心吊胆问道:"妈,究竟怎么了?昨日在门口碰到李同志,她也没讲什么呀?"

吴阿姨长叹了一声,道:"刚才我上去收饭碗,李同志寻我讲话。她也有许多苦经,是冯同志决意要大小姐一家人搬进来住的呀!"

许飞红腾地站起来，恨声道："没那么便当的事，要我们搬过来就搬过来，要我们搬走就搬走？不理他，反正我们的房租是交给房管所的！"

吴阿姨嘘声道："轻一点，外面好像有响动。"

许飞红晓得是冯令丁来放脚踏车，霎时间浑身肌肉都僵住了，心里面痛痛地喊："冯令丁你好狠心啊！"

许兆红偏偏大声道："索性在花园里再搭它两间屋，像隔壁恒墅园子里那些人家一样，还好省点房租！"

吴阿姨喝道："兆红你再瞎讲，看我不把你嘴唇皮缝起来！不搬是不作兴的，当初搬进来，我就答应过李同志，等形势好转就把房子还给她。李同志算得照顾我们了，前两年落实政策工作组来，她也没有提出要讨回客厅。现在她是真有难处了，我们哪里好赖着不走？赖也赖不长的，国家政策规定好了的事，恒墅园子里那几户人家总有一天也要搬走的。"

许飞红周身冰凉，气馁地道："这一时三刻叫我们搬哪里去？不见得餐风宿露去吧？"

吴阿姨道："李同志说了，落政小组会跟房管所协商，分给我们一个住处的。李同志还说了，肯定会比我们从前那间楼梯间好。"

许兆红和许飞红都闷闷地不出声了，他们被命运巨大的力量压着，出不了声。只有许红果并不关注搬家的事体，她的注意力完全被姑姑替她买的新绒线衫吸引住了。她把棉袄脱了，套上绒线衫，站在镜子跟前左右顾盼。那是一件大红棒针绒线衫，胸口用白绒线绣了只小白兔。许红果是属兔的。

守宫近日来却是鸿运高照，好事不断，男主人冯景初升任华东建筑设计院院长兼总工程师，儿子冯令丁年纪轻轻就当上区建委住宅办公室副主任，加之烈士遗孤冯畹丁即将调回上海，房管所自然不敢怠慢，加紧为冯家落实政策，积极为吴阿姨一家寻找适当的住处，好让他们尽快搬出守宫。

房管所为吴阿姨一家调拨住房，一上来就遇到一个很难逾越的瓶颈。只因吴阿姨是劳动大姐，没有任何单位可以解决房源。吴阿姨的女儿许飞红原是大集体小菜场的职工，偏偏前两年承包摊位，成了个体户，小菜场也不可能为她提供房源。吴阿姨的儿子许兆红倒是房修队的竹架工，可他工龄不长，排在他前头等待分房的老职工造造反反，如何轮得到他？横讨论竖商量，只好房管所自己挖肉了。肋条肉、后腿肉已经所剩无几，即使有也不可能分给一个劳动大姐。挖空心思找出一些筋筋拉拉的下脚料，有一间两幢房子夹弄做个顶搭出的筒子间；有一间大灶披间拦出来的后半间；最像样的是一间旧式里弄石库门的亭子间。房管所的人请吴阿姨一家人一处一处看下来，吴家人不说好也不说坏，只提出一个不算过分却让人挠头皮的要求。他们一家谁都不愿意离开盈虚坊，至少不离开盈虚街。理由很充分，吴阿姨的东家全部都在盈虚坊内，女儿许飞红的水产摊位就租在盈虚街上，儿子许兆红所属房修队，管辖范围也就是以盈虚街为轴心左右几条街了。房管所里便有人冷笑道："看不出一个劳动大姐眼界还这么高！盈虚坊已经像只蜂窝，密蒙蒙挤满了人，哪里还寻得出空房间？不要捏鼻子做梦了！"却有人一语点醒了众人，道："要寻空房间倒有一处，常衡步一家搬回恒墅，他们原来住的那只三层阁一直还没人进去呢。"

大局就这么定了下来。房管所马上通知吴阿姨，你们不想离开盈虚坊，好的，政府满足你们的要求。你们也要协助政府的工作，尽快在春节前搬离守宫，守宫便可完璧归赵了。

吴阿姨对常家住过的三层阁太熟悉了，前些年她日日爬上那根陡峭的木扶梯去常家帮忙。她是拿三层阁与她从前住的楼梯间作比较的，所以觉得蛮不错的了。许兆红是拿三层阁跟他服刑时住的监房作比较的，所以他也能够接受。唯独许飞红得知这个消息，扑在床上呜咽了大半夜，当初她们一家喜滋滋搬进守宫，可谓一步登天，许飞红以为命运从此惠泽于她。这么些年这么多日日夜夜，她与心爱的丁丁哥哥离得那样近，几乎时时刻刻可以感觉到他的气息。许飞红一直努力地想走进他的生活，走进他的心灵世界，一直揣着美妙的幻想忐忑地等待他的眷顾。可是她还没有等到她所期盼的东西，突然间却要被撵出守宫。更令她毛骨悚然的是，房管所偏偏将常天竹曾经困居过的三层阁分配给他们家。她是拿守宫与三层阁比较，真像从云头里一跤跌落尘埃地。搬离守宫对她来讲，失去的不仅是住房的宽敞和舒适，还意味着她离丁丁哥哥愈来愈远了。她的心情无限灰暗而悲凉，难道命运已预示着她和丁丁哥哥不可能走到一起了？难道命运在惩罚她的贪婪、嘲弄她的痴心？早知今日，何必当初？有了希望再失去希望，比从来就没有希望更痛苦！

吴阿姨是晓得女儿对冯令丁的一片心思的，心痛是心痛，转而又想，这样也好，长痛不如短痛，搬出守宫，眼不见为净，日子一长，伤痛总会消失的。便只对着女儿的后脑勺道了一句："眼泪水是最没有用场的东西，你索性哭它个干净，倒也轻松了。"

许飞红呼地翻身坐起，顾不得擦干眼泪，道："妈，我当然不会赖在守宫不走，不过我是不会搬去那间三层阁的。我想好了，就住到店铺里去。白天做生意，夜里铺板横倒就好睡觉。少了我一个，你们也好宽舒些。"

吴阿姨暗自盘算了一下，他们一家四口人，真一起住进三层阁是有点尴里不尴尬。如果小茧子住开了，自己带许红果睡张床，让许兆红搭张行军床，倒也舒齐了。便道："这也是个办法，你那个铺子租金不低，夜里空着也是空着。跟陆马年商量商量，好不好相帮拦出一小间来，睡得乐惠点。"

许飞红又恨又伤心，道："妈，你不要动不动就去招惹陆马年好不好？弄得我跟他不清不白的。你要想我以后嫁给他那样的人家，想也不要想的。"

吴阿姨笑道："这才是冬瓜缠在茄门里了，我哪里有过要你嫁给陆马年的意思？我是想，既然是房管所要我们搬场的，就应该负责把我们的住窝落实妥当。他陆马年现在不是房修队的副队长了吗？所以我要去找他商量嘛。"

许飞红当然将母亲的肚肠弯弯绕看得一清二爽，心中自有主张，懒得再跟母亲饶舌，便将被头往脑袋上一合，不做声了。

这一夜，许飞红哪里安生得了？往日的事当下的事以后的事穿插羼混着在她头脑里翻腾。一时梦中一时现世，一时迷糊一时清爽，折腾到半夜，硬生生被冻醒过来，只觉得身下冰冰凉湿漉漉一大片。吓了一大跳，慌忙拧亮床头灯，揭开被窝察看究竟。原来是热水袋盖子漏水，漏了一床铺。睡是睡不成了，半夜三更哪里能把濡湿了的床褥弄干？她只好裹着被窝，团坐在床的角落头。只听寒风簌簌抽打着木屋的板壁，寒意丝丝缕缕从壁缝中逼进屋里，小屋不堪侵蚀，吱嘎吱嘎地摇晃。虽拥着棉絮，身子仍似枯叶簌簌簌抖个不停。严寒将思维凝固了，头脑沉沉的，又空空的，像一颗古生物化石。

许飞红化石般蜷缩着，不晓得过了几点钟抑或几分钟。风簌簌的肆虐声中，夹杂着枯枝断裂的咔嚓声，枯叶落地的壳橐声，檐头霜降的窸窣声，这些声音倾诉着长夜如磐的愁苦和凄迷。忽然间，蹦出一个响亮跳跃的声音：阔嚓！许飞红浑身一震，掀开棉被跳下床，外衣都来不及披，就冲到了敞廊里。果然，微弱的星光里显映出丁丁哥哥的身影。他刚停靠好脚踏车，正准备离去。

“冯令丁！”许飞红觉得自己的心跟着一声唤蹦出了口，她已经无法控制它了。

冯令丁辣猛头里听得这一声殷殷切切的呼唤，惊抬首，却见许飞红就站在自己跟前了。暖和的、馨香的、姑娘的体温扑在他冻得僵硬的脸颊上，令他有些昏晕。冰冷溟濛的夜色中，周围一切都是模糊的、虚幻的，只有姑娘的双瞳如黑宝石般鲜活地闪动。冯令丁镇定着自己，颤声道：“许飞红你疯了！这么冷的天，穿得这么单薄，不要冻坏了！”不由自主张开臂膀拢住她，推着她往门里去。

许飞红趁势扑在冯令丁的怀里，将脸颊贴在他心口上。他大衣上的铜扣正好硌着她的脸，隐隐生痛，她却不舍得挪开。虽然隔着厚厚的冬衣，她仍能听到他的心怦怦怦地跳得厉害。这一刻对于她来说真正是前无古人后无来者了，巨大的幸福将她全身都融化了，止不住眼泪水喷泉般涌出,统统濡在丁丁哥哥的胸口。

冯令丁慌忙捉住她的肩膀,将她身子扶正,道:“小茧子,发生什么事了?谁欺侮你了?你告诉我,我来想办法解决,好吧?”

许飞红哽咽道:“丁丁哥哥,我们家不好住在守宫了,房管所要我们马上搬家……”再也说不下去,饮泣吞声,泪如雨下。

冯令丁却闻之震惊而不安。他没想到搬离守宫会对许飞红造成如此大的伤害,这伤害也有自己的份,可他却无力挽回局面。他曾经一而再、再而三地劝说母亲不要收回底楼客厅,不要破坏吴阿姨一家平静的生活,母亲也屡屡推迟了收回客厅恢复守宫原貌的计划。可是这一次他已无计可施。他不能阻止畹丁姐姐一家调回上海,也不能阻止畹丁姐姐一家住进守宫,更不能妨碍政府落实政策工作的有序进行。面对哭得泪人似的许飞红,他满怀歉疚,欲言又止。他脱下呢大衣,哗地披在许飞红身上,清了清嗓,终于道:“许飞红,你听我解释好吧?把私家花园洋房归还原物主,这是政府统一的政策,并不是针对你们一家,对吧?你也看到的,隔壁恒墅许多人家早两年就搬走了,对吧?”脱了大衣,绒线衫不抵风吹,寒气钻入骨髓,使他的声音有点颤抖,便稍停,深吸了口气,斟酌道,“也怪我。其实,听到这个消息,就想找吴阿姨谈谈,却一直忙……”瞟了眼许飞红,“我晓得房管所分配给你家的房子很小,条件也不好。粉碎‘四人帮’以后,拨乱反正,百废待兴。现在政府手中房源也很紧张,你们只好暂时克服一下,好吧?不过,盈虚街几年以后就会大变样了。区里面已经有了规划,对马路的危棚简屋要全部拆除重建,街尽头几爿工厂也要彻底改造。到时候,我会把你们家的情况向有关方面反映,一定会给你们调换满意的房子。你把我说的,转告给吴阿姨,好吗?”

许飞红在他愈来愈公事公办的口吻中渐渐冷静下来了。她晓得他已是区建委的一名中层干部,她也晓得到时候他有办法帮自己家里调换房屋。可是,这并不是她所需要的呀!她凝视着他周正的面庞上诚恳的笑容,忽然问道:“冯令丁,你要结婚了是吧?”

冯令丁稍有些尴尬，旋即呵呵地笑起来，笑得有点夸张，道："又是弄堂里那些好事者杜撰的特别新闻吧？你也相信？我刚调到新的工作岗位不久，领导信任我，群众期望我，千头万绪，忙得一天只睡三五个钟头，哪里顾得上考虑个人生活问题啊！"

许飞红朝着他用尽气力灿烂一笑，双肩一耸，他披在她身上的大衣索落滑下来。嘴唇已经僵硬，勉强出声道："冯令丁，我代我妈谢谢你了。"便毅然转身推开小木屋薄薄的门板。吱呀一声，她狠狠地将冯令丁独自抛在寒气凛冽的敞廊里，伤心欲绝地关闭了自己岩浆般炽热的心扉。

许飞红第二天就搬出守宫，住到她的水产店铺里去了。吴阿姨生怕冻着她，要拿家里最厚的棉絮和一床驼绒褥垫给她。她不要，只带了自己的两床被褥过去。

一直在许飞红手下打工的蔡阿姨和老阿姐商量要给老板买点什么礼物，有点犯难。许飞红搬出守宫住进店铺，也算是乔迁了，却没有什么值得欢喜的。不送东西，显得她们漠不关心；送东西太热闹，又怕惹许飞红伤心。商量下来，两人决定送点实实惠惠的生活用品，只要心意到就行了。于是，老阿姐买了两只不锈钢壳子的热水瓶；蔡阿姨买了一只带盖的搪瓷痰盂，外加一只热水袋。许飞红拿到这几样东西，想想，真都是自己十分需要的，可见这些老姐妹们对自己一片体贴之心。肚皮里面好一阵感慨，却笑道："你们还去花费这个钞票做啥？可别指望我给你们加工钿啊！"她俩素来晓得老板心性倔强，嘴巴上从不饶人。也笑道："从来不指望你个铁公鸡加工钿，只消不炒我们鱿鱼就谢天谢地了。"

傍晚，该脱手的零碎鱼虾都卖完了，收拾完摊板，老阿姐和蔡阿姨左看看右看看，心里都在为许飞红担忧：这龌龊的地方，怎么住人呀？老阿姐道："老板，你真不要我留下来陪你呀？"许飞红挥挥手道："算了吧，你们家那口子看得你多紧，我要不放你回家，怕他要和我决斗了。"蔡阿姨犹犹豫豫道："要不，我留下陪你？"许飞红笑道："你们今天啥个路道？这样牵丝板藤，把我当吃奶的孩子啦？走走走,我脑袋已经斗大了,不要再讨我厌气了!”边说边推搡着她们出去,刷啦啦,又把卷帘门放下了。

许飞红虽然做好了种种艰苦的准备,比如铺板比较窄,不容易翻身;比如店铺里存放着海鲜品,有一股腥气,等等。可是,情况比她想象的更严酷。首先是冷,店铺的卷帘门不密封,半夜里寒风飕飕地直往屋子里灌,整个店铺就像是一座冰窖。棉被裹在身上丝毫没有热气,就像卷了一层洋铅皮,硌着身体愈发冷得哆嗦。热水袋一会儿就成了冰砣子,不停地换热水,两只暖水瓶很快就空了。哪里还能睡觉?眼睁睁地等待天明。最令许飞红头皮发麻的是那些肆无忌惮地在店铺中蹿上蹿下的老鼠,简直目中无人,甚至还大大咧咧地爬到许飞红肚皮上跳舞。许飞红实在无法忍受了,跳起来驱赶鼠儿,用扫帚扑打它们。可她哪里是它们的对手?鼠儿机灵地躲过她的扑杀,等她累了困了,才躺下打个盹,它们又窸里窣落地跑出来骚扰她了。

一夜人鼠大战下来,许飞红筋疲力尽,面色灰暗,眼圈乌黑。次日,老阿姐和蔡阿姨来上班,看见她这般模样,劝道:“老板,不要硬撑了,争气不如争实惠,就算搬到三层阁也比这里强得多。”许飞红眼珠子一瞪,抢白道:“大清老早你们就来烦躁我,还要不要做生意啦?没有钞票进账,我和你们一道喝西北风去!”那两个人只好罢口,操袖捋臂摆摊张铺。水产生意最不好耽搁,鲜鱼活虾一旦死了,卖出去连成本都收不回来。

及午,上半天生意歇落,许飞红掏出钞票,让蔡阿姨到对马路个体饭店买三只盒饭,道:“要两荤一素的,不要替我省钞票。”为了留住老阿姐和蔡阿姨,许飞红颇费了一番心思。薪水年年要加的,所以一下子不能开得太高。每天中午请她们吃顿盒饭,钞票花得不多,却很受用。她们对外讲起来,我们老板每天请一顿中饭,也很有面子。三个人一道吃饭,边吃边聊家常,愈聊关系愈发亲密,做起生活自然也愈发巴结了。

老阿姐却拉脱袖套,解下围单,笑道:“老板,我今天省你一顿饭。我家那口子调休，在屋里修水龙头。水龙头嘀嘀嗒嗒漏了有一阵了，我回去相帮相帮。”

许飞红便从蔡阿姨手中抽回两块钱，塞进老阿姐手中，道：“饭不吃，钞票归你。忙不过来，下半天你就不要过来了。去徐家汇几爿饭店送货，我和蔡阿姨应付得了。”

老阿姐道：“我也算调休半日好了，老板你记着，要紧关头有事体，尽管叫我。”便将钞票揣进兜里，喜滋滋地走了。

不一会，蔡阿姨买了盒饭回来。许飞红揭开盒盖，见是一块香烟盒子大小的红烧五花肉、一只荷包蛋，外加一份卷心菜炒胡萝卜。便将红烧肉搛到蔡阿姨饭盒里，道：“我见着肉就犯腻，你帮帮忙，不要浪费了。”

蔡阿姨哦唷哦唷叫了两声，笑道：“我哪里吃得下呢？”

许飞红道：“你吃不了，带回去，晚上给你老头子下酒吃。”

蔡阿姨连声谢谢，便将塑料饭盒的盖子撕下，将两块红烧肉都搛到盒盖上了。

两个人孵在店铺门外的太阳头里谈天吃饭，这当口，陆马年领着两名小工走过来了。蔡阿姨笑着招呼：“陆队长，中饭吃过吧？”

陆马年道了声“吃过了”，径直往店铺里去。

许飞红忙道：“陆马年，你要买咸货啊？”

陆马年站在店门口，东张张，西望望，随口道：“我不买东西。”

许飞红恨声道：“是我妈叫你来的吧？你不要听她的调排，我在这里睡得蛮好。”

蔡阿姨却道：“老板，就叫陆队长帮你拦一拦，挡挡风也好的嘛。”

陆马年跨进店铺里，从工作服上衣口袋取出钢皮卷尺，道：“我没见着吴阿姨，是房管所头头布置下来的任务。还有一部分人去收拾盈虚坊里那间三层阁了。上头讲了，这个任务很重要，是有关落实知识分子政策的大事体，要我们抓紧做好。”

许飞红闷住了，便由他们在店铺里东量西量的。隔了一歇，陆马年收拢卷尺，走到她身旁道：“这间店铺太浅。两横头又是柜台，要拦出一小间睡处比较难。我算了算，它层高还可以，不如在里半间搭一只阁楼，只要能爬上去睡觉就行，你看呢？”

蔡阿姨双手一合掌，抢过话头道：“好好好，陆队长想的法子就是好。搭张阁楼床，又清爽，又谨慎，日里又不妨碍做生意。”

许飞红心里也是觉得陆马年的主意不错，面孔仍是一副很不情愿的样子，冷冷道：“你们要完成任务，就去做好了。蔡阿姨，吃好饭我们管我们送货去。”

陆马年道：“你们走开了反倒好，今天下午店铺索性打烊，我们也好放开手脚做生活。”

两个人说话都板着面孔，语气都冲冲的，寻相骂似的。

许飞红和蔡阿姨轮流踏着黄鱼车去徐家汇肇嘉浜路上的几爿饭店送了水产鲜货。时间尚早，许飞红便让蔡阿姨踏了空车回家，她自己搭公交车去了黄河路、乍浦路转转。听朋友介绍，那一带开出不少个体餐馆，生意兴隆，对水产品的需求很大。在小菜场做个体鱼摊太辛苦，生意又做不大。许飞红早有打算，以后专门做饭店的生意，做成水产品供应商，那样才能赚大钱。因为事先有朋友打了招呼，许飞红在黄河路、乍浦路上谈成了两笔生意，后一家饭店老板还留她吃了晚饭。待她回到盈虚街，已是灯火阑珊之际。街上人迹稀少，落了霜的路面在暗淡的星光下泛着幽幽的银光。

许飞红多喝了几口酒，脚步有点踉跄。摇摇晃晃走到盈虚坊牌楼跟前了，才想起自己已搬出了盈虚坊。一阵伤感涌上来，她差点要吐。憋住了，又踉踉跄跄往回走。走到自己店铺门外，见卷帘门垂着，却没有上大锁。心里面道：“好你个陆马年，我店里东西如果叫人偷了，非寻你算账不可！”

刷啦啦开了卷帘门进去，拧亮日光灯，霎时便惊呆在那里了！

店铺里半间阁楼已经搭起了，用的不是三夹板，却是一条条松木拼起，刨得溜光，没上油漆，满屋子都是原木的清香。左边柜台里，架起了一领木梯，直通上阁楼。最叫她惊叹的，在阁楼沿口还拉起了一道深紫红的绒布帷幔,打着整齐的褶子,又美观,又保暖。他陆马年究竟有几副身手?这一半天就能化腐朽为神奇?

“你怎么回来得这么晚?我看蔡阿姨早到家了!”

背后突然冒出人声,把许飞红吓得尖叫起来。身后人捉住她的肩胛低声呵斥道:“轻点,让人听见当我怎么样了呢?”

许飞红这才看清是陆马年,用力挣出肩胛,没好气道:“你有毛病啊?差点把我吓死!”

陆马年缓缓收回手掌,那只手悬在半空,不晓得如何安置它了。

许飞红又嗔道:“你怎么还在这里?让人看见不晓得添油加醋编排成什么样了?”

陆马年瓮声道:“生活做好了,总要等主人验收吧?我在对马路等到现在,看见你走过去了,又走回来了……”

许飞红语气放温和些了:“现在我验收了,做得很好,我很满意。要多少工钱?”

陆马年瞟了她一眼,重重地道:“你喝酒了!跟谁一道喝的?怎么喝到这么晚才回来?”

许飞红稍稍怔忡了一歇,便咯咯咯笑起来,道:“陆马年你真的神经搭错了,你凭什么来管我的事?”

陆马年憋得满脸通红,含混道:“反正女人年纪轻轻就喝老酒喝到深更半夜的,会被人家看不起的。”

许飞红狠狠地跺了下脚,抬高了声音道:“你看不起我还待在这里做啥?走啊,你好走了呀!”见陆马年磨磨叽叽地还不挪步,“你等工钱是吧?问你,你又不说。两百块够吧?我给你拿去!”

陆马年急了,道:“不不不,不要工钱的。被子我已经帮你搬上去了,睡一晚试试。有什么问题,明天你来找我。”便退出了店铺的卷帘门。

许飞红看着他的样子,又好气又好笑,能长能大的个头,见了女人,就这副熊样!没精打采地去拉卷帘门,忽然想起了昨天晚上老鼠的猖狂,慌忙跑到街上,远远还能看到陆马年门板似的背影,顾不得其他了,喊道:“陆马年——陆马年——”

陆马年闻声,叭嗒叭嗒地跑回来,心急慌忙地问道:“许飞红出什么事了?”

许飞红有点不好意思了,耸了耸肩膀,道:“你会不会治老鼠啊?”

陆马年挠挠头皮,道:“你等一歇,不要锁门,我去去马上就来。”

许飞红不晓得他葫芦里卖什么药,只好等着。约莫半个钟点光景,陆马年回来了。不是他一个,回来一双,他和他怀里的一只猫。

许飞红扑哧笑道:“你是让它来抓老鼠啊!我店铺里都是鱼干,现成有吃的了,它哪里肯去抓老鼠?”

陆马年抚着猫的后背,道:“不会的,它不会乱吃主人家东西的,不信你抱去试试看。”便将猫递给了许飞红。

这只猫浑身毛色漆黑,只双耳之间一撮白毛,愈显得琥珀色的猫眼晶亮晶亮。

许飞红试着伸出双臂去抱它,谁知它嗦溜窜下地跑了,许飞红去追它,叫道:“咪咪,阿咪,快过来呀!”

陆马年嗫嚅道:“它的名字不叫阿咪,你再唤它,它也不会理睬你的。”

许飞红道:“那它叫什么呢?你快告诉我呀!”

陆马年低了脑袋眼乌珠盯着自己的脚尖,像准备着挨骂的小男生,轻轻道:“它叫阿红!”

“啊?”许飞红跺了一脚,咬牙切齿道,“谁给它起这个名字的?你这不是咒我吗?”

陆马年不理会她,只顾“阿红阿红”地叫开了。不一会,那只猫儿果然从暗处跑了回来,温驯地匍匐在陆马年脚旁。陆马年又将它抱起来,脸贴着它的后脑勺,柔声道:“阿红乖,跟许飞红去,帮她看住老鼠,不许它们打搅她睡觉,晓得吧?”

那猫儿真像是听懂了陆马年的话,许飞红再去抱它,它竟像婴儿般蜷缩在她的怀里了。这一刻,许飞红胸口头荡开一团柔软的涟漪。

陆马年走后，许飞红爬上阁楼，见被褥铺得舒齐，靠墙还敲了一块搁板，放着一个台灯。拉上布幔，点亮台灯，小小阁楼便是个橙色温暖的小世界。许飞红晓得陆马年真是尽心尽力地为她做的这一切，她自然感激他。她心酸地想，要是冯令丁也像陆马年这样爱护她、顺从她，那该多好啊。可是，冯令丁若真像陆马年那般恭顺、卑怯、拙鲁，她还会爱他吗？她不就是欣赏冯令丁的高傲持重，特立独行，为他惯常表露出的冷淡落寞、略带忧悒的表情神魂颠倒吗？

许飞红躺在陆马年为她精心打造的阁楼上，身子是舒服暖和了，心却一点一点地冷却下来。回想起住在守宫里的日日夜夜，宛若隔世一般。许飞红狠狠地咬住自己的下嘴唇，任由苦涩的眼泪一坨一坨地涌出眼眶。暗自发誓，一定要拼命干活，拼命挣钱，买一幢跟守宫一样的豪宅，让冯令丁对自己刮目相待！

相思相见知何日，此时此夜难为情。

第七章

许飞虹出嫁

古银杏树外，天光幽暗，暮色四合，弄堂里拐角处的路灯一盏盏亮了起来。她透过枝丫的缝隙，看见一个能长能大的身影正走进椭圆的灯环中。

28

守宫里里外外修葺一新，就等着冯畹丁一家回来了。

盈虚坊间人就像等待看一出名角儿演的大戏一般，心急火燎地拔长了头颈，撑大了眼眶，就想看看这位烈士的遗孤回到盈虚坊，那守宫与恒野中将会演绎怎样跌宕起伏的剧情，冯、常两家各等人物将会使出怎样令人叫板的绝技。

可是冯畹丁的归期一拖再拖，原讲在新疆过完最后一个春节就动身，后又推至过完元宵节，最近又讲要到清明后才能启程了。于是坊间人又起了各种各样的猜疑，大家比较认同的说法，一定是守宫女主人李凝眉从中作梗，阻挠冯畹丁一家住进守宫。就有人道，想想也是的，这守宫名分账是李家的财产，现在要让冯景初和常巽的私生女一家三口住进来，放在谁身上谁都会不乐意的。她冯畹丁既然是以遗孤的身份调回来，就应该住到恒野常家去呀。却又有人从另外一个角度去分析，道："冯畹丁是姓冯吧？况且她生身父亲还健在，断没有住到恒墅舅舅家去的道理，当然应该回到守宫去啰。"

坊间说长道短地议论不休，众人都晓得守宫女主人李凝眉独与倪师太相交最深，便去倪师太处打听长短。倪师太双目合闭，念了声"阿弥陀佛"，道："你们这样编排阿眉，真叫做罪过，也不忖忖畹丁姑娘从小是谁养大的！为了让畹丁一家顺顺利利调回来，阿眉没少花香烛钞票，这我是最清爽的了。你们以为调一家三口回上海那么便当啊？上海这边发文去，新疆那边还得一级一级批下来呢！"

尽管冯家人守口如瓶，真实情况还是通过各种渠道传进了盈虚坊，并且迅速蔓延开来，所以说这世间大都是无秘密可言的。

原来冯畹丁一家的调动在新疆建设兵团受到了一定的阻力，问题不在冯畹丁身上，而是针对陈家进。陈家进在兵团几番蹉跎之后时来运转，当上了兵团政治部主任。一时下功成名就，左右逢源。却在他奋力向更高的位置冲击时，"四人帮"粉碎了，他被当作错误路线的宠儿受到审查，贬职下连队劳动改造，打入冷宫，看人白眼。陈家进一度心灰意冷，精神萎靡颓丧。若不是冯畹丁陪伴身旁，百般劝慰，循循开导，不晓得他会冲动地做出什么事来呢。兵团领导收到上海民政局的调令后，专门开党委会进行了讨论，一致认为让冯畹丁带着儿子回上海理所应当，但对陈家进这类政治小丑，却不能让他这么便当就逃离群众的监督，回上海逍遥自在去了。批文下来，冯畹丁当即表示，不让陈家进调回上海，她也不回上海了。事情就这么僵持下来。上海方面来函催问，冯畹丁写了申辩信据理力争：当年我们怀着满腔热情来到边疆，把青春都献给戈壁滩了；陈家进是凭借他的能力和工作实绩而当上兵团政治部主任，他和"四人帮"爪牙没有任何关系。可是申辩信递交上去，迟迟没有回音。

盈虚坊人得知了这出大戏迟迟不能开幕的内情，大都为冯畹丁扼腕叹息。有了点年纪的人对青春少女时的冯畹丁记忆犹新，那才是个水木清华的人儿，清雅脱俗得像一樽青花古瓷瓶，怎么就会着了魔似的看上陈家进那般投机钻营、沽名钓誉的市侩呢？也有人见过青年陈家进的，也为他辩解几句。当年的陈家进少年才俊、风华正茂呀，倘若他一路官运亨通，没有那么多曲折，世人就会说冯畹丁慧眼识英才了。所以说，不可以成败论英雄啊。

盈虚坊对冯畹丁陈家进的故事热衷了蛮长一段日子，就在那些评论分析争议渐渐稀落平息、众人的目光开始转移之际，突然爆出信息：冯畹丁陈家进带着儿子陈戈壁乘火车乘了三天两夜，傍晚就要到上海啦！坊间人真有点猝不及防的惊喜，互相打听火车确切到站的钟点。也有人拦住依旧替守宫做生活的吴阿姨，问道，他们合家迁回,行李一定不少,要不要人相帮啊?只要招呼一声,年轻力壮的有的是。吴阿姨笑道:“你们这一番好意我代冯同志李同志受领了。姑娘姑爷回家,也算是大喜了。冯同志和小弟弟都特为请了半天假,一定要亲自去火车站接。冯同志单位还派了一部卡车呢。约莫吃夜饭前总能到的吧,李同志要我多做几只小菜,隔几日还要到饭店里开团圆酒席呢。”盘问者哪里肯这么快就放吴阿姨过门?又问道:“不是说新疆那边不放人吗?怎么突然就大道坦途了呢?”吴阿姨俨然就是守宫的代言人,一扬脑袋道:“上海特为派了调查小组去那边,姑爷根本就没什么事体,从前得罪过一些人,全然是公报私仇。问题搞清爽了,哪里还能不放人!这一耽搁,也有半年光景了吧?”

其时已经入夏,小学校放了暑假。这一日,吴阿姨早早地把许红果叫醒了,道:“红果,奶奶带你去守宫玩好吧?那里来了个弟弟,下学期也要到你们学校上课。奶奶介绍你们认得一下,人家刚从新疆回来,你要带带他。”

许红果刚进盈虚坊时是住在守宫里的,是在那里的敞廊花园里疯惯了的。去年底他们一家搬进低矮逼仄的三层阁,天气合适的时候还好到弄堂里去蹦蹦跳跳,逢到刮风下雨,抑或大冷天大热天,只好孵在三层阁里收筋骨了。许红果正憋得难过呢,听奶奶这么一说,连忙跳起来。她是个外向的孩子,喜欢结交朋友,听说是个比自己小一岁的男孩子,愈发来劲了。刷牙洗脸吃早饭,动作比平素里快了一倍。临走前,又到自己睡窝的枕头里吭吱吭吱掏了半天,掏出一块彩色橡皮,说是要送给新疆来的弟弟作见面礼。

吴阿姨想得周到,将许红果送入守宫后,又去恒野把常蝘蜓领过来。三个孩子年纪差不多大小,以后上学下学都有道伴了。

冯畹丁那年回上海治疗妇科病,又找中医开了几副调剂血脉的方子,回新疆不久就怀上了孩子。当时,陈家进刚刚升任兵团政治部主任的职位,儿子出生后,为了表示他们对边疆的热爱,就取名“戈壁”。陈戈壁年岁虽比许红果、常蝘蜓都小些,个头却蹿得最高。

肤色被戈壁滩上的烈日烤得黝黑，眼窝深凹，鼻梁高挺，有点像新疆维吾尔族的相貌，仔细看，却是取冯晼丁、陈家进两人优点的组合。陈戈壁原也是机灵聪慧的孩子，只是才到上海，有点见生，闷闷的，不太张口。常蝘蜓天性羞怯沉静，见了陈戈壁只是笑笑，不主动搭腔。幸好许红果泼辣大胆，拉住陈戈壁问长问短，又喊常蝘蜓帮着做这做那。三个孩子很快就熟悉起来，开开心心地玩成一簇堆了。

冯晼丁一家从新疆带回来的东西大都搬到三楼去了，还有些零碎的来不及整理，摊在底楼客厅里，显得客厅有些乱。吴阿姨便动手收拾，一样样归正，擦干净。客厅是按照从前的样式布置的，当时那一圈沙发的罩布被墨汁染污，椅子座垫被剪子铰破，现在都换了新的，是老黄底起墨绿缠枝花纹的织锦缎，带着金色的流苏，比起从前愈发是另一派富贵的气派。吴阿姨心想，这房子真是要合适的人去住才对呀。自己一家人在这住了十多年，这房子也就是普普通通的房间，无非比人家宽敞些。可人家李同志一经手，门窗还是从前的门窗，地板还是从前的地板，只墙壁粉刷了一下，怎么就立时三刻摩登光鲜起来了呢？要说吴阿姨搬出守宫住进三层阁，心里面没有丝毫怨气是假的。在守宫里面指手画脚惯了，跑到三层阁，转个身子都要缩手缩脚，以免撞倒什么，碰痛哪里的，头几天真正是窝囊得火气辣辣地生上来。不过吴阿姨做人的原则，凡事两个字："宽"和"忍"，多替别人家想想。这么一来，心里面的怨和气就像大热天的雷阵雨一样，哗啦啦啦来一阵很快就过去了，天空照样开阔晴朗。他们一家搬出守宫后，女儿坚决反对她再帮守宫做生活。她自己原也打算辞掉一半人家的生活，毕竟年岁不饶人，走进盈虚坊时的年轻少妇，如今鬓角的白发怎么拔都拔不干净了。然而她抵不过李同志的再三挽留，索性辞了弄堂里其他人家的生活，单为守宫和恒墅两家做了。对恒墅，她是放不下那个犯了痴呆病的常天竹姑娘；对守宫，她是割舍不下自己千丝万缕的情愫：守宫是她从乡下到上海的第一份生活，是她人生的转折点呀！

此刻，门外传来一声呼唤："吴阿姨——吴阿姨——"

这喊声糯答答轻飘飘,骨子里却有股不可违抗的气势,吴阿姨是再熟稔不过了。连忙走出客厅,却见女主人李凝眉正纤柔如苇地依在楼梯拐角处莲心状的把手旁。吴阿姨笑道:“李同志,昨日多少吃力,你就歇着吧,下面事体我会端整的。”

李凝眉道:“电话刚刚来过,街道主任等一歇要来。你再烧一铜吊子开水,热水瓶灌灌足。”

吴阿姨道:“怎么不早点讲?冯同志、小弟弟都上班去了。”

李凝眉浅浅地、冷冷地笑笑道:“他们单位里都有要紧事体的,哪里可以日日请假?”抬手朝上指了指,“是来谈他们夫妻两个工作的事体,也都安排定当的,我陪着足够了。”

吴阿姨巴结道:“要不要把那套青花瓷茶具摆出来用?”

李凝眉微微皱皱眉头,道:“不用了,就用大路的玻璃杯,茶叶用好点的就可以了。”

吴阿姨应道:“晓得了。”转而一想,又道,“恰好我早上买了几只香瓜,剖一只,一瓣一瓣放在盘子里,蛮简便,又登样,好吧?”

李凝眉点点头,侧了身像要上楼的姿势,却又问:“小孩子吵闹吗?”

吴阿姨忙道:“一点也不吵。男小孩,我是嫌他太过斯文了呢。现在跟红果、蝘蜓一道在花园里玩,李同志,我去叫他们过来吧?”

李凝眉摇摇头道:“让他们玩去。等歇日头升高了,招呼他们到敞廊中来,他是在那里晒惯了的,两个小姑娘哪里吃得消?香瓜也剖一只给他们吃。”停停又道,“我上去换身衣裳,客人来,就叫我一声。”

吴阿姨听着女主人的房门砰砰关拢,这才收拢面孔上的笑容,轻轻叹着摇摇头。她是最晓得李同志这一段心里面的悒郁的。在守宫做了近三十年,眼见了李同志、冯同志的夫妻关系谈不上如胶似漆,却还是齐眉举案、相敬如宾的。他们之间唯一的疙瘩就是在冯晼丁身上。弄堂里也有一种议论,好像冯晼丁远走天涯,多少年都不回家,都是李凝眉这个晚娘不厚道的缘故。吴阿姨每每站在公正的立场上为女主人辩解。如果李同志不厚道，当初她就不会嫁给带着个三四岁孩子的冯景初了。小孩子幼年、少年最难带的时候，不都是李同志吃辛吃苦操劳的吗？啥人不晓得冯同志心里面忘不掉晼丁姑娘的亲生娘？几十年下来，李同志不吵不闹，待冯同志那个好是有目共睹的呀。现在冯晼丁的生身娘成了烈士，坊间处处传颂她；冯同志请了假，亲自去火车站接冯晼丁一家回盈虚坊，并将原准备给儿子作新房的三层楼腾出来给他们住。李同志没有多半句闲话，跑上跑下地收作房间，挂什么窗帘，铺什么床罩，瓶子里插什么花，哪一样不是她亲自过问的？在吴阿姨看来，能像李同志这般大度的女人天底下找不出几个来的。

吴阿姨说是这么说，她都能感受到李同志强忍住的委屈和愤懑。几天下来，李同志陡然瘦了一圈，那张面孔愈发窄了，五官好像都扩到外面去了。李同志的丹凤眼，原是最精神的，鲜鱼儿似的划到东划到西。可这两天那双眼黯淡无神，眼乌珠木木的，常常像洋钉似的钉在一个地方动弹不得了。吴阿姨心里面同情李同志的处境，所以帮李同志做事体分外卖力。

吴阿姨冲满了热水瓶，又在一只麻姑献桃图案的白瓷提梁壶中酽酽地泡了半壶茶头，又将香瓜切成一瓣一瓣地放在一只腰盘中。刚端到客堂间茶几上放好，门铃就响了。

开了门一看，是熟人。吴阿姨便亲热却又恭敬道："是张阿姨啊，你调到街道办事处后，盈虚坊里难得见到你的影子了。"

站在张阿姨身后的一位中年男子便笑道："张嘉珍啊，这是群众对你工作作风的批评啊！"

吴阿姨急道："不是的，不是那个意思。张阿姨帮了我们家许多忙，我们是常常想念她。"

张阿姨有点尴尬地笑道："吴阿姨，只要你不嫌烦，以后我会常常来望你的。"又指着中年男子道，"这是街道刘主任。"

吴阿姨连忙让客人进门，回头想上楼招呼李同志，却见李同志已候在客堂间门边了，身旁还站着冯晼丁和陈家进。李凝眉换了件紫色隐碎花的绸衬衫，一条湖绉玄色长裤，照说是简单得不能再简单的装扮了，看着却是别致。也许是紫色暗合了她的心情，重重叠叠，浑浑沌沌，略羼着闲愁淡忧，倒比仍穿着建设兵团军上装的冯畹丁显得年轻。

李凝眉浅浅托着个笑，是怕笑得重了，脸架子收不拢笑纹，极有风度地欠欠腰，道："刘主任，张阿姨，客厅里坐。"

待客人坐定，吴阿姨斟了茶，便退了出来。她去花园里将三个孩子领到厨房间，给他们吃香瓜，又关照道："日头太猛了，不要到花园里去了。等客厅里客人走了，再去敞廊。客人是来讲很重要的事体的，红果你要带头，不许吵扰人家，晓得了吧？"

许红果哼哼唧唧，只顾着饕餮蜜甜的香瓜。

吴阿姨因要去恒墅做中饭，便匆匆离开了守宫。恒墅的饭菜比守宫简便得多，两菜一汤，很快就做成了。她要给常天竹喂饭，小姨娘催着她道："走吧，走吧，这两日守宫那边添人口，事多。这里有我呢。朝后我走了，天竹是要拜托你多操点心。"小姨娘办理移居香港的手续很烦琐，一年多了，还没有办下来。

吴阿姨又转回守宫，收拾了碗筷下来洗，又将晚饭的小菜一样样配好。女主人听得她上上落落的响动，下得楼来，站在水池旁看她哗哗地洗菜，刷刷地淘米。吴阿姨就晓得女主人肚皮里有话没地方倒，要在她耳根旁来吐吐闷气。便有心提她的话头，问道："李同志，上半天街道主任来讲点啥啦？畹丁姑娘和陈姑爷的工作有眉目了没有？"

李凝眉声音懒洋洋，淡淡笑道："岂是一点眉目，一切都安排定当了。畹丁嘛，分在街道办事处计划生育办公室，一个闲职，特为照顾她的身体。陈家进先去区里集管局报到，具体工作局里会分配的。刘主任说了，畹丁和陈家进都是党员，又在边疆锻炼了这么多年，这样的干部各个部门都很需要的。"

吴阿姨在李同志跟前是无所顾忌的，便道："插队落户回来的知青造造反反，能有几个像姑娘姑爷这般运道好的？一是因为有个烈属的头衔，二是因为冯同志现在的影响。李同志，你说是这个道理吧？"

李凝眉道："这话可是你说的。吴阿姨，现在给你个主任啊局长啊当当，我看也是绰绰有余的。"说罢，掩口一笑。她换回了家常的本白纺绸绣花边的睡衣裤，随着肢体牵动，簌簌抖散了衣纹，风中荷似的。

吴阿姨只图引女主人开心，故意大惊小怪地喔唷唷叫着，笑道："李同志你不要寒碜我了，大字不识一个的。晓得点道理，也是跟你李同志学的。我的意思，不管怎么样，守宫是愈来愈兴旺了呀。"

李凝眉一时无话，两只眼珠子死鱼儿般浮在水池边缘一动不动。许时，轻轻吁了口气，道："他们一家总算团聚了！"

吴阿姨忽地打了个寒噤，她晓得女主人说的是冯同志和畹丁姑娘的生身母亲一家团聚。连忙道："李同志，我们乡下人家死了亲人，总要落土为安，家里供上牌位，那魂灵方能回来团聚。常家巽小姐生不见人，死不见尸的，她的冤魂还不晓得飘落何处呢。要说团聚，总归是你和冯同志成双作对的……"说着怎觉得身后没有丝毫声息了？回头一看，李同志却已经不在厨房里了，空气中还滞留着香脂淡悠悠的气味。

盈虚坊上私人餐馆"好吉祥"的石老板听说盈虚坊的守宫、恒墅主人联手要为冯畹丁一家的归来办一桌接风酒，立即亲自上门推销他的"好吉祥团圆大餐"。数年前，石老板是领教过守宫、恒墅在盈虚坊乃至盈虚街上的威望的。近两年，私人餐馆愈开愈多，"好吉祥"生意一直阴阳怪气地火不起来。石老板下了狠心，宁愿亏本也要把守宫、恒墅这次家宴拉到"好吉祥"来。石老板到底在商海沉浮了好几年，晓得做生意能搭上点政治背景大有好处。守宫、恒墅这桌接风酒席讲讲是家宴，却带有一定的政治色彩。就因为冯畹丁是烈士遗孤，风声传出去，说不定报社记者也会来现场采访。开宴的时候，趁机拍点照片下来，挂在店堂里做招牌，"好吉祥"的档次就跟这条街上其他的餐馆大不一样了呢！

石老板精心印制了一份团圆大餐的菜单,做了四样“好吉祥”特色冷盘,装在礼盒里拎着,揿响了守宫的门铃。

恰巧是吴阿姨开的门。吴阿姨还记得那年石老板的儿子辱骂许红果、常蝘蜓的事体,就不给他好声气,硬邦邦道:“石老板,你是不是寻错门牌号码了？这只门洞里好像没有你的生意朋友吧?”

石老板嗖地伸出一只脚抵住门,满脸堆笑道:“吴阿姨,朋友朋友就是要碰碰撞撞才认得的嘛。你看,我就晓得你是这个门洞里杨排风、大忠臣、大功臣,对吧?”

石老板最后一句话讲得吴阿姨不得不笑,嗔道:“你们做生意的就一张嘴巴会调枪花。你到底有啥事体？讲得地道,我就替你进去传句话。”

石老板高高举起那只礼盒,道:“盈虚街上出了位抗日英豪,人人都沾光。听讲英雄的女儿回来了,也要允许我们表达一下崇敬之心吧？这是我‘好吉祥’的特色小菜,送给英雄的女儿尝尝味道。”

吴阿姨接过礼盒道:“这个嘛,我就能做主了。小菜收下,照价付钞票,我家主人是不作兴白吃人家白拿人家的。”

石老板道:“你就对你家主人讲,对英雄的敬意是无价的。”他摸出了那张菜单,“‘好吉祥’非常愿意用最佳的菜肴、最好的服务来款待英雄的女儿,最近我们推出了一种‘好吉祥团圆大餐’,价廉物美。这菜单想请你家主人过目……”

“喏喏喏,不过三句话,狐狸尾巴就露出来了吧?”吴阿姨冷笑着打断他,“我晓得你没安好心,赚钞票赚昏头了,推销推到守宫门上来！礼盒拿回去,趁早死了这条心,我家主人不会到你‘好吉祥’去摆酒席的……”

却听得女主人在楼梯口大声问道:“吴阿姨,叽里呱啦在跟谁练舌头呀?”

不等吴阿姨回应,石老板先喊起来:“太太,我是街口好吉祥餐馆,特为来送‘好吉祥团圆大餐’的!”

却是“好吉祥”三个字首先打动了李凝眉的心,便踱到门口来了。石老板横阔竖大地往门洞里跨进一步,倒把吴阿姨挤到门外去了。他双手捧着菜单毕恭毕敬举到李凝眉鼻尖下,道:“太太,我‘好吉祥’在盈虚街开了好几年了,你可以去街上打听打听。这套团圆大餐是我们聘请本帮厨师高手和瑞金医院消化系统的名医共同研究出来的养生菜,既美味又健康。促销价早晚市一律八折,如果你们守宫来吃,我再让两成利!”

李凝眉不出声,却拿起菜单一道一道看下来。菜名起得很花哨,什么“北斗横空”、“鹊桥相逢”、“碧玉莲花”、“日月双辉”、“蟠桃会”等等,看了也云里雾里,不晓得是什么东西。李凝眉皱了皱眉头,道:“你这菜单谁还敢吃啊?星星、月亮、太阳都搬上桌了!”

石老板颇为得意道:“这也是我们‘好吉祥’的特色呀。来我们‘好吉祥’吃饭,不仅能满足口味,还能吃出文化来。”

吴阿姨看到女主人不满意,终于抓住了机会反击,道:“啥叫啥吃文化?不要吃出毛病,寻着你打官司就谢天谢地了。省你个一百心吧,话也听你讲了,单子也看了,你好打道回府了!”就去搡他肩胛往外推。

石老板躲开吴阿姨,又从口袋里摸出一张菜单,道:“太太,你如果不喜欢那种叫法,请看这份菜单。”

李凝眉也是一时好奇,将两张菜单对照着看下来,才晓得“北斗横空”原是八味冷碟,“鹊桥相逢”原是烤乳鸽,“碧玉莲花”原是西芹炒百合,“日月双辉”原是南瓜饼蒸饺点心双拼,“蟠桃会”原是水果大拼盘。忍俊不禁,嗔道:“乌搞百叶结,根本牛头不对马尾的!”

石老板有点尴尬地挠挠头皮,讨好地笑道:“名字起得不到位,这也是我们文化太低的缘故,更欢迎像太太你们这样有文化的人家来‘好吉祥’做客,提高我们的文化口味。不过,有一桩我敢用我这一百多斤来担保,‘好吉祥’的小菜绝对不掺假,不虚价。另外,我们还有个性化的服务,客人自己喜欢的小菜,可以单点单做。”

石老板后面两句话让李凝眉动了心。这几天,她正为这桌酒席的事烦心。李凝眉先是提议,就把常衡步一家请到守宫来,让吴阿姨做一桌家常菜，意思到了就可以了。冯景初却不肯马虎，执意要到酒店像像样样办一桌接风酒席。李凝眉当然懂得冯景初这桌酒明为女儿接风，实是庆祝他心中永远的恋人常巽恢复了名誉，凄凉地想，我这一辈子算是个什么角色呢？得了他的人，却从来没有得到他的心啊！不免心胸中郁闷，面上却又不能丝毫表露，还得做出兴头十足的样子去张罗。许多年不下馆子吃饭了，从前熟悉的老饭店，有的歇了业，有的搬了场，也不晓得菜做的味道还好不好。正愁呢，"好吉祥"倒送上门来了。一来就在盈虚街口，没有几脚路；二来看菜单花色品种也蛮齐全，还能自己单点单做，还能打折头，也省得自己再到处打听了。便问道："你们店里有没有包房？宁愿加几个钱，清静点。"

石老板听话听音，有门道了，忙道："包房有，二楼原有几个单间，如果嫌不够气派，我将隔断屏风拆了，单为你们摆一张大桌子，太太你看如何？"

李凝眉略沉吟，双眉一挑，道："好吧，先就这么定了，晚上把菜单给冯同志过目一下。时间是在礼拜天晚上，六点钟开席。要不要付点订金？"

石老板连连欠着腰，面孔笑得乱棉花团似的，道："太太，付什么订金？从这个门洞进出，便就是信誉了。"这才乐颠乐颠地走了。

吴阿姨便道："李同志，你是被他噱进了，他那个'好吉祥'拢共两只门面，哪里来的什么包房。不如去淮海路陕西路口的红心酒家，要么索性跑远点，到城隍庙的上海老饭店去，气派得多了。"

李凝眉正在察看石老板送的那只礼盒中的四样冷菜，是一只糟钵头，一只咸猪手，一只酱鸭，一碟海蜇拌萝卜丝，也寻常，不晓得味道怎样。应道："何必舍近求远？他店堂就开在我眼皮底下，我还怕他耍滑头。逃得了和尚逃不了庙。今天是他求着我们上他饭店做排场，我当然晓得，是想让我们替他扬扬名，做免费广告。势必要对我们愈发精心款待，我就图他这点嘛。"

吴阿姨思忖也是这个理，笑道："这四只冷菜夜饭时吃吃看，吃了不好就不要理睬他。”

李凝眉道：“等歇你去恒墅，带两只给常先生尝尝。”

吴阿姨睃了女主人一眼，道：“到底是李同志想得周到。”心想，女人终究是拗不过男人的。李同志多少精怪一个人，还是要顺着冯同志的心思走啊！

李凝眉不计较吴阿姨眼神与言语间透露的怜悯，自顾自上楼去。这么多年来，吴阿姨早已替代从前的王阿婆，成为她精神上的“密友”。这样一个不识字的劳动大姐有许多从底层生活锤炼出来的见识，每每让她振聋发聩。刚走到楼梯拐弯口，她想起什么，忙叫道：“吴阿姨——”

吴阿姨拎着礼盒刚进厨房，听到唤声又踅回来，“李同志喊我啊？”

李凝眉道：“石老板不是说拆了屏风，给我们摆一张大圆桌吗？礼拜天晚上我们两家都不要做夜饭，你就带着红果一道来‘好吉祥’热闹热闹。”

吴阿姨连连摇头道：“李同志我领你这个情了，我们红果哪里上得了台面？”

李凝眉道：“什么上得了台面上不了台面的，你讲这种话倒是把我推到势利小人一簇堆去了！你是小弟的奶妈，当得半个娘了。红果又和蝘蜓、戈壁合得不错，一定要来的，否则你就不要进守宫，我也不敢用你了。”

吴阿姨晓得李同志是诚心诚意相邀，千谢万谢地应允了。让许红果开开眼界也好啊。

再说“好吉祥”石老板好不容易攻克了守宫这座堡垒，恨不得像收旧货的那样，拿只电喇叭沿盈虚街一路吆喝下来。便逢人就道：“守宫、恒墅礼拜天在我们‘好吉祥’订了一桌团圆酒，守宫里那位李太太，吃过多少山珍海味，独独看中了我们好吉祥的菜谱呢！”这一招立竿见影，礼拜天的夜饭，“好吉祥”底楼十来张圆台面统统预订出去了。

石老板愈发认定守宫、恒墅这桌酒是他的福源，愈发卖力地准备这桌酒席，李凝眉叫吴阿姨跟石老板打招呼，圆台面愈大愈好，总要坐得下十二三个人。“好吉祥”没有这么大的圆台面，石老板特特为为跑到黄河路，向朋友借了一张大台面过来。“好吉祥”二楼原是用活络屏风拦成四个单间的，石老板叫人统统拆去。圆台面架起来，略觉空旷单调。石老板便从家中搬来了长短沙发和茶几，沿窗排下。又咬咬牙，掏钞票换了新窗帘。圆台面上铺上暗红色细麻松布，中间再放上一盆兴兴旺旺的红杜鹃。石老板站在门边眯起眼睛团圈看下来，真跟宾馆中的餐厅差不多啦！

不料，就在礼拜天的上午，吴阿姨匆匆忙忙过来跟石老板招呼，说是因为要等一位十分重要的客人，守宫、恒墅这桌酒席今晚开不了，要拖延一个礼拜再办。石老板差一点点破口骂出声：“开什么玩笑，只只小菜的用料都配齐了，这不是存心玩我吗？”不过他还是忍住了，把恶气生吞活剥地咽下肚子，强笑道：“没有关系，你去回李太太的话，她想什么时候来吃就什么时候来好了。”这段曲折传开去，盈虚街上许多人都道，石老板肚量大，是赚大钞票的架势。当下就有一户人家来把晚上守宫、恒墅空出来的这张酒席订走了。石老板一点没有损失，还添了好名声，方才悟出了做生意的门道。

却说守宫、恒墅推迟开宴，等待的那位重要客人究竟是谁呢？原来竟是恒墅常家小姨娘的丈夫、退休多年的前国民党高级将领。小姨娘的丈夫两年前从台湾移居香港，日日夜夜等着与发妻相聚，偏偏小姨娘的移民手续迟迟没批下来。他实在等得心焦，便订了飞机票来上海，一是与小姨娘叙离情，顺带便也想跟有关方面沟通一下，尽快把小姨娘的移民手续办妥，带着小姨娘一起回香港。

那一日下午，恒墅常衡步先生西装笔挺地陪同小姨娘去虹桥机场接连襟，机场港澳出口处早有报社电台电视台的记者候着了。看来这位襟弟先前在台湾政界地位不低，常衡步连忙将小姨娘推了上前，自己却躲得远远的。他看见炮口枪口似的摄像机和话筒心里就犯怵。

小姨夫在机场接受了媒体的采访,倾吐了相隔近四十年重返故土的万般激动与感触。这档节目在当日电视台的夜间新闻里就播出了,隔日的大小报刊或长或短,都有报道。

这天下午起,盈虚坊间又是一片沸沸扬扬,人们东一簇堆西一簇堆地聚在弄堂的拱券门下拐弯角落,把常家远远近近的事体都翻出来重新咀嚼,不厌其烦地探源溯根。真正的目的,就是消磨时间,等待常先生和小姨娘接了小姨夫回来。人人都想一睹这位国民党高级将领的别样风采。

太阳一点点西坠,夕晖一点点隐退,月亮一点点升高,星星一点点密集。有人等候得乏了,回去歇了,却仍有一部分人不达目的不罢休地候着。

九点敲过,常衡步独自一人走进了盈虚坊,坚守等候的人呼地围拢上去,急急问道:"常先生,怎么搞的?人没接到?飞机误点了?"

常先生面带略显疲惫的笑容,道:"人是接到了。市里统战部派车把他们送到衡山宾馆去了。"见众人情绪一下子低落,又道,"后天礼拜天,他会到盈虚坊来看看,我们要在'好吉祥'为他接风的。"

便有人不识好歹地追问了一句:"常先生,小姨娘怎么没跟你一起回来呀?"

常先生有点尴尬,苦笑道:"他们夫妻久别重逢,自然一起去衡山宾馆了啰。"

问话人自知失言,心里面为常先生抱屈。盈虚坊众人早把常先生和小姨娘看作一对了。

反倒是守候不住先回屋的人得了好,他们在电视《晚间新闻》节目里意外看到了小姨夫。却并不像他们想象中的英武神气,全然是一个桑榆暮景的老者了。

次日早上,"好吉祥"石老板坐在马桶上翻阅刚到的报纸,看到一则消息:"前国民党高级将领×××阔别大陆三十八年,重返故土寻根。"他情不自禁拍了下大腿,由衷地喊道:"好,太好了!天助我也！”他老婆不晓得发生了什么，探进头来问。“做啥做啥?”他笑道：“做啥？这个礼拜天夜里的酒席，要好好做一番文章了。”

讲起来石老板只有高中毕业，从前是不读书不看报的。自从开了餐馆，自掏腰包订了好几张报纸，早上起床，上马桶，吃早饭，手中都捏着卷报纸。他记得毛泽东有一句语录，叫做“政策与策略是党的生命”。所以政府的政策和策略，也是他“好吉祥”的生命，他要从报纸上时刻关注政府政策策略的动向。

石老板解手也没有心思了，匆匆起来，吩咐员工仔细收作二楼的包房，一圈椅子都换上与台布同色的套子，重新配了一大蓬红玫瑰放在桌子中央。又与大厨师一道道调整了菜单。他给大厨师提的要求是：只只小菜要做到端上去客人看了叫好，搛到嘴里吃了更叫好。

整个“好吉祥”齐动员，全心全意为打造一桌超水平的酒席做准备。及至夜里，可以说是万事兼备只欠东风了。石老板给他的员工们打气：“回去实实足足睡一觉，明天是顶要紧的客人，不要给我起龙头结狗尾。客人满意了，营业额上去了，大家都有好处。”

拂晓之时，起了一阵狂风，行了一阵暴雨。玻璃窗搭钩松了，窗扇砰砰砰地响。石老板惊醒了，探头看看马路，雨脚砸在路面上，起了一片白花。关了窗户，心里祈祷着，“老天，落吧，落吧，落它个透。天亮了千万不要再落了！”

老天大概感动于石老板的诚心，早晨的时候，天光放明，雨云消散，日头亮堂堂地悬在瓦蓝的天幕上。石老板心花怒放，踌躇满志地骑了他的摩托车来到店堂，先给收银台旁边供着的财神爷上了香。

忽然楼梯叽里搁落一阵响，一个员工从楼上跑下来，慌慌张张道：“老板，倒霉了，倒霉了……”

石老板顿时变了色，喝道：“呸呸呸！你个乌鸦嘴！什么事体不讲，先这两个字叨在口上做啥?”

员工吓得闭了嘴，只抬起手臂往上指。

石老板别转头三格并两格地奔上楼梯，一看，自己也傻了。原来盈虚街上的房屋大都年久失修，墙体颓败。拂晓那场骤风斜雨来得猛，二楼包房靠窗的大半面墙被雨水浸透，布满了黄斑斑的水渍，好像一个美女被毁了容似的。石老板一跺脚，吼道："快，快去把陆师傅请过来。礼拜天，他会在家的。"

陆马年家就在马路对面的棚户区里面，员工骑脚踏车过去，不一刻就转回了，道："陆师傅不在家，老清老早就被叫到盈虚坊老尼姑家做生活了。"

石老板破口凶道："那你还转回来做啥？脑袋一盆糨糊！不会一脚就到盈虚坊寻他去呀？"员工转身要走，石老板又道，"算了算了，你去了也白去！"石老板晓得陆马年的为人，只认死理，不善变通。要他立时三刻放下倪师太屋里的生活到"好吉祥"来，是要费一番口舌的。只有自己亲自出马了。

石老板的摩托车突突突、突突突地一阵响，不足两分钟就到了倪师太家后门口了。原来倪师太住的那幢七拼八凑造起的楼，愈发经不住风吹雨打去，天井里乌黑的积水不退，一大半都淹进了倪师太的屋子里来了。陆马年正在帮她通下水道，捞出来一大堆垃圾，散发出刺鼻的臭味。天井里的水终于咕噜咕噜地退下去了。

石老板双手抱拳作个揖，赔着笑脸道："陆师傅，行个方便，帮人帮困，救人救急。昨日一场雨，把'好吉祥'墙壁淋得像八卦图似的。夜里还要接待重要客人，只有来求你陆师傅啦。"

陆马年手不停地干活，瓮声道："吃过中饭我过去好了。你没看到啊？上半天我要帮倪师太地板铺铺好。被水浸得东撬一块西撬一块。年纪大的人万一绊着一跤，不是开玩笑的。"

石老板眼乌珠一转，道："这样好吧？我把倪师太接到我家里歇半日，我老婆正好闲在屋里，好陪倪师太摆摆龙门阵。请陆师傅还是早点到我们'好吉祥'去修补墙壁。"

陆马年不说好也不说不好，自顾将撬起的地板一块块取下。旁边的倪师太说话了，道："马年，我这里先放一放也好，晾晾干再做。

‘好吉祥’夜里是守宫、恒墅的家宴,小姨夫特为从香港来的。这个台型不是为他石老板扎,是为我们盈虚街扎的,对吧?”

石老板忙道:“阿弥陀佛倪师太,六月十九观世音得道日,我一定要到你这里来捐副上等红烛。我摩托车开来的,送你到我屋里去。”

倪师太也念了句“阿弥陀佛”,道:“谢谢你石老板,我就不叨扰你了。马年,我坐在团垫上做功课,不会走动的。你就随石老板去吧。”

陆马年这才洗净手,跟石老板去“好吉祥”了。

陆马年仔细察看了“好吉祥”二楼的墙面,摇摇头,道:“要把湿污的旧墙粉批掉,候它干,再上紫金石灰,再涂新墙粉,没有两个日头哪能成?”

石老板叫起来:“陆师傅啊,你是在为我们盈虚街扎台型啊!人家要两个日头,像你这样的高手,半个日头笃定够了的!”

陆马年也不跟他再说什么,道了句:“我做做看吧。”便动起手来。

陆马年一动手,石老板一颗心就归落原位了。陆马年让石老板找来一些旧麻袋铺在地上,说,批起墙粉来灰很大,你们都出去吧。石老板乐得轻松,便下楼了。

石老板刚跨出“好吉祥”店堂门,就看见吴阿姨沿街走过来,他想缩回身子,却被吴阿姨喊住了。石老板苦笑道:“姑奶奶,我看到你就心惊肉跳。这桌酒不会又要推迟吧?”

吴阿姨肚皮里好笑,面上正经道:“人一早就进了恒墅,夜里就看你石老板唱大戏了。”

石老板道:“这你就百分之两百放心好了。”他怕吴阿姨闯进店堂听得二楼修墙的响动,身子便堵住门洞,笑道,“杨排风还有啥指教吧?”

吴阿姨道:“李同志叫我来告诉你,要添一只小菜,香扣鸡。恒墅里小姨夫原是我同乡,顶爱吃这只菜了。”

石老板道:"香扣鸡?就是鱼鲞蒸鸡啰?这还不容易?"

吴阿姨不放心,又叮了一句:"一定要用黄鱼鲞蒸,鳗鲞蒸出来味道就不一样了。"

石老板心里咯噔了一下,他晓得自家店里只有鳗鲞。脑筋迅速一转,转出一位娇娆美艳的身影,她的店铺里一定会有黄鱼鲞的。便道:"这还用得着你关照吗?"

石老板存心不跟吴阿姨挑明,天赐良机,他打算亲自到对面水产铺子里去买条黄鱼鲞。"好吉祥"与水产铺只隔着窄窄的一条盈虚街,石老板对那位形貌动人而又能干泼辣的卖鱼西施早就想入非非了。

看着吴阿姨走远了,石老板撑开五指理了理头发,便穿过马路。

休息天,小菜场愈发开张得早,买菜的更是磕头碰脑地拥挤。待日头上来,早菜市差不多要收摊了。水产摊鲜货统统卖完,蔡阿姨与老阿姐正在收拾家什。礼拜天嘛,屋里男人小孩都休息,她们都想快点回家。

石老板左右看看,问道:"你们老板呢?"

老阿姐道:"寻老板做啥?"

石老板道:"谈谈生意经。"

老阿姐一边解围单,一边道:"老板在铺子里,你们谈生意,我们就不奉陪了。"

蔡阿姨忙道:"要不要我去喊老板出来?"

石老板忙道:"我自己去喊她好了,你们有事体,请便。"

蔡阿姨和老阿姐将腰盆啊水管啊都靠墙放好,匆匆回家去了。石老板见店铺门虚掩着,一脚跨了进去,喊道:"许老板——咦?人呢?"

"哪一位啊?"

声音是从头顶搁板的缝隙里飘下来的,珠圆玉润的;同时还伴着窸里窣落人体挪动的响动,让石老板产生出许多欲望。"是我,对过'好吉祥'!"石老板口气热麻麻的。

“石老板呀，你到门口稍等，我马上下来。”回应声也是殷勤热络的。

许飞红因中午有个应酬，要赶去黄河路。就让老阿姐收摊，自己总要化妆化妆，换身出客衣裳吧？洗了把脸，她就蟠进阁楼，拉上帷幔，梳妆打扮。天气热，阁楼里更热，拉上帷幔愈发热，她便单穿条三角裤，上身仅戴只胸罩，对着面小镜修眉毛，用眉钳把多余的眉毛拔去。饭店老板都是水产摊的金贵客人，石老板亲自上门拜访，想必是有大宗生意。她不敢怠慢，放下眉钳，只用眉笔粗粗勾出眉形，又点了红唇，扑了定妆粉，再往颈窝处喷上点香水。化妆定当，要取衣裳穿了，却突然被一对铁钳似的胳膊箍紧了腰肢，后颈项也被胡碴蹭得生痛。许飞红吓得魂飞魄散，喊起来：“救命啊——”声音刚出唇，嘴巴便被汗漉漉的手掌捂住了！

“许姑娘，不要喊，让人听到大家面孔都不好看！”这声音伴着臭烘烘的喘气冲进她耳畔，许飞红听出是石老板，不觉毛骨悚然——天哪，他啥时候攀进阁楼的?!

许飞红却真的不敢喊了。她晓得这种事体传播开来，石老板顶多挨老婆一顿臭骂，可她却会背上许多臭名声。人家不会说是石老板侵犯她，反而会说是她引诱勾搭了石老板。最让她担心的，一旦这种闲话传进守宫，传到冯令丁耳中……她不由得打了个哆嗦。

这时，石老板的手掌已经开始向她的要害部位进攻了。许飞红咬紧牙，收紧手肘，狠命地戳石老板的胸口。石老板“哦哟”了声，松开了手臂。许飞红抓起台灯举着，低声骂道：“畜生！你把老娘当什么了！快滚！再不滚我真喊了！”

石老板也想作罢，不期正面撞见了许飞红半裸的酥胸，哪里还压抑得住？饿狼般扑了上去。许飞红的身子被他一百多斤压住，动弹不得。台灯也脱落了，只好用两只拳头拼命擂他的背，两只脚拼命蹬楼板。许飞红愈是挣扎，石老板愈是兴奋，愈是步步推进。许飞红只好用牙齿咬他的肩膀，狠性命咬下去，石老板真的痛了，喘着气，恶狠狠道：“你他妈的还想为谁树贞节牌坊啊？姓冯的小子今晚就要跟常家老二吃订婚交杯酒了!”

这才是一矢中的,戳着了许飞红的软肋。只觉得浑身血液刷地冷却下来,再想挣扎,已是气短力虚,徒劳而已。石老板咬着她的耳轮,哼哼唧唧地道:“乖乖,听话,你想要什么,我就给你什么……”一边就开始了最后的冲击。

滚烫的泪珠从许飞红的眼眶里一坨一坨地滴出。

却在这千钧一发之际,楼板下有人喝道:“姓石的,你给我滚下来!”

石老板惊恐地抬起身子,脑袋砰地撞到了天花板。“谁?”他颤着手撩开帷幔朝下看,劈面是一张青面兽杨志般愤怒的脸。他恼恨道:“陆马年,那边生活不做,你跑过来做啥?”

陆马年见他这般无耻,气得说不出话,仗着人高,抬手揪住他的胳膊,死命往下拽。石老板被他拽得只好跌跌冲冲半滚半爬地落了地,嬉皮塌脸道:“陆师傅,你不要误会,我是来向许老板买条黄鱼鲞的,没有其他事情的,你不信问问许老板。”

陆马年抬头看看阁楼,帐帷密密地垂着,没有丝毫动静。有气没处发,一挥手道:“你滚!”

石老板晓得老实人发起火来愈发愈厉害,便退到店门口,道:“我真的来买黄鱼鲞,夜里客人亲点的菜。”便又朝着阁楼喊,“许老板黄鱼鲞有吧?”

陆马年气呼呼上前推他出门。隔着帷幔,许飞红出声了:“陆马年,黄鱼鲞在左边柜台下面,你就给他拿一条吧。”声音干裂嘶哑,但很平静,像一条水源枯竭已露出卵石底的溪沟。

陆马年装修的这个门面,对里面家什很熟悉,取出塑料袋封装的黄鱼鲞丢给石老板。石老板捧着,笑道:“许老板,我付市面价好了。老规矩,月底统算账。”

陆马年不等他话音落,搡着他出了门。石老板嘀咕道:“又不是你老婆,你吃哪门子醋!”

陆马年咣的一声,将店门拉上,门框都震得咔咔响。原来“好吉祥”二楼的窗户正对着许飞红的店铺。陆马年在窗边上批墙灰，看到石老板贼头狗脑地钻进许飞红的店门，还将移门拉上，就觉得他没安好心，放下手中的批铲，赶着过来了。他心怦怦跳得很重，粗声问道：“许飞红，他欺侮到你了吗？”

帷幔里又是死潭般的凝静。

店门却又被拉开，探进石老板的脑袋。陆马年恨声道：“你还来做啥？”

石老板挤出一脸的笑，道：“陆师傅，那边的生活……”话没说完，就被陆马年推了出去。陆马年深吸了口气，把声音放柔和了：“许飞红，他真欺侮了你，我他妈的跟他没完。那边生活就让他半不拉沓地丢着，定规叫他出出洋腔！”

帷幔里先是扬起长长的一个叹息，好像枯溪里的死鱼淋着几点雨水，起死回生了一般。许飞红的声音稍微湿润了些：“陆马年，谢谢你。那畜生真的没有欺侮到我什么。事情过去就算了，大家都在一条街上做生意，抬头不见低头见的。宁愿多结一份缘，不要多竖一道坎。送佛送到西天，你去帮他做生活吧？”

陆马年听她这么一番言语，也松了口气，犹犹豫豫问道：“你真不要紧吧？”

许飞红把声音调节得更婉转、更柔润：“我真没事呀，歇会还有个应酬要出去呢。”

陆马年想关照她，不要老跟那些生意人混在一道，可是又怕许飞红听了不高兴，终于没说出口。

待陆马年一走，许飞红再也屏不住了，趴在阁楼上呜呜地哭了一场。事实上，她每天要跟形形色色的男人打交道，被人家吃豆腐的事是经常发生的，她也已经历练得临危不惧，履险如夷，每每能够绵里藏针、三弯九转、随机应变地对付过去。这个“好吉祥”石老板，也算她一个不大不小的固定客户，花拆拆地觊觎她也不是一日两日了，只怪自己平素太给他留面子，他才有这么大的贼胆啊。幸亏没有让他真正得手。那么，此刻她这般撕心裂肺痛断肝肠，究竟是怎么啦?!

夏日的傍晚,红紫成尘,锦霞添彩,绿树阴浓,屋影画地,正是盈虚坊间居民开轩纳凉、敞户闲语之时。这一日这一刻,众人及早地走出后门口,坐到弄堂里,却是另有原因。似乎是桩很重大的事体,细细想来却又跟自己了无相关,却又不肯错过。大家心照不宣地扯东扯西,无话找话,摇摇蒲扇,喝喝凉茶,眼乌珠却时不时地朝弄堂底古银杏树浓绿的树冠转去。

不久,弄堂深处就有消息传过来了:"出门了,都出门了。守宫里的一个都不少,恒墅里还多出一位芝兰后生,听讲是那位国民党前将领台湾老婆生的小儿子,陪同父亲回大陆寻根的。"于是众人纷纷拥到支弄堂口朝里望去,果然,衬着半天流霞一地浓阴,锦团花簇般走出来十多个人,不紧不慢,说说笑笑,亲热而祥和。

坊间人审视别人的眼光总是带着疑问和评判的意味。守宫女主人李凝眉与养女冯畹丁肩并肩走在头里,这两个针尖麦芒相对了几十年的女人真的打消了互相之间的嫌隙吗?随后的却是恒墅的常衡步先生伴着小姨娘小姨夫,还有个帅气的小伙子,想必是小姨夫的儿子了。算算小姨夫跟常先生差不多年纪的,且还是领过兵打过仗的,怎么看上去倒比常先生老相呢?走在他们后面的是守宫冯先生,他的右手是女婿陈家进,左手是外孙陈戈壁。坊间人见过陈家进的人不多,却大都晓得冯畹丁年纪轻时的冶容玉貌,都以为她抛却一切追随而去的男人必定是潘安子建般的才俊了。怎么眼前的陈家进,面色灰暗,目光猥琐,谢了顶,佝了背,远不及他岳丈的气宇轩昂呢!令坊间人引以为自豪的冯家公子呢?冯令丁伴着常家两姐妹走在最后边,他和常天葵一人一边挽着常天竹缓缓而行,这景象令众人喜出望外,兴奋而欣慰。在这之前,冯令丁与常天葵的关系都只是坊间的猜测,谁也没有得到过证实,今天,他们好像是存心要给坊间一个标准答案了。许红果和常蝘蜓两个小姑娘互相嬉戏追逐,花蝴蝶般在人群中往来穿梭。吴阿姨跟在她们俩身后,笑着喊着,要她们当心,跑慢点,别摔倒了。莫非吴阿姨和许红果也要参加守宫与恒墅的盛宴？众人的评判又归结到守宫女主人李凝眉身上，叹道，吴阿姨在守宫最困难的时候对主人不离不弃，李凝眉知恩图报，也把吴阿姨当作自家人了。所以说，为善者日有万喜，树德人天降百祥啊。

坊间众人目送着守宫、恒墅这一堆人走过整条下巽桥，拐出了盈虚坊大牌楼门，方才意犹未尽地散去，各自回自家后门口吃夜饭。

这时候，夕晖渐渐退隐，古银杏树冠笼在暮色中显得十分沉寂。月轮跃上了庞杂错落的屋脊，长弄短巷盛满了澄澈的银辉。

29

母亲和女儿都被守宫李同志邀去赴宴了，许兆红一个人吃饭没味道，便去妹妹的店铺"揩油"。

却说许飞红自离开盈虚坊，搬到街上店铺里单住，三餐便没个定数了。她也晓得母亲要做守宫、恒墅两处的小菜，顾不上周全哥哥和许红果。哥哥毕竟是男人，做小菜粗炒滥煮的，哪里会有好味道？平素若收摊得早，便会拎着鸡鸭鱼肉去三层阁，精心做几只美味给哥哥和许红果解解馋。大都日子却是难以得空，将就着寻点食物填饱肚子便了。

这一日，因遭遇"好吉祥"石老板的轻薄，又被他一句击中要害，许飞红恶劣的心情许久缓不过来，中午出去应酬也是没精打采，懒得与人搭腔。敷衍了一时，便推说身体不适，早早地退场了。回到盈虚街，她放了老阿姐和蔡阿姨的假，下午不摆摊了。自己就钻进阁楼睡大觉，哪里睡得安稳？做了一场梦，梦见自己与冯令丁在古银杏树下约会，冯令丁拥住自己要行欢会之事，情意缱绻正待入港，忽然发现拥住自己的人竟是石老板，大喊一声便惊醒了。心跳如捣，浑身稠汗，小方领布衫竟像从水中捞出般。

店铺里已是暮色昏黑，店铺外却人声聒噪得翻天。这盈虚街上的人就是眼界浅，丁点事就会引逗他们鸡飞狗跳的。凝神听了一会，却是在议论守宫、恒墅中人，谁谁服装如何如何啦，谁谁神气如何如何啦。这才记起，今天夜里守宫、恒墅要到"好吉祥"开家宴。母亲早几日曾兴致勃勃来通报，说是李同志特为邀请她和许红果一道入席。当时，许飞红劝母亲不要去轧这种闹猛，母亲还嗔怪她不识好歹，脾气乖张。

许飞红恨恨地咒道："吃死你们，撑死你们！"双手捂住耳朵，不想听关于守宫、恒墅的片言只语。捂了一会却忍耐不住，翻身下了阁楼，拉开一道门缝朝街上张望。守宫和恒墅的人都已经进了"好吉祥"，用五颜六色霓虹灯装饰起来的"好吉祥"三个字闪闪烁烁像嘲讽的眼睛。

许飞红狠狠地将店门哗地拉上，舀了盆温水擦了身，换了干净的汗衫，人才稍微爽快些。肚子倒一点不饿，不过总要吃一点东西，这一天才算打发过去。找出半碗咸鱼蒸肉饼子，热了一小锅泡饭，刚刚盛到小碗里，就听得门玻璃嗒嗒嗒被敲响，竟是哥哥许兆红来了。

许兆红朝桌上张了眼，道："你这里还有什么吃的？我都饿得前胸贴后背了。"

许飞红便将碗里的泡饭倒还锅里，道："我们也到店里涮它一顿，你想吃西餐吗？我晓得广元路天平路口有一家利查得西餐馆，听讲味道不错，价钱也不贵。"

许兆红苦嗔道："你饶了我吧，对西餐我没有缘分。牛排像橡皮，菜汤像糖浆水。"

许飞红嗔道："乡下人的坯子！那就到新华路角上的栖霞阁去吃，是本帮菜，实实地比'好吉祥'有档次呢！"

许兆红晓得她气不过守宫与恒墅，笑笑道："我是不领市面的，你讲哪里好，就去哪里吃。"

于是兄妹俩出了门，沿盈虚街走了一段，拐弯便是新华路了。

栖霞阁果真比"好吉祥"宽敞气派，装饰得古色古香。大堂里布了十来张方桌,若是人多,方桌四边翻起,便成圆台面了。上首沿墙搭了座尺半高丈把宽的平台,放了张茶几两把椅子,一男一女两个人正坐在那里唱弹词,男人拨三弦,女人弹琵琶,唱的是《西厢记》中“琴心”一折。许飞红凑到哥哥耳畔道:“这个男的我认得的,前几年在盈虚街茶馆里说《智取威虎山》。老虎灶拆掉后,茶馆也关了。原来他到栖霞阁来了呀。”

他们选了墙拐角处的桌子坐下,离唱弹词的远些,又能看到玻璃幕墙外的新华路。新华路便是从前法国人越界筑路时辟通的,树木苍郁中坐落着一幢幢小洋房。沿路植种的法国梧桐,多少年下来已是根深叶茂,阔大的树冠在街中心相衔,路面愈见幽邃深长。

许飞红拿了菜单递给许兆红,道:“哥,你随便点。”

许兆红接过菜单翻了两页,又递回去,道:“还是你点吧,那么贵,我下不了手。我只要有肉就行。”

许飞红嗔了句:“只晓得吃肉,当心脂肪肝!”还是点了只红烧酥蹄,另外要了滑炒河虾仁和鸡火扣三丝,再加一只时蔬,汤是鱼头炖豆腐。许兆红听她一样样跟招待小姐报出来,忙道:“够了够了,两个人哪要这么多菜啊? 给我两碗饭。”

许飞红笑道:“一碗饭够了,再要瓶特加饭。”

小菜还没上来,许飞红就给两只杯子都斟了酒,举起杯子,跟许兆红碰了杯,道:“哥,我祝你早点给红果找个妈妈。”

许兆红道:“红果有妈妈了呀。”

许飞红稍愣,便道:“那就祝你早点给我找个嫂子!”仰头将酒倒入口中。

许兆红将她的空杯子用手蒙住,道:“空肚喝酒伤脾胃,等小菜来了再喝。”

许飞红拨开他的手,又斟满,道:“你放心,这点酒能伤了我,我生意好不要做了。”举起杯子,“哥,你也祝我点什么吧。”殷殷地望着他。

许兆红举起杯子犹豫了一歇,他当然晓得妹妹想要什么,他也晓得妹妹要的东西不可能得到，便道："我当然祝你生意兴旺发大财啰，我也好沾到点光嘛。"

许飞红勉强一笑，又把酒倒入口中。

炒虾仁端上来了，许兆红忙道："快吃两口，蘸点醋，压压酒。"

许飞红搛了两只虾仁，慢慢嚼着，问道："哥，这两年你就再没有遇到中意的女人？"

许兆红浅浅抿了口酒，道："应该这么说，不可能有女人中意我这种人。"

许飞红摇了摇头，道："是你还想着红果的妈妈，我没说错吧？"

许兆红道："是红果还想着她妈妈。"

许飞红道："哥你不要再痴心妄想了，人家早已嫁作他人妇了呀！"

许兆红闷了口酒，不响。心里想，这话该是我劝你的吧！

小菜陆续上齐了，许兆红捧着饭碗，猛啃红烧蹄髈。许飞红心里就有点酸楚，暗忖，真要劝母亲不要赚人家那几个工钱了。倒把人家老老少少服侍得舒舒齐齐，自己儿子倒是一日三餐残羹冷饭的！这么一想，又勾起了对守宫、恒墅的怨恨，胸口胀得生痛。

许飞红原想今晚就抛开万千烦恼，请哥哥快快乐乐吃一顿美餐。却左右避不开了，面前就是密密层层的地雷阵，你也必须蹚过去，哪怕粉身碎骨！她咕咚吞下一口酒，双颊艳红，眼珠子晶亮，强笑着问道："哥，问你桩事情，你保证跟我说实话，好吧？"

许兆红以为她要问红果妈妈的事，心有点虚，因他口袋里正揣着红果妈妈的来信，现时还不能告诉性情刚烈的妹妹。被她骂几句事小，万一事情被她吵吵嚷嚷黄了呢？便只作咀嚼状，并不应答。

许飞红吸了口气，垂下眼皮，声音也尖细起来："妈跟你说起过吗？今天夜里守宫、恒墅到'好吉祥'开宴，是不是，"又吸了口气，"是不是冯令丁跟常天葵的订婚酒呢？"终于把勾在心口大半天的疑问吐出来了，低了脑袋死死地盯住酒杯，等哥哥回答，像等待判决书似的。

许兆红松了口气，心却又悬了起来！小妹还是掼不开冯令丁，早点迟点她总要过这一关的，想说几句狠话断了她的念头，却看妹妹可怜巴巴的样子，又不忍心。憋了一会，道："听妈说，一是为庆祝冯畹丁夫妻调回上海，二是为小姨娘的丈夫接风。别的她也没说什么呀！"含含糊糊，能瞒过一时是一时吧。

许飞红听他这么一说，轻轻吐了口气，将腮旁的头发捋到耳后，冷笑道："才懒得管他们的事呢！"

鱼头豆腐汤端上来了，许飞红把大块鱼肉舀到许兆红碗中，自己却将鱼头腮旁的那根鱼仙人骨挑出来，轻轻往桌上一掼。人都说能将窄窄的鱼仙人骨抛得立起来，必定心想事成了。许飞红小心翼翼连着抛了两次，鱼仙人骨都倒下了，她气恼地随便一丢，鱼仙人骨倒立住了！

许兆红将喝得醉醺醺的妹妹送回了店铺，扶她爬上阁楼睡停当。出了门，往街对面望望，"好吉祥"的霓虹灯仍闪烁得欢。守宫、恒墅的酒席肯定还没有散，便独自慢慢踱回家去。

吃饱喝足，又收到红果妈妈的来信，许兆红心情特别舒畅。红果妈妈信里面说，她上了婚姻中介的当，那个所谓日本富商只是日本乡下的一个农户，而且根本不止五十岁，都快七十了，他的儿子年纪都比她大。她实在忍受不了在他们家女佣一般的日子，决定要跟他离婚。红果妈妈最后问道，倘若她与日本老头解除婚约回到上海，许兆红你还愿不愿意接受我呢？许兆红将手伸进裤兜，捏住那张他看过无数遍的信纸，心里喊道："我愿意，你快回来吧，红果夜里做梦就叫妈妈呀。"许兆红仰起面孔看看天，凌晨时的那场暴雨将阴霾都洗净了，夜里的天空就显得特别纯净。那轮将圆未圆的月亮是一面镜子，隐隐绰绰映出一些尘世的影子。许兆红想起当年他和红果妈妈在一座小丘陵的树林子里约会，红果妈妈那样爱他，慷慨地把一切都给了他。后来他们钻出林子，登上山顶去看月亮。乡下老农说的，人间有一对爱人，月亮里就会有他们的影子。那天晚上，他们真的在月亮里找到了他们的一对影子。

许兆红从后门走进灶头间，就听得后厢房中乒令乓郎喧闹得很欢，心想倪师太住处从来是盈虚坊最清静的地方了，不会出什么事吧？便走过去张张。原来是陆马年在帮倪师太修地板。早晨修到半当中被石老板拖走，去帮“好吉祥”补墙壁，一直补到酒席开张前一刻，湿墙粉用了两台电风扇生生地吹干的。回家扒了两口饭，立马赶过来修倪师太的地板。倪师太合掌道：“小陆师傅，菩萨会保佑你讨到一个称心如意的女人的。”

陆马年现在是许兆红的顶头上司，许兆红晓得陆队长喜欢自己的妹妹，他也很愿意陆马年成为他的妹夫，只可惜飞红的心一直吊在守宫冯令丁身上。在许兆红看来，那个讲话文绉绉的白面书生哪里及得上陆马年实在呢？

许兆红跟他们寒暄了几句方才上楼。开了房门，揿亮电灯，只觉得屋子里有些不对头的地方。左看看，西张张，望望地，望望天——这一抬头便把他惊吓得不轻，三层阁陈旧灰黄的天花板，什么时候被人画上了一尊五色斑斓的观世音啊！许兆红平素不参佛，却从母亲口中晓得了菩萨的法力无边。菩萨宝像突然降临他们贫寒简陋的房间，不晓得是凶是吉。许兆红头一个想到的人便是倪师太，倪师太原是佛门中人，她一定能解其中奥秘。便连蹦带滚地下了楼梯，重又撞进后厢房。倪师太跟陆马年见他张皇的神色，都以为他遭遇强盗了，陆马年一把抓起了榔头要冲出去，被倪师太拦住了。

“倪师太……倪师太……你上去看看，三层阁上，观世音的像……”许兆红上气不接下气，言不成句。

倪师太却只听“三层阁”和“观世音像”两个词，便都明白了。针细的眼睛忽地逼出雪亮的光来，合掌道了句“阿弥陀佛”，颤巍巍地立起，不容违抗地道：“兆红，马年，你们搀我上楼去！”

倪师太吃得下睡得着，眼不花，耳不鸣，雪肤红颜的，让人猜不出她的真实年龄，唯独一样，没有脚劲了，平地拖两步还行，爬楼梯是没法子的。于是许兆红、陆马年两个小伙子一边一个撑着她的胳膊,几乎是腾空将她架上了三层阁。

倪师太一见三层阁顶棚的观世音像,念道一声:"阿弥陀佛,菩萨显灵了!"便扑通跪下,五体投地。许兆红陆马年虽不信佛,却被那观世音像慈爱博大的气场震慑,也跪下了。

倪师太闭目合掌念了遍《般若波罗蜜多心经》,腾地撑开双目,道:"马年,去恒墅请常先生过来!快去!"

陆马年道:"不晓得'好吉祥'的宴席散了没有?"

言语间,楼板踢踢蹋蹋响动起来,吴阿姨带着许红果回来了。见状也是惊愕不已。许红果害怕,直往奶奶怀里钻。吴阿姨拍着许红果的背脊道:"红果莫怕,这是我们家的福分啊,观世音菩萨最是大慈大悲救苦救难了!"又道,"倪师太,从前我听常太太说起,早先的常家老宅里有座诵经堂,圆攒的堂顶上是请云间居士女画工描绘的《观世音圣诞出家得道全帧图》。不过常太太也没缘分见着,也是听常先生说起的。"

倪师太吹气般的声音像一缕轻云徐徐地婉转萦绕:"盈虚坊中,除了常先生,有幸瞻仰过《观世音圣诞出家得道全帧图》的人,恐怕仅存我一个了。这里显现出的仅是那帧图的一角,据我看来,恐怕是'观世音得道'的那部分。四十年前那场大火过后,我是看到诵经堂有半只顶还未倒塌的,也想爬进去看仔细,无奈断垣残壁堆得山似的,翻它不动,只好作罢。没过多久那里就争先恐后造起了一片房,那半只顶就不见踪影了。我思来想去,它逃不脱淹在这片屋脊中,几十年便一直守在这里,终究让我等到它了!"

吴阿姨让倪师太说得眼泪扑簌簌落下来,一边抹鼻涕一边道:"我去喊常先生过来,他看见这帧图,不晓得开心成什么样了。"

许兆红道:"陆马年已经去喊常先生了。"

隔了不多久,陆马年便伴着常衡步赶到了。常先生还没进恒墅的门,就被陆马年挡截过来。他立在三层阁门口,好一歇没有了声气。众人觉着奇怪,朝他望望,就看见他满脸涕泪滂沱,却目光如炬,神采飞扬,整个人换了副皮囊似的。

倪师太示意吴阿姨找张帕子给他擦擦脸，又道："衡步啊，当初我叫你好歹不要搬离盈虚坊，我没说错吧？"

常衡步被她的言语勾回了魂灵，长叹道："师太，你倒剖解剖解看，我住在这儿十多年，菩萨从不显灵。莫非我常震做错了事？错做了人？"

吴阿姨忙道："常先生，你说这话，我可受不起了。盈虚坊间谁不道你常先生是天下头一个大好人。"

倪师太垂目合掌道："菩萨显灵，仍是盈虚坊众人之福。衡步，如今可以确定，这座宅子便是筑在诵经堂的遗址上了。"

常衡步向吴阿姨讨了一张方凳，脱了鞋，站到凳子上，这样他的面孔几乎可以贴着天花板了。他便那样近距离地去看那观世音像，还用两根指头摸了摸板壁，指头尖上有少许湿漉漉的石灰粉。

常衡步从板凳上下来，问道："吴阿姨，你们搬进来的时候，重新刷过天花板吗？"

吴阿姨道："哪有时间重新粉刷？房管所催命般催我们快搬，我只是掸了掸尘，擦掉点灰，天花板用长帚划了几记，就搬进来住了。"

常衡步又问道："昨天夜里落暴雨，你们屋顶漏水了吗？"

吴阿姨道："倒也没有嘀嘀嗒嗒地漏，就是角落里一块有点水渍。早上出门时还一点动静都没有的。"

常衡步点点头，自语道："这就对了。"

倪师太便道："衡步，你是专家，这其间奥秘，说给我们听听。"

常衡步沉吟道："小陆师傅，麻烦你再去把守宫里冯先生请过来好吧？"

陆马年顶不愿意去守宫。从前念书时崇拜冯令丁，跟在冯令丁屁股后面跑东跑西的。人有了点年纪也有了许多私心，近几年因为许飞红的缘故，陆马年便渐渐与他疏远起来。陆马年略犹豫，对常先生道："老墙显影的故事，我听我师傅也讲起过。你们稍等一歇，容我上去察看一下屋顶情况。"便也站到方凳上，推开老虎窗，两手一撑，便上了房顶。

吴阿姨忙道:“我去喊冯先生。兆红,你给红果打水洗把脸,先弄她睡下。明早要上学堂的。”

屋顶上叽里搁落地从东响到西,又从西响到东,动静了一时,陆马年又从老虎窗钻下来,两只手掌乌漆墨黑的。许兆红就叫他在许红果洗过脸的剩水中洗了下手。陆马年一边擦手一边道:“我全部查了一遍,这屋顶瓦片下的油毛毡有好几处都破损了。昨晚那么大的雨,这顶的夹层里一定积了不少水,一点一点渗下来,渗了一天,想来这整座顶的石灰都濡湿了,藏在底下的观世音像才会映显出来呢。”

常衡步频频点头道:“小陆师傅,这项技术冯先生他们设计院的古民宅研究小组也是近两年方才被解释出来。这才是人不可貌相,海水不可斗量。民间藏龙卧虎,盈虚坊人杰地灵啊!”

陆马年被常先生夸得不好意思了,搓着双手,脸红红道:“我们只晓得做生活,也是听师傅说的。师傅从前在乡下大户人家做泥水工,那户人家的影壁上也请民间画工描画的佛祖宝像。后来扫四旧,主人生怕宝像遭劫,连夜请师傅用石灰水将整座影壁涂抹,将宝像覆盖起来,还在上面,贴上一张宣传画,这才保住了佛祖宝像。之后,他们要拜佛像,便将水泼到影壁上,菩萨就显灵了。当时,听师傅讲这般故事,还以为师傅杜撰了哄我们开心的,不想今天在这里眼见为实了。”

常衡步道:“还请小陆师傅把顶上的墙皮批一块下来,好让冯先生带去化验一下。”陆马年当下要动手,常衡步又叮嘱道,“小心啊,不要把画的颜色带下来。”

陆马年笑道:“常先生,你放心,这点批墙的功夫我还是有的。”

这时,吴阿姨已将冯景初请到了。三层阁楼梯不时地动作,惊动了楼里的住户,便有人披衣起床,跟着上了三层阁。望着顶棚上观世音画像,啧啧称奇,唏嘘不已。

冯景初毕竟是此行高手,听吴阿姨神采飞扬的一番描述,随手便将高精度的照相机带上了。上了三层阁头一件事,便咔嚓咔嚓拍照片，将整张顶横拍竖拍，团圈照了个遍。当他拍完最后一张照，吴阿姨便叫起来："菩萨要走了！菩萨真要走了！"果然，像有一片雾缓缓地弥漫开来，将屋顶近中央处观世音的头部遮没，又渐渐遮去上半身。倪师太忽地盘脚坐地，叽叽咕咕念起经来。吴阿姨和那几位高邻不会念经文，只反复嘟囔"阿弥陀佛"。

这边，冯景初捧着陆马年批下来的一块墙皮如获至宝，叫许兆红寻张纸包一包。许兆红就从许红果练习簿上撕下两张，冯景初小心翼翼包得密封，道："这石灰化学成分为碳酸钙，碳酸钙与水结合，就成透明物了。这屋顶中间高周边低，中间浸水自然少些，干得也快些。石灰一干，又呈灰白状，画像自然也就看不见了。小陆师傅，你讲我说得对吧？"

陆马年愈发闹了个关公脸，道："这里面有那么多道理。我们中学里学的那点化学基础，老早还给老师了。"

常衡步当胸给了冯景初一拳，嘿嘿笑着，像顽童一般道："冯兄，你现在该真正领略盈虚坊在建筑学上的价值了吧？去年，我们的科考报告获得了国家二等奖，市里面金奖，现在诵经堂的圆撰顶观音图又重见天日。是时候了，我想打报告，要求保护和修复盈虚坊原貌。你说过，要做我的同盟军的，可不能升了官就食言喏！"

冯景初稍怔，略沉吟。他是非常钦佩老朋友的率真和执着，却也为他这份率真执着担忧。你老兄吃了那么大的亏，却总也改不了小开脾气，处世行事只顾自己意愿，不察言观色也不见风使舵。可你总得关顾大局，了解一下现行政策，领会一下领导意图吧？政府当务之急，是尽快改善那些危房棚户区老百姓的居住条件，抢救和保护历史老建筑还排不上议事日程，更别提投资重建面目全非的盈虚坊了。冯景初却也不想直接就给常老弟泼冷水，便道："第一步要做的，是要把残存的这爿屋顶保护好。小陆师傅，你看，你们房修队能不能尽快将漏水的瓦顶补一补？水侵蚀的时间一长，那帧画的线条与色彩都要损失许多。"

陆马年道："这个没有问题，明天我就带几个工人来修。"

冯景初接着道："明天我去通知报社的记者，让他们来采访一下。在媒体上露露面，会引起有关部门的重视。上头重视了，才可以做下一步的事体啊。"

常衡步觉得冯景初说得也有道理，便笑道："这些杂七杂八的事体都交给你了冯兄，我们俩分工，我负责起草报告如何？"

冯景初笑笑仍绕开正面冲突，转身去关照吴阿姨："这间屋子里万不可生炉子啦烧开水啦起油锅啦，油烟水汽都可能损伤画面。另外，消息传开去，肯定有许多人要求看看这奇观，你要守住这道关，不好随随便便往顶上泼水，懂吧？"

吴阿姨向来是最惧也是最服冯同志了，只是拼命地点头。

言语之间，屋顶上的观世音画像已经全部隐退了。

30

盈虚坊这一段成了沪上各家媒体的宠儿，三日两头被曝光。前几日刚刚有长篇通讯报道，前国民党高级将领到大陆寻根，在盈虚坊恒墅找到了他失散近四十年的发妻，夫妻破镜重圆，双双返回香港；这几日，连篇累牍的文章又将盈虚坊老屋屋顶显现观世音画像的事体大肆渲染了一番。

常衡步一遍又一遍地读着这些报道，愈是固执地认为"春风已渡玉门关"，是修复盈虚坊的大好时机了。便熬了几个通宵，写出详细规划、具体步骤，喜滋滋拿去守宫，请冯景初签字。

冯景初左右回避不了，斟酌词语，委婉言道："常震老弟，我是这么考虑的。你才是正宗盈虚坊后人，对盈虚坊原貌成竹在胸，由你提出修复计划名正言顺，且顺理成章。这份报告递上去，有关方面肯定要组织方方面面专家进行论证，我来挑这个头比较合适。你看呢？"

常衡步也晓得冯景初头上顶着多个头衔，做事体必然要顾虑许多。不过由他来组织专家论证却也不失为一步高着啊。便笑道:“冯兄,你如果助我完成这桩大事,巽姐在天之灵也会感谢你的!”说得冯景初心里面七上八落地不安宁。

却说常衡步修复盈虚坊历史风貌的报告层层递交至规划部门,数月下来并不见回复。盈虚街对面那片棚户区的动迁工作却急管繁弦地拉开了帷幕。区动迁指挥部租用了盈虚街小学沿马路的一排活动室,设立了盈虚街旧改一期工程现场办公室。第一步开展的是每家每户定人口,定房屋面积的工作,拉起了横幅大标语,左一条是“法律法规是动迁工作的准绳”,右一条是“全心全意为老百姓谋福利”。标语下面,左边画着盈虚坊旧改一期工程的远景规划图,数年后,在这片棚户区上将立起六幢二十二层的高层住宅楼;右边张贴着市政府颁发的动拆迁房屋管理政策与办法,立即吸引了众多居民伫足观看,有的还抄录下来带回去研究。那间办公室更是从早到晚门庭若市,唧唧呱呱地比茶馆店还闹猛。

盈虚街棚户区的改造成了街上居民茶余饭后衔在唇边滚在舌尖的头号新闻,也成了许飞红吊在心口悬在眉头的头等大事,因为她租赁的店铺正好属于要拆迁的范围。房东已经来打招呼了,要她在这一两个月内务必搬离。房东道:“许老板,不是我们不讲情面,动迁组宣布了,在规定时间里签了约,有好多优惠政策的,我们也不想拖政府的后腿呀。”

许飞红一整夜一整夜地睡不着觉,满肚子怨愤和委屈只有半夜里自己和泪咀嚼。没有了这间店铺,不仅生意难做,就连睡觉都成问题。难不成自己只能回到盈虚坊的三层阁跟母亲、哥哥、外甥女挤着住?许飞红心里面一千一万个不情愿。三层阁条件差倒在其次,自从阁顶显现过观世音画像后,那里就成了常家的藏宝库了。平日多出了许多规矩,不准这不准那的。大日头天或者落雨天,还要帮他们用电风扇不停地吹屋顶。许飞红哪里肯去受这份窝囊气?思来想去,她还是决定另外寻找合适的街面房子,哪怕多出一些租费。

接连好几日，许飞红索性停了下半天的生意，专门抽出时间找房子。她把盈虚街及前后几条马路都跑遍了，仍没有寻到合适做店铺的房子。有的是待价而沽，晓得沿街面房多半用来开店的，便漫天开价。许飞红做的是辛苦生意，哪里承受得了？有一两处房子地段价格差强人意，打听下来，他们的地段不久将来也要动迁，那又何必再折腾一次呢？眼见得搬房期限愈来愈近，许飞红一筹莫展，急得嘴边起了一串燎泡。

这一日，许飞红又像无头苍蝇般在外面空转了半日，傍晚时分才怏怏不乐地转回来，却见母亲正候在店铺门口。吴阿姨远远地见着她，喜滋滋地迎了上来，道："小茧子，今日家里有点小菜，你随我回去吃夜饭吧。"

许飞红也是起了点疑心的，平素这般时候母亲都在忙别人家的饭菜，今日如何得了闲空？只是心中郁闷，懒得费神，便随母亲去了盈虚坊。果然楼梯口的小圆桌上排了几碟小菜，一碗红烧肉煮蛋、一碗清蒸鳊鱼、一碗黄豆芽炒油豆腐，还有一碗冬瓜扁尖虾皮汤。四碗白饭都盛得堆尖，许兆红和许红果就坐在桌边等着她呢。

他们一家千年难得在一起吃顿夜饭的，说说笑笑倒也和乐。许红果下学期就要进中学念书了，磨着姑姑要买这样买那样。许飞红心不在焉，哎哎哎地全都应承下来。许兆红他们房管所也有人派去参加动迁组的，所以晓得许多事体。有人家为了多分一套房子夫妻假离婚的；有人家跟动迁组捣糨糊，假装发精神病的；有人家还作死作活威胁动迁组的……沥沥落落讲下来，他重叹一声，拍了下桌子道："这种人家怎么想不通的？政府是为了他们好，送给他们好房子住。我是巴不得盈虚坊也早点动迁，我看过市政府的条文了，像我们家四个人户口，人均在四平方米以下，两套一室户总归好分到的。"

许飞红嗔道："你不要白日做梦了，盈虚坊哪里会动迁？"

许飞红心里希望得到一间沿街面可以开店的房间；许兆红却在想，红果妈妈回来了，他能得到一个一室户就满足了。

吃完饭,许飞红帮母亲收拾了碗筷就要走,却被母亲一把拖住了,道:“小茧子慢点,姆妈今天有话跟你讲。”

许飞红心里咯噔一下,果然啊,醉翁之意不在酒啊!

许兆红跟许红果坐在外半间看电视,吴阿姨就拉着许飞红进了里半间,在床沿边坐下。吴阿姨脸上堆满了笑,颧骨都球起来了,声音糯糯地说:“小茧子,你今年虚岁二十八了吧?妈妈像你这个年龄,你都满五岁了。对面陆大娘子多少霸道的人,倒亲自跟我来提亲了……”

许飞红腾地站起来,板着脸道:“你给我回了她,叫她趁早死了这个心肠!”

吴阿姨摁着她肩膀让她坐下,道:“无论如何你听妈妈把话说完好吧?跟你说心里话,妈妈是喜欢陆马年的,多厚道,多实在,你跟了他不会吃亏的!”

许飞红道:“天底下厚道实在的男人多得很,不见得我都去嫁?”

吴阿姨用手指戳了戳她的额角,道:“把你给惯成这样!有的话我不得不说了。妈晓得你心里想冯令丁,可是人家已经跟常天葵订亲了……”许飞红又要立起,被吴阿姨硬拽着,便将脸扭向一旁。吴阿姨晓得她不信,索性把话说得煞根,“小弟这个人做事一向稳重,不事张扬。关照了,订婚的事家里人清爽就行了。他现在的身份,不想让弄堂里的人当闲话调料。原来两家大人商议,十月国庆节就把喜事办了,可是小弟又调到动迁指挥部工作,忙得脱头落襻,只好把婚事推到明年去了……”

许飞红用力挣脱了母亲,两手摁住耳朵,撕心裂肺喊道:“骗人,你们都在骗人!”喊着朝外奔,乒令乓郎撞翻了椅子,将楼蹬得劈里啪啦响。惊动了一幢楼里的邻居,嗖嗖地一个个伸出了脑袋问:“做啥啦?做啥啦?”许飞红却一阵飓风似的不见了影子。

却说冯令丁担任了盈虚街旧改一期工程指挥部的办公室主任,每天坐镇盈虚街督战。指挥部也是考虑到他对盈虚街的情况比较熟悉,而且在盈虚街老百姓中有一定的威望,才将他放在这个如同火山口般的位置上。冯畹丁却是由街道党工委派出也参加了动迁工作小组,成天就泡在那片棚户区里了。姐弟俩每日都要搞到星夜才能回家。回家后还要凑在一起交换情况,研究研究对策,总要搞到下半夜才能睡下。冯景初有他自己做不完的课题,一个人关进书房,不问天下大事。陈家进和陈戈壁两位男士看会电视,打熬不过先行休息了。却只有李凝眉,总让吴阿姨翻着花样做夜宵,小火温着。她便守着,非守到冯令丁、冯畹丁都回来了,看着他们吃了夜宵,方才歇落。

李凝眉一来是心痛儿女,见儿子起早落黑忙得连头发都没有时间打理,鬓角毛碴碴连着胡须,人像是老了十岁。便嗔道:“莫仗着年轻任意糟蹋身子,老古闲话讲得对,老来疾病都是壮时落下的!”冯畹丁自回到守宫,毕竟在荒漠穷壤中磨去了许多傲气,看淡了许多恩怨,与李凝眉的关系也和谐了许多,“姆妈、姆妈”叫得也顺口了。李凝眉见她眼圈乌青,唇边长了疔疮,便也常常规劝:“畹丁,政府的工作是要做好,可你不能跟小弟那样拼命,到底也四十岁的人了!”每每让冯畹丁为之动容。

李凝眉还暗藏着一宗心事。盈虚街头上棚户区的动迁工作这般热火朝天,盈虚街里面几十爿工厂近日也轰轰隆隆开进了掘土机跟大吊车。听讲有新加坡大商团投资建造高档宾馆。盈虚街一头一尾都天翻地动了,唯有中段的盈虚坊,依然是“深巷无人雨长苔,小院修竹间疏槐”,出奇地闲适安宁。可李凝眉凭着她深闺女子的慧黠和精明,预感到盈虚坊这份闲适安宁不会长久了。她担忧的是,一旦盈虚坊被改造被拆迁,她的守宫会遭遇如何的命运呢?所以,每每冯令丁、冯畹丁吃着夜宵谈论工作的时候,她就闷声不响坐在一旁倾听,期望从他们的言谈中获得信息,摸清风向,以便事到临头不至于乱了阵脚。

已入秋了,却是一年中最气爽神清的季节。夜空如水,新月似描,风送来隐隐约约的桂花香。冯令丁下班回家,想着两三个月的努力没有白费，已有超过半数的居民与动迁组签下了合约，年底前完成任务胜券在握，成天绷紧的神经稍稍松弛下来，合着脚步竟哼起了电视剧《上海滩》的主题歌："浪奔，浪涌……"近两年，周润发扮演的许文强成了大众偶像。

有人在暗处鼓掌，笑道："令丁，你的嗓音不错，兴致也不错呀！"

冯令丁收了步子，目光寻去，却见一个精瘦的身影，一对眼乌珠却是幽光灼灼得精神。应该称他"爸爸"了，可一时仍调不转舌头，平时随畹丁姐喊他"舅舅"喊惯了，便还是喊了声"舅舅"，问道："这么晚了，还没逛够啊？"

常衡步走近了，有点尴尬地笑笑道："年纪爬上去了，记性落下来了。我再量量步子，核对一下老宅的位置。"

冯令丁马上明白了，常衡步是专在这里候他，要打听他那份报告的下落。冯令丁恰恰最怕他问这桩事，忙打岔道："天葵还加班吗？这几日实在太忙，都没给她打电话。"

常衡步道："这两天她倒回来得早，单位里不加班，家里头加班。说是她的导师又发现了新的穴位，对唤醒脑神经记忆很有效果，她就给天竹用上了。"

冯令丁问道："常天竹病情有好转吗？"

常衡步摇摇头，叹道："这么多年了，哪里能回转过来？我只盼她不吵不闹，太太平平，也就不错了。"

冯令丁道："我是答应天葵的，和她一起照顾姐姐，可是我只说不做……"

常衡步忙道："天葵不会怪你的，她晓得你现在做的是大事体。我几次催她到守宫找你，她还怪我扰乱军心！"

冯令丁心里涌起一股柔情。常天葵中医学院研究生毕业，留校搞科研，每个礼拜有两天要去香山医院门诊。冯令丁每每想起这个活泼可爱的姑娘，总是满心歉愧。小姑娘拳拳之忱地爱着她的丁丁哥哥，可丁丁哥哥能给她几分真爱呢？冯令丁只能用一份婚姻来报答她，而婚礼又因为自己工作太忙，一拖再拖。小姑娘却对他毫无怨言，总是一往情深地顺从他，支持他。倘若常天葵此刻站在他跟前，他一定会将她拥入自己怀抱的。冯令丁抑制住了感情的涌动，晓得他是回避不了常衡步的问题了，常衡步已经把话说得这么明白，若再装戆，太伤老人的心了。便道："舅舅，你让天葵来找我，是关于你那份报告的事吧？"

常衡步孩子般笑道："我就是想托你打听一下，规划部门对修复盈虚坊究竟是个什么意见？好几个月了，总得给个说法吧？"

冯令丁略斟酌道："舅舅，我先告诉你一个数据。单说我们一个区吧，像盈虚街棚户区这样的危房简屋，还有一百多万平方米啊！共和国成立这么多年，老百姓的居住环境还这么差，他们还能心甘情愿说社会主义好吗？所以当务之急，是要让老百姓安居乐业啊！政府财政有限，总要用在刀口上对吧？"

常衡步眼珠子黯淡了一层，道："我晓得了，政府眼下是顾不上修复盈虚坊的，我该把那份报告撤回来的。"

冯令丁见他沮丧的样子，于心不忍，又道："舅舅你不要灰心，总归会有办法的，旧区改造如果单靠政府财政，恐怕一百年也完不成了。市里面有了新的思路，就像前头那几爿厂区，招商引资，土地置换，巧艄公善借八面风嘛。等我这段忙下来，区建委可以牵头，邀请各方专家对舅舅的报告进行专题论证，你看呢？"

常衡步眼乌珠又活络起来，笑道："令丁，只要你把舅舅的事挂在心里就行了。还有，切勿跟天葵讲我找了你哟。"

冯令丁会意地点点头。两人道别，一个往前，一个拐弯。守宫与恒墅之间的违章建筑至今未能拆除，常衡步回恒墅，还得绕道。

冯令丁回到守宫，冯畹丁已候他片刻了，道："我经过你们办公室，灯已经暗了。怎么这点路走到现在啊？"

李凝眉正端着温温的银耳红枣羹出来，笑道："是让你岳丈缠住了吧？他来敲过两次门。我道你还没回来，让他坐着等你，却不肯，掉头就走。"

冯令丁笑笑，捧起银耳羹簌呼噜一口喝去半碗，道："肚子还真有点饿了。”

李凝眉嗔道:“恐怕又没有吃晚饭是吧? 你那只胃,终有一天要给你看颜色的! 先垫垫饥,我去替你下碗面条去。畹丁也来一碗吧?”

冯畹丁忙道:“我是吃过两只菜包子的,有这碗银耳羹就够了。”

李凝眉去厨房了,冯令丁便问:“大姐,你等我? 又遇到什么情况了?”

冯畹丁蹙起眉尖道:“你晓得为什么东北面那一片人家死活不肯签约吗? 他们有个榜样在呀!”

冯令丁一挑眉梢,“谁?”

冯畹丁道:“就是人称‘陆大娘子’的那位。强横霸道、野腔无调地放出话来,说是不满足她的要求,就把坟墩头筑在那块地上了!”

冯令丁暗自惊诧,怎么会是陆马年家? 便道:“她有怎么样的要求?”

冯畹丁道:“我们已经在政策范围内给她最大的优惠了,可陆大娘子偏要再分一套,讲她的小儿子就要结婚了。要她拿结婚证书出来,又拿不出。听张阿姨讲,她的如意算盘,想帮她女儿弄一套房子。她女儿离婚了,在外面租房子住。”

冯令丁问道:“她女儿的户口在不在盈虚街?”

冯畹丁道:“听讲她女儿离婚后是想把户口转进来,不巧盈虚街户口冻结,没有转成,故而窝了一肚皮气。”

冯令丁挠挠头皮,暗忖,这事体倒蛮棘手的!

冯畹丁推了他一下,道:“小弟,看来只有你出马了。张阿姨讲她那个小儿子从前像书僮一样跟在你屁股后头转的,对吧?”

冯令丁苦笑了一下,陆马年现在见了他像避瘟神似的,两人之间的芥蒂微妙得连他自己都说不清。可是他晓得陆大娘子在那片棚户区居民中举足轻重的地位,为了动迁工作的顺利进行,他又必须去找陆马年。李凝眉用只漆盘端了一大一小两碗青菜肉丝面出来,道:“趁热吃。畹丁你也少吃点。”

冯畹丁端起小碗面闻了闻,笑道:“喷喷香,还是给我爸送上楼吧。”

李凝眉道:“你吃吧,还有半锅呢,我会送上去的。”

冯畹丁虽不饿,却也做出很馋的样子吃起来。倒是冯令丁,望着一大碗热乎乎香喷喷的面条,胃却堵得满满的,一口也不想吃。

朝后的几天,冯令丁心里总是横搁着这桩事体:要找陆马年谈话。可是每每安排了要去找陆马年了,忽又有其他事情插进来,他总会先去做其他的事,安慰自己,没关系,另安排时间再去找陆马年吧。这样拖了几日,冯畹丁急了,道:“小弟,陆大娘子不签约,有几户签了约的也要反悔的,也提出儿子、女儿要结婚的理由,有的甚至把孙子也搬出来了!”冯令丁这才下了决心,无论如何要去找陆马年谈谈了!

冯令丁晓得房修队的工人吃中饭都要回队里来的,到单位找陆马年会比去他家顺当一些。这日中午,他抓只面包啃着,便去房修队了。

陆马年捧着钢盅饭盒在扒饭,见了他别转身要走,被他喊住了:“马年,吃什么小菜呀?就咸肉菜饭?这么节省做啥?走走走,我请你吃火锅去。”

陆马年翻了他一眼,不做声,大口大口扒他的咸肉菜饭。旁边几个工人都轧出苗头来了,大家都晓得陆大娘子在跟动迁组打持久战,现在指挥部的办公室主任来找马年,逃不脱是为了这桩事体,便知趣地一个一个跑开了。

冯令丁叹了口气,道:“马年,我什么地方得罪你了?你就这样恨我?今天你不把话给我说清楚,我是不会走的。你也别想走,下午的生活你安排别人去做。”

陆马年脸埋在钢盅饭盒里,瓮声瓮气道:“我哪里敢恨你?你现在是革命领导,我拍你马屁唯恐拍不上呢!”

冯令丁冷笑了声,斥道:“小鸡肚肠!枉长了这么一大块头!”

陆马年抬起了面孔,也冷笑道:“我要是小鸡肚肠,那么你只有蚯蚓肚肠了!”

冯令丁正色道:“我怎么就蚯蚓肚肠了? 在这次动迁工作中,我为自己谋福利了? 我包庇谁报复谁了? 我违反政策哪一条哪一款了? 现场办公室门口竖着投诉箱,你当面给我提出也好,写信揭发我也好。”

陆马年实在屏不住了,将钢盅饭盒往桌上咣地一摔,道:“我才懒得管你们动迁办的事,单只问你一句,你既然已跟常天葵订婚,为什么偷偷摸摸不让人家晓得?”

冯令丁一愣,随即呵呵笑起来,道:“陆马年你好没个道理,我跟谁订婚是我的隐私,没有必要吹大喇叭向全世界宣布呀!”

陆马年道:“算了吧,人家不晓得你的心思,我还不晓得呀? 你一边跟常天葵订婚,一边还想吊着许飞红!”

冯令丁笑得更厉害了,指着陆马年道:“你呀,真没用。自己追不上许飞红,反倒怪起我了。你怎么不想想,我跟常天葵的事,许飞红妈妈头一个晓得的。她晓得了,许飞红会不晓得吗? 我怎么还吊得住她呢?”

陆马年一下子憋住了,憋得脸通红,半天屏出一句:“她不会相信吴阿姨的,她什么人都不相信,除非你自己去跟她讲!”

冯令丁像是一颗被将死的帅棋动弹不得。他不想大肆宣扬他跟常天葵订婚的事,其实是另有隐情,跟许飞红浑身不搭界的,不过,他当然晓得许飞红对自己的意思,要他亲口去对许飞红说我已经订婚了,这对许飞红是不是太残酷了? 他恼怒地盯住陆马年,恨道:“你妈妈跟动迁组讲你快要结婚了,原来对象就是指许飞红对吧? 人家根本没有答应你,你怎么可以强加于人家?”

陆马年固执道:“你告诉她你订婚了,她会接受我的求婚的!”

冯令丁不以为然地横了他一眼,道:“陆马年,你跟我说实话,你是真喜欢许飞红,还是想利用她多分一套房子?”

陆马年脸更红了,沉沉地道:“我对许飞红怎么样你还不晓得?”

冯令丁便下了决心,道:“我就答应你,陆马年! 明天……下班后,你约她到新华路那家茶室,就我们三个人,我会亲口告诉她我跟常天葵的事。”

陆马年眼睛撑大，嘴巴也张大，“真的？”

冯令丁道：“不过是有条件的，你也得答应我一桩事。”

陆马年变得爽快起来，一拍胸脯，“你说吧，哪怕八桩十桩。”

冯令丁一字一字吐出来：“如果许飞红仍然不愿意嫁给你，你就跟你妈挑明了，爽爽快快，去动迁组签了约。”

陆马年道：“当然！许飞红不嫁我，我这辈子也不想讨老婆了，还要什么房子？来，我们击掌为信。”

两个人伸出巴掌狠狠地拍了一下。都是青壮男子，又都憋足了气，两巴掌相撞迸出的声音好像重物倾倒般沉重。躲在门外的工友都以为发生了格斗，轰地冲进屋，却见冯令丁正掏出一盒红塔山，抽了一支抛给陆马年，自己也叼了一支，又摸出只打火机替陆马年点烟。冯令丁没有抽烟的嗜好，却因做了动迁办主任，与形形色色的人打交道，随身不带包烟不行。陆马年也没有抽烟的嗜好，此一刻心里又激动又紧张，就想弄口烟定定神。冯令丁看见工友们拥进来，便将那包红塔山一股脑儿丢给他们了。

许飞红哪里会晓得有两个男人为了她的命运击掌为信呢？自那晚母亲告诉她冯令丁订婚的消息后，她回到店铺，爬上阁楼倒下便起不来了。次日清晨老阿姐和蔡阿姨来上班，才发现老板病了，额角头滚烫，烧得气息奄奄的。连忙陪她到医院挂急诊，躺在观察室里打了两天点滴，方才回缓过来。

许飞红决定要对自己的情感来个了断。这一段为了搬迁的事，鱼摊只上半天开张，下午便关门了。许飞红得知动迁指挥部的头头每个礼拜轮流到现场办公室值班，便日日候着冯令丁。这一日又转去听消息，现场办公室门外簇簇堆堆聚的人特别多，都讲下半天是动迁办冯主任来值班，冯主任原是盈虚街中人，乡亲乡邻的，好讲话，又道冯主任是读书人，懂政策，通人情，所以都跑过来候他的班。许飞红连忙转回店铺，换了身清爽的衣裳，稍稍扑了点粉，点了点唇，便去现场办门口排队了。

轮到许飞红时已是下午三点多钟了，她用力吸了口气，跨进办公室门，隔张桌子在冯令丁对面坐下，未开口，嘴角先颤抖起来。

冯令丁乍一见许飞红坐在面前，也是十分惊讶，想着方才与陆马年的约定，也有些不自然起来。是不是趁这机会就先告诉她自己订婚的事？不行，万一她控制不住，做出什么激烈的事，周围有那么多群众，影响多不好！冯令丁便作轻松的口吻笑道："小茧子，你有什么难题啊？你并不在动迁之列嘛。"

许飞红自进了办公室，眼乌珠一刻也没离开过她亲爱的丁丁哥哥。丁丁哥哥瘦了，黑了，邋遢了。头发老长，下巴青碴碴的。人人都讲冯主任和蔼可亲，平易近人。唯有她看得见他温文尔雅笑容背后的落落寡合。她想应他一句什么，却根本开不了口。轻轻咬住颤抖的唇，她便从裤兜里掏出一张早就准备下的纸头，将它展平了，推到冯令丁跟前。纸头上就写了一行字：

你真的跟常天葵订婚了吗？

冯令丁的目光落在纸片上不动了，面部肌肉一下子变得僵硬，笑也不是，不笑也不是。他感觉到许飞红火烫的目光在自己脸上扫过来扫过去的，他再想回避，哪里回避得了？也只有铤而走险试一试了。便从办公桌上拿了支圆珠笔，在那行字下面大大地写了三个字母"yes"，放下笔，并不看许飞红，只将纸头推还给她，屏息静气等她的动静。

许飞红将那纸头拿到眼皮底下看了一眼，那手抖得不行，人就像块小石子朝无边的深渊堕落下去。强拉开嘴角作笑状，道："冯主任，我没有什么问题了。"便站起来朝门外走，脚步轻飘飘似踩在云层里。

冯令丁看她摇摇晃晃梦游一般，想站起来牵扶她，还想告诉她，已跟陆马年约好，明晚老同学去茶室坐坐。可排在后面的居民已经等不及地进了门，喊道："冯主任你倒评评理看！"指手画脚地数落起来。冯令丁只好从许飞红背脊上收拢目光,集中精力去听那人的诉说。

许飞红沿着盈虚街慢慢走去,沿途不断有认识的人跟她打招呼,她毫无表情地看看人家,径直朝前走。有人便嘀咕:“这卖鱼西施是不是中邪了?”

其实在盈虚街上慢慢行走的只是许飞红的皮囊,她的头脑和五脏六腑统统被掏空了,这一刻的她没有思想没有情感没有灵魂。她这么走了一段,有一片落叶壳橐打在她的脸上,擦着眼角下的皮肤稍稍有点疼痛感。可这稍稍的疼痛感竟迅速地蔓延开来,霎时间布满了她每一颗细胞,每一根神经,痛得她眼皮下迸出了一片泪水。这片落叶顺着她的脸颊滑落下来,又壳橐一声伏在她脚上了。那是一片扇形的叶片,深绿色的,边沿已有点焦黄。这不是银杏叶吗?她这才发现,地上有许许多多扇形的叶片,黄褐绿深浅不一,重叠成斑斓的图画。她抬起面孔,竟是站在古银杏树跟前了!她是什么时候走进了盈虚坊,又走到了古银杏树跟前的?她都一点也想不起来了。

日头已经西斜,替古银杏树巨大的树冠镀了一层金边,而那些叶儿的颜色愈发浓重起来,幽幽深深的,也像是有满腹酸楚欲吐未吐的。许飞红不由自主就钻进古银杏树的树冠里面去了。

层层叠叠的枝叶隔断了那个恼人的尘世,而且因为被绚烂的夕阳笼罩着,古银杏树肚子里也是光线纷缊而温暖。许飞红的神经顿时松弛下来,堵在胸口喉头鼻根的眼泪终于哗哗哗地流淌出来了。

许多年以前,有一个细雨溟濛的傍晚,小茧子和丁丁哥哥躲在这古银杏树肚子面密密细语,脉脉传情,那情景真的发生过吗?

许飞红淋漓尽致地哭了个畅快。树肚子里的光线渐渐昏暗起来,树叶窸窸窣窣地响着,一堆一堆地落下来,落在她头上,落在她肩背上。许飞红终于哭不动了。眼眶内火辣辣的,再也挤不出一滴眼泪。她毕竟不想像林黛玉那样去殉情,她扭扭脑袋,伸伸胳膊,觉得自己还有力量活下去。她想她必须活下去,而且要活得更好,好得让冯令丁后悔,后悔得睡不着觉。

古银杏树外,天光幽暗,暮色四合,弄堂里拐角处的路灯一盏盏亮了起来。许飞红透过枝丫的缝隙,看见一个能长能大的身影正走进椭圆的灯环中,他穿着房修队的毛蓝劳动布的工作服,背了一只鼓囊囊的帆布工具袋,一副勤勤恳恳为人民服务的模样。

"陆马年——"许飞红不假思索大声喊出口。

陆马年立定了,左看看,右看看,只闻声,不见影。呆了一歇,便走出灯影去了。

"傻瓜!"许飞红心里骂了句,又喊:"陆马年——在这里呀!"

陆马年随着声音,犹犹豫豫走到古银杏树跟前,却仍不见人——树肚子里面黑漆墨托的!

许飞红却看得他一清二楚,便伸出手,一把将他拽进树丛中来了。

陆马年先被吓得要去摸榔头,被许飞红嗔了句:"你是聋了,还是瞎了?"方才看清面前站的正是自己日思夜想的娇娘,喜出望外又慌了神,结结巴巴道:"许、许飞红你、是你,你怎么躲在这里?"

许飞红哼地冷笑一声,眼睛黑洞洞地逼视着他,凶巴巴地道:"陆大娘子说话不算数的,自己发过誓,不要我进陆家门。现在又几次跑到我家来提亲。是她想娶我,还是你想娶我啊?"

陆马年连忙道:"是我,当然是我,是我催着我妈到你们家去的。"

许飞红又冷笑一声道:"如果你拿得出结婚证,真的能分到一套房子?"

陆马年忽然意识到幸福正在向自己逼近了,惊喜得一时说不出话来。

许飞红见他不回应,皱了皱鼻子,道:"打死我也不想跟你妈住一屋的!"

陆马年慌道:"我保证,我保证不让你跟我妈住一屋,动迁组的人亲口讲的,只要我有结婚证书,就单独给我分一室户。"

许飞红暗暗地深吸了口气，朝他跨上一步，也斜着眼道："那你……为什么还不亲亲我？"

陆马年木削削地伸出胳膊，像搬木头似的把许飞红揽进自己怀里。他没料到女人的腰肢这么柔软，他还没使三分力，许飞红已经贴在他胸脯上了。她的散发出蜂花洗发精清香气味的头顶心正好蹭着他的下巴，令他难以自制。陆马年几乎要窒息了，两条胳膊加大了力度，恨不得把许飞红嵌入自己身体里。

许飞红哼哼唧唧喊道："陆马年，你要把我的骨头拗断啊？"

许飞红跟陆马年第二天上午就到区民政局领了结婚证书。

陆马年揣着结婚结证书乐呵呵地去找冯令丁报喜讯。冯令丁撑大眼睛盯他看了好一刻，当胸搡了他一拳，道："你这家伙使了什么魔法，一夜天工夫就让骄傲的公主缴械投降了？"说罢，仰面大笑起来，自己都觉得笑得太夸张、太虚伪。

陆马年等他笑停了，道："下午，我就叫我妈来跟动迁组签约。前头他们说，只要我有结婚证，就能单独分我一套，不会变卦吧？"

冯令丁稍顿，道："我听讲原先是分给你和你父母一个两室户的，现在分成两套一室户，当然是可以的，也是在政策许可的范围内最大的优惠了。"他从桌子边上拿出新建小区的房型图，摊开了，"你看看，新大楼每层十二户人家，三室户、两室户的朝向比较好，一室户的朝向就差点。这点你们要想清楚了。"

陆马年将头压低了些，瓮声道："只要和许飞红住在一起，管它朝向东南西北！许飞红要我谢谢你。等我们搬进新房，一定请你喝喜酒。"

冯令丁稍有惊讶道："怎么？现在你们不准备办酒席呀？"

陆马年道："许飞红的意思，马上要去租临时房，家具什么的都不能买，酒席暂时不办了。"瞟了眼冯令丁，"你跟常天葵准备什么时候结婚呢？"

冯令丁苦笑道："你看看我哪里有半点自己的时间呢？天葵跟导师做的科研项目也正在紧要关头。我们打算再拖一年半载的。"

陆马年笑道:“索性等盈虚街高楼造起来,我们和你们一道举行婚礼吧!”

冯令丁浅浅一笑道:“到时候再说吧。”

这天晚上,冯令丁回到守宫,冯畹丁蛮高兴地道:“你别看那个陆大娘子,蛮横粗鲁的样子,倒也是爽快人。下午来签约,把一套朝向稍好些的给了儿子,老夫妻俩就拿全向北的一室户。她这么一落笔,东北角那几家难缠的口气都开始松动了,我们再抓紧做做工作。”看看小弟面孔上无风无浪的沉寂,因想起吴阿姨的女儿一度追得他很紧,便试探道,“陆家问题顺利解决,头一个要感谢的倒是许飞红呢。方才我跟妈正商量,吴阿姨嫁女儿,我们家总要好好送一份厚礼的,你说送什么好呢?”

冯令丁打了个哈欠道:“这种事你跟妈看着办就行了,算我一份子。”便起身回自己房间去了。

再说陆家在盈虚街上好名声坏名声总算是有名声的人家。儿子讨媳妇,碰着动迁,喜酒暂时不办,喜糖是万万不可省的。陆大娘子是做熟食生意的,食品厂的人认得不少,托人买到紧俏的大白兔奶糖和花生牛轧糖,又添了一些水果硬糖,掺杂在一起,沿盈虚街挨家挨户分过去。一条盈虚街几乎家家都吃到了陆马年和许飞红的喜糖。

左邻右舍吃了喜糖,就拿陆大娘子寻开心道:“陆大娘子,这一趟你可赚大了。一桌酒不请,就把那么会做生意的卖鱼西施讨到屋里来了!”

陆大娘子嘴一撇道:“你当她是个省事的主啊?一套房子不算,家具四十八条腿一条不能少。早几年我就备好了的,儿子、媳妇每人一块宝石花手表、一台蝴蝶牌缝纫机、一辆凤凰牌脚踏车。只只是名牌,掼出去嘭嘭响。现在人家看不上了,要调成电视机、电冰箱、洗衣机。我跟老头子眼睛不好,也不想看电视了,屋里现成的十四吋彩电先让她搬过去。临时房里又没有灶头间和马桶间,洗衣机电冰箱暂时不买,钞票却要先交给她捏着。你们说说看,我赚了什么啦?”好似抱怨,却掩不住她财大气粗的显派和得意。

众人便道:“你又想抱孙子,又怕娶媳妇啊?哪里有那样便宜的事体?你现在花掉点,日后卖鱼西施会替你翻倍赚回来的。”

陆大娘子一听这话真来气了,道:“她赚再多我也享不到福的,怂恿着马年一定要分家。叫做儿子欢喜她,譬如请尊佛供着吧!”

许飞红不愿意跟陆家公婆一道租借临时房,她让母亲去托单根爷叔的女儿单巧娣,帮她在北新泾借了一间农民房,价钱便宜,地方又宽舒。许飞红是憋了一口气离开盈虚街的,她把自己苦心经营多年的水产摊转包给了老阿姐,她甚至还逼着陆马年辞去了房修队的公职,一副与盈虚街决绝的样子。

没过多少日子,便有消息传回盈虚街,许飞红和陆马年注册了一家建筑装潢公司,夫妻的名字中各拿出一个字,组成公司的名称,便叫作“飞骏建筑装潢有限公司”。许飞红为董事长,陆马年为总经理。

鉴于许飞红的精明和陆马年的手艺,盈虚街上大多数人都相信,这家飞骏建筑装潢公司将来一定能飞黄腾达的。

第八章 常天竹真的疯了吗

门廊里的夜灯昏昏黄黄，他只看见一个模糊的身影，忽地扑上来钳住了他的头颈。

31

盈虚街棚户区的动迁工程原定年底要完成的，却因各种人家的各种问题疙疙瘩瘩拖迟了近两个月。终于，在农历除夕那天圆满画了个句号。

傍晚，冯畹丁亲自陪同她负责那一片里最后的一户人家到动迁办公室签约。那户人家落住盈虚街老屋中的户口只有老两口加末尾巴小儿子，却来了亲亲眷眷十几口人，还送了一面红彤彤的锦旗，金黄的八个大字："解百姓难，暖百家心。"

原来这户人家的小儿子前几年因群殴致人重伤而吃了官司，老婆跟他离婚，带着孩子回了娘家。他刑满释放回来，又找不到工作，正窝了一肚子怨气，存心跟动迁组胡搅蛮缠。爹娘兄姐的话一句听不进，扬言要跟老房子同归于尽。冯畹丁打听得他的老婆虽跟他办了离婚手续，这么些年下来却没有改嫁。小孩子已经上学，姓数仍旧随着父亲。便晓得她是恨铁不成钢，几次寻到她娘家跟她闲话家常，促膝谈心。终于说动了她，带回口讯说，看他三年表现，若像个做父亲的样子，便可与他复婚。那小儿子听得这句言语，凶神恶煞顿时立地成佛，当下就给冯畹丁跪下了。这一家子人看到浪子回头，岂不欢喜？阿哥阿姐答应凑出一笔钞票，让他去做小生意，谋个生计。

老两口与洗心革面的小儿子挨个在动迁协议上签下姓名，冯令丁啪地敲下鲜红的公章。这时候，街上已经零零落落响起了炮仗声。

这户人家诚心诚意请冯主任和冯大姐跟他们一起吃年夜饭，冯令丁和冯畹丁再三再四地谢绝了，送走欢欢喜喜的这家十几口人，他们关了办公室的门，也要转回守宫吃年夜饭。

街里面的工地过年休假，轰隆隆的打桩机声停歇下来，一条街顿觉沉寂萧条起来。街头棚户区的居民大都已经搬迁，成片成片房屋已开始拆除，到处是废墟瓦砾、残垣断壁，残存的几处房屋失去了左右前后的依附和支撑，也已是摇摇欲坠，风一吹就会散架似的。街对面那一排火架盒似的工房底层，大都出租给个体户破墙开了店：美容美发店、杂货烟纸铺、脚踏车修理行、电子游戏厅……三百六十五天，就今天歇业得早，拉下了卷帘门，都要回家吃团圆饭的。唯独几家餐馆还亮着造型拙劣的霓虹灯招徕顾客，却是门可罗雀，惨淡经营。

鞭炮声倒是渐次稠密起来，一只高升呼地蹿上夜空，嘭地爆裂开来。火光瞬间把周围映得愈是幽暗，愈显得盈虚街莫名的清冷疏淡。辛苦了大半年，动迁任务终于完成，冯令丁、冯畹丁应该是欢欣鼓舞的，可两个人却显得心事重重，一前一后默默地走着。破损的街道在他们疲惫的脚步声中无穷无尽地延长着。

走了一段，冯令丁放慢了步子，等冯畹丁与他齐肩了，问道："大姐，姐夫真要辞职去香港?"

冯畹丁不出声，脚步却重起来，噌噌噌擦着路面。

冯令丁斜了她一眼，吞吞吐吐道："我听集管局的人讲，姐夫跟同事们处得不是很融洽……要不，我再跟他谈谈，有什么难处，我可以帮忙疏通疏通?"

冯畹丁闷了一会道："小弟，陈家进的事体你最好不要插手!"戛然而止，仿佛一堵大坝截断了湍急的河流。

冯令丁不便再追问，重又沉默下来。

他们踏上守宫大门方格红砖的阶梯，卷筒瓦屋檐下，门廊灯安安静静地洒下橙色的光环，是温暖的家的怀抱。冯令丁正要摸钥匙，门却自己洞开了，迎接他们的是李凝眉春光明媚的桃叶脸。自从她慷慨大度地让冯畹丁一家人住进了守宫，冯景初周正的面孔上时常挂着和煦的笑容，她的面孔也像枯叶沾了甘露般丰盈起来。

李凝眉今天穿了件靛青软缎滚雪青细边的盘扣丝棉袄，看着本寻常，却在背襟和袖口处绣了几只紫色的蝴蝶，一件衣裳顿时扎眼起来，衬得她原就白皙的肤色愈发神采奕奕。眼梢一挑将细纹拉平许多，笑道："总算把你们两位功臣等回来了。你爸爸发话，不等着你们不许开席。戈壁老早喊饿了，我只好叫吴阿姨给他下了几只汤圆垫垫饥。"

冯令丁把万千烦恼暂且抛开，笑道："妈，你这么一穿着，我差点不敢喊你了。活脱势像沪剧《雷雨》中丁是娥扮演的繁漪呢。"

李凝眉忍住了笑，嗔道："没大没小，没有规矩。妈是什么年纪的人啦？"

冯畹丁实心实意道："妈，你是真看不出年纪的。"说的是真话，李凝眉的面孔倒比冯畹丁光洁红润许多。

三个人讲讲笑笑进了客厅，大餐桌上已经布好了碗筷碟勺，桌子中央放着一只擦得精光的黄铜暖锅，锅里面的老母鸡汤已经嗒嗒滚了。

冯畹丁惊讶道："妈，这只老古董你还没丢掉啊？"

李凝眉颇为得意地扬了扬眉，道："这只暖锅是我娘给我的陪嫁，我是不舍得丢掉的。莫说一只锅，精炭我都藏下了一篓，这个年有得烧了。"

正巧吴阿姨走进客厅，笑道："李同志藏东西真会藏啊，那一年守宫各到各处都被翻遍，怎么就被你藏下那一篓精炭的？还有这件衣裳，我明明看到老太太的箱子一只只烧空的，莫非李同志你会隐身遁形？"

李凝眉道："我哪里会隐身遁形？只是他们有眼无珠不识货罢了。"一副天机不可泄露的神秘，又道，"吴阿姨，老皇历就不要去翻它了。刚才人家送来的一只腿呢？拿出来给他们看看呀！"

冯令丁、冯畹丁疑怵地相对望了眼，谁会送一只腿呀?！吴阿姨果真捧出了一整只金华火腿，油纸包装得十分考究，笑道:“畹丁姑娘，是前头那对二婚头夫妇送来的，说是看你工作得辛苦，一定要给你补补身子。”

冯畹丁皱起眉头，李凝眉忙道:“我横推竖推推不掉，回送了他们两听麦乳精。这不算犯规吧?”

冯畹丁记起了这对花甲之年的再婚夫妇，先前都是丧偶，天天早上去公园里打太极拳，一推二挡地有了意思。开始双方儿女也都赞同，老人有了伴，小辈也省心。两人便去领了结婚证。男方的儿子单位分了住房，搬离盈虚街，女儿也嫁出去了。女方的儿子却跟着她迁入了盈虚街，这次动迁，按户口簿的人头算，他们分到两小套房，老两口一套，女方的儿子一套。可男方的儿子、女儿不答应了，觉得他们的利益受到了侵犯，一纸诉状将父亲继母告上法庭。法官觉得很棘手，按条文硬判下去，亲人从此成仇人，便来跟动迁组商议解决的办法。也是冯畹丁从中斡旋，左右调处，劝得女方儿子拿出一笔钱补贴男方儿女，纠纷才得平息。

冯畹丁苦笑着摇摇头，将火腿推到冯令丁跟前，道:“小弟，你是主任，这桩事体就交给你处理了。”

冯令丁稍忖，道:“吴阿姨，你毛估估这条火腿市面上要买多少钞票?算得宽舒点。大姐，他们的临时房你总归认得吧?明后天去拜个年，把钞票还给他们，既领了人家的情，也不违反纪律，岂不省心?”

冯畹丁点点头。李凝眉却道:“这么大一只火腿，怕要百十来块吧?一时半刻也吃不掉，时间长了走了油，就不香了。”

吴阿姨忙道:“这个李同志你不要担心，隔日我把它斩开了，一块块用油纸包实，晾到敞廊的阴头里，包你吃过清明不会走油。”

李凝眉想想也只好这样了，便让吴阿姨把火腿捧回灶头间。

少时，吴阿姨解了围单出来，拎了只篮头，篮头里叠了几只钢盅饭盒，擎到李凝眉跟前，笑道:“李同志，小菜一只只都装好盆了，吃的时候端端出来就好了。我搛了几样,带回去给红果尝尝,你过过目吧。”

李凝眉将篮头推开,道:“要过什么目? 我不相信你吴阿姨,就是不相信我自己了。要我说,小茧子又不回来过年,你们三个人就到守宫来凑热闹不好吗?”

吴阿姨道:“哪里敢打搅你们的团圆饭? 吃了饭,我把红果带过来,跟戈壁一起放炮仗。”

送走吴阿姨,李凝眉立马张罗起来。吩咐冯令丁上楼请那三位老少爷们动动身子下楼吃饭,自己带了冯畹丁去厨房端菜。吴阿姨是最晓得李同志的心思的。这半年多来,冯同志和李同志日渐亲昵起来,李同志的情绪也日渐开朗起来。所以,李同志是十分看重这个大年夜的团圆饭的。所以吴阿姨使出浑身解数做了许多菜,一张餐桌摆得扑扑满。李凝眉高兴,又热了壶绍兴花雕,黄酒不伤人,又可添气氛,屋子里溢满酒香,喜气融融。

冯景初先下楼来,揭开酒壶盖闻了闻,笑道:“阿眉,黄酒太不过瘾。过年嘛,开一瓶五粮液。”

李凝眉放平眼梢,正经道:“不行! 医生怎么说你的? 高血压,高血脂,再馋酒,就等于慢性自杀! 稍微沾几口黄酒,有个意思就行了。”

冯景初竟不再坚持,朝儿子女儿耸耸肩,一副无可奈何的可怜相,从前在老婆跟前说一不二的霸道全然消失了。

陈戈壁是个安静的男孩,进来了,不声不响坐在沙发上。待李凝眉道了句:“戈壁讲讲饿了饿了,人呢?”他才站起来喊了声“外婆”。李凝眉拖他到餐桌边坐下,“这孩子脾气像畹丁,惜字如金,多讲一句都不肯。”团圈睃了遭,问道,“令丁,你招呼陈家进了吗?”

冯令丁道:“头一个叫的他,他说就来的。”欲言又止的样子。

冯畹丁擎着酒壶往酒盅里一一斟了酒,道:“随他去好了,我们先吃起来。爸,我先敬你。”

冯景初不依,道:“再去叫一声嘛,团圆饭团圆饭,缺一个就缺一只角。”

冯畹丁冷着脸坐着不动，冯令丁犹犹豫豫立了起来。李凝眉多少会鉴貌辨色，马上道：“戈壁，你去喊你爸爸，一定要把他拉下来。”

陈戈壁噔噔噔上楼去了，隔了一歇，果然拖着陈家进的袖管下来了。陈家进调回上海不到一年，人就有点发福，肚皮上像倒扣只铁锅。面孔倒是泛白了许多，不过有点虚肿，眼皮泡起，眼袋垂下，目光就有点隐晦起来，笑道：“爸，妈，不晓得怎么搞的，头痛得厉害，刚才靠了一会。”听不出是恭谨还是骄矜。

陈戈壁嘴虽笨，实在是个聪明的孩子。早看出爸爸、妈妈近一段在不开心，他原是坐在冯畹丁边上，却将陈家进拖到他的位置坐下，自己才坐在爸爸身边。

守宫这一次年夜饭恐怕是有史以来人丁最兴旺的了，冯景初兴致尤其高，不停地提出种种创意让大家碰杯，自己便可畅喝一气。李凝眉每每起来阻止，总也阻止不了，便不住地数叨着，口气和眼神却都是惯宠的意思。

李凝眉一手压着酒壶不让人给冯景初添酒，儿子、女儿自然不敢违拗。冯景初便一把捉牢她的手挪开去，索性取了酒壶给自己斟酒。李凝眉嘘嘘地甩着手腕，娇嗔道：“骨头都在被你捏碎了呢。”

冯景初脸膛光亮红润，举起酒盅，道：“令丁，畹丁，这杯酒我来敬一敬你们两个为盈虚街老百姓造福的功臣，动迁任务完成得很漂亮。我已经看到了建委和房地局的《工作简讯》，对你们的评价很高哦。”

冯令丁道：“这杯酒应该先敬大姐，指挥部评动迁标兵，众口一词都提大姐。过了年，市建委还要专门派人来帮大姐总结动迁工作的经验呢。”

冯畹丁淡淡笑道：“求求你小弟，不要叫他们来好吧？我根本谈不出什么东西的，只不过听人家诉苦的时候耐心点，帮人家解决困难时设身处地想想罢了。”

冯令丁道：“大姐，你这两句话讲讲是便当的，并不是每个人都做得到的。来,我也敬你一杯。你不胜酒,姐夫代饮。”冯令丁是想调动陈家进的情绪,把他拉入家庭的氛围中。

冯畹丁斜了眼陈家进,看到他嘴角一丝讥诮的冷笑,担心他趁酒劲说出什么不入调的话来,忙道:“小弟你太小看你大姐了。在新疆,跟人家拼过白酒,这点黄酒小意思了。”就把半盅酒闷入口中。

冯景初连忙帮她搛菜,冯畹丁哪里来得及吃?都堆在骨盆里了。

暖锅中的鸡汤底所剩不多了,李凝眉便去厨房添加。待她舀了一菜碗汤底出来,就听得冯景初道:“令丁是在位置上的人,结婚搞得太铺张不好。要我的意思,你和天葵索性出去旅行结婚……”

李凝眉张口截断他的话,道:“人家天葵哪里会像我当年那样傻?一桌酒水没有,稀里糊涂就嫁给你了。仪式总归要有的,多几桌少几桌,酒水考究点一般点,这是可以商量的。”

冯景初娶李凝眉时带着个身世隐秘的小畹丁,不想多声张,只让倪师太做了个见证,两人便算结为夫妻了。哪个女人不想有个风光美丽浪漫的婚礼?这桩事体李凝眉耿耿于怀了半辈子,今日总算逮着机会吐了口怨气。

冯景初有点酒意了,嘿嘿嘿笑道:“阿眉,当初你可是一口应顺我的哟。你真那么介意,我一定还你一个婚礼!”近一段,冯景初愈来愈觉得自己亏欠李凝眉的太多太多。当年,他就是想替小畹丁找一个母亲。他也晓得李大小姐对自己一往情深,抱着试一试的心情,便托人去李家保媒。李家老爷太太多少有点犹豫,自家老尾巴女儿娇惯得很,如何做得了继母?不想李大小姐死活要嫁,而且不贪图聘礼、不讲究仪式,高高兴兴羞羞答答做了一个穷书生的新娘,给了他和小畹丁一个舒适安宁的家。为了抚养小畹丁,李凝眉甚至决定自己暂时不要孩子。直到冯畹丁进了寄宿中学,他们才有了自己的儿子。单为这一条,常巽在九泉下有知,也会感激李凝眉的呀!

冯景初从来没有这么慷慨地给过李凝眉什么允诺,倒叫李凝眉心旌拂动,百感丛生。当着小辈的面,她只好作嗔道:“老不正经的,人来疯!”

冯令丁却道:“爸爸这个提议太好了。让我算算……”摆弄了几下手指,“爸、妈,你们结婚快四十年了,四十年是红宝石婚,我来操办,隆重庆祝一下,怎么样?”

冯畹丁马上表示赞同。陈家进一直喝着闷酒,这时也开了口:“集管区下面有一家婚庆礼仪公司,原是专为安排回沪知青组建的。现在做得不错,有了点名气。我可以跟他们的经理打个招呼,具体托他们筹划经办,他们有经验,价钱也会优惠。”说完,看看冯畹丁,冯畹丁不动声色。

小戈壁突然冒出一句:“外婆要做新娘子,我帮你把白头发涂涂黑吧?”陈戈壁性静,喜好画画,参加了区少年宫的图画班。

冯景初哈哈大笑,冯令丁缩起脑袋偷偷笑,冯畹丁凶巴巴地瞪了戈壁一眼,陈家进顺手扇他后脑勺一记。李凝眉并不着恼,笑道:“傻瓜,外婆哪里还好做新娘子?不过,外婆当新娘子的时候,头发实实比你的墨汁还要黑呢!”

守宫这桌年夜饭,吃了两个多钟头,直到吴阿姨领着许红果和常蝘蜓两个小姑娘来喊陈戈壁去放鞭炮,方才罢席。李凝眉是早有准备,从裤兜里摸出三只红袋袋,一个孩子一包。吴阿姨忙道:“李同志,年年拿你的压岁钱,祝守宫年年鸿运高照、吉祥如意。”

冯令丁领着孩子们到弄堂里放鞭炮去了。冯畹丁帮着吴阿姨把碗碟收进厨房间去。陈家进立起身道:“爸,妈,头还是有点沉,我先回房去了。”

冯景初道:“偏头痛这种毛病,愈是闷在屋里愈是痛,还是要多活动活动才好。”

陈家进面孔肌肉耷拉下来,僵着身子不进不退。

李凝眉翻了丈夫一个白眼,道:“头正痛的时候叫人家哪能活动啊?家进,止痛片有吧?吃一粒,闷头睡一觉,会好的。”

陈家进便顺水推舟道:“我有索密痛,那我上去吃药了。”别转身出了客厅。

冯景初摇摇头，嗔道："就你宠女婿！我是想跟他谈谈他辞职的事情。成天苦着脸进进出出，好像这个家亏欠了他什么似的……"

正好冯畹丁端着两杯新泡的茶进来，接口道："爸，方才饭桌上你为什么不问问他？"将两杯茶放在父母跟前的茶几上了。

冯景初端起杯子，吹开茶叶片，啶了一口道："我是想吃一顿开开心心的年夜饭，不要弄得一人向隅，举座不欢的。"

李凝眉摸出些花生米、五香豆、葵瓜子，放在小碟里，道："要破东吴兵，还得东吴人哪。这种事情，还是让畹丁去讲比较好。你一插手，家进倒以为畹丁在我们跟前说了什么，反而更气畹丁了。畹丁，你讲呢？"

冯畹丁原是想让父亲规劝陈家进的，听继母这么一说，想想也有道理。陈家进已经不是当年那个胸怀大志激情洋溢的青年理想主义者了，他经历了太多人生坎坷，命运沉浮，变得心境灰暗、狷急浮躁，总觉得这世上人人都在与他过不去。他自然不会满意在集管局做一个朝九晚五的小职员，发发通知，做做记录，给领导起草发言稿。所以他牢骚满腹，怨天尤人，工作也不积极，算盘珠似的拨一拨动一动，还常跟同事闹些鸡毛蒜皮的小矛盾。集管区的头头因与冯令丁熟悉，便直率地跟他谈了陈家进的问题，希望他这个内弟能帮着做做陈家进的思想工作。冯令丁倒是找陈家进推心置腹地谈心，陈家进却冷笑道："小弟，你在机关混了这么些年，难道你还不清楚？木秀于林，风必摧之；行高于人，众必非之。素来小人好非议，我不会为他们而改变自己的，与其溺于人，宁可溺于渊。溺于渊犹可游；溺于人，不可救也！"自此，就跟冯令丁生分起来，摆出一副鄙视小人的君子姿态，弄得冯令丁亲近他不成，疏远他也不成。

冯畹丁前前后后寻思下来，也只有自己上楼再好好劝劝他了，却已不抱什么奢望。便勉强一笑，道："那也好，爸，妈，我就不陪你们看电视了。"

陈家进的父亲虽曾是沪上有些名望的工商业主，陈家进的母亲却只是父亲背着正房夫人包养的外室。五十年代初，人民政府颁布了《婚姻法》，父亲与母亲解除了婚姻关系，只按月给他们母子一点生活费。那时，陈家进才七八岁，父亲的生活费不够他们维持原来的生活水准。母亲带着他搬出了淮海路上的法式公寓，到南市区租了人家老式里弄房子一间亭子间居住。母亲也由政府安排，进了一家袜厂做女工。每月月初的头一个礼拜天，母亲总要在小家进口袋里塞进两张一角钱的纸币，要他换乘两辆公交车到父亲位于虹口山阴路上的洋房里去取生活费。母亲的绵密心思，是要让父亲月月见到这个长相酷似他的小儿子，提醒他不要忘了他的一份责任。每月月初的这一天，便成了小家进的灾难日，他要忍受几个同父异母哥哥姐姐妹妹们鄙薄与怜悯掺和的眼光；要忍受大太太数给他几张钞票时那种打发叫花子般的神情；要忍受父亲讯问他学习成绩时的严厉与沉重。小家进几次恳求母亲不要让他去那幢洋房拿钞票了，母亲便会声泪俱下地责怪他不体贴她的辛劳与苦楚，喋喋不休地诉说因了他，她失去了多少次重新嫁人的机会。陈家进每每回想起少年时代那一段屈辱的日子，心底仍会针锥般疼痛。公私合营以后，陈家进的父亲率他那边一大家子人移居香港，就此断了陈家进母子的经济补贴。陈家进的母亲愈发萎靡消沉，回到家里不是长吁短叹就是牢骚不断。陈家进稍微规劝她两句，便会引起她的勃然大怒，从陈家进的十八代祖宗骂起，一直骂到她自己的儿子。由此染上了烟瘾，单靠她当袜厂女工的那一份收入，只能去买劣质香烟，弄得逼仄的亭子间永远是烟雾弥漫。陈家进对那个阴霾不散的家十分厌恶，上中学时，他便执意考进了寄宿学校。

陈家进喜欢学校里朝气蓬勃奋发向上的气氛，他很快就当上了班级干部，并且成为学校共青团组织重点培养的对象。在积极申请入团的过程中，经常要给团组织写思想汇报。陈家进觉得团组织就像是自己最亲的亲人，便在思想汇报中尽情倾吐了对自己家庭的怨恨与嫌恶。团组织立即抓住这个苗头，帮助他启发他认清剥削阶级的罪恶，鼓励他与家庭划清界线，争取做一名有理想、有志向的革命青年。那一年，在全校师生纪念“五·四”青年节的大会上，陈家进慷慨激昂地发言，要继承五四革命传统，与资产阶级家庭彻底决裂。陈家进入了团，评上了市三好学生，学习毛主席著作标兵。升入高中后，又入了党。临近毕业，新疆建设兵团组织报告团到上海各中学巡回演讲，陈家进反复考虑反复掂量，考大学要政审，像他这样家庭出身不好的人在录取上有许多限制，万一落榜，前景就十分黯淡。不如报名去新疆建设兵团，借此摆脱令人生厌的家庭，说不定还能干出一番惊天动地的事业。主意一定，当即写了大红的决心书贴到校门口的黑板报上去了，他的先进事迹在《青年报》上整版刊登。中学六年，是陈家进四十多年人生的华彩乐章。陈家进每每回想起那时候的辉煌，愈发对现时的平庸不堪忍受。

陈家进因了冯畹丁丈夫的身份得以调回上海，一开始也是踌躇满志的。虽然在新疆蹉跎了二十几年的青春，幸而自己仍是春秋鼎盛之年，仍可以“好风凭借力，送我上青云”啊。他没想到自己仅仅被分配到区集管局当一名普通的办事员，一个小小的科长就可以对他颐指气使、说三道四。在新疆建设兵团，虽然几遭蹭蹬，毕竟还做过几年兵团政治部的主任。最让他难以隐忍的，人们常会用“守宫的女婿”、“冯畹丁的丈夫”这样的词汇来称呼他，他陈家进竟然沦落到老婆的附庸了！蛟龙失水、虎落平阳的失意时时盘桓于胸。

陈家进每天到集管局办公室上班，上头若没有安排事务下来，他便泡上一杯酽酽的茶，跷起二郎腿，笃笃悠悠将各种报纸一一翻阅。报纸上愈来愈多的私营企业主的新闻每每让他怦然心动。仕途眼见得山重水复疑无路了，如果能有一笔资金，未必不能在商场上柳暗花明又一村啊！这个念头像一条冬眠的蛇蟠曲在他心中，等待着春暖花开的季节。

局机关订阅的报纸天南地北五花八门，十分齐全。这一日，陈家进随意翻阅一份香港《大公报》，眼梢刮到报缝中的一则讣告，那亡者的姓名像枚银针戳伤了他的眼珠子。他慌忙坐直了身子，定睛再看，果真是他的父亲！虽则近三十年父子杳无音信，虽则陈家进对父亲及那一家子的怨恨日渐愈深，可是乍见父亲的讣告，他还是感到了一阵发自心底的悲哀。他强忍着，背开同事将这页报纸折叠了，塞进自己的公文包。冬眠在他心中的蛇突然苏醒了，扭动着柔韧而灵活的身子，缓缓蠕动，蜿蜒爬行；继而便腾跃蹿扑，四处奔突了。他想到父亲会留下大笔的遗产，他作为父亲的儿子，理应继承其中的一份。只要拿到这份遗产，他陈家进便可以舒展拳脚，一展宏愿了。同父异母的哥哥发给他报丧的电报是寄到新疆建设兵团的，辗转了一个多月才送达盈虚坊。哥哥的电报中只字未提父亲遗产分割的问题，于是，他断然做出辞职赴港的决定，要去争回属于自己的那份权利。

再说冯畹丁心事重重地走上三楼，鼻沿四周悬浮着无影无踪的幽香，却是楼梯间墙角的矮几上，青花蛋形盆中，一丛水仙花正开得兴致勃勃。继母李凝眉年年亲自育水仙。一过冬至，就叫吴阿姨去菜场买了水仙的块根回来，自己动手修理雕刻，盖上一层薄削削的棉絮，放在瓷盆的卵石堆中，洒上清水，养在朝阳的窗台上，还要根据气温的升降，不时调整它受光照的角度与时间。这样精心调理侍候，娇贵的凌波仙子方能候到春节适时开花，守宫各处窗台墙角都能看见它们素朴典雅的花姿。对于继母这一份精致的心思，冯畹丁不但领情，也是十分欣赏的。

三楼正中带宫殿式的老虎窗的大间现在是冯畹丁夫妻的卧室，左首稍正气点的小间是陈戈壁的房间，右首小间仍做了储藏室，他们合家千里迢迢地搬迁，沥沥落落的杂物也真不少呢。一条盈虚街上，像他们住得这般宽舒的，还能举出哪个？冯畹丁对眼前的日子已经十分满足了，团团圆圆，和和睦睦，安安静静。她不晓得为什么陈家进总是这不满意那不满意？为什么非要去香港争那份他曾经鄙视憎恨过的家产？为什么非要把好端端的一个家拆散了？

依墙的餐边柜上放着热水瓶和玻璃杯。李凝眉在收拾三楼房间时想得很周到，小戈壁睡到半夜里若要喝茶，就不必下三层楼到客堂间倒水了。冯畹丁略作盘算，泡了杯菊花茶。菊花虽是陈的，经水泡，依然鲜艳，又丢进一撮枸杞，淡黄橙红十分养眼。

陈家进和衣斜靠在床上,听到动静也不睁开眼睛。冯畹丁放下杯子,抖开毛毯替陈家进盖上,轻轻叹了口气,便坐在床边的小沙发上,忧悒地望着丈夫。这张脸曾经那样英俊轩昂,如今却变得阴郁灰滞;她曾经那样熟悉他,每一片笑纹,每一条皱褶,如今都变得陌生,像戴了假面具。她忍不住伸出手指去触摸他的脸颊与眉额,她想用肌肤的感觉来证实他依然是从前的那个他。

陈家进不得已睁开眼睛。其实他哪里真的睡着了?他只是懒得跟妻子解释,懒得听她絮叨。

冯畹丁忙道:“把你弄醒啦?要睡,脱了衣服好好睡。”

陈家进两只手揉着太阳穴,道:“陪你父亲多喝了两杯,脑袋像要爆开来。”

冯畹丁适时递上茶杯,道:“喝点茶吧,解解酒。”

陈家进懒懒地接过杯子,口中正有些苦涩。揭开盖,扑鼻的清香令他醒了醒,再看到满杯的清雅,不觉连着几口喝去了半杯。

冯畹丁看他捧着茶杯如饮琼浆的样子,好像自己也饮了那香茗,一股清泉注入焦虑的心田。莞尔笑道:“我再替你冲点水去。”

陈家进忽然从妻子略带得意的笑容中醒悟了她机巧的用意。

青年时代的他们是在同一所寄宿中学念书,他高她两级。礼拜天,他因厌恶母亲烟瘾和唠叨,常常借故不回家;她也因与继母无端的嫌隙经常留校不归。他们总是在休假日显得空空荡荡的学校图书馆里相遇,因同在校团委工作,互相认识却不熟悉,开始也只是稍微点个头,打个招呼,各自顾自己看书做作业。当时,他已是超尘拔俗,声名鹊起,有许多女生都崇拜他,暗恋他。她看到他傲岸的身影就觉着自己的渺小,从来不敢奢望他能青睐她。渐渐地,他进图书馆选择座位愈来愈向她靠近了。原来,他发现经过她的身边总会闻到一股清香,沁入肺腑而令人心旷神怡。他终于忍不住问她,你涂了什么高级香脂,气味会经久不散?她羞怯地涨红了脸,以为他在责怪自己沾染上了资产阶级的生活方式。她慌慌张张告诉他,自己涂的是最大众化的百雀羚,气味并不是很浓烈的。他在她身边吸着鼻子东闻闻西闻闻，才发现那股清香来自她手中用来当茶杯的广口果酱瓶，瓶中盛的正是菊花枸杞茶。那以后，礼拜天他们进图书馆，总是坐在一张桌子边了，她会同样给他泡上一瓶菊花枸杞茶。品评香茗，他们互诉衷肠。相似的境遇让他们的心愈靠愈近。后来，他先去了新疆建设兵团，吃不惯那里的牛羊肉和马奶茶，常常犯胃病闹肚子。两年后，她也去了新疆建设兵团，给他带去了大包菊花干和枸杞。他们结婚的晚上，他拥着她对她说，他对她的情意会像这茶色茶香般愈久弥深。

陈家进哼地冷笑了声。冯畹丁简直像个初中女生，想用琼瑶阿姨言情小说的手法来劝阻我的计划，未免太幼稚、太可笑了吧？他将杯子猛一推，道："够了够了，我胃里已经没有一点空隙了！"

杯子里的水晃了出来，泼在冯畹丁的衣襟上，她没顾得去擦。她只是惊惶地望着乍然变色的陈家进，心里充满了绝望与悲哀。

陈家进不耐烦地横了她一眼，道："你还有什么话，或者是你父亲你弟弟想通过你说什么话，你就爽爽气气倒出来。不要成天对我唉声叹气、横眉冷对，再搞点什么小资游戏，弄得我浑身鸡皮疙瘩都起来了！"

冯畹丁把眼泪咽回肚子里，尽量用平静的口吻道："家进，你执意要去香港，且不管你母亲在天之灵会怎么想，我并没有拦着你吧？可是你办手续，不能够妨碍工作对吧？你想想你会给人家留下什么印象？你是以烈士家属的身份调进机关的呀……"

"行了，行了！"陈家进蹿起来，一挥手，打断她道，"我是靠你的关系才调回上海的，这个小职员的位置是你们家施给我的恩惠，我应该感激涕零，应该铭记在心，应该规规矩矩，应该言听计从，应该心甘情愿做一张漂亮的标签，贴在你冯家的大门上，对吧？"陈家进像一头困兽，一边吼着一边在房间里窜来窜去，停在了冯畹丁跟前，一字一句道，"我做不到，也不想做了。我辞职，不拿他们的工资总可以吧？我有我的理想、我的人生抱负，你总不能用感情的绳套把我永远拴在这个三层楼上，那样我会憋死的，你晓得吧？"

陈家进愈是激动,冯畹丁愈是冷静。她的心已经冷得结成了一颗石骨铁硬的冰疙瘩。她冷冷道:“我晓得你的理想你的人生抱负,说穿了,也就是你父亲留下的那一点钞票!陈家进啊陈家进,我真没想到你会变得这样俗气!”

陈家进呵呵一笑道:“你倒先把这个词说出口了!俗气?究竟谁俗气?这一段我也一直在反省,是什么改变了我老婆?把她从一个冰清玉洁的超逸女子改变成一个平庸虚荣的凡俗妇人?”

冯畹丁不由自主地站起来,人们说她清高,说她孤傲,说她冷淡,可从来没有人把她和“平庸”、“虚荣”、“凡俗”这几个词汇联系在一起过。她一向是最恨平庸虚荣凡俗的,偏偏从陈家进口中吐出对她这般恶劣的评价,就仿佛将一盆屎扣在了她身上,她几乎忍受不了了,浑身发抖,声音喑哑,悲切切道:“你用不到这般恶形恶状地诋毁我的。我是变了,老了,过时了,粗糙了。可是,再怎么不入你的眼,我也不会变得平庸虚荣凡俗的!”

陈家进往小沙发上一靠,跷起二郎腿,不无讥讽地道:“这才叫不识庐山真面目,只缘身在此山中呢!你戴上了烈士遗孤的高帽子沾沾自喜,这算不算虚荣?你满足于洋房花园佣人的舒适生活不思变革,算不算平庸?你像一般女人那样哭哭啼啼,唠唠叨叨,不愿放丈夫出去干一番大事业,算不算凡俗?”

窗外边劈劈啪啪的鞭炮声炒豆般连成一片,迸溅的礼花把夜空映得通透明亮。冯畹丁吓出了一身冷汗。她晓得,自己不是被炮仗声吓的,而是被陈家进的话吓着了——难道自己真的成了那样一个平庸虚荣凡俗的女人?!

弄堂里有人声嘶力竭地喊起来:“着火啦——着火啦——盈虚街口着火了——”

冯畹丁猛地一惊,几步跨到老虎窗前,呼地推开窗户。西南向果真有一蓬蓬浓烟腾起,人声鼎沸,脚步喧嚣。她瞟了眼陈家进一眼,他却双臂环胸,头靠沙发,眼乌珠定定地望着天花板,一副不关痛痒的姿态。这一眼让冯畹丁冷静地做出了决定,且不管自己是否真就平庸虚荣凡俗，自己既然是一名街道干部，这种时候就必须到起火现场去帮助群众解决问题。她拉开房门奔下楼去。

原来，是街头好吉祥餐馆的石老板放花炮失手，燃着了门面上的装饰板。风助火势，霎时间将左右四五家店面都烧起来了。幸而石老板已经用上了大哥大，连忙拨打了119，救火车来得及时，很快扑灭了大火。那一排门面已经是千疮百孔焦黑一片，好在盈虚街里外都是建筑工地，火舔过的痕迹并不显得突兀。

冯畹丁与街道里委会的一拨干部帮着疏散人员，安排住宿，安抚群众，直弄到大年初一凌晨方才停歇。

新的一年猝不及防地站在人们的面前了。

32

世事枯繁自有天，盈虚轮回几经年。

盈虚坊中的寻常人家日日听惯了街上打桩机轰隆轰隆的响声，看惯了风过扬尘灰蒙蒙的天空，开头还发发牢骚，日子一长，也就熟视无睹，充耳不闻了。上了点年纪的人都说，1958年填浜筑路时比这会儿喧哗得多，也熬过来啦。过了一段时间，那打桩机忽然消停了，人们倒觉得时光中少了点什么，反倒又不习惯了。沿马路筑起了高高的简易围墙，不时有运货的卡车、巨型吊车、水泥搅拌车进进出出。然而这围墙里的动作似乎跟盈虚坊间人无有太大的关系，他们照样按部就班地过着他们自己的日子。

盈虚街棚户区拆迁，也拆去了沿街面不少小店。政府为方便老百姓日常生活的需求，沿那道围墙筑了一排铅皮的活动房。这批活动房很快就被个体工商业主争相租借，比肩接踵开出了各式店铺，饮食店、便利店、服装店、文具店，还有好几爿美发店。虽然道路愈加狭窄、拥挤、肮脏，周边居民下了班还都愿意到这里来逛逛小店，淘淘便宜货，享受一下私营业主价廉物美热情方便的服务。盈虚街渐次恢复的人气,俨然又是一个繁华的集市了。上了点年纪的人都道,盈虚街集商成市是有传统的,早在四百多年前,明嘉靖年间,这里便以集镇繁盛而驰誉天下了。

盈虚坊弄堂口电话间的跷脚单根这一年刚满一个甲子,女儿女婿特为在淮海路上的光明邨饭店给他办了桌寿酒,桌底下还塞给他一只厚厚的红包。单巧娣道:“阿爸,我想买什么寿礼,又怕不称你心,还是给你钞票实惠,你想要什么就去买什么。”

单根老酒喝得面孔血红,道:“我不要你们的钞票,我的工资自己花也花不掉。”讲是这么讲,红包还是收下来。钞票是不稀奇的,小辈的一片孝心让他美滋滋、喜颠颠,自己的一生还是活得蛮值得的。

女儿女婿又一次提出要单根辞了电话间的生活,到北新泾他们的洋房里去享清福。单根连连摇头道:“现在盈虚坊屋里装电话的人家愈来愈多,电话间的生意又不忙,我还跑得动。立时三刻叫我歇下来,反倒要生毛病的。”单巧娣是晓得父亲心思的,只要盈虚坊里有那位宽肩细腰的吴阿姨在,父亲便不会离开盈虚坊。只好由着他了。

次日早晨,单根宿酒未醒,起晚了一个时辰。待他打开电话间的窗户,已有两个熟识的妇人候着了,都是在坊间人家做劳动大姐的,来给老家挂长途。年轻点的一个急忙忙拨号码了,另一个好像并不着急,笑道:“老单根,怎么睡过头了?在做什么美梦?都不舍得醒来了?”兀自先咯咯咯笑起来。

单根瓮声瓮气道:“昨晚女儿请客,多喝了几口,一觉睡下去,鬼影子也不见一个!”说着,去屋檐下捅开煤饼炉子,坐上一铜吊水。

劳动大姐打电话很节省时间,三言两语把事情交代了,就挂断了。年轻点的那个道:“单根伯伯,钞票放在桌上了。”另一个拨了几次号码都没有通,看看单根蔫不叽叽,没有说闲话的兴致,便也离开了。

听人聒噪心烦,空歇下来又觉得怅然若失、魂不守舍。倒是被那妇人说了个准，老单根昨晚做了一夜天的乱梦。只因女儿女婿提及他归宿的问题，勾起了他满腹心事。盈虚坊也要被拆迁的消息来无踪去无影，盛一阵缓一阵，弄得他的心也是悬上悬下地不安定。有盈虚坊在，至少每天能看到她的人劲劲道道地在弄堂里跑来跑去，柔情绰绰的一张笑脸朝他一偏，便能解他的万般烦恼。倘若盈虚坊真要拆掉重建，他将何去何从？她又将何去何从？没有了她的日子哪怕住洋房吃鱼肉还有什么乐趣？难不成这么多年的守望竟就成了水中月镜中花？

正当单根想入非非，沉溺其间，不能自拔，忽听有人问道："老师傅，请教一桩事体行吗？"

单根翻起眼皮，眼门前黑幢幢的，一个壮年汉子宽阔的身影将窗户填没了。单根便坐直了身体，对于自己的工作他从来一丝不苟。道："有什么事体？只要是有关盈虚坊的，你尽管问吧。"

汉子的身体又朝窗户里面冲了冲，道："我想打听一个人，听讲是在这条弄堂里面做娘姨的……"

单根道："盈虚坊几百家人家，进进出出的劳动大姐好建一个突击排了。姓啥叫啥？只要讲得出，我都认得。"

汉子便道："她姓吴，叫吴秀英。"

汉子的嗓音低沉厚重，带着鼻腔共鸣，不啻闷雷在单根耳边炸响。单根差点没蹿起来，但只身子朝上拔了拔，两只手摁住桌面，强迫自己镇静下来，公事公办问道："你是哪里的？"

汉子用手往对马路一指，"我是对面工地建筑队的。"从口袋里摸出包牡丹牌香烟，抽出一支放在单根面前，自己也点燃了一支。

单根的眼乌珠迅速在对方身上骨碌碌滚了一遭。那人起码有五十好几的年纪了，穿了身皱巴巴化纤面料的隐条西装，并不像工地上起砖落瓦打工的，不觉起了疑心，将香烟朝外一推，道："谢谢，我不抽烟。建筑队的？找吴秀英阿姨做什么？"

汉子吐出一口烟圈，道："我是她同乡人，她家里让我给她捎口信。"

单根肚皮里寻思,这么多年也没听她提及家乡芝麻绿豆大的事!不觉又瞟了对方一眼,那张黑沉沉棱角分明的面孔像是在哪里见到过? 一时也记不起来。便道:“你的身份证件拿出来给我看看。”

汉子手一摊,道:“身份证又不是时时刻刻带在身上的。”

单根便道:“那你去单位开个证明过来,我就帮你找那个吴秀英。”

汉子嘿嘿一笑道:“师傅,你们这里又不是保密单位,还要开什么证明?”

单根脸一沉,道:“我看你也是有点年纪的人了,家里面总归有老有小的,不要在这里乌搞百叶结了。老实对你讲,我们这里从来没有叫吴秀英的劳动大姐,我不过是试试你的。你赶快走开,否则我就要打 110 了。”

那汉子不做声,也不离开,盯着单根看了一歇。他背着日光,单根只能看到他眼窝处幽幽两团火舌,心一惊,屁股顶着椅子往后挪了一步。汉子却只冷笑着摇摇头,转身走开了,单根松了口气,竟有汗珠沿鬓角滚下来。

单根一个上午就在等吴阿姨出现,平素这种时候她总会进出盈虚坊几次,大包小包买这买那的。今天却一直不见她的影子。单根坐一歇,探出身子张望一歇;坐一歇,又探出身子张望一歇。半天下来,腰骨也酸了。心里面七上八落,莫非那个汉子在街上撞着了她,把她拐走了? 莫非她生病了,困在床上起不来了? 有几个家庭妇女惯常地到电话间来说白道绿,看到单根坐不停立不停的样子,笑道:“阿跷今朝把魂灵头弄丢了!”

中午时分,电话间里人都走空了。单根胡乱煮了点咸菜泡饭,端到自己跟前,却一口也咽不下去。用筷子捣着米粒,恨声道:“你有事,倒是来关照一声呀!”

“人家实在是抽不出一脚空嘛!”竟有人应了声。单根猛抬起眼皮,看见她像从地里冒出来一般立在窗前,掩口而笑。

“你、你啥时候来的?”单根咚地弹起来,掀翻了饭碗也不顾,真有点“蓦然回首,那人却在灯火阑珊处”的惊喜。

吴阿姨连忙走进电话间,从门后拿了擦布收拾桌子,将倒翻的泡饭都捋到畚箕里。单根合不拢笑口,眼乌珠跟着她身体转,问道:“你上半天没有出去买小菜啊?我看来看去没看到你嘛。”

吴阿姨道:“一早起来就去帮畹丁姑娘收拾行李了,中饭都多不出手去烧。好在昨日里馄饨有得多,刚给常天竹喂下一碗,只好去候下半天的菜市了。”从马夹袋里拿出只塑料饭盒,“喏,这是给你留下的,这趟是荠菜肉末馅的,刚刚上市的野荠菜,你快吃吧。”

多少年了?三日两横头塞给他一只饭盒。饭盒子已经从钢盅的换成塑料的了,饭盒子里面的饭食却经久不变地热腾腾、香喷喷。

单根这个时候好像刚刚从澡堂子里跑出来,浑身一轻松。生怕吴阿姨像平素那样放下饭盒子就走,忙道:“我有点事体要告诉你,你坐一歇好吧?”

吴阿姨是怕别人家说长道短,从来不坐进电话间的。今天却爽快,拖了张方凳坐下,道:“你先吃馄饨,冷了就腻了。”

单根一口一只馄饨,狼吞虎咽。吴阿姨调过头去,屏住笑,假装不看他。单根原先想讲那个汉子的事,不晓得为什么有点难以张口,便道:“畹丁姑娘收拾行李又要到哪里去呀?”

吴阿姨道:“不是畹丁姑娘自己要出去,是陈家进要去香港,手续才办下来,立马就要起程。”

单根道:“畹丁姑娘做啥不跟着一道出去呢?有难同当,有福同享嘛。香港那样的花花世界,畹丁姑娘就放心让陈家进一个人去呀?”

吴阿姨摇摇头,道:“近来畹丁姑娘瘦了不少,我常看到她眼泡皮肿肿的,又不敢问,只好背后头问问李同志。照李同志的讲法,陈家进办的手续跟常家小姨娘不一样,不是移民,只是张探亲的通行证。他是去跟他父亲大老婆养的几个兄弟姐妹打官司的,讨到了钞票还要回来的。”

单根叹了声道:“我看那个陈家进,大面上会虚应故事,城府极深。畹丁姑娘心眼太实,哪里是他的对手?一只鹞子放出去,万一断了线,追也追不回了。”

吴阿姨斜了他一眼,道:“你不要讲得那么怕人好吧?我看他们两个平素还是蛮恩爱的。”

这么你一句我一句的,单根把一饭盒馄饨吃得精光,肚皮饱了,胆也壮了。瞄瞄吴阿姨,半低着脑袋有点心事的样子,也是单根喜欢的样子。吴阿姨感觉到单根在看她,也瞄了他一眼,两对眼珠正好撞上了。慌忙落下眼帘藏住心事,笑道:“你说你有点事体要告诉我,怎么不说了?”

单根捋了捋嘴巴,道:“也不是什么大事体。上半天来了个男人,拐弯抹角打听你。年纪也不轻了,说是对面工地建筑队的,却又穿着西装;说是你同乡,又不肯出示身份证。我看他贼脱兮兮不入调,就打发他走了。”

吴阿姨偏了脑袋想了想,道:“我许多年没有回老家了,娘家路都断了,还会有什么同乡?”

单根道:“多半是因为你在盈虚街上人头太活络,常常被那种吃饱饭没事体做的人叼在嘴巴边调排,引得些无赖不动好脑筋!”言词中不无埋怨。听不到反应,看看吴阿姨。吴阿姨的神态有点奇怪,面孔是朝着他的,却一脸的茫然,心思肯定已不在电话间里了。单根以为自己方才的话不入她的耳,引她动气了,忙缓和了口气道:“现在街上陌生面孔愈来愈多,你出去要留心噢,碰到不三不四的人上来搭讪,躲开点好。”

吴阿姨忽然道:“时间不早了,我要去小菜场了。”立起身就走出了电话间,撇得单根狠狠地捶自己的脑瓜子。吴阿姨人缘好,结识的人三教九流都有,也有鳏寡旷夫来动她的脑筋,总让单根牵肠挂肚地不放心。

却说吴阿姨急匆匆走出电话间跑到街上,并没有进小菜场,而是反方向往街头的建筑工地去了。吴阿姨原是有很要紧的事体跟单根商量的,乍听到单根讲起有同乡打听她,先也是一头雾水,突然间醒悟到那个男人会是谁了,才慌手慌脚地跑了出来。她要寻到他，要把他们之间几十年的恩恩怨怨做个了断，她才能定定心心安排她的下半生日子呀！

吴阿姨站在工地大门口朝里面张张。工地里挖出了四五个大坑，坑里面竖起了网状的钢筋条，卡车川流不息地进进出出，戴着安全帽的工人们只顾埋头干活，没有人注意到大门口这个穿着灰蓝卡叽两用衫，神色焦灼的中年妇女。

吴阿姨很想找个人打听一下，却犹豫着。想他本是一名斯斯文文的小学教员，在家里连劈柴的生活都不会做，如何做得攀高落低的建筑工人？转而又想，他在劳改农场练了近二十年，总也该学会做力气生活了吧？掐掐算算，他的刑期是早满了。他找她究竟想干什么呢？

有一辆拖着巨大的水泥搅拌机的卡车驶进工地大门，司机从驾驶室窗口中伸出手臂，砰砰砰敲着车门，大声吼道："喂喂喂，不要命啦！戳在路当口。让开、让开！"

吴阿姨慌忙后退几步，挨着围墙，贴壁站着。她张口想问，工地上有没有一个叫许德玉的浙江人？可是卡车拖着搅拌机轰隆隆开进去了，扬起的尘土堵住了她的嘴巴。

吴阿姨打消了讯问的念头，这么多年，她把"许德玉"这个名字掩埋得很深很深，她没有勇气再把他挖出来。想起当年他逼着她签了离婚协议书，为了不妨碍两个孩子日后的前程，他们约定了永世不再往来。以他的孤傲清高的脾气，他是绝不会违约来找她的。或许，那个打听她的男人正如单根所料，只是一个市井无赖而已。

吴阿姨别转身离开了工地，慢慢朝菜场走去，眼下还有许多生活等着她去做呢。

因为动迁造房子，盈虚街变得喧哗纷乱，盈虚街小学校暂时搬迁到附近番禺路上去了。街道办事处就在小学校旧址里辟出一个室内菜场，租赁给远近卖菜的个体户。室内菜场自然比马路菜场整洁得多，钞票却贵了许多。吴阿姨一只只摊头看过去，摊主们都认得她，晓得她掌管着盈虚坊守宫、恒墅两户大人家的菜篮头，都无比热络地招呼她。

吴阿姨把心思收拢归正，盘算着：常家的小菜好弄，常先生从不喝老酒，有两只家常菜下下饭就行了；常天竹是你喂她什么吃什么的；常天葵又值夜班，不回来吃夜饭。于是她给常家配了一只青椒毛豆肉丁，一只咸菜豆瓣酥，再氽一只蛤蜊蛋花汤，钞票花得不多，营养也够了，蛮适宜的。难弄的是冯家的一桌菜。冯同志每天要抿一小盅酒，说是活血，过酒菜是少不得的；李同志嘴巴又刁，眼光又凶，小菜色香味一点马虎不得。而今夜这一顿饭愈是难上加难，明天一早冯家姑爷要去香港，好比是要给他饯行，按理是该多弄几只碟子，丰盛一点的。可吴阿姨也晓得冯同志和畹丁姑娘都反对姑爷去香港，心里疙疙瘩瘩，哪里有心思吃油滋隔腻的小菜？吴阿姨动煞脑筋，不备几只大菜不行，备得太丰盛也不行。便不买鸡不买蹄髈，买只鸭子，烧锅扁尖老鸭汤，鸭顺水，有个送行的意思；做一条糖醋鳊鱼，应着跳龙门的吉言，却也不张扬。再配了四碟炒菜，加上一盘下酒的糟猪舌，凑成一桌，也过得去了。

在菜场里兜了两三圈，东西总算买齐了，两只手十根指头吊了六七只塑料袋，只只都是沉甸甸的，还要一路跟摊主们说说笑笑，真有点力不从心了。走出菜场，吴阿姨立定歇了歇，把塑料口袋整理了一下，好并拢的就并在一起，省得零零落落，丢了一只也不晓得。先要去守宫洗菜切菜，做好准备工作，把老鸭用小火炖起来。再赶去恒墅做菜做饭，服侍了常天竹，方能转回守宫端整那一桌菜。正待起步，忽听有人压低了声音在她后脑畔叫道："秀英！"

吴阿姨倏地回头，正撞上那一对仿佛陌生了的、霎时间却唤起她无数回忆的眼珠子！心里面呼地一烫，着了魔似的动弹不得了。

菜场门口进进出出都是人，许德玉仍压低声音却说得很快："秀英，你晚上做好生活到我旅馆里来一趟好吧？"

吴阿姨痴痴呆呆地盯住他，什么声音都发不出来。他却从西装贴袋里摸出一只瘪塌塌的香烟壳子，把里面剩下的一支烟抽出来，夹在耳朵上。就在香烟壳子背面写了几个字,把它塞进她掌心中,便擦着她身子走过去了。

吴阿姨缓过神来,肚皮里恨恨地嗔道:“强横霸道! 也不问问人家有没有得空!”

吴阿姨恨许德玉当年冷酷地跟她离婚;恨许德玉这么多年不给她些许音讯;恨许德玉刑满了也不告诉她一声;恨许德玉就在她已经下决心跟另外一个男人过生活的时候突然又冒出来搅乱她的心!恨归恨,吴阿姨还是不忍心丢掉那只香烟壳子。她展开来看了眼,这几个字她还认得,是一个旅店的名字和房号。这旅店她也是认得的,就在几条马路外的兴国路上。吴阿姨不晓得许德玉现在究竟是什么身份? 为什么会来上海? 为什么会住在那家旅店里? 满肚子疑惑和牵挂捣得她心软了,无论如何今晚要去旅店会他一会。

吴阿姨在常家煸肉丁时忘了放生粉,肉丁老得跟萝卜干似的。常先生吃菜从不挑剔,闷声不响嚼“萝卜干”。吴阿姨喂常天竹吃饭,常天竹却把肉丁都吐出来了。后来吴阿姨赶去守宫做菜,又把鱼煎得粘锅底,拉脱一层鱼皮,只好多放点葱,盖在鱼背上端出去了。幸好冯家人这顿饭心思完全不在小菜上,只有李同志嘀咕了句:“吴阿姨,这条鱼好像不是你手中做出来的吧?”吴阿姨皮笑肉不笑地嘿嘿了两声,遮掩过去了。

吴阿姨总算脱出身来,拎了两样小菜匆匆回家,关照许兆红把剩饭热一热,要热透。许红果上了中学,功课愈来愈重,又是长身子的时候,没有山珍海味,热菜热饭还是要让她吃饱的。

许兆红看母亲又要走的样子,问道:“妈,你不吃饭啦? 吃了饭再去守宫洗碗嘛。”

吴阿姨格愣了一下,道:“冯家酒宴有的好吃了,还有两只大菜焖在砂锅里。我是怕你和红果肚皮饿,先回来送小菜的。”说了谎,两只耳朵滚烫滚烫。连忙别转身下楼梯,不要让许兆红看出破绽。

许兆红扶着楼梯栏杆,冲着她背脊道:“妈,阿晶又写信来了,她和那个日本老头的离婚手续已办好了,马上就可以回上海。这桩事体你究竟打算怎么办呀?”

吴阿姨一脚踏空,差点滚下楼梯,一把抓住了扶手才稳住。儿子步步催得紧,特别在这个当口,令吴阿姨陡生悲哀,回肠九转。吴阿姨原是不愿意儿子与阿晶破镜重圆的。这样的女人,眼睛只盯住钞票。回汤豆腐干有什么味道?可是儿子非阿晶不娶,许红果也拱到吴阿姨怀里,磨叽磨叽吵着要妈妈回家,吴阿姨也只好答应了。关键问题是阿晶真住进了三层阁,吴阿姨再挤在里面就很不方便了。显然阿晶是跟儿子提及过这个问题的,儿子便来跟吴阿姨商量,劝吴阿姨不要再替守宫、恒墅做钟点工了。小茧子近年来生意做得不错,每每要接吴阿姨过去跟她一起过。小茧子已经怀孕,她希望母亲帮她带带小孩,她好腾出手脚做更大的生意。许兆红觉得这个方案一举两得,既解决他的困难,也解决妹妹的困难。可是吴阿姨推说守宫、恒墅老东家不肯放她走,一直没有松这个口。吴阿姨并没有回转身子,背对着儿子道:“你这么性急做什么?阿晶即便已到上海,早几天晚几天过来又有什么要紧?妈不是对你说了吗?妈会成全你们的。你和阿晶要过一辈子了,跟妈再多住几日就等不及啦?”

许兆红跺了下脚,恨声道:“妈,我哪里是这个意思啊?我也是为了你过得惬意点嘛。你真不愿意搬走,我们就挤着好了……”吴阿姨已经噔噔噔下了楼梯,出了后门,她没有工夫听儿子解释了。

吴阿姨绕了几条小支弄,专拣弄堂背光处走,避开了熟悉的街坊邻居。特别是经过盈虚坊牌楼门的时候,觑着电话间门外没有单根的身影,这才一闪身出了弄堂。

她脚步匆匆,心如撞鹿,好像青娥素女去山坳水涧边跟情郎哥哥私会一般。她的家乡原是古越国属地,越国出美女,这是有史以来公认的。少女时候的吴秀英便是四乡里最出色的姑娘,身后不乏根正苗红、前途无量的追求者,她偏偏中意乡里富农出身的小学教员许德玉。家里人自然反对,乡里、村里的妇女干部也好心提醒她要擦亮眼睛。她和许德玉的约会每次都像做地下工作那样偷偷摸摸、心惊肉跳，却又激情澎湃、缠绵悱恻。吴秀英怀上了许德玉的儿子，毕竟新中国已颁布了新的《婚姻法》，她终于如愿以偿地嫁给了许德玉。他们恩爱甜蜜的小日子只过了两年多，当他们炽热的爱情又有了结晶，吴秀英怀着女儿的时候，许德玉因在课堂上训斥了顽劣的乡武装部长的儿子，被扣上现行反革命的帽子下了大狱。倘若许德玉能审时度势、饮恨吞声、认罪伏法、暂图苟全，也许关上一两年就能出来。可是许德玉天生傲骨，血气方刚，宁为玉碎，不为瓦全。他竟口试万言地与审讯他的人辩理，训斥得对方恼羞成怒，才是罪上加罪，判了重刑。那年吴秀英呼天抢地痛不欲生，是牵在手中的儿子、怀在肚里的女儿支撑她咬着牙活到今天。

吴阿姨找到了香烟壳上写的那家旅店，原是一个工厂的招待所，承包给了个体老板经营的。门堂椭圆的柜台后面坐着一位浓妆艳抹的妇人，涂着鲜红蔻丹的手指，夹着细长的摩尔烟，一派老板娘的架势，问道："找谁？"她连忙报了房号，那妇人眼圈文得漆黑，眼乌珠骨碌碌往她周身转了一圈，问道："你是许老板什么人呀？"吴阿姨被她不怀好意的目光弄得很不舒服，心里愈是恼恨许德玉，你什么时候也成了老板？老板就住在这种不三不四的旅店里呀？隐忍着勉强道："我是他同乡。"那妇人坏坏地笑道："上去吧，许老板早等得急了。"

吴阿姨上了二楼，寻到那个房号，正待叩门，门却悄然洞开，许德玉拽住她的胳膊拖她进了屋，随手将门碰上，还下了保险。

吴阿姨胳膊被他拽得生痛。从前的许德玉是个文弱书生，拥着她的手臂总是像云朵般柔和温暖。不成蹲了那么些年监狱，竟把他蹲得粗野了？再看眼前的这个人，除了那双眼睛之外，容颜和体态都跟从前大不相同。白面俊生变成了黑脸汉子，玉树临风的身姿也已微微地佝偻起来。她胸口头不觉涌动起一股哀矜与怜悯，好想将他拥入怀中，用女人软绵绵、热乎乎的胸脯熨平他的累累伤痕。却没有等她做出任何举动，她已经被他铁钳般的臂膀紧紧地箍住了，箍得她透不过气来。她从他身上浓烈的烟味中嗅到了一丝熟悉的气息,那就是青年男子许德玉特有的气息,是曾经令如花少女吴秀英沉醉着迷的气息。她的眼泪呼地涌出了眼眶,从前种种温馨甜蜜的感觉潮水般迅速淹没了她整个身心,她不由自主地回应了他的拥抱。

他们像初恋时那般情意缠绵而奋不顾身,他们像互相深爱着的男女一样渴望着互相奉献互相得到。却在这一刻,薄板门被笃笃叩击了两下,老板娘的声音蛇一般滑腻地在门外蠕动:"许老板,我给你送热水瓶呀。"

许德玉停止了动作,吼道:"我不要热水瓶!"

那声音窸窸窣窣盘绕着不舍得离去:"许老板,你们尽兴吧,我把热水瓶放在门边上啰!"

许德玉怒不可遏走到门边,狠狠地踢了一脚门板,骂道:"滚!"待他转回身再想去拥抱吴秀英继续行事,吴秀英却用力将他推开了。

吴阿姨一边整理凌乱的衣衫,一边恨声道:"你有女人了!"

床上随意搭着女人的睡衣、睡裤,床底下一前一后放着女人的拖鞋,镜台上散乱着女人的化妆品,窗口的晾衣夹吊着女人的三角裤和胸罩。

许德玉阴郁地望了她一眼,悻悻地在床沿边坐下,点了一支烟,猛吸了一口。

客房很小,放了张四尺头的小双人床,床边塞进一只带镜子的矮柜、两把椅子,便没有什么空间了。吴阿姨贴着门边的墙壁站着,对自己方才的孟浪举止懊恼得要命。没好气道:"还来找我做什么?你当我是什么人啊!"

许德玉吐出口浓烟,道:"刑期蹲满以后,我就在劳改农场做了几年。她家就在附近村里,看我独个人住,就来帮我洗洗衣服烧烧饭。后来我做了建筑工程包工头,四处奔波,没个定处,身边少不了一个女人。做人总归要讲良心对吧?"

吴阿姨冷笑道:"这种事体你用不到告诉我的,我也不想晓得!"

伸手去摸门锁。

许德玉摁住她手不让她开门，道："你不要走，她在楼下棋牌室搓麻将，不过半夜不会上来的！"

吴阿姨跺了下脚，道："她回不回来和我有啥搭界？你当我是闲人啊？我还要去帮东家收拾厨房呢！"

许德玉不理睬她的挣扎，硬将她揿到床沿头坐下。便拉开矮柜门，取出一只黑色人造革的公文包，又从包中取出两块报纸包着的砖头大小的东西，叭地往矮柜上一掼。

吴阿姨往后缩了缩身子，道："这是什么东西？你想干什么？"

许德玉有点伤感地望着她叹道："你就这么不相信我？真把我当作山上下来的强盗了？"负气地一把撕开报纸包，露出厚厚一沓子百元钞票，"这是我给兆红、飞红准备的钞票，一人一万块，你帮我交给他们。"说到最后两个字，突然哽咽住了，抬手用力捋了下面孔。

吴阿姨吸了口气，惊愕道："你哪来的这么多钞票？"盈虚坊的街谈巷议中常有这样的新闻：某某某家发财了，成了万元户了！万元户让多少老百姓眼红向往啊。可他许德玉怎么能轻轻巧巧一下子就掼出两万块钱来？

许德玉狠抽了口烟，将烟屁股揿灭了，道："一不偷二不抢，风里来雨里去，赚的都是辛苦钞票！"

吴阿姨瞟了他一眼，道："兆红、飞红都有工作，不愁吃不愁穿的，你留着自己用吧。"

许德玉凶狠狠地道："你还承认我是他们的亲爹吧？"

吴阿姨不争了。闷了一会，道："你现在又有几个小孩了？"

许德玉重新将钞票四四方方包裹妥当，两沓钞票摞在一起。又从抽屉里抽出一只马夹袋，将钞票放进去。顺手从抽屉里拿出张照片递给吴阿姨，道："我现在是最遵守国家法律的，哪里敢生几个小孩？就这一个，给他外公、外婆带着。"

吴阿姨看着照片上一个七八岁的男孩，眉目不像许德玉，细眉细眼的有点女气。许德玉年轻时虽然清俊，却绝不女人气。那么就是像他的妈妈了。吴阿姨透过这男孩子的面孔想象许德玉现在女人的相貌,肚皮里隐隐犯酸。冷笑道:"这孩子倒是有福相,跟着你不会吃苦头了。哪像我们兆红、飞红小时候……"说不下去了,眼泪水不争气地滚落下来,落在照片上,慌忙用袖管去擦。

许德玉挨着她坐下,像从前那般轻柔地拥住她,在她耳畔低声道:"秀英你不要哭好吧?你一哭,我心里就像刀子戳着一样。我是日日夜夜想着兆红、飞红的,做梦里经常是我抱着兆红的样子。飞红长成女人了,我想她一定很漂亮对吧?我给我现在的儿子取名梦红,他妈妈是不晓得我的心思的。我赚了头一笔钞票,就替兆红、飞红各留出一份,就想着总有一日要补偿给他们。我现在不想大张旗鼓地去认他们,一来不想让别人当话料,把从前的事情都挖出来评论;二来不想让梦红他妈不高兴,人家毕竟是黄花闺女,跟了我这个大她十几岁的劳改释放犯的。不过你去告诉兆红、飞红、他们的亲爹现在有点钞票了,他们有什么需求,尽管来找我,好吧?"

吴阿姨收干了眼泪,合拢眼帘,斜靠在许德玉肩头,听他咕咕哝哝地絮叨着,好像从前坐在山涧小溪的石岸边,泉水活活地绕着脚脖子流淌着。她累了,多么希望就这样靠着自己心爱的男人睡过去。

楼下门堂里的座钟当当地敲了八下,吴阿姨挣扎着坐直了身子,理了理鬓发,道:"我要走了,东家真等着我收拾碗筷的。"停停,又道,"我看见你的日子过好了,我也就心定了。"

许德玉捏住她的手不放,道:"秀英,找一个可靠的男人做个伴吧,不要老这么辛苦自己了。"看了看她的神色道,"你们弄堂口电话间的那个男人,好像把你当个宝似的……"

吴阿姨用力抽出手掌,揉着道:"你瞎说点什么?"

许德玉苦笑道:"我一点没有瞎说。开头还对我蛮热情的,一提到你的名字,马上像防贼偷那样凶声凶气了。"

吴阿姨没好气道:"人家那是对工作负责任。你不把身份证拿出来,当然要起疑心了。"

许德玉冷笑道:"原来他已经告诉你了!"

吴阿姨不再接口，起身要走。

许德玉道："你一个人带着钞票不安全，我送你过去。"

吴阿姨便不推辞，跟着他下了楼。那个声音像蛇一般滑腻的老板娘笑道："许老板，许娘子今天手气旺得不得了，和了好几副大牌。"

许德玉横了她一眼，低声道："不要在她耳边乱嚼舌根！"

老板娘意味深长地瞄了吴阿姨一眼，道："我晓得，我晓得，许老板你放心好了。"

许德玉从车棚推出一部黑灰相间的摩托车，又递给吴阿姨一只鲜红的头盔，让吴阿姨在后座坐稳妥了，突突突地驶了出去。

吴阿姨平生头一回坐摩托车，慌得紧紧地拽住他腰间的皮带。她闻到头盔里有一股浓浓的香脂的气味，晓得这只头盔平素便是许德玉现在的老婆用的了。香气刺鼻，弄得她隐隐有点反胃。

摩托车驶到盈虚坊牌楼门口时，吴阿姨捶着许德玉的背脊让他停下来。许德玉却不理会她，摩托车风驰电掣般进了盈虚坊，直到守宫门口方才刹住。吴阿姨下了车，心口还扑通扑通跳，生怕周围有眼睛盯着他们，也不跟许德玉道别，头也不回进了守宫门。

33

一丛恨满丁香结，几度春深豆蔻枝。

吴阿姨一夜天没合眼。老虎窗外的繁星逼得她很近，就像她几十年辛劳日子的粒粒屑屑，不停地在她面前闪烁一下，又闪烁一下，闪闪烁烁让她回望起自己的前半生，好似和着针吞下了线，刺人肠肚系人心。

渐渐地，繁星稀疏了，遥远了，隐匿了。窗外的天空渐渐清亮了，由漆黑变成银灰又变成了蛋青色。吴阿姨的心情也似这天色一般明朗起来，她终于想通了一些事，也决定了一桩事。把往事打了个结，细牙一咬，扯断了。

吴阿姨起床了，在冷水龙头下冲了一把面孔，换了身干净的衣裳，便急急下楼出门上小菜场买菜，一路上盘算着：今日守宫送走了女婿，小菜可以稍微简便些；恒墅里常天葵出了夜班，会在家休息，倒要弄只营养菜给她接接气。她一如既往地开始了一天的劳作。在绝大部分的日子里，这劳作并不让她觉着辛苦，反而做得有滋有味。

午后，吴阿姨安顿好了守宫、恒墅的生活，解了围单，把装着冬笋肉丝炒面的饭盒子放进马夹袋里。又洗了把面孔，涂了点小茧子买给她的友谊雪花膏。便拎上马夹袋，往盈虚坊弄堂口走去。远远看见电话间窗口有人在打电话，先窜进人家后门口跟熟悉的劳动大姐瞎聊了几句，看看电话间外头人走空了，这才不急不缓地荡过去，像是刚巧路过一般，问了声："吃过了吧？"

单根耷着眼皮，眼角残存眼屎，胡须拉碴，一副隔夜面孔，瓮声道："肚皮不晓得饿，大概是没有用场了。"

吴阿姨把饭盒子往他面前一放，道："不是不饿，是懒得做吧？喏，我炒的两面黄，趁热吃。"

单根却把饭盒子猛一推，气咻咻道："看着就犯腻，不想吃。"

吴阿姨才晓得他是冲她撒气，呆了呆，笑道："吃了炮仗啦？火气这么大！"

单根不讲话，竟一跷一跷跑到里半间去了。

吴阿姨四下里看看，中午时光弄堂里人不多，并无人注意到她，便一转身进了电话间。

单根道："你进来做什么？要是让那个骑摩托车的看到了，要寻我麻烦，我这个瘸子是斗他不过的。"

吴阿姨方才明白过来，原来昨晚让他看到她坐在许德玉的摩托车上了。她戴着头盔，车子又开得飞快，他怎么就认得是她呢？不觉叹道："你一个男人家，怎么也弄得小鸡肚肠的？你也不问问那个人是谁？"

单根依然口气凶凶道："我没有那闲工夫，也不想打听人家的事体!”

吴阿姨热腾腾的心肠被泼了盆冷水,进退两难,眼圈不由得红了,哽声道:“人家原本就是想来跟你讲这桩事体的,你不想听,我就不讲了。”转身要走,肩胛就被单根一把捉住了。

单根口气软了下来:“我心里不痛快,昨日一夜天都没睡着。你要早点讲,也省得我疑神疑鬼了。”

吴阿姨趁势落帆,嗔道:“饭是要一口一口吃的,事体也要一句一句讲的呀!”

单根已经迫不及待了,道:“我猜那个骑摩托车的肯定就是日里来打听你的那个西装瘪三,他真是你的同乡?”

吴阿姨瞟了他一眼,稍仄了头,道:“他就是我前头的男人。”

“啊?”单根惊了惊,马上像戳破了的气球跌坐在凳子上。慢慢回过一口气,勉强笑道,“原来是你的男人啊,这么讲起来我是多管闲事啰! 倒应该恭喜你的,夫妻团圆嘛。”

吴阿姨怨恨地白了他一眼,道:“什么夫妻团圆? 他现在有老婆,那一年我从乡下出来的时候,就跟他打了离婚证的。”

“真的?”单根一下子蹿起来,真像起死回生一般,激动得一跷一跷在房间里打圈,不停地问,“真的啊? 真的啊?”

吴阿姨屏住笑,没好气道:“你不相信? 要我把离婚证书拿来给你看?”

单根慌忙道:“不用,不用,我怎么会不相信你呢?”这才立定,就在吴阿姨身边坐下,“他来找你,有,有什么麻烦吗?”

吴阿姨长叹一声道:“他是放心不下他的儿子女儿……”挠不着的痒,说不出的苦,这时刻一股脑儿翻上来。不得不掏出块绢头抹眼泪鼻涕,泣一声讲一句,断断续续说清了前因后果,说得单根也黯然伤神。

单根陪着她长吁短叹了一阵,见她抽抽噎噎歇不下来,便道:“食多伤胃,忧多害心。人世何处不巉岩? 咬咬牙,一抬脚跨过去,路也就通了,不见得你两条好腿还不及我一个瘸子?”

这话让吴阿姨心震了震，泪眼婆娑地瞟了他一眼。想起单根跷了一条腿，独自养女儿的艰辛，对这个其貌不扬老实本分的男人愈添了一份敬重。便抹干泪水，止住啜泣。

单根又往她身边凑了凑，语气愈发温柔："老古闲话说，落花难上枝，破镜不重照。既然你俩的缘分已尽，你就想开点，不要老把他挂在心上面……"看看她脸色，连忙调口，"不是说让你把他忘记，我看他还是个有良心的男人，发了财还想着兆红飞红……也想着你的，对吧？找个机会，我们请他夫妻吃顿饭，叙叙旧，以后，交个朋友总不错，对吧？"

吴阿姨耳根热烘烘的，嗔道："我们请他们吃饭？你算什么身份啊？"

单根憋了个大红脸，方才流水潺潺的一张嘴一下子哑了似的。屏了半天，眼珠子藏藏掖掖地咕哝道："我的意思……你总归晓得的呀。我的心思……你老早就清爽的呀……"

吴阿姨偏过脸偷偷笑了笑，略忖，关紧之处马虎不得。便问："你们巧娣她妈的事体，算哪一出呢？"

单根道："前几年，我让街道张阿姨陪我到民政局讯问过。人家说，这么多年生不见人，死不见鬼的，婚姻关系就算自动解除了。"

吴阿姨吁了口气，一颗心总算落定了。眼珠子转转停停，停停转转，把这小半间房子睃巡了一遭，道："只要换张大点的床，添一座衣柜就行了。都这点年纪的人了，用不着敲锣打鼓地张扬。"

单根激动得手脚都在抖，眼珠子定在吴阿姨脸上不动了，道："再简便办一桌酒水还是要的，巧娣，兆红，飞红，一道聚聚，以后就是一家人了。还有……弄堂里的人，喜糖是要分的。我单根在盈虚街上活了几十年……大家都会为我们高兴的。"

吴阿姨想想也对，偷偷摸摸搬进电话间来，反而要被人说长道短，不如公诸同好，正大光明地做他单根的老婆。便点了点头。

外面有电话铃闹起来，单根连忙跑出去接了。他要去传口讯，吴阿姨也要去兜菜场，两人匆匆约定，先回去各自跟自己的儿女告示，再约个日子到民政局登记。

单根这边的情况比较简单，单巧娣一听父亲要娶吴阿姨了，乐得咯咯笑起来。爸爸年纪一年年加上去，身边有个实实在在的女人照顾，她做女儿的肩胛上可以轻松许多了。连连称好，还说酒水的钞票由她拿出来。

吴阿姨却有点犯难，她担心女儿会反对。她晓得女儿从小就看不起单根，如今生意做大了，眼界也更高了，愈发不会把单根放在眼里了。于是她先去跟儿子摊牌，言明这一切主要是为了他。自己搬去电话间，便能让他和阿晶住得宽舒点。儿子先是对母亲感激不尽，况且又意外收到父亲给的一万块钞票，不觉美美地憧憬起他和阿晶、女儿一家人以后的日子，哪里还顾得上权衡母亲再嫁这桩事体的利弊得失？横竖都顺着吴阿姨心思表态了。

取得了儿子的支持，吴阿姨这才去找女儿交手。小茧子怀了五个月的身孕，而且她曾发过誓，不住上守宫般的房子绝不回盈虚坊的。吴阿姨便买了点心和水果，倒两辆公交车去北新泾探望女儿了。

许飞红和陆马年搬离盈虚街后，生意做得不错，装潢公司下又开出了一家建筑材料商店。他们在北新泾大街上租了两百多平米的门面房做店铺，店铺上面一层就是住房，也有一百多平米，装饰得舒舒齐齐。小毛头还没出世，小房间已经布置得花团锦簇了。

许飞红怀孕后，胖了点，粗了点，鼻翼撑得宽宽的，两颊点了胭脂似的红红的。看到母亲来自然是高兴的，晓得母亲替守宫、恒墅做好小菜就赶过来的，自己没有吃夜饭，忙叫陆马年到街上去买盖交面、锅贴、春卷，一大堆吃的，堆在吴阿姨面前。吴阿姨一边吃面条一边斟酌，还是先讲许德玉的事体，预热一下气氛。

许飞红懒洋洋地靠在沙发里，笃悠悠削着苹果皮，有点新奇地听母亲讲述父亲隐匿二十多年突然现身的传奇。听到父亲已经另娶女人，又生了一个儿子，她便哼地冷笑了一声，将苹果切成一片片薄片，递给母亲。

吴阿姨便将那一万块钞票放到了女儿面前。许飞红拿起那叠钱，得啦啦啦翻了翻，便将它掼在茶几上，很不屑的样子。

吴阿姨又讲起许兆红执意要跟阿晶破镜重圆，她很担心阿晶三心二意的，将来许兆红要吃亏。许飞红便道："这桩事体哥跟我说了，我是投赞成票的。哥哥要再找别的人也很难，好歹他们一家三口团聚了。阿晶也已经不是什么娇女处子了，还能三心二意到哪里去？反倒简单，也不需三媒六证，领张结婚证就完了。"

吴阿姨觉得已经铺垫得很充分了，故意轻描淡写地说出自己也准备跟单根去领张结婚证，早点搬到电话间去住，好腾出空收作三层阁，给兆红、阿晶做新房，地方窄归窄，总要装饰得像个新房，对吧？讨好地笑着，望着女儿。

许飞红乍然竖眉瞪眼地叫起来："妈呀！你真要给哥腾房子，就住到我这里来嘛，省得我再请个保姆帮我带小孩子。陆马年的妈想死了要住过来带孙子呢！再说你都做奶奶外婆的人了，再去领结婚证，我们的背脊都要被别人戳烂掉了！"

吴阿姨面孔腾地涨得通红，女儿这般不理解她的心思，让她有口难辩。母女相对尴尬了片刻，吴阿姨终于屏出一句："你爸爸关照我，找个可靠的男人做个伴，不要太辛苦自己……"

许飞红冷笑着点点头，说："好嘛，改革开放的大好时机，你们的思想也改革开放了。老爸给我找后妈，老妈给我找后爸！你们只图自己快活，你们想过我的感受没有？"歇口气，又道，"再讲了，你真要找人，要么找个登样点的，要么找个有钞票的，偏偏挑了个管弄堂的跷脚！他自己老婆都不要他了，你是捡破烂的呀？我真搞不明白，你究竟图啥呢？你！"

"小茧子……"吴阿姨面孔上的红晕刷地褪尽，一张脸煞白，就像戏台上勾了脸谱的曹操。她是想狠狠地训斥女儿一通，可是嘴唇皮气得嗦嗦抖，一句话也说不出，只好僵持着。

许飞红看母亲那般神气，就晓得她已经铁了心肠，便道："天要落雨娘要嫁人，我有什么办法？不过，你休想我会喊他一声爹，你们的酒水我也不会去吃的。我面皮没那么厚，让人家当滑稽戏看……”

吴阿姨梦游般摇摇晃晃立起身子，一声不响拉开门走出去了。女儿在背后喊：“妈，我话还没有说完呢……”吴阿姨不理睬她，头也不回地下了楼梯，径直走到大街上去了。

北新泾原是个郊区小镇，这几年发展迅速，已形成颇具规模的建筑材料一条街。夜里八九点钟了，那些店铺依然是灯影辉煌，敞怀待客，不想放过一笔生意。郊区公交车间隔时间比较长，站头上便聚了不少人，唧唧呱呱十分热闹。吴阿姨立在站牌的阴影里，虽已过了谷雨，她却觉得从心里渗出阵阵寒气，脚都是凉的。她痛惜小茧子如今怎么变得这样势利心肠？懊恼自己从小带着女儿出入守宫、恒墅这样的人家，所谓近朱者赤，近墨者黑，才弄得小茧子眼光刁钻，言语促刻起来，哪里还像是她吴秀英生的女儿呀。

一辆公交车疲惫地开进了站头，人们一窝蜂拥过去，错过一班起码又要等二十来分钟。吴阿姨心事重重的，哪里挤得过人家，拖在最后一个。跨上一只脚，背脊还落在车门外。正想用力挤一挤，却有人拽住她的后衣襟把她拖下了车。她惊慌地别转头，正迎着陆马年一张戆笃笃的笑脸。

“马年是你呀，吓了我一大跳！”吴阿姨惊魂未定，心口还别别跳。

陆马年连声道：“妈，对不起对不起，我怕车子开掉，只好先捉你下来，让你受惊了。”

吴阿姨没好气道：“你拉我下来做啥？下一班车还不晓得啥辰光才来呢。”

陆马年忙道：“小茧子挺了个大肚子不好跑路，她喊我来追你的。你乘公交车兜兜停停有得好走了，还要调车，起码一个多钟头。小茧子要我开车送你回家。”

吴阿姨恨声道：“我不要你们送。我现在手脚还灵便，跑得动路，做得动事。哪怕以后跑不动做不动了，也不要她操心的！”

陆马年赔着笑脸，亲亲热热道："妈，你不要动气，小茧子的脾气你是晓得的呀，她就是嘴巴不肯饶人。你一走，她急得眼泪水也出来了。你看，这一万块钞票她要我交给你，说是给你和单根爷叔办酒水用……"

吴阿姨听女儿这么一说，心肠立时三刻软了下来，将钞票推还过去，道："钞票我们有，办一桌酒水也用不了那么多呀。再讲这是她父亲给她的补偿，我是不可以动用的。"吸口气，又道，"就是办酒水那天，你要和小茧子一道过来。"

陆马年便道："这个你放心好了，我和小茧子当然要来喝喜酒啰。"将一万块钞票收好了，"妈，你要用钞票，尽管跟我们开口，不要太节约了。"

吴阿姨吁了口气说："有你们这份孝心就够了。"

陆马年让吴阿姨等在路边，他去开了部运货的小三卡过来，叫吴阿姨坐在副驾驶的座位上，把吴阿姨送回了盈虚坊。

没过多久，盈虚坊人就都晓得了跷脚单根要迎娶吴秀英阿姨的事体了，老住户们都像自己家里要办喜事那样兴奋，都说这桩事体嘛早十年就该办了。便陆陆续续有人往电话间里送东西，热水瓶啦、面盆啦、毛巾啦、肥皂盒啦、茶杯啦、碗筷啦……单根和吴阿姨基本上用不到买日用品了。守宫的冯同志、李同志送了一包六件套的床上用品，玫红的底色，上面是大朵大朵粉白的芙蓉花。吴阿姨慌忙推辞，都老头子老太婆的，这么艳丽的东西用不出的。李同志却道，就是因为你们有了点年纪，才要用鲜艳、闹猛点的东西，小青年反倒喜欢白的米色的素净点的了。恒墅常先生送的是一套大小五只不锈钢锅子，吴阿姨成天跟厨房打交道，对锅具有特殊的感情。感动之余，满口答应李同志和常先生，结了婚仍旧帮守宫、恒墅做钟点工，一直做到做不动。

弄堂里常在电话间嚼白话的婆婆妈妈喜欢跟单根寻开心，唱他："阿跷你是交了桃花运了，六十岁上被你讨到吴阿姨这样的女人。又会做生活，又会赚钞票，人长得又富态，哪里看得出上五十的人了？和你阿跷站在一起，倒像是你的女儿了。”便撺掇单根在登记结婚前，去街上美发店吹个新发型；再去买一块白丽香皂，早晚擦擦面孔。广告上不是讲吗？擦了以后，今年二十，明年十八了。阿跷你多擦几趟面孔，保险可以年轻十岁，拍出照片就和吴阿姨相称了。单根表面上跟她们哼哼哈哈装痴装傻，肚皮里盘算着，香肥皂就免了吧，去一趟剃头店倒是要紧的，结婚嘛总要有个结婚的样子。趁午后一段时间不大有电话打进来，单根便关了电话间的门，一跷一跷上街去。

盈虚街上的临时房开出了三四爿美发店，名字起得都很花哨，什么“丽人行”啦、“红唇劫”啦、“心心相印”啦，看得单根心里毛毛腾腾，不敢跨近一步。正转身要回盈虚坊，却被一位穿着紧身黑薄绒衫、身线凹凸有致的小姐拖住了臂膀，莺声呖呖言道：“师傅，是要理发对吧？来，到我们店里来。我们店收费公平，服务周到，包你满意呢！”

单根想甩开她的手，不想那小女人看似纤弱，却暗中使劲，单根竟甩她不脱。想着倘若挣扎起来，被人看了还当什么事呢。又看看这家店牌，是“金色年华”，似乎还正派点，只好由着那小姐拉着进店去了。

中午时分，不大的店堂里没有一个客人，四把转椅都空着。一位头发挑染成棕黄色的男青年和两个也穿紧身黑衣的小姐坐在门口的长凳上，嘻嘻哈哈说笑着，柜台后的收银员趴在胳膊肘里打瞌睡。一见有顾客进门，所有人都站起来，七嘴八舌道：“欢迎光临——”

那小姐不由分说地把单根揿到转椅中坐定，哗地为他披上围单，仍是婉转的莺声道：“师傅，是不是洗剪吹全套？哦哟，白头发不少喽，焗一焗黑油吧？进口威娜宝药水，保证你满意！”

单根被她嗲溜溜地绕得头晕，问道：“要多少钞票啊？”

旁边几个都来帮腔道：“师傅，我们这里是最便宜的了，你到旁边几家去试试看,斩你没商量的……"

不等单根回答,小姐已经往他头上洒洗发水了,旋即便揉捏起来。单根从来没被人这般洗过头,觉得蛮舒服的,不由得合上了眼帘。大约揉捏了十多分钟,小姐便带单根到水池边冲去肥皂水,一边冲洗一边仍揉捏他头顶心的穴位,弄得单根十分惬意。

洗好头,小姐用块干毛巾包住他的脑袋,扶着他的肩膀轻轻问:"师傅,要不要我替你敲敲背呀?"

单根被她按在自己肩膀上柔若无骨的手弄得心神不宁,疑疑惑惑问道:"敲背要多少钞票?"

小姐吃吃笑道:"这个嘛……都包括在剃头费里面了,不另加钞票的。现在没有其他客人,我们可以额外为你服务。平常顾客多起来,我们是不做这项服务的。"一边说一边就推着单根往里面走去。

原来这家理发店后面还拦出五六平方米的小间,仅铺着一张窄窄的小床。单根茫然地呆立着,不晓得小姐带他进来做什么。那小姐轻柔的莺声尖利起来,命令道:"脱去上衣,合扑躺下!"

单根道:"为什么要脱衣服？为什么要躺下?"

小姐道:"我要替你敲背呀,你身上这件衣服啥料作？不要把我的手磨破的呀?"

单根听听也有道理,便脱了外罩,只穿件汗衫马夹,便扑倒在小床上了。扑了一歇,不觉动静,仄起脑袋朝后望望——这一望让他魂飞魄散,那小姐竟也在脱衣服,脱了上衣只戴了只胸罩,正在脱裤子呢！单根惊骇地叫道:"你、你、你做啥?"一边翻起身,抓起外罩往外冲。可惜单根腿不灵便,没跨两步就被小姐抓住了。小姐像换了个人似的,娥眉倒竖,杏目圆睁,厉声道:"要走可以,付了钞票放你走!"

单根不想跟她纠缠,从外罩口袋里摸出一张票子,一看是张五块头,算了,就譬如已经剃了头了,掼给她。

小姐一阵冷笑,道:"你已经看到了我的身体,本小姐就值这点钱呀？你当我是野鸡啊?"

单根听她声音愈来愈响,急得狠狠地问:“你要多少钞票?”

小姐得意地摊出一只手掌,“五张大团结!”

单根气黑了脸,又不敢争辩。这只口袋摸摸,那只口袋摸摸,裤袋里再摸摸。只有一张一百块,角票铜板凑拢来大概还有七十几块,一道掼在床上,粗声道:“身上只带了这点钞票,拿去吧!”套了上衣,气咻咻一跷一跷,跷出了店门,别过头狠狠地唾了一口。

单根回到电话间,吴阿姨正候在门口。见他头发湿漉漉的,笑道:“听讲你去吹头发的,怎么?单洗个头啊?”

单根没好气道:“不吹头你看我不顺眼啦?”

吴阿姨搡了他一把,恨道:“你真吹个光溜溜的分头我才看不顺眼呢!我还在寻思,怎么想起来跑理发店里去了呢?”

单根偷着看了她一眼,把方才受的恶气狠狠地吞回肚子里,像吞进了一只死苍蝇一般。

单根与吴阿姨去领结婚证,大家都是忙里偷闲,没工夫收拾自己,本来什么样子就那个样子去了民政局。民政局是个年轻的姑娘接待他们,把红彤彤的结婚证递给他们,笑吟吟道:“祝叔叔、阿姨新婚愉快,白首到老。”单根与吴阿姨相视而笑,笑得跟小伙子、姑娘没什么两样。这真叫做有情人终成眷属啊。

原先吴阿姨是想把酒水定在盈虚街上的好吉祥餐厅里,钞票便宜,石老板又是熟人,小菜各方面好商量点。陆马年晓得了,连忙跑过来跟丈母娘讲,飞红最讨厌这个石老板,一面孔花拆拆色迷迷不安好心肠。吴阿姨不晓得石老板什么时候得罪过她的娇贵女儿,但只要小茧子愿意来吃她和单根的喜酒,她宁可多出几张钞票的。便将酒水移到新华路的栖霞阁去了。

栖霞阁两楼包房,一张圆台面宽宽绰绰正好坐下十个人。正中是新郎倌单根和新娘子吴秀英,他们左首是单根女儿巧娣和女婿俞国祥,还有一位中年妇女,是俞国祥的小姑妈,代表亲家翁婆来祝贺的。单巧娣的女儿在郊区一所技校念书,赶不过来了。右首依次坐着许兆红、许红果,下一个是位浓妆艳抹的女子,便是许红果的母亲阿晶，才从日本飞回上海，正巧赶上这桌酒。正对新郎新娘坐着的是许飞红陆马年夫妇，讲讲是两个人，其实也是一家三口，还有一个正蟠在许飞红的肚皮里。许飞红虽然来吃喜酒了，面孔上的笑容仍有点勉强。席面上有一个很大的反差，单巧娣和俞国祥已经亲亲热热喊吴阿姨"姆妈"了，许兆红、许飞红仍恭恭敬敬称单根"爷叔"。双方大人也装作不在意，不做任何纠正，孩子们爱怎么叫就怎么叫。

酒水才开席，来了两位不速之客，竟是冯令丁和常天葵。

依冯令丁本意，哪里肯去这种场合？是冯景初横竖要他送一瓶法国葡萄酒给新人添喜，这瓶酒是冯景初前不久出访法国带回来的。李凝眉也道，吴阿姨也当得你半个娘了，应该去表示表示的。冯令丁没法子，才拖了常天葵一起过来。常天葵倒是心甘情愿的，吴阿姨待恒墅的好她从来感铭斯切，还特为去药房买了一只水银柱血压计送给新婚夫妇。冯令丁笑她不懂事，送新婚礼物怎么好送医疗器械的？常天葵却有她的体贴之心，单根爷叔和吴阿姨都年纪大了，年纪大的人最怕得心血管毛病。送一只血压计要他们每天按时量量血压，防患于未然嘛。

果然吴阿姨就十分喜欢这只血压计，单根是有高血压毛病的，这样就好时时监测他的血压了。而单根捧着那洋酒笑得合不拢口，他喝酒从不讲究品牌，可这瓶酒是冯先生亲自从法国带回来的，这是多么大的面子呀。

单根和吴阿姨要拉冯令丁和常天葵入席。栖霞阁的圆台面蛮大的，挤挤，多坐两个人一点没问题。大家都立起身要挪椅子，只有许飞红坐着纹丝不动。她两只手僵硬地搁在隆起的肚皮上，垂下浓黑的睫毛，密丝合缝地遮住了眼乌珠。

冯令丁连忙推辞，笑道："天葵还要赶去上夜班的，我晚上还有个会，就不打扰了。"

这时候，俞国祥的小姑妈走到冯令丁跟前，盯着他道："你就是大名鼎鼎守宫里的公子啊，你的面孔我好像在哪里见到过的，蛮熟悉的。"

冯令丁朝她望望,摇摇头,"阿姨,我并不认识你呀,不过现在认识了。"

俞家小姑妈仍不甘心,问道:"你大概到我们医院来看过毛病,我就是在挂号间做的呀。"

冯令丁便问:"你在哪所医院工作呢?"

俞家小姑妈讲了医院的名称,是一所城郊结合部的医院。冯令丁呵呵一笑,道:"这所医院我头一次听说,从来没去那里看过毛病啊。"

陆马年打趣道:"小姑妈,我们这位冯兄,在学校里就是出名的英俊小生,都讲他有点像三十年代的电影皇帝金焰,所以你看着觉得眼熟了。"

俞家小姑妈拍拍脑门,自嗔自道:"有点年纪,记性就不灵光了。认得的都不认得了,不认得的又好像在哪里见到过。冯家公子,对不起哟。"

冯令丁连连道:"没关系没关系,一回生两回熟嘛。"

单巧娣年长他几岁,也不晓得许飞红曾经与他有过的瓜葛,倚老卖老道:"冯令丁,你跟常天葵也好办喜酒了吧?不要忘记通知我们一声呀!"

冯令丁有点撑不住了,周旋道:"当然要告诉大家的,我是吴阿姨养大的,也算是半个儿子了。兆红,我可没有跟你争宠的意思哦。"想说俏皮话,笑得却有点勉强。话毕,拉着常天葵匆匆告辞了。

众人复归原位坐定,单根道:"小姑妈,我才晓得你就在那所医院做事,十多年前,我曾经去过你们医院。秀英,对吧,我们去那里接常天竹回来……"

吴阿姨拽拽他的袖管,阻止他道:"今天这种时候不要提从前晦气的事体好吧?看,冷盘都上齐了呢!"

系着绛红色裙式围单的女招待将那瓶法国红酒打开了,为他们一一斟满酒杯。吴阿姨捏着酒杯细骨伶丁的高脚举了举,道:"往后我们都是一家人了,大家和和睦睦互相帮衬最要紧。我也不会讲话，单根你讲几句吧。”

单根不喝酒脸已经红透，站起来，望着满桌子人，胸口头鼓胀鼓胀的，却一句话也倒不出来。

单巧娣领头拍起手来，催促道：“爸，说几句呀，平常你肚皮里道理蛮多的嘛！”

单根先抿口酒壮壮胆，笑眯眯看着吴阿姨道：“我单根六十岁的人还能有今天啊……”

忽有两个男招待扛着一只硕大的花篮进了包房，问道：“是单根、吴秀英的喜酒吗？没送错吧？”

团圈人都欢喜地呼叫起来：“哟——”

吴阿姨腾地立起，道：“没错没错，师傅，是谁送来的呀？”

两个招待面面相觑，一个道：“送是花店里派人送过来的，哪位客人订的，我们就不清楚了。你们看看花篮，总归有名片的吧？”

陆马年和许兆红帮着吴阿姨围着花篮上上下下地找名片，踮起脚，弯下腰，筛子般寻了一遍，却没找到留有片言只语的纸片。

众人互相询问道：“是什么人啊，这么阔气，送这么大的花篮，要多少钞票呀？”

只有吴阿姨心里明镜一般。

这只花篮与众不同，没用市面上流行的名贵花种。头一层密匝匝一圈紫色的勿忘我，第二层堆簇着金黄的雏菊、橙红的扶郎，再上面缀满了白色的满天星，背后衬着茂密的松枝柏叶，都是田头溪畔常见的花木。虽不繁华富贵，却是一副诚诚恳恳情深意长的姿态。

送这样花篮的人，除了他，还会有谁呢？

吴阿姨动作很大地一挥手，笑道：“随他是什么人，送来了我们就收下，热闹热闹也好的呀。”

这才坐拢来，小辈们纷纷给单根、吴阿姨敬了酒。许红果从小跟吴阿姨挤一张床长大的，举了杯橘子水与单根碰杯，气鼓鼓道：“单爷爷，我现在把奶奶让给你了，你要是欺侮她，小心我找你算账！”

众人笑得前合后仰。许兆红捋捋女儿的脑袋，嗔道：“奶奶是你的呀？奶奶和单根爷爷认得的时候，这世上还没有你呢！”

大家都没注意到许飞红异常的状态，唯有陆马年看到了，许飞红面孔夹缭势白，满额头的汗珠。急道：“阿红，阿红，你不舒服啊？”

许飞红有气无力道：“肚皮痛得要命……”眼泪水就涌出来了。

吴阿姨起身过来扶住女儿，替她擦汗，心里面骂自己，神志野舞的，为了挣张面子，非让小茧子挺着个大肚子来吃喜酒，女儿肚皮里的小孩子要有个三长两短，自己都不会饶过自己！

单巧娣惊世骇俗道：“会不会要生了？”

陆马年哭丧着脸道：“预产期还有三个月呢！”

俞家小姑妈却还镇静道：“大概是动了胎气，到医院里吊点葡萄糖下去就会好的。”

单根当即立起来道：“我去踏黄鱼车来，送小茧子去医院！”

单巧娣一把拖住他，“爸，你省省吧，黄鱼车不要把小茧子颠死啦？陆马年有汽车开来的嘛！”

吴阿姨便道：“马年你快去开车子，我扶小茧子下去。”

好不容易把许飞红扶进汽车，吴阿姨是恨不得自己陪去医院的，想想是桌喜酒，不好让单根落了单，便关照道：“马年，你就在医院里陪着小茧子，这里都是自家人，没有关系的。”

陆马年慌慌张张应了声，油门一踩就跑。汽车开出没有一百米，许飞红忽地就坐直了身子，道：“马年，开我回家，不用去医院。”

陆马年惊讶道：“你肚皮不痛啦？”

许飞红没好气道：“什么肚皮痛，我就是看到小菜犯腻。”

陆马年猜不透许飞红演这一出戏是为了什么？他已经习惯了，猜不透也不要问，问也问不出名堂来。打了方向盘，掉头往北新泾方向开去。

许飞红看看陆马年只顾开车不说话，便道：“有桩事体，你从前骗了我的。”

陆马年道：“我有欺骗你的事情，叫我舌头生疮喉咙哑掉好吧？”

许飞红冷笑一声，道：“你不要急吼吼就诅咒自己。我问你，常天竹出事那天晚上，他冯令丁真在你们家装半导体吗？”

陆马年顿了顿，道：“十几年前的事了，我哪里记得清爽？你怎么想起问这个的？”

许飞红却答非所问道：“你送我回家后再回去吃喜酒，老头老太盼星星盼月亮盼到这一天，不要太扫他们兴了。”

陆马年嗯了声，抬眼从反光镜中看看老婆，许飞红正托着腮，眯着眼，不晓得在想什么。陆马年肚皮里无奈地叹道：“这魂灵头又飞到哪个犄角旮旯里去了！”

陆马年从不奢望许飞红心心念念都想着自己，只要许飞红人在自己屋里就心满意足了。

34

这一年橙黄橘绿、梧桐叶老之时，许飞红顺产生下一个八斤多重的大胖儿子，喜坏了陆家人。陆马年原就是陆家门里的三房合一子，这下子陆家香火不绝，后继有人了。

赫赫有名的陆大娘子从前曾与许飞红因争吵而生嫌怨，陆马年结婚后又搬开来独住，婆媳关系甚是疏远。这一次，她却拉下面子放下架子，头一个跑到产院探望媳妇。烧了一锅老母鸡汤，连锅子一道拎过去。还用红纸袋装了一千块钞票，满脸堆笑地塞到许飞红手中，道：“阿红啊，你是陆家的大功臣了，姆妈是土包子，不晓得给你买点啥好。你想要什么就自己买好了。”

许飞红一看到陆大娘子肉墩墩的笑面就起鸡皮疙瘩。可是人家这般巴结，毕竟是自己的婆婆，也不好当面开销，便有气无力地道：“妈，谢谢了。钞票我们不缺，你自己留着用。”要把红纸袋子抵回去，陆大娘子执意不肯收回，许飞红便不再坚持，只想日后让陆马年买点相当的东西回敬他们便是。

关于许飞红坐月子期间谁来服侍的问题，夫妻俩颇费了一番脑筋。陆大娘子的意思，让许飞红带着小毛头住到她的临时屋里去。婆婆服侍媳妇坐月子，上海人家也是常有的事。她又好照顾老头子，又好照顾孙子，两全其美。这回许飞红不肯妥协了，冲陆马年道："你妈勒杀吊死只肯借一间临时房，叫我跟老头老太拉屎拉尿都在一个屋里啊？你不如把我丢在马路上算了。"陆马年便去回头母亲，理由是临时房太龌龊，小毛头要生毛病的。这理由硬档，陆大娘子只好放弃了亲自带大孙子的愿望。

依许飞红的心思，最好让母亲住过来帮她坐月子。母亲带小孩的手势在盈虚坊是有口皆碑的，母女之间又好说话。吴阿姨也晓得女儿的意思，她也愿意关键时刻帮女儿一把。只是这边有守宫、恒墅的生活牵扯着，再讲单根身体也不如从前，常有腰酸背痛的，需要她帮衬。单根却道："你别关顾我，我就真老得动弹不得啦？倒是常先生那里，一时三刻真离不了你。我有一个法子，不晓得小茧子愿意不愿意？"

原来单根推举他女婿俞国祥的小姑妈去帮许飞红坐月子。说出三条理由，一来俞家小姑妈退休前在医院工作，对医护常识比较了解；二来她老伴过世得早，女儿也已经出嫁，独自闲居在家，正想找点生活解解厌气；三来自家亲戚，工钱不会叫得太高。吴阿姨开始还担心小茧子不会愿意让单根的亲眷来帮她坐月子，吞吞吐吐跟她讲了这个意思，把单根的理由只排出一条，许飞红便道："妈，俞家小姑妈我看到过，蛮清爽的，就麻烦她了。你跟她讲，工钱我们不会亏待她的。"

吴阿姨没想到小茧子这么爽快，一颗心落定，抱着小外孙轻轻摇晃着，笑道："这张面孔跟你小时候一模一样。"

许飞红嘟起嘴道："我有这么难看吗？红皮老鼠似的。"

吴阿姨只对着蜡烛包里的小外孙道："谁讲我们难看呀？我们大起来一定是个美男子。我们的红皮嘛一点点会褪去的呀，现在愈是红将来愈是白，对吧？囡囡名字取好了没有？要不要我请常先生相帮取一个？常先生肚皮里墨水多。"

许飞红扑哧一笑道："谢谢他一家门了，你不想想他给他外孙女取的名字，什么叫蝘蜓？怪里怪气的。我跟马年自己取了一个，囡囡属龙，就叫陆文龙吧。"

吴阿姨连忙摇头道："文龙不好，戏里面的双枪陆文龙爷娘都叫番邦杀害了，命运太悲惨。我看就叫云龙好了，龙腾云里，前程无量。"

许飞红也喜欢"陆云龙"这个名字，笑道："妈，我看不出你肚皮里墨水比常先生还多。"

吴阿姨不无得意道："我肚皮里一点故事都是从戏里面看来的，乡下人演戏露天搭台，用不到买票。随便啥戏我只要看一遍，唱词都记住了。"

许飞红因是顺产，在医院住了四天就回家了。俞家小姑妈前来服侍，跟许飞红相处得也蛮融洽。陆大娘子和吴阿姨隔三差五过来探望一下，总不会空着手来，不是烧点小菜，就是买点营养品。月子里的许飞红心静如井，眼乌珠只往儿子脸上身上转悠。小毛头养得白白胖胖，她自己也养得白白胖胖，从前的衣裳都穿不上了。

小毛头转眼就满月了，陆大娘子这回横竖要给宝贝孙子办满月酒。许飞红做了母亲后胸襟宽容了许多，便由着婆婆安排，就在北新泾镇上找了家餐馆。陆家的亲亲眷眷来了一大群，扑扑满坐了四张圆台面。许飞红抱着儿子，跟着陆马年一张桌子一张桌子地敬酒，给足了陆大娘子面子。

令许飞红遗憾的是，哥哥一家和母亲都没能出席小毛头的满月酒。哥哥原是满口答应全家一起过来的，临到末脚，却又打电话讲不来了，说是阿晶心口痛的毛病又犯了，要带她去挂急诊。再说红果明天还要英语测验，晚上也要复习功课。

许飞红晓得哥哥在撒谎，气哥哥万事都宠着阿晶，听阿晶的调排。便冲着话筒骂道："哥，我看是你该去挂急诊的，再下去，你的妻管炎真就无药可治了！什么心痛病？她就是看不得别人家比她过得好罢了！"

许兆红苦笑道："小茧子，你嘴巴不要这么凶好不好？你嫂子原已经给阿龙买好了礼物的，一副纯银的长命锁片，隔几日我拿过去给你。”

许飞红冷笑道：“谁没见过银子啊？我们阿龙头颈上金锁片就有三四副了，留着她自己戴吧！”便将电话挂断了。

偏偏吴阿姨也来电话，说常天竹病情不稳定，她脱不了身，没办法过来吃小外孙的满月酒了。

许飞红喊起来：“妈，在你心里，究竟是常天竹要紧，还是你外孙要紧啊？”

吴阿姨心平气和道：“吃满月酒是锦上添花的事，帮常家一把是雪中送炭呀。”

许飞红恶狠狠道：“常家人都死光啦？少了你吴秀英同志天就要塌下来啦？”

吴阿姨在话筒里叹了口气，道：“小茧子你不要吵了，隔几日妈抽空过来再跟你讲。”匆匆挂断了。

隔几日的一个午后，吴阿姨果然过来探望满了月的小外孙，带给阿龙的礼物是一套亲手结的细绒线衫裤，是那种青草的颜色，后背用蜜黄绒线绣了条龙，用黑绒线点了睛，真像要飞起来一般。许飞红欢喜得在儿子身上横竖比画，笑道：“比马年去街上买的绒线衫好看得多，暖和得多。阿龙脱了蜡烛包，正好要穿的。穿上了拍张照给外婆做纪念。”

吴阿姨见女儿这般喜欢，自然是欣慰的，道：“还有一套粗绒线的，我也在织了。就是这一段常天竹发得厉害，否则也结成了。”

许飞红听到“常天竹”三个字就触心筋，脸一沉，道：“不是说常天葵帮她针灸，针得好起来了吗？”

吴阿姨原是想趁女儿情绪蛮好的时候告诉她一个消息的，却见她喜怒不定的样子，有点担心，想想，总归要让她晓得，还是早点告诉她好。便用很随意的口吻道：“常天葵不在家，她跟冯令丁旅行结婚去了。看来这针灸还是蛮灵的，停了几日，便又发作了。”

许飞红一条胳膊托着儿子，一根手指挠着儿子肉鼓鼓的手臂，逗儿子玩。她垂着浓密的睫毛，把眼乌珠藏得严严实实。吴阿姨倒猜不透她在想什么了。稍待，只听她哼地冷笑一声，自语道："是个什么黄道吉日呀？拣在这个时候跑出去结婚！"

吴阿姨听她出声才松了口气，仍是随意的口吻："他们根本来不及选择什么黄道吉日。常先生日日催着他们快点结婚，催着冯令丁快点搬进恒墅，这样他才好安安心心去香港。"

许飞红又是一个冷笑，道："常伯父怎么也想到香港去了？倒是想得周到，给两个女儿找了个好保镖！可他放得下盈虚坊啦？"

吴阿姨叹道："常先生是为了盈虚坊去香港的。政府眼下根本没有钞票来改造盈虚坊，常先生想去香港找几个叔伯兄弟商量，自己家里拿出钞票来做这桩事体。听讲常家在香港生意做得蛮兴旺的。这是常先生自己的讲法，我是相信他的。不过盈虚坊间有点人讲，这只是常先生的托词，常先生去香港真正的目的是为了小姨娘。"

许飞红不以为然道："盈虚坊人嘴巴里什么样的故事编不出来呀？真比《聊斋》还《聊斋》！常伯父去找小姨娘做啥？不见得跟那个国民党军官决斗啊？"

吴阿姨道："你坐月子，外头的事情还不晓得，小姨娘的男人上个月就不在了。那次她男人回来接她的时候已经查出膀胱癌，小姨娘到了香港一天福也没享到，服侍了他一场，总算情至义尽了。照我看来，常先生去把小姨娘接回来也是应该的，一来小姨娘在香港举目无亲；二来……"

许飞红不耐烦地打断她道："妈，你吃饱了撑着啦？替人家操什么心？你有空多关心关心你的外孙才是！"

吴阿姨便从她手里抱过阿龙，笑道："阿龙啊，外婆当然是最关心你的啰，你是外婆的心肝肉宝贝肉呀！"

许飞红道："妈，你看，阿龙是认得你的，他朝你笑了。"

这时，俞家小姑妈推开房门探头进来，笑道："外婆来了，晚上要不要添只把小菜了？"出了月子，许飞红挽留小姑妈再相帮一阵。小姑妈因为许飞红待人蛮爽气的，就留下了。

吴阿姨忙道："用不着用不着，我要赶回去帮人家烧夜饭的。小姑妈，辛苦你啦，帮我照看女儿外孙。"

小姑妈就把阿龙接过去，道："吴阿姨，一家人不说两家话，我看到这个小囡，就像自己外孙一样，吃心吃肺地欢喜。"便替阿龙换尿布去了。

许飞红便道："妈，你真要赶回去就早点走，晚了车子要挤死了。要不急，索性吃过晚饭叫马年送送你。"近来，许飞红夫妇的建筑材料公司生意愈来愈好，陆马年是公司总经理，许飞红嫌他老是开部笨头笨脑的面包车太没有派头，决意给他添了部桑塔纳轿车。许飞红正想找个由头，让陆马年开着新车到盈虚街去风光风光呢。

吴阿姨便道："我不等马年了，你们生意也忙。"做出要动身的样子，站了起来，东看看西看看，就是不迈步。

许飞红奇怪道："妈，你丢了啥呀？"

吴阿姨笑道："还有桩事体，想想跟你不搭界，不讲也罢；再想想还是告诉你好。"

许飞红跺了一脚，恨道："哦哟我的妈，你肚皮里还有多少稀世珍宝呀？索性一记头倒出来给我看看！"

吴阿姨重又坐下，三皇五帝从头说起的架势，道："你晓得吧？恒墅底楼的两户人家总算搬出去了，房管所来问常先生，要不要把客厅里的三夹板敲掉？常先生却说用不着敲掉，他也不需要偌大客厅，留着两间小间倒好派用场……"

许飞红蹙眉嗔道："你怎么还要讲常家的事体？晓得和我不搭界的！好了好了，我叫小姑妈送你去车站吧！"

吴阿姨面孔涨红了，道："是和你不搭界，可是和我搭界，我总归要告诉你吧？"

许飞红没好气道："人家收回了房子和你有什么搭界，不见得他们把房子送给你住啊？"

吴阿姨面孔上荡开笑容，道："就是被你说中了，常先生想让我们搬进恒墅，就住在客厅左边那小间里头……"

许飞红愈发气了，道："你以为人家会平白无故送给你一间房子啊？从前守宫的教训你忘记啦？需要的时候，笑嘻嘻请你进门，不需要你的时候，冷冰冰送你出去。他常家无非想叫你尽心尽力服侍常天竹罢了！"心里面还有的话忍住了没有吐出来，"冯令丁，常天葵，你们想得倒美！把常天竹一个精神病往我妈身上一推，你们就好过神仙佳偶的日子啦！"

吴阿姨收了笑，道："常先生并没有诳骗我，他是明当明讲的。他不在上海的时候，拜托我在天竹身上多费点心思，加一成工资，还不收我房钱。因为天葵常常要值夜班，冯令丁现在又升上区建委的主任……"

"妈——"许飞红嗓音尖细地喊道，"你现在也有点年纪了，整天弄个精神病，不要把自己也弄出毛病来。"

吴阿姨嗔道："小茧子，你不要一口一个精神病的，戳人耳朵。我帮你讲过多少次啦？为善日有万喜，作德天降百福。能够帮人家的就帮人家。再讲了……"歇口气，道："我也想让你单根爷叔住得舒服一点。电话间后头地方又窄，又不通气，又没有马桶间。他辛苦了大半辈子，还没有用过抽水马桶呢。"

许飞红撅了嘴道："你和单根爷叔再熬一熬嘛，等盈虚街上的房子造好了，我和马年不会搬回去的，那个一室户就让你跟单根爷叔住。"

吴阿姨道："你有这份孝心，妈心领了。一则那房子是分给陆家的，也不晓得陆大娘子是什么意思。再则，如果陆大娘子没有闲话，妈也想让你哥哥一家搬进去住。红果现在蹿得比她妈还长，三个人蟠在三层阁里总不是个办法呀。"

许飞红一时没有反应。她也晓得哥哥一家的难处，也很想帮帮哥哥。可是她心里有很大的目标，需要很大的投资。现在的生意虽然赚了很多钱，但离实现那个大目标需要的钱还差得很远，所以她暂时还匀不出钞票来帮哥哥解决住房困难啊！便道："我老早就叫哥辞了房修队的工作，相帮我一道做生意的嘛。"

吴阿姨道："省省吧，兆红有哪样的经历，弄个公家饭碗不容易啊。你已经让我提心吊胆的了，万一生意输了，赔了，大家一道喝西北风啊？现在钞票少点，日子还过得太平。"便站起了身，"妈真的要走了，再不走真的要挤不上车了。"见许飞红仍是若有所思的样子，又道，"阿龙满月了，啥辰光让马年开车带他到盈虚坊来玩玩。弄堂里的人常常要问起你，问起阿龙呢。"

许飞红嗯了声，也不晓得是应了还是没应。

吴阿姨走后，许飞红就一直站在窗口前，望着母亲依然健硕的背影，碎步儿融入了街上的人群中。从小到大，母亲给她的印象总是这么匆匆忙忙却精神抖擞的。下午三四点钟光景，日头已经偏西，斜照杲杲，通透了大街。街面上花花搭搭铺满了长长短短的影子。近两年，许飞红全心全意忙碌自己的生意，怀了阿龙之后，心里面愈发没有了空隙。以往在盈虚坊的日子，那些恩恩怨怨似乎已经被眼前的琐碎繁忙淹没了。母亲隔一段不来看她，她会想得厉害；母亲过来得太勤，她又有些烦心。母亲的举止言行总是会带着盈虚坊的烙印，让她不由得捡拾起过去点点滴滴的碎片。

今天，母亲带给她的讯息让她彻底地绝望：冯令丁终于跟常天葵结婚了！这以前，她虽然憋着一股气，嫁给了陆马年，却无时无刻不关注着冯令丁的动向。但凡听到冯令丁因种种原因一再拖迟婚礼，心里就会莫名地庆幸，莫名地宽慰。从今以后，这样的庆幸和宽慰不复存在了！

夕阳将落未落的时候，晚霞似沸腾一般烈焰熊熊。许飞红胸口头火燎火燎的。母亲言语中草草提及冯令丁又升了职，他又跑到前头去了！她好像是在跟他赛跑似的，她必须战胜他！在她生孩子坐月子这段时间，公司的业务全部交给陆马年去打理了。陆马年做事勤勤恳恳、规规矩矩，就是眼皮子太浅，总觉得开了这样一家装潢公司，又有一爿建材商铺，日子蛮好过了。许飞红决定，明日就把阿龙全托给俞家小姑妈带，自己必须到公司里去了，她要为她的大目标握筹布画。

小姑妈抱着阿龙进来，笑道："阿龙要妈妈抱了，姑婆要去炒小菜了。"

许飞红抱过肉墩墩的儿子，像是不经意地问道："小姑妈，那回你见了守宫的冯公子，说是在哪里见过他的。你想起来没有？到底在哪里见过他的呢？"

小姑妈略忖，道："好多年前的事了，我记得那天晚上我在急诊室值夜班，有一个年轻人送来一位昏迷不醒的小姑娘，说是下班路上看见姑娘躺在路边，生怕她有危险，就送医院来了。冯公子长得有点像那个人，但我也吃不准，毕竟有年头了。也许人家做了好事也不愿意声张呢？"

许飞红便不再追问了，轻轻吻了吻儿子光滑的额头。她最后朝窗外瞟了一眼，散落的余霞像一张浅浅的微笑。她脑袋里细风般拂过一个念头：所以冯令丁一定要娶常天葵呀！他们去旅行结婚了，此刻会到哪里呢？

冯令丁特别害怕司空见惯了的婚宴，新郎、新娘被亲朋好友当猴一般耍戏。他跟常天葵说，要带常天葵到黄山旅行结婚。常天葵听了，高兴地蹦起来，两条胳膊一下勾住丁丁哥哥的头颈，给了他一个响亮的吻和一串落珠般的笑声。常天葵等这天等得心焦，可是她从来不催促丁丁哥，也不问问丁丁哥为什么一拖再拖，她是百分之百相信亲爱的丁丁哥的。

他们工作都很忙，要凑出两个人都有空的日子也不容易，最终只请出三天假。头一天，长途大巴中途抛锚，耽搁了时间，抵达黄山脚下汤口镇时已是黄昏。山里面的气温比上海低了好几度。常天葵只穿了件薄薄的细毛衣，勾头缩颈的。冯令丁非逼着她把自己的粗绒线衫套在外面不可，长及膝盖，袖口卷起好几层。常天葵撅起嘴道："难看死了！"冯令丁便嗔道："要俏不要命啦？你要冻出毛病来，就做不成新娘子啦！"常天葵翻着白眼道："那你呢？你穿什么呀？"冯令丁道："我皮比你厚！"常天葵忍俊不禁，搡了他一拳，也只好服从了。

冯令丁原计划到了汤口，就从正面登山，晚上就宿玉屏楼，第二天便可尽兴攀登天都峰莲花峰了。可是，汤口镇上的山农都劝他们，这天立时三刻就要黑了，无论如何爬不到玉屏楼的。半山寺又没有住宿处，不如就在汤口镇观赏观赏瀑布，睡一晚，明日起个大早再登山。常天葵就害怕天一黑山路上有蛇窜出窜进，便可怜巴巴地盯着丁丁哥。冯令丁勾起食指刮了她一下鼻子。要是自己独个人，早就拔脚上山了。现在拖着个常天葵，他也不敢冒险。想想，也只好先歇一夜，明日抓紧登山。

他们便去黄山宾馆登记住宿。冯令丁问常天葵："你身份证带着啦?"

常天葵点点头，就去挎包中翻。却翻出一张红艳艳的结婚证来，递给冯令丁时眼睛只盯着脚尖，小小的面孔涨得跟结婚证差不多颜色了。

冯令丁马上明白了她的意思，她是在提醒他，两个人要住一间房呐！冯令丁心房猛地扩大，撑得胸口生痛。他轻轻咬住嘴唇，朝常天葵笑笑，取了结婚证上服务台去了。

前台服务小姐查看了他们的身份证件和结婚证，笑道："恭喜恭喜啊，可惜你们没有预订双人单间，现在只有四人房、八人房了。"

冯令丁胸口一松，心扑隆通落回原处了。拿眼瞄常天葵，她却撅嘴翻眼，一脸的委屈和不情愿。冯令丁只好跟服务小姐商量道："能不能再想想办法呀？条件差点也不要紧，钞票贵点也不要紧。"

服务小姐摇摇头道："现在这个季节，不冷不热，来黄山旅游的人最多了，特别是新婚夫妇，都是提前一个星期就预订了呢。"看看常天葵眼珠子水汪汪的，要哭出来的样子，小姐忙道，"这样吧，你们明天肯定要住光明顶的吧？我现在就打电话上去帮你们预订。"

冯令丁犹豫了一下，看着常天葵切切巴望的样子，便道："那就麻烦你了。"

服务小姐得啦啦得啦啦拨了一通电话，终于笑道："好了，北海宾馆正巧还多一间双人房,届时你们出示一下结婚证就行了。”

常天葵小脸蛋顿时云开雾散,笑眯眯道声“谢谢”。马上意识到自己表现得太露骨,耳朵火烫火烫。偷眼看丁丁哥哥,丁丁哥哥面孔上无风无浪,忙着在住宿单上签名,拿钥匙。

这一晚,应该是他们的新婚夜,他们却只好分别睡在男女集体客房里。

冯令丁的房间里,有两位顾客打呼噜打得山摇地动的,冯令丁用枕头蒙住脑袋,也无法隔断那雷声隆隆的鼾声。他只好起身,走出房间,走到宾馆门外的露台上,靠着石栏坐下。宾馆沿溪涧而筑,露台就是用青条石搭在涧岸的岩石上,石栏下便是千年不歇的山泉水。泉水呜呜咽咽地吟唱个不停,像是要把人带回遥远的从前,又像是要把人带向遥远的未来。

坐久了,冯令丁觉得肩背上冷飕飕潮叽叽的,以为有雨,仰头看看,却是雾。漫天的雾把周围山头都遮没了,把天空遮得严严实实,把整个世界都遮住了,把他的心也遮得密不透风。

冯令丁把身和心躲在雾里,不晓得坐了多长时间。就听得常天葵站在宾馆门口喊道:“丁丁哥哥,你疯啦?坐在雨里面做啥?衣服都潮了!”

冯令丁抬起头,疑惑着,这雾什么时候变成了溟濛小雨了呢?

常天葵举着把粉红色的雨伞跑过来,笑吟吟将伞移到他头上。

冯令丁嗔道:“你不好好睡觉,跑出来做啥?休息不好,明天爬不动,我可不背你,就把你丢在半山里!”

常天葵抬起手腕上的表,笑道:“你看看几点啦?还叫我去睡!你自己说的,要赶早上路,否则一天赶不到光明顶。”

冯令丁慌忙看表,都快六点了。原来自己竟在山涧旁坐了一夜啊!

宾馆里的餐厅还未开张,他们便在旁边农家小店里买了面包和茶叶蛋,又问店家讨了热水将水壶灌满。冯令丁请教管店的中年妇女,这雨要落多久?会不会愈下愈大?那妇人跑出柜台,望了望天,笑道:“云垂得这么低,山顶上会是大太阳天呐。”冯令丁半信半疑,看到店里有薄型塑料雨披卖,便要了两件。

常天葵道:“丁丁哥哥,我带着伞呢,还要雨衣做啥?”

冯令丁道:“你以为爬山跟逛淮海路一样啊?撑了伞,一阵风就把你吹到山沟沟里去了!”

常天葵吐了下舌头,乖乖地把雨披穿上。

一切准备定当,他们便开始登山。他们以为是最早的登山者,不料山路上三三两两已有不少人了。那雨不紧不慢却也无休止地下着,上山的石阶很滑。冯令丁把常天葵的背包挂到自己身上,道:“你只要负责把自己平平安安背到山顶就行了。”常天葵偏偏把手伸进冯令丁的手掌,嗔道:“你只管东西不管人啊?没那么便当!”两人亲亲热热说说笑笑地登山,雨声数履迹,山翠沁人心,倒也不觉得吃力。

很快就到了半山寺,冯令丁建议休整一下,吃点东西补充体力,下一半山路愈发陡峭了。听冯令丁这么一说,常天葵果然觉得饥肠辘辘。和丁丁哥哥一起就着茶叶蛋啃面包,她觉得胜过任何山珍海味。冯令丁看她狼吞虎咽的样子,逗道:“女孩子吃东西,文雅一点好不好?”常天葵嘴巴里塞满了面包,无法言语回击他,只好用拳头狠命擂他的背。

他们把买来的食物消灭干净,常天葵便吵吵着要找厕所。厕所在寺后面,因光顾的人不多,门前石径几乎被灌木荆棘遮盖。或许是因为凌晨淋了雨着了凉,冯令丁肚子略感不适,在男厕所多盘桓了一刻,生怕常天葵着急,匆匆出来,却没见着常天葵。他猜想,她一定还蹲在女厕所里,女孩子的事情总归啰哩啰嗦,动作也慢。便沿石径走到寺庙侧门,依着山寺颓壁等着。这个方位不错,他能一眼看到厕所,常天葵出了厕所也能一眼看到他。

头上云幡低垂,周围雨雾缥缈。山路上时而有登山人的只言片语,灌木丛中乳雀叽叽喳喳地交鸣觅食。

冯令丁等待片时,仍不见常天葵出来。算算无论大解手小解手，这点时间总归差不多了，不要生毛病了？便又走近厕所，大声喊道："天葵，你怎么啦？"

女厕所里面无人应声，门洞黑黝黝的，隐隐约约飘出腐败的腥臊气味。

冯令丁心猛地抽紧了，他不顾一切冲进女厕所，里面竟然空无一人！常天葵呢？常天葵到哪里去了？冯令丁浑身汗毛管陡立，头皮阵阵发麻。他走出女厕所，在寺庙周围兜了一圈，没有常天葵；又在寺庙里面兜了一圈，仍不见常天葵！不祥的预感攫紧了冯令丁，内衫被冷汗濡湿。他再一次冲到寺庙后面，朝那片雨濛濛雾濛濛的灌木杂树林深处走去，一边费心尽力地喊着："天竹——天竹——"

"丁丁哥哥——丁丁哥哥——"

有人在背后回应他！冯令丁猛地转回身，雨濛濛雾濛濛中隐现出一个纤弱似兰的身影，正是他魂牵梦萦的心上人！"天竹！"他哽咽地唤了声，拼命朝她扑去，顾不得荆棘撕扯着身上的雨披。

"丁丁哥哥，你看错人了吧？姐姐她怎么会在这里呢？"常天葵奇怪地问道。

冯令丁霎时间醒悟到自己的失态，定定神，恼怒道："你跑到哪里去啦？我前前后后跑了几遍都没看见你！"

常天葵举起手中一株野百合花，道："我采花去了嘛！丁丁哥哥你看，这百合花漂亮吧？两朵已经全开了，还有三四个蕊头呢……"

冯令丁不等她说完，刷地夺过那花狠狠地丢在地上，吼道："谁叫你自说自话采花去的？你晓得这山里有蛇有野猪有坏人不安全吗？你晓得人家找你找得多少急吗？"

常天葵从来没见丁丁哥哥发过这么大的脾气，眼泪蓄在眼眶里都不敢叫它落下来，吭吭哧哧道："我出来的时候没看到你，就看到这花在那面坡上，嗦嗦摇晃，好像喊我似的……我以为你会喜欢的……"

冯令丁抑制不住，伸出手臂将常天葵揽进怀里，紧紧搂住，脸颊贴着她湿答答的短发，低声道："天葵，你不要再吓我了好不好？你晓得吧？刚才我魂灵头都吓没了。要是找不到你，我肯定跳到这山沟里去不回家了！”

常天葵欢喜的泪珠儿扑腾腾争先恐后地滚下来，滚到丁丁哥哥的肩胛上，又顺着他的雨披滚下去，滚到草丛中，溅开一朵朵雏菊般的花儿。

一场虚惊之后，他们又继续登山了。他们互相都生怕失去对方似的十指相扣牵着手，再陡峭再狭窄的路段都不肯松开。

因为雨幕的遮拦，他们并不清楚自己究竟爬了多高。只见脚下的石阶登下一截，劈面又起一截，无穷无尽似的。却顾所来径，苍苍横翠微。手表上的指针告诉他们已近中午了，就听得一阵阵欢呼声从头顶上的云层中撒落下来，他们相视了一眼，加紧脚步往上登去。大约又上了几十级石阶，眼前豁然开朗起来。原来他们终于钻出了厚厚的雨云，云层上面竟然是晴空万里，阳光明媚。不远处，玉屏楼前的迎客松，正伸出苍翠的虬枝迎接他们。他们同其他登山者一样，情不自禁地欢呼起来，方知山下农妇的指点千真万确。

腾身转觉三天近，举足回看万岭低。

他们的脚下铺展开无边无际浩瀚的云海，不远处的天都峰、莲花峰都像云海中的岛屿。他们依偎着伫立在迎客松旁，眺望这壮观的景象，但觉心境开阔，心气安宁。

“丁丁哥哥，你真的愿意娶我吗？”

“傻丫头，当然愿意。我只是不喜欢像人家在婚礼上那样，当着众人的面说我愿意。”

是夜，他们顺利地拿到了北海宾馆的双人单间的钥匙，常天葵欢天喜地地上楼，冯令丁拎着两只背包跟在后面。常天葵开了锁推进门，呀地吁了声，竟愣在那里了。冯令丁忙问：“怎么？不对吗？”

常天葵缓缓地转过脸，道：“丁丁哥哥，是你，把花带上来了？”

冯令丁茫然道：“什么花？我没带花呀！”

原来小小的双人间中除了一张双人床，窗沿边还放了一张小圆桌，圆桌上的花瓶里正插着一枝花开两朵的野百合花。

冯令丁一看，先也是吃了一惊，莫非这花成精了，会随他们一起上山？仔细看看，便笑了。抚了下常天葵的脑袋，道："你看清楚了吧？这一枝只有两朵花，没有其他蕊头了，你在半山寺采的那枝还有三四个蕊头呢。大概服务员晓得我们是新婚，特为插了花祝贺吧。"

常天葵也笑了，道："他们服务得真周到呀。"

他们就在宾馆的餐厅里用了餐。冯令丁坚持要了一瓶啤酒，说是可以提神。常天葵从不沾酒的，只喝了小半杯，其余的都倒进了冯令丁的肚皮里去了。冯令丁平常也不喝酒，这一来便弄得满脸通红，走路也摇摇晃晃了。

回到房间，冯令丁衣服也不脱，往床上一靠，哼哼道："头痛得要命，我睡了。"

常天葵使劲推他，道："走了一天山路，又是汗又是雨的，身上都要发酵了！厕所间有淋浴，丁丁哥哥，冲个澡再睡嘛！"

冯令丁只好爬起来去厕所间冲淋去了。常天葵坐在床沿上，心怦怦怦跳得厉害。这个晚上她憧憬很久了！她觉得，今天登上玉屏楼时天空突然晴朗以及意外出现在房间中的百合花，都是一种喜庆的兆头，暗合了她的心意，预示着她和丁丁哥哥的婚姻将美满幸福。她听着厕所间传出哗哗的水声，想象着丁丁哥哥矫健的身体在水中冲淋的样子，偷偷地笑了。

冯令丁马马虎虎冲了身子，单套了条短裤头，赤裸着上身，便从厕所间出来了。吓得常天葵不敢正眼看他，勾着脑袋道："丁丁哥哥，你快钻被窝，我洗好了就过来。"嗦落溜进了厕所间，关上门，揌住胸脯喘了好一歇。

常天葵仔仔细细揉搓着自己的身子。她的身子很瘦小，胸脯也不丰满，像没发育好的十几岁的孩子。可她是个女人，是个心里有了爱情的女人，是个将要成为妻子的女人了！镜子被水气模糊了，她用毛巾抹净了一块，仅仅照出她的面孔。这张面孔是那样娇小玲珑，像一颗刚剥出的莲子。皮肤像丝绸般光滑，眼珠子像黑宝石般晶亮，嘴唇像樱桃般鲜红。她被自己的美丽惊呆了，她从来没发现自己这么漂亮,也从来没有人夸过她漂亮呀!

她存存心心带了一件粉红绢纺蕾丝花边的睡袍,套在自己纤弱的身上,她觉得自己就像灰姑娘那般幸运,遇上了心仪的白马王子。她全身的每个细胞都像春风里微微绽开的蓓蕾,渴望着琼浆玉液的滋润。

常天葵深深吸了口气,拉开厕所门,怯怯地走到床边,羞答答叫了声:“丁丁哥哥……”

丁丁哥哥却已经睡着了,鼾声轻扬,密匝匝的睫毛在他的眼睑下烙下弯月般的阴影。一绺湿濡的头发搭在他方正的额上,她轻轻将它捋开了。随后,她蹑手蹑脚地钻进被窝,将胸脯缓缓地贴在丁丁哥哥暖烘烘的背脊上。她想,丁丁哥哥是太累了,千万别闹醒了他!

冯令丁与常天葵第三天傍晚回到盈虚坊。

冯令丁将常天葵送到恒墅门口,捋了捋她圆珠子般的小脑袋,道:“好好休息,明天一早还要上班。”便转身要走。

“丁丁哥哥!”常天葵跺了下脚,委屈地望着他。

冯令丁怔忡了一下,惊醒过来。他和她已经结婚,他应该和她一起住进恒墅,他信誓旦旦向岳父许诺了,一辈子照顾好他的两个女儿!他连忙呵呵一笑道:“你还怕我会逃走啊?我总得回去跟我父母招呼一下吧?”

大门哐啷拉开了,吴阿姨满脸堆笑跑出来,一手一个接过他们的背包,道:“小弟你不用回守宫了,冯同志、李同志全在这里,就等你们回来一道吃晚饭。”吴阿姨在厨房做小菜,时不时张张后窗口,看见冯令丁与常天葵进了弄堂,才迎了出来。

原来常先生十分感谢亲家翁亲家母同意让他们的宝贝儿子入住恒墅,他方能安安心心去香港办理他的事情。晓得新婚夫妇今晚回来,虽然遵照他们的意愿不操办酒席,但双方家里人一道聚聚还是应该的。便叫吴阿姨多做了几只小菜,将冯景初、李凝眉、冯畹丁一并请来恒墅,就等冯令丁、常天葵一到,团团圆圆坐拢一桌,既为庆贺，又为答谢。

两亲家和冯畹丁原是坐在二楼书房里闲谈的，听得吴阿姨刮辣松脆的笑声，都迎下了楼。李凝眉一把捉住儿子的胳膊，上下望望，道："就两天工夫，黑了，瘦了。"冯景初便嗔道："你眼睛里只有你儿子！"

常天葵有点无助地缩在一旁，乍面对已成了公公婆婆的冯景初、李凝眉，要改称呼，一时还调不转舌尖。犹豫片刻，低着头轻轻喊道："爸爸、妈妈……畹丁姐。"

李凝眉这才把目光从儿子身上挪开，笑道："天葵，我把令丁交给你了。他工作忙起来，不晓得吃不晓得睡的，你要管管他哦！"

常天葵吃吃一笑，腼腆地点了点头。

吴阿姨催促道："小菜都热好了，叫新娘子、新倌人上去洗把脸，马上就好开席了。"

李凝眉忙道："我陪他们上楼，畹丁，你帮吴阿姨端端小菜。"

新房做在二楼正中向南的大房间里，原是常衡步的住所。常衡步却决意自己搬到三楼与外孙女蝘蜓做伴，把二楼正间让给新人作新房。大房间套了厕所间，新婚夫妇用起来便当点；再讲常天竹的房间就在隔壁，常天葵照看她姐姐也顺手些。

李凝眉推开新房门，仄着脑袋道："这房间昨日我跟你畹丁姐布置了整整一天，你们看看，还有什么不满意的？"

常天葵双手合掌于胸前，惊叹道："太漂亮了！"

新房中，床单、窗帘、台布都换成紫色的乔其纱，垂着深紫的流苏。茶几上放着一只喇叭形的塑料花瓶，瓶里竟也插着一枝花开成双的百合花！

冯令丁感激地揽住母亲薄削削的肩膀，问道："妈，上海城里也买得到百合花？"

李凝眉不无得意道："你妈把脚骨也跑断了，才觅到这枝百合，百年好合嘛。"

常天葵放下背包，先去隔壁房间看姐姐。等常天葵一离开，李凝眉便对儿子道："小弟，妈在守宫照式照样也给你们布置了一间新房，你们可以两头住住。你住开了，守宫里就冷清起来……”

冯令丁忙道：“妈，就几步路呀，我会天天回去看你的嘛。”恐怕全弄堂的人开始都不相信李凝眉会同意儿子离开守宫入赘恒墅，偏偏李凝眉表现出那样的深明大义，这让全弄堂的人欣慰而且敬佩。

常天葵从常天竹房中出来，吐了口气，道：“我姐病情还算稳定，我给她量了血压，听了听心跳，还属正常范围。”

李凝眉道：“吴阿姨搬过来住，要好多了，天竹就服她。”

冯令丁与常天葵洗了把脸，便随李凝眉下楼吃饭。

常家原来的老家具“文革”中都遣散了，新买了张椭圆的餐桌，就放在客堂右边的小间里，人多时拉开来便可成长餐桌。常衡步与冯景初各占一横头，一边是冯令丁和常天葵，常蝘蜓就坐在他俩中间；另一边是李凝眉与冯畹丁。他们先是请吴阿姨入席，吴阿姨推说她要给常天竹喂饭，不入席了。他们又要吴阿姨去电话间把单根叫来，吴阿姨道：“他不把电话间的生活做完是不肯回来的，随他，小菜我替他留着了。”单根初搬进恒墅，左右不习惯。每日总要挨到恒墅主人吃了晚饭，各自回房休息了，他才悄悄进门睡觉，早上总是不等楼上的人下来吃早饭，他就急匆匆回电话间去了。气得吴阿姨总骂他，见不得世面上不了台面！

恒墅这顿饭吃得前所未有的融洽。老丈人看新女婿原是愈看愈喜欢的，何况冯令丁这等人品，又如此敢于担当，常衡步真是睡梦里也要念阿弥陀佛了。冯景初当然也满意这门亲事，一来与常家结亲可谓是亲上加亲；二来常天葵这姑娘各方面又都是无可挑剔的。关键是要让李凝眉满意恐怕是绝无仅有的了，家境、模样、人品、脾性，样样都合李凝眉的心意。李凝眉早前一直提防着吴阿姨的女儿许飞红，许飞红虽然漂亮，可李凝眉不喜欢她疯疯癫癫痴头怪脑的性格，何况门不当户不对的。吴阿姨虽则做生活牢靠，总归是大字不识的劳动大姐。常天葵有家教，有学问，脾性又单纯、随和。李凝眉最喜欢她的职业，家里头有个医生，有个头痛脑热的就不必上医院了。一家人你敬我谦，谈笑风生。

这是个清明高远的秋夜。冯令丁和常天葵送冯景初、李凝眉、冯畹丁出了恒墅。冯畹丁笑道:“小弟,你们请回吧。你们如果送到守宫,爸妈肯定要我再送你们回来的。我们就不必十八相送了吧?”

冯令丁、常天葵相视一笑,便站住了,目送着他们三人拐出支弄。此时,月弓高悬中空,弄堂里月影却瘦减疏落了许多。

他们返回恒墅,吴阿姨在楼梯口候着,笑道:“我给天竹姑娘擦身子,服侍她睡下了,常先生和蝘蜓也都歇息了。半夜里有事体,尽管喊我啊。”

冯令丁、常天葵放轻了脚步上了楼,走进温馨的新房。冯令丁随手将房门反锁了,这一刻,他方才觉得神经松弛下来,便软塌塌地拥住了他的新娘,把整张面孔埋进她柔软的颈窝里面。仲秋的夜风湿润和煦,从半启的窗户中拂进来,掀动薄纱的帘子簌划簌划地飘动,地板上映着的月光便似河水般活活地流动起来。

冯令丁听到常天葵轻轻地哼了一声,忙撑起身子,道:“我人太重了,压痛你了吧?”常天葵却用细细的手指按住他的嘴唇,咬着他的耳轮道:“你听,门外面好像有声音。”

冯令丁伸长头颈把头钻出被窝,侧耳细听。果真,门板被什么东西抓挠着叩击着,间歇地窸里窣落、滴沥笃落响动着。冯令丁强作镇定问了句:“谁?谁在门外?”

没有应声,那窸里窣落、滴里笃落的响动仍持续着。

常天葵紧紧箍住冯令丁的腰身,脑袋直往他胸口头钻。冯令丁轻轻拍拍她的肩胛,道:“别怕,我去看看。也许是弄堂里的野猫钻进来。”

冯令丁披了睡袍下了床,走到门边,把耳朵贴着门板听了听,随即便拉开了门。门廊里的夜灯昏昏黄黄,冯令丁只看见一个模糊的身影,忽地扑上来钳住了他的头颈,钳得他透不过气,想喊也喊不出声。

常天葵啪地拧亮了床头灯,惊恐地叫起来:“姐——”

扑在冯令丁身上的人正是常天竹！她愈是狠命地钳住冯令丁，并且用细而尖的牙齿咬住冯令丁的肩胛。

常天葵惊叫着跑上去拉扯常天竹的手臂，哭着求道："姐，你不要这样好吧？他不是坏人呀，他是丁丁哥哥呀，姐，你松手好吧？"

常天竹忽然松开了冯令丁，转而抱住了常天葵。她抱着常天葵便朝隔壁房间里拖，冯令丁慌忙捉住常天葵一只手往回拉。

早已惊动了恒墅中其他人，吴阿姨外衣都不及穿就冲上了楼，常衡步也从三楼跑了下来。

常天葵连忙甩开冯令丁的手，平心静气道："爸，吴阿姨，没什么事体的，姐只是不习惯一个人睡，所以来找我的。"又哀哀地转向冯令丁，可怜兮兮地道，"丁丁哥哥，今晚我再陪陪姐姐好吧？"

冯令丁当着老丈人和吴阿姨的面，羞惭得恨不得天崩地裂重造来世。他只点点头，转身逃进了房间，砰地关上了门。

次日早晨，常天葵在餐桌边，看见冯令丁眼圈乌黑，眼珠子布满血丝，不由得心里满是愧疚。一边替冯令丁往面包上涂果酱，一边低声道："丁丁哥哥，我出去两三天，没替姐姐扎针，所以她才会发作的。今天下班回来我先给她治疗，夜里她就不会闹了。"

冯令丁用力拉开嘴角，给她一个笑，道："没关系呀，昨天下半夜我倒是睡好了。"他抬腕看看表，"今天上午要去巡视几处建筑工地的，我得先走了。"将两片面包一叠，三下五除二地塞进嘴巴。

待冯令丁一走，吴阿姨便对常天葵道："小妹妹，我看今天夜里还是给大妹妹吃一颗药吧，稳妥点，不要深更半夜又去吵扰你们。"

常天葵略忖，摇摇头，道："还是我来给她扎几针，已经坚持这么多时间，不要功亏一篑，那样我会遗憾终生的。"

常天葵原就是为了姐姐的毛病才选择读医科的，读研究生期间她专门探索用针灸治疗精神病的课题，并在常天竹身上进行实践，颇有成效。她不愿意让姐姐吃麻痹神经的药，那虽然能够让病人安静一时，却无法彻底治愈病灶。她期盼通过自己的针灸治疗，让姐姐恢复到从前精神健康的状态。

这天傍晚，常天葵下班回家就先替姐姐扎针，还留针点了艾绒，以期加强治疗效果。大家都认为夜里常天竹不会再闹了。可是一过半夜，常天竹依然跑到新房门口又捶又擂地闹，常天葵无奈，只得又过去陪她睡觉。

第三天夜饭过后，吴阿姨端着一杯水和一只白釉小碟子走到常天葵跟前，道："小妹妹，没有办法的，这颗药一定要让大妹妹吃下去的。否则你们夜里无法安生了。"

常衡步长叹一声道："天葵啊，先给天竹吃粒药吧。针灸这东西，是要有长期治疗打算的。"

常天葵望着小碟子中央蓝莹莹一粒药丸，想着这两天冯令丁灰败的脸色，频频点头。

吴阿姨端着水和药上楼去了，常天葵迟疑了一歇，追了上去，道："吴阿姨，我来帮你！"

常天竹已有一段不吃药片了，哪里肯顺顺当当吞药？扭着身子，挥舞着双臂抵挡着。吴阿姨便道："小妹妹你捉住她的手！"常天葵只好狠性命抱住了姐姐。只见吴阿姨利索地将常天竹鼻子一捏，水往她嘴中一灌，但听咕咚一声，药片便进了她的肚子。

"好了好了，一歇歇她就会睡着的。小妹妹，今天夜里保证你们睡太平觉了！"吴阿姨推着常天葵回她的新房中去了。

冯令丁一见常天葵进来，腾地站了起来，问道："你们给天竹吃药了？"

常天葵盯着冯令丁看了一会，忽地合扑在簇新的被褥上，啜泣不止。她心里骂自己无能，又委屈了姐姐，又委屈了丈夫！

只有一枝梧叶，不知多少秋声。

第九章 守宫易主

许飞红深吸口气，在那扇镶着彩色玻璃的柚木大门前静静地站了一歇，就像阿里巴巴面对着藏满珠宝的山洞。

随后，她将钥匙插进已经有点铜锈的钥匙孔。

35

一箭长街灯影乱，几重高楼银河间？

且不管人世间有多少酸甜苦辣、悲欢离合；有多少暴风骤雨、惊涛骇浪，时光总是义无反顾、不急不缓、分分秒秒地向前流去，从不怜悯、从不惧怕、从不灰心。于是，盈虚坊便在时光的裹挟中磕磕绊绊、跌跌撞撞地走进了二十世纪的九十年代。

现在，盈虚街头的棚户区消失了，棚户区里的老住户们在城乡结合部的临时房中煎熬了五六个年头，终于搬进了千辛万苦造起来的六幢二十六层高楼中。大楼的外立面一式釉黄色墙砖，窗沿口和阳台护栏边还镶嵌了深棕色的裙边，远远望去，醒目、壮观、气派。盈虚街尾的几爿厂家也都搬迁，取而代之的是中外合资的四星级宾馆以及高档酒店式公寓。沿马路的活动房全部拆除，马路菜场搬进了街道特为辟筑的室内菜场，零散小店合并成四开门面的大超市。人行道路面铺设了菱形彩砖，道边间隔种上枝叶茂盛的法国梧桐。盈虚街变得宽绰、洁净、典雅起来。

可是，盈虚坊间人走到盈虚街上，总觉得失落了一些东西。

从前，盈虚坊间人上菜场买菜，卖菜的称罢斤两总会再抓一撮添给你，临走还会殷勤问道，明天需要什么？趁新鲜的先给你留出来。盈虚坊人下饭馆吃饭，服务员不等你开口就泡上壶龙井或铁观音，并且把厨师特别推荐的新菜单递给你，盈虚坊人吃口一向考究，也付得起钱。盈虚坊人去烟纸店买肥皂草纸，去粮油店拷老酒酱油，还能享受赊账的待遇。被小店里的老板娘讲起来，住在盈虚坊的人还会赖你的账啊？

现在，盈虚坊人明显感觉到他们的地位远不如从前了。去室内菜场买小菜，卖菜的多了许多外地口音，面孔笑眯眯，秤上却毫不客气，锱铢必较。去超市买日常用品，收银小姐的眼珠子只盯着计价器上的数字。若收了你的大票子，必要对着光照照，生怕你给的是假钞。街面是变得宽绰洁净了，街上的行人却疏落了。往来的熟面孔少了，西装革履的先生和化妆精致的小姐多了。闲散踱步驻足交谈的少了，行色匆匆目不斜视的多了。偶尔也会遇上街对面的老街坊，互相笑笑，打个招呼。对方目光中再无有对盈虚坊人的羡慕和崇敬，甚至多出了几分怜悯，擦肩而过时，还会很客气地说一句："到我们小区来玩啊！"这让盈虚坊人觉得难堪和不服，不就是那几幢鸽子笼般的大楼吗？至于这般得意炫耀吗？

开始，盈虚坊人搭足了架子，不屑看一眼那群高耸入云的楼房。新建小区大门口的水泥墙上，凿出五个汉碑体大字"盈虚新纪元"。盈虚坊人经过那里时，面孔上抑制不住露出嘲讽。这小区的名字起得不伦不类，字体也呆板，哪里比得上盈虚坊牌楼上吴昌硕大师书写的石鼓文坊名雄健有筋骨？可是，盈虚坊间总有人或这个原因或那个原因去了对马路新建小区，总会带回点点滴滴的描摹：新建小区像花园一样啦，有专供人们锻炼的场所啦，住在大楼里一眼可以看到徐家汇啦，冬天太阳好晒到傍晚，夏天风大得用不到电风扇……这些描述聚拢起来，慢慢就扭转了盈虚坊间的舆论倾向。羡慕新建小区生活环境、住房条件的人多了起来，说新建小区好话的人多了起来，盈虚坊民意不知不觉暗暗形成了针锋相对的两派意见。

吴秀英阿姨却是夹在这两派意见中左顾右盼和稀泥的人。

吴阿姨毕竟在盈虚坊里生活了三十多年，不是盈虚坊人也成了盈虚坊人了，她对盈虚坊中的老弄堂老房子自然是有深厚的感情。可是，吴阿姨新近又碰巧成了新建小区的半个户主。女儿、女婿拿到了大楼里一室户房子的钥匙，让给了儿子一家去住。吴阿姨得空就去大楼看孙女,相帮儿子做掉点家务。所以她又十分体会新大楼房子的优势。情势逼得吴阿姨不得不鉴貌辨色,当着曹操说曹操好,当着刘备说刘备好。

吴阿姨和单根仍住在恒墅底楼,做的生活却比前几年轻松了许多。关键是小姨娘重新回到了盈虚坊,并且正式成为了恒墅的女主人。那年常先生去香港说服常氏家族共同投资改造盈虚坊的工程,却没有成功。他的几位堂兄弟对大陆改革开放的政策仍有许多顾虑,不愿意冒这个风险。不过,常先生的香港之行并非一无所获,他额外收获了一份迟到的爱情。他从香港回来,身边平添倩影,守了寡的妻妹成了他的妻子。盈虚坊人总算看到常先生圆满的结果,都放下了一桩心事。这般姻缘命里早就注定,只不过被人世风波阻隔了一段。

傍晚时分,吴阿姨刚替恒墅端整好三菜一汤的夜饭,小姨娘就催促她道:“吴阿姨,这下面的事体有我呢,你快去帮你孙女做两只小菜吧。红果正是长发头上,马上又要参加高考,天天啃面包怎么成啊?”

新近,许飞红在虹口公园附近开出一爿建材分店,一定让哥哥辞去房修队的工作,当了分店的经理。甚至不计前嫌,出钱让嫂子进修财会业务,协助哥哥管理分店财务。许兆红对自己的小妹真正是感激涕零啊!又送房子,又帮他开店,让他迅速跻身于腰别BB机、手拿大哥大的有钱人行列,让他在阿晶跟前撑足了大丈夫的面子,让阿晶的父母对他刮目相待,奉若上宾。所以,他们夫妻做生意也是尽心尽力,勤勉巴结。分店生意逐日兴隆,他们常常忙得顾不上回家打理女儿的夜饭。小姨娘得知这个情况后,傍晚总放吴阿姨两个钟头的时间去儿子家帮忙。吴阿姨每天夜里去倪师太后厢房烧香时,每每求菩萨保佑常先生和小姨娘夫妻恩爱合家安康,她相信好人总有好报的。

吴阿姨乘电梯呼呼呼一下子就上了十五楼。头一次乘电梯时,她站在电梯门口死活不肯踏进去,生怕这大盒子盛了这么多人,咣,摔下去怎么办？是儿子、女儿两边架着她胳膊，拖她进去的。电梯往上蹿时，吓得她闭住了眼睛。现在吴阿姨乘电梯已是如坐轿子那般从容得意了。

许兆红的家是一个直统间，进门便是开放式厨房，有七八平方米，还宽舒，放下一张小圆台当餐桌，蛮实惠的。厨房笔直进去，一截短短的过道，侧首是卫生间。过道进去便是夫妻俩长方形的卧室，十五六个平方米，里半间放了一架三门大橱和一张双人床，外半间是一席三人沙发和玻璃面长茶几，敞亮、正气。落地玻璃窗外是阳台，他们将阳台用塑钢移窗封起来，做了许红果的房间。虽然面积不大，对于那间低矮阴暗的三层阁来说，许兆红一家可谓一步登天了。

许飞红生意做得红火，她的飞骏装潢公司已成了沪上知名品牌。她在西郊买下一幢独立的三层楼花园洋房，自然不会搬回这一室户的小套间。盈虚新纪元落成后，许飞红叫陆马年派出最精良的装修队帮公公婆婆的两室户装修得登登样样，成了大楼里的样板。在乔迁的喜宴上，许飞红又悄悄塞给婆婆一只装有两万元现金的马夹袋，欢喜得陆大娘子把个媳妇夸上了天。随后许飞红再提出把分给陆马年和她的一室户让给她哥哥一家居住的意愿，陆大娘子还能说不同意吗？

吴阿姨开门进屋，只听得电视机开得哓哓响，却见许红果独自趴在长沙发上睡着了，课本散落了一地。吴阿姨摇摇头，关了电视机，将课本收拾了摞在茶几上。并不叫醒许红果，自己先去厨房间洗菜、淘米做饭。

吴阿姨存心让许红果睡个畅，她晓得等儿子、媳妇一回来，许红果就睡不成了。阿晶是一心一意要女儿考上名牌大学的。她去日本那几年，许红果上学没人约束，中考时差点落榜，还是许飞红拿出两万元择校费，让她进了一所民办中学。而恒墅里的常蝘蜓，看看不声不响，在人跟前话都说不全的，却一举考取了区重点中学的尖子班。守宫里的陈戈壁愈是了不得，人家以为从新疆调回来的小孩读书总归及不上在上海长大的孩子，不料他竟考取了上海人都很难考取的市重点中学，成了盈虚坊中继他舅舅冯令丁之后的新科状元。便有人叹道，毕竟还是龙生龙凤生凤，老鼠的儿子打地洞呀。阿晶听了这些闲言碎语愈是不服气，夜里被窝中跟许兆红生气，怪他当初没有抓紧许红果的功课。许兆红肚皮里也有气的，当初你去日本荣华富贵去了，怎就不想想没娘的孩子什么滋味呢？许兆红有气也不会对老婆发出来，女儿是他的心，老婆是他的肝，有了老婆、女儿，他许兆红才活得有味道。他只是宽慰阿晶，红果读不读重点中学，考不考得上名牌大学，这都无关紧要，我们把生意做好了，红果的将来就什么都有了。阿晶肚皮里嗔道，你的眼界就一摊泥塘浅！你以为你那个妹妹就是公主、贵妃一般的人物啦？你还没见到真正名门闺秀的样子呢！但是阿晶忍住了，牢骚话没溢出唇齿，毕竟，许飞红给了他们一家目前能过上的最实惠的日子。阿晶对女儿有着更高远的期望，她让吴阿姨向常蝘蜓、陈戈壁讨来重点中学的测验卷子和复习提纲，每天逼着许红果做题目，夜夜弄到夜半钟声敲了又敲。

吴阿姨轻车熟道，很快就做好了两只小菜，红烧狮子头白菜垫底，香菇胡萝卜炒卷心菜，还起了一锅榨菜肉丝线粉汤，旁边电饭煲中的米饭也熟了。便去喊醒许红果起来吃饭，又是拍屁股，又是揪耳轮，好不容易把许红果搅醒过来。心里面肉痛，嗔怪阿晶，何苦呢？把个小孩子弄得该困的时候不得困，不该困的时候困不醒。嘴上却数落许红果，十七八的人了，还看这种卡通片！放学回来早点做题目不好吗？也省得你妈妈回来又要不开心，也省得深更半夜不得睡觉！许红果早就习惯了奶奶的唠叨，就像电影、电视剧里的背景音乐，随它自由流淌却不必去理会它。她却被奶奶的红烧狮子头吊起了胃口，拿了只菜碗，盛了半碗米饭，嚓嗒嚓嗒就搛了两只狮子头压在碗边。又开了电视机，盘脚坐在沙发上，一边吃饭，一边看日本卡通连续剧《名侦探柯南》。吴阿姨把菜碗端到她面前的茶几上，又关照一句：“给你爹娘留两只狮子头啊。”许红果从小就好胃口，现在已经长得齐她爸爸眉额高了。

吴阿姨便动手收拾灶具,接下来守宫、恒墅还有很多生活等着她呢,她总是见缝插针,充分利用每分每秒时间。

这时候,门铃突然响了。许红果本能地以为是父亲、母亲回来了,啪地关了电视机,抓起一本课本放在膝盖上,做出一边吃饭一边用功的样子。

进门的却是恒墅的老邻居沈家姆妈。

沈家姆妈便是占着恒墅的花园至今不肯搬迁的那几户钉子户中最难缠的一户,落实政策小组的工作人员把她家门槛都快踩断了,她不是装聋作哑地不理睬,便是寻死寻活地吵相骂,你们有钱人家是人,我们就不是人啦?你们住了洋房还要有花园,就想把我们赶到马路上去呀?共产党不是讲为劳动人民撑腰的吗,怎么倒帮小开讲话了呀?落实政策小组的人真正拿她没办法,又生怕强硬一点,弄出人命来,只好拖着。幸好恒墅主人通情达理好说话,常先生心里念念不忘的是整座盈虚坊的改造,对自家的花园并不十分在意。

沈家姆妈看见吴阿姨的儿子搬进簇新簇新的高楼,心里面羡慕得不得了。她的两个儿子单位里都分到了房子,也都是煤、卫齐全的公房,只是坐落于城郊结合部,便都不肯搬走,都挤在油毛毡搭起的简屋里,就等着什么时候盈虚坊开始动迁,按户口他们好多分几套大楼房子。沈家姆妈心里掂掂分量,吴阿姨讲讲是个劳动大姐,可她的两个老东家都是有头有脸的重要人物,都是有资格对盈虚坊的未来指手画脚的人;最要紧还是吴阿姨奶大的冯公子,现在成了区里面直接掌握盈虚坊命脉的负责人。所以沈家姆妈拼命跟吴阿姨套近乎,三日两头找吴阿姨打听盈虚坊动不动迁的消息。

许红果一见是沈家姆妈,随手又开了电视机,而且把音量调得很高,震耳欲聋的。吴阿姨只好把房门掩上,嗔给沈家姆妈听:“看看能长能大的小姑娘,一点也不懂事体。”

沈家姆妈自己找台阶下,笑道:“现在小孩子都是这样的,报上不是都在讲小皇帝、小皇帝的。你家红果还算懂事的了。”

吴阿姨也烦沈家姆妈牛皮糖一样黏牢自己，更烦她的自私，算盘珠拨进不拨出。便道：“沈家姆妈，冯家小弟现在也不住在盈虚坊，算算我也有头两个月没见到他了。”言下之意，关于动迁的事体我也不晓得什么。

沈家姆妈热络地相帮吴阿姨擦锅摞碗，十分体己的口吻道：“吴阿姨你不要客气嘛，谁不晓得冯家公子吃你的奶长大的，你可当得半个娘了。”

这句话讲得吴阿姨心里舒服，也不好再推辞，道：“上趟不是替你打听过啦？小弟讲的，需要改造的旧城区很多，什么时候动迁到盈虚坊，还要看各方面条件成熟了没有，你急也急不出来的嘛。”

沈家姆妈道：“叫我怎么能不急呢？孙子、孙囡像吃了发酵粉一样日长夜大的，房间里实在撑不下了呀。这两天弄堂里还在传一个消息，都讲现在动迁，老房子里的住户都要搬到乡下去住，造起来的新房子统统卖给有钞票人家。吴阿姨你最清爽了，我嫁进盈虚坊三十多年了，两个小孩都是在这里出世的，我是死也要死在盈虚坊里的呀？”

吴阿姨还是头一回听到这个消息，肚皮里也惊了惊，迟疑道：“不会吧？这里动迁的人大多数搬回来了嘛。要么我碰到天葵，托她带口讯，帮你问问小弟。你嘛急也不要急，弄堂里人杜撰点新闻出来解解厌气，也说不定呢。”

沈家姆妈千谢万谢，又从口袋里摸出一块巧克力塞给吴阿姨，说是送给许红果吃的。吴阿姨横竖推不掉，只好拿到房里给许红果了。

等许红果吃完饭，吴阿姨把小菜收拢放在蒸锅里，黄豆大的小火温着，等到儿子媳妇回家就有热菜热饭吃了。关照了许红果几句，便同沈家姆妈乘电梯下来，出了大楼，回盈虚坊了。

到了盈虚坊大牌楼门口，吴阿姨跟沈家姆妈道声再见，走进电话间，去喊单根一道回恒墅吃夜饭。几年下来，单根仍旧没有把恒墅里那间房子当自己的家。只要吴阿姨不在恒墅,单根就转回电话间里孵着,直到吴阿姨来喊他。吴阿姨数落过他多少回,也晓得他改不了,只好随他去。

两口子并没有直接回恒墅,却弯进支弄,来到吴阿姨从前住过的三层阁。自许兆红一家搬出三层阁,这里便一直空关着,房租月月都由常衡步先生代付。常先生拜托吴阿姨时常到三层阁看看,通通风,以防藏有观音图像的屋顶霉变脱落。天气晴好的日子,吴阿姨总是一大早就来三层阁打开老虎窗。屋子没住人,多少总有点阴湿。

吴阿姨叫单根到倪师太后厢房里等她,自己攀上三层阁,关好老虎窗。团圈看看,将往日的局促人生又咀嚼了一通,这才下楼。正在灶头间忙碌的二楼舅妈、前客堂娘娘、亭子间婶婶呼地上来围住了她,都有点心急慌忙的样子,呱呱喳喳问道:"吴阿姨,盈虚坊动迁真的要我们统统搬走啊?他们棚户区的人倒好搬回来住大楼的,凭什么要我们搬到乡下去啊?"

吴阿姨肚皮里暗忖,看来沈家姆妈听到的消息并非杜撰的了!只好苦笑道:"我又不是市长、区长,你们问我,我问谁去呀!"

那几个仍不放过她,紧逼道:"你的干儿子不是区长吗?你好去问问他的呀。吴阿姨,你是不担心了呀,大楼里有了一套房子。你总归要为老街坊讲几句公道话吧?"

吴阿姨只好答应她们,碰到冯令丁一定帮她们打听个实在。这才得以脱身,走进了倪师太的后厢房。

倪师太正在吃夜饭,单根就坐在她旁边,东一搭西一搭地跟她说闲话。倪师太举起手中的筷子点点单根,笑道:"吴阿姨,你是怎么调教这块榆木疙瘩的?现今人也挺括了,嘴巴也巧了,会哄人开心了。"

吴阿姨瞟了单根一眼,赫然一笑,道:"倪师太,那还是你调教的呀!"凑上去看看倪师太的饭碗菜碗,是羼了小米的白粥,就咸菜豆板酥,外加半只皮蛋。吴阿姨便不高兴了,道:"今天夜饭是轮着哪家做的？就这么虚应故事的呀？”原来倪师太的两条腿一年不如一年，站久了也支撑不住。她的众多香客商量出个法子，请她一幢房子里的几户人家轮流帮倪师太做饭烧菜，工钱就从香客们捐的香火铜钿里出。

倪师太却道：“是我让她们这般做的。你看我牙都松动了，稍硬点的东西也都嚼不烂。临睡前吃点粥，不伤胃。”

听师太这般一解释，吴阿姨也就罢了。点了三炷香，供在观音绣像跟前默默祈祷片刻。回头道：“师太，你这里有关于盈虚坊动迁的消息没有？怎么听外面人讲，盈虚坊的人都要搬走，这里要造高级公寓卖钞票啊？”

倪师太依然粉白面团的面孔像瓷器一般不改神色，只道出一句话：“山高自有客引路，水深自有渡船人。”

吴阿姨听了，心有颖悟，不再追问。待倪师太放下筷子，吴阿姨顺便把两只碗刷净擦干，便跟单根一起告辞出来。

待他们这么一圈回到恒墅，常家人早已吃罢。吴阿姨问小姨娘，小妹妹回来吃饭了吧？小姨娘道：“天葵来了电话，病人多，赶不及了，叫不要等她吃了。”吴阿姨便将剩小菜热了热。她和单根总是蹯在厨房间吃饭，撑开一面折叠小方桌，两张小板凳面对面坐着，蛮乐胃的。时不时还会替单根温一小盅特加饭。

两人饭毕，单根不习惯到客厅跟常家人一道看电视，他情愿独自回房听他的半导体。吴阿姨收拾了厨房，跟小姨娘打个招呼，就要赶去守宫做生活，合巧在门口碰到常天葵。吴阿姨忙道：“哦哟小妹妹，你还没吃饭吧？小菜也没有了，我去给你下碗榨菜肉丝面好了。”

常天葵连忙拦住她，有气无力道：“在医院吃过一点的，我不饿。吴阿姨，你忙你的去吧。”

吴阿姨想着她方才对沈家姆妈等的许诺，话到唇尖没有放出来。看看常天葵疲惫不堪的样子，原来新鲜的莲子脸过了季节一般，又黄又皱。暗忖，隔几日再托她吧，这么日日两头奔波，哪里吃得消啊。便道："小妹妹，我方才上去看过了，大妹妹神气不错。红枣银耳羹我就焐在小砂锅里，不要忘掉吃哦。"

常天葵软塌塌地送给吴阿姨一张笑脸。

吴阿姨赶到守宫收作厨房，李凝眉便站在她身旁叽叽咕咕发牢骚："想不到盈虚坊有点人眼皮子那样浅，看到新造的房子光鲜点，就眼红了，以为蹲在里面样样都好了。岂不知那种大楼一块块预制板吊吊上去拼拼拢来的，风大一点摇摇晃晃。看看也吓丝丝的，怎么好住人？还要写信到上头，拼命要求动迁，弄得我们也没有安生日子好过。一直想把守宫重新装修一下的，现在弄得一动也不敢动了。"

吴阿姨是晓得住在大楼里刮风房子不会摇晃，顶多塑钢移窗的玻璃吱咔吱咔响响。不过她绝不会去纠正李同志，她一边洗碗，一边附和道："就是呀，他们以为电梯乘上乘下快活得很。有一趟，我们红果早上去学校，电梯卡在半当中不动了，一电梯的人都是急了上班去的呀。等到修电梯的来，一时三刻也弄不好，只好把他们一个个拉出来。赶到学校，人家一节课也上好了。你说说看？"

李凝眉便道："回头你去跟我那位亲家翁讲讲，不要二百五兮兮，去帮那点人当出头鸟。我晓得他的心思，一心一意想修复早前的盈虚坊，也想借点群众的力量。他不要捏鼻子做梦了，人家是想拆了盈虚坊造高楼！"

吴阿姨便笑道："我哪里好去数落常先生啊！"扭头看看李凝眉，"李同志，你为啥不直接去问小弟弟？他总归有点消息透露给你吧？常先生还让我到你这边打听动静呢！"只字不提外面的传闻，生怕愈发让李同志烦心。

李凝眉面孔却愈发拉得窄了，道："世人只道养儿防老，我看养儿子不如养女儿。我已经个把月没看见令丁了，他现在心里面只有恒墅，哪里还顾得上守宫！"

吴阿姨倒要为冯令丁打抱不平了，道："李同志这你可是冤枉小弟弟了。听讲他又升了级，当了副区长。还听讲他这个副区长比区长还厉害，拆房子造房子的事统统归他管，可想是有的他忙的了。再讲，他现在又不住在恒墅，好几个月都不见他人影。那边小妹妹每天总是独个人回来，替大妹妹扎了针就走的呀。”

原来，冯令丁与常天葵结婚住进恒墅，讲起来是相帮吴阿姨一起照顾常天竹和常蝘蜓。他们俩工作都忙，早出晚归的，实在也帮不了吴阿姨多少。反而时不时受到常天竹的骚扰，提心吊胆，夜不成寐，苦不堪言。盈虚坊人都说，常天竹得的是花痴病，恒墅中除了她父亲常衡步，是不能再住其他男性的。待常衡步与小姨娘从香港回来，恒墅中重新有了管事的女主人，冯令丁就动了搬出恒墅的心念。李凝眉自然希望儿子搬回守宫，可常天葵却向往两人独处的小世界。国家按行政级别给冯令丁分了一套三居室的公房，就在离盈虚街不远的长宁路上。于是，冯令丁、常天葵就搬离了盈虚坊。

吴阿姨讲的道理，李凝眉心里是清楚的，儿子搬去长宁路上的公房居住，也是征得她首肯的。开始，儿子星期天还跟媳妇一起回守宫住上一夜，跟父母聊聊天。自市里面实行“两级政府，两级管理”的新体制，儿子的担子愈发重了，工作愈发忙了，哪里还有什么休息天？李凝眉算得是个开明的母亲了，儿子工作做得好，有出息，她自然也是高兴的。只是这一段她心里憋得慌，动迁盈虚坊的传闻愈来愈真切，搅得她向来自有主张的人也乱了方寸。她想跟丈夫商议对策，冯景初却笑她杞人忧天。冯景初主持的设计项目愈来愈多，应邀参加的各种会议也愈来愈多，外出讲学、出国考察，在天上飞的时间也愈来愈多。他忙自己的事体都忙不过来，哪里有闲心陪老婆发幽古之情、作凭吊之叹？李凝眉也曾希望冯畹丁能成为她的同盟军，可是冯畹丁无法理解继母的烦恼。在她看来，李凝眉的生活已经十分完美，丈夫、儿子都是那样出色，又都对她恭恭敬敬、言听计从。即便盈虚坊动迁牵涉到守宫，政府也一定会有相应政策，大家也都要按政策办事嘛。李凝眉在守宫找不到知音，只好逮住吴阿姨发发牢骚，排遣排遣郁结于心的担忧。吴阿姨是一个很好的倾听者，却也无法给她一个满意的结局。李凝眉长长幽吐了一口闷气,转了话题道:“也真难为天葵了。天竹病得太久,恐怕很难完全治愈。现在又是春发头上,像她那种毛病顶容易发作了。吴阿姨,你要关照天葵,万不得已还是要给天竹吃药的,叫天葵自己当心自己的身体。”

吴阿姨点头道:“李同志,这你尽管放心好了,那头两个姑娘也都是在我手里长大的。小妹妹总要医院里落了班,才能到恒墅来给大妹妹扎针,我每趟都炖好红枣银耳汤给她接接气。不过……”尚不及说出“不过”两字的下文,就看见冯畹丁拎着两只热水瓶走进厨房,忙迎上去接过水瓶,“畹丁姑娘,就晓得你要下来冲开水的,铜吊子里水马上就要开了。你把空瓶留下,我替你冲好了送上去。”

冯畹丁意不过,道:“吴阿姨,上回给红果带回去的卷子,什么地方做不出的,尽管过来,叫我们戈壁教她。”

吴阿姨道:“你看看,戈壁比我们红果还低一级,都在做大学里的卷子了。畹丁姑娘,这就是你前世修来今世福啊。我们红果要有戈壁这点脑子,我困梦头里也会笑醒的。”

待冯畹丁上楼去了,吴阿姨转过脸对李凝眉道:“畹丁姑娘这几天可是憔悴得很呢,李同志,看上去倒还是你嫩相呢。”

李凝眉摇摇头,道:“你叫她怎么嫩相得起来?陈家进黄鹤一去不复返,听讲在香港弄到一大笔遗产,做公司发大财,却从来不提接畹丁戈壁过去团圆。”

吴阿姨稍稍迟疑,弄堂里有人传言,陈家进在香港另外有了女人,这种话她实在说不出口。便道:“我听讲陈家进在香港的遗产官司闹得沸沸扬扬,陈家进其实没有分到多少遗产呐。”

李凝眉摆摆手,道:“这种事体,你晓得的,我是不好去兜底打听的。好在畹丁工作蛮顺利,又做区人大代表,又提拔了街道副主任,再加上戈壁这孩子争气啊!”

吴阿姨点点头,叹道:“天也有昼夜阴晴,人也有吉凶祸福。畹丁姑娘将来会有好报的。”

李凝眉重拾前言道:“你方才说了个‘不过’,‘不过’下面有什么文章呀?”

吴阿姨道:“李同志,什么事体都瞒不过你嘛。我是说,那边小妹妹看起来太瘦弱了,面孔黄渣渣的,胃口也不大好。”

李凝眉蹙眉凝神盯着吴阿姨看了一歇工夫,忽然道:“她会不会是有喜了呢?”

吴阿姨怔了怔道:“哦哟,我倒没想到这上头去,倒是有点像的。”

李凝眉眼珠子顿时像上了釉般有了生气,急道:“天葵给天竹扎针,这时候还不会走吧?吴阿姨,厨房间马虎点弄弄算了,我跟你回恒墅看看天葵去。”

吴阿姨匆忙把碗筷归整停当,问道:“要不要跟冯同志招呼一下?他如果要喊你起来呢?”

李凝眉道:“用不到的,他一心钻在图纸里面,早把我丢到九霄云外去了。”

于是两个人出了守宫门,急步往恒墅走去。

常天葵果然还在常天竹房中。为了深化针灸效果,她总在姐姐身上尽量长时间地留针。近半年,常天竹的病情好转许多,不再吵闹,有时候都能自己吃饭了。常天葵认为这就是针灸的好处,所以再忙再累,她一天都不肯放弃对姐姐的治疗。

小姨娘也在常天竹房中陪常天葵聊天,见吴阿姨领着亲家母进来,连忙立起来,要倒茶,端糖果。李凝眉阻止道:“都是自家人,用不到客气。我晚上也不能喝茶,否则一夜到天亮睡不着了,我只是来看看天葵的。”

常天葵受宠若惊道:“妈,怪我不好,好多天没过去看你……”

李凝眉显得宽容大肚道:“你们忙,妈晓得的。”先看了看常天竹,常天竹静静地坐在藤椅上,双目合闭,纹丝不动。她比从前胖了许多,长年居屋,肤色白皙,若不是头顶心和手臂扎满了银针,还真像一尊观音佛呢。便叹了句:“天竹看上去哪里还像个病人?”眼乌珠转到常天葵面孔上,“反倒是你瘦了,气色暗沉,是不是……”

小姨娘自觉有责任，歉愧道："天葵是太辛苦。我是想让她不要天天过来的，可又担心天竹停了针，毛病会复发……"

常天葵忙道："姨娘你放心，据我观察，姐姐的病情正在逐步好转。我顺带便弯过来，并不觉得吃力。"

李凝眉却凑近了常天葵，道："妈看你的气色，会不会有喜了？"

常天葵的小脸腾地红了，迟疑道："不会吧？我好像没什么感觉嘛。"

李凝眉追问道："你的节育环取下了没有啊？"

常天葵忸怩地点点头。原来常天葵跟冯令丁才结婚那两年，因常衡步去了香港，他们要照顾常天竹和常蝘蜓，决定暂时不要孩子，便采取了避孕措施。后来，常衡步伴着小姨娘回到恒墅，他们又搬出了盈虚坊。李凝眉便希望儿子、媳妇快点为她添个嫡嫡亲亲的孙子，几次催促常天葵把节育环取出。

李凝眉胸有成竹道："这两个月经期还准吗？"

常天葵摇摇头，"这个月已推迟十天左右了，不过，我的经期从来就不正常……"

李凝眉不待她说完，下命令道："明天，上班时就去查个尿样，妈等着你的好消息呢！"

常天葵晓得拗不过婆婆，只好答应她。

李凝眉非要等常天葵替常天竹收了针，又看着她喝下一碗红枣银耳羹，才和她一起离开恒墅。吴阿姨要送李凝眉回守宫，常天葵道："吴阿姨，你歇着吧，我顺便送妈过去就行了。"

常天葵是骑脚踏车来的，便推着脚踏车先送婆婆回守宫。这辆脚踏车还是从前冯令丁骑的那部二十八英寸锰钢永久牌脚踏车。冯令丁如今上下班都有轿车接送，用不上脚踏车了，常天葵便拿过来自己骑了上下班。她人虽瘦弱，腿却长，喜欢骑男式车。毕竟老牌子货真价实，用了近二十年，车身漆水已经剥落，钢圈仍是挺括锃亮。

到了守宫门前，常天葵的意思，索性进去看看公公。李凝眉却道:“你还是走吧,令丁该到家了吧?”

常天葵抬腕看看表,“说不准的。区党代会做出决定,花五年时间基本完成全区危房棚户简屋的改造任务,他就没有一天早回家了,常常弄到半夜三更的。”

李凝眉心里面咯噔一下,看来盈虚坊是逃不脱要动迁了!唯一的希望,守宫并不是危房简屋,能不能网开一面幸存下来呢?想问常天葵,转而又放弃了。不能让常天葵替自己烦心,还是等哪天儿子回来再问吧。便道:“你跟令丁说,怎么样都抽空回来一趟,妈有事体找他。”

常天葵犹豫着,欲言又止。因为姐姐几次三番地骚扰,丁丁哥哥都害怕回盈虚坊了。不过当着婆婆的面数落姐姐的不是,又觉得不厚道。常天葵最终只点了点头。

李凝眉又道:“明日妈等你的消息,尿样出来,不管是阴是阳,都要告诉我的。”

常天葵嗯了声,撩腿上了脚踏车。

李凝眉立在守宫红砖卷筒瓦的门廊里,追着她纤弱的背影喊:“天葵,骑慢点,慢点——小心啊——”这声音和着脚踏车赤浪赤浪的链条声,在月色溶溶夜风习习的长巷短弄中渐行渐远。

36

这一年,许飞红和陆马年的儿子六周岁了。小家伙结合了夫妻两人的优点,雪白滚壮,虎头虎脑,人见人爱。都说他的名字起着了,将来必定头角峥嵘,出类拔萃。

陆云龙生日是在秋天,可陆大娘子才过立夏就开始对儿子唠叨起来了。陆大娘子的意思,六岁也是个大生日,无论如何要替孙子热热闹闹做一次生日酒的。你们结婚时没摆酒,云龙做满月,酒席又摆在北新泾。盈虚街上的老街坊唧里唧声闲话不少,只当我陆大娘子勒杀吊死,钞票不舍得拿出来。这一次,定规要在盈虚街上开席,少讲讲要十桌酒。亲眷朋友,街坊邻居,方方面面都要请到,你们钞票不够,我来拿出!

陆马年吞吞吐吐把这些话传达给许飞红听,许飞红正坐在乳白漆嵌金边的欧式梳妆台前化妆,用把不锈钢眉钳修眉毛。她的眉毛原是漆黑精致,从不需描画。生了孩子后,眉梢就松散疏阔了,隔几日,必要用眉钳修整一番。她就在镜子中翻了陆马年一个白眼,道:"你妈就是说话喉咙响点,真让她摸钞票出来,手就要抖了。"

陆马年在建材商店好歹也是个经理了,在老婆跟前仍是唯唯诺诺,赔着笑脸道:"手抖归抖,为了云龙,我妈绝对舍得摸钞票出来的。阿红,你就顺她一次心,让她在盈虚街上扎回台型吧。"

许飞红望望镜子中的自己,胖是胖了点,皮肤仍光滑白皙。眼窝下多了一掬淡淡的雀斑,都是怀云龙的时候落下的,只好抹一层粉底霜,再扑一层粉遮盖些许。早些年许飞红对自己的相貌很自信,她晓得自己在陆马年眼中就是巫山神女下凡天仙。生意忙起来,来不及化妆,她也怡然自得。这种自信,却因陆马年做了建材店的经理而渐渐消失了。许飞红难得去一次建材店,偶尔插了次横档,便觉出了猫腻。店里一位安徽打工妹阿桃,长相有点像唱黄梅戏的韩再芬,娇音婉转地一口一个"陆经理",喊得人骨头酥软;一对眼珠子流光溢彩地在陆马年身上打旋,撩拨得陆马年多少拘板守陈的人,举止言语也变得轻狂狎昵起来。许飞红当天下午就将阿桃辞退了,并且关照陆马年,建材店招工,只招男不招女。

许飞红对镜梳妆之际,陆马年一直立在她背后看着。许飞红莞尔一笑,嗔道:"你还不去店里啊?小妖精被我赶走了,店里面淡刮刮没有味道了对吧?"

陆马年冤枉鬼叫道:"我不是在等你回句话吗?也好给我娘一个回应啊。顺顺溜溜的日子你过腻了,就想作精作怪掀起点风浪来!"

许飞红看他急吼吼、面红耳赤的样子,扑哧笑道:"你这个人一点幽默不起来。告诉你娘吧,我原就打算回盈虚街给阿龙办生日酒的,不过,'好吉祥'倒贴我钞票我也不会进去的!"

陆马年立马欢喜起来,道:"那当然,那当然,我娘也没讲要去'好吉祥'呀。"

许飞红道:"听讲那座四星级的银杏宾馆里有家本帮餐厅,做的小菜味道还蛮正宗的。"

陆马年犹犹豫豫道:"去宾馆里摆酒席啊?一桌菜起码比外面贵两百块,还要加服务费……"

许飞红乜斜着眼道:"喏喏喏,小家败气的腔调又露出来了。派派你现在也是总经理头衔,开奥迪车的主,讲出话来比工薪阶层还不如!你去跟你老娘讲,我就要在银杏宾馆里给阿龙摆生日酒,钞票不用她拿出来的。我许飞红如果连儿子的生日酒都请不起,还回盈虚街做啥?"

陆马年愣了愣,没想到老婆这样坦气,喜得捉住她圆鼓鼓肩膀,在她粉妆玉琢的脸颊上狠狠地啄了一口。

许飞红叫起来:"要死啦,人家才化好妆,就要去装饰协会开理事会的。"连忙拿起粉拍扑扑地补粉。

许飞红今非昔比。她现在已是飞骏集团公司董事长,其麾下的飞骏装潢在行业中颇有名声,她本人也被推举为市建筑装潢协会的常务理事。近两年她又牛刀小试,在近郊盘下别人家停工待料的一个楼盘,波澜不惊地向房地产开发行业进军了。

为了跟自己蒸蒸日上的事业相匹配,许飞红一咬牙,花了几万块钱买下一座农民的宅院,将里面的平房统统拆除,重新造起一幢让北新泾镇上的人们弹眼落睛的三层楼洋房。房子的式样基本拷贝盈虚坊中的守宫与恒墅,半圆型铸铁护栏的阳台、宫殿式卷瓦立柱的老虎窗,铺了马赛克带檐顶的敞廊,还有一座假山玲珑花木扶疏的园子。内部装饰采用欧洲古典风格,许飞红提要求,陆马年自己设计,并指挥工人们精心打造。宽敞的客厅那一长排通花园的落地玻璃窗,许飞红执意要镶嵌花玻璃。陆马年觉得太不值,嵌花玻璃价钱昂贵,又平白遮去许多日光。客厅连着敞廊,光线原就不畅,何必再图这点花哨呢?许飞红明晓得陆马年讲得在理,却蛮横地固执己见。原因只有一个:守宫客厅的落地玻璃窗镶的就是嵌花玻璃。忠臣历来劝不动昏君,陆马年最终只好服从许飞红。北新泾镇上藏龙卧虎地也蛰居着几位画家书家,洋房落成时前来贺乔迁之喜,送了一幅装在镶红木镜框中的对子,原是郑板桥的题画诗:"得来湖水烹新茗,买尽吴山作画屏。"挂在客厅里,虽有点不伦不类,终究于富丽堂皇中增添了些许古雅之意。

房子大了,事情也多了,便觉人手短缺了。许飞红千挑万挑,挑了一个安徽打工妹来家做保姆。这个安徽妹妹五短身材,小眼厚唇宽鼻,相貌毫无动人之处,戳在那里像一截灰脱脱的土俑。许飞红在保姆介绍所一眼相中了她,领她回来,陆马年眼乌珠纹丝不动,问都懒得问一声。俞家小姑妈替许飞红带了五年孩子,带出感情来了,跟许飞红笑道:"许老板,我对阿龙没有功劳总有苦劳吧?我也想托你的福,住几天洋房别墅呢。"许飞红正是求之不得。小姑妈年岁大了,重生活做不动了,可她赤胆忠心,管管家是最合适不过了。有小姑妈在屋子里盯着,许飞红到外头忙天忙地也安心了。

陆马年日日开着黑漆锃亮的奥迪车到几处建材商店转转;下班回家,坐在敞廊的藤圈椅中,二郎腿跷跷,报纸翻翻,抱着儿子逗他玩耍。饭菜端上桌,有人喊他去吃;要洗澡,有人替他放好一池子水。晚上,看电视看得困了,拥着又能干又漂亮的老婆呼呼入梦乡。这样的日子,时间都像巧克力奶糖般融化了。陆马年对他的人生实在是非常满足,且非常自得了。

陆马年的父母搬进盈虚新纪元的高楼房,原以为已经高人一等,足可睥睨下尘了。陆马年领他们来新别墅住了两日,便瞠目结舌,叹为观止。这才晓得山外有山,天外有天。回到盈虚街逢人必赞儿子的别墅多少华丽,多少高档,真比盈虚坊的守宫更守宫,比恒墅还恒墅啊!

许飞红晓得公公婆婆回盈虚街把她的房子吹得天花乱坠,也只是不咸不淡地笑笑。陆大娘子的脾性就是这样的,你要封她的嘴巴比虎口拔牙还难。况且,许飞红内心何尝不想在盈虚街,尤其是盈虚坊的老街坊面前显耀她现在事业成功、生活富足的状况?她已经实现了当初搬离守宫时对自己发下的誓言——拼命干活,拼命挣钱,买一幢跟守宫一样的豪宅,让冯令丁对自己刮目相看!丁丁哥哥一定也听到了关于小茧子发迹的种种传言吧?他会不会对自己刮目相看呢?他会不会有点后悔没有接受小茧子的一片情意呢?许飞红仍不能给予自己肯定的回答。她并没有对自己十分满意,又如何让丁丁哥哥对自己刮目相看呢?

许飞红也请母亲、单根爷叔以及哥哥嫂嫂一大家子过来参观新居。当晚,吴阿姨就打电话过来,兴致勃勃道:"小茧子,守宫的李同志和恒墅的小姨妈都想过去看看你的新房子,你啥时候有空呢?"

许飞红不假思索,没好气道:"我这里又没有西洋镜,也不要猴戏,有什么好看的?"断然拒绝。

吴阿姨知道女儿仍旧耿耿于怀冯令丁娶了常天葵,也不好怪她,只含糊其辞拖延李同志与小姨妈。哪里晓得许飞红是自惭形秽,生怕让李凝眉、小姨娘这等住惯老洋房的主儿看出破绽,挑她的刺头。许飞红常常立在花园里端详自家的洋房,从门楣、窗棂、栏杆、檐瓦,一一扫过,精致华丽,几乎挑不出任何瑕疵。可是,许飞红的感觉里,它总是及不上守宫、恒墅的典雅高贵,恰似东施效颦一般。这才明白一座房子的精神并不能靠各种高档建筑材料堆砌得出来,它是需要住在房子里的人日长势久地滋养调理供奉,方能修得正果。在人前,许飞红总显得神采奕奕、踌躇满志,谁能窥见她内心深深的失望?只有背着人,兀自长吁短叹,曾经的愿景海市蜃楼般偶尔闪见,这辈子她还有机会得到它吗?

许飞红最近改了一个翻翘式的新发型,乌发堆云下,正好露出耳垂上两颗浑圆的白珍珠,她换上一件秋香绿隐格真丝连衣裙,外披米黄宽松短风衣,遮住自己略略发福的腰腹。连衣裙的 V 字领口处于低与不低之间,恰到好处地配上一串颗粒均匀的珍珠项链,便显得端庄妩媚且不失性感。许飞红在生意场上结识了不少朋友，这样那样的场合中，她时常看到一些个体老板的女人，项间腕间沉甸甸黄澄澄的金项链，耳垂指环闪闪烁烁的钻石宝石，整个人反而被映衬得很黯淡。许飞红毕竟在盈虚坊守宫住了十多年，她潜移默化地从李凝眉、冯畹丁身上学会了大家闺秀内敛高雅画龙点睛的妆扮风格。每天早上出门前，从头到脚着意收拾一回自己，也是女人调节心情的好办法。最后，许飞红蹬上一双珍珠白细条羊皮镂空高跟鞋，对着穿衣镜，后退两步，又朝前两步，衣袂飘飘，身线妙曼，依然是一个明眸皓齿的美娇娘啊！

陆马年探进脑袋催问道："我的娘子，你梳妆打扮得够了没有？再晚半刻钟，马路就要堵死了。"

许飞红道："好了好了，就晓得催命样催！"连忙往耳后喷了喷香水，挎上羊皮银扣的小坤包。

陆马年故意大惊小怪叫起来："阿红，你才是真正的今年二十明年十八呢！那爿肥皂厂戳瞎眼了，不来请你做广告。"

许飞红屏住笑，捶了他一拳。陆马年在许多方面愚懦窝囊，独独在讨老婆欢心上表现得非常出色，总是无条件地欣赏老婆，服从老婆，这才使许飞红能够容忍他，和他太太平平地过日子。

夫妻俩坐上了他们新换的奥迪车，许飞红便吩咐陆马年先送自己到市房地局的建筑装潢协会参加一年一度的理事会。陆马年曾经几次建议许飞红也去考个驾驶执照出来，对许飞红这般机灵的人来说，还不是像三只指头捏田螺般便当？许飞红鼻孔里轻轻哼了声，道："我才不高兴当司机呢！"许飞红的打算，自己的交际圈子愈来愈大，应酬也愈来愈多，索性再买辆车，雇个专职司机。陆马年忙道："老婆啊，把你交到别人家车子里我可不放心，反正我也用不到一天到晚盯在店铺里的，还是让我做你的司机吧。"许飞红晓得他是肉痛养车、养司机的钞票，嗔道："让你享福你不要，所以说瘦马可肥，阿斗难扶！"也就由他去了。

正是上班时间，马路上自行车像黄蜂迁窝一般密密层层。汽车夹在自行车队阵中完全丧失了优势，左避右让，行行停停，跑得跟千年老乌龟似的。许飞红手虽不碰方向盘，嘴巴却一刻不停地指挥："哎哎哎，跟在他们屁股后面吃屁呀？转到中间道上来呀……黄灯还在闪呢，停下来做啥？冲过去呀……大转弯，大转弯，你怎么直行了呀……"

陆马年过了马路，将车靠边停下，气鼓鼓地两手交叉在胸前。许飞红用力搡了他一把，道："你疯啦？我要迟到了呢！"

陆马年道："你在旁边啰哩啰嗦，搅得我脑袋一盆糨糊，再下去一头撞到公交车屁股上，我们夫妻双双见阎罗王去得了！"

许飞红白了他一眼，道："你算是闹罢工啊？"

陆马年犟脾气难得发，真发起来也是不依不饶的，道："交通规则一点也不懂，乱发啥条头？大转弯，大转弯，你没看见那是单向道，不好大转弯的呀？要么你把嘴巴封起来，要么你自己来开！"

许飞红倒是更喜欢他有脾气的样子，像个大男人了。便笑道："好了好了，我不讲话就是了。快走吧，你也晓得的，这个会对我们飞骏装潢至关重要。"

陆马年恰到好处地收篷落帆，得胜地横了她一眼，道："那你就适适意意眯一歇，到了我喊你。"便发动了车子。

市建筑装潢协会虽只是个行业协会，却凭借刚刚兴起的房地产热而颇受关注。它又直接属市房地局管辖，得天独厚，占据了市中心一座老式花园洋房，闹中取静，是一副超尘脱俗的姿态。

许飞红是这个协会理事会中唯一的女性，好比万绿丛中的一朵红牡丹，原就引人注目；加之她红颜动人却又豪爽洒脱有大丈夫风度，更是获得了一些事业有成的绅士们的拥戴与呵护。

许飞红踏上石阶，走过一段铺着红毡垫的回廊，走进装饰排场的会议室，立即被先到的男士们围拢起来。

"许小姐，几个月不见，更不敢认了，还以为是哪个电影明星误入我们的会场了呢！"

"许董，听讲你闷声不响接下了花锦城的楼盘？大手笔，有魄力啊。几年后高速一通,那地方楼市肯定火。”

“许老板,你不要金屋藏娇嘛。你老公做装修闻名遐迩,请他来给大家介绍介绍经验啊!”

……

许飞红措置裕如地酬对应答,谈笑风生。她的第六神经却感觉到有一对眼珠牢牢地黏在她的后背脊上,她晓得这对眼乌珠来自坐在长条会议桌上横头的那个人。其实,她一进门,余光就扫到了这个人。她是故意先冷落他一阵,吊吊他的胃口。她每每想起这个人就觉得腻心、作呕,恨不得朝他那张锅盖似的面孔上揎上一拳。可她却不得不想方设法笼络他,让他心甘情愿地尽他能力帮助她。

许飞红和众人周旋了一阵,终于做了一个优美的转身,迎着那个人走了过去,同时伸出一只玉手,糯答答笑道:“黄主任,你看你一声令下,我们手头有再要紧的生意也要放下,统统聚在你的麾下了。”

原来此人便是当年许飞红中学里的那位工宣队黄荣发黄师傅,前两年他从市建委副主任的位置上退下来,担任了建筑装潢协会的会长。不过,他仍然喜欢别人称他为“黄主任”。

黄荣发五指粗短的手一把捏住许飞红的手,哈哈哈笑道:“小许啊,方才我一直在观察你,你现在不仅生意做得好,口才也愈发流利了。我看这一等男士中没有一个及得上你的呢。”话音落下,手却不肯松开,捏得愈是用力。

旁边便有人附和道:“许董才是人中之凤、女中魁首嘛。”

许飞红不动声色,亲昵却不失端雅,道:“你们不要把我捧到云里下不来了,还不是靠改革开放政策好,还靠你黄主任的大力扶持呀!”话锋不露痕迹地一转,“近来师母身体好些了没有?那药如果管用,隔日我再让人送几盒过去。”

许飞红一提“师母”,黄荣发的手便松开了,有点不自然地笑道:“她那个毛病,要根治也难。近来倒是胃口开了,各种各样东西都能吃了。”

许飞红很认真道:“谁讲不能根治啊?你首先要有信心,你有信心了师母才能有信心,精神因素对治疗毛病有很大作用的嘛。黄主任,你也不能把全部精力都放在工作上呀,现在女儿也进了重点中学,你要抽点时间多陪陪师母,带师母出去玩玩,散散心嘛。”

许飞红的这一番话,外人听听家长里短的,其实是绵里藏针,关节之处一一点到,只有黄荣发心里有数。

盈虚街上的老街坊只看到过报纸上飞骏装潢公司的大幅广告,只看到电视里许飞红为慈善基金会捐赠大笔钱款时的光辉形象,只道这位当年的卖鱼西施撞了大运才发了横财。多少人下海经商,大都血本无归。哪怕“好吉祥”的石老板,做生意可算是开天辟地的老前辈了,如今也只是硬撑个门面,惨淡经营而已,哪里有许飞红这样左右逢源、一马平川啊。又有谁晓得许飞红为实现自己的梦想,每走一步都要付出心灵扭曲情感撕裂的沉重代价?

当初,许飞红决然放弃经营多年、轻车熟路的水产生意,改做建筑装潢,家里没一个理解她、赞同她,她是以“离婚”要挟陆马年辞了公职与她一起打理公司的生意。盈虚街上许多人都讲许飞红做事轻狂,不知天高地厚。陆大娘子捶胸顿足,斥责她将儿子拖入苦海。万一生意失败,夫妻两人一道去喝西北风。连吴阿姨也提心吊胆,暗暗为他们捏了把汗。许飞红却胸有成竹,水产生意是辛苦生活,不需什么技术,入行的人愈来愈多,利润也愈来愈薄。那时,室内装潢方才起步,却并不是人人都做得下来的,需要一整套技术。许飞红手中却有陆马年这个宝,陆马年在房修队蹲了那么些年,室内装潢样样会做,而且做得上乘。

许飞红万万没想到,飞骏公司刚成立,她便与黄荣发狭路相逢了!她花了一笔钱,托朋友务必请到市建筑装潢协会的会长来参加她的开市庆典,并担任剪彩嘉宾。朋友果然把那位会长请来了,许飞红兴致勃勃迎出去,却愣住了,那位赫赫有名的会长竟然是黄荣发,这个恶俗无信、声色犬马的小人!

那黄荣发一见许飞红,纵声大笑,笑得面孔如张蒲扇嗦嗦抖,抢上一步两巴掌捧起许飞红的小手，长久不肯放开，道："许飞红啊，士隔三日当刮目相看。不过，当初我就识得你是女中英豪了，对吧？"手中悄悄用了把力，洋洋得意的笑容，好似渔夫撒开了网，就等着鱼儿自己往里面钻了。

许飞红的聪明，在于她能及时认清局势，辨明利害，排除情感上的障碍，做出行为的准则。这对于一个女人来说是十分难能可贵的。尽管她心里对黄荣发厌恶憎恨鄙视，可她前后一思量，马上调整情绪，像个天真的女孩子般欢呼起来："黄师傅，原来是您呀！又能够在您的领导下工作，真是太好了！"

当天晚上，许飞红备了份精致却不张扬的礼物——两只书本大小的高档礼盒。一只盒子里是一根皮尔卡丹男式腰带，腰带扣是14K金镶碎钻的；另一只盒子里是一条细细的足金项链，做工十分考究。这两只盒子是她的敲门砖。她先给黄荣发家打了个电话，却是黄荣发老婆接的，很警惕的声音，问道："你找谁？"

许飞红很恭敬道："黄荣发会长在家吗？"

对面声音立马变得很不耐烦，道："黄荣发不在，有事体明天到办公室去找他！"

许飞红忙道："你一定是师母吧？你听不出我的声音啦？我是许飞红呀！"

"哪个许飞红？"

"从前在盈虚坊，我母亲天天替你们家买小菜的……"

"噢——你是吴阿姨的千金啊？"对方终于记起来了，仍未放松警惕，"这么晚了，你找黄荣发……"

许飞红愈是谦恭道："师母，黄会长不在家没关系，你在就行。我有点东西带过来，方便吗？"

对面的口气显然亲切起来："什么东西啊？许飞红，我们是从来不收受别人家礼物的哟！"

许飞红道："不是礼物，不是礼物，一点点小心意罢了。师母，我马上就过来。"

这正是许飞红想要的机会，趁黄荣发不在家，先跟黄荣发老婆交朋友。

许飞红这一步走得很准，那位退休在家闲得发慌的环卫工人对许飞红带去的两件礼品爱不释手，欣然收受。这以后，许飞红隔一段便会陪黄荣发老婆逛逛南京路、淮海路。黄荣发老婆挑中什么衣物，许飞红就抢着付钞票。每年，许飞红都要组织公司员工外出旅游，每次都邀请黄荣发老婆同行。很快，她们就成了无话不谈的莫逆之交。黄荣发老婆甚至把夫妻之间最隐秘的事情也告诉了许飞红。黄荣发一直患有早泄的毛病，结婚好几年她都怀不上孩子，便悄悄抱养了远房表妹超生的女儿。养女蛮乖巧，和她也贴心，到底种气差点，读书读不大进。马上要考高中了，她正为这事犯愁呢。女人们闲聊之间的话，许飞红却记在心中。托人找关系，付了一笔数目不菲的赞助费，将黄荣发夫妇的女儿送进了一所重点高中，这让黄荣发的老婆对许飞红心悦诚服，感激不尽。

许飞红巧妙地躲开了黄荣发张开的网，却让黄荣发不得不为她开绿灯。飞骏建筑装潢公司两届评上市里信得过家装企业、规范服务达标企业，又率先通过了国际质量体系的认证。许飞红深刻领会了名与利的微妙关系，飞骏建筑装潢公司出了名，生意便源源不断找上门，利润愈做愈大，名声也愈来愈响。

市建筑装潢协会的理事会一上午也就结束了，中午的聚餐安排在锦江饭店，老板们都有自备车。许飞红想给陆马年打电话，却被黄荣发叫住了，道："许飞红，我晓得你是不敢学开车是吧？搭我的车过去好了。"眼乌珠狡黠地躲在拱起的笑纹后面。

许飞红略犹豫，但做出十分高兴的样子，坐进了黄荣发的车子。

从协会的小洋楼到锦江饭店不过十多分钟路程，许飞红却像煎熬了很久很久。黄荣发臃肿的身体贴着她，散发着口臭的嘴巴凑在她耳边喋喋不休地说着自以为幽默的段子。车厢里虽然开着空调，许飞红仍是一阵一阵地冒汗。她的全部注意力都放在如何忍受感官上的痛苦，根本没听进黄荣发在讲点什么，却要时不时地笑笑，点点头,表示很在意他的言语。待车子开进了锦江饭店,许飞红赶紧钻出车门,竟像死囚获大赦般轻松。

许飞红暗忖,绝不能再给黄荣发揩油的机会了！席间,趁去洗手间的机会,给陆马年的拷机发了讯息,叫他立即开车到锦江饭店楼下等她。

饭局结束后,黄荣发果然又招呼她坐他的车子回去,许飞红笑道:“哪敢总是打搅黄主任呀,陆马年来接我了。”

黄荣发掩饰着明显的失望,对陆马年道:“小陆,方才我替你当了一回护花使者,现在完璧归赵了噢!”

陆马年木知木觉,哪里晓得其间隐情,又是从前中学里的工宣队头头,又是如今飞骏建筑装潢公司的顶头上司,愈发恭敬,连连道谢。

回去这一路,许飞红破天荒闭紧了嘴巴,一言不发,随陆马年绕东绕西走哪条马路。平素陆马年最恼许飞红在他开车的时候瞎指挥,今日她不出声了,又觉得冷清清怪无趣的。便道:“老婆,怎么哑巴了?”

许飞红没有回应,陆马年从反光镜中瞄了她一眼,许飞红呆墩墩坐着,眼珠子飞出窗外,不晓得落到哪个旮旯里去了。陆马年宁愿她吵他烦他,最不喜欢她躲进自己的心灵世界,好像跟他远隔千山万水似的。他便啪地拧开车上的无线电台,港台歌手的粤语歌轰然塞满了小小的车肚,震耳欲聋的。

许飞红伸手关了电台,没好气道:“吵死了,鬼哭狼嚎似的!”

陆马年笑道:“阿弥陀佛,总算没有哑掉啊?”

许飞红突然道:“马年,回头你跟冯令丁打个电话,约他出来吃顿饭。”

陆马年这下承受不住了,叫起来:“怎么？方才你懒得跟我讲话,原来是在想他呀？露馅了吧?”

许飞红正色道:“看看你长一码大一码蛮登样,哪像人家裹脚女人牵丝攀藤地缠不清？我在想飞骏公司怎样才能参与盈虚坊的动迁改造,就想到了冯令丁。他如果肯抬我们一把,飞骏真就可以青云直上九重天了!"

陆马年不以为然道:"你就是念念不忘个盈虚坊!盈虚坊究竟动不动迁,还没个准头呢。"

许飞红道:"盈虚坊已经划入改造范围,方才开会时黄荣发特为告诉我的。政府一时拿不出许多钱,现在有新的政策,利用地块级差招商引资,居民一般都不回迁,开发商品房。区里马上要召集各大房产商开务虚会,公开招标。这样的肥肉,多少人眼红?所以我才急嘛。"

陆马年是觉得飞骏公司现在日子蛮好过的,有必要大动干戈瞎折腾吗?便道:"要吃盈虚坊这块肥肉,以我们现在的财力,恐怕还搭不够吧?不要弄得蛇吞象,吃不下吐不出,哽在喉咙口噎煞。"

许飞红翻他一个白眼,"说你像裹脚女人吧?做事情瞻前顾后的,什么事也做不成!当初不是我逼你辞去房修队的活,你能开上奥迪车吗?你能住上小洋楼吗?"

陆马年吃瘪,因为许飞红讲的都是实情。可他心里就是不愿意去求冯令丁,转而又寻出一条理由,道:"我去请冯令丁,保证碰钉子。谁让我和他曾经是情敌?"

许飞红心想,他若真是你的情敌,我还会嫁给你呀?只道:"你不要借机推脱,这飞骏公司也有你的份吧?"

陆马年道:"我不是推脱,你也不想想,从前在学校,人家都讲我是冯令丁的书童,从来是他指挥我的。我怕我一个电话过去,他一口回绝了,不就把路堵死了?我给你推荐一个人,由她去请冯令丁,保你有百分之百的把握。"

许飞红道:"什么人有这样大的面子?"

陆马年道:"你母亲呀。冯令丁吃她奶长大的,这点面子总要给的吧?"

许飞红没好气嗔道:"缩头乌龟不出趟!"心里面忖忖,他讲的还真是道理,冯令丁无论如何不会不给吴阿姨面子的吧?

许飞红晓得母亲每日晚会去哥哥家相帮烧两只小菜,特为提早点去盈虚新纪元候她。现在许飞红真是千年难得去一趟盈虚街了。一来生意繁忙,又有了阿龙,实在轧不出时间跑老街坊串门。二来,盈虚街也没有她的落脚地了。母亲与单根爷叔住进了恒墅,许飞红是打死也不愿踏进恒墅门一步的;盈虚新纪元中的一室户亦已经转到哥哥嫂嫂名头下面。虽讲哥哥对自己感激不尽,话讲得情真意切:"小妹,这里真正的主人还是你。什么时候想回盈虚街住,我和阿晶打地铺,大床让你跟陆马年睡。"许飞红也是识相的人,从没有跟陆马年一道回去住过,两对夫妻挤在一间房里总归有点难堪。有两次,她抱着阿龙回盈虚坊看母亲,就在哥嫂处宿一夜。头一次,哥嫂还是蛮客气的,真把大床让给她和阿龙。再次去住,阿晶面孔上的笑容就像得了面瘫似的难看了。许飞红鉴貌辨色,就此再也不去打扰哥哥、嫂嫂,愈发懒得回盈虚街了。

许飞红给许红果买了一大堆巧克力、麦乳精、蜂蜜、水果,杂七杂八的吃食。许红果七月份就要参加高考,许飞红和阿晶一样,对她寄予了厚望。听母亲讲,父亲当年高中毕业,回乡里当了小学教员,已经是四方山村唯一的秀才了。许飞红希望许红果成为许家第一个大学生。

许飞红还保留着一把盈虚新纪元一室户的房门钥匙,开门进去,许红果却已经在家里了。许飞红惊讶道:"红果,你们放学这样早啊?"

许红果道:"上午上辅导课,下午自修,我就回家来了。"

许飞红道:"为什么不在学校里复习?有不懂的地方还好请教老师。"

许红果撇了下嘴,道:"学校里吵死了,哪里复得进?"看到姑妈手中那许多吃的,许红果高兴地在许飞红脸颊上啄了一口,迫不及待剥开了一块巧克力。许红果胃口从来就好,吃什么都好滋味,所以人长得肉鼓鼓的,一张面孔像红富士苹果般可爱。

许飞红看着她狼吞虎咽的样子,笑道:"慢点,又没有人跟你抢食。”停停，又问道，“红果，你如果考上大学，想让姑姑送你什么礼物？”

许红果侧了脑袋，道：“姑姑，上回石开运叫了几个同学到他家里去唱卡拉OK，神气活现的。姑姑，我也想要一台带两只话筒的CD机，在家里就可以唱卡拉OK了。”

许飞红道：“这有啥难？姑姑一定给你买。不过这两个月你一定要安心复习迎考哦！考不好，姑姑只好请你吃麻栗子了。”

许红果从小跟姑姑亲近，无话不谈。撅了嘴道：“姑姑，要考上怎么样的大学才算好呢？考一个大专，你送不送礼呀？”

许飞红捋了一把她圆圆的后脑勺，笑道：“你就这样没志气啊？姑姑当然希望你能够考上复旦、交大啰！”

许红果大惊小怪地叫道：“姑姑，你怎么跟我妈一样贪心啊？我还以为你很潇洒的呢！”

许飞红道：“谋事在人，成事在天。你只要用功了，姑姑就会奖励你。满意了吧？”

许红果智商不高，情商却超高，乖巧机灵，马上道：“谢谢姑姑，姑姑就是比妈妈好。”

许飞红喜欢许红果，很大原因是觉得许红果性格很像自己。勾起食指爱怜地刮了她一下鼻子，道：“话讲得蛮中听，谁晓得将来姑姑能不能享你的福？”

许红果一张巧嘴接口令般回得快，道：“姑姑现在哪里还稀罕我呀，姑姑有阿龙了嘛。”

许飞红开心地咯咯笑起来，笑住了，问道：“最近你爸爸妈妈的生意还好做吧？”

许红果摇摇头道：“我也不晓得店里面生意好不好，只晓得爸爸妈妈老要吵架。怕给我听见，就关到厕所间里去吵，把肥皂盒子都摔裂了。”

许飞红一惊。其实她基本不过问哥哥的生意，也从不要求哥哥分利给总公司，她是一门心思相帮哥哥过上好日子的。忙追问：“他们为什么吵架？生意亏了？被人骗了？”

许红果皱了眉头道：“我也搞不大清楚。好像爸爸不让妈妈礼拜天去跳舞，吵到舞场去的。妈妈讲生意全被爸爸搞砸了。爸爸讲，宁愿不做生意，也不想戴绿帽子。姑姑，我倒蛮喜欢绿颜色帽子的，夏天戴戴，很凉快。”

许飞红想笑，却笑不出来。

言语间吴阿姨正巧进屋，见了女儿，自然是欢喜的，笑道：“小茧子，是哪阵风把你个大忙人吹来啦？我索性多做两只小菜，你就在这里吃了夜饭吧？”

许飞红道：“妈你不要忙，马年现在去看他爹妈了，等一歇就会来接我。阿龙从幼儿园回来找不见我，要闹的。”

吴阿姨道：“你不要把阿龙惯坏了，男孩子丢丢放放反倒好。”

许飞红马上反击道：“那你从前为啥不把哥哥丢在乡下，把我带在身边呢？”

吴阿姨闷了一口气，道：“你今天特为跑过来找老娘算老账啊？”

许飞红便招呼许红果：“吃够了吧？做功课去，我跟奶奶讲点事体。”便推搡着吴阿姨出了房间，关上房门。

吴阿姨道：“发生什么事了？弄得我心里七上八落的。”

许飞红道：“妈，你尽管定定心心听我讲嘛。小事一桩，碰到冯家你那位干儿子，就说我想请他吃顿饭。你出面，他总该赏脸。”

吴阿姨疑心地望着她道：“你又要出什么花头？大家都成了家，各人过各人的日子，何必再去招惹他？让陆大娘子晓得，能把你脊梁骨戳破。”

“妈，你想到哪里去了呀！”许飞红跺了下脚，便一五一十把自己要请冯令丁吃饭的道理叙述了一遍。

吴阿姨听清爽了她的意思，摇摇头道：“小茧子啊，你现在有得好了。常言道，势不可使尽，福不可享尽，便宜不可占尽，聪明不可用尽。骑马莫轻平原地，收帆好在顺风时。莫再折腾，好歇停了！”

许飞红嘟了嘴道：“真正是别人求我三春雨，我求别人六月霜。

托你帮点忙,倒弄出一大堆闲话来糟蹋我!”

吴阿姨叹了口气,道:“他现在也不常回盈虚坊,碰上了,我跟他说说看。说得上说不上我也不敢打包票,毕竟人家今非昔比,官愈做愈大了嘛。”

许飞红抖开笑纹,扑在母亲肩上,道:“妈,你不要直统统跟他讲嘛,就说老同学聚聚,我做东。你晓得如何花花他的,对吧?”

吴阿姨嗔道:“就你会花人,我们是劳动人民,花七八搭的闲话讲不来的!”

许飞红笑得愈发欢畅,道:“妈,盈虚坊的人不是都讲我最像你的吗?”

吴阿姨长叹一声,道:“妈哪里有你能干?一辈子做娘姨的命。你是像你爸爸。你爸爸从前心比你还要大,只是生不逢时,总算老来有点转运了。有时候,半夜里醒来,想想还是为你们捏把汗。那边房子造起来,万一卖不出去,你们父女两个的本钱不都赔光了?”

原来许飞红在近郊投资的那个楼盘就是包给父亲所在的建工队做的,她看他们在盈虚新纪元的生活做得蛮上乘。毕竟她初涉房地产,有父亲相帮,她便无后顾之忧了。

许飞红心里面想,要是父亲母亲复合,一家团团圆圆该多美满?这种意思她自然不会说出口,只道:“妈你何必白白牺牲这些脑细胞?其一,我没有把全部本钱都投进去;其二,爸爸造出来的房子一定卖得出去。你该操心的倒是哥和阿晶的事,听红果讲他们吵得厉害?”

吴阿姨又是一个长叹,道:“阿晶总归是去过日本的女人,打扮得比较招人眼目。兆红的臭脾气你也晓得,听了弄堂里人的风言风语,回来就跟阿晶闹。”

许飞红道:“妈,依你看来,阿晶她在外头真有招蜂惹蝶的事?”

吴阿姨道:“矮人看戏何曾见?都是随人说短长。我看阿晶对红果管教得蛮紧,像个当娘的样。也不年轻了,又是她自己要跟了兆红的,想来不会再有别的想头了吧?”

许飞红点点头，眼下她要一门心思攻克盈虚坊这座堡垒，无暇关顾其他，也只有相信母亲的分析了。便探出后窗户朝大楼底下望望，陆马年的奥迪车已经停在楼底下了。关照母亲一有冯令丁的消息就打电话通知她，说着匆匆下楼去了。

许飞红在焦急却充满希望的情绪中等待了三五日，吴阿姨终于给她打电话了，却是个坏消息：冯令丁竟然婉言谢绝了她的邀请！许飞红像被人用榔头咚地敲了一下，一阵晕眩。想不到冯令丁这般绝情，这般不给她面子！懊恼，怨恨，绝望，无地自容，百感交集，好一歇转不回神！

吴阿姨听不到对面的声息，晓得女儿气闷了，忙替冯令丁辩解道："小茧子，他倒不是故意搭架子，让你难堪。听他讲，他当副区长的头一天，就给自己和手下的人立了规矩：办事要公开、公正、公平，一律不参加任何楼盘的落成典礼，不接受房产商的任何邀请，包括吃饭，娱乐，旅游，反正要人家花钱的事情都不能参加。他说他不能为了你破了规矩……"

"妈，你就不用浪费唾沫了！"许飞红打断了母亲，叭嗒挂断了电话。心中恨恨道，冯令丁，你要树立你清官的光辉形象，就如此六亲不认了啊！对冯令丁彻底地失望，却愈发激起她拿下盈虚坊项目不可抑制的欲望。

许飞红已经得知冯令丁将召集有关盈虚坊改造项目的务虚会，她想她的第一步就是一定要挤进这个会议。许飞红手中的王牌就是黄荣发，区里面关于盈虚坊的改造方案，一定会去听听他这个前任建委副主任的意见的。

黄荣发老婆小时候出天花，落下了一脸白麻子，这最是她的心病。许飞红东打听西打听，打听得香港有整容医院磨平麻脸很有经验。便替黄荣发夫妇办好了赴香港考察的通行证，又托朋友联系好整容技师，亲自送他们夫妇登上去香港的飞机。

黄荣发相貌愚蠢，脑袋却不笨，他自然明白他应该回报许飞红什么东西。便挑明了跟许飞红道："小许啊，我晓得你想参与盈虚坊的改造工程,不过,单凭你们飞骏公司的实力和资质,恐怕很难拿得下这个项目。你现在最有效的途径,就是找一家实力雄厚的外企,搞一个合资公司去参加投标竞争,这对你来讲并不是什么难事吧?”

经黄荣发这么一点拨,许飞红豁然开朗。黄荣发到底当了这么些年的领导干部,站得高,看得远嘛。近几年,她也碰到过几位从香港台湾过来的企业家,也有意思与她的飞骏公司合资。她却总是犹豫,总怀疑人家别有用心。陆马年更是坚决反对,我们辛辛苦苦打拼出来的事业,凭什么拱手出让,挂人家的牌子?许飞红终于认识到自己是那样目光短浅、心胸狭窄,缺乏现代企业家的雄图大略。要实现自己心里面暗藏着从未泯灭过的美丽的愿景,她必须要有孤注一掷、破釜沉舟的勇气与胆略。

许飞红先不与陆马年商议,因晓得他吃饭怕噎、行路怕跌、宁可湿衣、不肯移步的迂腐,不如省点口舌,先做起来,做成了,给他一个既成事实。

许飞红尝试着联络先前与她有过交往的几家港商台企,却都没有成功。做生意抢的就是时间,人家不会耐耐心心地等你回心转意。正一筹莫展期间,黄荣发夫妇从香港回来,给她带来一个意外的惊喜。原来黄荣发在港期间结识了香港龙仕阁集团公司的首席执行官雷杰森先生,言谈间得知龙仕阁集团老板早有意涉足内地房地产业,黄荣发便向他举荐了飞骏建筑装潢公司。许飞红没想到黄荣发也会有此侠义之举,感激之余,适当地给了他一点无伤大雅的甜头尝尝。

许飞红先入为主地对这家港资企业有了良好的印象,在于这家公司的名字中有个“龙”字。许飞红一厢情愿地认为,这是儿子阿龙给她带来的好运气。另外,她对龙仕阁集团的首席代表雷杰森先生印象不错。雷杰森仪表堂堂,气度优雅,先就让她暗自欣赏。又听他自我介绍,从小在英国长大,毕业于牛津大学建筑系,前几年才到香港发展事业。愈就对他有了几分敬仰。双方交谈得十分融洽,有关合资诸方面事宜商议得也很顺畅。双方各怀着好感,又都急于求成,都作了相应的让步。新成立的合资公司冠名为飞骏·龙仕阁房地产开发(有限)公司,由龙仕阁老板任董事长,许飞红任常务副董事长兼总经理,雷杰森为副总经理兼财务总监。让许飞红颇为满意的是也为陆马年争取到一顶副总经理的帽子,并兼任工程部总监。

沪港合资飞骏·龙仕阁房地产开发(有限)公司的成立庆典非常隆重而热闹,各大媒体都作了或长或短的报道。许飞红施展浑身解数请来了市、区两级建委、房地局的相关领导出席庆典,却故意不给区里分管城建的副区长冯令丁发请柬。事后,许飞红将报纸上有关飞骏·龙仕阁的报道剪下来,一并寄给了冯令丁副区长,并附了封亲笔信,明确表示飞骏·龙仕阁希望承建盈虚坊改造工程的意愿。

丁丁哥哥,小茧子将以事实向你证明:她虽是个娘姨的女儿,可她的人格也是尊贵而骄傲的,她有能力靠自己的努力建造起比守宫、恒墅更壮美的楼房。

整个夏天,许飞红忙得席不暇暖、饥不及食,却忙得意气风发、热情高涨。

新开张的飞骏·龙仕阁公司在繁华地段的上海宾馆内租了一个楼面做办公地。许飞红原是想把飞骏建筑装潢公司的楼面辟出一半给飞骏·龙仕阁公司用,既省下一大笔租金,她又可兼顾两边的生意。可雷杰森先生不同意,他嫌飞骏建筑装潢公司地处城乡结合部,太偏僻;且两层楼房又是农民住房改造的,太寒酸,与飞骏·龙仕阁公司的身价不相配。雷杰森先生嘴角噙一丝恭敬却不无讽意的微笑道:"密斯许,你不要心痛这笔租金,将来它会为我们赢来百倍甚至千万倍的利润。生意场上都是势利眼,谁会相信一个连像样点的办公楼都租不起的公司能做大生意?"

虽然雷杰森先生的口气让许飞红听着有点不大舒服,可是许飞红还是认同了他的说法,人家毕竟是牛津大学的高才生嘛。

现在许飞红大部分时间蹲在飞骏·龙仕阁公司这边,公司才开张，可以说是千头万绪、针头线脑的事都得关顾到。而飞骏建筑装潢公司那头她也不放心全丢给下边人去做，一星期还得抽两个半天去巡视一下。马不停蹄地两头奔波，恨不得有孙悟空的吹毫分身术。

这天傍晚，陆马年开车到上海宾馆接她回家，看她累得夯头夯脑的样子，也于心不忍。但陆大娘子已几次打电话催问他了，眼见儿子生日一日日逼近，不得不讲了。便道："阿龙的生日酒到底做不做啊？你忙不过来，发句条头，我去办就是啰！"

许飞红一愣，朝车窗外望去，华山路两旁粗阔的梧桐树叶橙黄红褐，果然变得色彩斑斓起来。风徐徐拂过，叶片一阵一阵落下来，满世界洋溢着窸窸窣窣的秋声。秋日原来就在她忙忙碌碌之时悄然降临了！

许飞红以手抚额，软软地笑道："真是忙昏头了！马年，先去盈虚街走一趟，到银杏宾馆把阿龙生日酒席订下来，省得你妈指着我背脊说瞎话。"

陆马年想为母亲辩解几句，想想只要老婆肯将酒席包下，两边矛盾就迎刃而解了。自己讲话又不灵光，何必去讨嫌呢？便兴致勃勃地开车，直往盈虚街去了。

银杏宾馆坐落在盈虚街里面原来的色织厂旧址上。宾馆的三楼是银杏苑中餐厅。坐在餐厅大堂，隔街便可与盈虚坊那两棵枝叶苍莽的古银杏树遥遥相对，颇有雅意。想必宾馆也是因此而得名的吧？

许飞红包下了大堂沿窗的六只圆台面给儿子过生日。她跟陆马年道："给你妈四张圆台面安排她的客人，总归说得过去了吧？每张桌子是坐十个人、十二个人全由她看人头再定。你看呢？"

陆马年当即给母亲打电话询问。陆大娘子一听真就进宾馆办酒，又不要她摸出一个铜板，自然是欢喜不已，道："够了够了，我说要十桌嘛，也是讲讲气话的。你媳妇财大气粗，也是给我们陆家撑世面呀。"

陆马年没料到事情这样顺畅,他是最怕家里面鸡零狗碎闹矛盾,让他夹在当中受闲气。便讨好许飞红道:“你们家这边只两桌啊?太挤了吧?再加两桌嘛!”

许飞红冷冷道:“不用了,我们家哪能跟你们陆家比?主雅客勤,人丁兴旺的!”其实,她早已细细盘算过,母亲和单根爷叔,哥嫂一家,单根爷叔女儿一家,甚至可以加上单根爷叔的亲家两翁婆,正好凑成一桌。况且哥嫂能不能出席目前还是个问题。许红果参加高考失利,只被一所职业专科学校录取。哥哥的意思,小姑娘大专读读可以了,毕业后,飞骏建筑装潢公司里总有女儿的位置嘛。阿晶却不肯罢休,中国名牌大学考不进,就要送许红果去日本读大学。许兆红一来舍不得女儿远行,二来去日本上学学费不菲,他也心痛这笔钞票。夫妻俩日日为此事争吵,许飞红正想法子为他们调停。另外一桌酒,许飞红是单为父亲一家留出的。她征询母亲意见,吴阿姨是明理之人,爽爽快快同意了。吴阿姨也提出一个要求,她想请两位女东家,守宫李凝眉和恒墅小姨娘,外加街道的张阿姨,她们都是危难之际出手相帮过自己的恩人。许飞红这回不仅不反对,还补充了三个人,常蝘蜓和陈戈壁,外加冯畹丁。许飞红内心实在很想让冯家人和常家人看看自己目前丰盈优裕的生活状况。

阿龙生日这天,许飞红为自己请了两个钟头事假。合资新公司中推行严格的管理规章制度,作为总经理的她必须身体力行。这些都是雷杰森带过来的现代企业管理新理念。

许飞红下午三点就从公司回到家里了,她需要充足的时间梳妆打扮自己,还要收拾一下阿龙。从幼儿园接回家的阿龙通常跟只泥猴没什么区别,彻彻底底给他洗了澡,换上新买的白衬衣和深灰西装短裤,领口别上领结,足下皮鞋锃亮,神气活络的样子。陆马年坐在一旁欣赏焕然一新的老婆和儿子,自己却仍旧是平素里拖出拖进的一件砂洗平绒墨绿的夹克衫。许飞红要他去换西装,系条领带。陆马年死活不愿意,说穿西装跟遭绑架似的,系领带就像吊死鬼了。

终于收拾停当，他们留下安徽小保姆看家。俞家小姑妈也换了身清爽的衣服，牵着阿龙的手，有她在，阿龙就不会闹。一家人三清四绿地回盈虚街，颇有点衣锦还乡的意味。

正是下班高峰时刻，大马路、小马路都像肠梗阻一般拥塞，他们的车停的时间比跑的时间多，驶进盈虚街已是长天与暮霭一色，落霞与霓虹灯齐飞了。

汽车掠过盈虚街新纪元的门口，许飞红一眼瞥见哥哥一家三人正从小区里走出来，心里面一欢喜，忙唤陆马年停车。

许飞红下车迎了上去，叫道："哥、嫂子，正巧一道进去。上车吧，挤一挤好了。"

许兆红和阿晶前几天还吵得差点离婚，刚和好，还有点别别扭扭。倒是许红果并不因高考失利有些许颓丧忧悒之态，仍是活登登地扑上来，拉住许飞红一条胳膊，笑道："姑姑最好，谢谢姑姑。"

原来还是许飞红一横心，向哥嫂表态，只要嫂子替许红果联系妥当日本的大学，许红果去日本留学费用她全包了。这才让哥嫂化干戈为玉帛，一家人欢欢喜喜来参加阿龙的生日酒会。许飞红是听说恒墅的常蝘蜓考取了华东师范大学心理学系，她绝不能让盈虚坊的人看许家人的笑话！

许兆红忙道："红果，你跟姑姑上车去。我和阿晶走走过去，又没几脚路的。"也是一种夫妻和好如初的表态。

许飞红一家的车先到银杏宾馆，才下车，恰巧看到吴阿姨陪同盈虚坊中守宫、恒墅一拨人过来了，双方便矜持而客套地互相招呼着。

李凝眉丹凤眼稍放得平平展展，略有点夸张地笑道："这位美人儿就是红果吗？从前在守宫园子里呱呱乱跑的丑小鸭，原来是只白天鹅呀！"说得从来无拘无束的许红果也忸怩起来。忽然她就往许飞红跟前凑凑，压低了嗓问道，"小茧子，听讲你要资助红果到日本留学去呀？办妥了没有？"

许飞红心里直恼母亲嘴快，面上却水波不惊，坦然道："也谈不上资助啰，花不了几个钱的。已经差不多了。"

旁边小姨娘拽过阿龙横看竖看，啧啧称道："小寿星好神气，跟他娘活脱势像，将来也是个大老板。"

许飞红听听她们的言词，注意力像煞都在小孩身上。可她感觉到她们的眼珠子时不时往自己身上滚几滚，又慌忙收了回去。许飞红愈发骄傲地挺胸吸肚展示自己丰满亦不失苗条的身材，故意拉住冯畹丁问长问短。

陈戈壁已经比冯畹丁高出半个脑袋，却仍不出趟，半边身子缩在他妈妈背后，偷眼张望许红果。许红果却已经跟常蝘蜓脑袋凑脑袋地嘀咕起来。两个小姑娘自小学毕业后就难得有机会碰面，少小时结下的友谊使她们之间没有丝毫芥蒂。

这时候，从盈虚坊方向飞驰过来一群脚踏车。许飞红心脏地震般轰隆一跳，当即便偃歇了。那群脚踏车为首的骑车人正是冯令丁！

无论有多少时间没见着他，无论此刻街灯的光线如何昏灰，无论他混杂在多少人当中，许飞红总能一眼就认出他！

"舅舅！"陈戈壁抬起手指了一下，众人都扭头看去。许飞红浑身的肌肉岩石般僵硬，动弹不得。

脚踏车队经过银杏宾馆时并没有减速，阵风般掠过去了。

吴阿姨叹道："李同志，像小弟这样当官的我从来没见过。从前巡抚微服私访嘛，官轿也总归在前头候着的，哪里像他，自己踏脚踏车的。"

李凝眉不无自傲道："已经好多天了，日日领着区政府跟城市建设有关部门的负责人下去检查各处危房旧里的情况，方才一定去过盈虚坊了。"

吴阿姨道："盈虚坊真的要动了呀？"

李凝眉迅速瞟了下许飞红，公事公办的口吻道："工作上的事，我是从来不叨扰他的。"

许飞红的眼珠子不由自主地追随着那群脚踏车直至暮色密合的街尽头，冯令丁永远飘逸傲岸的身影像一条冬眠长久的草蛇，突然苏醒过来，狠狠地在她自以为满足的心上咬了一口。

这一个晚上，银杏餐厅宾客如云，作为小寿星的母亲，许飞红满面春风，光彩照人，妙语连珠，竭力为儿子的生日酒会营造欢快的气氛。可是，她心中被蛇咬过的那个玉米粒大小的伤口却一直淌着血，隐隐作痛。

依旧，依旧，人与梧桐俱瘦。

37

世上的事体往往与人愿相拗。梦寐以求的总是镜中花水中月；索性搁开了不去想它，却出乎意料地得到了它。

常天葵此刻就是沉浸在"无心插柳柳成行"的意外惊喜中。

经事两个多月没有来，她已不再抱什么希望了。有好几次，没有行经，以为有喜了，去查查，尿样总是阴性，每每空欢喜一场。对于这桩事体，最关注的是两个人。一个就是常天葵自己，虽然她对父亲作出承诺，要把姐姐的女儿当成自己的女儿养大成人，可她多么希望能有一个真正属于她和亲爱的丁丁哥哥的孩子啊。另外一个人就是婆婆李凝眉，李凝眉当然盼望有一个自己嫡嫡亲亲的孙儿啰。她密切注视着媳妇的身子，每个月都要询问她经事准不准？一旦晓得她没有行经，便紧锣密鼓地催她去验尿样。一次又一次的空欢喜并没有让李凝眉失去信心，倒反过来安慰常天葵，没关系，这是先头你吃避孕药的缘故，身体会慢慢恢复的，你肯定养得出小囡的。冯令丁对常天葵怀不怀孕抱着听其自然的态度，他说，我们不是有蝘蜓了吗？生得出，再生一个也蛮好；生不出，也没什么关系嘛。常天葵已经害怕去验尿样了，化验窗口的小护士总是用怜悯的目光扫她一眼，然后轻轻把敲着一个"阴"字的化验单推到她面前。所以常天葵这次经期延晚,索性不告诉婆婆了,省得她横一遍竖一遍催,催得里里外外人都晓得,让大家一遍一遍看笑话。

已过了立冬,医院针灸科里病人陡然拥挤起来。上海人还是相信冬令进补,常看中医的人都晓得,在几处要紧穴位扎针留针,比吃膏方还灵。

常天葵在针灸科算是年轻一辈,可是她心细,扎针准,态度又和蔼,模样又可爱,找她治疗的病人很多,"小常医生小常医生",唤得跟家人一般。常天葵性静心耐,病人愈是多,她愈是一丝不苟。找准穴位,迅速进针。有的病人需通电留针,有的病人要烧艾绒。这样细微的差别全凭医生对病人病情深入的了解。

治疗室里弥漫着浓浓的艾绒焚烧的气味,这气味原是常天葵闻惯了的,一日闻不到还会馋。这日却不知为什么,艾绒的细烟钻进鼻孔,忽觉刺鼻作呕。忍着,仍唤下一位病人过来,欲行针时却再也屏不住了,慌乱道声"对不起",就往走廊上的厕所间冲去,一路胃酸已经泛上喉咙,辣辣地痛。吐了几口,先是黄水,后是清水。吐空了想返回去,又翻腾起来,只好再吐,直吐到什么东西都吐不出来。这种情况是她从未遇见过的。虽然吐得差点虚脱,心里忽然意识到什么,又是兴奋又是紧张。中午休息时间,便悄悄取了尿样送去化验室。半小时后,小护士从窗口探出脑袋大声招呼道:"常医生常医生,是阳性,恭喜你有小宝宝了!"

常天葵对着化验单看了半天,轻声问道:"不会弄错吧?"

小护士笑道:"哪里会错? 我们对你的尿样特别验得仔细呢!过两个月,找 B 超间查查,是女儿还是儿子。"

常天葵道:"用不着查的,儿子、女儿都喜欢。"

常天葵想给丈夫报喜讯,转而又想,他肯定不会坐在办公室里,肯定又是办公室秘书公事公办的声音:"有什么事请讲,我会替你转告冯区长。"便作罢。不如晚上眼对眼地亲口告诉他,看他会欢喜成怎么个傻样。可是满满的喜悦盛在心里实在盛不下了,总要溢出来。常天葵还是抓起了话筒,下手拨出的是守宫的电话号码。常天葵善解人意,她晓得这消息是送给婆婆最好的礼物。

李凝眉果然在话筒中发出声遏行云的欢呼声:“阿弥陀佛,菩萨显灵了呀！天葵,妈说过的吧？你肯定养得出小囡的!”李凝眉关照常天葵,下班后一定得先回守宫,她要给她上上课,教她怀孕期间该注意点什么,还要一起合计合计,该如何迎接小生命的降临。

常天葵扑哧笑道:“妈,他现在才两个月大呀!”

下班时间到了,常天葵手中还有十几个病人。几乎日日都是这样,她早已习以为常。治疗室门口的护士将一摞病历卡放在桌上,道:“常医生,今天我女儿学校开家长会,我要早点去呢。”常天葵道:“你快走你快走,小孩子的事最不能耽搁。”自己仍是定定心心仔仔细细地询问病情,取穴,进针。

刚刚走出去的护士在门外喊道:“常医生,有人找。”

常天葵手不离针,随口应了声:“请他稍待。”稳稳当当地将手中病人身上十几根银针头上的艾绒一一点燃,方才探身出门外,问道,“哪位找我?”

一位中年男子迎上来,道:“常医生,冯区长说你病了,让我来接你回家。”

常天葵认出他是为冯令丁开车的邢师傅,忙道:“他人呢？我没有病呀。”

邢师傅道:“冯区长还没回机关。今天还不晓得弄到几点。是办公室的秘书关照我的。”

常天葵笑道:“那一定是他们搞错了,我真没病,你看我不是好好的？还有几个病人在等我,邢师傅,你先回去吧。”

邢师傅仍犹豫着,常天葵再三再四让他先走了。

从最后两名病人身上收了针,已经六点敲过了。常天葵脱了白褂子换上自己的驼色连帽粗呢短大衣。人很乏,应了婆婆去盈虚坊的,还是强打精神,骑了脚踏车,在灯影车流人声的马路上急急穿过。初冬的夜风扑在脸颊上已觉寒气侵肤,心里面却是“轻舟已过万重山”的轻快和满足。

到了守宫，因推着脚踏车，腾不出手去包里摸钥匙，便揌了下门铃。李凝眉的声音像只弹跳着的皮球隔着门板嘭嘭嘭地传过来："是天葵吧？怎么又弄到这么晚？来了，来了！"

门开了，常天葵先迎着婆婆眉飞色舞的笑脸，紧跟着是畹丁姐姐，就连公公冯景初也千年难得地候在客堂门口了。常天葵受宠若惊，反倒不自在起来。

李凝眉看她仍推着脚踏车，怨道："令丁他没派车去接你呀？我跟他办公室秘书千关照万关照的嘛！"

常天葵忙道："邢师傅来过了，是我叫他先走的。妈，用公家车，对令丁不好，要被人讲闲话的。"

李凝眉道："怕什么闲话？你没看到盈虚坊小学门口，上学、放学，有多少公车接送小孩子？令丁成天骑脚踏车下里弄跑工地，难得用次车接接老婆，仰不愧天，俯不愧地。"

冯畹丁插嘴道："妈，现在社会风气是有点正不压邪。索性皮厚，公车私用惯了，反倒理所当然的了。像小弟这样公私分明的极少，难得破次例，别有用心的人就会大做文章。"

李凝眉一对蚕目睁得跟茧般大，道："老古闲话讲，人不怕鬼，鬼不缠人，人若怕鬼，鬼即附身。老天爷也是有眼睛的嘛。"

冯景初扯了下冯畹丁的后衣襟，让她不要再跟李凝眉"辩论"下去了。

说话间已进了客厅，常天葵一看餐桌上堆满了荤素菜肴，合掌惊叹道："我哪里吃得下这许多东西呀！"

冯畹丁笑道："妈恨不得一顿饭就把她的小孙子吃成十个月大，快点跑出娘胎，叫她一声奶奶。"

李凝眉睃畹丁一眼，道："这哪里是让你一个人吃？我们等着你回来一起吃夜饭的。"

常天葵愈是吃惊道："爸、妈，你们还没有吃啊？爸有糖尿病，饿不起的。"

冯景初道："你妈心里面被孙子占满了，哪里还顾得上我们呢！"

大家团圈坐定。冯景初道："畹丁，去叫戈壁下来呀。这孩子，快成书精了！"

李凝眉嗔道："还不是跟你学的？顿顿饭都要三顾茅庐地请。今天，如果不是听讲天葵有喜了，你哪里会这样爽快？"

冯景初呵呵呵地笑起来。

冯畹丁忙道："方才我已让吴阿姨做了碗面，端上去让戈壁先吃了。复习卷子一大堆，不抓紧做，半夜都做不光。"

常天葵道："戈壁要明年夏天才考呢，现在就这么紧张做啥？"

冯畹丁道："我们这还算紧张啊？有的家长门门课都给孩子请家教开小灶呢！"

李凝眉道："戈壁肯定没问题，年级统考总进前三十名的。像吴阿姨那个孙女么真叫做天晓得，聪明面孔笨肚肠。平常一个人多少活络，一进考场就木掉了……"

冯景初打断道："这种话少讲讲，给吴阿姨听到心里怎么想？"

李凝眉咕哝了声："我又不是戆大，哪里会当吴阿姨面讲？"

冯景初趁机敲竹杠，道："老太婆，今天为天葵庆祝，是不是应该有点酒啊？"

李凝眉方才笑道："还用你讲？我已温了壶女儿红。"便去厨房取酒，冯畹丁也跟进去拿酒盅。

冯景初平素被李凝眉管制得十天半月沾不着一滴酒，馋狠了，迫不及待地斟酒。李凝眉便道："我原是想再等等令丁的。我告诉他有儿子了，他答应尽量赶回来吃饭的。"

常天葵道："妈，不用等他，他讲话什么时候算数啊？"

"哈哈，难板听一下壁脚，就听到有人说我坏话了！"随声进来的正是冯令丁，脸颊被风刮得通红，头上却还冒着热气，看来是紧赶慢赶，赶回来的。

常天葵惊喜地立了起来，依她此刻的心情，恨不得撞进丈夫怀里撒撒娇。当着公公婆婆，她只能用企怜的委屈的眼光罩住丈夫。她的目光与冯令丁的目光碰了一下，滚烫滚烫的。结婚以来（甚至可以说是谈恋爱以来),她是头一次感受到丁丁哥哥这般滚烫的目光!她的心甜津津地融化开来。

李凝眉忙着给儿子斟酒搛菜,儿子已有个把月没回守宫吃饭了。

冯畹丁笑道:“小弟,你快要当爸爸了,发表点父辈感言吧。”

冯令丁瞥了眼妻子,将酒盅举起,道:“前人栽树,后人乘凉。努力工作,为下一代谋福利。”

冯景初与儿子碰碰杯,道:“我看了报纸上的介绍,你成了飞车队长啦。思路很好,乘轿车如何开得进‘危、棚、简’地块?这一段时间跑下来,有啥收获?”

冯令丁重叹一声,道:“难以想象,新中国成立四十多年了,还有这么多老百姓住在那样破旧的房子里,生活条件那样糟糕。心里很沉重,很愧疚,也很着急。去年区党代会通过决议,花五年时间基本完成全区‘危、棚、简’地块的改造,摸查下来,任务相当艰巨。不过大家热情很高,决心也很大,甚至还提出要提前两年完成旧区改造任务。”说起工作,冯令丁一改惯常的儒雅淡定,换了个人似的。

冯景初道:“热情再高,决心再大,做决策时还得依据科学调查,实事求是地制订规划。”

冯令丁点点头道:“过年了,区里就要成立旧区改造领导小组和总指挥部,还要召开全区各有关部门,街道和房地产开发公司的动员大会,关键之关键是筹措资金和房源。”

李凝眉实在忍耐不住,问道:“那盈虚坊呢?盈虚坊总不能算作‘危、棚、简’地块吧?”

冯令丁道:“盈虚坊情况比较复杂。大家评议下来,上坊那几排石库门楼房年数也很长远了,又没有抽水马桶,应属二级旧里;可下坊那片抗战中难民自搭自建的房子则完全属于‘危、棚、简’地块了。那里的居民联合给区政府写了信,希望改变居住环境的愿望十分强烈。”

“可是,他们当中许多人听说现在动迁不能搬回来了,都后悔死了呢!”李凝眉道。她毕竟不是一般没文化的家庭妇女,从来不会因为自己的私事喋喋不休地烦扰丈夫和儿子。此刻,她敏感地抓住了机会,借水行舟,迂回曲折地表达出自己的意思,却极有分寸地掌握着言词的火候。

冯令丁下意识地两只手四根手指旋转着酒盅,沉吟道:“所以这一次的动迁要比上一轮困难得多。首先要取得居民的理解,为什么不能回迁?政府先期已经投入了大量资金,可是,有哪家房地产公司那样乐施好善,肯做亏本生意?旧区改造只能依靠房地产开发啊!”

冯畹丁插嘴道:“小弟,我听说区里有人建议,利用土地级差筹措资金,在城乡结合部造座盈虚新城,有这个说法吗?”

冯令丁道:“大姐,你在街道,接触居民多,你认为这个办法可行吗?”

冯畹丁略加思索,道:“只要房子造得好,我想大部分居民都会同意搬过去的。”

李凝眉接口道:“如果政府替我们重造一座守宫,我二话不说,明天就搬。”

冯令丁笑道:“妈,我晓得你为守宫担忧。我可以负责地告诉你,关于盈虚坊改造的规划现在还没有一点影子呢。不过,我相信,有眼光的房产商绝不会轻易拆除守宫、恒墅的。”

“那我真要为他们多念几遍阿弥陀佛,让菩萨保佑他们发大财了。”李凝眉得到了差强人意的答案,眼梢悄悄飞扬起来。

冯景初笑道:“移地造一座新城的主意一定是你那位老丈人提出的吧?他一定还建议在盈虚坊原址恢复从前的面貌,对吧?”

冯令丁瞟了眼常天葵,委婉道:“我正想就此听听你这位建筑界权威的意见,听说你是他的全力支持者和幕后策划者啊?”

冯景初稍事沉吟,道:“盈虚坊的布局确是突兀常理。我也是听常衡步介绍,当年常家造这座坊花了不少心力财力,既请风水先生,又请留洋归来的建筑师,可谓中西合璧吧,在建筑学上会有一定的研究价值。另外，听说咸丰年间，盈虚坊曾经驻扎过太平军将士；抗战期间，常家人还把老屋中的积谷仓改建成难民收容所。这些都可以作为历史遗迹。修复一座有历史积淀的老建筑，为我们这座城市增添一处人文景观，应该是一桩功德无量的好事吧？令丁，我的意见仅供你们参考啊。”

冯畹丁却道：“爸爸，我不同意你的意见。舅舅对盈虚坊老宅的感情，我可以理解。可是政府的当务之急是什么？是改善老百姓的居住环境，尽快地让老百姓住上宽敞明亮有独立煤卫的房子。试想一下，住在危房简屋里，每日还要生煤球炉倒马桶的人家，哪有闲情逸致去欣赏什么具有建筑美学的老建筑老房子？”

冯景初呵呵一笑道：“畹丁你讲的是关于当下的民生问题。你舅舅提出的问题，却要过几十年才能看出效果。所以嘛，”拿眼看着冯令丁，“就要看政府关注的重点是什么？政府究竟有多少魄力和财力？”

冯令丁一时无语。常衡步关于恢复盈虚坊原貌的报告横一份竖一份，厚厚一叠，都摞在他这个分管城建的副区长办公桌上。可是，根据目前区政府定下的旧区改造思路，以批租土地为契机，吸引海内外实力雄厚的房地产商前来投资，开发商品楼盘，这是最快捷、最有效的旧区改造途径了。有哪个房产商愿意花大笔资金去修复一座没有任何经济效益的老宅区呢？

“好了，你们一讲起工作就无轨电车刹不住了！”李凝眉因话题牵涉到常衡步，便暗暗观察常天葵的神色。却见她疲惫地手撑着粉腮打起瞌睡来了，忙打断了他们的话道，“今天我是特地为天葵肚子里的小宝宝庆祝的，谁也不许再讲动迁不动迁的事了。”

常天葵也是因为丈夫和公公谈到了自己父亲，又不好插嘴，趁机闭目养养神。听婆婆这么一说，忙睁开眼，道：“妈，男人论英雄，女人话家常。你让他们讲嘛，我们听听也长点见识。”

冯景初又是一笑道：“全听皇太后安排，我们不谈盈虚坊动迁的事了。只谈小宝宝的事，譬如给他起个什么名字？将来准备把他培养成哪方面的专才?”

“你讲话怎么总是不上不落的?是男是女都不晓得,怎么取名字啊?”李凝眉嗔道,“眼下当务之急,是要保证天葵的健康,也就是保证了小宝宝的健康。令丁,我只跟你提两点要求。这一,你早出晚归的,天葵回家喝口热汤都得自己烧,万一动了胎气,你也负不起这个责任。不如明天你们就搬回守宫来住,由我来调排天葵一日三餐。”

冯令丁马上应和道:“行行行,明天我们就搬回来,有妈在,我放一百个心。”

李凝眉又道:“这二嘛,天葵不能再骑脚踏车上下班了,你区长大人的汽车顺便带带她上下班,行不行?”

冯令丁面呈难色,觑一眼常天葵,吞吞吐吐道:“妈……我不能带头破了我自己订的规矩呀!”

常天葵忙道:“妈,听人讲怀孕时要多动动的,以后生起来会便当点。再讲我坐小车头晕,要吐的。”

李凝眉霸道地一挥手,道:“你不要听人家乱话三千,人同人不一样的。你身子骨原来就弱,又是千辛万苦才怀上的。他不肯接送你,妈每天给你当保镖。”

常天葵慌得连连摇头说:“不要,不要,妈,这哪里行啊!”

冯畹丁便道:“妈你就歇歇吧,我来接送天葵上下班好了。”

常天葵涨红了脸,还是摇头说:“畹丁姐,用不着的呀!”

冯景初道:“畹丁身体也不好,算来算去,好像只有我可以接送天葵上下班了吧?我们单位跟天葵医院最顺路,我也是早该退休的人,稍微假公济私一下嘛也不怕人说三道四。就让我为我们冯家未来的接班人尽一份绵薄之力吧。”

李凝眉眼梢高高地翘起来,笑道:“畹丁,我们总算感动上帝了。”

冯畹丁也笑道:“是未来的小皇帝感动了爸爸。”

常天葵还想推辞,冯令丁桌子底下捉住她一只手,嘴凑到她耳畔轻声道："不要再讲什么了，否则妈会唠叨个没完的。"常天葵便乖乖地闭上了嘴。此一刻，她感受着丈夫和婆家人对自己的关切与呵护，心里面是一片明亮和煦温暖的艳阳天。

冯令丁与常天葵夫妻从长宁路上的公房重又搬回了盈虚坊，住进了守宫李凝眉精心为他们布置的新房里。这间新房空置了这么些年，终于派上了用场。这些天，李凝眉的眼梢怎么抹也抹不平了。儿子刚结婚时做了隔壁恒墅的上门女婿，李凝眉场面上表现得宽容大度，赢得一片赞扬，心里面何尝没有酸楚怨怼？如今儿子媳妇归来，孙儿即将诞生，日子已无遗憾。李凝眉全部精力都放在了调配孕妇一日三餐的菜谱上了。因为是心甘情愿去做的事，便激发出她空前的创造力，搭配出的小菜让掌了几十年勺的吴阿姨都看不懂，必得她在灶旁一道一道地解释。吴阿姨依葫芦画瓢地烧出来，尝一口，果然味道不俗，笑道："李同志，你如果开一爿餐馆，保证生意兴隆。"

常天葵这两个月享受着王母娘娘般的待遇，婆婆嫌她吃得少，拼命地给她加量。吃得她陡然重了二十几斤，衣服都撑不下了。有时，对着镜子里的自己，常天葵会恨得跺脚，骂自己："丑死了，猪八戒似的！"李凝眉便道："怀孕的女人最漂亮了，天葵你不晓得你现在多少富态相。哪像以前，豆芽苗似的一株，软不拉沓的，有啥好看？"

常天葵从前老听弄堂里人讲李凝眉的坏话，讲她如何尖刻，如何傲慢。现在自己成了她的媳妇，相处了一段，却觉得她精明却不傲慢，爽直并不尖刻。她们婆媳相处得十分融洽。

常天葵住在守宫很快就习惯得如同住在恒墅一样了。公公早过了法定退休年龄，因他是建筑学界的泰斗，还带着一批博士生，所以仍在岗位上。只要这一天他去机关，必定会准时招呼常天葵一同出门；下班时也会绕道医院接她回家。倘若公公外出参加会议，常天葵便搭公交车去医院。婆婆必定会送她到车站，再三再四关照她小心，宁愿动作慢点。

常天葵的腹部渐渐隆了起来。医院的B超室规定不能替孕妇甄别婴儿的性别，但是对自己院里的职工就另当别论了。常天葵人缘好，午休期间，B超室的医师主动喊她去查婴儿的状况，偷偷告诉她："常医生，恭喜你了，是个小姑娘。姑娘好，长大跟你一样好看。"常天葵嘴上不说什么，心里面还是有点担心，生怕公公婆婆失望。以一般常理推测，公公婆婆总是希望媳妇生个孙子的吧？

吃晚饭的时候，常天葵硬着头皮把婴儿性别的事说出口，慌得把脸埋进饭碗中，不敢看公婆的脸色。但听冯景初轰然喷笑起来，笑停了，道："你们说说看，上天总是周全我们家。给了我一个女儿，又给了我一个儿子。给了我一个外孙，现在就补我一个孙女了呀！"

李凝眉看到常天葵低着脸不说话，以为她怀了女儿心里不高兴，反倒安慰她起来，道："天葵，女儿好嘛，女儿是娘的棉毛衫。你看我倒是养了个儿子，成天不着家，有个头痛脑热一点指望不上他。畹丁这个女儿，虽不是我十月怀胎养的，倒是孝顺得很呢。"

常天葵没料到公公、婆婆这样开明，一泡眼泪没忍住，哗地流出来了。

冯景初要逗媳妇开心，便道："老太婆，晓得是孙女了，可以给她取名字了吧？我想了一个，就叫，凤宝吧，凤凰是百鸟之王嘛。"

常天葵想笑，用拳头抵住了嘴巴。冯畹丁连连摇头道："不好，不好，又俗气，又叫不响。爸爸，你怎么想得出这种名字来的？"

李凝眉晓得他是调节气氛，嗔道："出什么洋腔？枉称你大教授！这名字的事，倒是要好好推敲推敲的呢，又要上口，又要与众不同。"

冯景初看常天葵面孔上出太阳了，忙道："天葵啊，这取名字的事，还是要请你爸爸代劳，他老夫子肚皮里别出心裁的词汇多。"

常天葵这才笑道："我爸爸已经想好两个名字……"

冯景初道："你们看到了吧？常老夫子早就抢在我前头了。"

李凝眉道："天葵，你爸爸不要又出怪招，像蝘蜓那样，足足让盈虚坊间人揣度到现在，还搞不清那是啥意思。"

常天葵面孔一下涨红了，道："爸说，就顺着那个'蝘'字，如果生男，叫'蝘蜞'，如果生女，叫'蝘蛉'。我晓得你们不喜欢的，就没敢说出来。"

冯畹丁"蝘蛉、蝘蛉"地叫了两声，道："叫叫还蛮顺口的。就是写出来不好看，都是'虫'字旁。"

冯景初一拍桌子道："妙就妙在'蝘'字这个'虫'字旁上，常老夫子大智若愚，大雅若俗啊。"众女眷都催他不要卖关子，快说出字义来。冯景初慢悠悠道："东汉许慎一本《说文解字》足可以解义释疑了。这个'蝘'字，乃蜥蜴别称，古篆中即一个'易'字。你们看像不像？'易'的上半部为蜥蜴的头，'易'的下半部为蜥蜴的身和脚。中国文字象形取义，取蜥蜴颜色多变，善于自保，死而后生的意思。'易'这个字，还有变易、不易、简易等多重含义，是不是其义无穷啊？"

一番话说得常天葵和冯畹丁频频点头。冯畹丁甚至懊恼道："我们戈壁的名字太直露，当初也让舅舅取名就好了。"

常天葵看看婆婆不做声，体贴道："妈，你看呢？你要是不喜欢，我们再另外想想。"

李凝眉道："取什么名字我都没意见，便是那个姓，我的孙女总不能也跟着叫'常蝘'什么什么的吧？"

常天葵晓得她误会了，忙道："哪里会呢？我们当然得姓冯，就叫冯'蝘蛉'，妈，你说好吗？"

李凝眉道："姓冯就好，叫什么都好。"

常天葵与冯令丁的女儿，虽然没有出世，却拥有了一个美丽的名字：冯蝘蛉。她曾经带给她的母亲短暂的憧憬和快乐。

常天葵喜欢搬回盈虚坊住，另有一个重要原因：她每天替姐姐扎针治疗方便了许多。通常是吃过夜饭，吴阿姨来接她去恒墅，百多步路，慢慢走走，正好消食。替姐姐扎完针，吴阿姨再送她回守宫，顺便替守宫收拾厨房。

常衡步和小姨娘因惧怕常天竹发病，不敢让冯令丁和常天葵住回恒墅，心里总是愧疚。每晚，常天葵来替天竹扎针，小姨娘必定让吴阿姨早早备下精致的点心候着常天葵，看常天葵吃下去方肯罢休。

自搬出恒墅这些年，无论酷暑严寒，无论刮风下雨，常天葵从不间断为姐姐扎针治疗。常天竹病情已十分稳定，吃得下饭，睡得着觉，不吵不闹的，除了没有笑容和不会讲话，几乎与常人无甚区别。常天葵中医学院的针灸老师专门到盈虚坊对常天竹病况进行测查，十分赞叹常天葵的治疗效果，并把这个病例引入了中医学院公开课的教案。

舒适的日子时光过得特别快，钟点像跟人赛跑似的，一眨眼就冲出几千米几万米。定定神，农历新年笑眯眯地迎候在面前了。

盈虚坊中洋溢着操办新年热闹祥和的气氛。虽然盈虚坊就要动迁的消息就像裹挟着阵阵闷雷的大团雨云正渐渐逼近，盈虚坊中人也绝不会马马虎虎地挨日子。该除尘的照样除尘，该添新的照样添新。盈虚坊自建成以来什么样的变故没见过？坊中人早就养成了处乱不惊、措置裕如的淡定。

常天葵才放下饭碗，吴阿姨就过来领她去恒墅了。李凝眉关照道："晚上风大，要穿鸭绒衣。帽子戴起来，口罩不要忘了。"常天葵被包裹得严严实实，她才放她出门，又千叮嘱万叮嘱吴阿姨，一定要搀牢小妹妹，不好让她绊跤。吴阿姨无奈笑道："李同志，小弟是我奶大的，小妹是我从医院里抱回盈虚坊的。他们俩的小孩子我比你还宝贝，你就放落手吧。"

进了恒墅，小姨娘迎上来又是一阵嘘寒问暖："胃口开吧？肚皮没什么难过吧？小囡胎心正常吧？"又让吴阿姨赶紧去把焐在砂锅里冰糖炖燕窝盛出来。

常天葵只好哀求道："姨妈，我刚刚被婆婆灌下去一菜碗乌鲫鱼汤，肚皮快撑破了。等我给姐姐扎完针，让胃休息一刻，再下来喝，好吗？"

小姨娘点点头，道："那你一定不要忘记喝啊。"又要吴阿姨把燕窝焐到砂锅里去了。

常天葵便要上楼去，小姨娘喊住了她，笑道："扎完针，先到我房中来一趟。我给小毛头织了粗细两套绒线衫，你看看，喜欢不喜欢？"

常天葵道："姨娘，费这个神做啥？现在外头都有买的。"

吴阿姨在一旁帮小姨娘的腔，道："买来的腈纶套衫哪有自己织的绒线衫暖和？要是早个五年，吴阿姨也会帮小毛头织的。可惜现在眼力不行了，总是漏针。"

常天葵便道："我们小时候也穿过姨娘织的绒线衫。我还记得，一件粉红色的，下摆像裙子一样，还绣着淡黄的小花。姐姐是一条浅绿色的，姨娘，我没记错吧？"

小姨娘淡淡一笑，道："你快上去吧，不要弄得太累了。"

常天竹房中点了只火油取暖器，明显比其他房间暖和得多。常天葵便将鸭绒棉袄脱了，只穿了件朱红色的棒针粗绒线衫，显露出丘陵般的腹部。天葵对着大橱门上的穿衣镜左顾右盼了一歇，道："姐，你看到吗？我的腰好粗哟。生孩子都要变得这么丑吗？可我记得从前你怀着蝘蜓的时候，仍然是盈虚坊最漂亮的女人呀。"

常天竹跟平素一样，恬静地坐在藤圈椅里，像一尊没有思想、没有情感的大理石雕像。

常天葵对着镜子自嘲地耸耸肩，又道："姐，你别急。我马上替你扎针了。你是我最听话、最勇敢的病人，所以给你治疗的效果也最显著。姐，说不定啊，再扎两个月，你的毛病就全好了。我一定要争取在我生孩子以前治愈你的病。否则，我去生孩子了，谁来替你扎针呢？把你交给别人治疗，我还不放心呢。"

常天葵嘴巴里自言自语，手却一刻没停歇过。依次在常天竹头顶心、耳侧、肩胛凹处、脊梁骨、手肘、手腕、脚踝等处，扎进三寸五寸不等的银针，点燃了艾绒。做完这一切，她退至床沿头坐下。姐姐整个身子纹丝不动，艾绒燃烧的烟线萦绕着她，使她隐隐约约地像尊庙堂中的观音佛。

常天葵从小把姐姐当偶像,什么话都跟姐姐说。从小养成的习惯再也改不了,她止不住又说开了:“姐,我已经去B超室检查过了,同你一样,我怀的也是女儿。姐,我喜欢女儿,喜欢同你一样。爸爸说,手心手背都是肉,所以也给我女儿取了个名字,叫‘蝘蛉’。只不过蝘蜓姓常,蝘蛉姓冯。丁丁哥哥非常喜欢这个名字,他还跟我说,即便我们有了蝘蛉,我们还会抚养蝘蜓,把蝘蜓当作我们的大女儿。所以你放心了。蝘蜓在华东师范大学读心理学,成绩很出色,老师同学都对她很好。她跟我说过,说等她大学毕业,要用心理学的办法来替你治病呢……”

常天葵一直说到艾绒烧尽,方才轻轻地替姐姐取针。她看见姐姐双目合闭,像是睡着了。便喊了吴阿姨,相帮着替姐姐脱去外衣,抱她到床上躺下了。

吴阿姨道:“小妹妹,我去端燕窝给你吃,吃了早点送你回守宫。”

常天葵道:“我上去看看姨娘织的衣裳就下来。”

吴阿姨便道:“那我就把燕窝送去小姨娘房里好了。”

吴阿姨匆匆下楼去厨房,常天葵一步步登上三楼的扶梯。腰和膝盖都有点酸,她还小心翼翼抓住了把手。

这时,她听到背后有人喊道:“天葵,当心啊!”

常天葵浑身一震,她已经许久许久没听到这个声音了,可是她对这个声音仍然是那样熟悉,她心里回应了一声:“姐——”猛地扭转身子,她看见姐姐披着棉衣站在房门口,眼珠子切切地盯着自己,哪里还有半点精神不正常的样子?!她喜极而泣,喊了声“姐姐”,便扑了过去。她却从四五级扶梯上摔了下来,打了两个滚,又身不由己地沿扶梯滚落到底楼。

“啊——”常天竹尖利惊恐的嘶叫充溢了整座恒墅。

常天葵保住了自己的生命,却没有保住肚子里的孩子。那个叫做“冯蝘蛉”的小姑娘没有看一眼蓝天白云就化作了泥雪云雾。

常天葵从昏迷中醒来时候，已是第二天傍晚。她的两只手首先触到了自己重又平复了的腹部，心口一阵刺痛，眼泪呼地涌了出来。

“天葵，不能哭啊，小产跟坐月子一样的，以后就要见风落泪的。”

“天葵，万幸万幸，医生说你的身子并无大碍，也不会妨碍以后的生育。”

“天葵，什么也不要多想，好好将歇身子。留得青山在，不愁没柴烧。”

……

常天葵只听得耳畔嘁嘁嚓嚓噪成一片，勉强睁开了眼睛。她看到婆婆、姨妈、畹丁姐、吴阿姨，守宫、恒墅的女眷几乎全聚在她床周围，一张张焦虑关切的面孔凑得她很近，让她眼花缭乱，有点晕眩。而她最想看到的那张面孔却不在眼前，她晓得他忙，忙得经常把她忽视了。她觉得疲惫不堪，连露个笑容回应一下的力气都没有，只得呱嗒一下，又合上眼帘。

“天葵，都怪我，我要把毛线衣拿下来给你看就好了。”这是小姨娘被悔恨煎熬得零碎破残的声音。

“小妹妹，要怪就怪我，是我没看牢天竹，我还当她真好了呢！”这是吴阿姨恨生生、刮辣松脆的声音。

“谁都不怪，这是命！”李凝眉的声音却出奇地平静，出奇地硬朗，“天葵，我已去倪师太那里烧过香了，师太说得是，命中该你的逃不掉，命中不该你的留不住。蝘蛉是天上的星宿，不耐天庭寂寞，跑到人间玩一遭又回去了。你还不老，还能再怀上的。倪师太从不轻易许人愿，她的话一定有准头的。”

常天葵很想撑开眼皮，对这些长辈说几句感激的话。可她的眼皮沉得像拴了几公斤的砝码，就是抬不起来。

大概是个护士跑进病房来了，但听一个声音道：“家属都好出去了，病人刚动了手术，麻药恐怕还没醒呢，尽量让她保持安静！”

接着一阵窸里窣落的脚步声过后，病房沉入寂静。

常天葵仍然不敢抬起眼皮，她害怕再看见姐姐眼珠子切切地盯着自己的样子，她害怕回想那可怕的一幕。

冯令丁直到晚上快九点才赶到病房，医院探视时间早已结束，可护士们都认得冯区长，自然对他网开一面。

冯令丁看着妻子沉沉地睡着，原本饱满的莲子脸蓦地瘦成了残花褪红，苍白得看得见肤下一丝丝青紫的毛细血管。他觉着一阵心痛，忍不住伸出掌托住她的腮帮。不想常天葵腾地翻起身，双臂环住了他的腰，憔悴小脸埋进他的胸膛，失声恸哭。原来她何曾睡着？原来她一直等着他。

冯令丁轻轻拍着她的背，他不是很善于说宽慰女人的言语，只是反复叨着一句话："好了，都好了，一切都会好的……"

常天葵狠狠地哭了一通，胸中块垒消散了一些，这才哽哽咽咽道："对不起，我没有保护好我们的蝘蛉……"

冯令丁更紧地拥住她。他一直想问她一个问题，一直犹豫着，不敢问出口。此刻，见她情绪稍定，终于吃力地问道："你，不是说你姐姐毛病好多了吗？怎么突然又发作了呢？"

常天葵像只驯良的小猫，软软地趴在他怀里，纹丝不动，好像又睡着了。其实她心中仍是惊魂未定，疑虑重重。一定是经过吴阿姨言之凿凿的描绘，人人都以为是常天竹毛病发作，推搡常天葵失足滚下了扶梯。可常天葵却清楚地记得，姐姐没有发毛病。姐姐跟自己说话的时候，神态温婉亲切，跟得病前的姐姐一模一样，姐姐毛病真的全好了。自己就是因为太激动，一不小心才摔下楼梯的。可是吴阿姨为什么说她亲眼看见姐姐把自己推下楼梯的呢？吴阿姨当时端着燕窝刚好走到楼梯口，情急之中摔下燕窝就来扶自己。吴阿姨绝不会无缘无故栽赃姐姐的，吴阿姨痛惜姐姐，关爱姐姐，这是盈虚坊人都有目共睹的。难道自己看到的姐姐仅仅是自己的幻觉？自己从三楼扶梯摔下来时头脑还蛮清醒的，后来又怎么会从二楼楼道滚到一楼去的？她的记忆在这一段是一片模糊。

常天葵终于没有勇气说出她看到的真相，宁愿相信那是自己一厢情愿的幻觉，宁愿相信吴阿姨描述的才是真相：姐姐她精神病又犯了！因为她无法解释一个细节：当她一时惊喜，不慎从扶梯摔到二楼楼道，倘若姐姐那一刻确实是清醒的，她肯定会护着自己，把自己搀扶起来，自己怎么可能又从二楼楼道滚落至一楼去了呢？

常天葵辗转反侧，把脑袋都想得生痛，仍找不出适当的理由回答这个问题。她决定将真相藏在心底，永远不告诉任何人！

不久就过春节了。守宫和恒墅对过节都没多大兴趣，大家的心思仍放在常天竹、常天葵两姐妹的身心健康上。常天竹久不犯病，突然发作，这让两家人都悬着颗心惴惴不安。比较统一的意见，便是针灸治疗毕竟不能替代药物的治疗。再讲常天葵又坐小月子，十天半月不能下床，无法继续替常天竹扎针。索性就此恢复吃药，病了近二十年了，也不指望她能痊愈，只求太太平平毛病不要发作就好了。当日，吴阿姨便和小姨娘配合，捏鼻子给常天竹灌下去一片浅蓝色的药丸。

经过半个多月精心调养，常天葵逐渐恢复了元气。阳光灿烂的日子，李凝眉便让吴阿姨将竹榻搬到敞廊里，榻上铺起厚厚的绒毯，让常天葵半躺在榻上晒晒太阳，呼吸呼吸新鲜空气。

常天葵套外衣时发觉裤腰宽出两寸，棉袄前襟好塞进一只枕头。原来她是大着肚子搬回守宫的，合体的衣服都放在长宁路的公房里没带过来。

自常天葵意外流产，冯令丁总是尽量早一些回家陪伴妻子。这一日，他赶在吃夜饭前回家，还端了一碗面条上楼，一口一口喂常天葵，把一碗面吃得精光。

常天葵无限享受着丈夫对自己的呵护，撒娇道："你看，也没人帮我去拿几件合身的衣服过来，老穿孕妇服，难看死了。"

冯令丁勾起食指轻轻刮了下她小巧的鼻尖，道："丑姑娘，什么时候我有空，回去帮你拿衣裳，满意了吧？"

常天葵扭扭身子，道："你说说等你有空，要等到猴年马月呀？我记得恒墅里还留着一箱衣裳。吃了夜饭，你过去把那只箱子拎过来就是了。"

冯令丁真心实意要讨老婆开心，便道："去恒墅来回要不了几分钟，我把箱子取过来再吃饭。"立起来就走了。

李凝眉上楼来喊冯令丁下去吃夜饭，常天葵道："妈，你们先吃起来，他帮我去恒墅拎箱子，马上会回来的。"

大约过了半个小时光景，李凝眉又上楼来了，道："我们都吃得差不多了，令丁怎么还不回来？不要被你父亲留住吃夜饭了吧？"

常天葵心里忽地兜起一阵不祥的预感，这预感令她毛骨悚然。她勉强笑道："他呀，除了机关里的工作，什么都做不来。叫他找只箱子，找半天也找不到。早晓得我陪他一道去恒墅了。妈，我去喊他回来。"

李凝眉慌道："不不不……天葵，让畹丁去一趟吧，你的身子……"

常天葵立意已决，一边穿大衣，一边道："妈，我是医生，我晓得自己的身体。在床上躺了半个月了，再不动动，以后都不会走路了。畹丁姐也不晓得我箱子放在哪里呀！"

李凝眉还是不放心，定规叫了冯畹丁陪她一起去恒墅。这一路上，常天葵心中那不祥的预感愈积愈浓，脚步也愈走愈快。吓得冯畹丁跟在她身后拼命喊："慢点，慢点，小心啊，天葵！"

匆忙间常天葵忘了带钥匙，只狠命地揿门铃。吴阿姨急忙从厨房奔出来开门，两只手还是湿漉漉的。惊讶道："小妹妹，你哪能出门啦？"

常天葵劈头问道："我爸留令丁吃夜饭啦？"

吴阿姨道："没有啊。小弟过来时我们饭已经吃得差不多了，他说帮你拿了箱子就回去的……"

常天葵等不得吴阿姨话落音，已经往楼梯蹿上去了。冯畹丁和吴阿姨互相对了一眼，也跟着她上楼去。

常天葵先推开姐姐的房门张了眼，常天竹果然不在自己房中。常天葵冲到自己房门口，刹住脚步，深吸了口气，便用力推开了虚掩着的门——她看见丈夫和姐姐紧紧地拥抱在一起，两个人似一个人！

冯令丁先抬起头看到了常天葵，下意识地猛然推开了常天竹。常天竹却又扑了上去，抓住冯令丁的衣襟，又是撕又是捶又是咬的。

吴阿姨慌忙喊起来："大妹妹毛病又发啦——"冲上去抱住了常天竹。常天竹岂肯罢休？挥舞着两只拳头还要去打冯令丁。冯畹丁张开臂膀护着冯令丁边退边躲，一直退到楼梯口。恒墅里的人闻声都跑上楼来了。单根帮助吴阿姨把常天竹拖回自己房中灌药去了，常衡步和小姨娘不停地安抚冯令丁，有什么地方被抓伤没有？要不要涂点红药水？

只有常天葵冷峻地立在一旁，一声不发。她浑身的血液全都凝固起来，仿佛化作了一具没有生命的石雕。

38

浓睡觉来莺乱语，惊残好梦无寻处。

常天葵觉得自己陡然老了千百年，阅尽了人世沧桑，洞悉了人心险恶。她不顾两边家人的百般劝阻，执意回医院上班了。

那日早上，冯令丁特地给邢师傅打电话，让他早点开车来，顺便送常天葵去医院。常天葵却跳着蹦着逃开了，咯咯咯笑道："我不坐你的轿车，我不想破坏你的规矩，我喜欢骑脚踏车。"冯令丁看她依旧轻捷玲珑的姿态，听她依旧活泼开朗的笑声，也就放了心，自乘轿车上班去了。常天葵推出辆超役多年的"老坦克"，跟婆婆招呼了声，就出了门。李凝眉追着她背影道："不要硬做，做不动，请病假回家！"

常天葵头也不回地往前骑，心里面盛满诀别的悲凉，每根骨头每寸皮肤都在痛。她想到冯令丁竟然还有脸开玩笑,道:“天葵,大概是你给天竹扎针扎得太痛了,所以她才报复到我身上来,看到我毛病就发作!”常天葵懒得跟他理论,装作不堪疲惫,倒头就睡。她有生以来第一次觉得丁丁哥哥虚伪得可憎。你还当我是个天真幼稚的小姑娘,以为我会相信你的谎言吗?关键在于她不能再欺骗自己了。从前粒粒屑屑的疑点已经连成了一片,只是有几处关节她还需要弄弄清楚。把全部真相弄清楚以后,她会做出选择的。想到这里,常天葵眼泪咕噜噜地涌了出来。幸而她骑着脚踏车混杂在上班族如潮的车流中,没有人会注意她的表情。扑面而来的早春清新而凛冽的晨风,将她腮帮的泪珠吹散,细雨般沿途飘洒开来。

傍晚时分,李凝眉接到常天葵打回来的电话,说医院调她去病房了,隔天便要值夜班,这一段她就住在值班室,不回家了。李凝眉急了,说你身体刚好,怎么吃得消呢?常天葵的理由不容置疑,每日来回跑,岂不更吃力?李凝眉说不过她,只好勉强应了,心里总是疙疙瘩瘩,难不成因为孩子流产,与冯令丁闹别扭了?待儿子晚上回家,李凝眉把常天葵调病房值夜班的事跟他讲了,狐疑地问道:“令丁,你跟天葵没什么不开心吧?”

冯令丁笑道:“妈,你不要胡思乱想的。天葵有一段不上班了,她的脾气你还不晓得?恨不得一日当作两日用,把耽搁的工作全补上。”

李凝眉思忖,令丁讲的不会错,像天葵那般清水一样的脾性,要跟她怄气都难。这才歇了心。

冯令丁道:“妈,我还要去一趟恒墅。天葵她爸爸日里给我电话,叫我下班一定要去找他,有要紧事体跟我商量。”

李凝眉道:“保准又是为他那个改造盈虚坊的计划。下半天就和你爸爸蟠在书房里推敲了半日呢!”又怨道,“你爸爸也真是多事,他自己告诉你就是了,偏生要你去常家跑一趟。”

冯令丁笑笑道:“反正近的,跑一趟就跑一趟。”他是晓得父亲这么做的用意的。父亲虽则支持常衡步的计划,可他不会去做没有把握的事体,更不愿意出头露面当急先锋的角色。

李凝眉摇摇头,道:“这个常老夫子,白日梦永远做不醒。你想想,就连他们常家自己人都不肯摸钞票出来做,他还不肯罢休。你还是劝劝他,过过太平日子算了。”

冯令丁不想跟母亲耽搁时间,敷衍地应了声,就出门了。

冯令丁有恒墅大门的钥匙,自己开了锁进去。正巧吴阿姨从厨房出来,端着黑漆描金的托盘,盘中一杯白水,一只白釉小碟,碟中卧着粒蓝莹莹的药丸。冯令丁心有些慌,镇静道:“吴阿姨,你这是给天竹喂药去啊?”

吴阿姨神色有点黯然,道:“没法子,小妹妹不好来针灸,再不吃药,怕要吵得一家门都睡不好觉。”

冯令丁道:“我正好去三楼找常先生,顺便把药带上去好了。”伸出两只手去接托盘。

吴阿姨忙道:“不行的,小弟。大妹妹哪肯服你喂的药?不揪你打你算是客气的了。”

冯令丁道:“你放心,吴阿姨,我气力大,把药灌下去,她就不会闹了。”执意要接托盘。

吴阿姨盯着他看了一歇,便松了手,笑道:“那就谢谢你了。”又道,“常先生正等着你呢,茶我已经替你泡好了。”

冯令丁端着托盘上了二楼,走进常天竹的房间。常天竹一见他便从椅子上蹦起来,冯令丁嘘了一声,用脚将门关上了。

冯令丁将托盘放下,常天竹就勾住了他的头颈,面孔伏在他肩胛上,珠泪点点,娇喘吁吁,哽咽着说不出一句话。冯令丁晓得她当着人面要装疯卖傻,受了太多的委屈。满心是对她的愧疚与痛惜,只是轻轻抚着她的背,也说不出一句话来。

少停,常天竹缓过气来,问道:“天葵她,怀疑我了吧?回去一定跟你吵了吧?”

冯令丁道:“没有,天葵她单纯,她什么都没说,她不会怀疑的。”

常天竹更狠地箍紧了他,道:“我担心了一夜天,真怕他们看出了破绽,再也不让你过来了。"

冯令丁道:"怎么会呢? 我怎么会不过来看你呢?"

常天竹几乎软瘫在他怀里,她的手摸索着去解他的衣扣,却被冯令丁阻止了。冯令丁轻轻扶正了她,艰难地道:"天竹我们不能。我现在是天葵的丈夫,我要对她负责的呀!"

常天竹眼珠子里充满了伤痛和怨恨,愤愤道:"那么,谁对我负责呢? 你冯令丁难道对我没有责任吗?"

冯令丁捉住她的肩膀,道:"天竹,轻点,求你了。我当然会对你负责的,我和天葵向你父亲保证过的,一定会对你负责到底的。"

常天竹狠狠地甩开了他的手,吼道:"我不要你这样对我负责……"

隔着门,忽听得常衡步大声喊着:"吴阿姨——吴阿姨——冯令丁到了没有? 一到就叫他上我书房来——"

冯令丁忙道:"天竹,等我忙完这一阵,我们再好好商量,你一定要相信我。快把水喝了,药片丢了。我上去了。"便匆匆闪出门去。

吴阿姨听得常先生喊,生怕又弄出什么事来,有点懊恼方才将药交给冯令丁了。急急上楼寻他,合巧在楼梯口与他照面。

冯令丁以攻为守道:"吴阿姨,我听到舅舅在唤我。总算还好,药已经灌下去,你快去帮她躺下吧。"便脱身上三楼书房去了。

常衡步看见冯令丁,那两颗平素深陷在皱褶中的眼珠子便如出土文物般凸显出来,掸落灰土,上了釉色般灼亮。捉住女婿的手,嘿嘿嘿笑着,不无得意道:"令丁,我们把报告修改润色了一番。你父亲的点子不错,把重点转移到历史意义上来,政府是不是就容易接受了呢?"

冯令丁接过那份二十几页关于修复盈虚坊原貌的报告,从头到尾又看了一遍。这里面的许多要点他已经能背出来了。正如常衡步所言,这一次的报告详尽描述了清咸丰年间太平军驻扎盈虚坊以及抗战期间盈虚坊主人无偿捐出自家积谷仓辟作难民收容所这两件事实,强调了盈虚坊的人文内涵,更具有说服力了。

冯令丁沉吟着，寻思着如何开口对常衡步解释政府的意图。说实在，他是被常衡步的报告说服了的，但也清楚地了解区政府财政上的艰难。虽说从1992年起，上海建立推行“两级政府、两级管理”的新体制，区政府财政收入有了很大的增长。可历史上遗留下的危棚简屋范围之大，老百姓居住环境之差，旧区改造任务之重，处处都急需政府财力的投入。因此，他预料到常衡步这个报告近期很难被政府列入规划。

“舅舅，”冯令丁喝了口茶，斟酌着措词道：“你的报告论点鲜明，论据充分，剖析深入浅出，的确很有价值啊。”稍顿，旋即道，“可是，政府现在实在腾不出手来做这件事体。”看常衡步激动地要说什么，忙抬手制止了他，“舅舅，我想哪一天带你到那些危棚简地块去转一转，也许你就会理解我的心情了。作为分管城建工作的区领导干部，面对居住环境那样窘迫的老百姓，我心中的愧疚难以言表。市委、市政府已下了决心，绝不能把棚户简屋带入下一个世纪。任务很紧，压力很大。如果我们不是全力以赴地做好这项工作，老百姓会指着鼻子骂我们的！”

常衡步腾地站起来，在书桌和沙发之间来回走了两圈，立在冯令丁跟前，点着他的鼻子道：“那我现在就要骂你，你们拆除历史，消灭历史，那就是历史的罪人。老百姓也许为着眼前的利益会对你们歌功颂德，我相信，过了三五十年，他们也会骂你们的。”

常衡步声音本就喑哑，加之情绪激动，这段话讲得断断续续，却在冯令丁心中引起很大的震动。自从进入建委工作，冯令丁就有意识地翻阅了许多世界各国有关城市建设的资料。美国圣菲市完全保留印第安人的建筑风格；意大利罗马古城修旧如旧；法国巴黎老城区不允许出现六层以上的楼房；瑞典斯德哥尔摩保留了城市最中间零点八平方公里的老房子，如今却成了这个城市的骄傲。

此刻，冯令丁脑袋中两种观点争论得非常激烈，哪一方也说服不了对方。却绝处逢生，冯令丁终于想到一个法子，无论会得出怎么样的结果，总不失有群众基础。原来，各区县的人大、政协会议即将召开，旧城区的改造方案要经过代表、委员们的充分讨论，并在会议上表决通过。何不将常衡步的报告捅到人大、政协会上去，如若能获得一定数量代表委员的支持，自己便可理直气壮地向区委区政府进言进策了。

冯令丁将这个想法告诉常衡步，常衡步犹豫道："我现在不是人大代表，也不是政协委员。畹丁倒是人大代表，可她一直反对我的计划。莫非令丁你愿意做我的代言人？"

冯令丁道："我现在的身份，只代表你的意见恐怕是不妥的，但我可以想办法让你列席小组讨论。你现身说法，更有感染力。只需有十人以上同意你的观点，便可作为代表将方案递交常委会讨论。那时，我便可发表意见了。"

常衡步瞪着眼珠子寻思片刻，喷笑出来，拍着冯令丁的肩膀道："好，你小子当官当得还有点模样。古人言，仁者在位仁人来，义者在朝义士至。令丁，舅舅看好你，一定能成就一番事业的。"

冯令丁离开恒墅时，吴阿姨一直送他出门。冯令丁问道："吴阿姨，天竹吃了药，睡得还安稳吗？"

吴阿姨瞟了他一眼，道："你说你把药给她灌下去了，我进去看见药还在碟子里放着呢。不过奇怪了，药没吃下去，人倒睡得安安稳稳的了。"

冯令丁悬着的心扑通落定了，轻轻地长长地吁了口气，却早已惊出了一身冷汗。

几天后，区政协、人大会议相继召开了。冯令丁稍微利用了一下职权让常衡步作为列席代表参加了小组讨论。可是，常衡步的游说并没有收到预期的效果，只有五六位来自大学和文化单位的代表在常衡步的报告上签字。那一段，传媒上屡屡报道"危、棚、简"地区老百姓居住环境的艰难，区长在做区政府工作报告时，含着眼泪向全体代表呼吁，旧城区的老百姓在等待、在期盼、在呐喊，何时才能告别"危、棚、简"，跨入新天地？作为人民的公仆，我们不能再等待了。拖拖拉拉，犹疑观望，都是对老百姓犯罪！我们必须抓住千载难逢的改革开放大好时机,加大旧区改造力度,打一场新时期的淮海战役,尽快把目前还居住在棚户简屋中的老百姓解放出来,向人民群众还情还债,绝不把这贫穷落后的面貌带进21世纪!掌声雷动,代表们群情激奋,一致通过了区政府旧区改造的规划和步骤。在这样的氛围中,常衡步提出恢复盈虚坊历史旧貌的提案显得那样微不足道,甚至有了解他底细的人认为他是借改革开放之机行重建家业的私人目的。冯令丁也因此受到区长、区委书记的严厉批评,一是批评他明知故犯,违背人民代表大会程序,擅自让常衡步作为列席代表进入会场;二是批评他在执行区政府旧区改造的战略规划中态度暧昧,摇摆不定。鉴于这两点,原议定出任旧区改造指挥部总指挥的他,降级担任旧区改造指挥部副总指挥,总指挥改由区长兼任。

常衡步得知自己的提案被搁置,打入冷宫,沮丧之下,独自离开恒墅,搬入那间屋顶隐藏着残缺的《观世音圣诞出家得道全帧图》的三层阁居住,做出的姿态便是誓与盈虚坊共存亡。

冯令丁实在很为老丈人身心健康担忧,更担心真到盈虚坊拆迁之时,常衡步会不会采取更激烈的行为?于是,他硬着头皮去恒墅拜望小姨娘,希望小姨娘能够劝回常衡步。

恒墅里虽然接二连三地有变故,小姨娘却总是淡定从容,娴雅沉静得如同一块翡翠。她用透明的玻璃杯给冯令丁泡了杯眉尖茶,还丢进几粒殷红的枸杞,捧着先是养眼,喝了愈是养心。小姨娘就是能把枯燥琐碎的日子用极简单的方式让它有声有色起来。望见冯令丁忧心忡忡的样子,她浅笑着,面孔朦胧月似的,道:“令丁,就让他在那里住几日又何妨?一日三餐吴阿姨会给他送过去,饿不到他。功名利禄都看轻了,偏就一座盈虚坊放不下,这是他一世的心痛。我拜托倪师太了,由他面壁参禅,倪师太会解他心结的。”

冯令丁稍许定心些,便告辞出来。他从三楼走下楼梯,在二楼的过道上停顿了下,望一眼常天竹的房门,心想,还是等这桩事体忙定了,再来抚慰她吧。便拔起脚,噔噔噔地下楼了。

冯令丁回到守宫,见父亲母亲畹丁姐都在客堂间候着,晓得他们也是为常衡步担心,便将小姨娘的话回复了一遍。

李凝眉先一个叹道:“难怪盈虚坊老住客都讲,常衡步就是盈虚坊,盈虚坊就是常衡步。幸亏现在改革开放了,否则不晓得又会给他戴上顶什么派的帽子。”

冯畹丁蹙起眉尖道:“明天我抽空去一趟三层阁,一定要劝舅舅回恒墅去。这次我们街道仍旧要配合动迁小组工作。要是舅舅领头做钉子户,盈虚坊的动迁工作就很难推行下去,让我怎样再去做其他居民的工作呀!”

冯景初正在翻阅当日的晚报,像是随口道:“时不至不可强生也。明明是一桩造福后人的好事,只因时机不对,反倒引出许多是非。畹丁你去看他,说我求他一幅对子:‘不为不可成,不求不可得。’什么时候写好了,我去恒墅取。”

冯畹丁揣摩到父亲的意思,便点点头。

这边,李凝眉却另有思虑,拉住儿子道:“令丁,天葵好些天没有回家了,打过来电话都是工作忙啊病人多啊。哪有忙到家都可以不回来的道理?明天下班你去医院看看,无论如何接她回家,啊?”

冯令丁含糊道:“妈,这一阵我也是应接不暇的。明日我给她打电话,叫她回来给你看看!”事实上,常天葵不回家,冯令丁倒觉得轻松。他害怕面对常天葵清澈、透明的双瞳。

这以后的几个月时间里,冯令丁满脑子被旧区改造工程塞满了。全区几十万平方公里的危房棚户简屋,数片地块,同时开工。旧区改造指挥部的灯通宵达旦地亮着,不分昼夜,没有休假。千头万绪,条分缕析。成立机构,制订每个步骤的细则,一项项定人定点地落到实处。冯令丁虽说是副总指挥,实际上具体工作全由他牵头,他索性就住在指挥部办公室里了。

旧区改造很重要的一环便是招商引资。守株待兔太耗时日,指挥部商定主动出击,召开一个房地产商的务虚会,向他们传达区政府关于旧区改造工程的多种优惠政策,欢迎他们积极参与各地块的招投标工作。指挥部通过建委、房地局、装饰协会方方面面的评估举荐,筛选了二十多家资质好品牌好的房地产开发公司,郑重向他们发出了邀请函。

忙忙碌碌之中,纷纷红紫渐成尘,夏木阴阴正可人。

区领导非常重视这场务虚会,安排在午后两点召开,由旧区改造指挥部副总指挥冯令丁主持。晚上,区委书记区长将亲自出马宴请这批房产商。

近午时分,冯令丁接到母亲的电话,说是陈戈壁考取了同济大学建筑系,父亲和畹丁姐准备晚上设宴庆贺,常天葵已答应晚上请假回家,常衡步也同意走下三层阁前来赴宴。母亲恳求道:"令丁,今朝你是无论如何要回来吃这顿贺宴的呀!"

冯令丁却身不由己。区委书记区长设宴招待房地产商,这一场招待酒会意义非同寻常,他这个旧区改造副总指挥岂能缺席?只好跟母亲摆明了事情轻重,再三致歉,并托母亲转达他对外甥的祝贺。

为了表示政府招商引资的诚意,区长指示冯令丁要提早恭候在会场门口,不要让房产商们感觉到政府官员总是高高在上。冯令丁便随便抓了两只菜包子啃啃,先期到了会场。一一检查了会场的布置,摆放的鲜花、茶水、点心、湿纸巾、纸笺和笔,都妥当了,才去休息室的沙发上眯着眼靠了片刻。一点半光景,秘书来叫他了。冯令丁连忙打起精神,跑到会场大门口迎候贵宾去了。

总以为那些老板们开会肯定拖拖拉拉不会准时,不料冯令丁才赶到大门口,便有客人到了。其实房产商们全都很看重旧区改造的机遇,谁不想在这样的大好商机中分得一杯羹?

冯令丁迎接了几位房产商老板,互递名片,应景地寒暄一番,恭请他们入座。这时,一辆银灰色流线型的宝马车从椭圆型花坛旁边的车行道滑行过来,轻巧地停在大门口。车门推开,先下来一位气度不凡的绅士,一米八十的身架,穿一套米灰色意大利名牌西服,金丝边眼镜平添几分儒雅。他稍稍弯了腰,优雅地伸出手臂,便从车门中接出一位女士来。那女士挽着高髻,穿一袭真丝宝蓝职业装,勾勒出丰盈迷人的曲线。戴一副蛤蟆大墨镜,遮去大半张面孔,珍珠耳坠夹着一弯红唇,挑起的一缕自信的浅笑。冯令丁就觉着这女士身影非常眼熟,一时却记不起来在哪里遇到过。女士一手挽住绅士的手臂,两人款款走到冯令丁跟前。女士笑道:"冯区长,你真是贵人多忘事,不认得我啦?"

冯令丁从声音听出来了,惊讶道:"许飞红,是你呀?"

许飞红存心要在雷杰森先生面前表现出与区领导有着不同凡响的关系,自得地笑道:"冯区长,我来介绍一下。这位是香港龙仕阁集团的首席代表雷杰森,现在也是我们飞骏·龙仕阁房地产开发公司的财务总监。"

冯令丁公事公办地与雷杰森握了握手,心中无端地不很喜欢这位财务总监,不喜欢他过于奶油的面孔,不喜欢他搀扶许飞红时过于亲昵的举动。

许飞红把涂着藕色珠光蔻丹的手抬到冯令丁面前,冯令丁笑着轻轻握住了它,柔软滑腻,令他心动。慌忙呵呵呵笑道:"许飞红,我们班级里你是做得最出色的了。上回你寄给我的材料我都看了,希望你在这次旧区改造的大工程中有所建树啊!"

许飞红的手指蜷在丁丁哥哥的掌中,所谓十指连心,她不由得心旌摇曳。只碍着身边的雷杰森,才恋恋不舍地抽回玉手,深望了冯令丁一眼,道:"那还得你区长大人多多关照啊!"

那样的眼神、那样的语气,连雷杰森都看出了端倪。两人走进会场时,雷杰森凑着许飞红耳朵道:"密斯许,你和那位副区长曾经有过一腿吧?"

许飞红把持住情绪,正色道:"杰森,我们只是老同学、老邻居而已,请你不要做不着边际的瞎想。"

自许飞红接到区政府的邀请函起,她就开始为这一天的着装打扮精心设计了。为了弥补小时候的遗憾,她一直留着长发,烫成波浪形状。这次却决定梳一个高髻,配上她丰润的杏脸,既现代又古典,冯令丁一定会欣赏的。她将衣橱里、箱子里春夏两季的衣服统统翻出来,一件件试穿,前后左右地照镜子,一遍遍问陆马年:“这件好吧？这件不俗气吧?”

陆马年火气辣辣地翻上来,道:“你他妈为了个冯令丁,就这样折腾得慌啊？再穿红戴绿也快四十的人了,你不怕丢人,我还要张脸皮呢!”

许飞红朝陆马年厚墩墩的背脊上猛击一掌,道:“我说你这个人脑筋有毛病是吧？公司里大事体从来不管,就晓得牵丝攀藤寻呵势。我老早跟你讲过,要拿下盈虚坊的改造工程,这趟务虚会便是机会,我当然要打扮得出类拔萃,不同凡响啰。你要不放心,就跟我们一起出席会议去呀!”

陆马年恨恨道:“你去出你的风头吧,我才不跟那个娘娘腔同车合污呢!”

许飞红又好气又好笑,道:“你怎么跟刺猬似的,碰到什么蜇什么的。莫名其妙又跟雷杰森较什么劲啊?”

陆马年道:“什么烂茄子臭冬瓜,我一根手指就好捽他个嘴啃泥！讲讲是香港大老板,怎么自己连部车子都买不起？天天钻到你的车子里揩油!”

原来合资公司成立后,许飞红听从雷杰森建议,添了部宝马车,配备了专职司机,不再搭陆马年的奥迪车上下班了,这也让陆马年耿耿于怀。

许飞红没好气道:“你讲话难听不难听？什么叫揩油啊？雷杰森在香港自然有车。公司刚成立,他也要看看我们拿得到什么项目,有没有在上海做大做强的可能嘛。”

陆马年已是强弩之末,气吁吁道:“人家不是说女为悦己者容吗？参加政府召开的会议,我劝你还是穿得朴素点,收敛点好。”

陆马年这句话倒让许飞红听进去了,便专程到真丝商厦定做了一套深宝蓝的职业装。

那一日,许飞红取了新衣兴致勃勃地回家,准备在丈夫面前好好展示一下。她推开客厅的门,却看到陆马年跟安徽小保姆并排坐在沙发上看电视,陆马年一条胳膊还搭在小保姆的肩胛上!许飞红气不打一处来,随手将装衣服的包朝他们掷过去,骂道:“陆马年你不是人,我在外面忙得头头转,你倒好,在家里跟乡下人吊起膀子来了,你个没良心的白眼狼!”

那安徽小保姆吓得逃到厨房去了。陆马年却仍坐在沙发里,跷起二郎腿,笃悠悠道:“老婆,原来你也会吃醋的呀!”

许飞红晓得他是故意做给自己看的,仍多给那个小保姆几百块钞票,当晚便将她辞退了。

许飞红就穿着新做的职业装出席了务虚会,不想效果出奇的好,端庄素净典雅,反添了几分贵族气和书卷气。老板们的眼光都黏在她身上了,其中当然也包括冯令丁吧?许飞红美滋滋地想着。

务虚会进行得很顺利,冯令丁作为旧区改造政府方的负责人,一一出示了需要改造地块的总面积、总户数、总拆迁量、可造建筑容积率以及将来可能获得的最大利益,等等。政府这样公开、公平、公正的态度让房产商们的积极性大大提高,献计献策,气氛非常热烈。冯令丁觉得今天自己的口才发挥得前所未有的高超,每句话都会掀起一阵波澜。他感觉得到,有一对美丽的火辣辣的眼珠子几乎分分秒秒地盯在自己脸上,这才使他精神振奋,妙语连珠。

会议至五点敲过结束的,冯令丁便请房产商们到贵宾室稍事休整,六点钟准时开宴。

冯令丁正与某个房产商攀谈,眼角余光却扫到一个深宝蓝的影子,忙叫道:“许总留步。”

许飞红立定了,雷杰森已跨前两步,又退了回来。

冯令丁匆匆结束了与那位房产商的交谈,调过头来道:“许总,我有几句话,想同你个别交换一下意见,你看能不能给我一刻钟时间?”

许飞红稍稍一偏脑袋,笑道:“当然可以啰,不胜荣幸呢。”

冯令丁便拿眼珠子斜了斜雷杰森。

许飞红踮了脚跟,凑到雷杰森耳边笑着说了几句。那雷杰森礼貌地朝冯令丁欠了欠腰,别转身走开了。

当只剩下他和她面对面时,冯令丁却不敢直视许飞红的眼睛了。那对眼珠子从来不掩饰她对他的爱恋。

许飞红看他一下子局促起来的样子,忍俊不禁道:“冯令丁,你不要再许总许总地叫了好吧,弄得我浑身起鸡皮!”

许飞红的坦率让冯令丁自然了许多,笑道:“场面上总要叫两声的嘛。”

许飞红耐不住了,道:“跟我说什么事啊?神神秘秘的,不会要向我求爱吧?”说罢,用力地咯咯咯笑起来。

冯令丁也笑道:“我敢吗?陆马年不要跟我决斗啦!”

两个人同时想起了少年时代的许多往事,不胜喟叹,相对无言了几秒钟。

许飞红瞟见雷杰森就在不远处的走廊中徘徊,便催道:“到底什么事?但说无妨。”

冯令丁道:“你真打算竞标盈虚坊地块吗?这里可是黄金地段,寸土寸金啊!”

许飞红眼珠子腾地发亮了,道:“当然啰,而且是势在必得。你愿意助我一臂之力吗?我可不想贿赂你,我们公司有这个实力。”

冯令丁道:“我晓得你有实力、有魄力,你的最大的优势还在于你从小在盈虚坊长大,对盈虚坊很了解、很有感情。用不到你贿赂,我会投你一票的。”

此一刻的许飞红,好想攀住丁丁哥哥的肩膀跳起来哟,她只是甜蜜地笑着望着他永远迷人的面孔。

稍顿,冯令丁问道:“你一定不会忘记常衡步吧?就是恒墅里的常伯父。”

许飞红乜斜着眼道:“不就是你的岳丈吗?我当然记得他。倒是一位菩萨心肠的老人,可惜有点神经质,老是一圈一圈地兜弄堂。”

冯令丁道:“你晓得他为什么要日复一日一圈一圈地兜弄堂吗?

你晓得他有怎样的心愿吗？”

许飞红嘴角挑起一丝嘲讽的笑，“他有了你这位当大官的乘龙快婿，还有什么不满足的吗？”

冯令丁晓得她在怨他，一笑以避之。便将常衡步希望修复盈虚坊原貌的计划简要地描述了一下。

许飞红终于明白了他的意思，不免有点气恼。怪不得方才给我戴了那么多高帽子，原来你是想利用我帮常家做事啊？沉下脸，不置可否。

冯令丁看她一下子沉默下来，略理了理思路，道：“抢救历史文化的工作应该是政府的事，可我们区急需改造的地方太多，难度太大，政府有限的资金只能投资到最需要的地方。所以，希望具有文化意识且目光长远的房产商加入到这样的事业中来。或许三年五载看不出它有多大的经济利益，其实，除了它的人文价值，它潜在的经济价值也是很大的。譬如，开发成旅游景点，做成高品位的艺术品市场，等等……”

许飞红忽地莞尔一笑道：“好了，等我拿到盈虚坊地块以后，再来听你做大报告吧。你放心，我会优先考虑常伯父的计划的，届时，恐怕还要聘请常伯父做我们的顾问呢。”

冯令丁没想到许飞红这么爽快就表了态，久悬于心的一块石头扑通落了地，情不自禁捉住许飞红一只手，道：“那我真要代常衡步谢谢你了。”

许飞红倒是很想永远让他这么捏着手，可她晓得雷杰森就在不远处盯着这边看呢，便把手收了回来，装作被捏痛了的样子甩着，笑嗔道：“用那么大的劲做啥？还不到谢的时候嘛。公司的事也不是由我一个人说了算，还要请人评估，还要开董事会讨论。另外，我还有一个附加条件呢。”

冯令丁因自己的失态有点尴尬，忙道：“什么条件你说吧？”

许飞红道：“开会时你介绍盈虚坊的地形图，却将守宫和恒墅划在红线外面了，这是为什么？”

冯令丁道:“这很简单,旧区改造指的是那些危房棚户简屋,守宫与恒墅房子结构那样好,自然不属于改造范围啰。”

许飞红道:“可是,如果要恢复盈虚坊的原貌,便不可不包括守宫与恒野吧?所以,如果我能中标获得盈虚坊工程,我希望是一座完整的盈虚坊。也就是说,它必须包括守宫与恒墅!”

冯令丁沉吟片刻,一横心道:“只要你决定按常衡步的规划做项目,我一定说服他们出让守宫与恒墅。”

“一言为定!”许飞红接口令似的,答得又快又响,止不住踮起脚跟往上拔了拔身子。这是她内心激动的表露,海市蜃楼的愿景竟就逼真地摆在眼门前了,稍一伸手便可揽到它了!

雷杰森终于走了过来,抬腕看看表,极有礼貌地欠了欠腰,道:“你们谈话的时间已经超过一刻钟了,听讲书记和区长已经到达了宴会厅。”

冯令丁同样礼节性地伸出手臂,微笑地作了个“请”的姿势。于是三人并肩朝宴会厅方向走去。

没走几步,雷杰森不无挑衅地开了口,道:“冯区长,我也是道听途说,不知当问否?”

冯令丁目光直视前方,微微含笑道:“请讲。”

雷杰森道:“听说冯区长架子独大,从来不屑与我们这些充满铜臭味的房地产商人坐在一张圆台面上。这么看来,我们真是三生有幸了。等会席间,我一定好好敬敬冯区长,一醉方休!”兀自哈哈哈地笑起来。

冯令丁耐心地等他笑够了,而后道:“雷杰森先生是贵客,我一定奉陪。今天是我们区政府请各位吃饭,共商旧城改造大计。人以义来,我以身许嘛。如果是你雷杰森先生做东,想以杯酒谋利,恐怕你就没有这么好的福气了。”说罢,加紧了步伐,便将那两位抛在了身后。

39

许飞红属鸡，母亲要是熬得了痛，晚两天生她下来，她便属狗了。屈指算了，今年实足三十八岁。陆马年上中学虽与她同级，读书得晚，倒比她年长了十五个月，是属猴的，今年恰巧虚四十。

陆马年对自己的生日从来马马虎虎，过不过无所谓，倒是对老婆儿子的生日记得分秒不差，每每要大动静地送礼物，办酒席，讨老婆儿子欢喜。

许飞红是记得他的好的，年头上就说了今年是你不惑大寿，马虎不得，一定要隆重庆祝一下的。

陆马年的生日和儿子靠得蛮近，也是秋天。儿子今年正好上小学一年级，也正是个由头。许飞红原打算两个人生日并拢来做。日子两头借借。去年在银杏宾馆包席，效果蛮好。今年索性多包几桌，凑个十全十美的整数。陆马年是千推万推，总说生日不过是一个数字，为了它这么开销实在肉痛。许飞红心里面却还有一层补偿他的意思。原来为了陆马年跟那个安徽小保姆并排坐着看电视的事，许飞红雷霆怒火熊熊燃烧了好几日。不仅辞退了小保姆，还罚陆马年跪洗衣搓板，睡地铺，吃了整整三天净蔬菜。后来还是小保姆的母亲陪着小保姆上门说明情况，小保姆哭哭啼啼说叔叔待她像父亲一般，从来没有不规矩的事体。许飞红才觉得自己这场火发得太性急了，便是想借为陆马年做四十大寿来抚慰他。

这一年，许飞红的头等大事就是参加竞标，争得盈虚坊地块。要保证万无一失，有许多准备工作要做。许飞红投入了她全部的智慧和热情，还有巨大的财力和精力。一次次评估，一次次谈判，绞尽脑汁，费尽心机，终于在最后冲刺中拔得了头筹，以高于周边地区百分之三十的地价，取得了盈虚坊地块五十年使用权。

竞标成功那天，相关应酬完毕，已是夜里十点敲过了。雷杰森扶着脚步有点踉跄的许飞红坐上了宝马车，跟司机叽咕叽咕叮嘱了几句。

许飞红因美梦成真，实在太开心。但凡有人敬酒，来者不拒，一口闷下。这一刻正云里雾里地翻腾呢。雷杰森一只手悄悄地挽住了她的腰，她咯咯咯笑着推开了他，嗔道："这么脏的爪子，滚开！想揩油，你还嫩着点。"身子却支撑不住，扑倒在雷杰森怀里，昏昏睡了过去。

待许飞红一觉醒来，发现自己赤身裸体地躺在一张陌生的床上，惊吓地仄起身，团圈看来，像是一间宾馆的标准房。正疑惑时，却一眼看到茶几上放着的小牛皮公文包，不正是雷杰森平素拎出拎进的吗？霎时间她什么都明白了，她没想到雷杰森竟这般无耻，色胆包天，乘虚而入！她掀开被子，拿起团在沙发上的衣服胡乱穿上身。她听到了厕所间里莲蓬头沙沙的水声，还有雷杰森轻快的口哨声。许飞红气得七窍冒烟，攒紧拳头狠命地捶厕所间的门，愤愤骂道："雷杰森，你这个流氓，你给我滚出来！"

水声和口哨声停止了。等了一歇，雷杰森拉开门，他只在腰间裹了条浴巾，探出半条湿漉漉的身子，涎着脸道："密斯许，睡得舒服吧？进来洗个澡，我来替你搓背……"话没说完，面孔上挨了许飞红狠狠一巴掌。

许飞红骂道："流氓！你为什么把我拉到你的房间里来？你究竟对我做了什么？"

雷杰森不躁不怒，拿块毛巾抹去嘴角渗出的血丝，竟当着许飞红面解开浴巾，套上短裤，一边不无得意地道："你难道真不晓得我把你带到宾馆来了？你可是自己跟着我乘电梯上来的呀。我们做了一个男人和一个女人在一起应该做的事，而且，你也很快活，喊得惊天动地的……"

"你胡说！我喝多了酒，什么都不晓得……我要告你强奸！"许飞红恨恨地骂着，声音却喑哑起来。说最后那句话时，明显底气不足了。她是一个成年女人，深更半夜不回家，睡在一个比自己年轻的男人的床上。若去告他强奸,人家会相信吗?这么一想,她有点泄气了。意外的失身让她倍感委屈,软软地跌坐到沙发里掩面饮泣起来。

雷杰森笃悠悠穿上了睡衣睡裤,便蹲到她跟前,拿餐巾纸替她擦眼泪。她狠狠地打开他的手,他重又拿了张纸巾,她又打开他。他便扶住她的膝头,柔声道:"许姐,难道你真不晓得我的心意?难道平素我在你身上用的心思你都没感觉到?上海滩上那么多比飞骏公司更优质的企业,我为什么单挑你们合资呢?我第一次看到你,就被你的气度迷住了。许姐,我是真心喜欢你的,能够和你在一起,是我雷杰森前世求来的福气啊……"他的手便顺着许飞红的大腿缓缓地往上走去。

许飞红的身体好像被魔法定住一般动弹不得。从来没有一个男人对她说过这么一大堆甜言蜜语。陆马年在床上只有粗鲁的动作,完事后就鼾声如雷地睡去。她想着雷杰森的相貌堂堂,想着雷杰森的千万身价,想着公司今后的发展全靠他鼎力相助,她还有什么力量去拒绝他呢?当她的嘴唇被他牢牢封住,他身上古龙水的气味溢进她的鼻腔,她的身子不由自主地去迎合他了。

许飞红直到次日中午才回家,正撞见陆马年。他虎着脸冲着她道:"昨晚一夜天混到哪里去了?打你拷机也不回,我差点报110了!"

许飞红作出喜洋洋的神色道:"马年,我们终于中标了呀!"

陆马年却无动于衷的样子,瓮声道:"晓得了,老早有人来贺喜了!"

许飞红有点心虚,笑道:"公司里那点人拉我去喝庆功酒,被他们灌醉了,吐得昏天黑地。他们送我去了医院,挂了两瓶葡萄糖。现在才清醒点。"

陆马年是个实性人,立马相信了老婆的话,急道:"他们怎么不通知我一声呀?真好了吗?要不要再去华山医院检查一下?"

"不了不了,真好了。下午就在家休息休息。"许飞红满心惭愧,言语做出轻松,眼珠子却不敢跟陆马年对一对,“你怎么也没去店里啊?”

陆马年道:“我不见你人,我怎么有心思上班? 也亏我在家,多少人给你打电话!”

许飞红挥挥手道:“都是借道喜想分一杯羹的吧? 幸好没让我接着。”

陆马年瞟了她一眼,“你父亲也有电话,希望与你再度联手。”

许飞红点点头,道:“他那边的楼马上就竣工了,我也想到的,还是让他的建筑公司来做盈虚坊,牢靠点。”

陆马年又道:“兆红来了好几只电话,问他事体,就是不肯讲,要你一回来就给他打电话。”

许飞红恨声道:“有什么好事体? 准是阿晶又出什么花头了。无非又要花钞票买太平罢了!”

陆马年哼哧哼哧,欲言又止的样子。许飞红横了他一眼,“还有谁? 你讲呀!?”

陆马年便窜出一句:“冯令丁也来过电话。”

许飞红心里咯噔了一记,两只耳朵哄地烧起来,好像让冯令丁窥见了她跟雷杰森昨晚的事。强作镇定问道:“噢,他说什么了?”

陆马年不无醋意道:“他有话也不会对我说呀。听讲你不在,就挂了。”

许飞红一时语噎,寻思不出冯令丁打电话来会有什么事体。他从来不给她电话的! 真想立马给他回个电话,却碍着陆马年,只好装出听过算数不留痕迹的样子。

这时,俞家小姑妈来喊他们去饭厅吃中午饭了。许飞红一看餐桌上小菜一只叠一只,十分丰富,便道:“哟,今天是什么日子? 弄了这么多菜!”

小姑妈笑道:“马年关照的,这一段日子你辛苦了,总算尘埃落定。一来庆贺庆贺,二来给你补补元气。”

许飞红霎时间好感动。其实她是在宾馆里同雷杰森一起吃了晚早饭才回来的,肚皮一点不饿。可她做出对这一桌菜垂涎欲滴的样子,这只盘子里搛一筷,那只盘子里搛一筷,狼吞虎咽起来。

陆马年道:"慢点慢点,儿子也不在,没人跟你抢。"又道,"要不要来一小盅红葡萄酒?"

许飞红连连摆手,"我现在见了酒就怕了。"每只盘子里一小筷,团圈吃下来,胃都撑饱了,便放下筷子。

陆马年看看她,稍有疑惑道:"怎么一歇又不吃了?"

许飞红道:"医生说的,伤过的胃,一下子不能吃得太多。"

陆马年拍拍额头,道:"还是让小姑妈帮你下碗面条,吃不坏的。"

"我已经吃够了,歇停会吧。"许飞红看陆马年这般心疼她周全她,想着他昨夜寻不到她丧魂落魄的样子,又是懊恨,又是歉愧,只想着要回报他。"马年,竞标结束,也好喘口气了。下午你也索性不去店里吧,我们一道去盈虚街银杏宾馆,把你四十大寿的酒席订下来。"

陆马年苦笑道:"还做什么四十大寿啊,你看看都猴年马月了?"

许飞红转头看看墙上挂着的日历,呀地叫道:"怎么都 11 月啦?"平素在公司,工作时间都由雷杰森排定了,由助理一一通知她,她自己都懒得记日脚。陆马年的生日和儿子的生日就被她忙忙碌碌地错过去了。她实在意不过去,道,"不在正日子里也没关系的嘛,反正在这个年里头。"

陆马年道:"还是省省吧。阿龙生日那天也不是礼拜天,下学我去接他,带他去肯德基吃了一顿,也算是帮他过生日了。"

许飞红怨道:"你怎么不提醒我呢?"

陆马年道:"一大早宝马车就把你接走了,十点敲过才回来,阿龙都睡了。想想还是不要提醒你的好,让你一心一意做项目。"看看她一面孔的沮丧和悔恨,忙道,"明年再补嘛,明年我是实足四十,阿龙实足八岁,加起来四十八,是个吉利的数字。拿到盈虚坊地块,接下来的事情有的你忙的了。"

许飞红被陆马年一提醒，心里一下子拱出许多东西，沉甸甸的。暗暗骂自己孟浪，万里城墙才起了几块砖，哪里就可以纵情恣欲起来了呢？恨不得扇自己两下耳光方解恨的。

陆马年吃了午饭原是要赶去建材店的，关照许飞红在家好好睡一觉，恢复恢复元气。许飞红却歇不住了，让陆马年把她送去公司，她想应该立即着手聘请专家研究盈虚坊重建的规划，关键是要筹措资金。雷杰森总说"放心放心"，叫她怎放得下心？

许飞红赶到公司，头一桩事体便是给冯令丁打电话。总是办公室秘书先接了，很平板的声音道："哪一位？冯区长在开会，有什么事情我们可以转告。"

许飞红极不爽，只得忍住气道："我是飞骏·龙仕阁的许飞红，冯区长曾有电话找过我……"

"许飞红，你一上午躲到哪里去了？公司里没有，家里也没有。"冯令丁的声音突然插了进来。

许飞红又有点气恼，又有点兴奋，道："难道我去什么地方，都要向区长大人汇报啊？"

冯令丁有一瞬的沉默，旋即呵呵一笑，道："我哪有那么大的权力范围？不过陆马年恐怕急坏了吧？声气有点不大对头。"

许飞红最恨他每每把陆马年挡在他和她之间，从前是这样，现在还是这样。便直截了当问道："区长大人找我，有何公干？"

冯令丁道："头一桩，向你贺喜，一举拿下了盈虚坊。你们的文案做得很出色，我并没有做什么工作，大家一致给你投票的。"

许飞红听得出他是由衷地为自己高兴，不禁心旌摇曳，好想叫他一声"丁丁哥哥"，把持住了，道："能得到区长大人的青睐，真比拿到项目还高兴。你说了头一桩，那必定还有第二桩啰？"

冯令丁笑道："你这个脾气还是当年的小茧子，刮辣松脆的。没有那么多桩事体，只是想告诉你，你们公司什么时候开始做盈虚坊修复原貌的规划，政府会大力支持你们，可以帮你们聘请一流的建筑专家；在融资方面，也可以让你们享受一定的优惠政策。"

许飞红轻快地笑道："原来还是不放心我，变着法来提醒我对吧？那我也要提醒你，关于守宫和恒墅……"

"这个你就不必操心了。"冯令丁干脆地截断了她的话，兴许身边来了人，他言语突然变得一本正经了，"就这么定了，还有个会正等着我。有什么困难，尽管向旧区改造指挥部提出。"

许飞红放下话筒，心情一时还平静不下来。能和冯令丁用平等的身份谈论着盈虚坊的改造大计，甚至由他和她一起商量着决定守宫和恒墅的命运，这种感觉对于许飞红来说，真是太美妙了。这不正是她从小就向往的情景吗？

许飞红冷静下来，她想她应该尽快地将冯区长这一番话传达给公司管理层的干部们听，使大家明确目标，统一认识。她首先要找的自然是副总经理兼财务总监雷杰森。可是公司里找不到雷杰森，助理说，雷总今天压根没到公司来过。许飞红十分气恼，上午他把她送回家，嘱她好好休息一天，说公司里的事他会安排妥当的。他竟然没回公司，坐着宝马车去哪儿了呢？当着员工们的面，许飞红又不好发作，只有隐忍。原想召集中层干部开个会的，也只得取消了。

许兆红的电话却追着她到了公司里。许兆红在话筒里的声音又哑又沉，带着哭腔喊道："小妹，你到哪里去了？我找了你一天！你快来救我！"

许飞红心呼地悬到喉咙口，道："哥，定定心，慢慢讲。你怎么啦？病了？撞着人了？"

许兆红道："我，我打人了……现在在派出所里，你快点过来，否则他们就要把我抓进去了。"

许飞红也不多说了，问了派出所的地址，就挂了话筒。猛一想，宝马车被雷杰森坐着云里雾里不晓得跑哪里去了。已来不及生雷杰森的气，只得给陆马年打电话，让他赶过来接她去派出所。

许飞红到了派出所，先找负责的民警了解情况。听后惊骇万分：许兆红拳打致伤的人竟是黄荣发！原来自许红果去日本留学后，许兆红发觉阿晶三日两横头去歌厅舞场娱乐，每每弄到深更半夜回家。许兆红对阿晶骂也骂了，吵也吵了，阿晶也几次三番下保证不去了。可是，隔一段，阿晶会接到一个电话，又偷偷去了夜总会。许兆红发觉后，不吵也不骂了，开始暗中跟踪阿晶。终于被他跟踪到了一间 KTV 包房。许兆红踹开门闯进去，看见阿晶被一个男人抱着坐在膝盖头上。许兆红不分青红皂白挥拳就打。若不是阿晶在旁边死命拉扯，那男人恐怕会被许兆红揍死的。等歇住手，许兆红才发觉这个男人竟是黄荣发！当时，是 KTV 包房的保安打 110 报了案。黄荣发被送往医院验伤，结论是已构成轻伤。派出所便拘留了许兆红，阿晶也被请来当作现场证人。许兆红对着阿晶吼叫道："你跟他们说呀，那个流氓企图强奸你，你给我作证呀！"可是阿晶只是嘤嘤地哭泣，什么话也不说。

许飞红跟派出所民警提出，先要跟阿晶谈谈。民警同意了，并希望许飞红相帮做做当事人的工作，让她说出真相。

许飞红见了眼泡皮哭得像烂桃子似的阿晶，想着哥哥为了这个女人已经蹲过一次牢，这次又站在监牢的门槛上了。不觉悲愤交加，真想抡起手来扇她两记耳光。她怒目圆睁，斥道："你不要哭哭啼啼装可怜相，你要害死兆红，当初为什么还要跟他结婚？你想搭上黄荣发就有荣华富贵享了？白日做梦吧！要让黄荣发的麻皮老婆晓得，不破了你的相才怪呢！"

阿晶便停止啜泣了，怯声道："小妹，当着兆红的面我也不敢讲，讲了他非把黄荣发杀了不可。"

许飞红性急道："你快讲呀，你跟他怎么会勾搭上的？你究竟图他点什么？难道我们许家对你还不够仁义吗？难道现在的日子你还不知足吗？"

阿晶又哭了起来，边哭边道："你们许家对我的恩德我是记在心的，就是为了报答你小妹，我才不得不……"

"你什么意思？你这还算是报答我们呀？!"许飞红听不下去了，气愤地打断她说。

阿晶抽泣道:“黄荣发讲,我如果不跟他,他就要毁了飞骏公司。他说,说飞骏公司没有他,在装潢业根本站不住脚跟的。还讲,还讲……”

“还讲什么?你倒是吐出来呀!”许飞红跺了下脚。

“还讲你,你,你早跟他有一腿了!”阿晶说这句话声音小得跟蚊虫哼哼,被许飞红听到,却如闷雷轰然炸响,气得浑身发抖,说不出一句话。

许飞红心里面惊涛骇浪般翻腾了一阵。想到她跟黄荣发从前那段见不得人的关系若被陆马年晓得,那个实性子人会气成什么样子?若被冯令丁晓得,他又会如何看待自己?许飞红不禁打了个寒战。她暗暗责怪自己的疏忽,当初飞骏公司开张时,请了黄荣发出席剪彩仪式,还特为安排阿晶专职陪伴他,才让这渔色之徒有了可乘之机。她渐渐冷静下来,前后寻思一番,便问阿晶:“你要对我讲真话,那个王八蛋,没有用场的对吧?”

阿晶点点头。每次黄荣发早泄,污秽不堪,令人作呕。

许飞红已经有了主张,镇定地关照阿晶:“记牢了,对警方一口咬定是黄荣发企图强奸,这样才能救兆红。其他事情都由我来摆平。”

次日上午,许飞红拎了大包小包一大堆营养补品,包里自然还装了一厚沓钞票,让陆马年开车送她去医院探望黄荣发。

黄荣发住了一个单间,门口放了几只花篮。医院里只道他是被无理取闹的流氓打伤的。

许飞红推门进去,黄荣发的麻脸老婆板着面孔道:“许飞红,你用不到演猫哭老鼠的假戏。黄主任对你,对你们公司帮了多少忙,你们就这样恩将仇报啊?”

许飞红自己端了凳子在病床跟前坐下,笑而不语,先将手中的礼品一一放在床头柜上;又从包里取出那沓钞票,往麻脸老婆手中一按,才笑道:“我这不是负荆请罪来了吗?黄主任,你大人不计小人过,宰相肚里好撑船。高抬贵手,放我哥一码。”

黄荣发头上斜扎着绷带，弄得半张人脸半张鬼脸似的，嗔道："许飞红啊许飞红，你那位哥哥神经正常不正常？就为了那样一个女人，又不是什么清白人家出来的，竟跟我翻脸……"突然意识到老婆在跟前，连忙刹口。

许飞红偷眼看麻脸老婆脸拉得很长，气鼓鼓地不言语，料她已经听到种种风言风语了。决定要点点他们的死穴，便道："黄主任，我哥是个没文化的粗人，你跟他计较，不是降低自己身份了吗？再讲了，事体传开来，我哥皮厚，死猪不怕开水烫的。可黄主任你，有地位有身份，摊上这种传闻，总不大好吧？"

麻脸老婆有点急，道："许飞红你不好撒手不管的，这种恶劣影响，你必须负责清除掉！"

许飞红听出了转机，笑道："我哪里会撒手不管呢？其实也蛮便当，大事化小，小事化无，对派出所只讲是一点误会。我们自己不敲锣打鼓，旁人也就没有戏看了。"

麻脸老婆翻了丈夫一个白眼，道："好了，我做主，就照小许的意思做。自己拉尿不嫌臭！你不要脸，我还想清清白白活几年呢！"

这桩事情就这样解决掉了，许家不过是又花掉点钱财。事后，许兆红捉住妹妹的手痛哭了一场。许飞红晓得他是难过阿晶对他的不忠，便道："哥，我老实告诉你吧，那个黄荣发是个假男人，阿晶并没有失身。她熬着不讲也是害怕黄荣发报复我们飞骏公司。这桩事体往后大家不提，跟阿晶好好过日子吧。"

雷杰森先生带着那辆宝马车失踪了整整三天，许飞红便在油里火里煎熬烤煮了三天。陆马年几次劝她报警，说这小子不定是个大骗子。可许飞红不相信自己会看走眼，她是不敢相信，也不愿意相信，自己付出的一切难道真会化为乌有？

第四天上午，当雷杰森突然出现在总经理办公室门口，许飞红差一点控制不住自己，扑进他怀里咬他捶他。她却只是冷冷地看着他，冷冰冰道："为什么要玩隐身遁形这一招？是仅仅显派你的本事高超呢，还是想以此要挟我点什么？"

雷杰森仍是一派温良恭俭让的姿态，笑道："密斯许，什么事竟会引动你发这么大的火气？我以为，"双手撑着桌角，身子前倾凑近了许飞红，放低了声音道，"我以为你会在家适适意意休息两三天再来上班的嘛！"

许飞红面孔腾地烧红了，她想起那个晚上在雷杰森房间里的情景，身子发热，心却揪得紧紧的。便正色道："请你放尊重点好吧？我记得你说过，你会回公司安排一切的。可你回到什么地方去了？"

雷杰森站直了身子，玉树临风一般，扬了扬眉，道："我为我们的项目融资去了呀！"

"什么？你一个人融资去了？"许飞红惊愕地问道。

雷杰森笃悠悠在沙发上坐下来，叹口气，道："你晓得我这三天跑了多少路？昆山、苏州，最后跑到了南京。通常是晚上跑路，日里找人洽谈。你去问问司机，这三天我睡过一个囫囵觉没有？总想回来能听到几句好听点的话吧？不想还惹你生这么大的气，我这是何苦来着？"

许飞红肚皮里的火气早化作水般的柔情，因在公司里，又不好有热情的表示，娇嗔道："怪谁呀？谁叫你不打声招呼，来个电话总可以吧？"

雷杰森道："我是想给你个意外惊喜。事情还没做，也不晓得做成做不成，便想还是不张扬的好。"

许飞红忙问："这么说来，你这趟跑得有收获的了？"

雷杰森拍了下沙发把手，笑道："岂止有收获，收获很大呢！"

许飞红合掌站起，又坐下了。脉脉含情道："杰森，你为我们的项目立了大功，我真不晓得怎样感激你呢。"

雷杰森眼乌珠定定地望着她，不无挑逗道："许姐，你是晓得怎样谢我的。"

许飞红再一次烧红了脸，她恨自己怎么像个情窦初开的小姑娘动不动就脸红？强制住情感，压低声音道："杰森，我希望我们在工作的时间里不要掺入其他的东西。"她坐稳了，笑道，"你谈谈看，你是怎样一座座攻克堡垒的？让我分享一下你作为胜利者的喜悦。”

雷杰森用极其平淡的口吻道：“我去拜访的几家公司原来都跟龙仕阁有业务往来的，龙仕阁愿意跟他们合作是抬举他们了，他们岂有拒绝的道理？不过嘛——”停停，瞟一眼许飞红，“他们竟无一例外地反对修复盈虚坊旧貌的规划……”

许飞红吓了一跳，道：“你把我们的规划创意书给他们看了吗？”

雷杰森道：“当然给他们看的。你不要急，先听听他们的意见嘛。他们说，盈虚坊并不是很著名的历史遗迹，那样的老城区在他们那里俯拾即是，既没有多大纪念意义，又白白浪费了许多容积率，算下来，以后几乎不会有什么回报。这种亏本生意，谁会愿意掏钞票做？”

许飞红强硬道：“不行，我是答应了冯区长，恢复盈虚坊原貌，把盈虚坊做成一座人文景观。他们不同意这个规则，我们就不同他们合作。冯区长说了，政府会支持我们，我们可以向银行贷款。”

雷杰森哈哈哈大笑起来，揉着眼角道：“密斯许，我说你像个不谙世事的小姑娘吧？太天真了。政府怎么支持我们？政府会拿出钞票来吗？凭你飞骏公司的资质，银行会贷多少款给你？恐怕就连修复盈虚坊一个角落都不够！”

许飞红狐疑地盯住他道：“为什么说是我飞骏公司的资质？我们现在已是飞骏·龙仕阁公司，以你龙仕阁在香港的赫赫声名，难道还贷不到足够的款项吗？”

雷杰森再次哈哈笑起来，笑得许飞红很恼火。她道：“杰森，我并不认为我的话这么值得你笑话，你是不是在掩饰什么？”

雷杰森收住笑道：“密斯许，我还是笑你幼稚呀！你怎么一厢情愿地认为我们龙仕阁的老板会同意修复旧貌的规划呢？”

许飞红怔忡了一会，她记忆中雷杰森从来没说过龙仕阁大老板有什么反对意见呀。便反问道：“难道你们董事长反对这个规划？”

雷杰森郑重道：“我请示了我们大老板，他认为这个规划风险太大，必须提交董事局讨论决定。”

许飞红心情阴晴晦明了好一阵，想想希望并没有完全破灭。便道："那好吧，我们马上组织人把各方面材料整理一下，但愿能够说服龙仕阁董事局啊！"

虽然飞骏·龙仕阁公司改造盈虚坊地块的规划还没有定局，盈虚坊的动迁工作却在次年春上头轰轰烈烈地拉开了帷幕。盈虚坊多少年来平静得近乎凝固的日子终于被打破了，自然是有人欢喜有人愁的，毕竟是大势所趋，也晓得政府归根结底是为百姓造福，政策法规又铁板钉钉地放在那儿，动迁工作渐渐纳入了正常的渠道。

香港龙仕阁集团董事局迟迟未有动静，许飞红不敢贸然跟冯令丁沟通，也害怕他打电话来讯问，听到电话铃响就紧张。偏生冯令丁一直也没有电话过来，许飞红心里又生出疑惑：莫非他忘记了这桩事情，还是别有变故？真正是又盼花轿到，又怕当媳妇，成天提心吊胆。

这一日，许飞红从公司回家，因为担着心事，身子格外疲乏。稍微扒了几口饭就躺下了。才迷糊一歇工夫，就听得楼下俞家小姑妈响亮而热络的声音："外婆，外公，这么晚了，你们怎么会过来的呀？夜饭吃过没有？坐坐坐，我去喊阿龙他娘。"

许飞红一愣，俞家小姑妈向来是随着阿龙称呼人的，难道是母亲和单根爷叔来了？慌忙起身下楼，中途遇上小姑妈，神色凝重道："是吴阿姨和老单根两个。你娘面色不大对头，不晓得有啥事体呢！"

许飞红走进客堂间，堆出笑脸道："妈，单根爷叔，怎么也不先打个电话，好叫马年去接你们过来呀。"

吴阿姨没好气道："我倒是想舒舒服服坐小车来的，就怕良心被狗吃了的恩将仇报！"

许飞红惊诧道："妈，好端端的你怎么指桑骂槐起来？出了什么事体？你倒是明说嘛。是不是钞票不够用啊？"

吴阿姨斥道："你现在脑袋里除了几张红红绿绿的钞票就是几枚丁零咣啷的铜板，你还有一点人情吧？你还有一点良心吧？"

许飞红平白无故吃母亲一顿夹生饭,冤枉死了。一跺脚,朝着单根叫道:“单根爷叔,我妈吃了炮仗啦?火气这样大呀?”

单根干干地咳了声,道:“小茧子,你是不是要收购守宫和恒墅啊?”

许飞红怔了怔,方才明白母亲是为此事大动肝火,不觉好笑,道:“妈,我们公司买下了盈虚坊五十年的使用权你晓得吧?这是政府旧区改造大工程中的一个重要环节你晓得吧?做盈虚坊项目我们要耗费多少人力财力精力你晓得吧?我头脑都要轧扁了,你还要来给我添乱。求求你少管闲事好不好?”

吴阿姨立在女儿跟前,手指点住女儿的鼻尖道:“这种伤天害理的事还算是闲事啊?许飞红你不要以为你妈是给人做娘姨的,好骗骗的。我是把事情都搞清爽了,才来跟你理论的。原本守宫和恒墅根本不在动迁的红线里面,不晓得你动什么脑筋,鼓掇小弟劝说李同志出让守宫。害得他们母子日日吵夜夜吵。李同志放出话来了,任谁给她千万、万万钞票,她都不会出让守宫,除非她一根绳子吊死在守宫大门口!”

许飞红听母亲这么一说,晓得冯令丁为了满足她的愿望,竟然敢跟他母亲,那位盈虚坊中出了名的精明女人李凝眉翻脸!许飞红当然清楚冯令丁从小到大对她母亲的依恋与顺从,所以她心里顿时波澜起伏起来。

陆马年原是在“监督”阿龙做功课的,听得楼下喧哗声,便和儿子一起跑下楼来。陆马年赶紧给吴阿姨端椅子倒水。阿龙滚进吴阿姨怀里,扭着身子道:“外婆,你不要生气嘛,阿龙给你讲故事,阿龙给你吟唐诗。鹅,鹅,鹅,曲项向天歌。白毛浮绿水,红掌拨清波。”

吴阿姨搂着阿龙道:“阿龙最乖,最听外婆的话。外婆跟你讲,做人最要紧的一点就是‘仁义’两个字。什么叫作仁呢?就是要有恻隐之心,做事要多为别人家想想。什么叫做义呢?就是要有羞耻之心,不要去做千人指万人骂的事情。仁义的人顶顶要紧的一条就是知恩图报。忘恩负义,那是连畜生都不如的!”

阿龙道:“外婆,我们老师教我们,最要紧是学本领,有了本领将来才能找到好工作,才能赚到很多钞票。”

陆马年拉过阿龙,扇了他一记头皮,轻轻道:“大人讲话,小孩不要乱话三千!”

吴阿姨调转头直盯着许飞红,一字一句道:“小茧子,今天妈这么老远的路赶来找你,就是要讨你一句回话,再不要去动守宫恒墅的歪脑筋,那是伤阴节的事体。你还是积点德,让我老太婆再过几年安稳日子吧!”

许飞红不做声,心里面嘀咕,你仁义了一辈子,还不是帮人做娘姨?要不是我挣得动钞票,我们一家门能过安稳日子吗?

吴阿姨晓得女儿犟头倔脑不认输,她也横了一条心,今天一定得制服小茧子,否则她怎样面对冯家常家老东家?怎样再在盈虚街上做人?便硬撬撬地立起身,道:“你今天如果不答应这桩事体,我只好跟李同志黄泉路上做伴道了。你给我一根粗点的绳子,让我就一头撞在门墙上!”

陆马年连忙推搡着许飞红道:“妈,阿红答应了呀!”

吴阿姨道:“马年你不要为她打掩护,我耳朵没有聋,我没有听到她的声音。”

许飞红被陆马年戳着腰眼避不掉了,气鼓鼓道:“难不成我还会去抢去夺啊?”又在喉咙口轻轻咕哝了几句,“寻死寻活的,做给啥人看啊!”

单根忙对吴阿姨道:“秀英,小茧子已经表态拉倒了,你也好消消气了。”

吴阿姨长吁了口气,双膝一软,骨碌跌坐在地上。

陆马年忙去搀她,道:“妈,妈,你不要紧吧?要不要去医院?”

单根抚着吴阿姨的背脊道:“不要紧,不要紧,你妈是太紧张了。马年,就是要烦劳你送送我们回去了。”

过了个把月,雷杰森带来了龙仕阁董事局的决定,董事局推翻了原来修复盈虚坊原貌的规划，另起炉灶，要在盈虚坊地块造八幢二十六层精装修高档楼宇，将盈虚坊打造成全区地标式建筑。

许飞红无法兑现自己对冯令丁的承诺，自然也无法要求冯令丁兑现对自己的承诺。加上当中还夹着母亲这堵无法逾越的障碍，许飞红终于彻底打消了收购守宫、恒墅的念头，一门心思投入到新盈虚坊蓝图的规划中。

最能见证盈虚坊历史变迁的要数占据了东北向天根之位的那两棵缠绕纠葛了数百年的古银杏树了。

盈虚坊从春上头开始了大动迁。至夏日，阵头雨一场接一场，年久失修的下水管道又开始“肠梗阻”，弄堂常常成水泽。即将离开故土的盈虚坊人不免有点人心惶惶，好像老天在预兆什么似的。已经与动迁小组签了合同的人家都说，今年水多，水流千里，看来老天爷是想叫我们动动了。没有签约的人家却道：“水漫金山，必有恶斗。莫非是土地爷警告我们不要轻举妄动？”也有人仍去倪师太屋里烧香问卦。倪师太闭目合掌道：“是你们自己心里有疙瘩，不要借老天替你们说话。阵头雨哪一年不下？弄堂里积水也积了许多年了嘛。”便有人道：“倪师太你到底动不动？大家眼乌珠都盯牢你呢。”倪师太念了句“阿弥陀佛”，道：“我倒是想挪挪地方，可惜挪不动了。你们不要急，我会走在你们前面的。”

这一日又是电闪雷鸣，狂风大作，随即阵头雨脚千军万马地奔驰而过。这场雨下了不过二十几分钟，待雨过天放晴，却有一个惊人的消息像积水一般在盈虚坊里蔓延开了。方才雨前那几下闷雷竟然将古银杏树一株铅桶粗的分枝拦腰截断了！盈虚坊间人闻讯，纷纷跑出家门朝东北方向望去，果然，古银杏树遮天蔽日的枝叶陡然减去了一大片，就觉得东北向的天空宽阔了许多。

这一次，不管是已经签约的人家和没有签约的人家都开始惊慌失措了。坊间人家从来视古银杏树为盈虚坊的命根，命根断枝，岂会是好兆头？签了约的人家开始后悔动得太快，没签约的人家愈发犹豫观望，不肯轻易落笔。动迁工作陷入胶着状态，几个星期都没有一户人家签约。

这几个星期，冯畹丁作为街道副主任，协助动迁办公室的工作，磨破了嘴皮，愁白了鬓角，工作成效甚微。她现在的身份比较尴尬，跑到人家屋里，开口没说两句话，人家就用不信任的眼光支住她，道："冯主任，你是站着说话不腰痛啊。你们守宫如果也要动迁呢，你会爽爽气气搬了就走吗?"冯畹丁心里很沮丧。前几个月，许飞红意欲收购守宫，小弟回家做母亲的工作，当时冯畹丁心里真希望继母能够答应下来。这么些年住在守宫，冯畹丁从来没有高人一等、睥睨下尘的感觉。反倒见着别人家住房简陋逼仄的，常生出许多歉疚和抱愧，跟人说话也底气不足似的。

冯畹丁将古银杏树折断，人心浮动，动迁工作难度加大等情况一一跟旧区改造副总指挥冯令丁作了汇报。冯令丁稍作思考道："既然古银杏树是罪魁祸首，那我们就从古银杏树入手解决问题吧。"于是，冯令丁特地去上海园林局请来了古树保护小组的专家，请他们为盈虚坊古银杏树会诊。四五个园林专家围绕着硕大的古银杏树踏勘查验了两天，终于找出那分枝折断的真正原因。原来这枝干内里已被虫蛀空，雷雨天稍受震动，只是加速了它的断裂。园林专家们索性将残留的半截坏枝截去，打了药水，在主干上涂了石灰，以防虫害蔓延。最后，又在古银杏树周围修筑了一圈石栏，竖起一块石碑，碑上刻着：

市级受保护古树第七十九棵：盈虚街古银杏。

借古银杏树石碑揭幕时机，冯令丁要盈虚坊的动迁小组召开一个居民座谈会，有签约居民的代表，也有准备签约的居民代表，也有犹豫观望的，甚至还有发誓与盈虚坊共存亡的人。听说冯副区长要来解决问题，许多没有选上代表的也都挤到会议室来了，椅子不够坐，后来的人就站着。

冯令丁看到有位大爷挤在门口，踮着脚往里张望。便站起来，招呼道："大家让一让，让那位老大爷进来。"

冯令丁把自己那张椅子让给大爷坐了，自己站着，好让后排的群众也能看见自己。便道:“大家都是老街坊了,广义上说,我们都是一家人,对吧?所以,我很理解大家的心情。人人都想改善居住条件,盼星星、盼月亮,终于盼到要动迁了,可以去住煤卫齐全正气敞亮的公房了,却又多出了许多犹豫徘徊。人要离开生活了几十年的故土,总不是那么轻而易举的事,对吧?”

居民们有人发出会心的笑。也有人问道:“为什么盈虚街前头动迁,临时房熬几年,都可以搬回来。我们为什么就不能搬回盈虚坊?”

冯令丁道:“这个问题提得好,我正想向大家解释。现在,改造旧区的成本要比前几年翻了几倍,只有依靠房地产开发筹集资金。其实,我们新建的盈虚新城,环境像花园一样,房型也比盈虚新纪元好得多。动迁组准备组织大家前去参观,保证你们会喜欢的。”

又有居民道:“冯区长,我们已经签约了。可有人说愈屏到后来,政府的政策会愈宽松,我们支持政府的工作,反倒吃了亏。我们想来想去想不通。”

冯令丁道:“谁说愈屏到后来愈有好处的?政府制定的法规条例不是都张贴出来了吗?我们绝不会让先签约搬迁的老实人吃亏的。”

有一个声音从人群背后穿出来:“你说话算数吗?你敢立下字据吗?”

冯令丁的目光在人群中搜寻着,一边大声道:“我说话算数,我也敢立字据。我们的工作需要广大居民监督,指挥部还设立了二十万元的举报奖金。”

有人带头鼓起掌来,会场上的气氛真像家人聚谈般融洽起来。

这次座谈会以后,盈虚坊的动迁工作打开了一个新局面。

冯畹丁一直很佩服小弟的工作方法,看似不温不火,却总能不温不火地把问题解决了。在冯畹丁看来,小弟的气质更接近诗人,又带点忧郁。他大学中文系毕业,应该在学校里教书,或者去当自由职业的作家。冯畹丁把这个想法告诉冯令丁,冯令丁淡淡一笑,道："旧区改造是一首最恢弘、最有气魄的诗。"姐弟俩虽非一母所生，感情却一直和谐，工作上搭配得也很默契。这时候，他们都没有预感，都没有意识到守宫这个大家庭也将遭遇电闪雷鸣，也得面临分崩离析。

这一天，冯畹丁落班回家，走进门廊，就看见吴阿姨从厨房探出半截身子，朝她挤眉弄眼，但见唇形变化，却听不清声音，不晓得她说点什么。她疑惑着，吴阿姨便伸出手指点点客堂间的门。冯畹丁一步跨进客堂间，父亲和继母都在，还有一个人——这个熟悉又陌生的身影！霎时间她心如突兔，腿却僵硬，呆立着不动了。

陈家进看见她，站了起来，动了动嘴，朝她讨好地笑笑。这笑令冯畹丁很不习惯。从前陈家进的笑永远是尊贵而高傲的，总带点嘲讽的意味。他的衣衫也有点邋遢，衫衣灰不溜丢，裤子皱巴叽叽，腮帮上青茬茬一片。从前陈家进多少讲究仪表，哪怕在新疆建设兵团下大田劳动，收工后也要将自己收拾得山清水秀的。总之，隔着几年岁月看陈家进，冯畹丁明显感到眼前的陈家进已经不是当年的陈家进了。

冯景初看他们夫妻尴尬对视着不说话，忙打破僵局，笑道："畹丁，家进下午三点敲过就到家了，想差吴阿姨去喊你，家进说不要打扰你工作。"

李凝眉给畹丁也倒了杯茶，喜滋滋道："我已经给戈壁学校打了电话，叫他礼拜天无论如何要回家。"

冯景初道："你妈妈就是性急，她是自己想戈壁了。家进准备把公司业务逐步转移到内地，先回来摸摸市场行情。香港不久便要回归祖国，这步棋走得及时啊。"

冯畹丁压根不晓得陈家进究竟做什么生意，也插不上嘴，只淡淡一笑，心想，你还晓得回来呀？

吴阿姨端着一托盘小菜进来，笑道："开饭了，开饭了，临时抱佛脚，添了两只菜。还算好，昨夜剩下半只烤鸭，凑只盘子。女婿是娇客，陈先生又难得回来一趟。我做主了，烫了一壶花雕。李同志要讲就讲我吧。”

李凝眉暗暗瞪了她一眼，道：“吴阿姨啰里啰嗦，给家进接风，当然要备酒的，我怎么会讲闲话呀！”

冯畹丁便道：“再等等小弟吧。”

冯景初道：“不用等他，哪天夜里准时回来吃夜饭啦？”

于是四个人四个方向坐定，斟了酒，碰了杯。应是团圆的酒，却因陈家进的躲闪，冯畹丁的冷淡，任冯景初李凝眉如何挑起话语，煽动情感，饭桌上的气氛还是像馊粥一般稠不起来。

冯畹丁心里已经拿定主意，既然你还认这个家，我就尽到我妻子的责任。关于你在香港的所作所为，你不用主动说，我也不会问。你瞒得过一时，瞒不过一世吧？于是为陈家进放好洗澡水，找出他去香港前穿的睡衣睡裤摆在澡缸旁边。陈家进洗澡的时候，冯畹丁一直在考虑今晚怎么睡觉的问题。传闻毕竟是传闻，她总不能不让他上床。可心里面疙瘩不解，她是不愿意同他有任何肌肤之亲的。思来想去，赶紧躺下，装作睡着。

陈家进这个澡洗了很长时间，冯畹丁真的迷迷糊糊睡着了。睡了一阵，被拖鞋的踢踢声弄醒，是陈家进从浴室出来了。冯畹丁倏地紧张起来，要是他上了床动作起来怎么办？她该怎样抵御他反抗他？陈家进蹑手蹑脚上了床，仰面笔直地躺下，身体与她隔开一只拳头的距离，一动也不动。稍停，便扬起轻微的鼾声。与妻子分别经年，久别重逢，这个男人竟什么动作都没有！这又让冯畹丁气愤起来，看来人们关于他在香港的种种传闻并非空穴来风。冯畹丁侧过身挪到床沿边，让自己身体与他尽量隔得远些。她用拳头顶住嘴巴，不让自己发出啜泣声。

陈家进回上海十多天，一直盘桓在守宫里，几乎足不出户。翻翻报纸，看看电视，至多到花园里散散步，到厨房跟吴阿姨吹嘘几句香港的繁华。日子一长，冯畹丁肚皮里打鼓了。不是说回来摸市场行情的吗？一天到晚蟠在屋子里，怎么晓得市场行情啊？却拿住架子不去问他。李凝眉憋不住了，背后头问冯畹丁：“家进在上海的生意究竟办得怎么样啦?”冯畹丁冷冷道:“我也是听你们说的,他想回来做生意,他却从来没对我透露过一个字。”

冯家人对陈家进满腹疑惑,可谁也不愿做难人当面问问他。大家都闷在肚子里猜哑谜。

过了个把月光景,夏末秋初的一个傍晚,派出所民警领着两位香港警署的警员敲开了守宫的门。他们看见正在花园里拎着水壶浇花的陈家进,当即向他出示了逮捕证,罪名是涉嫌诈骗。

直到此时,冯家人才如梦初醒,如雷轰顶。

原来,陈家进在香港公司经营不善,陷进了赌博的泥潭。在一年多时间里,他在赌场输钱三千余万元。愈是输钱愈是罢不了手,陈家进便以“高出银行利息两三倍”的优惠条件,编造种种理由向周围朋友借钱。所借大笔钱款很快也被他赌输了。债主追债,陈家进无力还债,只好逃回了上海。

警方闯上门抓人,这对守宫来说是奇耻大辱。冯景初有一段时间甚至不愿意坐轿车上班,生怕让人戳脊梁,一清早便溜出弄堂搭公交车去了。冯畹丁实在承受不住这样的打击,她实在想不通年轻时那样朝气蓬勃那样有理想有抱负的陈家进如何堕落成一个可耻的罪犯?她撑不起身子,在床上躺了两天。第三天爬起来的时候,自己觉得身子轻得一阵风便能吹倒;照照镜子两鬓白发已多于黑发了。

不久,陈家进聘请的律师专程来守宫拜访当事人的家属。他告诉冯家人,陈家进在香港倒是注册了一家古玩拍卖公司和一家典当行。因为经营不善,两家公司实际上只是个空壳子。拼拼拢拢凑起来,也只还掉了小一半的债务。律师说,如果家人能为他还清欠款,陈家进便可以获得从轻或减轻处罚。否则,因为涉案金额特别巨大,律师对审判结果也没有把握。

冯畹丁冷峻又悲怆地道:“我们都是工薪阶层,这么大一笔巨款,不要说看,就是听也是头一次听到。就算把我连皮带肉地卖掉,也不可能凑起这么多钱来呀。他自己造下的孽,由他自己去承受吧!”言毕,泪如雨下,转身跑上楼去了。

金井梧桐秋叶黄,珠帘不卷夜来霜。

守宫里的人是猛然间发现秋天到来的。早晨起来,院子里铺满了焦黄的落叶,台阶上起了白白一层薄霜,花坛里只剩下三二枝雏菊,因孤单而黯然伤神。

李凝眉一大早起来,装束得整整齐齐,胳肢窝夹了一只黑皮小坤包,闷声不响,独自出门去了。没有人晓得她要到哪里去,也没有人问起她要到哪里去。各人都有各人要忙的事,何况大家心情都不好。

李凝眉午后两点转回了守宫,嘱咐吴阿姨多烧几只小菜。随后她就开始给儿子冯令丁打电话,一遍打不通,再拨;秘书说冯区长太忙,没空接电话。她火了,道:“你们跟他说,他妈得了急病,再忙今晚上也要回家吃夜饭!”啪地摔下了话筒。

秘书将这个话传达给冯令丁,冯令丁晓得母亲没有要紧的事,不会这般无理,便将工作调整了一下,匆匆赶回守宫去了。

冯令丁看到桌上七荤八素堆满了小菜碟子,甚至还有酒壶酒盅,惊讶道:“今天是什么日子呀?”

冯畹丁木然地摇摇头。冯景初神色凝重道:“听你妈的。”

李凝眉将吴阿姨从厨房硬拖出来,摁着她坐下。然后一一斟了酒,她自己双手端起酒盅,举至自己下眼睑高处,一对依旧精精神神的眼珠子就搁在酒盅沿口上,团圈看了一遭,忽然就把一盅酒洒在地板上了。

“妈!究竟发生什么事了?”

“李同志,你做啥呀,吓人丝丝的。”

李凝眉一脸的庄重,道:“我是祭一祭守宫的屋神,我李凝眉毕竟跟它相处整整五十年了!”

冯景初同样举起酒盅,将酒洒在地板上。冯畹丁、冯令丁不晓得父亲母亲葫芦里卖什么药,两人面面相觑。

“令丁,”李凝眉转而道:“你上回说的,有一家飞骏·龙仕阁公司要想收购守宫,这桩事情,你代我去问问他们现在的想法,要快,我等回音。”

冯令丁惊讶道:“妈,你同意转让守宫了?”

冯晼丁已经意识到她的意图,慌忙道:“妈,你千万千万不能动这个脑筋!”

吴阿姨也道:“李同志,小茧子是昏了头,我已经骂过她,她不会再来动守宫的脑筋了。”

李凝眉道:“小茧子不来买守宫,那我可要卖给别人了!你马上去问问她,到底想不想买?我的价钱是一千万人民币。今天我已经去房管所询问过了,守宫值这个价,少了我就不卖了。”

冯晼丁急得直跺脚,“妈,你卖了守宫,我们一家子住哪儿去呀?”

李凝眉心平气和地道:“我和你爸商量过了,你爸爸办了退休手续,设计院增补给他一套房子,在浦东杨高路上钢十村。路是远了点,不过空气比这里新鲜多了。三间卧室,有一间吃饭的小厅。我们三个带戈壁搬过去住,绰绰有余了。令丁有他自己的房子,那里就没有他和天葵的分了。”

冯晼丁悲恸地看看冯景初,冯景初朝她点点头,笑道:“你妈妈决定的事,我也拦不住她。”

那天夜里,李凝眉郑重地向冯景初说出她的决定,卖守宫替陈家进还赌债!冯景初当时的震惊和感动不亚于此刻的冯晼丁。他无限爱怜地对李凝眉说了一句话:“阿眉,你是上苍送给我的天底下最好看的女人!”

冯晼丁走到李凝眉面前,一下子跪下了,哽咽道:“妈,这守宫,它是你的命根子呀!”

李凝眉眼梢摆得像水平线一般,无风无浪地道:“守宫嘛,它就是一幢房子,可家进是一个人。”

吴阿姨在一旁双手合一念叨起来:“阿弥陀佛,李同志大慈大悲,赛过救苦救难的观世音!”

倏忽间,一年时光又匆匆过去了。近年底,许飞红与冯家办妥了买卖守宫的所有手续,她终于如愿以偿地拿到了守宫的房产证。事实上,为了凑足买守宫的这千万元钞票,她忍痛转让掉两爿市口不错的建材商铺,还从银行贷了一部分款。

许飞红并不催促冯家尽快搬出守宫,她并不急着要住进守宫,她只是要圆她儿时的一个梦。

陆马年问她,什么时候派装修队去守宫做装潢?她慌忙道:“不不不,守宫不要装潢了,装潢了就不是守宫了。”

冯家人是守信誉的,半个月之后就搬离了守宫。

冯家人走得悄无声息,乃至十天半月了,盈虚坊间人还不晓得守宫已经换了主人。

李凝眉把一大串钥匙托吴阿姨交给许飞红,并要吴阿姨告诉小茧子,这些钥匙绝对是原配的。吴阿姨捏住钥匙,只是抹眼泪。李凝眉道:“不要用眼泪水送我好吧?我们总还要走动的呀!你也有这点年纪了,是好歇歇了。你女儿多少有出息,你好好享享清福吧。”

拿到钥匙那一天,许飞红独自悄悄地去了守宫。

已快冬至了,那风便开始刺骨砭肌起来。家家户户门窗紧闭,盈虚坊显得冷冷清清,拍电影搭出的布景一般。

许飞红深吸口气,踏上红砖卷瓦的门廊,在那扇镶着彩色玻璃的柚木大门前静静地站了一歇,就像阿里巴巴面对着藏满珠宝的山洞。随后,她将钥匙插进已经有点铜锈的钥匙孔,芝麻开门!呱嗒,清脆的一声,沉重的柚木门便迟缓地洞开了。

小茧子头一次跟着母亲走进这扇大门时,穿着花布衫,头上顶着羊角辫,面颊红通通的,是一个可爱的灰姑娘。

过道长悠悠、暗黝黝的,家具搬空了的房间显得陈旧破败,扶梯的漆水已经斑驳,厕所的浴缸和洗水池遗留着褐红的水渍,敞廊的地砖也已残缺不全了。

园子里草木凋零,泥土冻裂,枯枝丫在灰沉沉的暮霭中顾影自怜。

守宫已经不是小茧子心中藏着的守宫，只是她花重金买下的一座大房子。

许飞红奇怪自己为什么没有梦想成真后应该有的欣喜若狂？她甚至有那么一点点的后悔——守着一座没有丁丁哥哥的空房子，对她来说，究竟还有什么意义？

风霜何事偏伤物，天地无情也爱人。

第十章　盈虚坊重生

她依依不舍地扭头朝养育她长大成人的盈虚坊道别。

她心里并没有失去的伤感，因为她晓得她还会回来的。

40

吴秀英阿姨在盈虚坊做了近四十年保姆，盈虚坊间人提起她无有不嚼她几句好的。勤快、厚道、规矩，急人所难，守正不挠。圣贤不以贫富论，娥眉君子胜须男。吴阿姨常常以此自慰，日子过得再辛苦，再劳累，也总是欢欢喜喜，劲头十足。

可是最近，却有几桩事体让吴阿姨心中有愧，走在弄堂里，总觉得有人指着她背脊说长道短。

这头一桩，便是女儿买下了守宫的事体。坊间人长久没看到冯家人在弄堂里走动了，一打听，才知道煌煌守宫竟不声不响地改朝换代了。人们茶余饭后喜欢拿守宫女主人起话头，讲她精，讲她刁，讲她横不好竖不好。其实，是因为盈虚坊人特别注重她，才时不时地要提起她。守宫换了姓氏，盈虚坊人一时还转不过弯来。特别是盈虚坊的新主人竟然是吴阿姨从乡下拖出来的女儿许飞红，许多人都不服气。你许飞红何能何德？不过趁改革开放政策好，多赚了几张钞票，你有什么资格做守宫的主人？遇到吴阿姨，言语间不免流露出种种不满。害得吴阿姨学做祥林嫂，碰到人就一遍一遍解释其中原因。我们小茧子也是没有办法呀，无论如何要帮李同志这个忙的。你们总讲李同志气量小，我看盈虚坊还有谁能像李同志那样识大体、明大义的？全是为了替那个不争气的陈家进还清赌债，减轻罪行，她眉心不打一个折，便要将守宫卖了。如果小茧子不接这个盘，一时三刻谁还肯花上千万块钞票去买一幢旧房子啊？

冯家的变故通过吴阿姨的宣讲传遍了整座盈虚坊，甚至也传到盈虚新纪元里面去了。人们赞叹李凝眉的襟怀豁达，单薄女子竟有如此侠义心肠，自然也减少了对许飞红的谴责和不满。

这桩事体还在一定程度上帮了动迁组的大忙，这是冯家人和吴阿姨都没有料到的。原来有一部分犹豫和观望的居民一听到冯家离开了盈虚坊，都讲天下没有不散的筵席，看来盈虚坊气数已尽，到头来总要搬，不如早点搬吧。受这种舆论影响，短时间内竟有多户人家爽气地跟动迁组签了约。

冯畹丁虽然搬到浦东上钢十村居住，可她仍是盈虚街道的干部，每天总要花一个小时倒两辆公交车赶过来上班。动迁工作正进入白热化阶段，街道里委会干部首当其冲，唾沫水不晓得耗费了多少。跑断脚骨，喊哑了嗓子。看到这样的效果，冯畹丁多少有一点安慰。她听讲吴阿姨被人误会受了委屈，专拣了个中午时间，拎了一袋白木耳、一袋山西小红枣，便去恒墅探望吴阿姨。

吴阿姨刚好洗好饭碗从厨房出来，看到冯畹丁真就像看到久别重逢的亲人一样，实际上冯家搬离盈虚坊也不过头两个月工夫。

吴阿姨定规要帮冯畹丁下一碗咸菜肉丝面，她晓得冯畹丁工作忙得不大有时间适适意意吃中饭的，大都买两只菜包子填饱肚子算数。冯畹丁鼻根酸叽叽的，硬拖住她，道："吴阿姨，今天我真的吃过了，你不要客气嘛。"

吴阿姨这才坐下，问道："李同志冯同志在那边还住得惯吧？"

冯畹丁深叹了一下，道："哪里会有住守宫里惬意？都是我拖累了他们。"

吴阿姨道："李同志自己情愿做的事，绝不会怨你的。我晓得她，从来就是一只热水瓶，外面冷冰冰，肚皮里热腾腾。你看我跟她做了这么多年，从来没有红过面孔吧？"

冯畹丁点点头，说："现在请了个钟点工帮忙洗洗衣服，做一顿夜饭。过两年我退休，一定好好孝敬他们。戈壁这孩子懂事，说了，学了本领，要给外公外婆造一座比守宫好得多的洋房。"

吴阿姨心想畹丁姑娘像自家人一样,问问也不要紧,便道:“陈家进的事体有着落了吧?欠人家钞票还清爽了,还会判几年呢?”

冯畹丁面孔阴沉下来,道:“听律师讲,十年官司总是逃不掉的。他如果还算个人……”一下子哽咽住了,抿紧了嘴。

吴阿姨忙道:“畹丁姑娘,你想想你们戈壁多少有出息呀,人生一世总归有得有失的。我看陈姑爷从前也是正派的人,都是生意场上的人把他带坏了的。经一经牢狱之灾,说不定浪子回头金不换呢。”

冯畹丁已经回转神来,道:“我们已经仁至义尽了,是做人是做鬼,就看他自己选择了。”摇摇头,笑道,“吴阿姨,不去讲他了,单根爷叔最近怎么样?还到电话间去呀?”

吴阿姨心里咯噔一记,开头就猜畹丁姑娘是为这桩事体来的,兜了老半天,还是兜回这桩事体上来了吧?拱起颧骨笑道:“他实在是在电话间蹲惯了,一日不去,像丢了魂似的。听讲过了年工程队就要来拆房子了是吧?索性拆了,他也好死心了。”

原来,盈虚坊的动迁一开始,单根头一个跟动迁组签了约。这两年电话间的工作愈来愈清闲,盈虚坊几乎家家户户都装了电话,又有了大哥大、二哥大、BP机。动迁组对单根很照顾,算面积时把外边的工作间也算进去了。这样,单根就可以在近郊的盈虚新城分到一室户的套间。动迁组把单根的事当作早签约早得益的样板到处宣传,偏偏有人提出疑义,道:“怕不是单根夫妻俩跟动迁组连裆模子做出戏给大家看的吧?单根夫妻后路老早留好了,所以吴阿姨就没有签约,对吧?”

这正是最让吴阿姨伤脑筋的事体,也是她在盈虚坊人跟前抬不起头,不能亮出喉咙理直气壮讲话的症结所在。被众人描绘成这般刁钻促刻的斗筲小人,吴阿姨恨不得不做这世人了。

去年春上,动迁工作才开始,吴阿姨便跟单根商量好,要相信政府的政策,不提任何条件,马上跟动迁组签约。吴阿姨租赁的三层阁,面积虽小,户口簿上的人口却不少,儿子一家搬去盈虚新纪元住，户口并没有迁走，砖头加人头，毛估估，一套两室户总分得到。吴阿姨跟许兆红讲好了，把这两室户和单根分到的一室户全让给他们夫妻，他们想合并起来调成三室大套间也好；不合并，等到许红果学成回来，一室户就让给许红果住。吴阿姨和单根就住盈虚新纪元的房子，他们年纪大了，和老街坊住在一起，热闹点，交通方便点，看毛病容易点。许兆红和阿晶对母亲这样的安排也很乐意。自发生许兆红痛打黄荣发的事体后，虽然家里人口风咬得紧紧的，总有点风言风语从其他渠道溢露出去。许兆红原就动了搬离盈虚街的心念，盈虚坊动迁正是个机会，何况还能换成三间头的大套房子。现在他们也买了一辆桑塔纳轿车，夫妻俩一起考出了驾照，所以路远一点对他们来说已不成问题了。

不料吴阿姨却碰到了无法逾越的难题，三层阁上现在正供着一尊活菩萨，他就是常先生常衡步啊！

本来，吴阿姨跟单根讲好两人一道去动迁组签约的，前一夜便去三层阁拿户口簿和房产租赁证明，顺便跟常衡步打个招呼，笑道："常先生，你在这里住了大半年了吧？修行嘛也修得差不多了吧？冬天冷，夏天热，又没有抽水马桶，多少不方便呀。我明天就要去跟动迁组签约，政府很快就要来拆这里的房子了。"

常衡步忽然窜起来，像只矫健灵活的猴子，一把从吴阿姨手中夺过户口簿和房产租赁证，把它们塞进自己中式棉袄的斜插袋里去了。

吴阿姨吓了一大跳，想去把东西抢回来，却又不敢去碰常衡步。常先生已是古稀老人，近两年，怎么愈发瘦得骨头外面只有皮似的，腰背也渐次弯曲，万一碰倒了，戳痛了，吴阿姨哪里担当得起？心里急，也只好赔着笑脸道："常先生，你想玩把戏，礼拜天我让戈壁、蝘蜓过来陪你玩。快把东西还给我，明天一早我和单根就要去跟动迁组签约的。我们应该配合政府的工作对吧？"

常衡步哼哼地冷笑了几声，道："吴阿姨，算算你年纪没我大，脑袋怎么就糊涂了？这顶上有帧观世音像的，你忘记啦？你这么一签字，他们就可以堂而皇之地把房子拆掉了。你就不怕菩萨会报应你吗？”

吴阿姨虽然也烧香拜佛，但她有她自己的处事准则，道：“常先生，我总听倪师太说，菩萨是教人宽心，不是搞封建迷信。我没有做对不起良心的事体，我不怕报应的。你还是把那两个本儿还给我吧。”

常衡步一下子激动起来，手指着屋顶，哆嗦着叫道：“它不是封建迷信，它是艺术，是价值连城的艺术品！你晓得什么叫艺术吗？它比房子，比钞票，比金银财宝都珍贵。你吴秀英住在这里，你就有责任保护它。你竟然要想出卖它！你还说自己没有做对不住良心的事体吗？不要以为这世上真没有因果报应，谁不尊重历史，将来必定要受到历史的惩罚！”

吴阿姨被常先生的气势震撼了，关键在于她从来就是相信常先生、敬重常先生的，她哪有资格去跟常先生争论？再讲，她根本讲不出理由去驳斥常先生呀！

吴阿姨不敢再向常先生索讨户口簿和租赁证了，她想回去跟单根商量商量才定夺。

单根是比吴阿姨更能体会常衡步此刻的心情的，当年他扫弄堂的时候，曾经多少次陪同常衡步在盈虚坊中萦绕徘徊，他晓得盈虚坊的长巷短弄就如同常衡步身体里的血脉一样宝贵！他晓得常先生是希望政府修复盈虚坊的原貌。当年，常先生把常家的工厂以及盈虚坊的大半房产上缴给了国家，几十年来，他就凭教书挣工资养活一家人。所以，常先生绝不会是利欲熏心、图谋报复的奸宄小人，他所主张的事体总归有一定道理的吧？让单根和吴阿姨左右为难的是，拆迁工作的动员报告是冯令丁副区长在居民大会上做的，冯畹丁作为街道负责人也不辞辛劳一家家的打招呼，希望大家配合政府做好盈虚坊的改造工程。在冯令丁冯畹丁与常衡步之间，他们很难取舍。商量了大半夜，他们决定采取折中的办法：单根第二天仍然去动迁组签约；吴阿姨暂时按兵不动，看看形势再说。

吴阿姨没想到她的按兵不动会在盈虚坊居民中间引起那么强烈的反响。她虽然只是冯家常家的保姆,可盈虚坊人早把她当作冯家常家的一员了。于是就有人往举报箱里投了举报信,说你冯副区长的奶妈为什么头上长角,可以不签约?还有人指着冯畹丁的鼻子骂道:“把你们冯家自己的人动员好了,再来动员我们吧!”

吵得最凶的就是住在恒墅花园旁边简屋里沈家姆妈一家了。动迁的红线恰恰就划到他们这一排人家,他们原本就对把守宫、恒墅划出红线有意见,狮子大开口地跟动迁组讨价还价。再看到吴阿姨也不去签约,索性放出话来:“她吴秀英什么时候落笔,我们也什么时候签名。我倒要看看,吴秀英那一间三层阁能换到多少面积的房子呢。不就是让姓冯的吃了她几口奶吗?”

吴阿姨后悔也来不及了,真是哑巴吃黄连,有苦吐不出。一方面为自己牵累了冯家姐弟而内疚;同时她也担心,自己迟迟不去签约,弄到后来,会不会分不到满意的房子了?当然,最让她难堪的,还是盈虚坊人背后的点点戳戳,闲话是愈讲愈难听了。吴阿姨也曾去倪师太那里搬救兵,然而倪师太端坐在团垫之上,闭目合掌,任吴阿姨问什么,她都不做声。正在灶头间忙碌的前客堂娘娘告诉吴阿姨,倪师太最近在“辟谷”,不会跟吃荤腥的人讲话的,你隔一段再来吧。吴阿姨跟小姨娘叹苦经,希望小姨娘能把自己的难堪告诉常先生,让常先生体谅自己,把户口簿和租赁证明还给自己。小姨娘叹了口气,道:“这老头子神经搭错了,上回我说了他一句,他一整天不给我开门,送去的饭菜都端不进去。我想来想去,只有找他女婿来,只有冯令丁能够解开这只死结。”

吴阿姨正是无计可施、万般无奈之际,冯畹丁拎着白木耳和小红枣来看她了。她想,冯畹丁找她的真正目的,一定也是为了这桩事情,逃也逃不过的。她和常衡步又是亲戚,不如挑明了的好。便愁起面孔道:“畹丁姑娘,我是急也急死了,拖了你们工作的后腿,还让别人家指桑骂槐的。可我有什么法子呢?”当着冯畹丁,她也不好埋怨常衡步,委婉道,“我看常先生平时对你蛮牵记的,你帮我去劝劝你舅舅好吧？他对政府的规划有什么意见可以跟政府提出来嘛，不要把我的户口簿和租赁证扣住呀。我们小老百姓，上头怪罪下来，担当不起的。”

冯畹丁也正想来调查这桩事的，因为动迁组里有人提出疑问："吴阿姨的户口簿和租赁证为什么会在常衡步的手里？现在吴秀英夫妇住在恒墅里，常衡步倒又搬去三层阁。会不会是吴秀英为了报恩，与常衡步主仆联手演了一场苦肉计？”冯畹丁将这层意思委婉地表达出来，吴阿姨嘭地跳起来，手掌拍着胸脯怦怦响，急赤白脸道："天地良心啊，我吴秀英怎么样的人，你们到现在还不相信啊？”

冯畹丁连忙摁住她的肩膀，让她坐下，道："我当然相信你啰，我也晓得我舅舅他的犟脾气。这样吧，我跟你一起去趟三层阁，看看能不能劝得动他。”

吴阿姨依然是气鼓鼓的，腾地站起来，道："去，现在就去，倒是鼓对鼓、锣对锣地当面说清楚的好！”

吴阿姨噔噔噔脚头实重地跑上楼跟小姨娘招呼一声。小姨娘追到楼梯口关照道："你们要跟他好好地解释，他这个人吃软不吃硬的。”

冯畹丁跟着吴阿姨爬上三层阁，房门紧闭着。过道里点了一盏鬼火似的壁灯，勉强让人看清门板上贴了一张纸条，上面狂草写了四个字“恕不接待”。

冯畹丁看着又好气又好笑，抬手捶门，一边喊道："舅舅，我是畹丁啊。你开开门，我们有话好商量的。”

门像哑巴的嘴巴，没有一丝声音。

吴阿姨也开始捶门，带着哭声道："常先生，我求求你，开开门，当着畹丁姑娘的面把话讲讲清楚。否则人家当是我帮你在演戏呢！”

楼梯拐弯处的亭子间婶婶探出脑袋对她们道："你们用不到硬敲的，老先生不会开门的。”

冯畹丁不甘心，又拍了几下，对着门缝喊："舅舅，你是不是非要令丁亲自来敲门,你才肯出来呀?那好,你等着吧!”

门里忽然有一阵窸窣声,门底缝隙中塞出来一只牛皮纸信封。冯畹丁捡起来,凑到壁灯下去看。封皮上粗笔写着“烦交冯令丁副区长亲阅”,边上还有一行小字:

吴阿姨没有帮我演戏,是我利用了吴阿姨。

冯畹丁不敢拖延,急忙赶去旧城区改造指挥部,将牛皮纸信封交给冯令丁。冯令丁拆开信封,抽出一沓双线条信纸。原来是一份关于三层阁屋顶《观世音圣诞出家得道全帧图》在阴、晴、雨不同的气象里细微变化的详尽记录,并附有具体的剖解与分析。

盈虚坊的动迁工作断断续续,磕磕碰碰,持续了将近一年。与区里面同时开始动迁的三四个地块相比,盈虚坊的工作是推进得最缓慢的,居民签约率也是最低的,而投诉箱中的投诉信却是最多的。投诉信中有好几封矛头直指旧区改造指挥部副总指挥冯令丁,有的说他放任自己岳父公然破坏动迁工作,有的说他包庇自己的奶妈至今不跟动迁组签约。区长看了这些举报后非常恼火,把冯令丁叫去,狠狠批评了一顿,责令他在春节前必须把举报信上提及的问题一一解决掉,春节过后再不签约的,一律下达强迁通知书。

冯令丁向街道里委会干部了解了事情的经过,还找吴阿姨询问原由,才搞清楚举报信中提及的两个人两桩事其实是一桩事涉及了两个人,而症结还是在顽固不化的老岳父身上。处理这桩事体最大的困难还是在冯令丁心里。他理解岳父的心情,特别是看了常衡步关在三层阁里记录下的屋顶古画随气候变化的报告,他觉得很有文物的价值,确实值得保存。那么,在盈虚坊那些杂乱分布的危房简屋里,会不会还隐藏着老盈虚坊遗留下的种种痕迹呢?正因为这个原因,冯令丁迟迟不忍心做出强迁的决定。

冯令丁带着常衡步的这份记录,特别抽时间赶去浦东上钢十村拜会父亲冯景初,希望听听父亲的意见。

冯景初捧着那份报告看了许久，又许久不出声。冯令丁耐心地坐在一旁等待着，心里焦急，只好不停地喝茶。喝光了又倒，倒满了又喝，直喝到茶色跟白开水一样为止。

冯景初终于开口了，问道："令丁，你跟我把话说到底，盈虚坊还有没有可能暂时不拆？还有没有可能按照常衡步的规划进行改造？"

冯令丁缓缓地摇摇头，头颈发出吱咔咔锈了般的声音，道："区里已下了最后限令，春节过后，工程队就要开进每一片改造地块。我们的计划是到年底前拆平全区的危棚简屋，盈虚坊不能做拖拉机。"

冯景初突然就喷笑起来，道："这拆房子造房子的事体怎么也可以像部队练兵那样听口令，起步走，向右转，立定？每个地块的情况都不一样，特殊地块就应该特殊处理嘛！"

冯令丁很费力地道："爸爸，我已经努力过了。现在动迁办公室的投诉箱里，已经有不少投诉我的信件……"

冯景初道："好，我懂了，我理解你，冯副区长。我提一个建议，绝不会妨碍你的政绩。"

冯令丁声音已是筋疲力尽，却仍清晰道："我不能同意你这样看待我们的工作。你以为我们抓进度，赶时间就是为了建立我们的政绩？你错了，爸爸，如果你跟我们一起到那些危棚简屋地块去听听老百姓的呼声，你也会有种紧迫感，恨不得一夜天就推倒那些危棚简屋，替老百姓造起宽敞明亮的新居。"

冯景初没有马上接口，让儿子稍微平息一下心情。稍停一歇，才道："令丁，爸爸并没有指责你们的意思，从事城市建筑的领导者，是需要具备诗人的气质，需要有激情和想象力。不过，支撑激情想象力的，还是科学的态度。所以，我给你一个建议，不要急着对盈虚坊拆屋平地，特别是常家老屋那一片地。马上打报告给市文物管理委员会文物保护工作部，请他们派人来实地察看那帧观世音图像。必须以区政府或者旧区改造指挥部的名义正式打报告，否则人家不会重视的。前几年上过报纸,有什么用?只当是花边新闻。对了,勘察以后,要求他们出具权威鉴定报告。其他事情,皆要等到这份报告出来后方可谋划啊。”

冯令丁一拍大腿,站起来就要走。父亲到底曾经沧海,老谋深算。这桩事体早应该着手进行了。去年开人代会递交常衡步修复盈虚坊的提案时,若附有权威部门的科学鉴定,那结果可能就大不相同了。走到门口,他回头道了句:“爸爸,这个主意,你早点提出就好了。”

冯景初拍了拍儿子的肩膀,道:“凡事有规律,瓜熟蒂落、水到渠成。”

冯令丁一路上左右斟酌,若以区政府的名义出报告,就得层层讨论研究,恐怕颇费周折,想通过也难。不如以旧区改造指挥部的名义发函,区长虽然兼任总指挥,却只是原则性的指导,日常工作都由他具体负责。给文保部门打报告的事,他完全可以拍板。

冯令丁一回到旧区改造指挥部,就让办公室秘书起草文函,并派人直接送往市文物管理委员会文保工作部去了。

几天后,文保部门有了复函,先说了几句感谢他们提供线索的套话,却道“春节前诸事繁忙,人手不够。过了年才能派有关专家前来勘察”,嘱他们仔细保护现场。

这一个春节,冯令丁是在期望、焦虑、煎熬中忐忑不安地度过的。不仅仅是操心盈虚坊拆迁的事,他和常天葵的夫妻关系也让他伤透脑筋。在将近一年的时间里,他和常天葵没有同床共眠了。正巧旧区改造全面铺开,几乎每天都要工作到深夜,他倒有大半的时间就睡在指挥部办公室边上的休息室里。偶尔被母亲硬逼着回家去,当着众人的面,他和常天葵说说笑笑,不露任何痕迹。可是到了睡觉的时间,常天葵总会找出这个病人那个病人种种理由,赶回医院上夜班,好像医院里只有她一个医生似的。

自母亲卖掉了守宫,他和常天葵搬回他们长宁路上的公房,事情反而简单得多,因为他们再不用在家里人面前装模作样了。也没有谁正式提出夫妻分居,他们自然而然地就一人住了一间房子,互不干扰。冯令丁推测,常天葵一定已经捅破他和常天竹的关系。他看着她不再光洁、不再新鲜的莲子脸,看着她单薄的身子柔苇般弯折,心里的痛惜与自愧无以言表。好几次,他都想闯进她的房间,把她拥进怀里,向她和盘托出他和她姐姐的真实关系,向她倾诉自己情感上的无奈和伤痛,求得她的宽恕和理解。可是,每每事到临头,他都退缩了,他没有勇气向她坦诚自己曾经的软弱和卑鄙,他更没有办法在她们姐妹俩中间作出选择。他爱常天竹,也爱常天葵,他不想伤害她们中间任何一个。他只有逃避,借口动迁工作太忙,一日日地推延。他晓得总有一天他要面对这个抉择,他却期望能有奇迹发生,让他躲开这种剜心裂肺的抉择。

大年初一,他们一起去浦东跟父亲母亲和畹丁姐拜年,在那里吃了一顿中饭。年初二,常天葵说要回盈虚坊给她父亲和小姨娘拜年,问冯令丁去不去?冯令丁哪里敢同时面对常天竹、常天葵两个人?心虚地笑道:“我就不去了吧。你爸爸肯定要缠着我问那观世音图像鉴定的事情,我也没办法回答他。你代我跟他,跟小姨娘拜个年,多带点礼品去。”常天葵嘴角拂过影子般的冷笑,独自出门了。

年初三下午,区里面有一个区级干部的团拜会,请柬上言明每个人都要携配偶一起出席。冯令丁只好硬着头皮敲开常天葵的房门,把请柬递给她看。他已做好被她一口回绝的准备,不想她竟答应了。还回房间换了身喜庆些的衣服,上面是梅竹图案大红织锦缎斜襟夹袄,下面是一条裙式黑薄呢长裤,外披黑丝绒长大衣。让冯令丁看着,惊艳地怔忡了好一会。

团拜会上,常天葵无疑是最漂亮、最有气度的女性。区委书记、区长都来向她敬酒,感谢她对冯令丁主持旧区改造工作的大力支持。常天葵的答谢俏皮而诚恳,完全是一派恩爱夫妻贤惠妻子的样子。接下来,舞会开始。常天葵身材高挑,舞姿轻盈,又成了舞场上众人瞩目的公主,区委书记、区长轮流邀她上场。她与冯令丁更是配合默契,旋转中两人都达到了忘我的境界,舞低杨柳楼心月,歌尽桃花扇底风!

他们回到家已是深夜十一点敲过了。冯令丁心里充满着对妻子的依恋,又喝了几口酒,有点把持不住。看见常天葵要进自己的房间,便叫了声:“天葵!”

常天葵扭回头看着他问道:“有事吗?”

冯令丁没有勇气伸出手去抱她,只说了句:“谢谢你。”

常天葵朝他淡淡一笑,进了屋,轻轻地将门掩上了。

冯令丁面对薄薄的一扇门,却似面对千仞悬崖陡壁,难以逾越。

年初四一大早,冯令丁就去旧区改造指挥部上班了。虽说机关一般都休息到年初五,可是,旧区改造拆屋平地工程即将开始,还有许多琐碎的工作等着他去处理。临出门前,他跟常天葵打了个招呼,迟疑道:“事情太多,恐怕,晚上又不能回来……”

常天葵低垂着眼帘道:“你忙吧,下午我也要去医院值班的。”

春节长假一过,文保部果然派来两位古画研究专家,爬上三层阁勘察了半天。冯令丁和常衡步在一旁紧张地等候着。末了专家说,还必须候着阴天和雨天再来勘察一番,所以还得过一段时间方能给出准确的鉴定。冯令丁和常衡步虽是急,也急不出其他办法,只好等。

旧区改造拆屋平地的工程却不能等,必须按照原定计划推进。旧区改造指挥部召开了声势浩大的誓师大会,建筑工程队带着大型机械轰轰隆隆开进了几处已是空城的危棚简地块。

盈虚坊已有百分之八十以上的居民搬走了,剩下百分之二十不到的人家零零散散分布于上坊下坊各支弄,形成一个个“孤岛”。其中比较集中的全是下坊常家老宅地面上的几户人家,家家的眼睛都盯着吴阿姨的三层阁看动静。按指挥部的计划,应该向“孤岛”人家发送强迁最后限期的通知了,可冯令丁叫工作人员把盈虚坊那几张强迁通知先压一压,晚几天才发。他要等,等文保部门的鉴定报告。他一直怀揣侥幸,期盼有奇迹发生。也许是他的诚心感动了上苍,奇迹终于发生了。

冯令丁要拆房工人先从上坊的空屋子拆起,下坊常家老屋附近那一片暂且不去动它。工程进行了半天便被迫停顿下来。冯晼丁气咻咻地跑来找副总指挥,道:“小弟,你这样安排不行啊,上坊那几户没搬走的人家拦住铲车不让动了,指责他们为什么不先拆下坊,还说这里面有阴谋,要到区政府去告状呢!”冯令丁已无计可施,赶到现场,临时抽调一部铲车去下坊作业,只暗中叮嘱工人,控制进度,小心推进。

铲车工人在下坊作业了不过一个多小时,便从一处旧房的台阶下起出了一块长一点四米、宽七十厘米、厚二十厘米的大理石碑。拂去碑面上覆盖的层土碎石,便有一行字显露出来,是小篆体的“常氏积谷仓”五个字,下款是行小仿宋楷字“民国十六年立”。铲车工人不敢轻举妄动,立马喊人去请冯副总指挥过来。

早有人奔上三层阁向常衡步通报了事体。常衡步几乎是滚下三层阁楼梯的。见了石碑他脚骨一软便跪下了,竟不顾碑上满是泥屑灰尘,哆哆嗦嗦地爬了上去。他个头本来不高,人老了,愈发缩得短小,整个身子正好蜷缩在碑上,将那五个字全部盖住。忍了一会,实在忍不住了,竟然号啕失声。这哭声仿佛是从历史隧道中传出来的,悠长而凄厉。

冯令丁正和街道里委干部商议如何尽快做通“孤岛”人家的思想工作,敦促他们尽早签约,尽早搬走,尽量不动用强迁手段。听讲从下坊真挖出了东西,冯令丁弹起来就走,冯晼丁也连忙跟了上去。

常衡步一见他们两个,就跪在石碑上朝他们咚咚咚地捣头,老泪纵横道:“令丁,晼丁,求你们了,让他们不要再挖了!”

冯晼丁扶住他的肩膀,摇撼着道:“舅舅,舅舅,你不要这样好吧?你要支持我和令丁的工作,对吧?我们会请工人把这块碑搬到恒墅里去保存好的……”

常衡步瘦瘠的身体里不晓得哪里来这么大的能量,猛一推,竟将冯晼丁推得朝后趔趄几步,差点仰面跌倒,幸亏冯令丁接住了她。常衡步指着冯晼丁骂道:“你好不懂事啊晼丁,你母亲就死在这片瓦砾中,你还使着劲叫他们挖、挖、挖,你不心疼你娘啊?"

冯晼丁从未见舅舅发这么大的火,呆在那里不知如何是好。冯令丁搀扶着常衡步下了石碑,低声道:"舅舅,我的意思,应该让他们继续挖。你想想,如果没有三层阁顶上的观音图,如果今天不把这石碑挖出来,人们怎么来认识盈虚坊的价值呢?也许,继续挖下去,还会有更多的东西重见天日呢?"

常衡步显然被他说动了心,不再吵闹,不再吼叫,只默默地围着石碑走了一圈,仿佛在寻找遗落的东西。少停,他让工人把石碑翻一个面。工人只盯着冯令丁看,冯令丁示意他们:动手吧。

三个工人合力,"吭唷"一声,把石碑翻过来了。常衡步扑上去,用衣袖抹去碑背面的湿泥。还有几只百脚蜈蚣嗦落嗦落在爬,他也将它们掸开了。大家凑拢去看,碑背面也刻着一排字,是魏体"盈虚坊难民收容所",下款也有"一九三八年,八月十三日"一行字!

冯景初闻讯从浦东赶过来,已是近黄昏。冯令丁领他去看已搬至恒墅门廊里靠着的大理石碑。冯景初一个字一个字吃心吃肺地看过来,眼珠子潮答答的,道:"是这块碑,当年我在难民所门口见到过的。我还问过常巽,为什么不另外竖一块难民收容所的碑?就刻在积谷仓碑的背后,太简陋了。常巽说,她父亲捐出大笔钱款给抗日军队添置枪炮弹药,现在连再购置一块大理石碑的钞票都凑不出来,只好旧物利用。"

冯景初擦着碑感伤良久。他一定是想起了当年与常巽一起作为学生救国会的成员,到难民收容所服务时的点点滴滴。待他抬起头来的时候,冯令丁看到父亲满脸的泪珠子。父亲用手一捋,刷地甩在大理石碑上,一串惊叹号似的水渍。

冯景初拉回了思绪,问道:"令丁,文保部对观音图的鉴定还没出来吗?"

冯令丁道:"还没有。我几乎天天一个电话去催的。"

冯景初道:"再打一份报告,这块碑也向他们申报一下,绝对可以算上等级保护的文物了。"

冯令丁点点头。他们父子再次返回拆房现场，只见常衡步紧紧跟在铲车后头，大声指挥着："慢点，慢点，轻点，轻点。"而冯畹丁又亦步亦趋地跟在他身后，伸出两只手护着他，嘴巴里不停念叨着："当心，舅舅！舅舅，当心！"

冯令丁劝常衡步回恒墅休息一下，常衡步执意不肯。于是，他们也只好陪着他留在现场，看着那些板墙油毡屋顶一片一片地倒下，灰尘一团团扬起。他们心中也有许多东西一片一片倒下，却又有许多东西一片一片升起。

暮色张牙舞爪地吞噬着残败的盈虚坊，西边的屋脊缺损了许多，所以他们还能看到半轮灯笼般的落日正歇在犬牙交错的瓦砾堆上。

冯景初道："天要黑了，看不清了，令丁，好停工了。"

冯令丁道："工人分日夜班的，要赶进度嘛。我让他们点亮夜班的照明灯……"话音刚落，但听得脆生生的当啷一声，整座盈虚坊都好像震动了一下，那枚橙红的落日忽地沉没了，工地上倏地阴暗了一层。

铲车司机疑惑道："什么东西？这样硬？钢铲怕撞裂了吧？"

常衡步首当其冲踩着废墟跑过去，就听他颤抖的又哑又扁的嗓子喊道："'蛇弄'！是'蛇弄'！"

冯景初与冯令丁对视了一眼，他们曾经听常衡步百十遍地介绍过"蛇弄"建筑的精巧与神奇。他们攀上刚刚铲下的还扬着灰尘的瓦砾堆，冯令丁的脚板被断木上支着的寸把长的洋钉戳了一下，来不及查看伤口，一跷一跷地跑过去。

拆去了覆盖在上面的木桩水泥墙粉油毛毡等杂物，一段青砖夹弄赫然裸露在暮色中，弄底的青石条泛着幽幽的寒光！

面对先人杰出的创作，他们内心充满着敬畏，什么话都说不出来。

有一名工人沿着夹弄往里走了一段，忽然惊恐地大叫一声，跌跌冲冲跑出来，道："里面有、有、有……"

“到底有什么？慢慢讲！”

“里面有一副尸骨！好怕人呀！”

冯令丁马上意识到事情的严重，吩咐工人们把守现场，不准任何人走近“蛇弄”。

他让冯畹丁送常衡步回恒墅，常衡步却甩开冯畹丁的手，佝偻的腰背挺直起来，蹒跚的步履变得矫健，昂扬地走回三层阁去了。

于是，冯令丁、冯景初、冯畹丁一起转回动迁办公室，冯令丁当下就拨了110报警电话。冯景初提醒他，还要给文保部门打电话，请他们尽快派人来盈虚坊勘察现场。冯令丁生怕文保部门已经下班，冯景初生气地抓起话筒，道：“我直接给管委会主任打电话，这么重要的遗迹，加班加点也应该！”

盈虚坊拆房工地惊现古老夹弄和一副尸骨的消息，一经媒体披露，便引起了社会各层面的关注。

市公安局刑侦队派出最有经验的法医对尸骸进行了检验。法医报告说，尸骸呈平躺姿势，像是在很安详的状态下去世的。尸骸为三十岁左右的女性，未曾有过生育迹象。因时隔太久，无法查找尸源。

文物管委会文保部门的专家进入夹弄勘察，在夹弄深处发现了一只上了锁的铁箱子。专家们将铁箱带回实验室，在技术处理后，打开了箱子。箱子里竟然保存了抗战时期打入76号特务机关的地下党小组收集到的敌伪绝密情报。在这些情报的上面，有一封署名常巽的地下党员写给上级领导的绝笔信。信中写道，她的战友、优秀共产党员曹秀镛及夫人因叛徒出卖被捕，受尽酷刑，壮烈牺牲。他们有一子一女先期被亲戚转移出去，刚出生不久的女婴已送至盈虚庵涵清师太处隐藏，这女婴身上有曹夫人血写的遗书，女孩名唤“曹梅玉”。最后，这位署名常巽的地下党员向组织表达了她视死如归的决心！敌人已经包围了我，宁死也不会让党的机密落入敌人之手，宁死也不做俘虏！大火已经燃烧起来了，在这熊熊的火光中，我已经看到抗战胜利的曙光！

常衡步先是为“蛇弄”的现世而过度兴奋，后又为姐姐献身的惨烈而过度悲伤，一喜一悲，竟突发脑梗阻，被紧急送到医院抢救。

吴阿姨得以取回了她的户口簿和租赁证，当下与动迁组签下了搬迁合约，如愿以偿分得盈虚新城两室户新居。

倪师太闻知终于寻得常巽尸骸，突然就从团垫上颤巍巍地站了起来。她从装饰观世音绣像的镜框背后取出当年绑于婴孩腹间的血书，拜托吴阿姨转交给冯畹丁。做完这桩事后，她又重新盘腿坐下，合掌诵经，为常巽超度。第二天早晨，人们发现倪师太面对着常巽所描观世音像，静静地圆寂了。

文物局文保部专家对盈虚坊所现《观世音圣诞出家得道全帧图》、积谷仓大理石碑以及基本保存完好的青砖夹弄做出了科学鉴定。青砖夹弄及《观世音圣诞出家得道全帧图》属于市一级保护文物，积谷仓大理石石碑属于市二级保护文物。区委、区政府和旧区改造指挥部召开紧急会议，做出重大决定：盈虚坊拆房平地工程暂停操作，由旧区改造指挥部挑头组织专家论证，重新制订改造的规划。

一个多月以后，曹秀镛烈士和常巽烈士的墓碑在龙华烈士陵园举行揭幕纪念仪式。曹秀镛的儿子曹梅石、大女儿曹梅宝专程从加拿大飞回上海祭奠父母英魂。他们与失散五十余年的小妹曹梅玉相逢了。哥哥姐姐看着小妹花白的鬓角、憔悴的面容，想象着她的坎坷人生，不禁唏嘘喟叹。他们说出多少年来的愿望，要接小妹去海外生活，手足团聚，共享天伦。可是，曹梅玉婉言谢绝了兄姐的好意。她说，她已习惯了那个叫作“冯畹丁”的女人的生活，她现在是冯景初和李凝眉的女儿，她离不开他们，他们也离不开她。

兄妹三人在曹秀镛夫妇的墓前三鞠躬，献上一大捧夭夭灼灼的鲜桃花。

在他们旁边，常巽烈士墓前，紫色的勿忘我花如烟如雾，有老少两对夫妇正静默致哀。

曹梅玉对兄姐道：“我们也过去祭拜她一下吧，没有她，就没有我冯畹丁啊!”

于是他们三人移步过去,与那两对夫妇站在了一起。

此日正值清明。

微雨轻洒芳尘,酝造可人春色。

41

这一段日子,常天葵的心灵经历着血与火的洗礼。常巽姑妈慷慨赴死的事情感动得她吃不下睡不着,精神一直处于亢奋的状态。报纸上全文刊登了常巽姑妈的绝笔信,常天葵已把这封信背得滚瓜烂熟了。她念着信里面的句子,想象着姑妈常巽在那个风雨如晦的深夜抱着战友的遗孤逃出魔窟,可是凶狠的敌人在背后穷追不舍。姑妈常巽急中生智,将婴儿送进了尼姑庵。姑妈常巽必须返回常家老宅,因为她有一箱绝密文件藏在老宅。她从边门跑进老宅后,尾随而来的敌伪军便将老宅团团包围起来了。正如姑妈常巽在绝笔信中写到的那样,她宁死也不会让党的机密文件落入敌人之手,她宁死也不愿做小鬼子的俘虏。她将文件搬入了夹弄,因为她晓得老宅夹弄的青砖都是防火砖。然后,她点火燃着了老宅,让敌人以为她已葬身火海。姑妈常巽带着绝密文件躲进夹弄里,大火烧塌了左右楼房的房梁,夹弄的通风口和出口都被封死了。后来姑妈常巽是如何死在夹弄里的?她没有食物,没有清水,空气也渐渐稀薄起来。她是被饿死的?渴死的?憋死的?可是法医说她死得很安详,这才叫做视死如归啊!让常天葵倍加感动的还有姑妈常巽对待爱情的态度。她和公公冯景初曾经是一对热恋的情人。党派她以曹秀镛姨太太的身份打入敌伪机关,协助曹秀镛的工作。她没有推辞,痛生生扯断了与冯景初的联系。为国家、为人民、为反法西斯斗争的胜利,她做出了伟大的牺牲。舍小我,顾大我,她的爱才是人世间最炽热的爱情。

常天葵回想起过去的一年多时间里，自己因为发现了丈夫和姐姐之间的暧昧关系，怨愤、伤痛、憎恨，种种情绪搅得自己心力交瘁，甚至与丈夫分居，甚至不再为姐姐扎针治病。现在，她意识到自己的心胸是多么狭窄，自己的情操是多么庸俗，她必须快刀斩乱麻地将这桩事体处理好。她想倘若丁丁哥哥真与姐姐有过恋情，甚至蝘蜓就是他与姐姐的孩子，那么她就应该爽快地离开丁丁哥哥，让姐姐跟丁丁哥哥破镜重圆。倘若丁丁哥哥因为姐姐有毛病而遗弃姐姐，那么她也会鄙视他，跟他离婚。她会陪伴姐姐和蝘蜓一起快快乐乐地生活。心里这么想通了，精神反而松弛了，遇到冯令丁也可以心平气和地交谈了。

清明那天，公公、婆婆、她和冯令丁，一家人一起去龙华烈士陵园参加了姑妈常巽的葬礼。她看见公公、婆婆十指相扣，在姑妈常巽墓前一起深深鞠躬致哀，她很为老一辈的豁达宽容而感动。于是，她尝试着自如地笑脸面对冯令丁。她想，不管与丁丁哥哥的婚姻会走到哪一步，毕竟他是她深爱过的男人啊！

他们走出龙华烈士陵园的时候，常天葵发现冯令丁走路一瘸一瘸的，便问："你怎么啦？学老单根呀？"

冯令丁苦笑道："上回在盈虚坊被洋钉戳了一下，也没在意，不想伤口一直收不好。这几天路走得多一点，又有点痛了。"

常天葵板起脸，训小孩般道："怎么可以这样对待自己的身体啊？洋钉戳了，打过破伤风针没有？"

冯令丁老实地摇摇头。

常天葵道："不行，我马上带你去医院，让外科医生给你检查一下！"

冯令丁多么喜欢常天葵来管管自己啊！他顺从得像条忠实的狗，跟随常天葵去了医院。

冯令丁的脚底板，伤口已经化脓，一只脚肿得跟高庄馒头似的。外科医生给他开了验血单子，要检查一下有没有感染什么病菌。检验科的小护士谁不认得小常医生？听讲她当区长的爱人来抽血，都跑过来嘻嘻哈哈看西洋镜一般。常天葵取出一次性针头,替冯令丁抽了静脉血。血常规做下来,白血球略微有些偏高。医生给配了口服消炎药,外敷软膏药,叮嘱他不能再走路了,起码在家休息一个星期,还给开了病假条。

冯令丁怎么可能病假在家休息呢?要组织专家论证盈虚坊改造的新规划,事前要准备详尽的材料,事体多得一百年都做不完。他向常天葵保证,到了机关,就坐在办公桌前,一步也不走动,打打电话,听听汇报总可以吧?常天葵只好批准他去上班,让邢师傅开车来接他去旧区改造指挥部了。

常天葵心口怦怦怦跳,她终于获得了冯令丁的血样。常蝘蜓的血样她早一个礼拜就取到了,她跟常蝘蜓道:"最近怎么脸色不好?是不是学校里饭菜不合口?小姨帮你验个血,看看缺少哪种微量元素。"

常天葵医学院的一个同学毕业后分配在公安局刑侦技术研究所工作,他们那里已经开始引进美国先进的血液DNA识别鉴定技术了。常天葵托同学帮她做一个DNA亲子鉴定,那同学也很需要血样做试验,完善熟练这项技术。

在等待鉴定结果出来的这十天工夫里,常天葵的心就像悬在一根细丝上的蜘蛛,荡到东荡到西。虽然她以为已经做好了最坏的打算,但一想到要和丁丁哥哥分开,她还是心痛如绞。

终于到了那一天,在约定的时间里电话铃惊天动地作响了,常天葵手抖了老半天才抓起话筒,喂了一声,嗓子又干又紧。同学却在对面数落道:"天葵你乌搞百叶结嘛,疑心病那样重!这两个人浑身不搭界的……"同学接下来说点什么,她全然没有听见。她用力地笑着,眼泪欢快地流着,常蝘蜓不是丁丁哥哥的孩子!世界一下子变得多么光明美好啊!

快下班的时候,其他科室的一个女医生来找常天葵,想让常天葵今晚上帮她顶一个夜班。医院里的同事们都晓得,小常医生最愿意替人值夜班了。可是这次常天葵断然拒绝道:"实在对不起,今晚家里恰巧有很重要的事体。”

常天葵小时候有妈妈宠；妈妈不在了，有姐姐宠；姐姐生病了，有小姨娘宠。所以常天葵一直没有学会烹饪技术。回家路上，她弯到淮海路光明邨饭店买了一大堆熟小菜，酱鸭酱蹄白斩鸡，熏鱼熏肠糟猪舌，自己只煮了一只榨菜开洋蛋花汤。一碟碟小菜铺满桌子，面对面还放了一对高脚酒杯。常天葵是滴酒不沾的，冯令丁也不会喝酒，应酬时稍抿一两口就上脸。所以常天葵买了两瓶可口可乐来充酒。一切摆布停当，就等冯令丁回家。

冯令丁还是惯常地滞留在办公室里，下个礼拜就要开专家论证会，重新研究制订盈虚坊的改造计划，冯令丁必须做好应答专家提问的种种准备。常衡步躺在医院里抢救，他虽不能言语，可看他那浑浊的眼乌珠一刻不停地转动，便晓得他内心的焦虑与渴求了。冯令丁盼望能做出一份让老人满意，让领导满意，让老百姓也满意的规划来，也许他是太贪心，太追求完美了。

电话铃响了，总是哪个拆房地块又出了什么问题，这样的电话他每天不晓得要接多少个。冯令丁依然沉浸在自己的思索中，心不在焉地拎起话筒，“哪位？请讲。”

“丁丁哥哥，几点钟啦，你怎么还不回来呀？”

话筒中传过来的声音让冯令丁轻微地震了震：这声音是陌生的，又是熟悉的。他已经一年多没有听到这样的语气，这样的音调，撒娇的、亲昵的、无限依恋的。他怀疑地看看话筒，小心翼翼问道：“喂，是天葵吗？”

“是我呀！你到底什么时候到家呀？”

冯令丁的心脏呼地胀得很大，他的胸膛几乎都要被撑破了。他激动得声音都变了形，赶紧道：“天葵，我马上就回家。你等着，我就回来了。”

冯令丁原打算在指挥部挨个通宵的，所以就让司机邢师傅下班回家了。他心急慌忙向值班门卫借了部脚踏车，飞似的踩回家去。

冯令丁跨进家门，迎接他的是一桌丰盛的小菜和一张妩媚甜蜜的笑脸。冯令丁恍若是在梦中，他屏息静气，不敢动弹，生怕惊破了梦境。

常天葵却一跺脚，冲到他跟前，两只小拳头捣葱般擂他的胸，嗔道：“怎么那么长时间？存心急急我，吓吓我对吧？”

冯令丁被久违了的家的感觉包围了。抬手捋了下常天葵珠子般的脑袋，解释道：“邢师傅回家了，我骑脚踏车回来的，赶得汗都出来了。”便捉起常天葵一只手去摸他汗渍渍的额角。

常天葵借势倒进他的怀里，闻到他颈窝里诱人的男子汉气味，这就是她最依恋、最离不开的气味呀！常天葵忍不住伏在他肩膀上哭了起来。眼泪鼻涕都蹭在冯令丁的衣领上。

冯令丁眼眶也是胀鼓鼓的，忍着，托住她柔软的腰肢，扶她到沙发上并排坐下，吹气一般问道：“天葵，是我不好。太忙了，老是顾不上你。原谅我，好吗？”

常天葵把脸埋在他的颈窝里，哽咽道：“丁丁哥哥，不是你不好，是我不好。是我怀疑你，是我故意不理你，是我跟你分房间住。你骂我打我都可以，就是不可以不理我，不可以不回家住，不可以分房间睡。”

冯令丁搂紧了她，生怕她再跑掉似的道：“我记住了，以后谁再不理谁，谁再故意不回家住，谁再存心分房间睡，就要惩罚谁，当小狗，在地上爬三圈。”

常天葵破涕而笑，直往冯令丁怀里钻。两个人温存在一起，都忘了吃饭。稍停，冯令丁终于还是忍不住问道：“你怎么就一下子打消怀疑了呢？”

常天葵便得意地将DNA亲子鉴定报告单往他手里一塞，以示自己有多大能耐。

冯令丁盯着报告单沉默下来，他的心嗖嗖地往下掉。他想原来常天葵甚至怀疑到了常蝘蜓是他和常天竹的孩子，那么盈虚坊里肯定有更多的人会这么猜疑的！

常天葵见冯令丁阴沉下来的脸色，心慌道：“丁丁哥哥，我太卑鄙是吧？搞这种特务手段。你能原谅我，宽恕我吧？我实在太想晓得真相了呀，恰巧我同学希望有血样给他们做试验，我就……"

冯令丁摆摆手，让她不要说了。他费力地掀起眼皮，忧郁地看着她道："你就把我想象得那么坏吗？"

常天葵拼命摇头，她恨死自己了，为什么傻乎乎地把这张报告单给丁丁哥哥看？丁丁哥哥一定觉得是受了莫大的污辱，丁丁哥哥会怎样惩罚自己呢？

冯令丁沉默片刻，苦笑一下，道："天葵，我要是真的跟你想象的那样坏，你会原谅我吗？"

常天葵还是摇头，她不晓得丁丁哥哥的话是什么意思。

冯令丁头痛欲裂，记忆的堤坝崩溃了，二十多年前那个可怕的夜晚发生的事体潮水般涌到眼前。

那一年，他们马上就要毕业分配了。他终于鼓起勇气，给心爱的女孩子递了张小字条，约她晚上一起看电影《红色娘子军》。他跟她约好的暗号是：等月亮跃上盈虚坊屋脊的时候，他会骑脚踏车经过她家的三层阁，他揿三下脚踏车的车铃，她听到车铃就出门，在出了盈虚街再过三条马路的杂货店门口会合，再一起去电影院。他们之所以这么小心翼翼避人耳目，是因为，那个时候学校纪律很严，中学生早恋是被视作流氓行为的。学校里曾经处理过早恋的男生女生，在全校大会上当反面教材批判；毕业分配时，把他们一个分到内蒙古插队，一个分到云南西双版纳橡胶农场，让他们永世不得见面。

他跟心爱的女孩子在杂货店门口碰头之后，他就跟她说，我们不去看电影了好吧？那个电影都看了多少遍了。我带你去个好地方，好吗？原来这一切都是他反复设想好了的，在电影院里两个人话都不好说，有什么意思？他找到一个公园，很僻静，很优美。他就想在那样一种环境中跟心爱的女孩子说说话。女孩子说，天黑了，我害怕。他就安慰她说，有我在，你怕什么？女孩子虽然有点忸怩，却还是顺从地跳上他脚踏车的后书包架，由他踩着走了。

他记得那一夜的月亮是弯弯的，细细的，很像他心爱的女孩子掩抑不住的笑容。

那个公园在城郊结合部,周围几乎没有楼房。稍远处就是夜幕中深邃的麦田,麦苗刚及脚踝长,隐隐可听得蛙的鼓噪和狗吠,还有潺潺的流水声。

公园已经关门,可是他晓得公园的围墙有一处倒塌了,很容易翻进去。前段时间,他们一群男生到公园来钓鱼,他发现了这段缺口,就记在心里了。

那时,他们太年轻了,他们的字典里还没有凶残与丑恶,他们以为游客离去的公园里只有树木和花草,正是他们谈情说爱的好地方。他们年轻的心被刚刚生发出的爱情鼓胀得无法安宁,他们需要倾吐,需要爱的表示。可是,在学校,在家里,在弄堂,在一切有人的地方,除了眼神的碰撞,他们再不可以有任何表示了。这对于热恋中的青年男女来说,是多么残酷,多么难熬啊!

他一手推脚踏车,一手握住女孩子柔若无骨的小手,不管她如何挣扎,他都不肯松手。因为周围只有树木和宿鸟。他们沿着围墙走去,走了不足五十步,就看见那个缺口了,有一米多宽,及人肩胛高。透过缺口能看见公园里密层层的树木,流水的潺潺声愈发清晰了。

他将脚踏车靠在断垣下,手一撑便上了断墙头。他蹲下,朝她伸出手。他手长,使劲一拉,她也借势攀上了断墙头。墙里面树丛稠密,又没有灯光,黑洞洞不知深浅。开始她死活不敢跳,他便告诉她,下面是个土坡,坡上面都是落叶,很厚很厚,摔也摔不痛的。原来他早就勘探好了,于是,他们手拉手一起跳了下去,果然,脚下竟是十分松软。

墙里的山坡上是一片水杉林,他们手拉手地在林子里走了一阵。水杉高且挺,所以林间并不逼仄。他们都很奇怪,看上去那样细的一弯牙月,薄薄的光竟能穿透密匝匝的树叶。林子里沉淀的月光多了,反倒比林子外透亮了。他们行走在月光中,竟有一种身临童话之境的感觉。他们平日渴望的不正是这样一种宁静祥和的环境吗？

他腿长步子大，她要跟上他就得碎步小跑。他的脚步声是壳嚓壳嚓的，她的碎步声是嘁嚓嚓嘁嚓嚓的，两种声音合在一起，好像京戏舞台上跑圆场的锣鼓经。她忍不住吃吃地笑起来，忒儿——刷啦啦啦，惊了一窝麻雀。

他们终于钻出了林子，脚下是“之”字形的下坡石阶，他们欢快地跳着跑下石阶，面前豁然开朗，一面阔大的碧湖安静地卧在他们眼前。湖水在夜色中呈古铜色，风拂过，水面涟漪荡开去。

因周围没有楼房，天际特别开阔，月牙显得小了，淡了，只是模糊的一道指甲印。反倒是湖里的月亮更清晰，离他们更近，伸手可及。

他们就在湖边的石阶上并排坐下，一时间都被眼前的景色震慑，说不出话来。拨刺——湖里的鱼儿翻上来吸了口气；瞿、瞿、瞿——山坡间蟋蟀还在夜斗。

他看她整个身子在瑟瑟发抖，便脱下自己的军便装披在她肩上。她问他：“你不冷吗？”

他赶紧道：“我一点不冷，不信你摸摸我的手。”便去捉她的手。她却被火灼着似的逃开了。他有点扫兴，“你为什么这样讨厌我？”

她摇摇头，道：“不是的，我怕……”

他说：“不要怕，没有人会看见我们。”便朝她身边挪了挪，低低道，“让我亲你一下，行吗？”

她犹豫地道：“会出事吗？”

他笑道：“傻瓜，亲一下会出什么事？”

她实在不忍心拒绝他，哀求道：“就亲一下额头，好吗？”

他默默地点点头。于是她就将眼帘合上，面孔仰了起来。小小的一瓣，在夜色中发出初蕾般的清香。他的呼吸粗重起来，小心翼翼用双手捧住了那片带着露水的花瓣。

他们都期待着享受那人间琼浆，可他们命中注定没有那个福分。

他们先是听到了踢蹋踢蹋的一阵脚步声,紧接着就有几束手电筒光照在他们的面孔上。他们一惊,慌忙分开了。他们的眼珠子被强光罩着,只隐约看见三个黑漆墨托的人影戳在他们面前。她惊恐地叫了一声,把脸扑在他胸口上。

他觉得身躯中被灌进了石膏似的动弹不得,喉咙干涸得像口枯井。他狠性命地镇静自己,僵硬地扶着她站了起来。

那三个人中间有人打了个唿哨,轻浮地笑道:"这娘们还蛮漂亮。"

他愤怒了,终于发出了声音:"你们想干什么?"

对方中一个狞笑道:"你问我们?我还想问你们呢。深更半夜的,你们到这里搞啥流氓活动?"

他有点心虚道:"我们,我们是学生,现在大概七八点吧,也不是深更半夜呀。"

对方道:"学生?哪个学校的?公园早关门了,怎么进来的?"

她用手暗暗拧他的腰,他晓得她的意思:万万不可说出学校的名称,否则后果不堪设想。他犹豫着,脑袋像生锈一样。

此刻,那三人的手电筒已经熄灭,月色中他们看见了三个人手臂上的红袖章,暗暗叫苦,竟遭遇上工人纠察队了。他决定改变策略,争取死里逃生。便勉强一笑道:"爷叔,我们是北新泾镇上的学生,听讲这里新开辟了一所公园,特为来参观参观。"

"小赤佬门槛贼精,当我们戆大。还是老老实实坦白,究竟在搞啥流氓活动?"

"没有没有,爷叔,我们真的什么也没有做,只是讲讲闲话。"他急得语无伦次。

她却急中生智,拖住他的胳膊道:"哥,我好冷,我们还是回家吧,妈要寻死我们了。"

三个人却粗鲁地笑起来,一个道:"小姑娘倒是另有一功,吹牛皮面孔也不红。"

另一个趁势道:"兄弟,我先把小姑娘带到那边去审问,你们两个先看牢这只小赤佬。"说着,便动手来拉她。

他浑身冷汗像泥浆一般漉漉地淌下,拼命恳求道:"爷叔,爷叔,我们真的什么也没有做呀,她真的是我的亲妹妹呀……"

她死命攀住他的胳膊,脚底板抵住石阶。可她那样的弱小,哪里犟得过那三个身材强壮的男人?她被拖离了他,仍是挣扎,开始骂道:"流氓,你们才是流氓……"

他心痛得要命,不顾一切要冲过去保护她。可守着他的两个人中的一个从工作服口袋里抽出把弹簧水果刀,叭地打开了,用刀锋逼住他的下巴,冰凉冰凉的。他的手脚像被人捆绑住了,眼睁睁看着她被那畜生拖开去。她细细的身子在被夜露打湿的石板路上拖出一条弯弯扭扭的痕迹。

那人拖着她直往杉树林子里钻,他明白了他的企图,狠性命推开拿水果刀的人。可他被另外一个人推倒在地,那个人用膝盖顶住了他的背脊,又用一只手掐住他的头颈。他抬不起头来,只听得杉树叶子哗啦啦哗啦啦地落下来,落叶中夹着她微弱的声音:"救命——抓流氓——救命——"

他被另外两个人强制着,面孔被压在水泥地上,只有一只眼睛可以瞄到湖面。湖里的月牙,倒垂着两角,像是她恸哭的脸!

渐渐地,她的声息没有了,只有杉叶落下的哗啦啦的声音,这声音铺天盖地,将他淹没,世界仿佛已经天老地荒。

不晓得过了多久,一定比一个轮回还长。他渐渐地感觉到手脚的存在,感觉到自己还有意识。他翻身坐了起来。压住他的两个人已经不见了。

他呆呆地坐了一歇,忽然想起了她,嗖地跳起来往杉树林里跑去。他看见她无声息地躺在枯叶层上面,衣裳被撕烂了,裸露在外面的皮肤伤痕累累。他抱住她,拼命喊她,她却没有一点知觉。他不晓得哪里来的力气,一把将她拖到自己背上,跌跌冲冲翻出围墙。他让她横坐在脚踏车的前档上,一手托住她,一手把住龙头,踩起来就往医院冲。来时看到过离公园不远有一家医院,医院门口有急诊的红牌子。

他将她送进了医院急诊室，值班护士立即将她送进了急救室。他在走廊里焦急地踱过来又踱过去，时不时地朝急救室紧闭的门缝里张望着。过了一段时间，一个护士从里面出来了。他连忙迎上去，问道："同志，刚才那个病人醒过来了没有？"

护士瞟了他一眼，道："还在抢救。她是你什么人？叫什么名字？家住哪里？你去填一下病历卡。"

他的脑袋像被小锤子当地敲了一下，这一刹那恐惧攫住了他的心脏。他想到消息传到学校里去以后会有什么后果，他想到人们会用什么眼光看他，他还想到倘若人们不相信有那三个戴红袖章的人存在，他就是百口难辩了！于是他脱口而出道："同志，我不认识她。我回家路过那里，看见她躺在路旁边，就赶紧把她送过来了。她的书包在这里，你们查查看，会不会有姓名地址。"

护士接过书包，道："同志，谢谢你救了一条命！"扭头回到急救室里去了。

他的心怦怦怦地跳，好像要蹦出喉咙口。他紧紧咬住嘴唇，别转身跑出医院，跨上脚踏车，气也不喘地骑回家了。

这桩事体除了她，大概只有天上那枚亦步亦趋随着他的弯月晓得了。

听罢冯令丁冗长沉重的叙述，常天葵已经哭成了泪人儿。她并不是为自己悲泣，她是为姐姐哀伤。姐姐曾经受过如此非人的磨难，那么多年了，却没有人为她分担，没有人为她解开心结。常天葵恨自己无知，怨自己懵懂。当然，也怪丁丁哥哥，为什么对自己瞒了这么久?!

冯令丁叙述完这段往事，就好像把长在胸口多少年的肿瘤摘掉了。他从隆起的肩胛中拔出面孔，眼窝青灰，面颊瘦削，一下子老了十几岁。他抽出几张餐巾纸递给常天葵，很困难地咧咧嘴笑笑道："天葵，你现在看清楚我是怎样一个卑鄙怯懦的人了吧？你是不是鄙视我，唾弃我了？你应该鄙视我，唾弃我；连我自己也鄙视自己，唾弃自己!”

常天葵不停地擦眼泪,哽咽道:“丁丁哥哥,我没有鄙视你,唾弃你,你也不要这样自责。每个人都有软弱的时候,我也有过很卑鄙的念头。就是看到你和姐姐的那一回,我甚至后悔替姐姐治病了。其实我晓得,你是为了赎罪,为了照顾姐姐和她的孩子,才跟我结婚的,对吧?”

冯令丁痛苦地望着她低声道:“天葵,可是我现在,是真心爱你的,你要相信我……”

常天葵用手掌扪住耳朵道:“丁丁哥哥,你不要再安慰我,我已经不是小孩子了。你爱姐姐,姐姐也爱你!”放下手掌,歇了口气,“我只是想知道,你是什么时候晓得姐姐毛病好了呢?”

冯令丁面色愈发阴沉了,道:“就是我们旅行结婚回来的那天……也许你姐姐从来就没有精神病,她是觉得被歹徒污辱,没脸见人,才装精神病的!”

常天葵吃惊地瞪大了眼睛,“不会的,不会的。”想到去为姐姐治病,往她身上扎那么多的针,还要不停地旋转……姐姐神志如果是清楚的,她该用多大的毅力忍受针扎的疼痛啊!这么一想,眼泪水又止不住落下来。

冯令丁看她楚楚可怜的样子,忍不住要去搂她,却被她用力推开了。冯令丁颓丧地道:“我晓得的,你还是不会原谅我,宽恕我了。”

常天葵抬起泪眼,道:“丁丁哥哥,其实我真的不怪你。我只是想,既然姐姐没有毛病,既然你们是那样相爱,我就应该把你还给姐姐!”

“天葵——”冯令丁痛心地叫道。

常天葵往他身边靠了靠,捉住他的手道:“丁丁哥哥,你不用担心我的,我总归是你和姐姐的小妹妹嘛。姐姐受了那么多苦,丁丁哥哥,你一定要好好待她,让她以后的日子开开心心,你能做到吗?”

面对常天葵仙女般美丽无邪的面孔,冯令丁一句话也说不出来，伤痛地点了点头。

隔日，常天葵下了班就去盈虚坊了。盈虚坊大多数人家都已经搬迁，有一部分房子已被拆除，到处是残垣断壁，千疮百孔。因为要等待政府有关部门的重新定位与规划，拆房子的工人也都陆续撤走了。整座工地冷冷清清，凋敝荒凉。野猫在废墟中窜出窜进。

守宫和恒墅虽然还完好无损，却因失去了周围房屋的依托和对比，也显出了些许颓败和猥琐的落拓气象来。唯有古银杏树，今春的枝叶长势特别繁茂，华盖愈发庞大，像是使出浑身解数要挽回盈虚坊的颓势似的。

常天葵走进恒墅。因父亲在医院治病，吴阿姨和老单根已搬去盈虚新纪元居住，园子里的人家也撤去了几户，恒墅里寥落岑寂，空壳子似的。常天葵走上楼梯，噔噔的脚步竟会有回响声。她的心莫名地跳得很重、很快，便靠在扶手上停了一歇。

小姨娘闻声迎了出来，诧异道："天葵，今天怎么得空来的？在这里吃夜饭吧，总是我一个人端饭碗，数着米粒也咽不下去。"

常天葵笑道："小姨娘，不要忙，随便下碗面就可以了。"又指指姐姐的房门，"她吃过了吗？"

小姨娘点点头道："最近蛮好，好像晓得我天天要去医院，忙不过来，听话得不得了呢。你先去看看她，我帮你弄饭去。"

常天葵深吸口气，推开房门。常天竹背对着门坐在藤椅中，衬着素花的窗帘，她的姿态像陈逸飞画中幽谧的深闺女子。

"姐！"常天葵轻轻地，却又是重重地喊了声。

常天竹薄薄的肩膀蝉翼般动了动，又停住了。

常天葵忍住眼泪，走过去，伸出胳膊圈住了常天竹的肩背，将面颊贴住常天竹的后脑，"姐，你不要再装了，丁丁哥哥都告诉我了！"

常天竹的身躯僵硬得如同岩石一般，没有气息，没有血脉。

常天葵决心要用自己的至诚去治疗姐姐心里无边的伤痛。她将脸往下移一点，伏在常天竹的肩胛上了。

姐，我是来向你道歉的。是我不好，我不该跟丁丁哥哥结婚的。

要是我早点晓得你和丁丁哥哥的事体，我绝不会和他结婚的呀！你也不要怪丁丁哥哥，其实他非常爱你。他一点也不爱我，只把我当作一个什么都不懂的小妹妹。他只是为了照顾你，照顾你的孩子，才和我结婚的呀！现在我们已经商量好了，我和他明天就去民政局办理离婚手续。我要把丁丁哥哥完完整整还给你，我要帮你们举办一个热热闹闹的婚礼，把我们所有的亲戚朋友都请来。姐，你喜欢哪一间屋子做你的新房呢？我觉得，你还是和丁丁哥哥住到长宁路上的公房里去。那里的人不会知道从前的事，这样你就可以坦坦然然和丁丁哥哥过日子了。我嘛，就搬回恒墅陪爸爸和小姨娘。爸爸的毛病你不用担心，他现在神志很清爽，只是左半边不能动作。我会用针灸帮他恢复功能的呀。姐，你会允许我经常来看望你和丁丁哥哥吗？我一定会想你们的，还有蝘蜓，我也想她。我还是你们家庭中的一员，对吗？你放心，我和丁丁哥哥之间不会有什么疙瘩的，因为，丁丁哥哥爱你，我也爱你。姐，你答应了吗？你接受我的道歉吗？你回答我一下好吗？

常天葵忽然觉得有滚烫的东西滴落在她的手背上，一滴，又是一滴，一滴一滴接连不断，把她的手背都打湿了。

此生此夜不长好，明月明年何处看。

次日傍晚，小姨娘从医院转回恒墅，马不停蹄就为常天竹做夜饭，糯米红枣粥、肉松、皮蛋、酱瓜，外加两只叉烧包。端整好了，用托盘盛着上了楼，喊着："天竹，开饭了！"一边推开门——屋里却没有常天竹的人影。

常天竹失踪了！

42

天气日渐热起来。许飞红要俞家小姑妈帮忙，把夏令的衣服都翻了出来，晾晒熨整，兴致勃勃地一件件拿到镜子跟前试穿。却发现好多衣裳都小了,包在身上裹粽子似的,有的甚至连拉链都拉不上了!

许飞红各处摸摸自己的身子,手臂大腿实墩墩的,腰间肚皮一捏一叠肉。她惊恐地叫起来:“完了,完了!”

陆马年探进身子问道:“怎么啦?”

许飞红带着哭声说:“我发胖了,衣服都穿不上了。”

陆马年不以为然道:“胖是好事啊,杨贵妃不就是胖鼓鼓的呀?衣服再去做几套好了。”

许飞红怎么能不胖呢?

自飞骏·龙仕阁公司中标盈虚坊地块后,公司一应事务均由雷杰森包揽下来,他对许飞红说:“密斯许,事必躬亲,锱铢必究,西瓜芝麻一把抓,这是个体户小老板的做派。现代企业的管理者,是远洋船的舵手,把握大方向的。你只须发布指令,具体事务由下面员工去做,我会替你把关的。”

因为与雷杰森有了肉体关系,许飞红不知不觉对他言听计从起来。不仅公司离不开他,她自己情感上也离不开他。她扪心自问,自己真爱他吗?真能放弃家庭与他携手人生吗?她的回答是否定的。她并不爱他,只是抵抗不住他的诱惑!

飞骏建筑装潢公司和飞骏建材公司的各项业务,均有陆马年管着。陆马年对这一摊子的生意早已得心应手、游刃有余,许飞红可以对他一百二十个放心了。

许飞红每日上午睡到十点敲过起来,喝一小盅人参燕窝汤当早饭。笃笃悠悠化好妆,便乘宝马车去公司走一趟。听听汇报,关照几句,总经理的事情也算做过了。中午,每每和雷杰森去公司楼下的西餐厅点一客公务餐,要一杯蓝山或哥伦比亚咖啡,抿抿、吃吃、谈谈,调几句情,开开玩笑。下午总会有一些必要出席的会议,或者会见一些重要的生意伙伴,或者应邀为某某商场开业剪彩等等,这些都由雷杰森替她安排取舍,晚上的应酬更是五花八门,酒会,派对,舞场,麻将桌,没有一夜是空档的,大都弄到深更半夜回家,陆马年早已鼾声如雷了。

陆马年又不是戆大,他也看得出雷杰森对许飞红不怀好意,讲起拍马屁的话来,旁人都起鸡皮疙瘩。可是陆马年是实在人,他稍微在许飞红跟前骂雷杰森几句,许飞红就笑他小鸡肚肠,鳊鱼胸脯,没有男人气概。他便不敢乱猜了。想想那雷杰森亿万家财会没有别的女人?况且还比他们小了好几岁,哪里真看得上许飞红呢?倒也放开了手。

半年多来,雷杰森还以拓展业务,寻求国际合作为由,带许飞红去了新、马、泰和欧洲旅游,让许飞红充分体验了所谓这世界上最高质量的生活。

许飞红的儿子已经上小学二年级,班主任老师家访,每每把阿龙夸得云里雾里没了方向。可是成绩报告单拿回来,总是一片红色。许飞红忙的时候,报告单是陆马年签名的。陆马年还以为现在改了规矩,红色是好成绩,看也不仔细看,捋一把儿子脑袋夸一声:"好小子!"大笔一挥,签上名字。后来许飞红发现了,嗔道:"你这个当爹的,吃干饭的呀,都开红灯,你还夸他!"陆马年理直气壮道:"是他们老师吃干饭的,趟趟来夸儿子这样好那样好,我想样样好嘛,成绩当然也是好的啰!"许飞红没好气道:"他们老师还不是冲我们捐给学校的那点钞票才夸阿龙样样好啊!"便开始了严厉管教,给儿子请了一大堆家教,陪着儿子东边补课西边补课。至学期末,儿子成绩单上一片红中间终于冒出两三点绿色了。许飞红非常高兴,儿子并不是扶不起的刘阿斗,只要用心,将来一定比爸爸妈妈强。许飞红要奖励儿子,问儿子喜欢什么?儿子提出要许飞红带他到新开的儿童交通公园去玩。学校春游时,就组织小朋友去玩过。儿子因为开红灯太多,被老师罚在教室里补课,没参加春游。听小朋友回来讲,那里面有玩火车,玩马车,玩汽车。还有好大的一面湖,湖上还可以开碰碰船打海战。许飞红刚好空闲下来,就带儿子去了。许飞红心里面虽然总有点看不起丈夫,可她对儿子却是吃心吃肺的,抱有太大的期望啊。

有时候，许飞红在夜深人静时睡不着，回想起当初自己在小菜场卖鱼的经历，抚今追昔，天地两重人，不由得潸然泪下。曾经梦寐以求的，总是镜中花、水中月，从来未曾想过的，却一样样摆在了眼面前。人世大梦，俯仰百变。对许飞红来说，究竟是幸还是不幸呢？

至于那座千辛万苦得来的守宫，半年多了，就那样闲置着，也没有去装修整理。许飞红害怕触碰守宫，害怕触碰守宫带给她的点滴回忆。这些回忆当然都跟冯令丁有关，她现在该以怎样一副面孔去见冯令丁？拿到钥匙那一次去守宫，是冬日，印象中只有人去楼空的凄迷，寒风摧树木，严霜结庭兰。清明后又去过一次，是因为夹弄中发现了常先生胞姐的遗骨，常先生突发脑梗阻住进了医院。吴阿姨叮嘱她一定要回盈虚坊看看，对常家有所表示。她便买了一些活血的营养品，用信封装了一千元钞票，送去恒墅，给了小姨娘。出来时，顺便绕去守宫看看，就像是去欣赏自己收藏的一件古董。原来房子是要靠人气滋养的，几个月空下来，又遇上清明雨季，守宫上下沉淀着酽酽的恶薄气，门框缝里，地角线边沿，都长出花白的斑点。走廊客厅的屋顶，墙粉剥落了许多，护板壁也皲裂开来。通往敞廊的落地窗都锈蚀了，使劲推，才推开。敞廊的地上东一搭西一搭的垃圾，有几团油渍渍的棉纱已发黑发臭，那一定是以前冯令丁擦脚踏车时用的。冯令丁早就不需要它们了。走下台阶，园子里的小径已被落叶遮没，无人修理的花枝横竖恣意生长。抬脚摸索着踩过去，皮鞋面立即被打湿了。牛毛雨无边无际无声无息一直在下，她觉着一阵不堪忍受的清冷，不堪忍受的凄伤，急急忙忙退了出去。

徘徊湿衣看不见，闲花落地听无声。

这一日中午，许飞红照例跟雷杰森去西餐厅用午餐。招待都晓得他们的菜谱了，无非隔日替换着上。许飞红却只让招待给她一份蔬菜色拉拌果醋，其他一样不要。雷杰森道："你怎么啦？想做尼姑啊？"

许飞红白他一眼，嗔道："都是你，拉着我东吃西吃！身上多了十几斤肉，丑死了！"

雷杰森故作惊讶道:“真的吗？我怎么看你还是那样苗条呢?”

许飞红晓得他讨好自己,啐了句:“就你会哄人!”心里还是受用的。

雷杰森忽然就从皮包里取出一只绛红的锦盒,双手捧着,递给许飞红。

许飞红吓了一跳,道:“你这是什么意思？我跟你说过,我不能接受你的求婚!”

雷杰森目光有些迷离,道:“许姐,这是我的一点心意,我不会强迫你做你不愿意的事体的。”

许飞红心晃晃悠悠地接过锦盒。营造这种浪漫的气氛,陆马年活十辈子也学不来。而冯令丁呢？也许他是不屑于这种小资情调的吧？她掀开盒盖一看,哪里有什么钻戒？不免有点失望。盒子里鲜红的锦缎上躺着一枚螺丝钉帽样子的东西,还有点锈迹,与装饰它的锦盒极不相称。许飞红不无讥笑道:“杰森,这是什么啊？该不是你捡废铜烂铁捡来的吧?”

雷杰森却隔着桌子捏着她的手,脉脉含情道:“许姐,许多年前我摔断了腿,医生为我做接骨手术打了钢钉,这就是固定钢钉的螺帽。前不久,我刚把钢钉取出,就把这螺帽留下了。我想,它是从我身体内取出,带着我的血肉和体症。把它送给你,就像我永远在你的身边伴着你。”

许飞红很想说几句赞叹的话,可是编不出来,还觉得有点恶心。叭地合上盖子,“杰森,好端端的,为什么要送这种血淋嗒滴的礼物呀?”

雷杰森道:“我明天就要赶回香港,今天是特向你辞行的……”

许飞红吓了一跳,“什么？你不是说你们董事长派你全权负责上海的业务,怎么说走就要走的?”

雷杰森道:“你不要急呀。下个月不是要举行香港回归大典吗？我们公司在香港工商界占有很重要的地位,所以有几个名额参加典礼,我也是代表之一嘛。最多十天半个月工夫,公司的事,你就多费点心了。”

许飞红这才定了心,肚皮里嘀咕:“怕不是借参加回归大典去看香港的女人吧?”当然不说,你有什么权利指责他拥有其他女人?

下午,他们推掉了几个应酬,两个人钻进杰森宾馆中的包房,享受片刻欢娱。

若道春风不解意,何因吹送落花来?

数天后,雷杰森给许飞红打来电话,报平安,倾诉思念之情。许飞红故意诈他道:“你说这些话脸红不脸红?我听到边上有女人的声气了!”

雷杰森冤枉鬼叫起来:“许姐,怪人休怪老了,爱人休爱恼了,旁边哪里有什么女人呀?只有几头母牛,大概它们发情了吧?”许飞红吃吃地笑了,却没有注意他为什么会提到母牛?

这是许飞红最后听到雷杰森的声音。这以后,雷杰森再也没有来过电话;打他的电话,均是空号。

开头两天,许飞红以为他又要玩“失踪”的游戏,说不定什么时候冒出来,给自己一个惊喜。便不动声色地等待。十天半个月一过,许飞红便感觉到事体多少有点不大对头。她也不敢声张,怕人笑话,暗中托香港的朋友四处查访。

雷杰森不在,许飞红自然要负责飞骏·龙仕阁的日常工作,天天九点钟必须赶到公司坐镇。她却总是提不起神,悬着一颗心,不晓得这回雷杰森会给她带来运气呢还是晦气?

中午,她哪里还有心思去吃西餐?叫秘书买回盒饭,胡乱吃了几口,就斜靠在沙发上闭目养神。看似纹丝不动,心里面却急风骤雨的。

秘书悄悄走进来,轻轻道:“许总,区里土地批租办公室有两位同志来找你,很急的样子。你看……”

许飞红睁开眼,有点疑惑:这批租办找我做什么?莫不是盈虚坊土地归宿又有变故?忙道:“快请他们进来。”

区批租办一男一女,老少两位同志出示了介绍信,委婉道:“许总，没有办法，我们曾发了三四封催款信，一直没有回音。今天只好上门做‘黄世仁’了。”

许飞红心一紧，道：“请问，我们公司欠了什么款子没还啊？”

有点年纪的男同志道：“你们中标盈虚坊地块，除了最初的那笔订金，后续款项一笔也没有到账呀！”

许飞红脑袋中像有只苍蝇嗡嗡嗡地盘旋起来，她用力撑住椅子扶手，才没有倒下去。区批租办的两位同志离开后，许飞红当下调会计问话。会计的回答让许飞红大惊失色。所谓龙仕阁公司的资金从来没有打进过合资公司的账号，雷杰森对会计说，那些资金直接拨给批租办了。而飞骏公司的大笔资金也陆续被雷杰森划走，他对会计说，这些资金也是拨给批租办的。现在飞骏·龙仕阁公司的账上，仅剩下几千块钱，连这个月员工的工资都不够发！

许飞红倒下了，高烧不退，心率衰竭，住进了医院。人家只道许飞红心痛她辛辛苦苦赚来的钞票。其实许飞红最心痛的是她白白付出的情感。

市局经侦大队派精兵强将涉入了这桩经济诈骗案。经查，香港根本不存在什么龙仕阁公司，当然也不存在雷杰森这个人，所有材料均是伪造的。再查，雷杰森的本来面目浮出了水面，此人竟是一个只有初中文化的安徽农民，骗取了上千万元巨款后便消失得无影无踪了。警方已与国际刑警配合，发布了全球通缉令。

许飞红在医院躺了不到一个星期，就支撑着回家了。她担心现在自己恐怕连这住院费都承担不起了。

雷杰森曾借开发盈虚坊项目之由，在昆山、苏州、南京等地骗得数家公司上千万元的钱款。这些公司得知此人竟是个大骗子，纷纷跑到上海向飞骏·龙仕阁公司讨债来了。许飞红一来不愿意让别人看破飞骏公司的实力，二来不想在旁人跟前作可怜相，银牙一咬，发狠心还清所有债务！卖掉了声誉卓著的飞骏建筑装潢公司，再卖掉飞骏建材公司属下三爿分店，再卖了自家的花园洋房和两辆汽车，最后卖掉的是那座买到手还没有住一天的守宫！

现在，许飞红和陆马年夫妇除了位于北新泾的那爿建材商店外，一无所有了！吴阿姨和单根决计自己搬到盈虚新城单根分到的那间一室户去住，把盈虚新纪元的房子还给女儿女婿。可是许飞红没有答应，一来，自己这般落魄的样子，有何颜面搬回去？就像楚霸王项羽，兵败乌江，宁愿自刎，也不肯回江东。二来，建材商铺在北新泾，为了做生意方便，他们还是在附近租借农民屋居住了。

陆大娘子偷偷把儿子召回家，想让陆马年休妻再娶。陆马年道："妈，要我跟阿红分开，除非黄牛出角，公鸡生蛋！"甩了门，头也不回地走了。

许飞红得知此事，又是内疚，又是感动，扑在陆马年厚墩墩的胸脯上畅畅快快哭了一场。

陆马年拍拍她背脊，笑道："阿红，你自己一直讲的，眼泪水没有用场的。你放心，我们好好做生意，过两年，重新把飞骏装潢赎回来，重新造它一座洋房。不要照守宫、恒墅的样子，我自己来设计，肯定比它们好。"

许飞红等把自己一摊子事体处理停当之后，便想去找冯令丁谈一次。陆马年稍有点不高兴，道："我们公司闹得天翻地覆的时候，你也没有去求他帮帮忙，现在再去找他，让他笑话我们呀？"

许飞红笑着嗔道："你看你，又鸡鼠肚肠了吧？当时不是我们讲好的，不求人，求自己的吗？我是想竞标盈虚坊地块的事体上他还是蛮帮忙的，我们做砸了，总归要给人交代一声，对吧？还有，"停停，歇口气，"我想，那桩事体也应该告诉他了。"

陆马年仍不响。许飞红便道："你不陪我去，我就自己去。"

陆马年道："谁说不陪你去啦？你一个人去我怎么放心？"

陆马年交给许飞红一只血红的头盔，许飞红皱了皱鼻子，道："一定要戴啊？难看死了。"

陆马年没好气道："要俏不要命啊？夫人，现在不是坐宝马的时代了。"

许飞红撅着嘴搡他一把，乖乖地把头盔戴上了。骑摩托车其实比小轿车走得快，它灵活、机动，可以打游击战。他们赶到旧区改造指挥部时，只有三点多钟。许飞红对这里还是比较熟悉的，领着陆马年七拐八拐，到了一间办公室门口。许飞红点点门，让陆马年敲。陆马年不肯，推着许飞红去敲。许飞红便勾起食指，笃笃击了两下。

"请进，门没关。"

许飞红与陆马年对视了一下，怎么不像是冯令丁的声音？他们还是推开门，果真是张陌生面孔。那人问道："你们找谁？"

"同志，对不起，冯副指挥办公室搬走了呀？"许飞红问。

那人笑道："你们找冯令丁吧？他现在不在旧区改造指挥部上班，调到文化局去了。"

许飞红与陆马年退了出来，两人都为这变故惊讶。这样看起来，冯令丁是被降职了，因为一个副区长怎么可能调到文化局去呢？

陆马年看看许飞红说："怎么办？还要不要去找他？"

许飞红道："更加应该去找他了，他肯定是因为我们公司的事体受到牵连的。"许飞红心事重重的样子。

陆马年不再声响，发动了马达。

旧区改造指挥部离区政府并不远，只是在区政府大院里寻找文化局颇费了一番周折。

站在文化局小楼门口，陆马年道："我不上去了，现在他心情一定不好，我这张嘴又笨，不会讲安慰话。"

"那你就在楼下等我，很快的，不会超过二十分钟。"其实许飞红正想让他不要上楼，她只想单独跟冯令丁说几句话。

冯令丁猛然见到许飞红站在跟前，稍有点尴尬。不过他迅速调整好心态，笑道："你倒是消息灵通人士啊。我到这里上班只有第三天。"

许飞红压抑不住朝他跟前跨一步，道："冯令丁，真对不起，是我牵连你的，对吧？"

冯令丁挥挥手，笑道："什么牵连不牵连的，我倒喜欢文化局的工作，你忘啦？我大学学的专业是中文呀！"

许飞红眼泪窝在眼眶里,嘴角翘起来笑道:“那,盈虚坊地块怎么办呢? 房子都拆了一半了。”

冯令丁道:“你放心,已经有人接盘了,还是个真正的大公司。”

“什么公司啊?”

“香港常氏公司嘛!”

许飞红恍然大悟道:“这才叫物归原主呢,这下常伯父的愿望终于可以实现了。”

冯令丁摇摇头道:“我看不一定。常氏公司的规划与常衡步的原意还是有很大差距的,他们要做的是旧瓶装新酒的时尚步行街,保留一部分盈虚坊老房子的形态。有一点他们接受了我们的意见,就是在常宅老屋那块地方做一处历史遗迹展示厅,将那截‘蛇弄’完整地保留下来。”

许飞红在他讲话的时候,目光一动不动地停在他面孔上,心中怜惜着,冯令丁真是老多了呢!

冯令丁被她盯得不自然起来,摸摸面颊,道:“我脸上有墨水吗?”

许飞红笑道:“看都看你不得啦?”

冯令丁也笑了。他们两个从小到大,知己知彼。人到中年,反倒有了一份默契,互相都很珍惜这份友谊。

冯令丁问道:“你现在怎么办? 我可以帮你点什么吗?”

许飞红耸耸肩胛,道:“有什么呀,办法多得很,就看你做不做。”心里不喜欢冯令丁怜悯的口吻和眼光,头一昂,眉一挑,“这么多的债,都被我还掉了,我倒还有点成就感呢!”

冯令丁从来就是欣赏许飞红的敢说敢为、从不妥协的劲头,想想自己也真没法帮她什么了,不在其位,不谋其职,便自嘲地笑道:“你看我,立场还没有转过来。以后,有什么文化上的项目,我们还可以合作一把嘛。”

许飞红道:“你千万不要误会,我不是来托你找项目的。有一桩事体,拖了两个多月了,一定要来告诉你。”

冯令丁想不出她会有什么事情和自己有关,便疑惑地等着她说出来。

许飞红像是在运气,忽然道:“常天竹,她在我们店里做仓库保管员!”

这句话对于冯令丁来说,不啻一声霹雳炸响。他愣怔地望着许飞红,忽然抓住她的手道:“怎么会,怎么会跑到你店里去了呢?我们什么地方都找遍了……”

“就是没想到上我们店里看一看,对吧?”许飞红乜斜着眼抢白了一句,“偏就让我给撞上了。那次我带儿子去儿童交通公园玩,就看见常天竹一个人坐在湖边发呆。我怕她要跳湖,就把她带回家了。”

冯令丁想到小茧子这一段自己公司发生了那样的事体,却还侠义地出手相帮常天竹,一时不知如何表达感激之情,捏住她的手愈发上了力,捏得许飞红哇哇叫起来。“要死啦,把人家骨头都拗断了!”

冯令丁慌忙松开了手,其实许飞红是愿意让他捏着的。看他尴尬的样子,便正经道:“向你如实汇报,常天竹托我跟你说,她现在生活、工作都很安定,所以不希望你们去找她。她希望你,”吸口气,稍顿,“希望你和常天葵好好过日子,她过一段会去看你们的。”

冯令丁像溺水的人终于浮出水面一般,深深透了口气,道:“小茧子,谢谢你!”

许飞红歪着脑袋笑道:“丁丁哥哥,你怎么谢我呀?”

冯令丁十分爽气地道:“你要我怎么谢就怎么谢。”

许飞红定住了眼神说:“我要你,抱抱我!”

冯令丁有点为难道:“小茧子,这里是机关呀?”

许飞红搡了他一拳,“冯令丁,你不要那样封建好吧?”

冯令丁便张开了手臂,许飞红朝他靠过去,他们很亲热也很节制地拥抱了。许飞红趁机用力吮吸了一口丁丁哥哥身上特殊的气息,差点晕过去!

随后,许飞红潇洒地朝冯令丁摆摆手,笑道:“我们谁也不欠谁的了。问常天葵好。记住,你们现在千万不能来看常天竹啊。放心,我会代你们照顾好她的。”

“许飞红,我送送你。”冯令丁总觉得报答她的太少,要随她一起下楼。

许飞红伸出手臂拦住他道:“请留步吧,陆马年在下面等我,他看见你要吃醋的。”

冯令丁只好收住脚步,一直看着她的身影消失在楼梯拐弯处,方才转回办公室。

许飞红出了办公楼门,陆马年便迎上来,抬起腕,点着表道:“喏、喏、喏,二十分钟已超过七分六秒了!”

许飞红不理他,自顾坐到摩托车后座上,吩咐道:“走,趁天还没暗,我们去盈虚坊跑一趟。”

陆马年叫起来:“你疯啦,盈虚坊早跟我们没有关系了,去看那堆废墟,有病呀?”

许飞红用手指戳他的后脑勺,道:“你才有病呢。方才听冯令丁讲,常氏公司接手盈虚坊改造工程,要做时尚步行街。我想,我们可以进去租个店面,做室内软装潢,这可是最时尚的东西了吧。”

陆马年笑道:“你这只脑袋,天生就是为做生意而生的!”

摩托车风驰电掣地朝盈虚坊驶去,他们在荒凉岑寂的盈虚坊中兜了一圈,一切还都处于原始状态,他们来得太早了。不过,至少他们已经有了新的期望。

他们离开盈虚坊时,天已经灰沉沉的了。许飞红依依不舍地扭回头朝养育她长大成人的盈虚坊道别。她心里并没有失去的伤感,因为她晓得她还会回来的。

天外已有一钩新月,还带着三五颗星星。

再版后记

行行重行行

二十年前，我正酝酿写一部“一个女人和一条小街共同成长的故事”。曾经多少遍，我在家附近的一条小街上盘桓踯躅，寻寻觅觅。这条街早年是一条臭河浜，上世纪五十年代末才填浜筑成了路。我亲眼目睹，随着改革开放行进的步伐，它从一条很脏很乱的小马路，渐渐蜕变成高楼林立的崭新社区。那一年，街道办事处的有识之士，在每一幢新建的楼盘前竖起一块牌子，注明了百年前此处是怎样的建筑，叫什么名称，甚至还用水墨画画出了当年建筑的形态。这些追溯历史的文字像箭一样射中了我，让我感觉到脚下的这条马路有着如此鲜活的生命，它让我升腾起倾力书写它前世今生的冲动。

其实改革开放三十年中，在我们的城市中，这般脱胎换骨的小街何止千条百条？我终于触碰到了最关键的问题：那么，生活在这些小街上的人呢？他们的生活，他们的命运，又有着怎么样的改变？是街区的蜕变左右了他们的生活和命运，还是他们的努力奋斗改变了街区的面貌？在这些年城市高山峡谷、沧海桑田的巨变中，他们又经历了多少风霜雨雪、爱恨情愁？

行行重行行，道路阻且长。就在我脚步的盘桓踯躅间，有一句著名的烈士遗诗反复出现在我脑海中：带镣长街行。每每默念，热泪盈眶。眼下的小街，就像我们的人生之路，有曲折，有坎坷，有风雨，有阳光，路漫漫其修远兮！于是我确定了这部小说的书名：《长街行》。

在那以后的五六年间,我与长街上生活着的人们融汇纠缠在一起,一起吃一起住,一起笑一起哭,一起承受痛苦,一起分享快乐。我常常被他们心底积淀着的传统美德,那些仁爱忠义、宽厚善良、智慧坚韧所感动,而感染,愈是坚定了书写的信心:写长街的发展史,写长街上人们的命运史,写每个人面对社会巨变时的心灵史。

终于,2009 年元旦,《长街行》小说得以面世。

自小说出版至今,匆匆又过去了十五年。期间,我因这部小说而结交了许多新朋友,有读者更希望将他(她)的故事倾诉于我。作品能得遇知音,这便是对写作者最大的奖励。感谢上海文艺出版社以全新的装帧再版《长街行》,我以为,这对于生活在长街上的人们是值得庆贺的事情。长街弯弯曲曲、起起伏伏,绵绵延伸至无穷无尽;长街上人们的故事也正在继续着,发展着,正等待着如椽之笔去书写,去挖掘,去描摹,去讴歌。

王小鹰

2024 年 12 月

图书在版编目（CIP）数据

长街行 / 王小鹰著. -- 上海 : 上海文艺出版社，2025(2025.6重印). -- ISBN 978-7-5321-9185-7

Ⅰ. I247.5

中国国家版本馆CIP数据核字第2024D3V359号

发 行 人：毕　胜

责任编辑：李伟长　解文佳

特约编辑：陈　蕾

封面设计：黎稷欣

内文版式：兰伟琴

书　　名：长街行

作　　者：王小鹰

出　　版：上海世纪出版集团　上海文艺出版社

地　　址：上海市闵行区号景路159弄A座2楼　201101

发　　行：上海文艺出版社发行中心

上海市闵行区号景路159弄A座2楼206室　201101　www.ewen.co

印　　刷：浙江天地海印刷有限公司

开　　本：890×1240　1/32

印　　张：21.375

插　　页：2

字　　数：620,000

印　　次：2025年1月第1版　2025年6月第3次印刷

I S B N：978-7-5321-9185-7/I.7210

定　　价：98.00元

告 读 者：如发现本书有质量问题请与印刷厂质量科联系　T: 0573-85509555